大鱼

有爱的青春陪伴者

# 一线大腕

super star

北倾——著

百花洲文艺出版社
BAIHUAZHOU LITERATURE AND ART PRESS

**图书在版编目（CIP）数据**

一线大腕 / 北倾著. — 南昌 : 百花洲文艺出版社,
2020.12
ISBN 978-7-5500-3872-1

Ⅰ. ①一… Ⅱ. ①北… Ⅲ. ①长篇小说 - 中国 - 当代
Ⅳ. ①I247.5

中国版本图书馆CIP数据核字(2020)第205401号

**一线大腕**

北倾 著

责任编辑 李梦琦
特约编辑 周丽萍
封面设计 颜小曼
内页设计 西 楼
特约绘制 花儿朵朵NiKiXi
出 版 者 百花洲文艺出版社
社 址 江西省南昌市红谷滩世贸路898号博能中心A座20楼 邮编：330038
电 话 0791-86895108（发行热线） 0791-86894719（编辑热线）
网 址 http://www.bhzwy.com
E-mail bhzwy0791@163.com
经 销 全国新华书店
印 刷 长沙鸿发印务实业有限公司
开 本 880mm×1230mm 1/32
印 张 16
字 数 430千字
版 次 2020年12月第1版
印 次 2020年12月第1次印刷
书 号 ISBN 978-7-5500-3872-1
定 价 59.80元

**赣版权登字：05-2020-223**

# 目录

(上册)

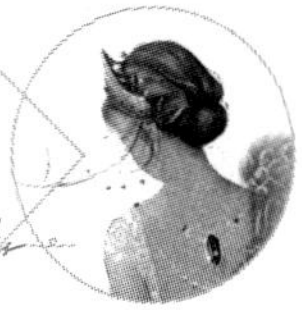

# 目录

（下册）

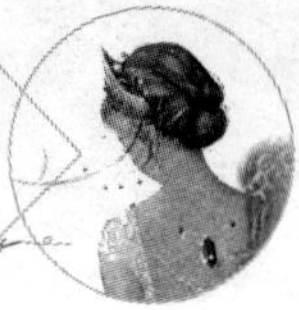

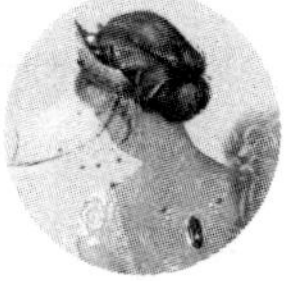

# /第一章/

# 子非鱼安知鱼之乐也

（1）

飞机飞行了近四个小时，一阵气流颠簸后，终于传来即将落地的广播通知。

空姐走动提醒的声音与舱后嘈杂的噪音交融在一起，程安安摘下眼罩，接过助理递来的化妆包，开始补妆。

这次行程匆匆，加上往返的时间满打满算也不过两天。同行的助理被高强度不停歇的工作折磨得疲惫不堪，偏偏程安安像是印证了“人逢喜事精神爽”这句话一样，定妆盒的镜面上，那张精致的脸略施粉黛，丝毫没有休息不足的疲倦感。

涂完口红，程安安抿了抿唇，对着镜子做了最后一番审视，确认妆容和状态完美无瑕后，嘴角微微翘起，露出一丝满意的笑容。

“安安，准备好了吗？”一侧，一个温柔的声音响起。

抬起眼，程安安便看见了一张同刚才那道声音完全天差地别的面孔。

程安安往后拨了拨长发，风情万种地颔首微笑："自然。"

出道六年，"程安安"这个名字几乎响彻全球，成为最热门的热搜词，红得发紫，几乎拿下了影视圈内的各大奖项，名利双收，如日中天。

两天前，她更是斩获圈内最具权威性的影后大奖，来了个大满贯，风头一时无两。

因此，她今日回A城，万众瞩目，意义非凡。

乔治端看程安安半晌，见她表情里是藏也藏不住的得意和欢喜，也颇有些守得云开见月明的欣慰感。

飞机落地，舱门开启。

程安安起身，优先下机。

起身时，乔治落后她一步，欲言又止，眸底有焦虑一闪而过。

程安安获奖的消息早已尽人皆知，获悉她此次行程的粉丝早已在机场等候接机，她一出现，迎面就是一连串的恭喜。

程安安笑着道过谢，眼角眉梢都漾着淡淡喜悦。

公司派来的保姆车已等候多时，待程安安一上车，立刻驶离机场。

等到达记者会现场时，现场已经人满为患。

程安安在后台休整片刻，进入会场的刹那，闪光灯闪烁不停，满室刺眼的灯光照得一旁的工作人员几乎睁不开眼。

程安安自然满意这个效果，她能猜测到记者们等会儿都会提哪些问题，落座后立刻展露出最完美的微笑等待记者发问。

她的五官精致，在妆容的修饰衬托下恍若出尘的仙子。

程安安侧目望向立在台边的乔治，本意是想暗示他正式开始，不料竟看到他眼神闪烁似有焦虑和迟疑之色。

所以，当记者提问“程安安，请问你对秦氏集团的总裁秦墨先生即将与苏氏集团的苏欣彤小姐联姻的消息有何看法”时，程安安是一点准备也没有的。

这件事在此之前并未传出什么风声，程安安更是从一开始就被蒙在鼓里。此刻毫无预兆地由别人嘴里问出，仿佛凭空扔来的一个炸弹，她只感觉脑袋放空了一瞬，心口有钝痛如针扎般细细密密地袭来。

程安安迷茫了片刻，还是多年来面对记者时锻炼出来的反应本能救了她。她控制住知道消息时不可抑制的慌乱，扬起嘴角，绽开一个无懈可击的笑容来：“我以为记者会是我一个人的主场……”她一顿，话音一转，刚才的攻击性转瞬间收敛干净，笑容微暖，又接了一句，“当然要恭喜他们。”

程安安和秦墨的绯闻不是一天两天了，从拍到深夜密会、机场送机起，吃瓜群众就在等着程安安承认恋情。不料，在程安安斩获影后大奖，载誉而归的辉煌时刻，却传出秦氏集团将与苏氏集团联姻的消息，众人惊讶有之，意外有之，等着看程安安好戏的亦有之。

但即便是这样突然的袭击下，还是一点也看不出程安安有何伤心失意的反应，这着实让在座等着挖大料的记者有些失望又有些意料之中。

程安安自出道以来，鲜与某个艺人或者商界大鳄传过绯闻，甚至连正常的饭局也很少见她的身影，有且唯一的交集便是秦墨。

两个人的关系似乎也止于朋友，虽然看上去暧昧，但除了那两次锤不实的抓拍，记者连点缝隙都钻不进。即使他们觉得程安安和秦墨之间有故事，也架不住人家保密工作做得好，压根没证据啊。

当下，便有一个记者不死心地追问："程安安，你这句祝福是真心的吗？曾有传闻，你与秦墨关系匪浅，好事将近。"

程安安早已从刚才的"突然袭击"中缓过神，闻言，扬唇冷笑一声："这还看不出来吗？我程安安要是想要，就没有得不到的。我和秦墨只是好朋友，别无其他关系。"

她的态度落落大方，表情更是管理得无懈可击。

尤其是当程安安想要掩饰时，没有谁能抗拒她所展现出来的气场，更遑论有谁能从她的脸上看出她的真实想法。

特写镜头停驻在她依旧淡定从容，因斩获大奖而始终保持微笑的脸庞上。那昙花一现的慌乱和刺痛，早已从她双眸里消失。

哪怕此刻，听着记者越发过分的猜测和提问，她的表情也没有漾起半分涟漪。

只有被追问得烦了，她才冷冽地抿起嘴角，似善意提醒道："请记者朋友们把焦点从不相干的事情上转移到今天记者会的目的上可以吗？这些问题我无可奉告。"

任谁看来，都觉得程安安十分无辜。

记者会结束，程安安坐进舒适的保姆车后座上，脸上的面具再也挂不住，一下子垮下来。

乔治眼观鼻鼻观心，贴心地递去一瓶矿泉水："你还好吧……"

程安安看了他一眼，顺手接过。

那冰凉的触感从指尖传达到大脑皮层，激得她浑身一个战栗，昏沉的大脑似重新清醒了过来。

秦墨一向只喜欢喝矿泉水，别的饮料碰也不碰，乔治为照顾他的喜好，冰箱里有一半是矿泉水。时间久了，程安安也懒得喝别的东西，索性让乔治全部准备了矿泉水。

她不接话，乔治反而有些绷不住了，他矮身在她身侧坐下，微微提高了声音道：“安安，你没事吧？”

程安安闻言，抬起头反问：“我能有什么事？”

乔治见她除了脸色苍白了些，眼底还算清明，暗自松了一口气：“先送你回去休息吧。”

想到回家也许会碰见他，程安安摇摇头：“不了，直接去片场吧。”

乔治犹豫片刻：“晚上还有你的庆功宴，你确定不需要休息一下吗？”

程安安被他追问得有些烦躁，凝视着他的双眸一字一顿道：“那你做了什么？”

她叹了口气：“这种事情，你得到消息的第一时间不应该告诉我一声吗？”如果乔治事先告知她，她根本不至于会被打个措手不及，险些失态。

她一直以为秦墨这样的男人这辈子都不会结婚，就算是结婚，她也会是第一个知道的人。毕竟她和他的关系，应该是秦墨在做出结婚选择时，第一时间需要解决的。

却不料，全世界都知道他要结婚了，她却是从别人的口中得知并间接恭喜他的。

苏欣彤？

倒是有所耳闻。

到片场的时候，天色微暗，淅淅沥沥地下起了小雨。

见程安安从保姆车上下来，一剧组的人都有些吃惊，正好来探班的制片人忙打了伞过来接她：“你怎么过来了，晚上还有庆功宴呢，怎么不回去休息着？”

程安安微笑：“在哪儿不是休息，怕拖慢剧组进度，所以直接过来了。”

制片是个人精，也不再追问，安顿好了程安安，这才叮嘱道："怕你太累，今天就没排你的戏。你先在房间里休息一下，明天再回剧组。"

程安安没意见。

等静下来，程安安随手翻开放在左手边柜子上的剧本来看。为了揣摩人物，剧本上几乎做满了笔记，可此刻，她却是一点投入剧本的兴致也没有。

秦墨是知道她今天回来的，却到现在也没打个电话给她。想到这里，她拿出手机一看，才发现手机早就没电了。

她垂眸不语，只反复地把玩着手机。

外面，雨下得淅淅沥沥，程安安拿着期待已久的影后大奖归来，此刻却一点高兴的感觉也没有，只有心底翻涌起阵阵混乱，搅得她头痛欲裂。

门就在这时被撞开，程安安下意识地回头，拿着道具的女孩子看起来差不多二十岁，正吃惊地站在门口，似乎也为自己闯错地方而感到惊诧。

见人惊扰到了程安安，乔治骂骂咧咧地站起来就要赶人走。

程安安扫了眼那个女孩，蹙眉，轻喝住乔治。那暴躁的男人立刻住了嘴，乖乖地走了回来。

"对不起，我走错地方了。"女孩慌忙道歉，刚转身，却又碰到在门口正要进来被她挡住去路的苏谦诚，顿时越发慌乱，忙道着歉退了出去。

苏谦诚微不可察地皱了皱眉头，问："又是谁找来的新人，毛毛躁躁的。"

程安安倒不以为意："人都有犯错的时候。"

苏谦诚也没计较，这事本就与他无关，只闲闲说了句："你倒是不介意。”

“没耽误我什么事，我有什么好介意的。”

苏谦诚是近年来飞速蹿红的新晋小生，自出道后片约不断，片酬一涨再涨，如今已然涨到了一线艺人的价位，和程安安无差。

听说他的家世十分优渥，但到底怎么优渥却没有人知晓。不过只要是个明眼人，见他那涨势就知道他背后的财力定然不小。

苏谦诚见她今日心情不好，想起刚才在休息室看到的直播，斜身坐在她一旁的扶手上，软了语气打探：“秦墨要结婚了，但新娘不是你，不知道程小姐有什么感想？”

程安安懒懒地耷拉下眼帘，翻着手里的剧本，头也不抬地答道：“那不知道苏先生对于两天换一个嫩模有什么感想不？”

乔治本来在沙发上装透明人，听见程安安反击顿时笑出声来：“哈哈，我出去给安安拿杯水，你们继续。”

苏谦诚倒是不在意地一笑而过，在她旁边的椅子上落座：“恭喜啊，影后。”

程安安一愣，按住剧本的手指硬生生被刮了一下，刮出细细一串血珠来。她不动声色地抽出纸巾擦了擦，低声道谢，语气里却是一点喜悦也没有。

外面的雨越下越大，程安安打着伞从车上下来。一离了保姆车，外面的冷风扑面而来。这庆功宴她只邀了圈子里几个要好的朋友过来。

也不知道是谁漏了口风，外面已经围了一圈的记者，正扛着长枪短炮往这里拍。

程安安看了眼身后的乔治，见他也是一脸莫名其妙后，侧身往里走去。却不料，那帮记者的目的并不在她，在目标到来的瞬间纷纷转了视角，往前方涌去。

门口正停着一辆黑漆锃亮的轿车，此刻刚从车上下来的男人才是这帮记者的焦点。

程安安抬眼看去，微微惊讶。

秦墨一身正装从车里出来，也许是五官立体的原因，他面无表情的时候显得越发冷峻。此时，他正侧站在车门边，而他的身旁站着一位女子，挽着他的手巧笑嫣然。

在今天一天的轰炸下，程安安对那位女子并不陌生。

正是秦墨准备结婚的人——苏欣彤。

程安安眯了眯眼，心底猛然冒出一股子不服气来。

她眼尖地看见苏谦诚的保姆车在门口停了下来，她脚步一顿，瞬间转了个方向，一点也不遮掩地就往苏谦诚的方向走去，而秦墨也在那个方向。

众人眼睁睁看着就要进去的程安安一个掉头往秦墨这边走来，浑身的八卦细胞都兴奋了起来，镜头瞄准了这两个人物，闪光灯一顿狂闪。

程安安早就习惯了这种在聚光灯下的生活，此刻依然保持着完美的笑容一步步往秦墨所在的方向走去。然而不知道她要做什么的乔治跟在她身后显然是惊出了一身冷汗，完全不知道这祖宗又想出了什么点子瞎折腾。

就在众人的胃口都被吊起来的时候，只见程安安连正眼都没有给秦墨一眼，笔直地越过他向苏谦诚走去。

〔2〕

意外之所以被称作意外，就是因为那是自己所想不到甚至于根本不敢去想的事情发生在眼前，那么真切，让人无法狡辩。

就在众人以为程安安会直接杀上前去，或对着秦墨微笑祝贺或冷笑着下个战书给秦墨的未婚妻时，独独没想到这个女人敢把秦墨给无视了，直接去迎接她戏里的“奸夫”。

虽然事实让人大跌眼镜，但……还是让在场嗅觉敏锐的记者们闻到了一丝一触即发的硝烟味。

苏谦诚有那么一瞬间没能反应过来，随即被程安安狠狠地在腰间拧了一把后，他迅速地回过神来，配合地揽着程安安的肩膀，边替她挡开那些围堵上来的记者，边压低声音咬牙切齿道：“我说，你想干什么的时候，能不能提前通知我一声？”

程安安抬眼看了看他，皮笑肉不笑：“我一直以为你最适合临场发挥。”

这厢两人成功抢镜，那边秦墨转过身看着程安安笑得风生水起地倚在苏谦诚的身旁小女人十足的模样，挑了挑眉，眼底的阴鸷一闪而过。

显然他的视线有点扎人，程安安一眼看去就被他眼底冰封的冷意凉得浑身颤抖。但这样明显的挑衅，程安安却是毫不在意，挑了挑嘴角，这才顺着走过去，好似刚刚才注意到他一般，掩嘴惊呼了一声：“咦，秦总什么时候过来的，我居然都没看见。”

秦墨抬眼看了看一旁的苏谦诚，冷声道：“程小姐的眼里只有苏先生，自然是看不到秦某的。”

程安安听不出他话外冷沉的情绪，但直觉现在还是不要招惹他为妙，偏偏理智比感性慢了一步，嘴里本要吐出的场面话在触及他低头对着怀里女人浅笑的时候瞬间换了套路：“秦总真是爱说笑，人家当初把秦总放在心里的时候，也没见秦总像如今一样多留心一眼。”

此话一出，在场的记者彻底傻眼，一堆的话想说出口，却在感受到此刻站在风暴中心临危不惧甚至有点爆发趋势的程安安那股子凛冽到杀人于无形的气势之后，统统识趣地憋了回去。

程安安见效果达到，冷哼一笑，垂眸看了那个千金大小姐一眼，目不斜视地挽着苏谦诚往里走去。

那挺直的背脊、风情万种的走姿，丝毫看不出她真正的心绪如何百转千回，众人只得暗暗惋惜，其实程安安这种看似不食人间烟火的女人也是有栽的一天的。

谁说程安安和秦墨没有一腿的？照这个情况看，关系分明已经很亲密了好不好！

不然给谁一百个胆子也不敢在秦墨面前这样说话挑衅啊！

秦墨是谁？大家纷纷看着他的脸色做事的商业大鳄啊！

谁敢不识趣地招惹他，就等着身败名裂吧。

但说程安安，此人红得诡异，行事作风也诡异得很。

程安安还是新人的时候就有金牌编剧徐紫鸾钦点为女主一炮而红，接着更顺理成章地一路飘红，广告片约不断。

甚至曾公然无视与老东家的合约，跳槽到了秦氏集团旗下涉猎娱乐圈的星光公司。而星光，不仅帮她处理了巨额违约金，甚至换了圈内数一数二的首席经纪人乔治给当时只是小有名气的她做经纪人。之后她便越发不可收拾地接片约接到手软，手里随便拒绝掉的剧本都是别人可遇不可求的好片。

至于行事作风自然是属于让人看了就不爽却碍于“程安安”三个字必须忍气吞声的那种。但即使这样，冲着她是一线大腕，她是程安安，她能挽救低迷的电影市场，身披亿万票房，还是有成千上万的人愿意捧她的场，死心塌地追寻她。

这不能不说是她的魅力所在。

直到走入会场，不见了长枪短炮，程安安这才松开苏谦诚的手，懒洋洋地看了他一眼，显得很是漫不经心：“抱歉。”

苏谦诚倒是不以为意，翘了翘嘴角，促狭地朝她眨眨眼睛：“你猜，明天的报纸头条会写什么？”

程安安被他的语气逗笑，十足自信地回答：“明天的报纸头条只会写我程安安如何春风得意。”

闻言，苏谦诚一愣，随即不可抑制地笑出声来：“算你狠。”

他早该猜到，触及秦墨的事情，自然不会有哪家杂志或者报社有胆子乱写，哪里需要他去关心明天的报道，答案昭然若揭。

程安安这一出戏唱完，心情愉快了不少，虽然知道下次再见到秦墨必然要被收拾狠了，但此刻长出一口气还是愉悦到她了，当下嫣然巧笑着去招呼客人了。

酒过半旬，程安安微微有些吃不消。见她眼神有点飘忽了，乔治再不敢让她沾一滴，忙挡了酒，周旋了过去。

在角落小坐了片刻，程安安只觉得酒意越发上涌，喝了半天的酒却是一点东西都没吃，此刻胃里一团火在烧一般，又胀又痛。

见没人注意，她悄悄从侧门溜了出去，刚走到洗手间转角就猝不及防地撞上一个人。她迷迷糊糊地也没看是谁，只低低地说了抱歉，侧身往洗手间里走去。

厕所隔间传来敲门声，随即便是男人有些不耐烦的声音：“安安，把门打开。”

分辨出这是秦墨的声音，程安安刚握住门把的手就是一顿，最后干脆利落地缩回手：“不开。”

门外的男人气结，咬牙切齿地警告：“我再说一遍，开门。”

程安安只觉得胃里开始翻腾起来，但又不想在此刻向门外的男人低头，喘了几口气，才回道：“秦先生，你不觉得你有点变态吗，在女厕所里大喊大叫的。”

听见门外没了声音，程安安刚松了口气，下一秒就被巨大的踹门声吓了一跳，退至隔间角落，脸色苍白地看过去。

门外站着的男人面色阴沉，嘴角紧抿，浑身凛冽。

见她跟他较着劲就是不开门，秦墨气得上前一步就把她拎了起来：“我叫你开门你听不见？”

程安安看着他微眯的眼睛，就知他此刻气得不轻，偏偏嘴上还不愿意服软：“看你不爽。”

闻到她身上的酒气，知道她这会子该是有些醉了。秦墨也不想跟她计较，只揽了她要往外走，不料他刚一环住她，就被她不知道哪儿来的气力一把推开，她反身趴在马桶上吐得昏天暗地。

他皱了皱眉，上前帮她顺了顺气，眉头却皱得越发紧：“谁让你喝那么多的？”

吐得干干净净这才好受很多，程安安抽出抽纸擦了擦嘴，实在忍受不了自己现在的狼狈样，推开他就往洗手台那里掬了冷水往脸上扑，又漱了漱口，嘴里没味了这才舒坦了些：“你管得着吗？”

秦墨气急反笑，盯着她的脸，嘴角抿得越发紧：“你给我记着，晚上回家再收拾你。”

程安安听他的意思是还要回去他和苏欣彤的那个宴会的，当下直起身，微翘着嘴角笑得风情万种：“不如秦总现在就把我就地正法了如何？”说话间，手也自动自发地攀了上去，揽着他的脖子缓缓凑近。

见他不说话，身子却是绷紧了些，程安安笑得越发春光明媚，低头就在他的脖子上轻轻一咬。

秦墨低叹了一口气，一把抓住她的手扯下来，俯身就把她扣在怀里扣得紧紧的：“狐狸精。”

程安安的目光却是一滞，看着他的眼神都是娇中带媚：“成精了才好，才能让秦总你沉迷于我，夜夜春宵。”说话间，她抬起腿蹭着他的小腿微微往上，像爪子一样，一下一下，不轻不重地勾着他。

秦墨就算自制力好，此刻再不有所动作都怕是控制不了自己。当下，他紧紧揽住她就往墙上一按，被她蹭着的双腿也反客为主地压住

了她不安分的小腿。

原本紧抿着的唇此刻毫不留情地压上她的脖颈间，狠狠地碾过，直到她闷哼出声，他才缓缓松开。

见她此刻的眼底一片清明，他抬起手缓缓钩了钩她散落下来的头发，用拇指轻轻擦去她白皙脖子上的湿意，低声说道：“乖，小狐狸。”

这四个字，却让程安安迷了眼。

秦墨手指钩了钩她轻薄的肩带，眯着眼叮嘱：“离苏谦诚远点，我回去交代一下就在后门等你，你快点出来。”

程安安却是不应，只盯着他笑道：“秦总说什么便是什么，哪有这样的道理？”

她爱耍小性子他也由着，他扬了扬眉，顺着她的话问：“那你想怎么样？”他的语气低沉，此刻微微压低了声音越发好听。

程安安却不吃这一套，扯着他的领带拉着他凑近自己，恶作剧般掏出鲜艳的口红往唇上抹了厚厚的一层后，在他白衬衫的领子上面印上显眼至极的红唇印。

她这一系列的动作做得十分明显，秦墨有的是机会拦着她，但是他却任由她胡作非为。分毫行动都不采取，这举动算是彻底取悦了程安安。

她难得地笑了起来，手里捏着她亲自代言的口红嚣张地塞进他的口袋里，这才松口道：“秦总慢走。”

见她笑得妩媚，一张小脸都是满面的春意，倒让他此刻有些移不开眼。

程安安却不管这些，目的达到绝不恋战，当下拂开他的手就往外走去。

〔3〕

天色已沉，淅淅沥沥地又下起了雨。

后门口一辆豪华轿车已然停了片刻，后窗开着，那些细细小小的雨丝顺着风落进去，打湿了男人扣着精致袖扣的衣袖。

他指尖夹着一根烟，正明明灭灭地闪烁着。

他抬眼看了看手表，微微皱着眉，已然有点不耐烦了。

察觉到男人的这个动作，充当司机的管家请示道："要不要我去请程小姐出来？"

秦墨像是没有听见一般，沉默了片刻才抖了抖指尖，看着那些烟尘落下，抿紧唇用指尖把那莹莹闪动的烟头掐灭："再给她十分钟……"

几乎是话音一落的同时，就看见那个身影提着小包往这边走来。

程安安一推开门就看见这辆车，再看到秦墨眯着眼打量她的样子，顿时有点不寒而栗，她似乎做得有些过分了。

这样想着，她停在几步远的地方，睁着双无辜的眼睛看着秦墨，就是不再踏前一步。

她那眼底像是蕴着水一般湿润，微微有些醉意还未散去，脸红扑扑的，霎时让他有些心神荡漾。

见她不过来，就站在那里，他顿了顿，似乎是看出了她的想法，冷声道："还不快过来？"虽说这是小雨丝，淋久了也是要着凉的。

程安安虽习惯了他的喜怒不形于色，如今这没有多余情调的话却还是让她有些不知所措。但继续僵持下去……

她抬眼看了看黑漆漆的四周，这冷风冷雨的，着实有些凉。

何必跟自己过不去？

想到这里，她凑近几步："我不是故意放你鸽子的，实在是因为他们都喝高了硬是不让我出来。"

秦墨扬了扬眉，能听她开口解释，实属百年一遇。他面上却还是不动声色，只开了车门冷声吩咐：“再不上来自己走回去。”

程安安这才倾身坐进车里，秦墨留给她的位置少，她一坐上就挨到了他。想着手臂上湿漉漉的，这男人又有着严重的洁癖，她下意识就侧身避了避。

却不料这个无心的举动倒是让秦墨的脸色一沉。

程安安一回头就看见他那副表情，这才想起来刚才干了什么事。她忙抬起手臂凑到他跟前：“要是你不介意我全部蹭在你身上的话，我自然没意见。”

秦墨低头看了眼她的手，二话不说把自己扔在副座上的西装外套拿过来披在她的身上。见她一直乖乖的，他探手摸了摸她的额头，这才发觉她的额头有点烫，怕是酒意还未消退下去。

程安安顺着就往他的身上靠，一抬眼正看见她印在他衬衫上的红唇印，不由得好心情地探手过去摸了摸：“怎么样，苏大小姐吃醋了没有？”

秦墨却是不答她，只收紧手臂把她抱起来放在腿上：“今晚玩够了？”

程安安冷哼一声，指尖一抬，挑起他的下巴：“你真要跟苏欣彤订婚了？”

秦墨皱了皱眉，没承认也没否认：“不是我的意思。”

不是你的意思？

程安安把这话放在心底重复了一遍，却是越发鄙夷。这个世界上若是他想，谁都不能违背他的意愿，谁敢操纵他的人生？

即使不是你的意思也是你默认了的。

“既然秦总你都要订婚了，那我似乎也该跟秦总划清界限保持距离了？”

早就料到她会这样说，秦墨抿了抿唇，越发不高兴起来：“我有说我们之间到此为止吗？”

程安安一愣，脸色微微苍白下去。

当初她是答应跟着他，直到他说结束便结束，绝对不会纠缠。但如今，他都要订婚了，她还在他的身边，又是什么意思？

见她脸色不好，他的眉头皱得越发紧：“你要是不喜欢，我明天就澄清这件事。”

程安安却被他这句看似示弱的话刺得一痛，抬眸看向他：“要怎么澄清？退婚吗？”

他安抚般拍了拍她，低声哄：“退婚便退婚。”

程安安瞬间奓毛，盯着他那双眸子看了好久突然冷静下来：“何必呢？”说罢，顿了顿，又补充道，“我又不是你的谁，何必将就我的意思。你是我的金主，一切随你的意才是。”

明明车窗已经被他关好，此刻却有一阵寒气浓重起来。

秦墨低头看着她，神情专注认真：“程安安，你再说一遍！”

他的语气轻柔，眉间却都是冷厉。前座的管家察觉气氛不对，轻轻咳了一声。

程安安却是恍若未觉一般，偏头看着他：“还是你希望我求你不要走，不要毁了我们曾经的美好时光？”说罢，她自己都觉得好笑，冷冷地笑出声。

秦墨给她的不只是名利、虚荣，更有一段程安安私藏在心底不能与人分说的爱情。

程安安是很知趣的女人，当初他承诺给她这个地位时她就不敢再去奢求别的，在他身边的这六年，他一步步地教她为人处事，教她怎么看清隐藏的敌人，怎么一招置人于死地。

他对她很好很好，好得让程安安这么理智冷血的女人都不由自主地沦陷下去。

她也曾不切实际地幻想过，他也会有一点点的喜欢自己……只是这个梦没做多久，就被他亲自用指尖捏碎，还笑眯眯地把这些碎片摆在她的面前供她观赏。

如今，他终于要结婚了，她在他身边巧笑倩兮了那么多年，终于可以不用再小心翼翼地呼吸着，奢求他的一点点小温暖。

他却似乎并没有放过她的意思。

秦墨看了她片刻，突然笑了起来，修长的手指轻轻地敲在车窗上，一下一下。

程安安看着他嘴角的那抹笑，只等着他下一句——滚。

而他也的确不负她所望，一把推开她，面色淡淡地命令道："下车。"

程安安心底却是松了一口气，冷睨了他一会儿，扭头就去开门。

这大半夜的，秦墨怎么可能真的把她丢下，不过是希望她能察觉到此刻孤立无援的处境自动服个软，然后继续乖乖地待在他的身边。

所以，管家虽然减速了，车子却是未停。

程安安自然也是明白的，却偏偏当作不知，一把拉开车门闪身就跳了下去。

在她打开车门的瞬间，秦墨的脸色就是一变，察觉到她要做什么伸手去拉时，已经错过最佳时机，眼睁睁看着她的指尖和自己的擦过却没有拉住她。

好在深夜没有多少车，身后一辆车跟得比较远，见前面有人跳车，顿时一个急刹车，车主吓得破口大骂："你有病啊！"

见她眼神犀利得像要杀人般，那车主只骂骂咧咧地缩回驾驶座，拐了一条道便开走了。

秦墨的车子就停在不远处，程安安回头看了一眼，见秦墨正透过后视镜看过来，她撑着膝盖站起来。

果然拍戏多学点技能还是有好处的，上次那个打戏她硬是从车上跳了十几次才练就今天的不断胳膊不断腿。

暗暗庆幸完毕，见秦墨还是没有要下车的意思，程安安索性掉头就走，无奈鞋跟摔断了，左脚一落地就是一阵钻心的痛。她低头一看，左脚不知道什么时候擦伤了，此刻火辣辣的。她干脆一不做二不休，甩了鞋子赤着脚就往前走，一瘸一拐的。

管家停了片刻，不由得皱了皱眉："要不要我……"

"不必。"秦墨打断他，"开车回老宅。"

等听到身后的引擎声，程安安回头一看，那辆黑色轿车已经绝尘而去。

"浑蛋。"她暗暗低咒了一声，拿出手机给乔治打电话。

乔治从接到程安安起一路数落她到家。

程安安在A市有两套房子，一套秦墨常去，另一套则是她独自一人的，秦墨鲜会过来。

乔治见她这样子，就知道两个人又闹翻了。今天本该是她春风得意的好日子，她却半夜被秦墨扔在了路上，最好没有狗仔拍到，否则，还真不知道明天的报纸头条会写得多难看。

程安安安静地听乔治数落完，才拽着他的袖子，指了指左脚："帮我包扎下，看起来越严重越好。"

乔治一听她的话，脸色一变，一看，倒还真的擦破了皮，有点血丝，乌青一片。程安安的肤色白得剔透，这伤口看起来便有些触目惊心。

见乔治那副见鬼的表情，她揉了揉眉心，好笑地解释道："你放心，只是看起来比较严重而已。看我还能自由行动就知道问题不大，不过好不容易受一次伤，不大做文章不是太浪费了吗？"

她这一提点，乔治自然明白她的意思，只得认命地去拿医药箱

来：“我说小祖宗啊，别的明星最怕的就是受点伤了。你倒好，故意折腾出来，怎么弄的啊这是！”

程安安掩着嘴打了个哈欠，就着手边的牛奶喝了一口，漫不经心道：“我跟秦墨闹脾气来着，他让我下车我就滚了。”

乔治手上的动作一顿，越发气急败坏起来：“你下个车能弄成这样也真的很不容易。”

“谢谢。”她谦虚地道谢，轻描淡写地补充道，“我是跳车了。”

话音一落，乔治瞬间石化了。

接下来少不得指着她的额头破口大骂一番，她早就习惯了，低着头任他骂高兴了，看时间差不多了这才跳下沙发。

这个动作却是惊得乔治一身冷汗：“我的小祖宗啊，你明天还要拍戏的啊，你悠着点行吗？自从签了你之后，我没心脏病都被你整出心脏病来了。”

“你倒是知道我明天要拍戏，我先去睡了，你走的时候记得把门关好。”说罢，也不理会他，她直接走进卧室关了门就去睡觉。

门合上的瞬间，只听见乔治扯着嗓子吼道：“程安安，你这样很快乐吗？！”

程安安一愣，唇边的笑意也隐退了下去：“子非鱼安知鱼之乐。”

## /第二章/

# 人不入戏如何解戏

〔1〕

次日，程安安一起来，就看见乔治提着一双平底鞋正候在门外等她出来。

她挑了挑眉，瞄了眼时间，伸了个懒腰：“没必要那么早就来抓我吧，我又不会跑。”

乔治却不理她，只把鞋放在她面前：“今天穿这个吧，你有脚伤。”

程安安这才想起来昨晚跟秦墨闹翻了还跳车了来着，低头看了看裹成一团的脚，不作声了。

等到剧组的时候，导演一见程安安的脚包得跟粽子一样，顿时就把眉头皱得跟打结了一般：“安安，你怎么把脚弄伤了？”

不待程安安回答，乔治便接口：“‘二’的呗，车没停稳就跳下去崴到了。”

程安安顿时一个白眼翻过去。

好在程安安这次拍的《大院旧影》是民国时代的戏，旗袍一穿也挡了不少，但是全景自然是拍不了了。

苏谦诚比程安安晚来了些，见她坐在椅子上眯着眼玩手机的惬意样，瞄了瞄她的脚，笑不可遏。

程安安扫了他一眼，指了指一旁的空椅子：“有这幸灾乐祸的工夫，不如想想等会儿跟我对戏的时候怎么帮我遮一遮吧。”

苏谦诚难得愉悦：“听说你昨天车没停稳就跳下来了，什么事这么猴急，说来给小爷笑笑。”

程安安自然不搭理他，冷哼一声：“无聊。”

苏谦诚讨了个没趣也没生气，正想要说些什么，那边导演正好要拍他们的对手戏，派人叫他们过去。

这段戏是苏谦诚夺了家族的财产之后，被程安安发现他只是借助她孙家大小姐的身份来成就他的狼子野心，所以失望至极，觉得曾经的地老天荒海枯石烂都是他为了权势骗取她的感情，所以不甘心地找他当面对峙，要求归还财产。由此两人发生口角，一发不可收拾，最后苏谦诚恼羞成怒狠狠推了程安安一把，导致她流产。

程安安知道这是这部戏的小高潮，之前便做足了准备。

苏谦诚见她准备好了，看了她的脚一眼：“我等会儿会借个角度，你自己也避一避。”

程安安自然没有异议，只说道：“没事，伤在脚上。”

富丽堂皇的大厅里，程安安眼底倦意渐浓，看着苏谦诚的眼角眉梢都是浓重得让人忧伤的失望至极。

她站在大厅里看着眼前的一切物是人非，颤抖着声音质问："你如今梦想成真，但是你站在这里面对着我，难道你不会觉得愧疚吗？"

苏谦诚眼底的挣扎一闪而过，面对着眼前隐忍着眼泪讨伐自己的女人，冷声回应："我有什么好愧疚的，对不起我的是大院旧影，这些本来就是我的东西。"

程安安脸色一寸寸苍白下去，眼底的湿意重得她都快承受不住，潸然欲泣："你怎么敢……怎么敢说这些都是你的。"

苏谦诚抿了抿唇，无言以对。对于这个女人，他是深爱的，但是两人的立场早已对立，他放弃不了他的仇恨但也不能不去爱她，矛盾和挣扎深深地映在他的眼底。

这样情深意切的互动让在场的局外人都觉得这两个人之间情深不悔，纷纷被程安安的悲戚和苏谦诚的隐忍感动得热泪盈眶。

程安安见他不为所动，摊开手，坚定地看着他："拿来，把这些不属于你的东西全部还回来。"

顿了顿，她看着这个曾经深爱到以为能付出所有的男人，眼泪终于落了下来："你不能这样对我，你让我为你折命也好，但是你让我如何去面对我的长辈，让我怎么面对……我是罪人……我求求你，不要这样对我……你以前那些海誓山盟难道让你一点情义都没有了吗？你说的爱我连一分的真都没有了吗？"

程安安哭得动人，她的五官本就精致，此刻梨花带雨的样子真是让人心疼得紧。

苏谦诚自然也是痛苦的，当下抬手按住她的肩膀，用乞求的眼神看着她："你知不知道整件事我唯一做错的就是对你动了真情！谁都没有办法阻止我，哪怕是你。如今……你在我面前早已一文不值了。"

"没有利用价值了，所以对你来说……"程安安一顿，突然从心底对这个女人同情起来，“我只是一个没用了的棋子是吗？”

这个女人用生命去争取大院旧影对他的认同，却在她以为得到幸福的时候被这个她曾经那么不顾一切爱过的男人从天堂抛到地狱里，粉身碎骨。

苏谦诚也是一愣，她眼底的绝望那么明显，险些让他深深陷了进去。

他放开程安安，一字一句地粉碎她的爱情也粉碎自己的心：“你对我来说，只是棋子。”

他的狠绝终于让程安安死了心，只见程安安拿出一沓纸扬了扬，冷声道：“既然如此，我会用我的方式让你把这些东西统统都吐出来。”

苏谦诚皱眉看去，不由得大惊失色，这些全部都是他为了谋夺大院旧影的家产时所犯的罪状，却不料程安安全部掌握了去，当下便扑过去要抢过来。

程安安自然也没有跟他争，她既然敢拿出来自然不会单单只有一份。

看着她昔日那么爱着的男人惊慌失措的样子，她却一点快意都没有，只冷声警告道：“我给过你机会的，既然你定要执迷不悟，那么，我们走着瞧。”

见她转身要走，苏谦诚顿时扑上去拦住她，气红了眼：“把东西交出来，你不交出来今天就别想离开这里。”

程安安盯着他片刻，才轻缓地说道：“我今日来便是做好了万全的准备，即使我走不出这里，你也不会得意太久。”

“你难道真的要逼我吗？”

“那你呢？”

说罢，苏谦诚终于发怒，一把推开程安安。力道之大，虽然稍微收了收，程安安却是一个措手不及，左脚碰上一旁的桌椅，一个收势不住，狠狠地摔在了地上。

本以为是程安安发挥得好，却在程安安苍白了脸，咬牙忍住疼迟迟不捏血袋的时候，他终于察觉到了不对劲。

苏谦诚脸色一变，忙蹲下身看：“哪里伤着了？”

程安安指了指脚，咬着唇低声骂：“浑蛋，下手真重。”

苏谦诚这回是真的吓到了，忙抱着人就往外面走：“快让开个地。”

程安安最初疼过去了也没事了，反而是苏谦诚那么大动静不知道的人还以为她怎么了，一群人围了过来，闪光灯不停地闪着。

程安安抬手挡了挡，疼得倒抽冷气：“啧，这下伤筋动骨一百天了。”

乔治被她吓得不轻，忙围了上去看：“又扭着了？”

一旁探班的记者见程安安带伤上阵本来就想等她拍摄空隙采访一下，此刻见她意外受伤也不忍心了，关心地问了些情况就退了出去。

程安安按了按伤口，见没什么大碍，摇摇头：“没事，不过估计是下不了地了。”

苏谦诚见状，自责地皱了皱眉：“我送你去医院吧。”

本想应下，但随即一想到此刻两个人关系本就紧张，难免会传绯闻，她摇了摇头，指着乔治道：“没事，他能送我过去，你留在这边吧。”

导演见程安安伤得不轻，也忙着张罗：“安安你先上医院看看，没事的话皆大欢喜，到时候来个电话。”

程安安本来就不需要听导演的意见，但他现在都这么说了，更何况实在疼得厉害也不推辞，点点头，被乔治扶着往车里走。

等到医院，程安安被扶着刚踏上一层楼梯，突然整个人被腾空抱了起来。程安安吓得惊呼一声，忙环住来人的脖子。

不用看，闻着这熟悉的味道也知道是谁，她当下垂了眼睫乖乖地靠在他的肩膀上。

见她实在疼得紧，秦墨也不废话，抱着人就往楼上走。

他抱得稳，走得也稳，到病房的时候，小心翼翼地托着她的脚把她放在了病床上。

VIP病房里早已有医生在此等候，秦墨刚想退开把位置腾给医生，却被程安安一把拽住衣角。

一抬眼，她正用可怜巴巴的眼神盯着他。

对视片刻，他无奈，勾了嘴角把她环进怀里："怕什么。"

昨晚秦墨打电话给乔治确认程安安有没有安全到家的时候，乔治倒是说了她脚伤得不轻。所以今天一大早去上班时，他边办公边开了电视等她的新闻。

确认了程安安中午没有戏份，他直接让乔治把别的事都推了，中午他过去看看。谁料，才到半路就接到乔治的电话说是安安送医院了。

此刻一看，这个脚腕肿得，的确是惨不忍睹。

想着是她自作自受，秦墨不由得一股子怒火腾地就烧了起来。

程安安本来还想借着这苦肉计让秦墨心软的，但此刻突然觉得气氛不对，刚缩了缩就被秦墨用更大的力气按了回去："别动。"

"她到底伤得怎么样？"片刻，他终于耐不住问医生。

医生回答："没大碍，脱臼了接回去就好了。"

程安安却是闻之色变："不要。"

秦墨皱了皱眉："嗯，那就接回去。"

程安安一向最怕疼，以前拍戏吊威亚的时候也伤过脚，医生明着说正骨不疼，下一秒接回去的时候疼得她瞬间飙泪。

秦墨那时候也是这般揽着她，见她哭得那么惨烈，皱着眉头教训她："以后还逞强不，这些危险的戏份不能叫替身吗？"

程安安还在做梦的年纪，凡事亲力亲为，此刻伤了脚被他抱着只觉得甜蜜，擦干眼泪眼底的光越发坚定："不能。"

见他皱眉，她忙补充一句："以后一定会小心。"

这才让他暂时放过她。

程安安怕疼，自然不愿意配合，把秦墨的衣角都扭成了一团还不解气，狠狠地在他的手上咬了一口："都怪你。"

乔治在一边吓得脸色都青了，他可从来没看见大boss那么温柔过啊，程安安咬得那么重他居然只是皱了皱眉而已！而已啊！

"程小姐忍一下吧。"说罢，那医生已经不给程安安反抗机会，按住她的脚。

程安安却被吓得面色苍白，一头扎进秦墨怀里："你浑蛋。"

秦墨也懒得跟她计较，只是抱得越发紧些："今天中午吃什么，嗯？"

话音一落，程安安只感觉脚上剧烈一疼。她咬紧唇，咬得直闻到了血腥味也不松开。

她这次没哭没闹，只缩着身子不动。

秦墨见她这副样子，掰开她的脸一看，忙用手指扣住她的下巴分开她的唇，眉头皱得越发紧："乖，松开。"

（2）

程安安一向觉得像秦墨这样集万千宠爱于一身，人人都要看其眼色做事的人是不会知道什么叫宠爱的。

他那样的人，充满兽性，对于任何事物的定义都仅限于要或者不要。

看准就出击，绝对不会有迟疑这么一说。

但她紧咬的唇被他用手指抵着分开时，她一抬眼就看见他眼底那淡淡的柔意，是她从未见过的情绪。

不过只是一瞬间，快得让程安安都觉得那只是她的错觉而已。

秦墨揽着她往枕头上靠了靠，抬手抽了纸巾擦她脸上的眼泪："脏死了。"

程安安咬咬唇，顺着他的掌心凑过去，扯着他的袖口就把眼泪全蹭了上去。见他皱眉，她的唇一弯，心情顿时好了起来。

秦墨就没有她这样的好心情了，捏着她的下巴不轻不重地在她唇上咬了一口："一天到晚就知道给我添堵。"

程安安正感慨洁癖真是伤不起，被他这一咬却隐隐有些幸灾乐祸："反正你也习惯收拾我的烂摊子了。"

秦墨转头看了她一眼，指尖搭在她纤细的手腕上，漫不经心地问："谁弄的？"

程安安一愣，指了指脚："不是你干的吗？"

见她明知道他问的是什么偏偏顾左右而言他，他气急，捏着她的手腕越发紧："别打哈哈。"

这下，程安安也怒了，揪着他的袖子瞪过去："我说是你弄的就是你，是你昨晚让我下车的。"

秦墨脸色一沉，想起她昨晚的那句保持距离就气不打一处来："你确定不是你急着离开我吗？"

他意有所指，程安安沉了脸色，盯了他半晌，渐渐在他似是能看透一切的眼神里败下阵来，她的手一收就往床下跳。

这次，秦墨没给她自虐的机会，俯身一把拽住她的手腕，另一只手固在她的腰间一扯就把她拉了回来。

"别闹。"

他这一声警告，程安安越发不乐意起来："秦总还怕我闹吗？"

秦墨喉头耸动，一看就知道怒气隐隐有爆发的趋势。随着她收紧抓着他手臂的手指的力道，他的眸色变得越来越深："程安安我警告你，别再故意说这些话刺激我。只要我不想，就没有什么到此为止的说法。"

程安安几乎被他这句话激怒，气愤地看了他半晌，挥手就扫落桌边的玻璃瓶，发出"砰"的一声脆响。那玻璃瓶在地上破碎，里面的水洒了一地。

"秦墨。"程安安尖叫。

秦墨不以为意，微沉了脸色看着她，一言不发。

程安安却知道他一般怒极了都是这番样子，眉间微微挑着，只等着你一个不耐烦爆发，他正好扑上去咬断你的脖子，让你再也没有办法和他抗衡。

平息了片刻，程安安冷静了下来："抱歉，我觉得我以这种态度对待我的上司的确是不理智了。"

秦墨握着她的手腕手指收紧，见她还要说些什么刻薄的话，他再不给机会，按住她一个翻身压在她身上，尽数把她还未出口的话全部堵了回去。

"程安安，每次你不安的时候总是喜欢激怒我。"秦墨低低地说了一句，见她一个颤抖，嘴角微微翘起，"但你就是学不乖，总不会先去想想激怒我的后果是什么。"

程安安被他压制得紧紧的，只有眼睛里射出愤怒的光才能表达她此刻的心情，唇却抿得紧紧的，把头别向一边。

她终于失去了战斗力，他却不满意了。他用力收紧手，她顿时疼得变了脸色，唰地就把头扭了回来。

凝视她片刻，秦墨终于缓缓松开手。

纤细的手腕上，一圈清晰的红痕乍现，在她白皙的肌肤上格外触目惊心。

程安安见他对她的态度一直都只是在安抚，根本不把她的抗议放在心上，冷笑一声，抬手钩住他的脖子，微微凑近：“既然秦总你都这样说了，我要是不陪你演一场戏都对不起你这些年来的亲自照顾！”

程安安故意把“亲自照顾”四个字咬得死重，满意地看到男人眯了眼，这才松开手，仰头在他的嘴角轻轻一啄：“秦总慢走不送。”

“谁说我要走了？”秦墨懒懒地垂下眼睫，扣住她腰的手，顺着她的曲线往上游离。

过来得匆忙，她身上还穿着戏服。

一身素净的旗袍，勾勒得她浑身曲线明朗，胸前饱满，臀部挺翘。

秦墨微微移下身，手指也往下顺着旗袍的开衩部分摸到她白皙的大腿，钩着她的腿盘到腰上，随即沉身，彻底和她贴得紧密无间。

他偏偏觉得这姿势还不够让人脸红心跳的，特意用修长的手指绕过去解开她胸前的扣子。见她脸色微红，微微侧脸避开的羞涩样子，他满意地继续往下。

“秦墨。”程安安的脸色越发红艳，急急地伸手环住他。

他低笑出声，见她已经抬不起头来，这才轻声道：“要不是你脚上有伤，一定把你办了。”

程安安气急，一口咬在他的耳垂上。听到他低低地倒抽了一口凉气，她眼珠子一转，伸出舌头舔了舔，在他的耳郭里微微吐气：“那还真是让我失望呢。”

挑逗意味明显，程安安分明是仗着他现在不会对她怎么样才那么嚣张。放在别的地方，她哪里敢说这样的话。

秦墨看着这情势自然也不打算纠缠，松开她，扯过被子帮她盖好："晚上再来看你，我先回公司了。"

程安安却是漫不经心地挥挥手，掩着嘴打了个哈欠，身子一缩就进被子里睡觉去了。

秦墨顿了顿，转身便出了门。

乔治在门口坐着，听见开门声一看是大boss出来了，转头看了看病房。

"让她好好睡会儿，别去打扰她。等她睡醒了再喂点吃的，有什么情况打电话给我。"交代完这些，他转身下楼，头也没回。

管家倒是一直在医院门口候着，见他出来，低声道："少爷不如等会儿吧，外面现在围满了记者和程小姐的粉丝。"

秦墨却并不在意："下午还有个会议我得赶回去。"

见他这样说，管家自然是不会有异议的，跟在他的身后就上了车。

苏谦诚赶完通告来探病的时候，程安安正剥着橘子吃，病房里只有电视机的声音微弱地响着。

见来人是苏谦诚，程安安眯着眼吹了声口哨："哟，帅哥。"

苏谦诚被她的流氓行径逗笑，手里的一束花直接放在她的床头，随意拖了把椅子就坐了下来。

"怎么样了，还等着你来杀青呢。"

《大院旧影》的戏份前段时间因为她去走红地毯所以耽搁下来了，如今别的演员都忙完了，就剩下她和苏谦诚的对手戏，拍完就能杀青了。

但此刻，程安安皱了皱眉，轻叹了口气："我估计再排不上档期导演就该追杀我了。"

她目光转向窗台，天气微微有些沉，但远处还是有薄光透过云层洒下来，徒添了一层光晕，明明灭灭的。

她那双眼，眼底正好衬着这层光，剔透得让人沉迷。

苏谦诚望着她那双过分明亮的眼睛，早上旋在嘴边的话脱口而出："你若是大院旧影的大小姐，你会不会为了那个男人走到那般田地？"

"啊？"程安安一愣，随即反应过来。

"如果我是她，自然不会。"说罢，见他等着她的后话，她微微一笑，"早知道那男人利用我，定会先让他死无葬身之地。"

苏谦诚却笑起来："那是因为你还没有爱上他。"

程安安抬起手指看了看指甲，不经意道："如果是爱到非他不可了，我也不会走到那般田地，在事情没发生之前我会尽量扭转局面。"

顿了顿，她补充道："若是实在不行……"

她眉目间波光流转，薄唇微微勾着笑，吐出的话却是狠辣得毫不留情："那就同生共死。"

苏谦诚一愣，想过她的各种回答，却偏偏料不到是这个，当下一哂，笑了起来："程安安你还真是会给人惊喜哪。"

程安安的眸色却是一暗。

《大院旧影》的大小姐实在是蠢得厉害，如果是她程安安，自然不会明明早有觉察却还抱着侥幸的心理以为他会为了自己放弃这一切，一直等到最后的关头，亲眼看着他夺走自己的一切，还蠢得独自一人跑去让他放弃这些。

那个男人分明早就不把她放在心里，不然也不会陷她于如此尴尬的境地。

先下手为强后下手遭殃，这女人毁就毁在把他们之间的感情看得太重，才会一步一步走到悬崖边上。

而程安安和这个女人的区别就在于，程安安不会有这些不切实际的想法。

程安安更懂得怎么去把握自己想要的，而不是被动地等待别人的施舍。

就像如今。

程安安陷在这种被动的情境里，首先要自保，做好最坏的打算，再是去争取，实在不行，那么只能鱼死网破。

多年的演艺生涯，早就教会程安安什么叫不显山露水，蛰伏得越深才能越好地保护自己。

程安安想要秦墨，那么她试试看，实在不行，她必然也不会做一个弃妇让人嘲笑。

想到这里，程安安眯了眯眼，转回头笑眯眯地看着苏谦诚道："我们出去吧。"

**/第三章/**

# 女人她有她的狼子野心

〔1〕

乔治趁着程安安在病房里养伤，下午就离开了医院去洽谈一个大牌彩妆的广告代言合同。

等他晚饭时间回到医院打算告诉安安这个好消息时，一打开房门就看见病床上空空如也。

窗边却站着一个人，正背对着他。

听见声音，对方转过身来，目光沉沉：“她人呢？”

乔治傻眼，结结巴巴的，就是说不清楚程安安怎么突然就不见了。

秦墨周身气场一变，皱了皱眉，率先走了出去。

程安安接到乔治电话的时候正在A大吃着麻辣烫，被辣得鼻子一抽一抽的。

“我的祖宗喔，你什么时候出去的。现在在哪儿呢？秦总到处在找你呢，你快点回来。”

程安安一顿，片刻哼了一声：“他找我怎么不打电话给我，你少操心了，他忙着呢。”

苏家今晚办了家宴，邀请了秦家一大家子的人去，秦墨能不去？笑话。

苏谦诚见她表情不善，指了指她手里拿着的麻辣烫提醒：“你拿歪了小心倒出来。”

乔治一时无话，秦墨今晚的确是有事去了，不然也不会让他把程安安带回来了。当下，他又急又气：“行了，赶紧回来吧。”

程安安却较了真：“你自己看着办吧，我今晚是没打算回去见他。”

中午秦墨离开片刻，苏欣彤就把电话打到了她这里。

说这个女人聪明吧，却又犯傻，在知道秦墨去医院见她的时候一个按捺不住就找上门来。

但说苏欣彤笨吧，这通电话说得倒是也没有那么不聪明。

秦墨那个圈子里的人都知道程安安这号人，苏欣彤如今的身份就算不知道，暗地里也会有人给她打小报告。

苏欣彤委婉地告诉程安安说是她找不到秦墨的人，刚刚知道他在医院里希望程安安能告诉他一声，她家办了家宴，邀请了秦家一家子，希望他也能过去。

程安安却是乐不可支，翘着兰花指看着最近刚做的水晶指甲，问道：“苏小姐是不是打错电话了？”

苏欣彤显然没有想到程安安能这么理直气壮，当下反而有些被人看破心思的气虚：“麻烦程小姐帮我转告一声吧。”

程安安也不是让人欺负的主儿，人家都挑衅上门了，她自然没有不迎战的道理："要不你等会儿自己跟他说，他在洗澡呢。"

秦墨明明早已离开，她却偏偏这样说。听见电话那头没了声音，她才不疾不徐地道："那我知道了，等会儿我会告诉他的。"说罢，再不等那端有何反应直接挂了电话。

挂断电话，程安安盯着屏幕看了片刻，咬了咬嘴角显得有些不耐烦："真烦。"

苏谦诚顺手递给她一串烤肉，看她吃得差不多了，扶着她往外走："我送你回去吧？"

程安安刚想拒绝，在看见他明了的表情时突然卡在了喉咙里，片刻才低低地"嗯"了一声算是认同了。

坐在车里，苏谦诚皱着眉头看了程安安一会儿，还是没忍住："我一直很好奇在你的身后，是谁在不遗余力地捧你？"

程安安毫不意外他会问这个问题，懒懒地把手搭在了车窗边上："别告诉我，你混了那么久，还不知道什么话该问什么不该问？"

苏谦诚自然是知道的，挑眉看了她一会儿，才说道："那你不好奇我的身份吗？"

苏谦诚一炮而红的诡异程度其实跟程安安是一样的，程安安从来没有想知道的欲望，但他自己提到，又是另外一码事了。

"你还是别说了的好，我一不小心知道了些大事我该睡不着了。"她的反应平静倒是在他的意料之外。

苏谦诚脚下油门猛踩，见程安安还是眯着眼神色不变，在越过几辆车之后终于吐出一口气来："我是苏欣彤的二哥。"

这会子程安安坐不住了，一脸惊诧地看向他："什么？"

终于见到她波澜不惊的脸上有了另一种神色，苏谦诚懒懒一笑，拨了拨额前的头发，笑得痞气："你没有听错。"

苏欣彤这人程安安了解得不多也无须了解，自然对她的家庭更加不知道底细，所以知道苏谦诚是她的二哥的时候，除了意外就是觉得狗血。

那么秦墨和自己的事根本就不是什么秘密，而苏谦诚显然早就已经知道了。

想到这里，程安安不由得防备了几分：“你打算干什么？”

见她紧张起来，苏谦诚笑得一副奸计得逞的表情：“就是告诉你这个秘密而已。”

很快，苏谦诚便把程安安送到了医院门口。

见她虽然脸上淡定，眼睛却是眨也不眨地看着前方，苏谦诚笑意越发浓郁：“不过就是透露给你一个以后靠山的背景而已，干吗那么严肃。”

程安安却笑不出来，她看着前面停着的那辆劳斯莱斯，对着苏谦诚眨眨眼：“你放心，我就算以后被秦墨一脚踢了出来，我也会好好地站在山顶看风景。”

她说得狂妄，眼底更是透着嚣张的光芒，似乎谁也奈何不了她一般。但偏偏是这样等待着征服全世界的光芒让他的心弦一动，似有什么东西缓缓地漾了开去。

这个女人，她有野心。

程安安根本不用走上楼，就看见站在楼梯上的秦墨，正阴沉地看着她。秦墨眉头深锁，视线还停留在她的身上，冰冷从紧咬的唇齿间迸出，笔直地射向她。

“我中午好像有告诉过你晚上会过来。”

程安安眯起眼，随即又睁开，上上下下地扫了他一遍，讥笑起来：“你去参加什么家宴晚上没有空，为什么还非要我在这里等着你？”

秦墨的眸子眯了眯，随即淡漠的目光凝在她的脸上："所以带着脚伤去跟别的男人约会？"

见她不回应，秦墨缓缓走下台阶："看来你的脚伤是好得差不多了？"

程安安瞥了他一眼，扶着扶手转身就往楼下走。

秦墨也不拦着，只是不紧不慢地跟在她的后面，见她走出医院这才皱了皱眉，几步上前就把她抓得牢牢的："去哪儿？"

"要不要去酒吧？"程安安反问，眸子里亮晶晶的，"正好疏解一下秦总的怒气怎么样？"

她倒是看得出来他在生气。

秦墨沉默了一会儿，也不管她愿不愿意，拉住她的手把她揽着这才扶着她往前走："你最近越来越爱挑战我了，程安安。"

程安安却装作听不懂的样子："有挑战才能继续向前啊，总不能做个缩头缩尾的人，一辈子懦懦弱弱地活着吧？"

他也懒得跟她废话，微微松手："我们之间的六年，到此为止吧。"

她惊愕地抬头看他，见他一脸的云淡风轻，似乎是想不通他怎么突然就愿意放开手了。

她愣愣地看了他片刻，发现自己此刻的反应太过于认真，皱皱眉，想潇洒地表示同意，却是半句都说不出来。

这样的夜色下，他低着眸看她，见她眼底的深深浅浅，却始终不知道她在想些什么。

半晌，才听到她故作轻松的声音问道："是你先提出来的，那么之前说的话还算数吗？"

之前？

他皱眉："哪些？"

程安安憋着一口气，心里堵得厉害。

她被记者告知他即将要订婚都没有像此刻感觉世界要毁灭了一般。

亲口来说，果然还是让她有些接受不了啊。

顿了顿，她语气清晰地表达道：“你之前答应的，我希望秦总一样不漏地给我送过来。”

见他挑眉，程安安翘了翘嘴角，笑得越发肆意：“啊，至于你未婚妻那里我会注意的。”

说完，见他神色越发不好，她的心情难得稍微好了那么一点，再接再厉地补充道：“以后秦总要是怀念我，可是要另谈了。”

秦墨脑子里那根神经终于土崩瓦解。

这个该死的女人，居然还敢当着他的面把条件罗列得那么清楚！

但是，话既然说了自然是不会再反悔了，他当下面无表情地点点头：“除了这些，我会额外给程小姐打一笔钱当作补偿。”

说罢，他实在是不想再去看她那副云淡风轻的表情，转身走得又急又快，片刻便消失在她的视线里。

程安安却在他转身离开的瞬间，嘴角一垮，笑不出来了。

她到现在都还在怀疑，她用了整整一天的时间在做一个梦，这个梦费尽了她全部的力气也克制不了内心瞬间被抽走的空虚。

她只觉得浑身上下像被人浇了冷水一般，从头湿到尾。身体也像是漏了一个洞，呼啦啦地进来好多的凉风撕扯着她。

她想着这两天发生的每件事，突然觉得这些事完全是有迹可循的。

刚刚苏谦诚的那句“不过就是透露给你一个以后靠山的背景而已，干吗那么严肃”，明显就是在告诉她即将要面对的。

也对，他都要订婚了，怎么可能还会和她牵扯不清。

这场家宴摆明了是变相地宣告两家即将联姻，她怎么会一时想不到呢！

回过神，她看着秦墨离去的方向眯着眼。

不如，走着瞧吧。

〔2〕

程安安在家休息了几日，便回去了剧组。

这次拍摄就快了许多，一个星期下来整部戏就杀青了。

苏谦诚招呼了人晚上一起去喝几杯庆祝庆祝，程安安自然没意见。

平日里想让程安安参加这种集体活动难上加难，不管是谁的邀约，只要她不乐意统统拒绝，从不看人脸色。

如今苏谦诚一开口，她就应了下来，此中含义各人皆有各自的体会。

她正坐在化妆室里卸妆，戏里的女二号走进来，倚靠在门上朝她笑着："不知道这种独自一人用一个化妆间的待遇，我什么时候才能享受到。"

戏杀青了，自然里里外外都是人聚在一起。对面就是剧组里其他人公用的化妆间，此刻见女二号徐青青来挑衅，都讶然地看了过来。

程安安也不在意，透过镜子看过去一眼，不咸不淡的一眼，却让人无法忽略她眼底的嘲讽："那不如加把油努力一下。"

这话说得徐青青脸一阵青一阵白，恼羞成怒："你到现在还不知道收敛，少了秦墨给你撑腰你什么都不是。"

程安安正在擦口红的手指一顿，缓缓转过头去："你再说一遍。"

程安安的语气里隐隐地有了警告之意，不知道徐青青是真不懂还是假不懂，双手环胸睨视着程安安一字一句道："你被秦墨甩了，你还以为你能继续红下去吗？"

程安安听徐青青说完也不恼，只是轻轻地笑了起来："我以前只以为你是眼皮子浅，没想到原来是脑子不好使。"

程安安说得直白，一众人听完之后更是脸色各异。

程安安却觉得效果不够，又补充了一句："你拿男人当跳板，依赖对方的权势判断自己能走多远，就这种三观，你今天是怎么好意思来挑衅我的？我倒是想看看谁借给你的胆子，倒是敢来找我的麻烦了。"

程安安一向无法无天，区区一个三线的女星，她自然不会放在眼里。

卸完妆，程安安拎起包走出去，见对面的化妆间里众人的脸色青青白白的，状似不在意地扫视了一遍，只看得他们都低下头去了，才不慌不忙地走到隔间敲门："苏谦诚，我走了。"

苏谦诚在"夜色"酒吧里包了一个大包厢。

程安安刚走进去，就听见有人在唱歌，觉得声音熟悉，一抬眼看去就对上苏谦诚带笑的眸子。

喔，也是，苏谦诚最近刚出了一张唱片。

出乎意料的是，来人还有她认识或不认识的导演、制片人。

程安安一出道什么事情都是乔治打理好，片约合同也是乔治亲自送到她手上的。

但她知道这一切全部是因为有秦墨，如今秦墨一离开，很多事情都要她亲力亲为了。苏谦诚这样的做法……

程安安抿了抿唇，却不置可否。

乔治没有怪她和秦墨之间的事情，事实上也没有什么好怪的。但是明显他最近忙了很多，很多事情都需要他去周旋处理，来的时候他有暗示过她。

逢场作戏有时候是很有必要的，身后没人兜着，什么事情都要自

已解决。想明白这点，程安安也不再排斥。

包厢里的气氛热烈，程安安耳边充斥着DJ舞曲，只觉得震耳欲聋。

见她坐着，一个导演凑过来，往她手里塞了一杯酒：“怎么坐着不动，你这样可不行。”

程安安抬眼看了看他，端着他递来的酒凑近唇边轻抿了一口。虽然她没说话，但没拂了他的面子倒是让他一阵惊喜，刚想再说些什么，包厢门一开，又走进来两个人。

一个是谁不认识，另一个……

程安安身子一僵，几日不见就好像已经隔了很久一般。

秦墨心情看起来还不错，眼底含笑，那双眼黑白分明，眼角微微上挑着，慑人的眼神里，精明中透着洞察，直直地往她这里看来。

那个导演刚给她端了酒水，见她喝了一口，似乎被她授意了般胆子也大了起来，此刻居然把手放在了她的膝盖上。

她一直没注意，此刻被对方一握一捏这才低头看去。

秦墨自然也是看见了的，眼底的笑意一闪而过，他抿着唇缓缓走过来，却是在另一边坐下。

这个包厢因为秦墨的到来气氛更加热烈起来，谁不知道这种地方是最难看见秦墨的，如今却是机遇好。也不知道是不是沾了谁的光，但听说秦墨和程安安两个人早已没有关系了，便又摩拳擦掌地跃跃欲试。

程安安拧着眉移开导演的手，冷然地说了句：“请自重，怕是导演你误会我的意思了。”

导演却以为她是因为秦墨来了这才矜持的，当下不但没有收回手反而更加紧地按住她，笑眯眯道：“你就别肖想了，秦总一旦甩了你那就不可能再回去了。”

程安安几时受过这种羞辱，眉头一挑，也不在意有多少双眼睛此刻盯着这里看，手按在导演的腿上狠狠一掐：“放开。”

程安安真的不识趣，导演也无奈，骂骂咧咧地就把手松开，去找别的目标了。

程安安却是松了口气，又抿了口酒，抬眼去看秦墨时正好看见他的眸光沉沉地正锁着她。她也不避嫌，拿了酒杯朝他晃了晃，仰头一口喝尽。

她自知酒量不行也不多饮，等到后来苏谦诚过来轮番敬酒时才推托不过去又喝下一杯。

徐青青好不容易找到机会，自然是眼巴巴地蹭过去坐在了秦墨的身边。见秦墨一直捏着杯柄不说话，徐青青试探性地问道：“秦总今天心情不怎么好的样子？”

秦墨却连理都不理徐青青，都没正眼看过去。

徐青青再接再厉：“秦总跟安安的关系挺好的吧？”

秦墨这才看了徐青青一眼：“她又怎么了？”

见他愿意搭理自己了，徐青青兴奋起来，忙凑近些，说道：“安安没什么，我跟安安关系很好的。”

明显是打算踩着程安安上位，秦墨不屑，只冷笑道：“哦，是吗？”

徐青青却以为是他来了兴趣，忙不迭地继续说道：“那是自然，可惜你们两个最后没在一起。这几日安安可辛苦呢，看见没有，刚刚你来之前已经有好几个导演和制片人都在为难安安。”

秦墨扫了徐青青一眼，见她说得兴奋，唇边的笑意越发冷起来：“我喜欢女人安静知趣点。”说罢，看她一脸不解的样子，他敛起笑，冷冰冰地转回头去，“今日开始你就不必出现在这个圈子里了。”

程安安离得远没听见，但徐青青身边的一众人都是听得清清楚楚。

秦墨虽然没有说什么，手段却是果断狠辣，他这句话分明就是把徐青青给直接封杀了，再无余地。

而这一切，全是因为维护程安安罢了。

见徐青青脸色苍白地离开包厢，程安安皱了皱眉，终于按捺不住，走了过去。

秦墨看见程安安走过来却当作没看见，转了头去直接和苏谦诚说话，明显是不想搭理她。

程安安气结，却也无可奈何。她直接放下酒杯，扯了扯他的袖子，大声地喊他名字："秦墨！"

这回，秦墨终于转过头，表情却是冷冷淡淡的："什么事？"

程安安凝视了秦墨半晌，却在他的注目下移开目光："没事，你挡着我了。"

这话一出，瞬间让人啼笑皆非。

包厢那么大，程安安走哪里不好，偏偏说秦墨挡着她路了，这分明就是在找碴儿好嘛！

秦墨的眸子缓缓一眯，却是让了让："程小姐现在能走过去了吗？"他倒是配合。

程安安冷笑一声，也不看别人的脸色，径直把他面前开了的那瓶酒拿起狠狠地灌了下去。小半瓶的酒被她咕咚咕咚几口灌完，她沉着眸子看了他片刻，手里捏着的酒瓶往对面的墙上一扔。

酒瓶破裂的声音吓得包厢里的人俱是一颤，纷纷没了声音。

苏谦诚见她的神态像是有些喝醉了，忙扶着她的身子，皱起眉头来："我送你回去。"

程安安从来没有一刻像现在这样清醒，实在是受够了别人的奚落和他的冷落，甩开苏谦诚的手微微一抬下巴，冷声道：“行，秦墨你给我记着了。”

见她开始撒泼，秦墨终于笑了起来，虽然淡淡的，就那么浅的一个笑容，却震惊了整个包厢里的人。

他站起身，朝她伸出手来：“过来。”

程安安不动，就这样和他僵持着。

秦墨扫了眼坐在一旁，刚才还把手放在她腿上的导演，暗示的意味十分明显。

程安安哪里管导演的死活，还是不动。

包厢里死一般沉寂。

半晌，程安安微微皱了皱眉，这里的音乐太吵，她只觉得头疼得厉害。见秦墨还是不肯走过来，她终于没了耐心，转身便要出门。却在转身的瞬间被人一把扯住，秦墨一把拉住她的手，声音不轻不重：“走，我们回家。”

程安安却被他这句状似无意的话一惊，心底柔柔软软的，再没有过的暖。

〔3〕

和秦墨相遇的那天下午，屋外小雨绵延，放眼看去，一派湿漉漉的绿意。她一个人站在窗前，看着窗外仿佛没有了尽头一样的雨，像被全世界遗弃了一样，遗世而独立。

高中毕业之后，程安安如愿考上了心目中的大学，可是刚上了一个学期，父母双双车祸，父亲当场离世，母亲一直昏迷不醒。那时候家里还有点积蓄，但加上赔偿款，也根本支撑不了多久，很快，为了母亲治病，所有的钱全部花光了。

除了留在Z市的那套公寓，别的值钱的东西一样也没有了。那时候的程安安娇生惯养，在人生的前十几年里，她一直过着顺遂的日子，她不知道要怎么勤工俭学，不知道要怎么去维持生计，不知道要怎么再继续她的学业。

程安安在校的时候参加过一个模特比赛，所以她休学之后就去找了那家公司。

那家公司的负责人曾劝说程安安到影视圈来发展，但那时候她心高气傲，有自己的理想和抱负，自然不愿意放弃她美好的大学梦，于是拒绝了。

如今，她自愿上门，对方却没有当初想签她的那股热情。而且对方已另有一员大将沈苑，是她拒绝了那个机会之后，推荐给对方的，如今沈苑努力了一番已然挤进了二线，正当红。

那家公司自然不会把程安安放在眼里，她只是刚刚签下的新人，一切包装都还没有定下来，对方也不可能放弃沈苑来捧她这个不一定会红的艺人。更何况，她一点知名度都没有，扩开市场的确需要时间。

公司分配给她的经纪人暗示她多勾搭一些导演、制片人或者是集团小开，她统统拒绝，固执地想要清清白白上位，气得那个经纪人直说带不下去，要换人。

一天，程安安接到电话通知她来公司一趟，说是要换一个经纪人带她。

她站在空无一人的办公室里，久久没有人来搭理。

就在她被这种境遇逼得在想是不是要放弃自己所谓的原则时，秦墨走进了这家公司。

程安安原先的经纪人以及沈苑都陪在秦墨的身边，带他参观公司。事后，程安安才知道他们希望秦墨能和公司合作，毕竟秦墨掌管的星光公司如日中天。

秦墨信步走过，眉间微微皱着，显然已不耐烦了。经过转角，他正欲告别离开，却在等电梯的时候突然瞥见窗边一抹纯白色的身影。

他的目光落在立于窗前似乎是在欣赏雨景的女孩身上，但等看清了，却发现对方并不是有这个闲情逸致在赏雨，而是在微微抽泣着。

那个女孩，哭起来有一番让他移不开的魅力。虽然只是一个侧影，但那份清新高雅，脸上的脆弱毫不掩饰地流露出来，深深地镌刻在了他的心底。

他很少看见女孩子能哭得那么伤心、那么忘我，专注得好像这个世界只有她一个人一般。

哭了一会儿，她好像振作起来了，牙齿轻咬住粉润的红唇。

他不禁蹙起眉来，对她就是移不开眼。第一次对一个女孩如此上心，他觉得应该帮帮她。

身后的那两个人似乎没看懂他在看些什么，没有跟上来。他也不去理会，径直往前走了些。

女孩很警惕，听见一点动静就飞快地转过身来。她脸上的泪痕未干，鼻子还一耸一耸着，雾蒙蒙的眼睛里冒着防备的光。

他只觉得这模样可爱得紧，不自觉地就在唇边露出一个淡淡的笑来。

“你是？”她眨眨眼，觉得自己现在有些狼狈，抬手擦了擦脸，对着他抱歉地一笑，“不好意思，我失态了。”

他却鬼使神差地盯着她半晌：“为什么不开心？”

其实答案了然于心，不过是个新人没人提携罢了。不过，今后也许会不一样，他暗暗想着。

程安安却误会了他的意思：“你是我的新经纪人吗？我叫程安安。”

他深深凝视着她还湿漉漉的眸子，只觉得里面清澈得能清晰地倒映出他的模样。虽然她还没有学会怎么挑起男人的好奇心和猎艳心理，但眼底那不自然流露出的点点娇态却足以唤起男人的征服欲。这念头令他暗暗心惊，却忍不住咧嘴一笑，眼神也邪魅了起来。

她却到此刻才意识到不对，后退了几步和他保持安全距离。

秦墨一挑眉，伸手递过去一张名片："我想你会需要。"他说得笃定，嘴角微微翘起。

程安安接过他的名片看了眼，再对比他刚才说的那句话，眼底掠过一抹惊恐。显然，她很聪明，已经知道了他暗含在底下的那层深意。

"秦总。"身后的沈苑按捺不住，走了过来。

他在这时回头，眉头微微皱起，眼底那毫不掩饰的占有欲在瞬间变得疏离，缓缓地离开了。

秦墨接到程安安的电话是在一个星期之后。他并没有忘记她，甚至一直在等她，一个星期对于他来说，不早不晚。

豪华的商务车载着程安安驶进酒店的地下停车场入口，她接近这片昏暗的时候回头看了眼。那抹夕阳从她的世界分离开去，被她远远地抛在了车后。

程安安突然有些坐立不安起来，扭着身上那件长裙的裙摆，一下一下，无意识的。

程安安换了一个经纪人之后，还是不温不火的，没有任何通告也没有任何活动安排，偶尔来公司也不被正眼看一下，完全被当作了透明人。

沈苑是她高中同学。学校那次比赛，沈苑是另一个获奖的人，但公司看中的却是程安安。沈苑的梦想是当明星，她眼睁睁看着程安安被选中，又眼睁睁看着程安安拒绝掉她梦寐以求的机会。

程安安好心地向公司推荐了她，但这些在她的眼里全部成了奚落。如今，看着程安安的狼狈，她满心满眼都觉得快意。而这一切，让程安安终于下定决心，把那电话拨了出去。

秦墨是一个很有吸引力的男人，在程安安下车看见他的瞬间这样想着。他脸上的神色高深莫测，根本让她猜不透他的想法。

虽然意外秦墨会亲自下来，但程安安好歹还算镇定，跟着他上去。

她跟在他的身后，看见他走向电梯，将磁卡在电梯的某处面板上刷了刷，然后快速地按了几个键，电梯直往上升。

程安安站在观光电梯里，看着渐渐暗沉下去的天，觉得心跳越发失序，她甚至想按停电梯掉头就跑。

这电梯直达VIP楼层，而这一层，全部属于秦墨。

推开水晶门，他站在前方转头看着她。他们之间仅有一步之遥，所处的地方却俨然是两个世界，天差地别。那方奢华，简直让她不敢直视。

他径直脱掉西装，上身只穿着件米色的休闲衬衣，姿态慵懒。

而她像突然闯进的迷途的羊，轻颤着，不安着。

似是看透了她的想法，他走近了些，炽热的呼吸拂在她裸露的肩上，俯身凝视着她的眼神热烈而专注。

她一时屏住呼吸，有些不敢惊扰他。

他却是懒洋洋地扬起嘴角，眼底一抹兴味："在害怕？"

她终于抬头跟他对视："我不怕。"她觉得自己的声音好似从很遥远的地方传来，她一度以为自己是发不出声音了，喉间紧紧的。

秦墨扫了她一眼，她并没有化妆，脸上素净，皮肤很好，是剔透的白皙。

她鼻子挺翘，菱唇丰润，颈部的线条却好看得恰到好处。这样精

致的五官，让他突然明白自己为什么会莫名地被她吸引了。

这个女人的确很好看。

吃过晚饭，他带着她到露台坐下，然后去厨房给她冲咖啡。

很难想象这个男人竟然会自己冲咖啡，等她回过神来时，他已坐在旁边，问她要多少勺糖。她瞬间有种被撞破心思的窘迫感，接过他手里的小勺子就往杯子里加糖，直听到他低低地笑着提醒道“你是想把自己泡到糖罐里吗”，才回过神，红了脸。

他的心情很好，眉毛嘴角都微微上挑。

小坐了片刻，他突然问她：“喜欢这里吗？”

她一愣，点点头。

他下一句便说：“喜欢的话，我可以送给你。”

程安安一愣，看着前方的璀璨灯火，微微笑道：“这个我并不稀罕。”

她的回答倒是让他挑了挑眉。

“那你要什么？”他问的是要而不是喜欢。

她站起身，走到他面前，神情严肃：“那你觉得我值得什么？”

这个女孩很聪明，秦墨那时候就是这样觉得。她不会先告诉你她要什么，而是问她值得什么。他失笑，看着她微抿着嘴角的样子。

“你要什么？”他眼底的光灼灼发亮。

〔4〕

“我要站在这个圈子的金字塔尖上。”她回答得毫不犹豫。

似乎早就料到她会这样说，他上下巡视了她片刻。

程安安绝对是最好的潜力股，只要给她机会，在演艺圈扬名绝对不是难事，至于她说的站在金字塔尖也绝对指日可待。更何况，她这样的条件，想要炒红，简直就是轻而易举的事情。

她开出了她的要求，那他自然也有他的条件：“明天我会安排乔治把你签下，之前那个公司直接违约，剩下的我都会处理。至于你，你需要留在我的身边。”

她点头，姿态却是高雅的。

她来之前就知道他不会强迫她，早在那日给了她名片把机会留给她自己选择的时候，她就知道这个男人在这方面有很大的宽容心。

秦墨是个信守承诺的人。

隔日，程安安就接到他公司一个经纪人的电话要求签约，也在同一天便安排了她去《天王巨星》的剧组试戏。

《天王巨星》是程安安第一部承担女主角并且是以自己的实力取胜的戏，也是因为这部戏，她扬名演艺圈，成了猛然崛起的一匹黑马。她初尝成名的滋味，淹没在如潮水般涌来的恭维声里。

他在那一晚细心温柔，让她只觉得像是被善待的珍宝，一举一动，十足的呵护。

他微微眯着眼，低声说：“这才是开始，不要把自己迷失在这虚无的名利里。”

她陡然清醒。

“你以后还会有比现在更辉煌的时候，无论什么时候都要记得最初的那个程安安。”

……

程安安直到现在都记得秦墨的这些话，从来没有忘记过。

他手把手教她怎么对待那些想拉她下马的人，手把手教她怎么投资，手把手教她怎么理财。

她一点一滴的成长，全部都是他亲力亲为的结果。

六年来，她不信他未曾喜欢过她。

“想什么想得那么入神？”秦墨的声音打断了程安安的神思，她一回神才发现自己已经坐进了他的车。

程安安按着额角摇摇头：“想起六年前和你初遇的时候。”

关于六年前的事情，他们都默契地不会谈起，今天她这样直接说出来，想必是有话要说了。

秦墨转头看了她一眼。车窗外正好有一束路灯的光斜斜地照在他身上，衬得他棱角分明，分外冷峻。他本就是不多话的男人，不喜说话，即使说话也是言简意赅，对人对事极为冷淡。甚至可以说，引起不了他注意的人和事，他根本不愿分神搭理。

外界不了解他的人对他的评价，不是“难以接近”，便是“冷血动物”，但秦墨家世甚高，所以那么多年下来，敬而远之的人有，更多的却是趋之若鹜。

只有程安安知道他，心思缜密，待人虽然疏离，但对亲近的人却是另一番样子。

她在他身边这么多年，也曾想过，若是哪一天他倦了，她离开他，是不是再也寻不到像他这样的男人。她甚至还想过，若是寻不着了，那便孤老一生算了。

但此时此刻，她突然有些害怕起来。

仅仅几天，她便控制不住自己，想念他，想得恨不得时时刻刻待在他的身边。

明知道这种感情是错误的，这种奢求最要不得，但她偏偏还是这样痴心妄想。

见她不说话，他缓缓停车，双眸盯着前方，握着方向盘的手微微收紧：“你没有什么对我说的，我有。”

她微微发愣，只觉得刚才根本不应该跟他下来。如今这境地，让她开始有些害怕。

秦墨缓缓地点了一根烟，开了车窗，看着窗外出神，分明没有要开口的意思。

等了片刻，她轻轻咳了几声，掩着鼻子微微皱眉。

他这才想起她是最闻不惯烟味的，此刻却没有掐灭，转头看了她一眼，微眯了眼把烟圈吐在了她的面前。

看她咳得厉害，他缓缓笑了起来："胆子还真不小，离了我就开始不安分了。"

听着他的话，她便想起了那双让她作呕的手来。但她偏偏不解释，不想如了他的意，只困惑地问："六年前，我很丢脸吧？"

听她这般说，他微微留意，转眼看去，却见她一副烦恼的模样，支着下巴，小声琢磨着："这样我会很有压力啊。"

他眉头一皱。

见秦墨貌似被气着了，程安安的心情突然好了起来，她双手自发地揽着他的脖子，把脸蹭过去在他的唇上亲了一口："别人，我都是看不上的。"

秦墨冷哼："也不一定。"

程安安见他别扭的样子，不由得起了逗他的心思，凑过去浓情蜜意地吻了吻他的唇。见他一直不为所动，她头微微一偏去咬他的耳垂。

"程安安，你皮痒了，是吧？"

秦墨神色未变，只是放在方向盘上的手已经移到了她的腰上，侧头看她笑得春光明媚的样子。

昏暗的灯光下，她半睁的双眸春波流转，流露出夹带着天真无邪的表情。

他侧头咬着她的耳垂，眉间一舒，缓缓笑了起来："安安，说你想我了。"

时间似乎在这一刻停住。

明知道他是故意欺负她，她却没有办法，只揽紧了他的身子，一遍遍地重复：“我想你。”

夜色沉沉，抱着她的男人扬唇一笑。

那笑容，勾魂摄魄。

/第四章/

# 戏不够，烟来凑

〔1〕

《大院旧影》杀青之后，就是一连串的宣传活动。程安安作为主角肯定是要出席的，所以早早就跟乔治来到机场，准备跟剧组去B市做宣传活动。

程安安昨晚被折腾了整整一宿，今天一大早又要起来。只能说剧组上档的时间排得太紧凑，根本没有休息的时间分给她。

乔治早上来到程安安家门口的时候，开门的却是秦墨。

秦墨刚洗了一个澡，看见石化在门口的乔治，挑了挑眉，一脸的不悦：“今天要去B市？”

乔治点头，谄媚地把早餐放到餐桌上：“早饭没吃吧，还好我多带了点，秦总一块用吧。”

秦墨看了眼，擦干了头发，这才说道：“我去叫醒她，今天你多照应些，估计她累坏了。”

此话的暧昧程度让乔治瞬间红了脸。

程安安跷着二郎腿坐在沙发上吃早餐，一副神清气爽的样子，唇边也带了点笑意。

秦墨也在一边吃着早餐。

程安安喝了口牛奶，见他还不出门上班，随口问了一句：“你怎么还不去上班啊？”

秦墨扫了她一眼，翻着报纸，懒洋洋地说：“等会儿要去接欣彤。”

于是，程安安下一秒就变了脸色，她将手里的杯子重重地一掼，啃了一半的早餐随手丢进了垃圾桶，然后就噼里啪啦地踩着拖鞋回卧室了。

秦墨只懒懒地扫了她一眼，就自顾自悠闲地吃着早餐，仿佛刚才什么都没发生一样。

程安安在衣帽间换了衣服，穿着高跟鞋就走了出来，鞋跟踩在地板上，声音清脆响亮，直有把地板踩碎的架势。

见当事人还是云淡风轻一点低姿态都没有，小祖宗终于爆发了，冷冷地扬了扬下巴，直接撤掉了他面前的早餐：“还吃什么吃，别耽误了您的正事。”

秦墨懒洋洋地掀了掀眼皮，道：“你哪里看出来会耽误了？”

程安安显然气得不轻，冷哼一声。

秦墨却是勾着嘴角，露出一个若有似无的笑意来，抬眼看着一旁只想钻地洞的乔治，声音轻柔：“让你见怪了。”

乔治哪敢见怪，当下摆着手，哭丧着脸：“我什么都没听见，真的……”

见秦墨转移话题，程安安扬了扬下巴，睨了他一眼，转身就往外走，离开的时候把门摔得震天响。

是不是最近太惯着她了？

秦墨皱眉，这个本该思虑千百万大单子的脑袋就这个问题转动了起来。

程安安早上被这一出气得不轻，站在候机室里，脸色依然不善。

看着她冷着一张脸不知道在摆脸色给谁看，苏谦诚倒好奇起来：“怎么了，秦总又惹程小姐生气了吗？”

程安安睨了他一眼：“关你什么事？”

看来是真的气到了。

苏谦诚失笑，几步走上前，上上下下打量着她，直看到她丝巾下不小心露出的那个吻痕时，眸色微微一深。

“昨晚战况激烈啊。”

程安安脸色微变，见没人注意这边，瞪了苏谦诚一眼，扯了扯自己的丝巾转过头去不搭理他。

“今天不该是你的好日子吗？”他嘀咕了一声，显然这个女人还不知道秦墨今天会召开记者发布会澄清和苏欣彤关系的事，不然哪能是这副模样，早该春风满面，笑得得意扬扬、嚣张十足了。

等到B市的时候已经是下午了，得知消息的粉丝早已在B市机场等候。为了电视的宣传，程安安和苏谦诚一众人自然是要走普通通道的。

为了新剧的收视率，演员之间互相炒点新闻都是正常的事情，所以在出口苏谦诚牵着程安安出来时，程安安自然也没有异议，只是推了推墨镜，看了苏谦诚一眼。

记者蜂拥着围上来，看见两人相握的手，兴奋得声音都提高了八度：“此次随剧组来宣传，不知道两位主角有什么感想呢？”

“苏谦诚和程安安本就暧昧，如今是恋情正式曝光吗？”

这些问题自然都是不会回答的。程安安眼底掠过一抹不屑，嘴角却是翘了起来。不知道远在A市的那个男人看了之后会做何感想啊，咬牙切齿还是松了一口气？

苏谦诚看她反应一直淡淡的，突然兴起了恶作剧的心思，一把扣住她的肩膀把她揽在怀里护着走了出去，一边露出志得意满的笑容，一边心情极好地回答：“请大家把目光都关注在我们的新剧上。”态度模糊不清。

苏谦诚在炒作方面是老手，他自然知道什么样的举动会给人错觉又不会太过暧昧。此刻见效果达到，他附耳在她的耳边低声笑道：“不知道有谁在关注这些新闻呢。”

程安安闻言抬眼一看，见他眼底都是戏谑的光，推了推遮住半张脸的墨镜，笑得竟有些让人捉摸不透：“你是说你那些女友粉？”说罢，见苏谦诚脸色不变，又问了句，“哎，你说她们会不会一气之下集体出墙了？”

成功看见苏谦诚变了脸色，她哈哈笑着率先跟着走了出去，留下苏谦诚在后面咬牙切齿无奈地翻了个大白眼。

等到达酒店，程安安只觉得腰酸得厉害，在床上躺了片刻才在饭点时赶下去一起吃饭。

来的人除了苏谦诚、导演，还有几个重要的演员，除此之外便没有了，连之前半红不紫的徐青青都没有再出现。

结果昭然若揭。

程安安小口抿着果汁，懒懒地掩嘴打了个哈欠，明显兴致缺缺，对于他们提出的等会儿去酒吧喝几杯的建议也拒绝了。

苏谦诚见她兴致不高，其他人又不熟实在是兴不起玩的兴致，也懒得去凑热闹，推说不去。等他们走了之后，他却是拦住了正打算睡回笼觉的程安安："好不容易来一次就当休假，看你晚上也没吃多少，我带你去7号码头吧。"

程安安盯了他半晌，对他反常的举动实在是摸不清套路，当下双手环胸睨视着他问道："你到底想干什么？"

苏谦诚无辜地眨了眨眼睛："带你出去玩啊。"

程安安突然笑了："怎么看你都不是这么热心的人啊。"

苏谦诚越发无辜了，微微笑着，三分真七分假地道："本少爷看上你了。"

"嗤！"程安安冷笑了一声，连掩饰一下不屑都懒得掩饰，"让我猜猜啊，是哪路嫩模缠着你呢还是又想闹些什么绯闻去引起佳人的注意啊……"

苏谦诚失笑，偏偏不知道怎么回答，只无奈地扶了扶额，认输了："行了，随便你怎么想。别辜负了这良辰美景，好歹让身后这群狗仔有去有回啊。"

"你倒是好心。"说罢，她却是不再拒绝，转身跟他走了出去。

她本身就不想引人注意，吃饭的时候也戴了墨镜和鸭舌帽，此刻连回房间换衣服都不用，直接就可以出门。

见她说什么做什么，着实爽快，他也不再多言，跟在她的身后慢悠悠地往前走着。

B市的夜景很好看，尤其是这边的7号码头。夜色已深，远处的灯塔已全部亮起了灯，海面上一层层微醺的夜风刮过来，吹得她衣衫飞动，一袭白衣像极了展翅欲飞的蝴蝶。

夜色虽沉，但还是有夜航的船只，发出"呜呜"的鸣笛声。不远处还有海鲜一条街，人头攒动。

程安安一身的疲惫好像都被扫了去，只觉得心旷神怡，全身心都舒展开来。

“是个好地方。”她笑道。

“这里是我长大的地方。”苏谦诚看着远处悠悠然说出这么一句来。

程安安一愣：“苏家是在这儿发家的？”

“嗯。”他点头，看着远处的灯塔迷离了眼，眼底都是反射过来的细细碎碎的灯光，“我爸是白手起家，在这里起的家，造船业。”

“哦。”她不知道说什么，只是应了一声。

苏谦诚见她反应不大，只是笑了笑，指着不远处的那条美食街：“去试试看那边的菜色怎么样，我从小吃到大。”

程安安一直觉得海鲜有一股子的腥气，并不是很喜欢。但人苏谦诚都打了亲情牌了，她要再不答应就有点不近人情了，当下点了脑袋随着他往前走着。

这里人来人往，热闹非凡。就是环境并不怎么样，空地上摆满了桌子，地上都是湿漉漉的，里面的灯光昏黄，却有些刺眼。但食物的确是让人胃口大开，她吃得饱饱的，到最后还是被苏谦诚半扯半抱地拉着这才舍得出来。

苏谦诚看她那副馋猫的样子，递了纸巾过去：“没看出来，你居然不在乎身材？”

明星为了保持身材都要节食保养了，到了她这非但不节食还暴饮暴食，所以在酒店就吃那么一点完全是装的好吧！

程安安也懒得跟他解释她的天性如此，拉了拉帽子，开始往回走：“时间不早了，我们回去吧。”

苏谦诚看天色的确是不早了，先把她送回酒店房间，叮嘱她关好门这才转身回房。一转身就看见身后那个男人，神色莫测地站在他的房间门口一脸阴沉地看着他。

苏谦诚眉微微一皱，纳闷道："你怎么在这儿？"

秦墨冷冷地笑了笑，却是懒得回答，绕过他正要走，却被苏谦诚紧紧扣住肩膀，进退不得："我妹妹呢？"

秦墨侧过脸看了他一眼，嘴角微微抿了抿："我想你去问她本人更好一些。"

苏谦诚的眸色一沉，眉头狠狠地皱起："你真的这么做了？"

"我以为你应该看了今天的记者发布会。"秦墨冷声说完，再不想停留片刻，甩开苏谦诚的手就侧身走了过去。

〔2〕

程安安放了水，泡在浴缸里的时候，隐隐听见了开门的声音。

放在一旁的香薰正冉冉冒着雾气般浓重的白烟，淡淡清雅的薰衣草香让神经全部放松下来的程安安只觉得像是置身于一大片的薰衣草花田里。天色是湛蓝的，水是清透的，连风也是温暖的。

雾气氤氲，她靠在浴缸边缘，缓缓合上眼。一闭上眼，她就看见六年前的自己站在聚光灯下手足无措，脸色虽然还能看，但是心里却紧张得不行。

程安安不是科班毕业，只是凭着本能去表演，去展示一个完美的程安安。那时候她刚刚和秦墨在一起，他那日刚开完会就在附近。她拍摄《天王巨星》，正站在喷泉的下面。

已经是秋末冬初，天气很冷，更别提那水溅在她的身上被冷风一直吹着是什么滋味。那场戏她一直NG，她受不了那样冷冽的环境和别人的漠不关心。

但她是幸运的，被徐紫鸢一路提拔着上去。徐紫鸢是名动Z市的人物，微眯着眼看着她的表现，虽然不满却是从来没有不屑或者是嘲讽的表情。

徐紫鸢说："程安安，你很棒，但是你不要给自己太多的枷锁。你是天生的演员，注定是要站在聚光灯下的。"

程安安一回头，就看见车窗半开，坐在后座的秦墨。他指尖夹着烟，眼神却是平和的。

她不知道哪里来的力气，总感觉瞬间充实了起来。

那夜，程安安疲惫地回到公寓里。秦墨坐在灯光璀璨的大厅里，看着不知道从哪里弄来的拍摄花絮，看得入迷。

看着她微微错愕的表情，秦墨朝她招了招手："安安，过来。"

她顺从地走过去，被他拉着坐在了腿上。他双手绕过来抱着她，下巴随意地搁在她的肩膀上。

花絮很全，从她进入剧组第一天开始的都有。

看着她从刚开始的迷茫、无措、不知应对，到后来的游刃有余，他看着看着就笑出声来。

她低头去看，就看见他看着屏幕的眼睛里满满都是笑意，再温柔不过。

随后，她便听见他说："安安，你是天生的演员。"

这是第三个人这样对她说了，第一个是徐紫鸢，第二个是导演，第三个便是他。好像这个认知让他觉得愉悦，抱着她的手也微微紧了些："在剧组里，有什么不方便的或者是不舒服的？"

程安安歪着脑袋想了想，摇摇头："除了被有心人针对着，别的都还行吧。"起码，她已经开始适应并且在受到伤害的时候学会了反击。这样的变化，秦墨是知道的，并以此为傲。

那是他的安安啊，正一点一点地变强。

从被人扇耳光羞辱，被人故意推下游泳池之后，她也开始学着防备和反击。

秦墨双眸微微眯了眯，缓缓地笑起来："谁敢欺负你你就要比她更厉害，让她知道你不能招惹。"说罢，他顿了顿，语气悠长，

“她扇你一耳光你就卸掉她的手，她推你下游泳池你就让她求生不得求死无能。”

他话里的狠戾吓得她浑身一颤，她看向他的眼睛，却看见那里面一点也没有开玩笑的意思。

他在说真的。

想到这里，她突然笑出声来，那时候觉得他不留情面，此刻看来却已经融为他的一部分了。

他一步步教会她为人处事，让她渐渐地沉迷，到如今再也离不开。

程安安想，他是故意的。只是，是有心还是无意，便不得而知了。

“水凉了，还不起来。”耳边熟悉的声音响起，程安安受惊，一睁眼就看见本该在A市的秦墨用浴巾把她一裹，直接抱起来扛在肩上走了出去。

她被甩在床上的时候才反应过来，扯开嗓子尖叫：“浑蛋，流氓，我要告你非法入侵他人住宅！”

秦墨居高临下地看着她，不由得扯着嘴角冷笑：“你去告啊。”

这般云淡风轻的样子，让程安安彻底想起来这个男人一手遮天的权力，顿时噤了声，只睁着双眼瞪着他。

她还记得早上时，她问他怎么还不去上班，他回答说要去接苏欣彤。她脸色越发难看，盯着他毫无表情的脸，只想泼他一杯咖啡泄愤。

知道她在想些什么，他却懒得提醒她，长臂一伸，直接把张牙舞爪的她抱进怀里，拿过一旁的衣服帮她穿了起来。

程安安象征性地挣扎了下，见他不打算松手，就乖乖地任由他摆布。

秦墨却在这时缓缓慢了下来，有意无意地撩拨着她。

程安安此刻说什么也不愿意被他诱惑了，当下拨开他的手就往被子里面缩。

“别动，陪我回趟A市。”他皱了皱眉，拨开被子就把人拖了出来。

程安安不乐意了，揪着他的手揪得紧紧的：“才不要。”

本想说让他去找苏欣彤的，话到嘴边却突然打了个转，变了。万一他真的回去找苏欣彤了，这不是给自己添堵吗？她就算真的不想去，也不希望他身边有别的女人出没。

想到这里，她眉角一挑，手缠上他的身子，像没了骨头一般柔软地靠着他：“我不想动，你抱着我走。”

她刚刚从水汽氤氲里被他抱出来，姣好的五官都细致得像是蕴着水汽一般，脸颊红扑扑粉嫩嫩的，一双随时能酝酿出不同情绪的眼此刻也雾蒙蒙的，黑漆漆的一片。

他不由自主地俯身吻了吻她的鼻尖，见她乖巧地不反抗，又移了下去亲了亲她的唇：“明天送你回来。”

程安安以为秦墨这样应该是有要紧的事情，跟着他连夜回来，此刻看着他悠闲地撑着身子靠在台球桌旁，她揉了揉额角，怒极反笑：“我说秦总，你这么把我带回来就是为了打一桌台球？”

秦墨漫不经心地擦着球杆，示意对方继续。

秦霜是秦墨的堂弟，听了这话，闷闷地笑出声来：“秦总？这称呼真好。”

秦墨斜眼看过去，眼底的警告彻底让秦霜噤了声，忙摆准了姿势瞄准3号球，但明显的是，还是有些心不在焉地关注着这边。

程安安和秦霜的关系还不错，秦霜第一次见到程安安就跟洪水泄闸了一样，话跟倒不完了一般拉着她谈人生理想，谈音乐，谈话剧，甚至还谈到时尚。

程安安一边感慨秦家这年轻一代个个都没有鸿鹄之心外，也是跟秦霜一见如故，甚是谈得来。所以，此后秦墨要是有什么活动，带着程安安的同时一般都会叫上秦霜作陪。

程安安一眼瞪了回去，掩着唇，眼底波光粼粼的，难掩眼底的艳色。

秦墨看了她一眼，见她犯困了，把球杆一放，走了过去："累了睡会儿，里面有个VIP，我的房间。"

程安安却不领情，看了他一眼，坐在沙发上硬是不起来："我是被拉来陪坐的，哪有先去睡觉的道理。"

秦霜这次终于没忍住，笑了出来："程安安，你这样挑衅我哥，你一定会被折腾惨了的。"

他话里有深意，程安安当作没听懂，扭过头剥了橘子一瓣瓣地往嘴里塞。

秦墨倒是不以为意，注意力似乎根本不在这里，像是在等着什么一样，心境平和得诡异。

见掐不起来，程安安索性也就去房间里睡了。秦霜见她不玩了，叹了口气，颇为遗憾，却被秦墨一竿子揍得"嗷"了一声，老实了。

程安安睡着没多久，就被外面的声音吵醒了。她揉揉眼，一走出去就看见屋子里多了六七个人，一看都是像秦墨一样从大院里出来的。她扫了眼，都是有些眼熟的人，但也交不上关系。

她笑了笑算是打过招呼，往秦墨身边走去。

那边一桌子的人在打台球，另一边沙发却是坐了两个人正抿着酒，看着程安安出现，目光皆是一沉。

一个是苏谦睿，一个是苏谦诚。

程安安眉角一挑，对于苏谦诚的出现还是觉得有点意外。不过在知晓苏谦诚另一面的身份之后，这份意外自然也就减少了很多。

但是程安安在面对一起来的、暂时去厕所方便现在又回来的苏欣彤小姐时瞬间就淡定不下来了。

秦霜靠在一边朝程安安晃了晃杯子里的红酒，笑得一脸阴险狡诈。

秦墨见她出来却是皱了皱眉，她出来的时候没披外套，就着一身酒红色的长裙，此刻凸显的身材甚是火辣，夺人眼球。比起一旁看起来清新淡雅的苏欣彤，她的艳丽呈压倒性的胜利。

苏欣彤的敌意自然是大，但看见程安安也只是哼了一声，笑眯眯地过去挽着秦墨的手说着些什么，说着说着两个人都看了过来。苏欣彤自然是那种看笑话的神情，笑眯眯的，却是不怀好意。

秦墨倒是看不出深浅来，只是点了点头，不再说话。

所以苏欣彤走过来的时候，程安安自然当作没看见也不认识她一般跟秦霜说着话，说说笑笑的，别提有多得意了。

程安安不觉得秦墨今天把她拉来是为了当那么多人的面羞辱她，自然对出现在这里的苏欣彤没有太强的危机感，所以面对着这个看似纯真靓丽的小姑娘，她还能笑得春风得意、志得意满。

“听说程小姐台球打得不错，反正今天有的是时间，不如切磋一下？”苏欣彤声音清脆，不大不小正好够整个屋子里的人听见。

程安安冷笑一声，抬手理了理长发，一脸亲和：“只是略懂一些而已，拿不出手。”

她的谦虚听在苏欣彤的耳朵里自然成了示弱，当下笑得越发灿烂：“是吗，我倒是听说程小姐是斯诺克高手呢。”

听说？

程安安想了想，只记得那次做节目的时候小露过一手，她不偏不倚地打了几个算是助兴，倒不知道谁那么有眼光说她是高手。

秦墨是知道的，程安安对于台球有一种惊人的敏锐。虽然她不怎么说过，但是他却知道她台球玩得跟专业的选手根本无差。只是她从不显露，也从没有说起过。

苏欣彤见程安安明显兴致缺缺的样子，不由得下了一个重磅：“这样吧，有赌注才玩得好，谁输了谁答应对方一个条件如何？”

程安安挑了挑眉，的确是被吸引了，当下放下酒杯，抬眼看过去：“什么都可以？”

苏欣彤点头，眼底的自信毫不掩饰。

就这么肯定她会输吗？程安安冷笑，抬眼看了看秦墨，抽走了秦霜手里的台球杆算是迎战。

苏欣彤见她答应下来，笑了笑：“那你先开始吧。”言语之间，都给人一种“你是弱者我让你”的感觉。

程安安也没那么大方，既然人家不愿意高看你，你哪有说话的权利。她看了看桌面整整齐齐的台球，刚俯下身，抬眼看见一旁一直旁观着的秦墨，顿时心生一计：“花式台球会吗？”

苏欣彤一愣，但随即点点头：“没问题。”

程安安眯着眼笑得像狐狸一样：“你会输到这辈子都不想再看一眼台球桌的。”说罢，她略有深意地瞥了眼秦墨，越发意气风发。

苏欣彤却是一惊，蹙眉看她唇边的浅浅笑意，又暗自镇定了心神。

〔3〕

秦墨曾经说过，战争开始时，无论手头有多少砝码，你都要让敌人猜透不了甚至不敢猜测你的实力。先迷惑对方，再云淡风轻地制胜。

而这种惑敌计，程安安屡试不爽。

见苏欣彤明显开始猜忌起来，程安安抿嘴一笑，笑得越发明艳动人起来。

唔，最近好像越来越爱笑了。

看了看桌面上散落开来的台球，程安安略略计算了一下，只留了三个球在桌面上，一个3号球，一个花球，一个白球。

白球放在桌前中央的位置，另一个花球和3号球分别摆放在两个位置，形成“三者鼎立”。

她把手里的台球杆朝苏欣彤递过去，笑得温婉却嚣张：“我一向不喜欢欺负比我弱的人。”

苏欣彤暗暗挑眉，噘了嘴有些不服气，暗想着，她已经先发制人安排好了局面，说得真好听。

苏欣彤接过球杆，扫了程安安一眼，不冷不淡地说道：“你会后悔把第一棒交给我的。”

“我不做没把握的事。”程安安微微一转身，从旁边的托盘上拿过一杯红酒斜靠在桌旁看着苏欣彤。好像什么事都惊扰不了她一般，那眼底的笃定和镇定着实让人抓狂。

相比程安安的气定神闲，在场的人都是屏息以待。程安安这个球的位置看着是随意放的，实则都是她计算过角度和走位的精心设计。

会玩台球的人多了去了，玩得好的却是屈指可数，更别说那些游刃有余的人。

秦墨就是那个屈指可数中的拔尖，此刻看着这个角度，漫不经心地勾起嘴角笑了笑。

这个女人还真是，记仇呢。

“啪”的一声，苏欣彤的球杆一动，只见那白球如离弦之箭飞快地射出，一下子撞击侧面的桌壁一个反弹把两球尽数收入了袋中。

程安安不动声色地看着，见状唇边盈满了笑意，鼓了鼓掌："真精彩。"

苏欣彤抬眸看了看一旁不动声色的秦墨，再看看云淡风轻的程安安，抿抿唇："这算什么，再来摆球吧。"

程安安闻言，抬眼扫了她一眼。

小姑娘的自信总是来得莫名其妙……程安安这样想着，却是懒得动，抿了口红酒，眼底波光潋滟："不如秦总来吧？这样公平些，不然该有人说我徇私舞弊公报私仇欺负小姑娘了。"

她那"小姑娘"三个字咬得重，说完看苏欣彤脸色微微沉下去，不禁心情越发好。

秦墨也不推辞，懒洋洋地看了眼程安安，见她低敛着眉眼，信步走了过去。

秦墨的布局就完全是随性的了，苏欣彤招架了几局便败下阵来，脸色难看地站在了一边。碍于布局的人是秦墨，她又不能说些什么，只能忍气吞声承认自己技不如人了。

秦墨虽然做得不明显，但程安安倒是看得出来他是偏袒自己的，那布局的角度有多难她自然知道，苏欣彤能接下来已经很不错了。

想到这里，程安安放下酒杯，拿起球杆慢条斯理地擦了擦，这才踩着高跟鞋缓步走过去。

她一袭酒红色的长裙，衬得肤色白皙，肩线和颈线优雅，在微醺的灯光下竟有一层薄薄的光晕。她微抚开遮挡着眼睛的长发，一举一动都像在故意撩拨一般，风情万种。

秦墨捏着酒杯的手微微收紧，双眸一眯，有些不悦："冷气有些大了，安安你去把衣服穿上。"

程安安不紧不慢地移过去一眼，并不搭理，只在转回目光时才懒懒地说道："扫兴了多不好。"她话里有话，让秦墨的脸色越发沉起来。

拿自己做诱饵，来成就所谓的雅兴？秦墨抿了抿嘴角，手里的高脚杯捏得“咯吱咯吱”作响。

程安安却是越发满意，都说折磨聪明人是人生一大乐趣，尤其她此刻对着干的还是秦墨。当下，她翘着嘴角笑得风生水起，微俯下身，纤长的手指捏着球杆，微微俯低了身子，露出诱人的乳沟来。听见暗暗的抽气声，她不动声色地瞥了眼一旁已经临近爆发的秦墨，越发压低身子，微微翘起臀部。

此时这个姿势，优雅与野性共存。身姿是妩媚的，姿态却是诱惑的，加上她若有似无的挑逗，使得整个包厢的气氛急剧上升。

“程安安。”秦墨咬牙切齿地警告。

程安安微微侧了侧头，漫不经心地扫了他一眼，手下却是用了巧劲，直接撞着3号球一网打尽，权当没有听见他说话一般。

“没看出来你还有这一手。”苏谦诚摸着下巴有些不可思议，看她眼底的艳光还未褪去，这一对视竟让他微微一愣，差点陷了进去。

程安安却是笑得越发风情万种，左手搭着秦墨的肩膀，眯着眼睛神采奕奕：“那是秦总教得好。”

秦墨却是冷声一笑：“不敢当。”

程安安挑眉看了看一旁面如死灰正缩在苏谦睿怀里的苏欣彤，径直把秦墨捏在手里的酒杯拿过来，双球放在前面，白球却放在最末位，而那个还有半杯红酒的酒杯不偏不倚正好放在必经之路上。

等位置摆放好之后，程安安抬眼看向苏欣彤，言语间都有些不耐烦：“我如此还能把那两个球打进去那便算我赢了，如何？”

她眼角的光芒莹莹闪动，那语气虽是在询问却是一点都不容反驳。更何况，她本就是吃亏的一方，她打进去了算她赢，但若有一毫米的误差都算她输。

那杯子挡着的位置也刁钻得很，苏欣彤实在想不出来这边挡住了她还能怎么打过去，当下点头应下："若你这样都能赢，我自然甘拜下风。"

程安安扬唇笑了笑，意味不明，只在俯下身的时候瞥了眼秦墨，见他脸色实在是不好看，估摸着晚些时候肯定得栽他手里，等会儿得随便找个借口脱身了再说。

她边想着，边凝神看去。

她中指、无名指以及小拇指抵着桌面，球杆微微上提，身子微微侧了侧，瞄准了角度，"啪"的一声，只见白球跟一道闪电一般飞快地驰向与3号球完全相反的方向，随即用力撞击了桌壁飞快地反弹过去，又撞击另一侧的桌壁然后笔直地把两个球一网打尽。

那清脆的碰撞声，生生敲在神经上一般，让人狠狠一怔。

秦墨也是第一次见她打花式台球那么信手拈来，当下皱了皱眉，随即又露出满意赞许的表情来，眼里闪过一抹激赏。

程安安放下球杆，抬手就在他的衣服上蹭了蹭，见他抿唇看过来，眯着眼睛笑得开怀。

苏欣彤却是赌了气，摔了手里的球杆，恶声恶气："我输了，条件你说吧。"

程安安被这一动静吓了一跳，转头去看时，脸色也不好看起来："我就当是切磋罢了，小姑娘的脾气那么大显然是不服气的。"

她话说得也不重，苏欣彤却一下子哭了起来，一点大家闺秀的形象都不顾："程安安，你当你是谁，要家世没家世要背景没背景，你什么都没有，除了长得好看一点，你还有别的优点吗？自以为是、狂妄自大，你现在有的这些全部是秦墨给你的。"

"欣彤。"苏谦睿大声喝止。

程安安瞬间白了脸色，刚才那一点欺负了人家小姑娘的恻隐之心一点也没有了，当下凝了脸色几步走过去看着哭得一塌糊涂的苏欣彤，反问道："那你以为你有什么？活该被人欺负。"

一句话而已，却让苏欣彤瞬间止了眼泪，瞪着她："反正我就是讨厌你。"

大庭广众之下，也实在没必要跟一个比自己小的姑娘怄气。想通这一点，程安安的脸色微微缓了些，看着苏欣彤又是笑意盈盈的样子："我也不稀罕你的喜欢，讨厌我的人多了去了，你算哪根葱？连号都排不上呢。"

苏欣彤彻底词穷，像是受了莫大的委屈，憋得整张脸都通红的。到最后见程安安还不退一步给她台阶下，红着脸就跑了出去。

程安安揉了揉额间，转眼看着一旁若无其事的秦墨，顿时就怒了。

长裙有一处已经钩破了一个小洞，程安安扯着裙摆就是一个用力，"刺啦"一声之后，就见她把手里的半截布料一甩，看都不看秦墨一眼，转身也往外走去。

门口有人守着，见程安安怒气冲冲地往外走去，手一伸就把人给拦在里面。

苏谦诚倒是被逗笑了，程安安一向云淡风轻什么事都不放在眼里，但只要秦墨在边上，她的状况便层出不穷，小脾气也一点点地暴露出来。

若说她之前是不食人间烟火，什么都不在意。那么在秦墨面前，她就是被抓住脚踝从天堂被拉下来的天使，那一点的骄傲全成了她的保护色。

果然，还是后者比较可爱啊。

秦墨不发话放人，苏谦诚却是等不住了，当下走过去，揽着程安安的肩膀就往外走："我就辛苦一点把佳人送到吧，秦总你随意。"

门外的人知道苏谦诚的身份，自然不敢拦，但偏偏秦墨态度不明，他们一个犹豫，苏谦诚也不客气，直接走了出去。

程安安回头，就看见秦墨手里的玻璃杯已然被捏碎，双眸阴鸷地看着她，脸色阴沉："程、安、安。"

（4）

程安安最讨厌的莫过于赶不完的通告，她当初一夜成名，便是这样一个通告赶完下一个立马排上，休息的时间全部用在了车上，但面对镜头又只能强颜欢笑，并不能让人看出她有半点的力不从心。

因为，你一旦暴露了自己的疲惫，立刻就会有人取而代之，把你从高处拉下来狠狠踩在地上。

所以，程安安对在保姆车上睡了两个小时就要去电视台表示了强烈不满。

苏谦诚坐在一边正玩着游戏，见她被吵醒，笑眯眯的，十足小人得志的表情。

程安安起床气大，更何况没休息够，顺手抄了手边的睫毛膏就砸了过去。偏偏苏谦诚不躲不避，在他的额头上砸了个正着，疼得他龇牙咧嘴的。

程安安再大的火气也没了，一个翻身越过座位就走了过去："你故意的吧？"

苏谦诚捂着额头很不文雅地翻了个白眼："是你砸人的吧？你还说我是故意的？"

程安安哪里看不出来他的小把戏，当下哼了一声，坐回座位随手补了点妆，径直下去了。

苏谦诚的经纪人宝贝他宝贝得不得了，程安安来叫她去处理伤口的时候，她手里的泡面都没捧住，一个手滑溅了一地。

程安安皱眉，扯了扯被溅脏了的裙摆，却没说话——本就理亏，自然不能再发脾气的。

所以当乔治看见苏谦诚的经纪人怒气冲冲地冲过来质问的时候，吓得直把程安安护在身后，差点没喊来保安护驾。

苏谦诚在身后耸耸肩，摸着脑门一小块乌青，显得很是无辜："我拦不住她。"

程安安坐在位置上不动，眼看着他的经纪人把乔治拖走了也没抬下眼睛，自顾自地拿着手机发信息。现在会给她发信息的也就只有秦霜了，嘻嘻哈哈地和她聊着家常。

见旁边来了个苏谦诚，她微微侧了侧身，靠在椅背上，看着秦霜刚发来的信息不由得弯了唇。

秦霜："我说嫂子，你能别折腾我了不。你明知道我是来干什么的，你怎么都不问我……都憋死了。"

程安安回道："咦，你找我有什么事？想让我也把你拖进黑名单吗？"

下一刻，手机铃声就响了起来，她迟疑片刻还是接了起来，一接通那边就传来了秦墨咬牙切齿的声音："程安安，你敢再不接我的电话试试看。"

程安安看了眼来电显示，眼也没眨一下，冷声道："麻烦秦总转告秦霜一声，就在刚才，他也被我拖进了黑名单里。"说罢，一顿，眯了眼笑起来，"我有没有胆子，秦总你还不知道吗？"

话音一落，她干脆利落地把电话挂断，一转眼就看见苏谦诚站在她的身后，眼神里带着审视地看着她，那眼神像是能看透她一般，直看得她心慌。

苏谦诚走近一步，微微低下头看着她的眼睛，语调不明地问道："程安安，你哪国来的？"

"啊？"她错愕，一抬头正好擦过他低下来的唇，结结实实地吻在了她的额头上。

“让我来猜猜，是炒作呢还是真情流露？”她轻轻推开苏谦诚，语气里有薄薄的怒意，却不明显。

苏谦诚但笑不语，拿手指轻轻拂过她的额头：“你不是已经离开秦墨了吗？到我身边来。”

她抬眼，凝视着他琉璃般剔透的眼睛，有些不屑：“为什么是我？”

程安安和苏谦诚其实是有一段过去的，那时候她初尝成名滋味，对待什么事物都是耐心十足。

那日在片场，她一身白色长纱及地，头上步摇轻晃。刚走出休息室，就听见有人叫她的名字，她一回头就看见站在阳光中的苏谦诚，那时他还是一身白衬衣、牛仔裤，放荡不羁的样子，身旁搂着一个剧里的三流女星，叼着烟眯眼看着她。

她一侧头，目光移开就看见秦墨的车停在不远处，提了裙摆就缓缓走过去。乔治在那边等着，见她过来，拉开车门。等她从车上下来，苏谦诚已经不在原地了。

那时，她也未在意。即使苏谦诚再出色，她的眼里也只看得见秦墨。

所以她刚走进休息室，被人从身后抱住一把捂住嘴时，她除了刚开始的惊慌失措外，便冷静了下来。透过镜子就能看见她身后的少年冷静自持，微弯着眸子笑得妖孽十足：“喂，你做我女人吧，我保证你能红到一线。”

她那时候怎么回答的来着？

趁他分神的片刻，直接利落地踩上他的脚，狠狠一碾。见他松开了手，她转身一脚踢在了他的小腿上。踢他的命根子她还是有些不忍心，当下也不做片刻的迟疑，关上门之前还嚣张地抬着下巴睨着他：“爷不稀罕。”

那时候她自命清高，除了秦墨让她的自尊一度受到伤害之外，她对外人一向表现出十足的强大。所以那一日她窝在秦墨的怀里看娱乐报道，看见镜头一闪而过的苏谦诚时，惊出了一身的冷汗。

他比那时候看起来要成熟许多，微微翘着嘴角，很妖孽的样子。直到她正式和他见面时，他礼貌而疏离地叫她“程小姐”，这才让她松了口气，庆幸那时候还好一时心软没让他断子绝孙。

但是如今……

程安安沉吟片刻，婉转地试探：“所以苏欣彤要和秦墨联姻这件事你赔进去了多少？或者你知道我和秦墨之间的事情有多少？”

苏谦诚不置可否，端过她喝过的咖啡凑近唇边抿了一口，然后皱着眉一副就快要吐出来的表情：“你到底倒了多少糖？”

“好像有一罐吧。”她支着下巴看着那空了的糖罐笑得开怀。

《大院旧影》从开拍就争议不断，如今杀青了风头更盛。再加上苏谦诚有意无意爆给记者的一些内幕和所谓的暧昧照片，一时让这部剧成了暑假档期最受期待的电视剧。

今天B市的通告在剧还没有杀青的时候就预定了下来。此刻程安安站在舞台上，听着苏谦诚侃侃而谈，突然就涌出一股不安的情绪来。

苏谦诚隐藏得太深，她也是刚刚才猜测到这些全部都是他策划的。

苏氏和秦墨联姻，那她自然就要离开秦墨，而离开秦墨，苏谦诚是再好不过的靠山，像程安安这样借着强大背景上位的一线女星怎么可能会拒绝那么优质的靠山呢？

但对方这样的心机深沉，让人心慌。

“安安？”

主持人叫了她几遍这才让她回过神来。她弯唇一笑，按了按额角，致歉道："不好意思，我最近没有休息好，所以刚才发了会儿呆。"

主持人也乐得给她台阶下，当下笑眯眯地把话题又转向了苏谦诚："谦诚你没照顾好安安啊。"

苏谦诚看了眼明显不在状态的程安安，伸手环住她的肩膀："我会提醒她注意休息的，实在是这几天档期太紧了，我们都没休息好。"

话音一落，只听一侧的安全出口"嘭"的一声巨响，乔治站在那里慌张地看着程安安，急得满头大汗。就在机位调整了角度往那里拍摄时，全场的灯光一暗。

随即便听见一道声音响起："我来晚了。"

这……分明就是秦墨的声音。

秦墨一身正装从暗处走出来，大步迈过去走到了前侧的贵宾席上挨着导演一起坐下。

程安安浑身一僵，看着秦墨脸色虽然有些阴沉，唇边却泛着一个若有似无的笑时，背脊都凉了起来。

这绝对不是什么好现象。

主持人不愧是专业出身，虽然受了惊吓却在片刻之后就缓过神来，继续谈笑风生。但程安安明显更不在状态了，直直盯着坐台上眼神幽深的人，心神不宁。

秦墨倒是姿态闲适，边和导演说着什么，眼睛却是不离程安安，唇边的笑意也是忽明忽暗，琢磨不清。

好不容易结束了节目，导演就和秦墨走了过来，笑得春风满面："晚上一起吃个饭，我做东。哈哈！"显然是心情好极了。再转眼看秦墨的不动声色，程安安暗叹一声，怕是吃不了兜着走了。

秦墨给这个剧投了赞助是程安安始料未及的，所以当秦墨稍稍提点到程安安时，导演便了然地把两个人的位置安排在了一起。

程安安不配合是出了名的，许多导演对程安安的评价都是又爱又恨，她演技好，是票房的保证。但一旦涉及人际交往，她便全部推给别人，有时候被扰得烦了就掀桌而起，一点面子也不给。所以今晚导演干脆就坐在程安安的旁边，把她夹在了秦墨和自己的中间。

秦墨还没来的时候导演就开始暗示，等人一多，他不方便说话，只笑眯眯地给程安安斟了酒。

程安安虽然厌恶，但是没有法子，也没有借口离开，当下只能气闷地坐着，不停地夹着菜吃。

秦墨知道她喜欢酸甜口味的菜，见她不说话只顾着吃，自然而然地就帮她布起了菜。

导演见状，抬手掐了掐程安安放在一边的手，见程安安转眼看过来，悄悄地在桌下给她塞房卡，还不时地用眼神暗示。

程安安蹙眉，见秦墨还一副不知情的样子，扯了纸巾抹了抹嘴角，一把接过导演递来的房卡收进包里，转身看向秦墨：“秦总，你也吃。”

秦墨不动声色地看了程安安一眼，见她夹的都是极辣的菜色，也只是眉头一皱就递进嘴里。他边吃还边面不改色地招呼着别人，见程安安一直直勾勾地盯着自己看，微侧了侧眼见她夹了辣椒往碗里放，想也不想抬手招来服务员重新换一副碗筷。

这突兀的举动倒是让在场的人都是一惊，又明白了些什么。

他的袖口微微卷起，一点也不在意别人的眼光，给她剥着虾，剥干净了就放她的碗里，她不领情他还继续剥着，完全没有一点不耐烦。

程安安觉得包厢里的空气都开始不流通起来，掩着嘴轻咳了几声，拿起筷子把虾一个个夹起吃掉。

她安静地吃，他就安静地看，修长的手指为了剥虾已经油腻腻的，还泛着光，他却丝毫不在意，见她低垂着眉眼乖乖的样子终究叹了口气，轻问道："接下来你有十天的假期，跟我一起出差吧。"

这声音轻轻的，隐在交谈的人声里却让她莫名地软了耳根子，心也塌陷下一块。

**/第五章/**

# 想你是座不夜城

〔1〕

包厢里的气氛虽好，却终究有些压抑。

程安安坐了会儿便有些坐不住，四周都是恭维秦墨和苏谦诚的人，那眼底的贪婪折射成绿光森森然地看过来，顺带着连她都被扫视了一遍。

秦墨对程安安的好根本不掩饰，从来只有别人给秦墨剥虾的份，今天在这里倒是让他屈尊降贵剥了一碟子。

明事理的人自然都看出些什么来了，此刻脸上虽然都带着笑，心里还不知道怎么想的呢。

她侧身翻了翻随身带着的包，里面除了刚才导演塞给她的那张房卡之外，还有一张她自己的。

B市她不常来，但是偶尔宣传或者通告的时候常常会经过这里。

秦墨见她每次来B市都是随剧组的，怕她住得不舒服，就在这家酒店包了顶层的VIP。虽然乔治每次到B市都会帮她带着房卡，她却一次都没有在这里留宿过。

就像昨日，她也是随着剧组，未曾孤身一人离开。

但今日……

程安安眉目一转，夹起那张房卡在指尖轻轻一转，偷偷地把卡往秦墨西装的口袋里塞。

秦墨察觉到她的小动作，一低眸就看见她眼角眉梢都带着狡黠的笑意，抬手便握住她还来不及收回去的手，屈起手指在她的手心轻轻地挠了挠，见她缩回手，顺势放开，唇边漾开个淡淡的笑来。

走廊里寂静无人，灯光昏暗，淡淡的昏黄却有着别样的暖意，地上铺着大红色的地毯，程安安穿着高跟鞋踩在上面，也是悄然无声。

走廊尽头，她看了眼门牌号，插卡，推门。

套房的面积很大，里面的格局却是开放式，一眼看去便一目了然。头顶上的水晶灯分外奢华，散发着柔和澄净的浅橘色光芒。整个房间灯火通明，俨然就是一个小公寓，分外舒适。

她信步走到卧室，房里有着淡淡的熏香，是她喜欢的味道。

她一愣，转身走进卧室里附带的卫生间。里面有一个能容纳两人的按摩浴缸，浴巾、毛巾都是她喜欢的花纹，并不是酒店里的白色。

门口传来敲门声，没等她应声，就听见门“咔嗒”一声脆响被推开。

程安安侧了身子看过去，见是服务员，微微皱了皱眉。

那服务员显然是没想到此时这个房间还有人，微微躬身致歉：“抱歉，我不知道房间里有人，这里包下来五年多了也没见有人入住，所以一时大意了。希望您不要介意。”

程安安一愣，随即摆摆手："没关系，你进来干什么？"

服务员一抬眼见是程安安，当下眼睛都亮了起来。不过酒店的专业素质还是不错的，那服务员惊喜过后还是很镇定地继续工作："我本来是来例行检查的，既然您已经入住了我便不再打扰，有什么需要可以随时找我。"

程安安点点头，挥手让他出去，心却微微乱了。

这常年点着的熏香，她钟爱的布局，她惯用的毛巾和贴身的洗漱用品。显然是有人吩咐这里要随时打理，只是她却一次也没有领情过。

是不想领情，还是不愿意再欠他什么？

秦墨来的时候，程安安正穿着一袭火红色的蕾丝吊带衫坐在沙发上。她听见动静侧过头来看，脂粉未施的脸上竟是他记忆中的安静美好。

他走过去，她也迎了上来，脱去他的西装外套，随意扔在沙发上。她纤长的手指顺着他的喉结微微打转，微微一解他的领带便扯了开来，随意丢在地上。

她的举动像是有些不耐烦，偏偏脸上的表情安静美好，实在看不出有一点不满的样子。

他抬手覆在她移下去正要解开他衬衣纽扣的手，微眯了眸子打量她："谁又让你不开心了？"

程安安抬眼看过去，那一眼似娇似嗔，说不出的风情万种，偏偏她自己不自知，微噘了嘴一副置气的模样："关你什么事。"说罢，甩手就走，把卧室的门关得震天响。

秦墨洗过澡走进卧室的时候，她身上缠着被子缩在床上的一角。听见动静也不像以往一样回过头来，只一动不动地缩在那里，呼吸清浅。

窗大开着，这顶楼的风大，吹得窗帘呼呼作响，在黑暗里摇曳着。

这家酒店楼层高，顶楼是VIP高级总统套房，一共三层。最底下那层是空中花园，而程安安这边的窗户外面对着的就是一个露天泳池。

秦墨俯身过去，连带着薄薄的被子一起把她拥在了怀里。他吻了吻她的耳垂，又移下去亲了亲她的肩膀。

一直缩着不动的程安安这回终于回头，眼底有着细细碎碎的光，凝视着秦墨的眼底都是乖巧安静。

这样听话的程安安，秦墨从未见过，一边心惊，一边却是惊喜。

只是她平白无故的示好和脆弱，的确有些不对劲。

程安安不顾虑他，一个翻身就把他压在身下。她微垂下来的长发抚在他的胸口，带着酥酥麻麻的痒。

她眼底纯粹的光不在，渐渐变成了犀利的势在必得。那火红的真丝睡衣贴身，她紧贴着他的身体，柔软细腻。偏偏她不知道什么叫危险，腿微微蹭着，细白的手指还绕着他的胸口，有意无意地打着圈。

秦墨的眸眯了眯，眼底一暗，抓着她的腰就要重新掌握主动权，却被她按住胸口，一把摁在了原地。

程安安食指贴着唇，轻轻地“嘘”了一声，吹出来的热气却是故意拂在他的耳边。察觉到他细微的一颤，她勾着唇笑起来，低头咬在他的胸口，哑声微微笑着，那声音性感得撩人。

她刚沐浴完，浑身都有一股香气，淡淡的，溢入他的鼻尖似毒药。

她却在此时抽身离开，头顶上的帷幕被她扯下，那细细的薄纱落下来，瞬间让他看不真切。

心底的不安越来越大。

程安安却在此时猛地扯下这细细的薄纱，那层层叠叠的网状覆下来盖住他的眼睛。在他睁开的一瞬间，就看见那火红色的裙摆在窗台的月光前一旋。

秦墨的心一紧，看清她这是要跳下去，怒吼道："你敢跳你就死定了。"

程安安站上窗口，见他就要过来，马上往前移了移："你过来，我马上就跳下去。"

他果然站住不动，一张脸阴沉下来，周身都是冷峻："下来。"

程安安回头看着他笑，笑容明媚晃眼："你别紧张，我就是想试试看，这样能不能逃离你。"

她话里明显的心酸，表情明显的凄然。

那神情竟让他的心狠狠一痛。

"想逃离我？你胆子不小。不管你逃去哪一个地方，我都能找到你。"秦墨说得认真，眼神也凶狠起来，"快下来，想要什么告诉我。"

程安安却冷笑一声，收起刚才那副楚楚可怜的表情："现在我想要的，你给不了。"说罢，她深深地看了他一眼，毫不犹豫地往下跳去。

秦墨只感觉心口都像是被撕裂了一样，飞快地扑过去，却只能扯住她的裙角。那丝滑的料子在他的指尖划过，却让他浑身都战栗起来，几乎是想也不想的，也跟着她跳了下去。

程安安没料到他会跟着跳下来，刚落入水面那巨大的冲击力还没缓过来，她就快速地游到岸边，飞快地往外跑去。开玩笑，这下被秦墨逮到，不死也要脱层皮。

她不过是跟他开个玩笑而已，他何必那么认真。

秦墨没想到这是一个游泳池，沉入池底，错愕了半晌才反应过来是被程安安耍了，当下怒不可遏。

程安安，你自找的！

他看着她逃去的背影，咬牙切齿。

敢威胁他吓唬他的人，都被他废了，今天轮到你，怜香惜玉什么的……他弯唇一笑，这种失而复得的喜悦叫嚣着破土而出。

他抹了把脸上的水珠，一个猛扎潜了片刻这才又猛地冲出水面。

这个女人的胆子的确是越来越大了，最近越来越喜欢挑战他的底线。

“秦先生。”门被打开，一个黑衣保镖模样的人走进来，“程小姐刚离开酒店。”

“去哪儿了？”

“美国。要不要把她追回来？”

“不用了，让她再好好享受几天单身的生活好了。”想到这里，秦墨牵起嘴角一笑，“老爷子那里知道了吗？”

保镖迟疑了片刻，问道：“知道是知道了，但是并不支持。”

“不支持？”他扬唇冷笑一声，不以为意，“习惯就好，让秦霜这几天陪着老爷子把人逗开心了。”

“是。”

“没事了，准备下，等会儿回Z市一趟。”

“是。”

某个自以为一切都在掌握中的小女人，殊不知正好落入了某腹黑男的算计中，还扬扬得意地打算享受这来之不易的假期，先去美国，然后去哪里？

〔2〕

洛杉矶。

程安安推了推架在鼻梁上的大框墨镜，抬头看了眼通关口，翘起嘴角笑了起来。身边没有人跟着，的确是清静不少。

程安安从机场走出来，这一头被厂家花重金签走代言的秀发此刻被她随意地披在身后，正随着洛杉矶的暖风缓缓飘动。

第一站去的是迷人的海滨城市圣塔莫尼卡。

程安安每次来美国行程都很赶，一直想着好好地玩一次，却碍于工作的原因并没有机会，还有一次是跟秦墨一起，不过他是来谈生意的。

那次他来工作，她百无聊赖，于是她一个人驱车游玩，按着路牌的指示像蜗牛一样慢慢地摸索到这座海滨城市，岸边林立着大大小小的酒店、商场、电影院和餐馆。

她自驾游玩累得慌，在酒店睡了整整一夜，起来时却意外地看见秦墨站在窗边，竟然被他寻到了。他面前就是一弯碧蓝的海湾，明媚得让人窒息。他指尖夹着烟，见她睡醒了，也不说话，只是默默抽着烟，喝着水。

直到她耐不住这满室诡异的沉默，抗议出声时，他阴沉着脸一字一句地说道："你人生地不熟，万一出什么事了怎么办？"

她噤声。

这样看似无理取闹的出走游玩仅仅只是因为她不想麻烦他，自己走一走，不浪费他的时间也不浪费自己的时间。

她不辩解，只默默地走过去环住他的腰，拿头轻轻地蹭着他的胸口。毕竟她作为附属品并没有这个资格，只要顺从就好。

清晨的海风，很凉。

此时，程安安正坐在餐厅里吃了一顿墨西哥菜，口味还不错，却有些吃不下。她挑食越来越严重，即使在国外也要吃家常的中国菜。那次和秦墨在圣塔莫尼卡也是这样，非要吃中国菜，还是秦墨自己亲自下的厨。

在此之前，她根本不知道他会做菜。不过秦家从来不溺爱孩子，秦墨会烧菜也不是不能理解。

接到乔治的电话时，程安安才恍惚地想起忘记跟他交代一声了。接起，却没听到咆哮声，对方语气凄惨地抱怨："小祖宗，你这一走通告怎么办啊，我对外怎么说啊！这活没法干了，你开了我吧。"

程安安被乔治逗笑，在他再三的追问下都没透露自己在哪里，挂了电话之后，直接把手机扔进了海里。

这么休闲的时刻，她实在不想接到倒胃口的电话，也不想去猜测那个男人现在有没有想到她。

想到这里，她恍然警觉，从离开到现在，她虽然心安理得，却一直没有彻底放下过秦墨，一路过来，回忆里都是他。

陷在回忆里的人最可悲。

程安安曾经说过这么一句台词："不要那么相信回忆，里面的那个人，不一定同样想你。"

她如今那么被动，彷徨不安，实在是失了她的本色啊。

她仰头看了眼明晃晃的太阳，赤脚踩在海水里，迎着海浪往深处走。

"程安安，你敢不敢勇敢一点！"她大声地喊着，那声音随着海风直直飘向远方。

程安安，你敢不敢再勇敢一点。

之后的行程很是惬意，程安安去了迪斯尼乐园，独自去看了一场NBA球赛，去看了大峡谷。

一个人太孤单，以后旅游散心一定要带个男伴，保驾护航。毕竟她一时心血来潮去血拼的话也好有些激情，不然一个人提着一堆东西没走几步就被磨光了热情。

她本来还想去华盛顿、夏威夷，最后再去拉斯维加斯。她喜欢纽约的不羁，华盛顿的威严，夏威夷的热情，拉斯维加斯的疯狂。

她骨子里其实就不是个安分的人，所以“疯狂”这个词离她并不远。但是一直被放纵让她实在有些不安，不知道秦墨是懒得搭理她了还是真的找不到她。

不过不管结局如何，似乎在她决定离开的时候就不该再去在意了，不是吗?

拉斯维加斯是西部旅游城市，魅力无人可挡。

收到布雷迪的请柬时她正在酒店餐厅里用餐，服务员把请柬递给她的同时，暗示邀请她的人正在外面阳台上小坐。

她一眼看过去，就看见布雷迪举起酒杯向她示意。

布雷迪是好莱坞新晋的演员，虽然有一定的知名度但并不为大众知晓。因为他本人在有了一两部作品之后就专注于投资导演，反而把表演作为第二职业了。

认识他是因为秦墨，据说他在拉斯维加斯也有自己的产业，早年创业的时候和秦墨一起竞标输给了秦墨。但程安安对他的印象并不是很好，除了他的负面新闻太多之外，她直觉他并不是什么好人。

所以也只是点头之交，如今他居然知道她在这里并发来了邀请函，这内里的含义不可谓不深。

她慢条斯理地用着餐，布雷迪也不慌不忙地坐在那里，看似在等她但又像是凑巧遇见而已。

等用过餐，程安安这才缓步走到阳台上。布雷迪等候已久，此刻见她赏脸欢迎之至，忙拉了椅子，十足的绅士：“好久不见了，程小姐。”

“好久不见。”程安安点头致礼，不热情但也有礼貌。

"听说程小姐在国内一直都做着慈善活动，我希望程小姐今天能赏脸来我的慈善酒会。"

程安安却一脸为难："抱歉，我想我没有空余的时间过去。我的行程安排得很满。"

她的拒绝，在他的预想之中。

布雷迪沉默了片刻，才说道："不知道程小姐知不知道秦先生最近想收购我的酒店？"

程安安抬眼，却是懒洋洋的，并没有什么太大的神情变动："哦，是吗？倒是没听他说起过。"

布雷迪见她不为所动，沉思片刻笑了起来："他还差百分之十五的股份，如果你愿意出席这次的酒会，我愿意把这些股份给你。"

程安安才不会傻乎乎地觉得那是人家卖她面子，在美国比她有号召力的女星多了去了，布雷迪想请谁请不到，偏偏要她出席。而且他自己也分明地告诉她，秦墨如今和他有商业上的纠纷，若说她之前有点心动，现在绝对打消念头。

她戴回墨镜，微微一笑，起身便走："抱歉，布雷迪先生。"

布雷迪也是一笑："我也很抱歉要用这种方式邀请程小姐参加我的酒会。"说罢，阳台外面便出现了几个黑衣保镖，死死地拦住了程安安的去路。

程安安脸色一沉，转身看向布雷迪："你这是干什么？"

"你不用担心，等秦墨交出那些股份，我自然会放了你。我想他现在应该已经在拉斯维加斯了，程小姐。"

酒会就在布雷迪的酒店里举行，来的人都是有头有脸的大人物。

程安安端了酒杯坐在沙发上，身后还跟着一位黑衣保镖看守她。

衣香丽影，纸醉金迷。

程安安再熟悉不过的上流社会，不知道是不是独自一人的孤单无依，心情始终振奋不起来。还好有不少来自好莱坞和她搭过戏的人前来攀谈，她外语好，说话得体，这让她一直紧张的心情得以疏解。

身后的黑衣保镖还是寸步不离，即使程安安走到了最中间人流聚集的地方也在附近跟着。

当看见秦墨手插在裤袋，缓步向她走来的时候，程安安只觉得眼眶涩涩的，眼底隐隐冒出了雾气。

布雷迪的目标是秦墨，所以秦墨一出现，他便带人走了过来，挟着程安安就往楼上的休息室走。

秦墨也不慌不忙，定定审视了她一遍，见她并无大碍，这才不动声色地跟着往楼上来。

“这样的见面方式还真是糟糕。”秦墨不知道是说给程安安听的，还是布雷迪。

布雷迪显然是以为自己手里有了筹码，语气也嚣张许多：“秦先生的眼光的确不错，程小姐这样的大美人真是性感又磨人。”说罢，大声地笑了笑，见秦墨只是不动声色地抿着茶，微微有些耐不住。

“我不喜欢中国人的拐弯抹角，秦先生也知道这次是来做交易的，不如直接交换，我也好放程小姐回去。”

“交易？”秦墨冷笑一声，“布雷迪先生手上所谓的筹码在不久之前惹毛我了。”

他这话说得意味不明，倒是让布雷迪的脸一阵青一阵白。

程安安在一旁暗叹了声，显然这男人来这里的目的并不是和布雷迪做交易，而是逮她回去秋后算账的。想通这一点，程安安一点心理压力也没有了，当下颐指气使地指了指一旁的杯子：“给我倒杯水。”

布雷迪扫了她一眼，点点头，示意手下给她倒水。

程安安拿到水杯喝了一口就皱起了眉：“能泡杯咖啡吗，我觉得我需要保持清醒。”

布雷迪斜眼看过来，见程安安笑得顾盼生辉，皱了皱眉，还是指使人去了。

这回程安安才正眼看向秦墨，漫不经心地商量道：“以功相抵行吧？”

秦墨却是不领情：“你安分点。”

程安安瞪眼，杯子重重地一放，不乐意了：“不然我赖着不走了。”

“那随便你。”秦墨无所谓地耸耸肩，脸上一点多余的表情也没有，直接转向布雷迪很是抱歉，“安安并不想跟我走，还要麻烦你尽量照顾了。”

这下布雷迪算是彻底怒了，直接站起身，手里拿着枪就抵在了程安安的脑门上。

程安安脸色一冷，不爽了：“我最不喜欢别人拿枪指着我。”说这话时她根本没有意识到自己正被人挟持，只是优雅地弹了弹溅在袖口的水珠。

秦墨脸色却是一变，冷冷地眯起了眸子：“布雷迪先生最好冷静点，出了任何意外我想你都承担不起。”

见秦墨总算有了反应，布雷迪这才松了口气：“我也不想为难你们，只是希望秦先生把股份还给我，我们皆大欢喜。”

程安安倒是漫不经心，见秦墨手指轻轻叩着杯沿，已然不耐烦的样子，心底却打起鼓来。

她出声：“布雷迪先生，我劝你还是放下枪坐下来和秦总谈谈比较好。”

布雷迪此刻却冷静不下来，如今他占足了优势，自然不会放过空手套白狼的机会。

秦墨见程安安的状态还行，放下杯子，说道：“《触雷》二十集的时候我特别喜欢的一个镜头你还记得吗？”

程安安回忆了一下。

那是她早年拍的一部电视剧，二十集的时候女主被人绑架，也是被枪指着脑袋。女主的隐藏身份是特工，最后夺了身后歹徒的枪。只是现在，屋内布雷迪带了两个保镖，想来也是因为秦墨单枪匹马他很放心便只留了两个人在这里。

“记得，只是……”她欲言又止，用眼神示意站在两侧的保镖。

秦墨点点头，唇边泛起淡淡的笑意来，那笑似乎有安定人心的作用，让她紧张起来的心瞬间平和了下去。她说：“你只要做到你该做的就好了。”

布雷迪听得云里雾里，但越发警惕起来。他知道秦墨有搏斗基础，身手很不错。

程安安思考着，她那时候是拍戏，演员互相之间都会很有默契地配合。但是布雷迪现在是敌人，不会配合她的动作，她能做的就是尽力夺过他的枪，避免可能的开枪流血事件。想到这里，她皱了皱眉，手心里细细密密的都是汗。

那场戏她预热了很多天，都没有掌握诀窍，还是后来秦墨在家手把手地教了她。

现在，她咬了咬唇，脸色也微微苍白。

〔3〕

布雷迪已经对他们俩极度不耐烦了，见秦墨还是没有要交出股份的意思，握着枪的手微微收紧：“最多再给你 分钟的时间决定，你没有反抗的余地，秦墨。”

秦墨却只是看向程安安，勾起嘴角若有似无地笑起来：“我最讨厌别人威胁我。”说罢，缓步上前。

程安安那部戏里男主角就是这样，一共走三步。

这样歹徒的注意力会全部集中在他的身上，从而给了她很好的反击机会。并且歹徒会因为这样感到心慌，冷静不下来，只要时机对，她一下手就能拿捏准。

当下，程安安凝神看着秦墨的脚步。

一……

二……

程安安轻舒了一口气，神经高度紧绷起来，耳边除了布雷迪的呼吸声之外，就只有秦墨那轻而缓的脚步声。

三！

就在这时，程安安手肘往后狠狠地击在布雷迪的肚子上。另一只手快速地捏住他的手，几乎是扭着他强行抢下了他的枪。

这突如其来的变故还未让人反应过来，秦墨已经快速上前，一把拿起一旁的椅子套在掏枪准备射击的保镖手上狠狠一扭，再一个顺踢踢掉了对方手里的枪，然后一个矮身避开身后保镖射来的子弹，随即灵活地侧翻顺着墙根就拿到了刚才被他踢飞到墙角的枪。

刚站起身，只听“嘭”的碰撞声。

程安安脸色苍白地举着枪托狠狠地砸在了保镖的头上。明明是很严肃的场景，秦墨却忍不住低笑出声。

这个场面的确很搞笑，分明害怕得要死，偏偏勇敢地拿着枪托往保镖的头上砸。

分神也只是一刻，在看见保镖突然转身把枪口对准程安安时，他脸色一沉。他飞快地越过去，直接踩着椅子一把扑倒了还傻站着的程安安。

消音器下，子弹发射的声音并不是很明显，但子弹擦过身体的声音却在程安安的耳边扩大。她瞪大眼，看着秦墨的肩膀突然溢出鲜血来，只感觉一大片血色在她的脑海里蔓延。

“秦墨……”她颤抖着声音，想去堵住他的伤口又怕他疼，僵着的手完全不知道往哪里摆。还是他抬手握住她的，狠狠地捏了她一下，随即揽着她把她抱进怀里，一个转身直接朝着那不知死活的保镖开了一枪。

几乎是在同时，门突然被撞开。

一大批警察突然涌了进来，迅速地控制住了现场。

秦墨在进入酒会之前就联系了警察，只是刚才事发紧急他一时没来得及发出信号。

此刻见程安安在他怀里好好的，他不由得松了口气，皱着眉头说道："以后有人威胁你的生命直接开枪，出事了有我挡着。"说完，低头看她脸色苍白，明显受了惊吓，不忍心再说她，揽着她站了起来，"害怕了？"

程安安这才掩着唇哭出声来，她哭得压抑，只是眼泪掉得凶了些，语气惊慌失措："去医院，快点……"

秦墨皱眉，看了眼被程安安摔晕过去的布雷迪，毫不留情地踹了一脚，脱了外套披在她的身上，搂着人就往外走："有我在。"

短短的三个字，在这喧嚣的环境里却真真切切地落在她的耳朵里。

程安安是真的吓坏了，在看见他把她扑倒在地被子弹擦过肩膀的时候。那细微的摩擦的声音，却在她的耳边放大，一点一点占据她的神经，痛得她脑袋都要炸掉一般。

闻讯赶来的记者已经把酒店围了个水泄不通。

这次酒会大牌云集，连很少出现的秦墨也在这里，而且布雷迪安排这次酒会就是为了秦墨手上的那些股份，自然受到不少媒体关注。

当看见秦墨白色衬衫上左肩一摊血迹，怀里还揽着一脸苍白的程安安出现时，媒体沸腾了。

酒店外来接秦墨的人见状立刻上前疏散人群，分出一条路来。

秦墨护着程安安一路走，脸色微沉着，嘴角轻抿，显然很不愉快。

秦墨出现的时间虽然短，又立刻坐车离开了。但这点时间足够现场的媒体拍到特写镜头，即使秦墨全程一句话都没说，但程安安的出现以及事情后续报道一点点地展开也足够描绘出事情的大概了。

拉斯维加斯并不安全，所以秦墨处理好了伤口之后，马不停蹄地赶到机场，连夜飞回了A市。

程安安到飞机上了，脸色才好看了些，见他肩膀包扎好了，这才翘着嘴角漫不经心："叱咤风云的秦墨也不过如此。"

秦墨正处理着文件，这一次飞拉斯维加斯着实耽误了他不少的时间。听她恢复元气的调侃也没有太大的反应，他只是淡淡瞥了眼："拜你所赐。"

程安安撇了撇嘴角："你这样过来，你未婚妻不会气炸掉吗？明天的报纸头条肯定是今晚的新闻。"说罢，顿了顿，突然来了兴致，"你说他们会怎么写？"

秦墨唇边却泛起个若有似无的笑来："明天不就知道了吗？"

估计这女人在知道她前天被登记结婚之后，会更加疯狂吧。真是迫不及待想知道她的反应了。

当程安安看到乔治带来的报纸时，刚喝进嘴里的牛奶瞬间就喷了出来。她不敢置信地看着报纸的头条，颤着手指着上面的巨幅照片，沉声问道："我们什么时候秘密幽会了？"

秦墨抿了口咖啡，抬眼扫了眼头条，漫不经心："我们是去度蜜月的。"

"度蜜月？"程安安气得声音都发抖，"我怎么不知道我们结婚了？”

“哦，我忘记告诉你结婚证放在柜子里了。”某男还是云淡风轻，殊不知这个消息带给程安安的是多么大的打击。

程安安连鞋子都顾不得穿直接赤脚跑进卧室，当看见那红得刺眼的结婚证躺在柜子里的时候，顿时傻眼：“秦墨，你做假证不觉得可耻吗？”

“假证？”秦墨端着咖啡杯靠在卧室的门口，见她一副抓狂的样子，弯了嘴角笑得勾魂摄魄，“我用得着做假证吗？”

程安安被噎了一口，当下气得直接扑上去一口就咬在他的脖子上：“浑蛋，你干了什么！”

秦墨把咖啡杯往旁边一放，伸手拖住她的身子，一点也不觉得自己做了什么了不得的事：“就是一个人完成了登记结婚的过程而已，这个是难不倒我的。”

闻言，程安安却冷静下来，一把推开他，站得远远的，打量着他：“秦墨你是不是脑子有病啊，我有说要嫁给你吗？什么时候有空约个时间吧，我们把婚离了。”

秦墨的脸瞬间黑了。

他猛地一把扣住程安安的肩膀按在了墙边，听她疼得“嘶嘶”倒抽冷气眼都没眨一下，恶狠狠地俯身一口咬在她的唇上。

程安安也气着，当下不配合，双手直接往他的脸上抓。

秦墨闭着眼也知道她会来这一招，直接按住她的手反剪在身下，越发重地吻上去，直到她不再挣扎了狠狠地一咬她的唇，咬出血来才解恨。

“程安安我警告你，以前太放纵你了，才什么都由着你。今天开始，你敢再踩我底线，我会让你尝到万劫不复的滋味。”秦墨声音轻柔，说出的话却让程安安瞬间有种置身于冰天雪地的错觉。

见程安安不说话，秦墨这才缓下语气：“你说你要的我给不了你，如今我给你了，就安分点，别跑。”说罢，亲了亲她的额头，“还有什么问题，我们趁早解决。我今天要去美国一趟，处理点事，估计要几天。”

程安安不是任性得不分事情轻重的人，他这样说，她就直接问：“那苏欣彤呢？”

“跟她没关系。”他皱眉，有些不耐烦。

程安安却不是好糊弄的，虽然秦墨说没有那就是没有，但她没有忘记曾经他说的那句“不是他的意思”，那这事当初就存在过。

秦墨却不想在这件事上多做解释，直截了当地说道：“结婚证都摆在这里了，你要不要看看女方的名字是不是苏欣彤？”

程安安当然看清楚了，当下冷哼一声，双手环胸，抬着下巴睨视着他，不容拒绝地道：“那我们隐婚。”

虽然这婚结得莫名其妙，她本人还没有亲自在场，更别提什么求婚的浪漫戏码。但是结婚证都有了，不管秦墨打的是什么算盘，这个结局都是她想要的。做秦墨的女人，是多少女人梦寐以求却一辈子都只能奢望的事。

但转念一想，程安安又不乐意了。敢情这男人是拿捏好了她的七寸在哪里，才肆无忌惮的。

“你不是这辈子都不结婚的吗，怎么就心甘情愿进围城了？”

秦墨却是耸耸肩，一脸无奈：“和你长期在一起，只要九块钱搞定，何乐而不为？”

程安安气结，当下跳到他身上掐着他的脖子一口咬在他的耳垂上：“不行，改天约个时间离婚。”

秦墨却是一把拨开她：“想都别想。”说完，又补充道，“你想清楚离开我的后果了吗？”

见她安静下来，他再接再厉：“你那一堆信用卡账单，从我那儿转去炒股被套住的资金，最近法院还送来了三张违约的传票，还有……”

“行了，你别说了！”她一把捂住他的嘴，恶狠狠地瞪着他，“你来硬的威胁我就范，很有成就感吗？”

他顺势就着她的手一舔，见她飞快地缩回手，压低了声音，一字一句道：“不，只是告诉你当我老婆的好处罢了。”

/第六章/

# 红颜祸水百毒不侵

（1）

乔治来接程安安的时候，就看见她盘腿坐在沙发上，拿着镜子不知道在干什么。走近一看，才看见她是在补妆，嘴唇红肿，怎么都遮不好。

《大院旧影》的宣传空缺，让她这段时间的曝光率瞬间减少，但和秦墨在拉斯维加斯上报的事情却把她又推上了风口浪尖。有的是人说程安安是介入别人感情的第三者。

程安安坐在车上翻着报纸的时候，嘴角却翘得老高：“乔治，打个电话给报社说谢谢他们的高度评价，让他们眼光放亮点儿。”

乔治抹了把汗，早就习惯了她这种抽风式的作风，当下也没搭理她，径直忙着安排她的通告了。

程安安见他不搭理自己，也不恼，手指搭在椅背上轻轻敲了敲：“你什么时候帮我接了这个通告的？”

乔治一愣，反应过来她说的是刚接的剧本，抹了把汗：“《大院旧影》刚杀青的时候就接了，当时你不是看过剧本吗？”

程安安随手翻了翻剧本，撇嘴道：“我看这剧也不怎么样啊，鸡肋得很，当时我是这么说的吧？”

乔治这回总算明白程安安的意思了，赶紧拿出手机，照着报社的电话就拨了过去。

见状，程安安见好就收，拿过剧本翻了翻，有些漫不经心地问道：“当初不是说女一确定了吗？怎么又是我了？”

乔治打完电话正满头大汗，这种下马威的事情做多了还是会心虚啊。

“这你还不知道嘛，你当女一能保证收视率，而且导演最喜欢你这种往镜头前一站气场就强大的艺人。别人能比吗！”

程安安干笑一声，问道：“收了人家导演多少钱？谈了什么条件？”

乔治见瞒不下去，摸了摸脑袋，尴尬地笑了笑：“要不我们五五分成？”

“成交。”程安安眼也不眨，直接敲定。

剧组拍摄地放在A市的一个拍摄景点，程安安到现场的时候正好在过女二号的戏，她在一旁坐了一会儿，和导演打了个招呼。

女二不算是新人，这几年迅速上位。从刚开始演 个格格身边的小侍女到如今曝光率大增，也算是不容易了。而且，刚刚得了个新晋女演员，神气得不得了。

这部剧她能出演一半的原因还是制片人的特殊赏识，这才拿到的。演技嘛，程安安捏着下巴看了会儿，摇头失笑。

为了保持神秘感，剧组谢绝记者的探班采访。所以程安安这样大剌剌地把自己晒在躺椅上一点压力也没有，妆已经定好，只等女二的戏份一过就是她上去对手戏。

这次主要讲的是职场，三个女人一台戏，这部戏里拔头筹的就是三个女人。女主是程安安，女二是陈欣，女三是楚遥遥。

程安安完全就是本色出演，后台强硬，聪明能干，就连脾气作风都符合，所以一上镜什么压力也没有。

秦墨打来电话的时候，程安安正和女二对戏，好好的一场戏起先她卡了一次之后女二怎么也入不了戏。程安安一句台词说了几十遍，早就厌烦了，一看见乔治拿着她的电话过来，当下抽身过去接电话了。

秦墨那边已经是深更半夜，程安安一听见他声音就知道他半夜没睡好，当下皱了皱眉，不满道：“谁让你喝咖啡的？”

秦墨一愣，难得幽默：“原来电话也能把我身上的味道传过去？”

程安安“嗤”了一声表示不满：“是啊，现在我感觉你浑身上下充满了可笑之气。”

秦墨低低地笑了起来：“安安，想我了没有？”

“没有。”她回得快，说完又觉得太不给面子，拿着电话哼哼唧唧地小声哼了句。

程安安难得有那么孩子气的一面，他心下一柔，仰头看着窗外的明月，轻叹了口气：“早知道把你带来，在拉斯维加斯把婚礼办了就好了。”

程安安却不乐意了：“那证我没拿到，我不承认的。而且你早上都答应过我了，反悔你就死定了。”

秦墨冷哼一声：“你敢。”

“你试试看我敢不敢。”反正隔着个电话，他难不成能从美国跑回来教训她？那也需要时间的好不好。

秦墨却沉默了会儿道：“回来之后跟我回秦宅一趟，爸妈想见你。”

程安安只感觉瞬间喘不过气来，眉头一皱，不乐意了：“再说吧，我没做好准备。”说罢，又怕他扯回这个话题，当机立断地转移话题，“你刚到那边本来就要倒时差，怎么还喝咖啡？”

秦墨刚上飞机就连着开了两场商务会议，批阅了一堆的公文，即使是舒适的头等舱都缓解不了他的疲惫，但是想着尽快处理好这些才能回国，又开始马不停蹄地赶着工作。

程安安见他不说话，那边只有清浅的呼吸声，突然就有些心疼：“行了，你赶紧去休息吧。”

秦墨也不应，垂了眼睫看着通话中的字样，直接按了结束连再见都懒得说。

程安安这边没听见回应，一抬手机看见通话已经结束，当下咬了咬唇，直接把手机扔到了她坐的椅子上，转身去上厕所了。所以等她回来看见楚遥遥坐在她的位置上看着剧本的时候，当下脑袋一炸，脾气就上来了。

楚遥遥见程安安怒气冲冲地走过来，紧张地站起身来，有些惊慌失措：“安安。”

程安安却是一声不吭，凝神看了她半晌，才问道：“你是没有你自己的位置吗，坐我这边干吗？”

楚遥遥一脸为难，她只是一个刚出来的新人，接拍过几场配角的戏一直默默无闻，好不容易能来一个大剧组。虽然这角色也不怎么好，但是起码能和一线大腕对上戏，增加曝光率。

如今，她才拍了一个镜头就误惹了程安安，当下后悔得要死。

程安安见楚遥遥不说话，看了看远处本该是楚遥遥的位置，此刻被个不知名的小演员占了去，当下拉着她的手腕就走了过去。

楚遥遥一脸惊慌失措，但也不敢反抗，眼睁睁看着程安安拽着她走到那个刚刚霸占了她位置的小演员面前。

小演员名叫康馨，半红不紫，一直没上过道，所以程安安自然不知道她是谁。看了看椅子上贴着的名字，程安安笑眯眯地跟她打招呼："楚遥遥啊，我倒是久闻你的大名呢。"

小演员正幸灾乐祸地看着楚遥遥被训，见人被拉了过来，知道程安安不可能不知道她拉着的人才是楚遥遥，当下就红了脸，站起身来。

程安安见康馨让开位置，这才松开楚遥遥，冷睨着康馨道："别狗仗人势，刚来剧组就嚣张得无法无天，上头有的是人压着你。还想混下去就别碍着我的眼，懂了？"

康馨忙不迭地点头，见程安安只是警告，松了口气："我只是占了她的位置，是陈欣说你那位置没人坐让她过去的。"

程安安的位置上没贴名字，陈欣有意让她对付楚遥遥自然不会放过这个机会。程安安微微一笑，一点也没有生气的样子，反而好脾气地拉着康馨的手，笑眯眯地说："以后还要合作，何必弄得不愉快。"

她简简单单一句话，倒是让康馨眼前一亮，当下点点头，很是殷勤地把一旁放着的矿泉水递了过去："听说你喜欢这种水。"

程安安也不推托，直接伸手接下，道了谢。

完全没有传闻中说的那么不好接近，但康馨所不知道的却是程安安这样做，只是让陈欣知道这里谁最大而已。陈欣妄想把人都拉拢过去，她偏不让陈欣如意。

娱乐圈里多的是自以为是的人，而她程安安现在有的是时间慢慢地和她磨。

程安安刚出道的时候，脚步还没站稳，冲势又猛，有的是人给她使绊子。秦墨可以给她好的剧本、好的通告，但是他却不能时时护她周全。

那时候她就有过一次。

那天乔治去帮她谈通告，只留她一个人在组里。那时候沈欣桐还是当红花旦，她只是一匹进军演艺圈的黑马新人而已。

沈欣桐故意诱导她，让她去当时另一个演员的休息室里卸妆，那时候她还不懂，虽然知道沈欣桐不怀好意，她顶着一脸夸张的女巫造型只能进去卸妆。

所以当那个女演员一脸不屑一边发飙一边尖叫地把她扯出来，狠狠扇了一巴掌的时候，她只是擦了擦满脸的水珠，一张素颜却比对方更加气势万钧。她一巴掌还了回去，在对方冲上来的时候打成一团。

隔天，她就被诬陷偷了东西。

她冷眼看着这群人，连自己是无辜的都懒得说，仗着身后还有乔治在，冲上去就把那演员扇了。扇完之后，她反问：“你说我偷了你的包是吧？包里有一沓现金？”

见对方咬牙不出声，她不屑地弯了弯唇：“我要你钱干吗？要偷也是偷你的手机啊，你通讯录那些人脉可比钱值钱多了。”

说罢，她也不再搭理她们，反正今天是没自己的戏了，跟着乔治就回了公司。

随后，她就一改往日的低调，坐着秦墨的车来，来回都要司机接送，吃的盒饭全部改成大酒店的伙食，就连平常的小首饰全部用了国际的知名品牌。

那些有眼睛的人自然知道程安安没必要去偷那演员的东西，她身上随随便便一样东西都比那些值钱得多。

不过，几天之后，风头一过去她就恢复了低调，算是给这事做了了结。

秦墨见她那几天反常，也没问什么，只是那次送她去片场多留了几分钟。没过几天，那个演员就在剧组里消失了，她之前的戏份也全部被另外一个新人取代。

也是从那天起，那些人看程安安的眼神全部都不再如之前一般，多多少少都带了点敬畏的成分。

而程安安意识到自己所处的环境有多么险恶，也是从那一天开始。

那时，她唯一的温暖，就来自秦墨。

是他，让她还觉得即使这个圈子再险恶，也终有一人能护得她周全，能保她飞天遁地。

〔2〕

拍戏拍得晚了，收工的时候已经是凌晨两点。程安安也懒得回家，跟着剧组在附近的酒店住下。

她有些认床，睡得晚又不沉，凌晨四点左右天色微亮的时候就被电话铃声吵醒。她撑起身子，瞄了眼来电显示，见是苏谦诚的，皱了皱眉，接了起来。

“安安，我在你酒店楼下。下来吧，我们好好谈谈。”

程安安捏着手机一顿。

苏谦诚也耐心地等着，直到那边传来了轻轻的“嗯”字才微微松了口气，挂断电话。

程安安出门的时候，对面的房门也打开来。她一抬眼，就看见导演搂着陈欣正卿卿我我。

程安安暗叫一声糟糕，但退回房间已经不可能了，当下只能在两个人错愕的眼神下点点头示意，然后低了头装作什么都没看见一般，坐着电梯下了楼。

等按了楼层，她又暗暗心虚起来。

没想到苏谦诚这么一个电话倒是让她撞破奸情，也不知道明天这两人会是什么反应。毕竟，陈欣和制片人的事圈子里的都知道，陈欣还是制片人一手捧起来的。

陈欣曾和一个男演员走得近了些，那男演员直接就被那制片人封杀了，好多大剧都拍不了，后来公司就把人雪藏了。

而这个导演，本来就花名在外。家里有着一位不愿意睁一只眼闭一只眼的祖宗，自然让他讨不了好，一旦被她知道他在外面偷腥，她准要到剧组里大闹一场。

所以这两个棘手的人偷情，恰好又被程安安看到，自然是讨不了好了。

她按按额角，长叹一声："苏谦诚果然是扫把星……"

苏谦诚在楼下酒店后门口等着，程安安只戴了一顶帽子就出来了。看见好久不见的苏谦诚此刻略显颓废的样子，她吃了一惊："怎么混成这样？"

苏谦诚仰头舒了口气，指着对街24小时营业的肯德基道："进去里面坐坐吧，我想儿童套餐应该很适合你。"

程安安吸着珍珠，抬眼看着苏谦诚问："顺便还是特意的？"

苏谦诚见她眼底都是清明，没有直接回答反而喝了口果汁，皱了皱眉头："睡眠质量不好？"

程安安不答，只是啜了几口奶茶，见苏谦诚一直盯着她看，把杯子一推，发话了："有话直说，我等会儿还有通告。"

苏谦诚却还是不紧不慢，唇边泛着的笑意倒是越来越大："你猜我这个时间点叫你出来干吗？"

程安安眯了眯眼，终于警觉了起来。

苏谦诚却在此时按住她的手，拉起放在唇边一吻："拜你男人所赐，我现在什么都做不成。"

程安安知道暗处肯定有尾随的狗仔，当下气得咬牙切齿：“所以你用这种方式报复他？真是够幼稚的，你觉得这样对他能造成什么危害？”

苏谦诚却浑不在意，只是摩挲着她的手，微眯着眼一脸的邪气：“秦墨太小气了。”

程安安微微一笑，用力抽回自己的手，漫不经心地咬着珍珠，也学他眯着眼睛：“吞了你的钱还对你下手，是这样吗？”

苏谦诚闻言便知道她什么都知道了，他靠在椅子上，轻轻地按了按太阳穴：“倒是什么都瞒不过你。”

见他的话都说到这份上，她实在没有听下去的必要，抓起手机，起身就要走。

苏谦诚也不拦她，只是在她走过身边时，问道：“你不想知道我为什么做这些吗？”

见程安安一点也没有停留，他抬手握住她的手腕，手指渐渐收紧：“程安安。”

程安安被他拉住，脚步一顿，随即转过身，捏着他面前的那杯果汁，直接从他头上倒了下去。

那橙黄的果汁浸湿了他亚麻色的头发，顺着他的脸庞往下滴着水，十足的狼狈。

程安安顺势挣开他的手，把刚才买儿童套餐送的钥匙环塞进他的手心里：“儿童节快乐，苏谦诚。”

说罢，她头也不回地往外走去。

陈欣再看到程安安的时候，有些不自然。本来就是两看相厌，现在还被自己讨厌的人知道了自己的秘密，那自然是不舒服的。

不过程安安虽然跋扈，却不是落井下石的人，权当不知道这件事，不闻不问。

相比程安安的不管闲事，陈欣明显是坐立不安，也不敢主动找碴儿，倒是时时刻刻注意着程安安的动态。直到一个星期之后，程安安正在接秦墨的电话时，一个浓妆艳抹的女人，吵吵嚷嚷地跑到剧组来。

看见程安安，女人便一把拽住她，恶狠狠地盯了一会儿。那头陈欣从化妆室出来，女人松开程安安直接扑了上去，拽着陈欣的头发又是骂又是打的，旁边的化妆师拦都拦不住。

程安安被那女人粗鲁一拽，手臂上立马出现两道鲜红的印子，其中一道还渗着血，心疼得乔治直骂那女人是泼妇。

程安安心底却涌起一股不好的预感来，捂着伤口一言不发地看着那边扭作一团的人。

导演大概是知道情况，直接没来，等那女人闹完了走了，才过来善后。

程安安坐在椅子上一言不发，神情很是不对劲。她扫了眼剧组里的人，包括那边交头接耳一副大快人心的康馨和坐在那儿低头不语减少存在感的楚遥遥，扯着嘴角冷笑一声。

她如今是树大招风，身不由己了。

陈欣一脸狼狈地冲过来，看见程安安悠闲自得的样子，咬着唇，抬手就要扇："贱人。"

乔治在一旁看得心脏都慢了一拍，直接扑上去把人给架住了。

那边看热闹的康馨和楚遥遥见状立马过来劝架，唯独当事人程安安一副事不关己高高挂起的姿态，冷眼看着陈欣在那边破口大骂。

"安安你倒是解释几句啊，你才不是这样的人。"楚遥遥急得就要拽程安安，却被她不露痕迹地一躲避开了。

程安安见导演在一边也灰头土脸的，暗叹那天好死不死的为什么就让她撞见了，现在不是她高密，也逃脱不了干系了。

程安安把捂着伤口的纱布丢掉，站起身，还是一脸的不可一世：

“看看你现在的样子，跟疯子没什么两样。那个人既然等到今天捅出去，自然也会找来记者好好报道的，你好自为之吧。”说罢，正打算走。

陈欣一把掀开拉着她的楚遥遥，又扑上来。

程安安躲得急，后退了几步才稳住身子。

也是在同一时间，不知道哪里来的记者蜂拥着涌过来。程安安脸色一白，看着陈欣那副破罐子破摔的样子，显然今天自己是讨不了好了。

她皱了皱眉，抿紧了唇。别让她知道是被谁陷害了，否则一定加倍奉还。

楚遥遥这会儿见事情闹大了，脸色也不好，和康馨把陈欣给拦了下来。

程安安却不领情，一把扯开楚遥遥，眯眼看了看她，见她眼神闪躲，咬了咬唇。

程安安毫不留情地对楚遥遥说：“等会儿再跟你算账。”说罢，一步上前一把扯住陈欣的肩膀，压低了声音，“你还想不想再混下去了，再跟疯狗一样，谁都救不了你。”

这句话倒是给陈欣提了神，只见程安安脸色微冷，神情却认真。她一个恍惚，就被程安安拉住了手腕，揽住了肩。

陈欣还没说话，乔治把记者一拦，机警地解释道：“怎么了怎么了，安安和陈小姐在对戏呢，这里不接受采访的，还希望各位积极配合啊。”

见状，陈欣也反应过来，接过康馨递来的衣服往身上一披，又是一副笑意盈盈的样子。

记者虽然没有那么好糊弄，但是乔治都这么说了，又实在没有料可以深挖只能放弃，渐渐散开了。

程安安一直没说话，眉头却微微皱起。刚寂静下来的现场，只听乔治怪叫了一声，程安安一扭头就被秦墨一把扯了过去。

她一抬眼，就看见秦墨正皱着眉头看着她的手：“谁弄的？”

她肤色白皙，这两道抓痕简直是触目惊心，还隐隐往外渗着血。

程安安这才觉得疼，也顾不得这里还有那么多人，当下委屈兮兮地往秦墨怀里一靠，本来凌厉的眼神瞬间融成了一汪浅水，明晃晃的动人。

“疼死了，不知道要不要打狂犬疫苗。”

虽然知道她是故意的，但是秦墨扯了扯嘴角还是心疼得要死，当下把她拉过来看了看：“我让林医生过来看看。”

程安安最讨厌的就是那个林医生了，每次来都会奚落她一番，偏偏对方又跟秦墨的关系铁，她实在拿他没办法，每次都只有被嘲笑的份。

那也不能怪她啊，每次那么点小伤秦墨都要大惊小怪的，连乔治也是，生怕她哪里留了疤就卖不了好价钱了。现在就算她想脱身，这事情还没解决好她就一走了之，等回来指不定被人怎么诬陷呢。

当下她眼一抬，什么也不说，就只是楚楚可怜地看着秦墨。

那小眼神着实媚得让人发酥，秦墨只有缴械投降的份。他扫了眼这混乱的现场，沉声道：“乔治，这里你处理一下。”说罢，揽着程安安就往车里走。

就在这时，楚遥遥却抬手一把拦住两人：“等、等一下……”

〔3〕

“等、等一下……”楚遥遥抬手拦着两个人，眼神虽然胆怯却依然坚定。

程安安挑了挑眉，有些不解：“什么事？”

楚遥遥指了指她的手臂，声音弱了下去：“你先用酒精消毒一下吧，不然会细菌感染。”

程安安闻言，眼睛一眯，随即又缓缓地笑了起来：“谢谢关心。”眼里虽然有笑意，但那笑意不曾达到眼底。

程安安讨厌自以为是的人，而这个人还擅长算计别人来达到自己的目的，更甚至于踩着别人往上爬。如果说之前她还不确定这件事跟楚遥遥有关，那么现在她却基本能肯定这件事是这个看似懦弱的楚遥遥做的。

她嫌恶地看了楚遥遥一眼：“我明天来剧组之前希望一切都已经处理好了，楚遥遥。”

楚遥遥浑身一颤，显然知道程安安什么都知道了。

秦墨倒是连正眼都没瞧楚遥遥一下，只是皱了皱眉，揽着人就往车上带。他连着出差一个星期，刚回来电话打通了还没说上两句，就听见那边嘈杂的声音跟程安安的低叫声，再后来手机就被挂断没人接听了。

秦墨在车上差点没把手机给砸了，本来要去公寓等她的，立刻不管不顾掉头去了片场找她。果然是发生了什么事。

车里柔和的香气一如往昔，让程安安微乱的心缓缓安定下来，她微微舒了口气，闭了闭眼：“我累了，想回家。”

窗外有阳光洒进来，车内冷气充足，让程安安惬意得想立刻补眠。

见她眼底有了淡淡的青黑，秦墨皱眉，掰过她的脸仔细地看了看：“明天不去剧组，在家多休息几天。”

程安安见他蹙眉一脸不爽的表情，知道就算反抗也是无效。何况她现在的确是不想回剧组，当下就着他的掌心蹭了蹭，慵懒得像只倦极了的小猫。

秦墨只觉得被她这眼神勾得慌，低头直接吻了下去，又急又凶。

等松开她的时候，她眼底艳光四射，看得他心惊。

他稳了稳心神，把她收紧在自己的怀里按住，抬起手指轻轻地摩挲着她的脸，捏着她柔软的耳垂：“这段时间都干了什么？”

他声音轻柔，程安安却懒懒地缩了缩：“什么也没干。”

秦墨唇边却泛起笑来，他俯低了身子，凑近她的耳垂轻轻地咬了咬：“忘记我昨天打电话给你说什么了吗？”

程安安还真的很认真地想了想，但是想起昨天他说的话时，脸色瞬间变了，一把推开他往车窗挪了挪。

秦墨见她耳垂都红了，自然知道她是想到了，当下低低地笑了起来。

程安安听得恼了起来，扑上去就要挠他。

被程安安掐得疼了，秦墨也不恼，见她一时松懈，直接揽着她的腰抱进了怀里，双手一把摁住她的手反剪在身后。

抓人的小野猫，还是被控制在自己的怀里比较好。

程安安怕他要收拾自己，立刻皱了眉头，喊着：“疼疼疼……”

秦墨生怕碰疼了她，就算知道自己的力道还不足以伤害她，还是松了手：“小狐狸。”

程安安却仰头冲他笑，笑眯眯地眯着眼睛，毫无心机的样了。他心下一软，眼底的光越发柔和。

夏末的天气还是炎热的，傍晚的时候下起了雨。

程安安本来还想和秦墨去西餐厅吃饭，雨下得大了，她的兴致也没了。

秦墨看不得她这副模样：“喜欢的话就让人送来。”

程安安摇摇头，恹恹的，没有精神。她突然就厌倦起了这种生活，站在落地窗前，她双手环胸看着底下的车来车往，轻轻叹了口气。一直无往不胜，在战场硝烟里迷惑敌人迷惑自己。

突然安静下来不免有点寂寥，她早年刚出道被人诬陷的情景好像还在眼前，如今她应对沉着，却耐不住心头那点被刺痛的孤单。

程安安就那么点心思，从来没有逃过秦墨的眼睛。

他知道她在想下午的事情，走过去环住她，在她的脖子上轻轻地咬了咬："有这工夫想那些跳梁小丑，不如想想今晚怎么挨过去？"

程安安翻了个白眼，想也不想直接抬起脚踩在他的脚上。好在她没穿高跟鞋，不然秦墨的脚趾估计都得肿起来了。

"心真狠。"他喃喃地念了一句。

程安安却因为这话一个恍惚，转过身去看着他的眼，娇嗔道："那也是你一点一点练出来的。"

从当初的太心软，到现在的铁石心肠，哪一点不是因为你?

秦墨头一次琢磨不透她的想法，但也不想放任她一个人胡思乱想下去，拉着她就下楼了。

下过雨的夜晚显得夜色更寂寥了些，秦墨怀里抱着程安安，温香软玉。

刚结束了一轮，她还微微喘息着，陷在旋涡里晕头转向。

他不动声色地挣开她，又绕了回去，另一只揽在她腰间的手如铁杵一般固得她牢牢的，分毫动弹不得。

程安安嘤咛了一声，转身缠住他，呜咽着委屈至极："这日子没法过了。"

秦墨却被她这句话逗笑，低低沉沉的嗓音煞是好听："没法过了那就想法子，刚刚新婚就说这种话，不觉得你这个秦太太做得太不合格了吗？"

"本来就是名不副实的……"

她话还没说完，就被他警告般占有了。

等他终于满足了，她却连抬手的力气都没有了，哼哼唧唧地缩着身子缩进他的怀里，让他抱着去洗澡。浑身黏黏腻腻的，实在是让她不舒服极了。

她一张脸都是潮红，连鼻尖都圆润润地红着，看得他心尖一软，低下头吻了吻她的眼睛。

程安安原本闭着眼，被他这薄如蝉翼的轻吻弄得睁开眼。

等洗完澡，已经是凌晨一点。

程安安光洁的额头贴着秦墨喉结下方那块柔软，微微蹭着。她每次想睡又睡不着时就是这样。

他微微皱眉，探了探她的额头，抬眼就看见她藏在台灯后面的那瓶安眠药。他不动声色地把她抱到自己的身上，抬手就去拿那瓶安眠药。

程安安手去够的时候被他躲了过去，他打开一看，已经少了一半。他的眉头一皱，脸色微微变了变："这段时间都靠这个才能睡着？"

程安安怕他生气，直接捏了瓶子放回柜子上面。刚放好就被他直接捏着瓶子扔进了一旁的垃圾桶里，程安安抬头一看，就见他脸上一层薄怒。

她今晚已经累极了，又怕他深究，低头就吻住他的唇，把他要说的话都堵了回去。

秦墨任她亲了会儿，这才掰开她的脸看了看，下巴尖了不少，他轻叹了口气，把人抱回怀里，紧紧的："想我想的？"

程安安"嗯"了一声，把头靠在他的怀里，手指还在他的肩膀上绕着圈："过几日就好了。"

"苏谦诚来找过你了吧？"

程安安点点头。

那晚苏谦诚分明是特意带了狗仔来偷拍，可是隔日居然没有八卦娱乐曝光出来。显然是秦墨知道了，压了下去。

“他找你干什么？”他语气淡淡，听不出什么多余的情绪。

程安安也回答得认真：“说了一堆胡话，倒是你，跟苏欣彤的婚约就这样没了，是不是很可惜？”

毕竟苏欣彤的身世家庭背景都和秦墨极其相配，更别说那妮子的长相并不差，谈吐也优雅，就是没见过世面。

秦墨却不答，只是摩挲着她的脸微微叹息：“我最讨厌别人觊觎属于我的人。”

程安安耷拉着眼睫，想起初见苏谦诚的时候，他不羁的样子。又想起初见秦墨时，他那一身的霸气。初见他便让她输了尊严，而这些，她不曾跟他说过，他也未曾这样想过。

自打秦墨一声不吭就拿了结婚证之后，程安安便没有睡好过。虽然这本来是她这些年的愿望，但是从未想过会用这样的方式实现。

她说隐婚，是因为她不相信这段婚姻能走多远。与其让别人看到她这时的风光再去指点她以后的落魄，不如隐藏了这些，把这所有的一切，都偷偷埋藏起来，她一个人知道就好。毕竟她和秦墨一开始就不平等，虽然他有试过让她放弃这个想法。

那时候在医院，他看见苏谦诚送她回来，当晚他就说了结束。后来她一想才知道那是秦墨特有的温柔，只是这种温柔她不细细琢磨，根本不懂。而现在，她不安，她害怕，也不敢让秦墨知晓。

原本就不平等的两个人，怎么能做到坦诚相待呢。那层隔阂，是无论如何都无法抹去的。

程安安什么也没忘，有些事只适合收藏。不能说，也不能想，却又不能忘，不敢忘。

〔4〕

秦墨说程安安需要养伤，天知道她那点破皮的小伤口怎么就需要一个星期了。其实他就是想着自己放假了，未免太过无聊这才把人扣在公寓里。

所以秦墨说她明天可以复工的时候，程安安那一脸愉快和迫不及待的表情激怒了某小心眼的腹黑男人，当下就把她压在身下。

隔日，程安安到剧组臭着一张脸，看谁都不爽，弄得乔治在一旁小心翼翼，生怕一个伺候不好，这祖宗直接发脾气。

楚遥遥一大早就来剧组里候着，程安安一进片场就能看见她。比起刚进剧组时那唯唯诺诺小心翼翼的样子，她如今算是进退有度，落落大方。

程安安不屑地嗤了一声，眼神轻蔑。

一旁化妆的助理倒是挺会察言观色的，当下扫了楚遥遥一眼，低低地道："她现在算是上位成功，之前我当她是多么白莲花呢。"

"白莲花？"程安安笑了笑，抬眼看过去正好对上楚遥遥的视线，"她也配。"

化妆师对程安安的印象一直很好，当下便笑眯眯地八卦道："你一个星期没来，都不知道这里的气氛有多奇怪。"

程安安这会儿来了兴趣，她刚到这里就被化妆师拉去化妆，还没问乔治那件事到底办得怎么样了，她可没忘记她是怎么罢工的。

"据说导演回家跪了键盘说了好话，他老婆才原谅他，隔天就来剧组秀恩爱。陈欣一看导演的老婆就晦气，被收拾惨了也好几天没有来了。这事还真是楚遥遥做的，赖在了你的身上。"

程安安抬手看着刚做好的指甲，漫不经心："怎么回事，你知道吗？"

程安安有兴趣问，化妆师讲得就越发起劲，当下手舞足蹈地描绘着当时的场面。

导演的老婆在剧组待了两天，见程安安不在还到处找她要签名来着。导演一直以为这事是程安安做的，脸色当然不好看。

也不知道是谁通知的乔治，他直接来了片场就跟导演的老婆套近乎。导演的老婆不知道是没心眼还是怎么的，乔治问她要号码说是程安安来的时候打电话通知她，她二话不说就把手机拿了出来。

后来乔治开门见山就问这事是谁通知她的，导演的老婆犹豫了一下才说是程安安。

剧组里当时就没声音了，乔治却笑得鄙夷，说得明明白白："我们安安才不干这种卑鄙的事，既然你说是安安打电话给你的，你手机借我看看通话记录。"

楚遥遥大概是第一次干这种事，虽然知道要用公用电话，但偏偏是用酒店前台的电话打的，乔治确定了时间就过去追问酒店的人要监控了。

当天下午，乔治就回来了，虽然没指名道姓，但是他话里的意思明明白白得很，稍微有点脑子的人都知道是楚遥遥干的。楚遥遥脸皮倒也厚，依旧每天嘻嘻哈哈当作没事人似的在剧组里待着。

程安安听到这里，眉头一皱，回头又看了眼楚遥遥，嘴角一翘，笑得风情万种："她胆子倒挺大。"

等对戏的时候，因为陈欣不在，程安安又落了一个星期的戏，直接上去补上和楚遥遥的对手戏。她站在摄像机前，扫了眼楚遥遥的装扮，噘了噘嘴："导演，楚遥遥穿得太招摇了，我看着她就对不了戏。"

导演本来就对楚遥遥咬牙切齿了，虽然知道程安安是有意捉弄楚遥遥，照样大手一挥，批了："让她下去换身衣服。"

楚遥遥只是披了嫩黄色的披肩而已，哪里有程安安的招摇。但剧组里的人明显都是看好戏的，也不出声，即使同情楚遥遥也只能说是她心术不正在先。

片刻，楚遥遥穿着一身黑出来，程安安看着还是有些不满意："衣领开大了，晃着我眼了。"

楚遥遥被她捉弄得有些难堪，但本来就是她理亏在先，自然只有忍气吞声的份，当下握了握拳，说道："不如安安你去帮我挑吧，别耽误了大家的时间。"

程安安对她的主动示弱并不领情，斜睨了她一眼，接过乔治递来的温奶茶眼神一抬："那你的意思是说我不够敬业，我现在在无理取闹？"

楚遥遥脸色一白，说不出话来。

程安安见她不说话，还是挑着刺："让我挑？你脸是有多大？"

这会儿楚遥遥的脸色是彻底苍白了下去，程安安看见她那双手拳头握得紧紧的，估计那指甲都该掐进去了，当下替她肉疼了起来："怎么，我说的话你不服？"

楚遥遥摇摇头，只觉得难堪。

程安安有心让她在整个剧组里抬不起头来，自然不会点到即止，她向来有仇报仇，对这些初出茅庐自以为是的跳梁小丑从来不会手软。

"别这表情啊，吓死我了。我胆子小着呢，最怕别人在我背后放冷箭了，万一再中招一次，我可不知道我会不会丧心病狂地做出些什么事来。"这算是明明确确的警告了。

程安安明人不做暗事，这话对着那么多人说出来自然有它的威慑力，当下手指一抬，算是放过她。

"过来吧，你耽搁剧组很多时间了。"

程安安一大早的下马威效果显著，那马屁精康馨自那时开始理都没理楚遥遥一下，倒是对着程安安鞍前马后。

程安安也不是一个会亏待别人的主，当下就给了康馨好处，搂着康馨自拍了一张就传上了微博给康馨增加了曝光率。

这把康馨美得，在程安安面前使劲抹黑别人，卖萌卖乖，殊不知程安安看得透人心，心底一直在冷笑。心情好了，自然看谁都顺眼了。

程安安的戏份下午才开始，上午收工得早，她琢磨着跟导演说了声在外面用午餐，下午开拍前再赶回来后，就跟乔治去了秦墨的公司。

秦墨的公司她才来过三次，这是第四次。在楼下打了个电话，确定他没吃饭，她拎着东西就进入秦墨的专属电梯一直到他的办公室。

秦墨的私人秘书是认识程安安的，直接侧头示意人在里面就抱着一堆文件遁了。

“等等。”程安安笑眯眯地把人拦住，把特意带给秘书的两张电影票往他西装口袋里一塞，指尖微微抵着他的胸口，笑得勾人，“记得带你的小女友去看我的电影。”

秘书显然是习惯了程安安的这种戏码，道过谢，脸不红气不喘地迈着优雅的步子闪人了。

小秘书其实是高等院校毕业，在秦墨手下工作了很多年。秦墨对他的印象极好，说起他时还顺带着说起他那个疯狂迷恋程安安的小女友。所以第二次来这里，程安安就带上了她亲笔签名的明信片塞进了秘书的裤子口袋。

偏巧不巧这一幕倒是让秦墨看了个正着，不知道他干了什么禽兽不如的事，反正她下次再见到这秘书的时候，人家看见她就绕道走，完全一副看见洪水猛兽的样子，让她郁闷了一整天。

程安安一推开门就看见秦墨正低头批着文件，她也不出声，铺在地上的地毯软软的，她那五寸的高跟鞋都没发出任何声响。

她以为秦墨不知道，但走近了刚把吃的东西放下，就被秦墨眼也不抬一手抓进了怀里。她惊呼一声，对上他戏谑的眼神时，傲娇地哼了一声，推开他就站了起来："怎么这个点了还不吃饭。"

"等你送饭过来。"他微眯了眯眼，餍足地笑。

程安安在公司附近的小餐馆买的吃食，也不知道他喜不喜欢，只是挑了他爱吃的菜。这会子见他桌上铺满了文件没处放，她很果断地把文件一推，全部挤到一块去，也没管这些文件的重要性。

秦墨眼也没眨一下，管都没管那些文件。

程安安心情好的时候，眼角眉梢都是笑意，暖暖的，让人如沐春风。秦墨在她一进来的时候就发现了，当下便猜到了几分："收拾干净了？"

程安安一愣，挑了挑眉："没啊，老鼠得按着尾巴一点点折磨才有趣。"她声音轻而缓，语气却是轻松的。

秦墨知道她做事一向是随心所欲的，也不多问，只是往她碗里夹了几块笋片："你高兴就好，嗯？"

程安安笑眯了眼："晚上我们去看电影好不好？"

他扫了眼自己的工作日程表，点了点头："想看什么电影，我等会儿让秘书先去订票。"

这回轮到程安安诧异了，她刚才有偷瞄过一眼，知道秦墨今天下午连着有两个会议，晚上估计还要加班，铁定是没时间的。但他要不要答应得那么爽快。

看出她的诧异，秦墨扬唇浅浅一笑，这笑看起来虽平和，倒是让她浑身一炸。

"为了补偿秦太太前段时间的不辞劳苦身体力行罢了。"

程安安顿时掀桌："秦墨！"

"我在。"他淡淡应了句，看她怒气冲冲的样子，顿时觉得胃口大开。

原来他早就看出她的目的来了，知道她那是为了被他亲口拒绝，然后可怜兮兮地敲诈他一笔。哪知道他居然打蛇随棍上，顺带着把她给调戏了。

于是，被耍了的程小姐顿时暴走。

/第七章/

# 在你身边，堕入地狱又如何

〔1〕

夏末秋初，秋老虎蛰伏，天气越发热。

程安安拍戏拍得满头大汗，不过这边树较多，层层叠叠遮盖下来稍微挡去了些暑意。

乔治怕程安安热着，把保姆车开了过来，开了空调。她这边拍好，他赶紧撑了太阳伞把她带进车里歇着。

冰柜里放着她爱吃的冰激凌，程安安坐在那里等戏一等就不知不觉吃了好几盒。等乔治一脸见鬼地夺过她手里的冰激凌时，她才反应过来，指尖点着空盒子数了数，眯着眼笑着汇报：“报告领导，歼灭敌人三个。”

“秦墨不会掐死你，会开了我的，小祖宗。”乔治忙把空调的温度调得稍微高点，看她脸色还算正常这才松了口气，“有什么不舒服跟我说啊，赶紧去医院。”

程安安一脸鄙视地看了他一眼，拿过手机开始玩游戏：“要不要那么夸张啊？”

“夸张？”乔治惊叫，一提起这个，他就碎碎念起来，“你是忘记你连着吃了五盒冰激凌，那天下午就上吐下泻，弄得跟鬼一样，妆都化不上？”

程安安细细想了想，似乎是有这么一出。

那天也是热得慌，她吃东西一分神就没了概念，吃了五盒冰激凌，吃完肚子就疼了起来。那天要拍一场淋雨的戏，她那脸色不用化妆就凄惨得很，后来虚脱得厉害，直接被秦墨抱着去医院了。

她看了眼车窗外正三三两两站着的演员，戳了戳乔治：“让她们上来吧。”

康馨被请上来的时候，还以为陈欣和楚遥遥都沾了自己的光，一屁股直接蹭到程安安那边坐着，喋喋不休：“安安，你待遇真好。不是你，我们在外面都能烤鸡蛋了。”

程安安头也没抬一下，笑道：“不是你们变成烤鸡就好。”状似无意，倒是让三个人瞬间闭了嘴。

她这才抬眼看了看陈欣，比起初见时的盛气凌人，她已经收敛许多，只是眉宇间还是有那么几分嚣张在。不过比起楚遥遥，她还是比较喜欢陈欣的。陈欣虽然主意多，也想着害你，但心思还是简单的，会的就那么几样。

楚遥遥却是不外露的，她在想什么你根本不会知道，而且她擅长伪装，让人防都不知道怎么防。

陈欣虽然知道这事是楚遥遥做的，但还是看程安安不顺眼，人虽然是被康馨拉上来了，嘴上却是不乐意。见程安安潇潇洒洒地玩手机，她便有心找碴儿：“果然是一线大腕，我们这些二线三线的小明星自然是比不上。”

康馨还不在状态，没听出她话里的嘲讽，接了上去：“那自然，不然怎么说是一线呢。”一抬头，正想向程安安讨邀，却在程安安不善地盯视下乖乖闭了嘴。

程安安：“陈欣，你若不闹出这绯闻来，成一线也指日可待了吧？”

陈欣哼了一声，扭头瞪了楚遥遥一眼：“就算是一线也跟大腕差得远。”

程安安听罢便笑了起来，抬眼看着陈欣，眼底都是笑意：“你倒是有自知之明。”

一句话噎得陈欣无言以对。

有些演员上了一线但是不红，星途也止于此了。但有些演员，上了一线越来越红，渐渐走向国际，到哪儿都有人欢呼簇拥，有一定的号召力那才是大腕。而程安安，显然是后者。她年华正好，风华正茂，势头正猛。

如今放眼娱乐圈，除了某几位男星还真的很难找到像程安安这样火的女艺人。倒不是说一线大腕没有，只是程安安的地位更特殊些罢了。

到程安安的戏份时，另外三个人也不好意思在车里等着，也就都跟着她下了车。

等到晚上，程安安没了通告，就让乔治把她送到秦墨的公司楼下。

上一次秦墨答应了程安安看电影，到最后却是被程安安放了鸽子。

自己家里有堪比影院效果的放映厅，何必还要冒着被认出来的风险去那里看自己的电影？程安安自己的作品，她从未看过。

秦墨今晚加班，她也没去打扰他，就坐在门口的沙发上看着杂志。那时尚杂志的扉页就是她的大幅照片，她看着裸妆出镜的自己，弯唇一笑。

程安安很少有耐心坐着把杂志翻遍，起先只看图看题目，看到感兴趣的这才放慢速度慢慢地看。等她这一篇看完，眼睛酸酸涩涩的。

她揉了揉肚子，实在是有点饿，都晚上九点了，他还在加班。

秘书见她眉微微皱起，重新给她换了杯温水：“秦总让你再等半个小时，他已经尽快在处理了。”

程安安一向最讨厌等人了，当下便道：“整个公司就靠他一个人不成！”

话音一落，门就被推开。

秦墨拿着西装走了出来，见她眼睛眯着，微微有点红。刚才听秘书说她在等的时候一直在看书，当下把桌上她摊开的杂志收了收。他摸摸她的脑袋，抬起下巴看了看她，这才拉起她：“走吧，怎么不回家等我？”

程安安看了眼秘书，见他还没有收拾东西的样子，不由得诧异：“你还要加班？”

秘书一愣，点点头：“嗯，最近公司真的很忙。”

程安安也不多说，被秦墨牵着就走了，但走到楼下买面包填肚子的时候，她还记得在加班的秘书和楼下那一层的工作人员，当下打了包就让外卖员送上去给大家当夜宵。

等回到家已经是十点了。

程安安今天被太阳晒了一天，脑袋有点疼，去浴室洗完澡出来，躺在床上就想睡。小眯了会儿，她就感觉秦墨也进来了，凑在她的脖子边亲了亲。她皱了皱眉，挥了挥：“别闹，今天累死了。”

秦墨一向都是忽视这些话的，当下，把她一揽揽进怀里，温热的呼吸就直接洒在了她的耳畔。

程安安被挠得痒了，“咯咯”笑着就爬了起来，去了趟客厅，抱了半个冰西瓜回来吃。

卧室里只开了昏黄的灯，她微垂着眼睫，自己吃还不过瘾，偏偏要一勺子挖过来塞进他的嘴里。她既然要喂，他也顺势吃，等这半个西瓜消灭了，就变成了秦墨吃程安安。

“你要是饿了冰箱里还有半个西瓜，别啃我。”程安安躲了躲，见躲不过，一口咬在他的肩膀上，力道不重，只是挠痒。

程安安被他压得喘不过气，在他的耳垂上咬了咬：“你轻点。”

他附在她耳边低低地笑，耐心十足，欣赏她眯着眼媚眼如丝的模样。

程安安直到睡前都还想着明天有一场重头戏，估摸着从早拍到晚是在所难免，这样想着，张嘴咬了秦墨一口，这才安然睡去。

（2）

秦墨最近一向浅眠，所以到半夜，程安安一有点不对劲的地方，他立刻就发现了。

程安安小睡了一会儿就觉得肚子隐隐作痛，往秦墨怀里缩了缩，背上光裸，正对着空调的吹风口。靠着秦墨的那边却滚烫，那温度像是要把她整个人都灼伤了，让她有了靠近他就会被灰飞烟灭的错觉。

即使是这样，她还是忍不住靠近他，再靠近一点。

秦墨抬手打开床边的台灯，掰过她埋在他胸口的脸看了看。

她的脸惨白一片，额际是一层密密麻麻的汗珠，身子还微微颤着，手捂着肚子，眉头紧皱。

他一看，就知道程安安又吃坏肚子了，当下按住她的肩膀把她往被子里裹，一触到她露在外面的皮肤，他的手指微微一僵，皱了皱眉。

她后背露出来的地方正对着风口，他却没有察觉，立即扯高了被子盖住她，拿过放在床头的手机就给林医生打去电话。

程安安睁了睁眼，迷迷糊糊只感觉肚子疼得厉害，皱着眉缩成一团：“秦墨，我疼……好疼。”

“今天吃什么了？”他语气不善，但对着她那一副可怜兮兮的样子又舍不得发脾气，脸色顿时沉了下来，眉角紧皱，一脸的不悦。

程安安想起今天下午吃的那三盒冰激凌，暗暗皱眉。

现在却不敢不跟他说实话，此刻瞒着等会儿那个林禽兽来了迟早逼问出来，还是得老实交代，不然有得罪受。

她皱着眉，往被子里缩了缩：“吃了三盒冰激凌，我以为没事的。”

秦墨：“你以为没事？你肠胃不好，这些年来生病几乎都是你乱吃东西。”

听他低沉的声音念着，虽然隐隐有着怒气，程安安却顿时安心下来，扯着他的手垫在脑后，整个人抱住他的腰蜷了进去，靠在他的身边，依偎进他的怀里。

她这些下意识的动作却在瞬间取悦了秦墨，他抿了抿唇，一只手撩起她薄薄的吊带睡衣伸进去，紧贴在她小腹靠上的位置。

手心暖暖的温度透过她微凉的皮肤渗进去，那一股暖流仿佛就这样流通进了她的身体，让她一直叫嚣着的疼痛减轻了不少。而同时，那掌心的温热，也正一点点蔓延，直到她的心尖，暖得她浑身一颤。

本来就累得慌，这下稍微缓解，她便闭上眼，轻轻地“唔”了一声，又靠近了他一些，睡了过去。

林医生赶到的时候已经是凌晨一点半了。他背着医疗箱走进来的时候，秦墨正靠在床头，见他来了，示意他动作轻些，这才披上睡衣缓缓起来。

程安安突然离开这温暖的怀抱，有些不适应，抬手去抓。

秦墨握了握她的手，塞回被子里，示意林医生开始检查。

“这小祖宗又闹肚子了？”他挑唇一笑，眼神扫过程安安苍白的小脸转向秦墨。

秦墨指尖夹着根烟抛过去，在床头坐下：“嗯，吃了三盒冰激凌。”

林医生看了看，蹙了蹙眉：“不止吧？估计这大小姐吃完冰激凌还在太阳底下暴晒了不少时间，晚上又累着了……”他的声音越说越轻，隐隐有调侃秦墨的意思。

秦墨却不为所动，只是冷冷瞥去一眼：“给她开点药，她明天还有通告不能落下。”

“什么时候还是带她到医院里再检查一下，我这样顶多就是治标不治本。用中药慢慢调理着，再注意饮食，这才能慢慢缓过来。”林医生说得认真，秦墨也记得认真。见林医生差不多了，秦墨站起身：“我送你吧。”

林医生也不跟他客气，当下挥挥手：“以后别半夜打扰我睡觉就谢天谢地了，我们之间还客气什么？”

秦墨抬了抬眉，懒得搭理他，指了指门的方向：“往右走，不送。”

林医生把药留在一边，收拾东西正想走，走到门口又想起什么事来，转身看了秦墨一眼，好奇道：“你真要跟你家老爷子对着干？”

秦墨似乎知道他说的是什么，抬起手指按了按眉心：“我连结婚证都领好了，你说呢。”

林医生这回错愕了，直竖起大拇指：“你厉害，行动派。”说罢，转身要走时，又留下一句，“安安讨人喜欢，老爷子见过她会喜欢的。”

等他的身影消失在门口了，秦墨才缓缓勾起嘴角笑了起来。

安安，你听见没有，连这小子都说，老爷子见过你会喜欢的……

等喂了药，折腾到凌晨三点，程安安一直皱着的眉头才松开，沉沉地睡过去。

隔日，乔治来的时候，秦墨还在家里。程安安刚被秦墨叫起来，噘着嘴一副还没睡够的样子。

乔治一大早就被大boss勒令吃完早饭再散个步，然后绕着公寓跑了十圈才准上来。他抬手一看时间已经是早上九点，当下急得满头大汗："安安你好了没，快迟到了。"

秦墨瞥了他一眼，淡淡地说："迟到怎么了，谁有意见就让他滚出去。"

乔治被这一眼冷气煞到，顿时噤声了，由着程安安慢吞吞吃完早饭，这才把人带走。

临走之前，秦墨还把乔治叫住，往他手里塞了药。

乔治挑眉，以为是大boss大发慈悲知道他一个早上折腾下来胃早就打结了来慰问他，哪知道一开口就是："吃过饭给她塞下去，她要是没吃药你就给我每天吃。"

赤裸裸的威胁好嘛！乔治顿时流下宽面条泪。

程安安在门口等了一会儿，见两个大男人磨磨蹭蹭的，不耐烦地探头问道："乔治，你好了没有，就算是goodbye kiss也足够了好不好。"

程安安显然就是典型的好了伤疤忘了疼的主，现在生龙活虎的，一点也不见昨晚那脆弱的样子。

秦墨闻言一个眼风扫过去，成功让程安安闭了嘴。

等坐上保姆车，程安安才四下打量了乔治一眼："他塞给你什么东西了？小费？"

乔治白了她一眼："你那么多小金库还有一个排在富豪榜上的长期饭票，老盯着我这点饭钱干吗！"

程安安一挑眉：“我乐意。”

乔治觉得今天真是流年不利，快被这两口子给整死了。

等程安安踩着点到剧组的时候，人已经全部到齐了。

今天的戏份确实很足，是程安安饰演的技术总监被诬陷出卖公司，而楚遥遥为了力证她的清白被全公司的人列为公敌。

最后程安安被扫地出门时，楚遥遥也收拾了东西一起滚蛋走人，而原本是程安安最好朋友的陈欣却是这件事的始作俑者。

这个画面拍完接下去就是在这同一间办公室，程安安拿着她被诬陷的证据重新回来洗白自己。

一如她的人生一样，从开始便是骄傲的。即使被诬陷时的狼狈，都让人觉得程安安是天生的王者。而她也不负众望，带着一身的荣光披星戴月地回来，以一种比之前更骄傲的姿态回来洗白自己，并且当面拒绝公司高层提出的晋升，跳槽去了另一家起点更高的公司。

程安安饰演的这个人物，从来就没有山穷水尽的时候，一直勇往直前无往不胜。

程安安在化妆时又看了眼剧本，细细品味了下剧中女主角的心态。其实这个女孩子还是很脆弱的，虽然外表看起来无坚不摧，也一直都是众人吹捧羡慕的对象，但是被诬陷的那一刻，还是觉得心碎了吧。

尤其是她卖力工作那么久的公司，除了楚遥遥饰演的那个菜鸟职员竟然没有一个人站出来。

程安安轻揉了一下额角：“还真是量身定做呢。”

声音虽轻，一旁的陈欣却听得真切，转身看了程安安一眼，笑道：“说你自己吗？”

程安安抬眼透过镜子看过去。陈欣正对着镜子描着眉，见她看过来，轻笑一声道：“还是不一样的，你有人护着，她却是单枪匹马，是一个错失爱情的可怜人。”

程安安看着陈欣微微勾起的嘴角，愣了一下神。

女主角的爱情线其实很简单，在踏出大学时为了事业果断跟男友分手。她失去了男友，但是还爱着他，所以几乎一天一封邮件雷打不动，即使从未收到过男友的回信，却仍旧坚持着。她做错了事，看起来似乎是失去了再次拥有他的资格。

但程安安呢？她想到秦墨，突然就觉得心口一疼，随即又想起昨晚那融进她身体里的温热，缓缓一笑。

比起女主来，程安安幸运很多，幸福很多。

陈欣半天没听见程安安的回答，从镜子上移开眼看去："程安安，你不喜欢我吧？"

程安安一怔，回头看陈欣，一脸的漫不经心："干吗要喜欢你，那么讨人厌。"

程安安说得直白，陈欣却是一笑："不喜欢就好，我也没指望你喜欢我。"

程安安和她接触的时间久了，多多少少摸透了她的性格，当下挑了挑眉，接话道："但你真的非要我喜欢你不可，也不是不可能，毕竟我还没有讨厌你讨厌到连看你一眼都嫌脏了我的眼。"

"我呸。"陈欣冷哼一声，唇边那灿烂的笑容倒是实实在在，"想得美吧你，我还得求着你喜欢啊，喜欢姐的人多了去了，你算哪根葱，让我求着你。"

程安安也笑："哟，得意吧你。爷如今都不稀罕这些了。"

一句话，倒是把陈欣那些排场话全部秒了个干净，顿时让她有些不知道怎么接下去。

陈欣："我说你说句好听的要死啊，每次说话都不让人占便宜。"

程安安顺手拿过她的镜子照了照，见妆补好了，把镜子塞回她的手里，笑眯眯地说："爷喜欢，你能拿我怎么着？"

她眉眼一挑，那眼底的极致风情，看得陈欣一愣。直到人走了，陈欣这才见鬼一样拍了拍自己的脸：“被一个女人帅到了，哎哟喂，我的小心脏。”说罢，也跟着走了出去。

〔3〕

这间位于36层的办公室，窗明几净。外面的阳光正好，透过窗户射进来，平添了几分暖意。

程安安坐在一旁的办公桌后面，手里捧着剧本，正背着台词。

康馨倒了杯水递过去放在她的桌前：“不是都背下来了吗？那么敬业。”

程安安虽然跋扈，但是从来都是敬业的。她瞄了康馨一眼，拿过康馨倒的茶喝了一口：“谢谢。”

康馨见她态度冷淡，撇了撇嘴：“好无聊。”

程安安这回终于抬眼看了过去：“你要是无聊回去多背几遍台词，别老是拖进度。”

康馨被她说了一顿，讪讪地拿了剧本缩回去苦背台词了。

下午开拍的时候，康馨的台词背得熟，一场戏过得很快。等程安安这边的拍好了，镜头又转过去拍陈欣的特写。

程安安刚挨着椅子坐下，36层紧闭的大门就被推开。拍摄被干扰，导演竖着眉毛就看了过去。

门口站着的人倒是让人很意外。

程安安挑了挑眉，当作没看见，缩了缩身子，伏在桌子上继续看她的剧本。

苏谦诚揽着苏欣彤走进来，大致巡了一圈，一眼就看见趴在那儿漫不经心连眼神都不分过来的程安安。

导演一见来的是苏谦诚，顿时眉开眼笑，站起身来招呼：“来，谦诚来了啊，安安，你过来一下。”

程安安不情不愿地走过去，看见苏谦诚只是点点头：“你来了啊。”

苏谦诚倒是一挑眉，兴趣盎然：“你怎么知道我要来？”这件事他也是一个星期前刚刚决定的，媒体方面更是没有透露一点的信息。

程安安对他的好奇却表示了高度的不屑：“刚知道。”

导演“呵呵”地笑了几声，介绍道：“你们反正都认识我就不介绍了，是这样，这部戏曝光了一部分的剧照之后，很多影迷反映想看程安安的感情戏，而网络投票的最佳荧屏情侣又是苏谦诚。我打算让编剧修改下剧本，加上苏谦诚和欣彤的戏份……”

听到这里，一直没意见的程安安奓毛了：“苏欣彤也有戏份？”

苏欣彤见她那副见鬼了的表情，扬扬得意：“少瞧不起人了，我怎么就不行了。”

程安安冷眼看过去，笑道：“就怕你把整部剧都毁了，本来就已经残缺不堪了。”

她这话倒是让一旁的导演笑容瞬间凝固，随即见冷场了又干笑了几声：“来，先坐坐。”

程安安却双手环胸，一脸不爽：“苏谦诚出演我没意见，但如果这个什么经验都没有的苏欣彤要进剧组的话，我宁愿违约都不会在这里再待下去。”她说的话重，丝毫没顾忌导演和苏家人的面子，但这坚决的态度倒是让整个剧组的人都为之一振。

别的明星虽然大牌，但到了剧组照样给导演三分面子，程安安倒好，把人导演的面子不当面子，越来越嚣张。

苏谦诚对她的坚持倒是有些不能理解，微微勾了嘴角问道：“为什么，给我一个理由。”

程安安一挑眉：“我看她不爽，就不喜欢，有她没我。”

话音刚落，门口就响起鼓掌声。

程安安转头一看，见秦墨和秦霜正一块走进来。秦霜见程安安对苏欣彤反应那么大，当下笑得眉眼弯弯："程大美人，这么大热天的别发飙啊，上火。"

程安安却不领情，当下顺手拿过一旁桌子上的剧本一下子就砸了过去，一张脸绷得紧紧的："滚。"

秦霜是谁也许有人不知道，但是跟着秦墨多少知道这人的来头有多大，对于程安安这种做法虽然吓得不轻，但明显还是习惯了，当下见怪不怪地忙活自己的事情去了。

秦墨扫了眼一旁站着的苏谦诚，冷哼一声，缓步走过来，抬手搭在程安安的肩膀上："怎么发那么大的脾气？不喜欢就不拍了，这么点违约金，我还付得起。"说罢，见程安安小脸还是绷得紧紧的，当下松开手，勾唇道，"不拍最好，我手里正有一个好莱坞的剧本，比这个三不像的偶像剧好多了。"

这话一出，导演紧张了。

秦墨这个大金主都这样说了，程安安能不心动吗？导演看了眼苏欣彤，紧皱着眉头道："这也不是办法，苏小姐，这部戏反正也就是一个小配角，你要是真喜欢，下部戏让你做主角？"

这话一出来，分明就是不给苏欣彤的面子了。但是为了留下程安安，这是他必须做的选择。

苏欣彤也不恼，笑眯眯地应下了："好啊，什么时候有空就把剧本先给我吧。"

程安安以为这大小姐还得闹上一闹，如今这么好说话，着实出乎她的意料，当下弯了弯嘴角，看了眼苏谦诚："你的演技那么好，可得私下里多教教欣彤，别毁了人家的剧本，出去还毁别人的三观。"

苏欣彤眉头一皱，就要发飙，话还没出口就被苏谦诚拍了拍肩膀，拉到了身后。苏谦诚了解程安安，一个不仅口是心非，还必须要占上风的女人。

他扫了眼一旁的秦墨，弯了弯嘴角，笑得格外好看：“程安安，你嘴怎么就那么欠呢？”

这还是苏谦诚第一次这么和程安安说话，那眼底似乎都燃着火光，熊熊烧着。

程安安一时看得愣了，不知道说些什么，秦墨却接过话道：“那也得看对着什么人说。”

“是吗？”苏谦诚反问，这话看似是回应秦墨的话，问的却是程安安。

程安安沉默了一下，声音却突然柔了下来：“苏谦诚，你别又犯浑。”

这一句话让苏谦诚一愣，随即又笑出声来，他抬手揉了揉程安安的头发：“好，听你的。”声音柔情似水。

秦墨却是一眯眼睛，冷冷地睨了两个人一眼。

程安安此刻却一点也不想知道秦墨在想些什么，只是抬手揉了揉额角，脸色有些不好看起来：“苏谦诚，我是哪里得罪你了？”

苏谦诚一怔，随即笑了起来：“什么得罪不得罪？”

程安安却没有那么好被糊弄过去，她看着一旁幸灾乐祸的苏欣彤，抬手一指：“我也觉得苏先生应该没有那么小心眼。”话点到为止，况且，程安安明显察觉，自己要是再说下去，明天估摸着就在床上待一整天好了。

秦墨扫了眼众人，语气一凛：“程安安，你跟我出来一下。”

程安安转头看去，见他脸色阴沉，率先走出门去。

等两人一走，室内顿时喧哗开来。

康馨最好奇，盯着两人的背影看了好一会儿，这才问旁边的楚遥遥：“你说他们俩什么关系啊？”

楚遥遥不屑地扯了扯嘴角，冷声道：“这还看不出来？程安安装清高，假正经，实则不就是一个荡妇吗？勾引了这个又勾搭上那个……”话还没说完，一直坐在程安安位置上的秦霜不爽了，他当下唰地站起身，走到楚遥遥面前：“你叫什么名字？”

眼前这个男人看起来面色比秦墨和善很多，但现在就算笑着都是不怀好意的样子，楚遥遥被他看得心惊，结结巴巴地问：“干……干什么？”

“装清高？假正经？荡妇？我还真好奇这些词是怎么从一个真清高的女人嘴里说出来的。”他笑眯眯的，声音压得很低，只让楚遥遥和康馨听得分明。

康馨咽了咽口水，连忙摆手：“不关我的事，我和安安的关系一向很好。”这回，倒是自己撞枪口了。

秦霜侧脸看了眼康馨，脸上的笑容越发邪佞：“是吗？她叫什么？”

康馨看了眼楚遥遥，抿着唇摇了摇头。

秦霜再接再厉：“不说的话就你替她倒霉。”

楚遥遥此刻脸都白了，吓得直哆嗦。

康馨显然是不愿意帮楚遥遥背黑锅的，当下报出了她的名字，被楚遥遥一瞪也装作什么都没看见。

陈欣在一旁虽然听不见他们说什么，但见状弯唇一笑，事不关己地翻着杂志。

秦霜满意地点点头，又看了眼楚遥遥，笑容一敛：“我以后会让安安特别照顾你的。”说罢，也不再停留，径直跟着走了出去。

楚遥遥脸色惨白盯着他离开的方向。

康馨见状况不对，立刻往陈欣那边移，还没走多远呢，就被楚遥遥一把拉住了手腕。她一回头就看见楚遥遥神色阴鸷地瞪着她，当下吓得一个哆嗦，连忙挣开了楚遥遥的手飞快地跑到陈欣边上去了。

陈欣正看着杂志，被她这么一撞，顿时不悦地推了她一把：“你干什么？”

康馨被楚遥遥那眼神吓了一跳，摸索着拿过茶杯狠狠灌了一口水，这才恢复了些镇定：“你说楚遥遥看起来那么手无缚鸡之力，心眼怎么那么坏呢？”

陈欣瞄了她一眼，好笑地抬手戳了戳她的脑门：“总比你有贼心没贼胆的好吧？成天跟着程安安却屁都放不出来一个。”

康馨讪讪地推了摸鼻子：“我哪有。”

陈欣冷哼一声，把手里的杂志一合：“别人看不出来，我还能看不出来吗？康馨，我们多少年的朋友了？”说罢，顿了顿，警告道，“我劝你还是别打程安安的主意，她是聪明人不可能看不出来，之所以什么都不说，只是没有证据也懒得跟你这种人纠缠。人家是什么人，你也不照照镜子，以为像以前那样都能把人给撂倒？”

康馨看着一脸无害，并且说话大大咧咧，让人很容易就没有防备。但如果说没有心眼，康馨这些年也不可能混到这个程度。康馨最擅长的就是让人没了防备之后，一举摧毁。

陈欣一向不屑这种手段，从来不曾参与。

在这个圈子里的人，多多少少都有保命的一种生存手段，否则，就会被淘汰。

## /第八章/

# 认识我，你后悔吗？

〔1〕

阳光正暖，程安安拿剧本遮了脸，惬意地躺在躺椅上眯眼看着在镜头下算得上有潜力的楚遥遥，扯着嘴角笑得一脸无害。

那天下午，秦墨在门口等着。程安安一出来，他就拽住了她的手腕，把她扯进了安全通道里。

程安安被捏得生疼，却也只是皱了皱眉，任由他抓着。

安全通道里虽然没有开着空调，但常年阳光照射不到，阴森森的，分外凉爽。

程安安瞪眼看着眼前明显怒气冲天的某人，实在有点摸不清状况："你发什么神经啊？"

"我发神经？"秦墨扯唇冷冷地笑了声，一把按住她的身子，紧紧抵在墙上，"你和苏谦诚都瞒着我些什么？"

程安安见是这一茬，倒是笑了起来。她眯眼看着秦墨一副即将暴走的样子，低低笑出声来：“你一娱乐公司的老板，想掌握你公司里的艺人有什么隐私，还怕查不到吗？”

秦墨却对程安安这种云淡风轻的态度恨得咬牙切齿，微微俯低了身子，逼近她：“如果你希望我雇佣私家侦探的话……”话点到为止。

程安安虽然知道他只是吓唬她，并不会真的这样做，但还是拿乔般做了样子：“这不太好吧？秦总看着艳照上面的自己，难道不会有心理压力吗？”

秦墨被她气得笑出声来，微眯了眸子凝视着她。

程安安最怕他这样看着自己，那眼睛微微眯起的时候有种特别深邃的蓝在他眼底闪烁。这种充满探究的眼神，让她莫名地害怕他会从她眼底看出些什么来。

当下，她踮起脚就在他唇上轻轻一啄：“乖，别闹。回去坐你的办公桌去。”

秦墨却不为所动，按在她肩膀上的手力道微收：“安安乖，别惹我不高兴。”他的声音低沉，带了股诱惑。

程安安险些就陷了进去，暗暗掐了自己一下，笑道：“如果你不高兴了，我会怎么样呢？”

她声音温柔得像是在说着情话，但用这样的声音说着这样一句话，秦墨却听着尤为刺耳：“你……”

程安安眼一眨，抬起食指堵住他的唇，微眯着眼摇了摇头：“让我猜猜……”

“是撤我合约呢？还是编造负面新闻？”她又觉得这不像是秦墨会做的事一般，自顾自地继续说，“秦先生恼羞成怒了，应该会直接掐死我吧？”

秦墨冷冷一笑，实在被她气得不轻，当下移了手指顺着她的脖颈掐了上去："你说的是这样？"话音一落，微微收紧。

程安安却不以为意，笑眯眯地看着他。

看到秦墨只觉得手怎么使劲都没有力气，只能微微松开，顺着她颈线优美的脖颈缓缓揉捏。他的力度摆放得正好，见她缩了缩脖子，低低地笑了起来："我觉得我会更愿意把你就地正法了，反正这里又没人……你说是吧？"

他的威胁终于奏效，程安安四下看了看，不由得站直了身子贴紧身后的墙壁。

秦墨当即俯下身在她的唇上舔咬着，那力道说重不重，却分明是来泄愤的，咬得她的唇生疼。

直到门口传来尴尬的轻咳声，伴着秦霜很不情愿的声音响起："哥，再不过去就迟到了……"

程安安一愣，随即挣开他的怀抱跳了下来："我下楼去买点下午茶，你赶紧走吧。"

秦墨拉住她的手，见她回过头来，又低头在她的唇上吻了吻："先放过你。"

一句话，却让程安安瞬间有股白高兴的感觉。

秦霜见没有动静了，敲了敲门："嫂子，在剧组里可记得要多照顾照顾楚遥遥。这女人，嘴欠着呢。"

程安安一听秦霜这话就知道了他的意思，当下冷哼了一声："放心。"

拍摄现场，程安安把盖着脸的剧本拿下来，冷冷地睨过去。过几天，苏谦诚来剧组了就不好办了，她可不觉得苏欣彤这闹事的家伙会不跟着他过来气气自己。苏欣彤到时候一来，第一件事就是找剧组里和她不对盘的演员联合起来对付她。

虽然两个人联手，战斗力也就那么点，但她不得不防。

见楚遥遥那边NG了多次，导演已经有些不耐烦了时，她故意扯着嗓子叫道：“导演，我都醒了三次了，你那边怎么还没好啊。”

导演随即看了眼楚遥遥和康馨，说道：“安安你再等等，马上就是你了。”

“导演，你今天一大早就把我叫过来备戏，都下午了还拍不到我，你这是对我有意见还是……”

话还未说完，乔治立刻接道：“对啊，导演，安安可是为了你一句话就推掉了一个广告呢。”

导演抹了抹汗，有点兜不住了：“楚遥遥那边先停一下，把安安这边先处理了。”

程安安闻言，这才笑起来，一脸没心没肺的样子：“导演你这句话早该说了。”

楚遥遥被晾在一边，冷冷看了程安安一会儿这才走下来。经过程安安身边时，她不知道是故意还是无意擦了程安安一下。

程安安眼神一凛，几乎是同时，借着她的力身子一歪，直接倒在了跟在后面的乔治身上，手还往边上一甩，碰倒了一个摄影器材，发出巨大的响声来。

事情发生得太快，以至于目击证人并不多，程安安皱皱眉，一改往日的针锋相对，咬着唇看着站在一边错愕的楚遥遥，气愤地咬牙，声音却是轻柔的：“楚遥遥，你对我到底是安了什么心？三番五次和我作对，脾气倒是不小。”

楚遥遥这会儿是百口莫辩：“我没有……”

“你没有？”乔治当听了什么有趣的笑话，笑出声来，“我们安安还用不着用这种方式诬陷你，这倒是没什么，剧组里有些小擦小碰的那都正常。但是都像你楚遥遥这样怀恨在心，那就没意思了。”说罢，又补充道，“我们安安从头到脚都是代言，碰坏了，你赔不起。”

一句话，彻底坐实了楚遥遥的小肚心肠。更何况，她本来就有前科，自然是没有人同情的。

程安安见效果达到，也不再步步紧逼，拍了拍衣角，不在意地挥挥手：“算了，何必和新人一般见识，也不知道哪天人就不在圈子里了。”说罢，就看见楚遥遥的脸一下变得苍白。

说是威胁也好，说是警告也罢，这话从程安安嘴里说出来，十分就有九分可信，连带着让一旁的康馨都暗暗警醒了起来。

陈欣倒是事不关己，反正她没存什么坏心眼，程安安自然不会针对她。萍水相逢，她反而挺喜欢这姑娘的率性。她置身事外地来了一句：“听着的人心里有数就好，别出了事再回头后悔，那得让你肠子都悔青了。”

程安安配合地“扑哧”一笑，直接掠过这个小插曲。

事情远远没有那么快就结束，既然程安安出手了，那就没有点到即止的道理。看不对眼的两个人，怎么都是磁场不和的。

程安安不喜欢楚遥遥，打从开始看见她一副小绵羊状到后面自以为聪明的泼脏水，算是彻彻底底把一个人的本性给逼出来了。

程安安早年刚出道的时候，徐紫鸢一直带着她，直到现在也是保持联系。

那时候，她一个人孤单，便喜欢和剧组里那个打盒饭的跑腿小妹在一起。那小妹家里的条件不好，本来出来也是想当演员的，但是这些年一直没有机会，只是偶尔客串个小配角，更多时候都是当群众演员。

那时候的程安安对人没有防备，总以为整个世界都如她想的那般美好，直到那一次记者过来探班，专门采访她。

原本那天跑腿小妹没有工作，就在一边休息，看见一群记者围过来，上来就抢镜，那时候她心里虽然疑虑，却始终相信跑腿小妹的。直到后来，跑腿小妹开始接近秦墨，她才终于彻底明白。

所谓的朋友，就是狗屁。

这里只有利用和被利用的关系，哪会有真的朋友，即使有，那也只是少数人的友情。

跑腿小妹借着她上位之后，也并没走红，一直在三线徘徊，这几年才稍微好点，跻身二线，日子好过了些。

刚上位的时候，跑腿小妹连作品都拿不出手，就借着她和程安安的友情制造话题。之后，程安安一口回绝，说并不熟的时候，跑腿小妹又开始借着她当跑腿当群众演员时所听所见的八卦来谋夺出镜。

程安安也懒得和她计较，不知道是想保留那最后一点的念想还是真的觉得不重要了。

所以，她如今碰到这种不知死活的新人，除了打压还是打压。倒不是吝啬她的那点影响力，只是不愿意自己的一番真心被别人利用，避之不及。每个人各有各的本事，谁笑到最后，看谁更聪明。

〔2〕

“安安。”

程安安从噩梦中惊醒的时候，一睁眼看见的就是漆黑的一片。窗大开着，外面的树影幢幢，隐隐还有些小雨丝飘进窗口，凉凉的。

她一转身，一头扎进秦墨的怀里，浑身微微颤抖着。其实也不是噩梦，只是梦里那一句话来得太虚无缥缈，出现的次数太多，她记忆深处那些记忆全部被唤醒。

她梦见了她的父母，她最后见到父亲时，他的面容都已经模糊不清了，铺天盖地的血色，充盈着她的视线。

她那日如往常一样放学，走到校门口就接到电话。被警方告知，父母在回来的途中出了车祸，连环相撞。她父亲当场死亡，母亲一直昏迷不醒。

她摸着母亲的手，冰冰凉凉的，触目惊心。那时还是炎热的夏天，她却仿佛直接穿越到了冬天。

她的心好像也在那一天死掉了，再也感受不到任何温暖。但是她不能绝望，她不能弃母亲于不顾。家里的积蓄全部用在了母亲的身上，但是母亲的病情一直没有好过，后来她跟了秦墨……

秦墨当即就把人送到了最好的医院，安排了最好的医护人员。

母亲的病情稳定了下来，但是始终没有再睁开眼过。直到一年后，母亲离世。

她站在病床前，紧紧握着母亲的手，耳边还一直回响着医生最后的那句话——“病人没有求生意志，程小姐，请节哀。”

没有求生意志，因为知道父亲离开了，所以连她也不要了。

她被所有人抛弃了，是这样吗?

她被抛弃了，被最亲的人。

她真的是好难过，比母亲离开这个事实更让她难以接受的便是被抛弃。

她在病床前站了整整一天一夜，不吃不喝。

直到后来，秦墨强制性地把她带出病房，他说：“一个人的时候，总不能流血就喊疼，怕黑就开灯，想念就联系，疲惫就放空，被孤立就讨好，脆弱就想家。不要被现在蒙蔽双眼，人终究是要长大。最漆黑的那段路也终要自己走完，现在的这些那些也将会被时间抛在脑后。所以，安安你不要害怕。”

他从未跟她说过那么长的一段话，眼底细细碎碎的也不知道浮着什么光，闪烁时刺眼得让她觉得疼。

她用了三天时间把事情处理好，再出现在众人面前时，已然又是光彩夺目的明星。

秦墨参与了她黑暗的过去，那段她最过不去的悲伤时期。就如那时候，他抱着她问：“程安安，认识我，你后悔吗？”

怎么会后悔，反而是因为有他，才有今天的程安安。如果没有他，也许她在那年的夏天就熬不过去了。

秦墨等了片刻，见程安安呼吸平稳了些，这才抬手捏住她的下巴，掰过来看了看。眼里没有他预想中含的泪，更多的只是冷静，噩梦过后回到现实的冷静。

他不禁皱眉，大拇指轻轻拂过她的唇瓣，声音轻柔：“梦见什么了？吓成这样。”

程安安摇摇头，只觉得喉咙间干涩得发紧，她紧了紧抓着他睡衣的手，抬头望着他：“我不后悔，秦墨。我从来就不后悔。”

她这句话来得有些莫名其妙，秦墨却一下子听懂了她的意思，微皱了皱眉，把她的头按在胸前，笑了起来：“就算你后悔我都会让你心甘情愿。”他说得笃定，却让她的心尖一软。

她的指尖还有些颤抖，此刻伏在他的怀里，安下心来。

程安安其实是个矛盾的人，她一度觉得全世界的男人里面，秦墨是最不能给她安全感的。她会害怕哪一天他突然转身就走了，即使她现在已经很强大了，但她还是会害怕失去他。

同时，她也只有在他的身边，午夜梦回才会觉得心安。即使噩梦来袭，她都不会再惧怕。

秦墨这个男人，命运在他的面前都要低头。

记得秦墨跟她说，他曾在军营里历练过，有次秘密任务，子弹其实已经嵌了进去，就在他的心脏前端。一不小心，他就会丧命，但是他坚持行军作战，仅用一个通信仪指挥战斗都大获全胜。

那一颗威胁他生命的子弹让他被送到边境医院的时候已经失血过多，但他是多么硬气的人，硬是扛过了手术的风险，活了下来。

他说，只要他想，就没有做不到的事情。

程安安始终相信他的话，坚定不移。

“我梦见了六年前，我的走投无路，梦见了我死去的父母……”她顿了顿，声音喑哑，“我那时候觉得好像被全世界抛弃了，如果你晚点把我拉出来，或许我就真的想不开了。”

秦墨也沉默，搭在她肩上的手指轻轻地动了动：“乖，没事了。”

程安安浑身一颤，抬头看向他。

“秦墨……”她低低地唤了一声，见他低下头来，一口咬住他的下巴。她手指急切地探过去解开他的睡衣，唇也移到他的唇上，舔咬啃噬。

深夜安静得没有一丝声响。

难得她那么主动，他索性由着她。

她现在急切地想要被他占有，她想确认他在她的身边，一直都在。

今晚的程安安，和以往的都不同，那骨子里的野性和诱惑好像都被激发了出来，势不可当。

她的背部线条优美，白皙的一层，在窗外隐隐的灯光下，泛着莹莹的光泽，像是一块发光的美玉，让他心口涌上一股异样的快感。

他把她压得更近：“如果下地狱……也要你陪我一起，万世羁绊。”

她迷迷糊糊听了个大概，一个哆嗦，大脑一片空白，直直看着他，哭得喘不过气来。

〔3〕

程安安在拍摄场地的楼下碰见苏谦诚时，不自觉地抬了抬架在鼻梁上的墨镜，细细地打量了他一圈。

苏谦诚却浑不在意她探究的眼神，反而张开双臂在她面前悠然自得地转了一圈：“怎么样，有没有变帅？”

程安安勾唇一笑，点点头："是帅了不少，都快赶上我了。"

她难得有心情跟他开玩笑，他也是笑了笑，笑容阳光晃眼："程安安，我想你了。"

"是吗？"程安安漫不经心地摸了摸手指，抬起眼看过去，"可是我一点都不想你。"

她的态度在苏谦诚的意料之中，所以他也不恼。苏谦诚搭着电梯的扶手绕过去，像是把她虚虚揽在怀里一般。

程安安就当作没看见，低声跟乔治说了些话，转头看向透明电梯窗外的景象。

拔地而起的高楼，折射在玻璃棱角上分外刺眼的阳光，外面车水马龙。她好心情地勾起了嘴角。

电梯在第六层的时候停了一下，程安安抬眼看去，竟看见楚遥遥满脸微笑地从电梯外面走进来。

遇见程安安和苏谦诚好像也挺意外的，但很快便恢复镇定，微笑着和两人打了招呼。

程安安一向看楚遥遥不顺眼，只哼了一声，就转过身去当作没看见她。

苏谦诚来剧组之前就听说了些事，当下看着楚遥遥的眼神也多了丝戏谑。

陈欣正打算下楼，正站在电梯门口等着，电梯门一开，她便看见这三个人一起走出来，当下郁闷地多留意了一眼。不过看到程安安那分明不爽的神色，她还是笑了起来："你一大早吃苍蝇了吗？"

程安安扫了眼身后的楚遥遥，哼了一声："看见苍蝇吃屎了而已。"

苏谦诚听到程安安的口无遮拦，一个没忍住笑出声来。走过楚遥遥身边的时候，他拍了拍她的肩膀，笑得一脸温柔："得罪了程安安的一向没好下场，你看我就知道了。"

楚遥遥微微错愕之间，就听见苏谦诚大声笑着，笑声张扬。

剧本临时修改了一遍，不过改动的只是单方面影响程安安，所以一般配角的戏已经全部杀青了。

而程安安现在也只需要配合收尾部分就可以，剩下来的全部是苏谦诚自己的戏份。他档期合适的话，用不了多久就能杀青。

细细数了数时间，这戏也拍了三四个月了，等杀青的话估计就正好四个月。不快也不慢，毕竟这只是现代职场戏，演员又配合，自然结束得快。

也不知道那些导演和编剧是哪里知道程安安这边快要结束了，乔治的手上此刻又多了好多个剧本，让她选。

程安安却有些提不起精神，她对台前的热爱已经没有当初那么浓烈，她有时候甚至想着参与幕后工作。不过，这也只是想想而已，她现在是绝对不会放弃台前机会的。

楚遥遥见程安安一个人坐在那边，拿了杯水递过去：“有空吗，我能跟你说几句话吗？”

程安安回过神，看了楚遥遥一眼，抬了抬下巴：“说。”

楚遥遥抿了抿唇，看了她半晌，才说：“如果你针对我是因为那件事，我向你道歉，对不起。”

程安安没料到她是来挑明的，这才抬眼看过去，见她低垂了眉眼，脸色微微有些苍白的样子，心没来由地一软。

楚遥遥见程安安不说话，又重复了一遍对不起之后，才正色道：“你也有新人的时候，你应该知道我们这些没有背景没有后台的新人很难上位。”

闻言，程安安冷哼一声，挑眉看她：“这就是你陷害我的理由？我记得我曾经说过，谁对我不仁我绝对不义。我不是圣母，被人骑到头上都没事。”说罢，看了眼楚遥遥越发苍白的脸色，补充道，“你没必要跟我道歉，反正你也没觉得做错什么。如果还希望借我的知名度上位的话那你就别想了，另外……记者发布会我不希望你出现。”

楚遥遥身子狠狠一颤，哀求地看向程安安：“记者发布会是我近期唯一的通告了，我不能不出席的。”

“那你当初就应该想清楚对我下手的后果，我没让你直接销声匿迹已经很手下留情了。楚遥遥，做人要识趣。”程安安轻蔑地勾起嘴角，看了她一眼。

闻言，楚遥遥垂在一侧的手猛然握拳，咬着下唇看着程安安，眼底积蓄起水汽泛着难堪的情绪：“你不能这样做。”

“哼。”程安安冷笑一声，终于被她激起了怒火，站起身来。

程安安的个子比楚遥遥高些，穿了五寸高跟鞋越发显得身材高挑修长。此刻，她居高临下睨视着楚遥遥，眼神里的冷冽毫不掩饰，一字一句道：“我说不准就不准，现在你可以滚了。”

她与生俱来的霸气让人对她的话根本反抗不了，偏生她此刻面色柔和，嘴里吐出的话却像针根根刺进楚遥遥的心里，让楚遥遥痛不欲生。

她以为，出手帮助一个名不见经传的新人的程安安一定是很好说话的人。而且，她的确是嫉妒程安安的功成名就，才会陷害程安安。但是，她没想到，程安安发狠起来比任何人都不好说话，根本没有退路留给她。

程安安见楚遥遥还不走，眼角扫了她一眼，嫌恶地说道：“我最讨厌你这种自私自利、没良心的人。别人没有义务帮助你，更没有义务帮你背黑锅，趁我改变主意之前，赶紧滚。”她用词犀利，毫不留情。

程安安见多了这种做错了事还一副别人对不起她似的的人，一点都不会怜惜。

娱乐圈本来就是个大染缸，敌强你就弱，所以不能留给任何人做你敌人的机会。

秦墨发现程安安情绪不对的时候，已经是隔日中午。程安安挑着碗里的饭，直勾勾盯着他面前那一碗酸菜鱼发呆。

他细心地去掉了薄薄鱼片上的软刺，剔进她的碗里："等会儿不是还要赶回去吗，发什么呆？"

程安安回神，抬眼看他，噘了噘嘴："你是多嫌弃我啊，这么急着赶我走。"

秦墨一边夹着鱼肉，一边还细心地给她夹了点酸菜过去。

程安安向来喜欢吃酸酸甜甜的东西，最近来他的办公室来得勤了，他就干脆让人做好了饭菜送过来。

鱼片薄薄的，酸辣爽口，入口即化一般，这触感让她眯了眯眼，食指大动："这谁弄的啊，真好吃。"

"想吃就跟我说。"他接话，见她回过神来了，筷子夹着鱼肉直接伸到她的嘴边。

程安安微微倾过身子，张嘴叼了过去，咬着他的筷子不松口。

他动了动，见她存心咬着不松口，抬手扣住她的下巴轻轻用力。

程安安只感觉齿关这边酸酸麻麻的，还没等她反应过来，自行就松了口。

她捂着嘴，直感觉嘴里跟被灌了麻椒一样，酥酥麻麻的，麻得她难受。她瞪过去一眼，眼角微挑。她自己不知，那一眼却是似娇似嗔，媚眼如丝，别提有多勾人了。

秦墨喉结一滚，俯过身子就压在她的唇上吻了吻："吃饭也不老实，小心我下午不放你走。"

程安安拿筷子敲了敲桌子，似笑非笑地看过去："耍流氓啊你。"

"嗯，现在跟我说说发生什么事了。"他目不转睛地盯着她看，见她一愣之后，咬着下唇微微发怔的样子，越发肯定心里的想法。

“楚遥遥吧？”他漫不经心地一提，见她眨眼，一脸不敢置信的样子就知道自己猜对了，当下放柔了语气，“还没把人给办了？”

这语气，完全是以一种“今天下雨了，你带伞了吗”的云淡风轻。

程安安拨了拨碗里的米饭，有些不满：“那我也得名正言顺把人了结了啊。”

秦墨抬眸看了她一眼，静默了一会儿：“过几天正好有一个晚宴，听说楚遥遥刚签了公司。晚宴他们老总也会去的，有没有兴趣？”

程安安夹菜的手一顿，突然“扑哧”一声笑出来：“秦先生，你要不要这样助纣为虐啊。”她会有压力的好不好，以后收拾起人来再没有半分犹豫，那岂不是成了娱乐圈的杀手了。

秦墨对她这话嗤之以鼻，神色倨傲：“助纣为虐？如今只是处理掉一个不重要的人而已，哪天你就算是要别的什么，再难办我都双手奉上。”他的声音淡淡的，语气却坚定不移。

就好像从来没有事情是可以难倒他的，但是他这样的语气带给程安安的却并不是一般女人该有的欣喜。

程安安心下“咯噔”一声，总觉得有些什么东西，慢慢苏醒了。哪怕再不愿意承认，她都必须明白两个人之间那不可逾越的差距。程安安的虚荣心，从不是要秦墨这样，才能满足的。

她嚼着饭粒，突然有些食不下咽。

## /第九章/
# 这个女人的名字可以叫毁灭

〔1〕

秦霜打来电话找程安安的时候，她刚卸了妆在等电梯。秦霜压低了声音，说想约她谈谈，她微微一分神，应了下来。

苏谦诚站在程安安身边，见电梯来了她都没有反应，这才揽了她的肩往里面走。

窗外淅淅沥沥地下着雨，放眼望去，整座城市陷在雨帘里，带着微微暗沉的诱惑。

程安安手指抵着透明的窗户，摘下大得足以遮住她小半张脸的墨镜：“苏谦诚，听说你喜欢下雨天？”

苏谦诚一愣，松开揽着她的手，点点头：“是啊，以前其实不喜欢，总觉得下雨天黏黏腻腻的。但后来……”他似乎是想起了什么，突然陷进了沉思一般，整张脸都柔和了下来。

“后来？”程安安接过他的话，一顿，转身看过去。

苏谦诚那眼底的温柔和深情，像是在回忆自己深爱的女人一般，让他给人的感觉美好了起来。

苏谦诚转眼看向她，抬起手指触了触她的脸颊：“我很喜欢一个人，喜欢到害怕争取的手段太激烈，她就会讨厌我。”

程安安微微蹙眉，看着他的眼神像是在探究他说的是真的还是假的一般。

苏谦诚察觉到她的眼神，反而探头过去，把整张脸都凑近了些：“我说的是真的。”

电梯快到底楼的时候，苏谦诚才说道：“我喜欢下雨天是因为那一次看见她哭，突然就感觉阴雨绵绵。但她走后，我再没有遇见过。思念越积越深，竟然开始觉得她那副样子就像是下雨天。直到现在停在我记忆里都美得动人心魄。”

他的身影笼在这座城市的阴影里，微垂了脸，眼神却亮得惊人。

程安安从未见过苏谦诚这副样子，那股子浸在忧郁里的气质，竟然让她微微心惊。直到电梯抵达时，那“叮”的一声脆响像是敲进她的心底，让她瞬间回过神来。

她捏紧手里的墨镜，把镜架一合，“啪”的一声，随即抬起下巴，不屑地撇了撇嘴：“鬼才信你。”

苏谦诚却不急着解释，轻叹了口气，抬起食指轻轻地触了触她的鼻尖，就像刚才轻碰她脸颊一样，动作轻柔，小心翼翼的：“随便你信不信。”

程安安微退一步，正好电梯门打开，她睨了苏谦诚一眼，勾起嘴角冷冷地笑了笑：“那她应该挺讨厌你万花丛中过的。”

她那声轻笑，像是在讽刺一般，透着股桀骜不驯。

苏谦诚收回手指，指尖似乎还有她皮肤的柔嫩触觉，让他微微一晃神，笑了起来：“不，她不会在意的……”

秦霜就在门口等着，开了一辆兰博基尼的跑车，堵在公司门口。程安安远远地看见，戴上墨镜这才敢往他身边靠拢。

秦霜等了片刻，看见程安安走出来，也不管来来往往投注过来的目光，径直迈步往她这边走来。

这小子似乎就不知道低调为何物，笑容跟太阳一样刺眼就算了，还大声地喊着她的名字：“程安安，这边这边。”

来来往往的人，似乎就在这瞬间停滞住。

程安安暗叫一声糟糕，拉着秦霜的手臂就往车前拖：“作死啊你。”

秦霜看着边围过来边叫着“程安安”的人，还是笑眯眯，一副奸计得逞的样子：“好久没上报纸了，松松手脚。”

程安安无语地瞪了他一眼，催促他赶紧开车。

奢华的兰博基尼引擎发出“轰轰”的嗥鸣，飞驰而去。

等驶出了一段距离之后，程安安这才松了口气，摘下墨镜，捋了捋长发，看过去：“找我什么事？”

秦霜分神看了她一眼，吹了声口哨：“是爷爷让我来的。”

程安安的脸色瞬间苍白。

秦霜见她脸色不对，心底暗暗打起鼓来。要是得罪了这位他该叫嫂嫂的人，估摸着他明天松的就不只是手脚了。

“呃，也没别的事情，就是请你下个周末回去秦家一趟见见长辈。”说罢，他偷偷瞄了眼程安安的脸色，见她低着头，眼睫微垂不知道在想些什么，他握着方向盘的手都开始有点发颤了。

程安安从最初的惊愕听到这里，这才暂缓了脸色：“秦霜，你帮我带句话吧。”

沉默片刻，秦霜抿了抿唇，又开始嬉皮笑脸：“嫂子，你有什么话尽管吩咐，你的事就是我的事，上刀山下火海在所不辞。”

程安安被他逗得抿嘴一笑，双眉却是微微一蹙：“就直接说我不会去，等哪天秦墨想起来了我再去拜访大家。”

秦霜顿了顿，立刻笑逐颜开：“行，没问题。”

老爷子想见程安安也不是一天两天的事了，以前程安安的身份很是尴尬，而且也没有见面的必要。但如今，她身份已然不同，嫁入了秦家，想摆脱，这辈子都不可能了。偏生秦墨这边又拦着，带过去的话全部杳无音信。

老爷子旁敲侧击地问过秦墨，秦墨那边不是打太极就是干脆地拒绝。秦墨这些年翅膀越来越硬，秦家除了老爷子之外，没有任何人能压制得了他。但连老爷子此刻都请不动他了，程安安在他心里的分量有多重也就可以知道了。

别无他法了，老爷子这才找秦霜私下里去和程安安直接说。倒没料到这妮子，居然也拒绝得干脆利落，毫不拖泥带水。

老爷子抿着唇，摸着下巴良久。

在秦霜双腿都站得开始发颤的时候，老爷子这才笑出声来，眼底都是赞赏的意思：“不错，这个姑娘有意思。”

秦霜倒没觉得程安安这话有多取悦老爷子，但是老爷子笑了那就代表雨过天晴了。

老爷子斜眼看了看秦霜，笑道：“你哥眼光不错，我早些时候看这姑娘就觉得聪明。”

秦霜被这么一点倒也明白了内里的含义，当下挑了眉得意道：“爷爷，我就说你要是见过她一定会喜欢她的。”

秦霜蹬鼻子上脸，老爷子一眼刀飞过去：“你闭嘴。”

程安安到家的时候，秦墨正在浴室里洗澡。管家今日居然也在，看见她回来，点头示意，顺手给她磨了咖啡放在她的手边。

程安安对管家一向敬重，当下道了谢：“您今天怎么有空过来？”

管家朝浴室方向看了一眼：“少爷好久没回去了，夫人就让我过来看看。”

“哦。”她点点头，捧起咖啡杯，凑近唇边小口小口地抿着。

管家的手艺一向不错，那咖啡的香气让她眉间一舒，下午秦霜来找她的那股子郁闷也散了开去。

管家见她低垂了眉眼，似乎有心事的样子，边收拾了下东西边留心：“程小姐有什么心事吗？”

下午的雨淅淅沥沥到晚上还在断断续续，她垂了眼睛看向窗外，一片暗沉，蒙着路灯那昏黄的灯光，别有一番孤寂的情景。

她笑着摇摇头：“没有，哪有心事。”

管家见她不愿意说，微微笑了笑：“很多事情并不难以启齿，何况夫妻之间重要的是坦诚。程小姐有事尽管跟少爷商量就是，相信少爷一定会体谅你的。”

程安安见自己的心思轻而易举被看破，想必秦墨也是能看得出来的。她勾起嘴角，笑得越发温婉：“谢谢，我知道怎么做了。”

秦墨恰好从浴室里走出来，拿着毛巾擦着头发，一抬眼，就看见她笑得明艳动人。他顺手就把手里的毛巾扔了过去，不偏不倚砸在她的肩头。

见她看过来，他顺势矮身坐在了沙发上：“帮我擦干。”

管家已经若无其事地退了出去，屋里又只剩下了他们两个。

她跪坐在沙发上，接过那毛巾细细擦着他湿漉漉的头发。

他垂了眼：“说什么呢，那么开心？”

她的手指轻柔，那发丝柔顺，缠在她的指尖，瞬间绕得她的心尖都软了：“今天下午秦霜来找我了。”

他微微僵住，似是猜到了什么。他抓住她的手：“是老爷子让他来的？”

不然秦霜来找她，她要么不汇报，要么就是嬉皮笑脸地说“你家那秦二爷又犯二犯到我这儿来了”，如今这么郑重其事的倒是少见。

他似乎的确太放纵秦霜了。

程安安见他凭着她的语气就猜到了，手里的动作不停，语气轻柔：“秦霜没说什么，只是来传话。再说了，老爷子让他带话他敢不从？”

她一番解释，倒是让秦墨的脸色暂缓，伸手就将她拽到了面前，静静地看着她。

程安安一个不稳，扶着他的手臂，被他的眼神打量得心里发毛，手指在他的手臂上画圈圈：“你瞪我干吗呀，我又没做错事。”

秦墨却是一把将她搂进了怀里，闻着她身上的香气，轻吐了口气：“你怎么说？”

程安安倒是一脸纯良无辜，看着他，眨了眨眼睛：“我就说我不去啊，我一个人去像什么话啊。”

他顺势轻轻咬了咬她的唇，看她眉角微微一皱，心情这才好了起来：“再过两个星期老爷子大寿，我本想到那时候再跟你说的……”他的话说了一半，程安安却听得明白。

他的意思是他原本就想着在老爷子大寿的那天带她回秦家，名正言顺的。而这些事，他原本想等时机到了再告诉她的。

他知道——

知道程安安对那里的恐惧，所以一直在等她做好准备。

〔2〕

明天的晚宴，是由程安安的签约公司星光的老总秦墨一手举办的。据说这场晚宴吸引的不只是娱乐圈的大小腕，还有商界数一数二的领导者。

可谓是一场真正的上流宴会。

而晚宴的亮点，就在于晚宴进行到一半的时候，在晚上九点会开始拍卖一些奇珍异宝。对古董赏玩有兴趣的，自然不会错过。

程安安去问秦墨要请帖时，他眉眼淡淡一瞥，手指钩起她的长发轻轻一吻："你还需要请帖？"

程安安眨眼，有些不明白他的意思。

秦墨却是一笑，难得看见她这种不明白的迷糊神情，拥进怀里咬了咬她的唇："你是晚宴的女主人，你问谁要请帖？"

程安安一顿，也笑了起来："但是别人不知道啊。"

秦墨双眸一眯，浑身都散发出冷然的气场来："你不愿意？"

程安安见他似是要动气，嫣然一笑，一口咬在他的下巴上："小气鬼。"

他静静地看了她片刻，似是在想着些什么，眼底光华大盛："你的胆子倒是越来越大了。"

程安安怕惹怒了他，顺从地抱住他，他身上熟悉的气息倒是让她定下心来："我愿意的。"

愿意在那晚做你的女伴。因为这个晚宴，本就是你为了我的任性而一掷千金打造的。

程安安下午没有戏，就陪在秦墨身边。

这间象征着地位的办公室，远远凌驾在众人之上。她拉开窗帘，站在落地窗前看着这座城市。底下是小如蝼蚁般的人和车辆，她眯了眼，探手去抓，好像把它们抓进了手里把玩一般，不自觉就笑出了声。

再晚一点，秦墨去开会，她蜷在沙发上翻着杂志看。空调的风，舒舒缓缓地吹过来，夏日的暑气好像全部都消散了一般。

她看了片刻，在这种阳光正好的天气里昏昏欲睡。

秦墨开完会回来，就看见她整个人蜷在沙发上，手里还抓着抱枕，睡得香甜。原本该在她手心的杂志已经跌落在地，纸页折叠。

他信步走过去，捡起掉落在地毯上的杂志，细心地把纸页摊平，压好，放在她的枕边。又随手把放在一旁贵妃椅上的毛毯拿了过来，盖在她的身上。

以前，她是不愿意来公司的。但自从结婚之后，她便来得勤了些，加上拍戏的场地就在附近，偶尔时间多的时候就会在楼下买好甜品或者是一些吃的，过来休息。

她来过一次喊无聊，他就暗暗记了下来，隔天就安排了秘书准备了一大堆的杂志书籍加进他放着一堆英文原著的书架里。

如今原本空荡的办公室里也陆陆续续添了许多她的东西。

落地窗旁边一盏黑漆落地灯，她随性时让乔治搬了放进来的。

他的办公桌上，那一盆绿绿小小的仙人球，那是她那天上街看见卖花鸟的路边摊时，随手抱回来的。

还有办公桌上那个笔筒里，有她顺手插进去的眉笔和口红。她说随手放会找不到，便草草扔在了那里。

沙发前的水晶桌几上，更是摆满了她随手折了页扔在那里说“下次再来看”的杂志、报纸和小说。

还记得有一次秘书进来看见这些，挑了挑眉，提醒道：“秦总，要不要我收拾一下？不然，高层或员工进来的话……”

他皱了皱眉，却不在意这些：“不用，放着好了。她找不到东西又该皱眉头了。”

于是，传闻中有洁癖的某人，就把这些全部忍了下来。

原本干净整洁、大方利落的办公间，因为程安安的人为打造反而有些不伦不类。他却是视若无睹，公司高管来汇报工作看着他笔筒里那支程安安代言的口红时，眼睛都瞪大了。

想到这里，他的神色不由自主地温柔了下来，抬起手指轻轻触了触她的脸。那细细滑滑的感觉围绕在他的指尖，让他瞬间有些爱不释手。他俯低身子，在沙发旁站了片刻，听见她轻轻的鼻息，心下是从未有过的安宁静好。

程安安一下午没戏，所以太阳西落，被秦墨叫醒之后跟着去吃了饭这才回的剧组。

陈欣好像刚刚收到请柬，正拿着烫金的请帖翻来覆去地看。见程安安推门进来，她连忙招呼了人："安安，过来。"

一堆女人围在那里叽叽喳喳的，看见程安安过来，都噤了声，纷纷让了路等她过来。

康馨原本就坐在陈欣旁边，程安安扫了眼康馨，见她笑得眉眼弯弯的，眼神一凛。

康馨笑意一收，自觉地让了座给她。

程安安对自己这么明目张胆的威胁完全没有任何的负罪感，这座位坐得心安理得。

陈欣看了眼请帖上落款的秦墨的名字，不由得艳羡："安安，你的大boss还真的出手大方啊。"

程安安扫了眼请柬，微微笑了笑："他一贯这样。"

这话一出，陈欣微微一顿，一眼扫去也没人敢出一声大气，纷纷垂了眼看着程安安。

程安安倒不觉得自己说的有什么不对劲的地方，扫了眼一旁站着的楚遥遥，抬了抬下巴："你。"

闻言，康馨和楚遥遥还有另外几个女演员都抬起头看了过来。

程安安眼角倒是有着淡淡的笑意，眼神却不善："收到请柬了没有？"

楚遥遥摇摇头，她目前还没有资格去这种地方。

程安安眉眼一转，点点头："据说你家老总是收到邀请了，而且听秦总说他的女伴还没选好？"

楚遥遥不知道她是什么意思，但是听她这一提倒是微微上了心。

程安安见她听进去了，也就不再多说，看了眼那请柬，伸手道："拿来给我看看。"

陈欣一边递给她，一边冷哼了一声："你又不是没有，非要拿我的。"

程安安睨了她一眼，毫不在意地道："我是没有啊。"

于是，众人震惊了。

这种地方，程安安没有收到邀请？那陈欣是有多大的面子？再说了，程安安的boss就是秦墨，就算两人没有暧昧关系，就这层关系也会让程安安坐镇撑场子的啊。程安安居然没有被邀请！

那么，是不是解释成，秦墨另有新欢了？

程安安却是浑不在意，只是在看到陈欣接过请柬时，手微微颤抖的样子还是憋不住笑了起来。

这一笑却是越发不得了，让众人越来越看不懂了。

晚宴设在秦墨在泮山的别墅里。七点未到，已经开始陆陆续续来了好多名车。

别墅内灯火通明，别墅门口的喷泉里灯光闪烁，越发给这个让人怦然心动的夜晚添了几分魅惑的色彩。

程安安几乎可以预想到，楚遥遥走进这个地方的时候，该会有多么惊心动魄。

她第一次参加的晚宴，也是在泮山别墅里。

那时候她已经和秦墨在一起了，她坐着他派来接的加长型劳斯莱斯，看着里面一应俱全的摆设，面对着他拿着高脚杯的诱人姿态，她像是陷进了童话故事里一般，抽离不了。

黑色真皮座椅，他的姿态慵懒随意。他顺手倒了杯红酒，递给她，那晚他的眼神炽热得像是一团燃烧的火焰，落在她的身上都能把她融化了一般。

那鲜红得像是血液的红酒在高脚杯里轻轻晃动，他的眼神明亮冷然，看着她，一口抿尽。那眼神好像那红酒才是她一般，被他全数拆吞入腹。

她被他牵下车，前面一眼看去，众星云集。

她，一匹刚闯进娱乐圈里的小马，被他挽着，一步步地往台阶上走去。

那夜，风微凉。

那喷泉的水溅在她的手臂上，微微沁凉，让她心惊。她好像就不属于这个世界一般，被他挽着却还是心惊胆战，生怕走错一步，出了洋相。

秦墨似乎知道她在想些什么一样，被她挽着的手微微收紧，侧脸看见她一副不安的样子，只微微侧目，轻声道："这是属于你的，一切都是你的。"

然后，她便看见了各种艳羡、惊慕的眼神。

那个男人，以自己的方式，把全世界都呈现在她的面前。

那时候的她，一袭纯白长裙，包裹着姣好的身材，含羞带怯地站在他的身边，和他比肩而立。

几乎是那天之后，程安安的名字便不再是少数人所知晓了的，更多的时候，被用来形容一线大腕、一线明星。

是的，程安安的名字被用来形容一线大腕，而不是一线大腕来形容程安安。

她的成功，于他，有着割不断斩不乱的千丝万缕的羁绊。

那夜，秦墨成就了一个程安安。

今夜，让程安安成就一个秦墨。

〔3〕

如果说，成就是互相的。

程安安站在落地镜前看着镜中的自己，饶是她自己，也快被镜子里那清丽明艳的女人惊艳到。

她扯了裙摆，四下旋转着看了看，不由得对一旁坐着的女人竖起大拇指：“你的经典果然不可逾越。”

女人懒洋洋地看着她，手里还执着一小杯的酒液，小口小口抿着：“它适合你。”说罢，有些移不开眼，“这件礼服足够你去参加奥斯卡的颁奖典礼了。”

程安安自然知道她是随便说说，但还是笑了起来，扶着她的肩头，凑过去亲了亲她的脸：“戴薇，你真棒。”

闻言，戴薇也笑了起来：“哈哈，一定让秦墨这小子惊艳到眼眶脱臼！”

程安安轻轻推了推她，在她身旁坐了下来。

戴薇顺手给程安安倒了一小杯，递过去：“喝。”

程安安也不推拒，接过来抿了一小口，微微皱眉：“你还是喜欢喝这么烈的酒。”

戴薇倒是不把她的话放在心上，俏皮地眨了眨眼睛：“哎，听说秦墨先斩后奏了？”

程安安一怔，随即反应过来她说什么，点点头：“能说我也是被蒙在鼓里的吗？”

这回，戴薇不淡定了：“不是吧？这小子那么乱来，不行，我得告诉爷爷去。”

程安安按住她的手，嘴角一勾：“戴薇，他是你哥哥，别乱叫。”

戴薇皱了皱鼻子，不服气道：“表哥而已嘛，欺负我的时候他怎么就没想着他是我哥哥啊！当年我跑路的时候，不但不帮我还扯我后腿，要不是你，我早就被抓回去了。”

程安安一哂，不由得笑了出来：“如果他真的不帮你，我肯定也帮不上忙的啊。正是因为他默认了我才敢的好不好，小没良心的。”

戴薇被她堵得一句话都说不出来了，当下又灌了一口酒，气呼呼的：“表嫂，你越来越护短了。”

程安安一愣，好像是这么回事……

大厅里已经人来人往，光影角逐。

外面的天色越发暗沉，夜正浓，华丽璀璨的大厅里，聚集着A市大半的政要名流。个个都是盛装出席，款款而来，三五成群高谈阔论。

楚遥遥挽着自家大boss安国栋的手出现的时候，陈欣正站在门口处，挽着苏谦诚笑意盈盈的。她一眼看去，不由得撇了撇嘴。

安国栋年逾五十，地中海，啤酒肚，一身的肥肉，怎么看怎么不入眼，偏生楚遥遥挽着他的手还是巧笑嫣然，一副不食人间烟火的样子。

以楚遥遥的身份资格阅历，在场的人她都是不认识的。而她为什么非要用尽手段参加，目的昭然若揭。这种名流宴会在A市其实并不多见，来的统统都是商界精英、A市奢贵，无论她攀上哪一路的交情，都足够让她在娱乐圈内顺风顺水，前途无限。

秦墨挽着程安安从二楼的旋转楼梯下来的时候，才是真正的惊艳四座。

程安安一身深蓝色如海般魅色的鱼尾长裙，前面微微收腰，身后却是大V的露背。她的脖子上并没有戴任何名贵的项链，只戴了薄薄的一层同色的丝巾。

长发绾起，露出修长的脖颈，耳垂上白色钻石闪耀，与她额头上那冰蓝色的钻石交相辉映。走动间，那长裙如水波拂过，盈盈动人。

而她，唇边一抹浅笑，诱人沦陷。

秦墨一身华贵的纯手工西装，妥帖称身，显得身形越发修长冷峻。

程安安挽着他，微微侧头，偶尔低声交谈些什么，眼角眉梢都是笑意。秦墨也不似平常看见的一般冷漠，眼底竟有着若有似无的温柔隐现，霸气与柔情共存，就如程安安此刻一般，一颦一笑都十足让人惊心动魄。

应该很难看见这么适合的组合吧，简直是天生一对。

程安安却没众人看见的那么惬意，秦墨握着她腰的手简直要把她勒断一般毫不留情。她微微皱眉，侧身过去。

那手掌滚烫，力道惊人，几乎让她胆战心惊起来。

“戴薇是吧，很好。”他咬牙切齿，眸底的冷意一闪而过。

程安安却是勾唇一笑，微微贴身过去：“戴薇好不容易回国一次，你要是赶她走，我跟你没完。”

被威胁的男人看似不吃这一招，手下却是一紧。

程安安笑得越发动人，任由他占有欲十足地把她越发揽得紧。

苏谦诚却是一哂，意料之中一般：“我就说她一定会出现。”

陈欣挑挑眉，被程安安惊艳得差一点回不了神：“这女人就算没有秦墨迟早也会是天后的。”

苏谦诚扯了扯嘴角，笑得寂寥：“是啊，有的是人为她鞍前马后，在所不辞。”

陈欣听出他话里的弦外之音，越发兴致盎然：“也包括你。”

苏谦诚听她话里的笃定，只是淡淡一笑，举杯和她相碰：“今晚你也很美丽。”

“谢谢。”

晚宴的第一支舞，是由秦墨开场。程安安作为他的女伴，此刻再不乐意也没有办法逃脱，何况今晚，秦墨还请来了不少的媒体记者。

舞曲响起的时候，秦墨牵着她滑入舞池里。灯光暗了下去，只余一束追光灯亮在舞池的中央，追随着他们的身影。

程安安原先并不会跳舞，还是秦墨一步一步教的。她的第一个舞伴就是此刻她面前站着的男人。

就是在泮山别墅的第一次晚宴，程安安有了太多和秦墨的第一次，所以牢记得深深的，无法忘怀。

他揽着她的腰，心境好像突然平和了下来，唇边的笑意也越发明显起来：“秦太太，我是不是忘记告诉你，今晚你最美了？”

程安安抿唇一笑，看着他的眼神都明媚了起来：“我刚刚被秦先生告知，所以才知道。”

舞曲轻快，他揽着她的腰，旋转在众人的目光之下。

她微仰着脖颈，姿态如天鹅般优雅。他微低着脑袋，身子如捷豹般有力。

她的力量偏柔，被他揉捏在掌心里翩翩起舞。他的力量偏刚，牵着她的手掌带着她随着自己的节奏旋转飞跃。

他看着她的双眸，突然魔障了一般，揽紧她的身子，和自己的紧密相贴，然后在舞曲即将结束的时候，下巴一低，把唇压了上去。

不知道是不是这个画面太过美好了，以至于出现了这么令人窒息的一幕，除了倒抽冷气的声音之外别无其他的杂音。

程安安却是微微吃惊，秦墨很少有这样情动的时候，而且还是当着这么多人和这么多媒体记者的面。

片刻，他松开她，退开几步，执着她的手俯身施上一礼，在她的手背上轻轻一吻。

直到这时，人群才如梦初醒一般，爆发出热烈的掌声来。

程安安只觉得自己即使在更大更孤立无援的场合都不曾如今天一般窘迫羞人，但多年的演艺生涯教会她临场应变，即使内心掀起了惊涛骇浪，表面还是一派平静无波，盈盈浅笑。

而这个画面，即使在多年之后，甚至于程安安退出娱乐圈之后，成为永恒的经典，永久保留在人们的记忆中。

等苏谦诚和陈欣能上前抓到程安安人的时候，已经是片刻之后。

程安安正举杯和歌坛的天王相碰，看见两人，从侍者手里换了一杯香槟，这才往角落里走去。

苏谦诚盯着她的身影，有片刻的失神。

陈欣倒是没留意这些，看程安安这一身显眼的礼服，以及刚才那勾魂摄魄的开场舞之后，忍不住吹了声口哨："大美人，你得迷死多少人才甘心啊？现在触手都伸到秦总那里了，不怕两人掰了之后他直接把你炒鱿鱼了吗？"

陈欣说话直来直往，一向没有顾忌。

程安安扫了她一眼，嘴角一挑，笑得十足自信："他炒我？就算我把他的公司砸了也不见得秦总敢动我一根汗毛。"她说得笃定，好像就是这样一般。

而事实，也的确是如此，虽然程安安还没有出手砸过。

苏谦诚闻言，点了点头，很是赞同。

陈欣却是坏笑一声，眼底都是明了的光。

程安安也懒得跟陈欣解释什么，本就是这样的关系，她何必去越描越黑。

谁会相信秦墨跟程安安隐婚了？

秦墨这样睥睨天下如王者般唯吾独尊的人即使娶了妻，也不会愿意隐婚的吧。

苏谦诚站了一会儿，就闲闷得慌，干脆去勾搭那些窥伺他已久的女人。陈欣被他那么干脆地抛弃，气得差点没拿脚踹他。

程安安却一直都是笑意盈盈的样子，看不出到底是如何想的。只是间或的，才把眼神投向远处，人影交错，也不知道她在看向什么地方。

〔4〕

程安安注意到楚遥遥的时候，是在她卖弄风骚向秦墨敬酒的时候。

她用胳膊撞了撞一旁心不在焉的陈欣："哎，这贱蹄子还真有办法进来啊。"

陈欣顺着她的目光看去，却是"嗤"的一声，不屑地抛去一个大白眼："说者无心，听者有意。她早就勾搭上了她现在这个公司的老板了，也不知道用了什么手段，把沈苑也给挤了下去。我现在倒是听说，这姑娘急着上位手段很是不好看，已经树敌很多了。"

程安安冷笑一声，吃了块糕点填了填肚子，这才不疾不徐地道："当初刚到剧组就有心借我上位，可惜她估算错了，我可不是什么善茬。"

说到一个共同话题，女人之间的话明显变多，连感情都从萍水相逢变成惺惺相惜。

程安安有意无意地拨弄着手腕上的手链，微垂了眼，轻勾着唇，淡淡地笑着："到如今也不便多说，迟早有人会收拾她的，对吧？"

说话间，她抬起眼，眼底的波光流转明艳动人。

陈欣一愣，几乎是下意识地点了点头。

程安安见她微微愣神，也不在这里多停留，端了酒杯就往秦墨那里去了。

陈欣回过神就看见桌上，程安安刚才站过的地方，留着一条手链。

她仔细地看了看，确认这就是程安安戴在手上的手链，拿了正要送过去，但看见拐角处正笑得春风荡漾的楚遥遥时，瞬间变了主意。

秦墨站的地方并不显眼，但周围虎视眈眈的人倒是多得很。

程安安一路踩过众人艳羡的眼神，直直走过去，挽住秦墨的手。

楚遥遥看见程安安出现，脸色有一瞬间的僵硬，随即才重新笑起来，和程安安打招呼："安安，今晚你好美啊。"

"谢谢。"程安安落落大方地举了举杯，轻抿了一口，这才转眼看向楚遥遥挽着的安国栋，"这位是？"

其实她哪里会不知道，安国栋就是她当初签约的那家公司的老总，原本还没有今日那么寥落的。只是后来她跳槽，安国栋不知死活无所不用其极地各种打压她，让她赔违约金、黑她，后来秦墨发了狠，不仅在他身上把违约金讨了回来，还差点把人家公司给掏空了。最后要不是顾念着程安安好歹也在这家公司待了几个月，才不至于把人家公司给一窝端了，留着苟延残喘。

安国栋本想着今日把楚遥遥献过来给秦墨的，好攀个关系，给自家公司一条活路。

秦墨的意思也是模棱两可，不知道在想些什么。

正谈得高兴，程安安走了过来，让安国栋满肚子的话都没法再说出口了。

楚遥遥见安国栋有些尴尬，连忙帮忙介绍："这是我新签约的公司的大boss安总。"

"哦。"程安安应了一声，打量了他一眼，笑得讽刺，"遥遥妹妹，你可要小心点。当初我签在安总的手下，可是被他带在身边，到处送人呢。”

秦墨一直不动声色，面无表情，听到她这句话，眼神一凛，直直看向安国栋。

程安安余光瞄见秦墨的反应，嘴角一勾，笑得越发灿烂起来：“没想到今时今日居然还能再看见我以前的老东家，秦总，你真是体恤我。”

秦墨知道她话里的意思，当下冷冷一笑，眼神孤傲：“让你来看看以前你仰以生存的老板现在有多寥落。安总你别见怪啊，当时我要签走安安的时候，她还考虑了很久呢。”

这话一出，倒是不像平日秦墨的作风。

程安安揽住秦墨的手，微微靠近了些：“秦总，这话现在说就伤感情了。”

“伤感情？”他低头，眼神略带笑意，那眼底都是邪魅的光，“那我们晚点讨论讨论怎么增进感情？”

他说话肆无忌惮，程安安被他这话说得耳根子一红，面上却是不动声色，抬手柔柔媚媚故作姿态地拍了一下他的胸口，眼神似娇还羞一般看了他一眼。

秦墨却是被她掩着的手掐着手腕掐得生疼，那眼神跟刀子似的直接把他剜了一遍。

但他的心情却好了起来，甚至低低地笑出声来。

这幅画面，看在安国栋的眼里，自然知道没戏了，当下挽着楚遥遥就要走开。

程安安却是不让，拦住人，挽过楚遥遥，柔声道：“你到现在还没吃点东西呢，离结束还有那么久，我先陪你过去吃点东西吧？”

程安安这话说得不轻不重，倒是让周围看过来的人都听了个清清楚楚。

楚遥遥看见程安安时就有的不安，越发增多了起来，表情也不自觉地有了些迟疑和不情愿。

程安安却在这个时候放手，故作生气一般看了她一眼：“如果你不愿意和我一起直说罢了。”这话的声音却控制得只让两个人听见。

楚遥遥现在哪里敢不迎合着程安安，当下嬉皮笑脸地就挽了上去，主动地带着她往餐桌前走：“哪敢啊，安安你别多心。”

“不多心？”程安安笑了笑，低声道，“那就是还想窥伺秦总？”

楚遥遥脸色一变，不吭声了。

程安安知道她在想些什么，冷冷地翘了翘嘴角，警告道：“那是我看中的男人，跟我抢，那是找死。”

她声音微冷，让楚遥遥听在耳里，浑身一颤。

程安安面上一派平静无波，春风和煦，甚至连她唇边那浅浅的笑容都让人如沐春风。

楚遥遥这才开始后悔，自己不应该抢了沈苑的这个名额来这个完全不属于她的地方。

这里没有一个她相熟的人，就算有，也全部是敌人。

她不怀好意，那她们也没有那善心。

现在好了，看样子程安安是不打算放过她了。

楚遥遥原本以为能勾引到秦墨，那程安安她自然就可以不放在眼里了。没想到，秦墨连正眼都没看过她一下，就连跟安国栋说话的时候都是敷衍了事一般，缺乏耐心。

如果不是她和安国栋把人堵在了拐角，怕是秦墨都懒得看一眼，直接绕过他们离开了吧。

陈欣其实是个知道轻重的人，她估摸着如果不是程安安，她今晚也到不了这里，所以一整个晚上，丝毫没有像楚遥遥一样花枝招展去攀关系，找路子，争取多些可以联络的人，认识一些可以帮助自己星途一片坦荡的人。

在这里随便勾搭上一个，她之后都可以被捧到一线，但是她没有这样做。

因为她是聪明人，所以远离了人群，独自在角落里看大厅的星光璀璨，纸醉金迷。

楚遥遥走过来的时候，程安安正好被人牵绊住，在一旁聊天。

陈欣看见楚遥遥脸色不怎么好看，便笑了起来："丑小鸭非要到白天鹅的家里做客，何必自取其辱呢？没发现这里的人看你的眼神都是不屑吗？还是乖乖躲在一边不要出来好了。"

楚遥遥却不搭理她，径直在一旁夹了块蛋糕。

她不搭理自己，陈欣也自娱自乐，看着安国栋在那边赔着笑，不由得觉得讽刺极了："你就算是狗急跳墙也该选个好一点的东家吧？"

楚遥遥被戳中痛处，手一抖，转身看向她："陈欣，你不要欺人太甚了。"

陈欣却是"啧"了一声："你以为你谁啊，别人我不敢欺负，欺负你，谁来找我算账啊？"

楚遥遥自以为找了一家公司就能有个后台，也不用像当初刚从戏院里出来一样，一直当个群众演员，或是饰演一个没个正脸的小角色。

楚遥遥找上安国栋之后，才有了今天的戏份，在她眼里这就算是熬出头了。不料，害人害己，她坏主意太多，这个地方已经容不下她了。

程安安被提醒手链不见的时候，已经是晚上八点半了。

她摸了摸手腕，有些错愕：“手链怎么不见了？”

来人正愁没办法跟程安安攀上关系，当下殷勤地大声嚷嚷了起来：“谁看见安安的手链了，快帮忙找找。”

秦墨听见动静，抬了抬眉毛，示意侍从到处帮忙找着。

众人见秦墨都暗自默许了，自然更加殷勤了起来。

找了片刻还是没有看见手链的踪影，程安安却是淡定如斯，站在大厅中央，冷眼旁观。

直到陈欣走过来，把自己随身带着的小包一下子倒在了桌面上：“刚才我跟安安在一起，不知道有没有掉进我的包里。”

这话一出，众人看过去，见她的小包里，只有手机、口红和粉盒。

众人又把目光移向程安安。

程安安自然不能当着众人的面闹得太过了，当下皱了皱眉：“陈欣，你这是干什么，一条手链而已。”

陈欣却是没有听见一般，笑容明艳：“若是手链就算了，偏偏是安安你的心头好，自然是要找出来的。”

想巴结程安安、巴结秦墨的人多了去了，陈欣说话技巧正好用得对，刚才和程安安接触的几个女星也快速地把手包往桌上一倒，以证清白。

楚遥遥自然也是想洗清自己的，当下走到程安安面前，把自己的手包递过去：“还有我的。”

陈欣看了她一眼，示意她自己动手倒出来。

楚遥遥却突然有些颤抖，她的包里还放着迷惑人用的香水，打算今晚随便吊一个就去开房的，自然不敢随随便便把东西抖出来。

陈欣见她迟迟没有动作，伸手就抢了过来：“磨磨叽叽的，难不成你有什么见不得人的东西？”

楚遥遥脸色一白，下意识地就把包抢了回来，护在身前：“不，不行。”

程安安自然知道手链现在肯定在楚遥遥的包里，不紧不慢地道：“既然楚小姐不愿意的话，那就算了，一条手链而已。”

这话的意思，谁都听得出来，就是明明白白地说，楚遥遥不把包里的东西倒出来，那手链就是她拿的，她做贼心虚。

楚遥遥此刻懊悔得想咬舌头了，看见安国栋也在人群里，急忙病急乱投医：“我不会随便拿别人的东西的，安总能证明的，今晚我一直跟他在一起。”

不少人看见楚遥遥和程安安拉拉扯扯的，当下嗤之以鼻：“楚小姐，你要是真没拿把包里的东西倒出来给大家看看不就证明你的清白了吗？”

苏谦诚站在人群外，勾起嘴角笑了起来，看着一旁的秦墨，笑道：“你也真敢把场子给安安这样胡闹。”

秦墨看了他一眼：“胡闹也罢，我愿意。”

苏谦诚闻言一愣：“你也不怕今天你把程安安捧得那么高，有一天她摔下来的时候，她要怎么办？”

秦墨：“摔下来？不会有那么一天的。”她虽然站得高，却一直站得很稳。

〔5〕

苏谦诚邪佞地眨了眨眼：“信或不信，秦总你要不要试试看？”

秦墨却是半点开玩笑的意思也没有，眼风扫去，硬生生让苏谦诚一个寒噤。

“我从来不拿这些开玩笑。”

苏谦诚耸耸肩：“但是我打算开始了。”

秦墨侧头看去，苏谦诚的目光正直直地看向程安安，眼底的那股子坚定和势在必得让他的手指微微收紧。

敢窥觑他女人的人，不是废了就是残了。

苏谦诚，你自找的。

安国栋见程安安不开口，看这架势并不打算就这么算了。

所以看见楚遥遥求救的眼神，他完全无动于衷："呵呵，是我对手下的艺人管教无方，程小姐何必动气呢。遥遥，你既然没拿，就把东西倒出来。程小姐是识大体的人，你没拿总不至于把你怎么样。"

安国栋都这么说了，陈欣越发嚣张起来："是啊，遥遥你也识点大体啊。虽然你做事手脚不干不净的，今天这不是还你一个清白吗？"

程安安见话都说到了这份上，自然没有偃旗息鼓的道理。

要是之前还不确定陈欣会不会把手链放到楚遥遥的包里，那现在她可以百分之百确定陈欣这样做了。既然都这样了，她自然也没有放过楚遥遥的道理，自己犯下的错，总要付出点代价。

只见程安安笑得越发温婉动人："如果实在不愿意就算了，这样子做的确也不好。"

陈欣做了坏人，她自然要扮好人，这一唱一和，的确让楚遥遥下不了台。

楚遥遥一咬牙，眼睛都猩红了起来，一把将包摔在桌子上，发出巨大的一声。

"你们一个个的不就是想逼走我吗？"

程安安故作不解地看着楚遥遥，冷笑道："我想要你走，还需要用这种方法吗？我直接跟安总说一声，怕是你也就混不下去了吧？"

这话说得在理，程安安虽然跋扈嚣张，但是对没触犯她底线的人她从来都是网开一面。

而真正把她惹毛了，就不单单是退出娱乐圈那么简单了。

楚遥遥不解：“我只是一个三线的女星，就是为了星途坦荡点，我做错什么了？！”

程安安冷眼睨了她片刻，扯起嘴角笑得让人从心底发颤：“明天我帮你预约下心理专家吧？”

陈欣远没有程安安那么淡定，眼看着楚遥遥打算撕破脸了，当下眼一瞪，迎了上去：“你该闭嘴就闭嘴吧，还以为你做的都是些什么好事吗？”说罢，直接扯过她那小包，把里面的东西一股脑地全部倒了出来。

包包虽小，里面的东西倒是有很多。

程安安看着滚落到面前的那颗小药丸，挑了挑眉：“你手段还真是干净。”

楚遥遥哑然，不敢置信地看着眼前的这些，脸色变得惨白。

那精致的手链赫然出现，被大厅里的水晶灯一照，熠熠生辉。

程安安的注意力却不在这里，她打量着桌上那瓶香水，又看看滚落到脚边的小药丸，眼神突然看向秦墨。

秦墨原本正跟身旁的人低声说着些什么，感觉到她的视线，推开挡在面前的人走了过来。

他突然就看懂了程安安那含义深刻的眼神……

周边的人短暂沉默之后，对楚遥遥指指点点。

程安安莫名地就觉得有些烦躁，看着楚遥遥，也没有了兴致，当下挥挥手。

见程安安愿意收场了，秦墨这才扫了眼一旁面色灰败的安国栋，沉声道：“安总，你手下的艺人可真是让人大开眼界啊。”

安国栋只觉得丢人丢到了家，头都抬不起来了，当下一拂袖，上前一步就是一个巴掌。

那声音又响又脆，让程安安都是一愣。

安国栋气得咬牙切齿，指着楚遥遥的鼻子就骂道：“还真是尽给我丢人。”

楚遥遥捂着脸，被打的那边脸上清晰地印着五个手指印，触目惊心。

程安安有些于心不忍，皱眉道：“安总，你还真是不改以前的作风，以暴治暴啊。”

楚遥遥却是不领情的，随手顺起一个高脚杯往桌子上狠狠一敲，玻璃杯闻声碎裂，瞬间变成了一个尖利的凶器。

程安安顿觉不妙，楚遥遥快步过来抓住她的时候，她几乎是下意识地就按住了楚遥遥的手腕。

秦墨见楚遥遥狗急跳墙了，几乎是本能地快步上前，一把用手握住了那尖利的锋角。

程安安错愕。

原本她完全可以轻轻松松躲过去的，她已经握住了楚遥遥的手腕，只要用力一掐就能掐得楚遥遥自动松手。

哪料秦墨以为她会受伤，所以想也没想就扑上来先握住了尖利的碎杯子。

鲜血顺着他掌心的纹路，流遍了他的手，一滴一滴地滴在地面上。

她还握着楚遥遥的手，见状，几乎是瞬间下了狠手一扭：“松开。”

楚遥遥吃痛，没料到程安安看似柔若无骨，力气这般惊人。

她惨叫了一声，松开了手。

程安安和秦墨有一点都是一样的，护短。

她眼睁睁地看着秦墨伸手过来，心底像是被巨石砸中，泛起一圈圈的涟漪。

见楚遥遥松开了手，她扯了扯嘴角，唇边似笑非笑的，转身更加不怜惜地一手刀劈在楚遥遥的脖子上。

看楚遥遥吃痛，捂着脖子蹲下去，她抬脚就踹了过去。

高跟鞋的威力无穷，她的高跟鞋鞋跟又细，还带着铆钉倒刺。

楚遥遥被踹得跪坐在地上，双手撑地，程安安几乎是毫不犹豫地就往她的手上踩去。

程安安半俯下身，拿手指捏起楚遥遥的下巴，狠狠地抬起。

她眼底的冰冷和嫌恶毫不掩饰，一字一句道：“原本只是想教训你一顿，但是我现在改变主意了。”说罢，捏着楚遥遥下巴的手指越发重，“……我程安安说到做到。”

说罢，她松开了手。

楚遥遥明白这次自己是真正踩到了程安安的底线。

原来——她的底线是秦墨。

下一秒，也不知道是从哪里来了两个黑衣人，径直过来架住楚遥遥就往外拖。

楚遥遥震惊得连话都说不出，只觉得手臂十分疼痛。

程安安那张即使生气也惊艳的脸越来越远，她那双眸子漆黑漆黑的，冰冷起来的时候分外吓人，像是一个黑洞一般，牢牢地控住别人。

太危险了。

楚遥遥这时才想起那时陈欣的警告：“我不会善罢甘休的，你最好不要给我抓到小辫子，我迟早得收拾你。顺便再提醒你一句，你这次得罪的不是我，是程安安。你大概不知道那个女人的手段，她收拾起人来，会让你后悔出现在这个世上。”

“恭喜你，中奖了。”陈欣笑着说完这句话之后，摇曳生姿地走了。

独留下她，在黑暗的阴影里，微微颤抖着。

**/第十章/**

# 奈何情恨早已深种

〔1〕

林医生已经帮秦墨包扎好伤口了，见程安安还是跟他来时看见的一样，微微发愣坐在外面的沙发上一动不动，不由得拎着医疗箱在她旁边坐下。

这点小动静，让程安安受了惊吓一般。她抬起眼来看林医生的样子惶惶然的，黑漆漆的眸子一片死水般沉寂。

林医生从口袋里摸出一根烟来，拿了打火机点上，叼在嘴里：“他在里面等你。”

程安安回过头去看了一眼，身后的卧室，房门半掩着，里面的光正透过这间隙照在她脚前的地板上。

“伤口深吗？”程安安问。

林医生点了点烟头，落下一地的烟灰：“本来他根本可以不用受伤的，他是因为害怕你没有躲过去。”

程安安就在现场，当然看得清楚分明。如果她没躲过去，那利刃怕是要划到她的身上了。只是她害怕的并不是这些，她只是后怕，秦墨这个下意识的举动之下的意思。

她直到现在都不敢正视眼前的一切，她面对的——是秦墨啊。

林医生见她还是没有什么多余的情绪，按灭了烟：“这件事秦家已经知道了，你自己小心点。”

话点到即止，林医生起身之前又看了程安安一眼，勾起嘴角冷笑了声：“程安安，你是聪明人。如果不喜欢秦墨的话，麻烦你趁早解决这件事，不然你耽误的不只是秦墨。”

程安安这才有了反应，抬眼看过去。

林医生的身影隐在黑暗里，他面上的表情模糊不清，只是那压低了的声音却透着一股子冷意。

程安安微微颤了颤，张了张唇，却是一个字都说不出来。

夏天的时候，程安安就盼着这种闷热得讨人厌的天气赶紧过去。真的到了秋初时，她又有些依依不舍，毕竟这种闷热的感觉陪伴了她好几个月。就像现在，她坐在夜晚微凉的风里，才无力地感到，夏天是真的过去了。

秦墨在房里等了片刻，都不见她进来。他皱了皱眉，叫了她一声：“安安？”

程安安一直挺着背脊坐在外面，皮肤微凉，听见他的声音，这才动了动僵硬的身子，走进去。见他手上包裹着纱布，她坐在床边，愣愣地看了一会儿，这才记起来给他倒杯温水喝。

秦墨难得看见她这副样子，好心情地勾起嘴角，抬起手指刮了刮她的脸：“我以前在部队的时候，受的伤比这严重千百倍……”

程安安抬眸看着他，突然按住他的手，拿脸去轻轻地蹭了蹭：

“以后不会了。”

他一顿，反应过来她是什么意思，抬手把她揽进怀里：“没用。”

程安安却低垂下眼睑，按着他受伤的那只手，轻轻地摩挲着：“秦墨，你不会知道。你在我的心里占的位置比我自己还多得多。”

她终于说了出来，但声音低低的，让秦墨恍若身在幻境，但即使是幻境，他也听得真真切切。

“秦墨，今晚我吓坏了。”她鼻尖微微发酸。

她原本没想这样对楚遥遥，再看不顺眼的人，她从来没有这样说过狠话，这样狠地教训过。只是因为看见他鲜血淋漓，她突然害怕到惊慌失措。

她不容许任何除她以外的人，让他不好过，任何人！所以她失控了，几乎是残忍地对楚遥遥说了那些话，做了那些事。

想到这里，她突然觉得难过，被秦墨揽在怀里都沉闷得似乎喘不过气来，紧紧地拽着他的衣角：“秦墨，你以后别这样。”

秦墨头一次见她这般软弱，这般依恋着他，他只觉得满心欢喜。更何况，这点伤本来就没有什么。

她却受不了。

这样的欢喜，让敏锐如他，都忽略了她这句话里的情绪。

原本定在晚上九点的拍卖会，自然是不了了之。来参加宴会的都是有头有脸的人物，被这么一闹，自然是扫兴而归。好在参加的人都是人精，也不会计较什么，只是对程安安这个人，倒是多了一分另外的看法。

昨晚在场的媒体记者自然也报道了，新闻占据了整整一个版面。

程安安一大早起来，淡淡瞥了一眼报纸，并不以为意。

该知道的人自然会知道，秦墨想压也压不下去。更何况，这么有料的新闻，一家大报社压不下去更别说其他的。

秦墨看见报纸的时候，眉头皱了皱，见乔治来了，当下说道：“把报纸回收起来，能回收多少是多少。报社媒体那里你也去打个招呼，处理一下。”

程安安倒是不紧不慢地给他倒了杯牛奶，喂着他喝了几口，等乔治走了这才漫不经心地掰着面包往他的嘴里塞：“何必呢，反正也是无关紧要的事。”

秦墨冷哼了一声，在她下次喂了面包过来的时候，嘴一张，一口咬住她的手指含在嘴里一吮：“我最讨厌有人对我的女人指手画脚，说三道四的。”

程安安心里一暖，他这霸道的话让她心情好了不少，当下眼角眉梢都有了笑意：“早就习惯了，是你把我送进去的，如今还在意这些？”

她说得无心，他却听进了耳里。

她想成名，她想成为无可取代，他成全了她，自然也是他亲手送她去的风口浪尖。

程安安见他不说话，自己咬了一口面包，又撕了一块给他：“晚点记得让林医生来换药。”

秦墨抬眼扫了她一眼：“昨晚他跟你说什么了？”

程安安的手指一顿，面包正好递进他的嘴里，她这一个不留意，指甲划了他一下。

秦墨只是手划了一道口子而已，程安安一大早起来，又是拦着他不让他碰水，又是要喂他吃早饭。他自然没有拒绝的道理，由着她来。

程安安抬头去看他时见他眼底的审视，不禁一慌，拿了牛奶灌了一大口：“能说什么啊，就是交代我让你先别碰水啊。”

秦墨自然是不会相信她这番说辞，但见她不愿意说，心头只是隐隐有些不安。随即想起昨晚苏谦诚说的话，他眉头一皱：“苏谦诚又在你的剧组里了？”

程安安见他转了话题，自然也放松了下来，一脸的嫌弃：“是啊，阴魂不散。”

听她这么说，他让她离苏谦诚远些的话也就不知道要怎么开口了，挑眉看了她半晌，总觉得有些事不对劲。

程安安早上没戏，就拉着他坐在阳台上乘凉。两边的沙发隔得有点远，他干脆把人扯过来按在了自己的腿上，搂在了怀里，这才舒心地闭上眼小憩。

难得悠闲，几步远就是明媚的阳光。她靠在秦墨的身上，前面是还散着热气的咖啡，香气四溢。身后是他温热的身体，那双有力的手臂禁锢得她牢牢的，却让她前所未有地安心。

刚才接到了秦宅秦母来的电话时那股子不安失措都在此刻消失得干干净净。

兵来将挡，水来土掩。

她程安安上天入地，不可一世，还真没怕过谁。不过对秦家的恐惧，是从很早以前便积蓄起来的，即使如今强大了，畏惧也是刻在她骨子里的。

感受到她的心不在焉，他拥着她坐起来，微微侧头在她的脸侧亲了亲：“有什么心事？”

程安安眯了眯眼，摇摇头：“能有什么心事，我在想今天中午吃什么。”

“小馋猫。”秦墨勾起唇笑了笑，“我一般都不考虑这些。”

程安安转头看过去：“那你考虑什么？”

秦墨似笑非笑地看了她一眼，那目光从上巡视到下，好像是在打量从哪儿下手一般，看得她毛骨悚然。

果不其然，他微沉了声音说道：“我一般吃你就饱了，所以只要考虑怎么把你从头到脚吃干抹净就好。”

程安安差点没翻白眼，推开他凑过来的脸，严肃状：“我一般不欺负病人，你别乱来。”

秦墨闻言，狠狠一口下去咬了咬，原本环着她的手也不安分地移了移。

听她吃痛，微微呻吟，他这才放柔了力道轻轻地安抚她：“对付你还不容易吗？”

程安安却是一颤，眼底瞬间清明了起来，一抬手就“啪”地敲在他的手上：“秦墨，你什么意思？我们之间，你就是用‘对付’两个字划分的？”

她瞪圆了眼，一副微微发怒的样子，可爱得紧。

他抬手按了按额角，有些无奈：“刚说我是病人，现在又照着我伤口打……”

程安安却不管这些，从他身上滑下来，狠狠瞪了他一眼：“你留在这里好好反思吧，我出门了，不许跟着。”说罢，不给他说话的机会，转身就走。

她倒还真的有几分在做戏，不然秦墨哪里会不跟着，只怕根本瞒不了秦母来找她的事。不是她怕被秦墨知道，只是答应了秦母不告诉秦墨，说了那就是她小家子气。

原本……秦家对她的印象就不好，即使明知道今天也许是兴师问罪，她也要去讨好。

〔2〕

等到约好的地点，程安安早到了十分钟。

秦母在餐厅里已经预约好了位置，是一间隔音较好的独立小包厢。

程安安也经常光顾这里，因为这里的私密性极好，所以很多富商名流谈事情都喜欢来这里。

片刻之后，秦母就到了。

看见程安安已经坐在座位上，正拿着玻璃杯，小口抿着茶水，她眉间微微一舒，倒显得几分平易近人。

程安安见人来了，站起身，迎她入座："秦夫人。"

秦母微微颔首，对着程安安笑了笑："不用客气，你也坐吧。"

程安安点点头，乖顺地坐下，见侍者拿了菜单来，微微笑着把菜单递了过去。

秦母对她的落落大方、待人得体倒是喜欢。

静默了片刻，秦母开口："这么冒昧地打电话约你出来，希望安安你不要介意。"

程安安微微一笑，笑容不卑不亢："想必秦夫人应该是有要紧事找我，哪里会介意，只是对秦夫人让我瞒着秦墨有点不理解而已。"她虽然态度谦恭，但该说的还是会说。

她是要讨好人家，因为以后一定会抬头不见低头见。但完全没必要因为这些，就把已经放低的姿态再降一度，让人觉得她好欺负。

秦母显然没有想到她会这么直截了当地说出来，原本以为她会一直谦恭卑逊。

这个姑娘的确是不简单，不然老爷子也不会挂在嘴上那么久，却是分毫没有要拆散秦墨和她的意思。

秦母组织了一下语言，这才开口："因为我接下来要说的话我并不希望秦墨知道，这是我们两个人的事情，当然你如果觉得秦墨有必要知道的话，我也无话可说。"

程安安低敛了眉眼，不动声色地又抿了口茶，然后抬起头来，对着秦母笑道："秦夫人放心，既然您是这个意思，我会尊重您。但是如果秦墨有必要知道的话，我想我还是不会瞒着他。”

她话里的意思足够明显，清清楚楚地告诉秦母，如果秦母对她有污蔑或者是别的不好听的话，她并不能答应秦母不让秦墨知道。

秦母审视了她片刻，终于冷笑起来：“程安安你倒是聪明的孩子。”

“谢谢秦夫人。”她状似听不懂一般，态度一直很谦逊，让秦母想挑刺都挑不出来。

程安安对待看轻自己，或者是对自己不善的人从不手下留情。但她今天面对的人，却不容许她有分毫的不敬，不然即使她再怎么委屈，吃亏的也总是她。

在秦母和她之间，秦墨一定会毫不犹豫地选择秦母，而不是她。

气氛僵滞了片刻。

程安安先打破这寂静。

“秦夫人，既然你今天是有备而来，不如开门见山。”她的指尖轻轻地敲了敲杯沿，低垂了眉眼。

秦母顿了顿，说道：“你应该也猜到我想说什么了。”

程安安目光闪了闪，被否定的滋味无疑是难受的，并且她自认为并没有做错什么，自然有些不满：“抱歉，我还真的不知道您在想些什么。”

这话听起来有些讽刺，堵了秦母的话。

秦母迟疑了片刻才说道：“我先不说你的家世背景以及你现在的工作性质和状态，单单说你和秦墨在一起不能给他任何帮助，反而到处给他惹麻烦我就不喜欢你。”

虽然做好了准备，但亲耳听见的时候还是有些不能接受，程安安面上却没有显出半分沮丧的表情：“是吗？其实有时候我和秦墨在一起也并不是很喜欢这种状态。”

秦母见她面上还是笑着，对这个女孩其实更多的还是肯定，但是立场不同，涉及秦墨，她一点也不希望秦墨走错路。

“秦墨是我从小带大的，他一直都是站在顶端的人。从以前到现在都是这样，程小姐其实也是优秀的人，只是和秦墨就有些不合适了。”

她的称呼从一开始的“安安”变成了“程小姐”，程安安听在耳里，心里打起鼓来。

秦母接着道：“但是你现在也算是秦家的媳妇，我虽然不是很喜欢你，但如果你愿意改变的话，我还是愿意接纳你的。不仅是我，还有整个秦家。”

程安安拿着杯子的手一颤，正想说话，又听秦母道：“秦墨要的不是一个装饰门面的洋娃娃，程小姐你足够漂亮，又年轻，连我看着也喜欢。但是秦墨以及整个秦家都希望秦墨的妻子是能和他风雨同舟、比肩共立的，而不是一味躲在男人身后，什么担当都没有的女人。”

秦母这话说得严厉，字字戳着程安安的心窝子，让她痛彻心扉。她抬眼看去，只见秦母神色严肃、眼神凌厉。

她心口一窒，想要为自己辩解，却是半句话都说不出来。

她也的确是这样，一直是秦墨站在她的身前处理一切事情。她哪里有真正面对过什么，争取过什么？

所有好的合约、剧本都是秦墨安排好了放在她面前任她挑选的，她完全是依附着秦墨生存的。有了麻烦，她解决不了，她的团队解决不了，她就会跟他撒撒娇，把难题扔给他解决。

久而久之，她习惯了。本来，她就是他豢养的金丝雀，所有的情绪也该交给他去掌管。

她一直小心翼翼，总觉得自己付出了很多，却发现到头来，一直都是她把自己置身在最看不起的位置上，还一直埋怨他的囚禁让她没有一分的自由。

因为秦墨太强大了，根本没有弱点让她去保护，更别谈让她和他风雨同舟。这个男人已经到了无所不能的地步，她除了陪伴在他身边，并没有别的用处。

直到今天，她终于明白她心里纠结的是什么。她还总把这些当作是秦墨的错，把他的温柔深情，也排斥在外。

她程安安，从未正视自己，从未面对这份感情，一直自以为是，还把矫情当好玩，折腾他也折腾自己。

没想到，秦家的人早已把她看透。

难怪老爷子不喜欢她，因为程安安虽然是程安安，但始终不适合秦墨。

见程安安好似在思考什么，秦母也不打扰，只是等她想通了，才说："其实程小姐你很优秀，但是如果你再不改变的话，你跟秦墨迟早会显示出你们之间的差异，也是迟早要分开的。"

道不同不相为谋，其实也是适用在这里的，不是吗？

"如果换个场景我们相遇的话，我会很喜欢你这么聪慧的女孩子。但如果作为儿媳妇，我是不满意的。秦家需要的，秦墨需要的，希望你能好好考虑。别的我不多说，程小姐也是聪明人，反正决定自己拿。长痛不如短痛，你和秦墨纠缠了六年，如果不合适，还是趁早分开，对两个人都好。"说罢，怕她有后顾之忧一般，补充道，"你就算离开秦墨，我也能保证，你的事业只会更上一层楼，并不会被秦墨所左右。这是我们秦家的承诺，你离开秦墨的话，这承诺一直有效。"说罢，也不再多停留，起身离开。

程安安如堕入了万丈深渊，浑身冰冷，耳边回响的都是秦母那冷清的声音。

秦母说得对，她甚至连她的后路都考虑好了，多贴心。

说什么希望她改变，怕是只希望她离开秦墨，好让秦墨另娶一个贤良淑德的媳妇吧。

程安安来之前，设想过很多种方式，但从来没想到会是这样。她甚至都想好了秦母就算说一些很难听的话，她都要风淡云轻，眼都不眨一下。

但是秦母没有，秦母只是告诉她，自己并不喜欢她，希望她能好好考虑离开秦墨的提议。

只是让她放手，怎么可能！哪怕头破血流，没试过，她都绝对不会放手。

以前她想离开秦墨的时候，担心的是秦墨会报复她。如今秦母都答应她了，让她没有了后顾之忧，她却不想离开了。

人的心境，有时候真的很奇妙。

所以，昨晚林医生说的小心点是这个意思。他能看透人心，以前从不说这样的话，却在昨晚对她说，不要耽误秦墨。

可是，连她自己都不知道自己的心思是什么，他们怎么可能知道呢！

〔3〕

乔治接到程安安电话时，正坐在空调房里跷着腿，一副得意的样子。他瞄了眼时间，见离开工还有段时间，有些不解：“不是说等时间到了再去接你吗？”

程安安抿了口被空调风吹凉了的水，微微不耐烦：“快点过来，真是越活话越多了。”

乔治跟程安安在一起六年了，也靠着程安安狠狠捞了一笔，整个业界，全都羡慕着他，不少后生也都拿他当目标。他获得这样的地位有一半的功劳都是程安安的。

程安安上道，虽然身后有秦墨撑腰，对他的态度也客气。一般不管是上节目还是接受记者访问，总会有意无意地把他捧起来，左一句右一句的都是夸着他。

实则乔治并没有程安安说的那么好，他早初被秦墨扔过去带程安安的时候还是有些小不服气的。那时候他在业界刚有一番作为，正炙手可热，大boss二话不说让他把那个艺人踹了，把程安安这个什么都不懂的硬塞给他。

他本来就是个打工的，不能反抗大boss的命令，却的确是不开心的。

程安安是聪明人，怎么看不出来。

不过程安安的剧本通告都是秦墨摆在她面前的，很少需要乔治出面去打点争取，他自然乐得轻松，拿着钱不办事，就做做表面功夫。

程安安也不恼，一直不动声色。

乔治那时候也等着她去跟秦墨告状，等了许多天都等不来，不由得好奇起来。

程安安知道他在想些什么，直接道：“你要是实在不乐意我也不勉强你，但是如果你再不认真做事，就是我开了你，而不是秦墨。”她这话说得霸道，眼神也犀利。

乔治见惯了大场面，但还是被她这一个眼神给唬得竟然说不出话来。

程安安见他不说话，哼了一声之后又是笑眯眯的讨好样子：“现在我们彼此不了解，但如果互相配合的话，你想要什么我给你什么。你不满的不就是现在正当红却偏偏给我当经纪人了吗？”说完，顿了顿，才肯定地说，“你带我以后绝对不会后悔，就看你现在愿不愿意为我全心全意地付出了。”

她这些话也在理，语气也温柔，到最后一句却硬是让乔治听出了警告的意味。她也不多说，此后的一个星期，跟着他出入赶通告都格外顺从，恩威并施，直到把他收拾得服服帖帖了，才肆无忌惮起来。

一个月之后，秦墨找他谈话。

空旷的办公室里，秦墨惬意地抿着水，眯眼打量着他。那审视的目光看得他都发颤，实在不明白程安安这个看似娇弱的女孩子是怎么跟秦墨朝夕相处的。

秦墨沉默了片刻，嘴角似笑非笑地勾起来："最近怎么样？"

他以为秦墨问的是程安安上不上道，当下点点头，很肯定地表扬了程安安："这姑娘不错。"

秦墨一顿，唇边终于泛起一个淡淡的笑意来："我是问你怎么样。"

他一愣，摸了摸脑袋："被收拾得不轻。"

可不是嘛，她看着对他毕恭毕敬，却连一些助理的活都让他干，整天就知道指使他干这干那瞎折腾。

他彻底被程安安收服还是一次做活动。那是个户外的极限运动挑战，为了新片的收视率，让艺人从蹦极台上跳下来。其他艺人就算是男的多少都会有些胆怯，但是程安安直接把东西往他手里一塞，愿意第一个跳。

他惊讶地挑了挑眉。

她神色淡然地说："在这儿等着就行。"

她跳完回来，脸色惨白，拿过水杯喝水时手都微微颤着。见他看过来，她把水杯递过去，知道他有话要问，干脆地站起身来。

"你不怕吗？"他这样问她。

程安安一挑眉："那你怕吗？"

他看了眼上面远远的那个点就有点发颤："那你还敢……"

话没说下去，但程安安知道他的意思，她当下看过去，对着他笑靥如花："我就是想告诉你前路不管有多害怕我都敢毫不犹豫地跳下去，我选择全心全意配合你，这就是我的态度。"

他一怔，说不出话来。

其实他安排这个是有私心的，按照程安安现在的知名度，其实没有必要跟这些艺人来蹦极，他就是看不惯她想整她。

哪知道她什么都看得分明，倒是让他有些惭愧。

他吞吞吐吐着想解释，但看着她黑白分明的双眼，却是一句话都说不出来了。

这个女人的气场，实在强大。

他原本以为她只是长得好看，才让秦墨收为己用。秦墨不近女色，从未见过他身边有公开出现的女孩子，程安安是第一个。

程安安的确很漂亮，看过一眼便能让人记在心上，以至于所有人看见程安安的时候首先会被她明艳的外表迷惑，而看不见她张扬的性格。

一个女人，那么极致的好看已是得天独厚，偏生又有个王者亲临的男人护着，可不是昏君与宠妃，红颜祸水了嘛！

此后，乔治就算见着程安安发脾气使性子都习以为常，反而觉得这么张扬的程安安才是别具一格最好看的。况且，程安安本身就护短，偶尔发脾气自己也有度，乔治完全就把她当撒娇看。

秦墨见他陷进了自己的思绪里，想些什么脸上却是明明白白的，道："安安不管是不是在你手里，是不是我全力捧红，她迟早都会红得发紫。她对我的胃口，我收在了身边，自然是要提点着。至于你，我早就知道她会红，不管交给谁都一样，身后有我撑腰，经纪人其实根本无所谓。"

说到这里，见乔治的脸色微变，他继续说道："但是我需要她身边有个全心全意把她的事情看作是自己的事一样的人帮持着，她刚出来还青涩，太老到的经纪人我不放心，全然没有经验的我也不放心，我是看中了你这点，才把人交给你的。”

言下之意是，秦墨是觉得他会全心全意对程安安，这才把人交给他的。

秦墨话里已经明明白白地说明了，不管是不是他乔治带程安安，程安安迟早会红，给他带那还是他祖上积德……

乔治被程安安虐了千百遍，如今得出这个结论，霎时眼泪汪汪。

秦墨除了照顾过程安安的情绪，哪里管过别人的，把话说给他听，便达到了目的。但见他的神色，秦墨又想起那个小女人，不由得开口问：“她是怎么收拾你的？”

秦墨早就知道乔治不会心甘情愿，乔治和程安安两个人必定是要磨合的。乔治的脾性最合程安安的性子，他这才把人挑过去。

说到这里，乔治就跟被戳破的气球，顿时蔫了，吧啦吧啦一顿吐槽，也不管程安安是不是正受“昏君”的宠爱，也不顾会不会把大boss给得罪了，苦水倒了满满的一缸。

不过他倒是投其所好，知道大boss问了就是想听，这苦水倒得恰到好处，见大boss都微微笑了起来，眉间也舒展了开来。

“我从未见过女孩子泼辣得那么不明显，但霸道十足。”他这样总结。

秦墨若有所思地摸了摸下巴，想起独处时，她的小心翼翼、不动声色，眯了眯眼。

还真没看见过那个女人嚣张跋扈的样子。

是给的宠爱还不够她肆无忌惮？那不如把她宠上天，也看一看她眉目间怒气横生时的惊艳好了。

一掷千金。

秦墨脑海里闪过这个决定的时候，自己都觉得有点不可思议。

不过听着乔治的话，秦墨难免有些好奇，瞄了眼桌上的车钥匙，突然勾起嘴角笑了起来：“你不是要赶去安安那里吗？我送你。”

还在滔滔不绝的乔治先生顿时石化，有些不敢置信地看着秦墨。见boss一脸认真，已经拿了车钥匙走到了门口，他才闭上嘴。

不是一家人不进一家门……果然如此吗？

这两个人，都是张扬到了极致的人，所以做事也那么匪夷所思。料想他乔治，委实不需要这两大金主这样恩威并施啊！折腾他的小心脏玩就那么有趣吗！

他整日在程安安身边已经被折腾得生不如死了，如今大boss也开始留意他啥时候英年早逝了。

这差事，委实不容易啊，难怪工资那么高……

如今，乔治再细细想起来，好像是那个时候，秦墨就对程安安上了心，直到如今，丧权辱国。

为了一个程安安，倾城倾国倾尽所有。

（4）

程安安提前到剧组备戏，倒是让陈欣跌破了眼镜。

陈欣捧着一杯热奶茶蹭过去，见她浑身懒懒地陷在沙发里，不由得好奇：“被人收拾惨了？”

陈欣说话一向口无遮拦，这话里的深层含义，程安安自然知道，当下白了她一眼。

陈欣索性闭嘴，哼哼唧唧地笑着让助理再送一杯热奶茶过来。

程安安心情不爽，虽然没全部写在脸上，但是再明显不过，一下午康馨都不敢凑过来，只有陈欣在程安安边上陪着，偶尔说段荤笑话，逗得程安安总算笑出声来。

程安安等了一下午，苏谦诚不出现，她的戏没办法拍。要是之前，她肯定发飙耍性子闹得人仰马翻。导演一早就做好了准备，但见她一副打不起精神的样子，松了一口气。

陈欣的戏份完了，见程安安还在等，问过导演确定苏谦诚今天不会来了之后，拉起人往外走："你实在不愿意回去呢，那就跟我一起去血拼吧。有什么不高兴，就刷爆男人的卡，让他去肉疼。"

她说得一本正经，让程安安一个没忍住，"扑哧"一声笑出来。

当程安安消费了一堆的名牌包和衣服时，陈欣看着都肉疼，这才是真正的眼也不眨一下，看见顺眼的就买下。

陈欣忍了片刻，终于忍不住了，赶紧把人拦下来，摸着满头的冷汗："叫你让他肉疼，没让你把人家整破产了啊。"

程安安目光还不停地在巡视着，像是根本没听进去一样："冰山一角而已。"

陈欣冷哼一声："知道你傍的是大金主，既然他富可敌国了，你就不知道拿他公司的股份吗！"

程安安以前也想过，但她那尴尬的身份，就算秦墨自己开口说送她股份，她也不会要。

倒不是矫情，想证明自己多清高，只是想着，如果哪一天离开了他，可以不必再有牵扯。

陈欣越跟程安安相处，越不知道她在想些什么，以她如今的受宠程度，跟秦墨要个公司开都没问题，她居然都不开口，实在诡异啊。

程安安刚才那兴奋劲过去了，又觉得没意思。秦墨打来电话的时候，她正揉着小腿在商场的贵宾室里休息。

陈欣估摸着大boss要亮相了，自动退散，拎了东西就闪人了。

秦墨到的时候，程安安正缩在沙发里，捂着肚子脸色发白。

他扫了眼她面前放着的冰咖啡，皱了皱眉，直接走了过去："解气了？”

闻言，程安安抬眼，见是秦墨，直接把身子偎了过去。

“喝了几杯？”他的眉头皱得越发紧，把人往怀里一揽，触及她冰凉的皮肤，手指一紧。

程安安顿了顿，见他嘴角轻抿，一副要发作的样子，当下环住他缩进他的怀里，随即又抓过他的手，按在她的小腹上，可怜兮兮地抬了眼看他：“是来那个了。”

秦墨的眸色一沉，二话不说，抱起人就坐着专用的电梯直接往停车室走。

程安安这才咬着下唇，暗暗觉得自己也太狠了。明知道来了大姨妈，还狠了狠心灌了两杯冰的下去，可不是要疼死自己。

秦墨紧抿着唇，见她眉头越皱越紧，揽着她的手也是一重，冷哼一声道：“怎么不喝第三杯？”

程安安缩在他的怀里，听他这么一说，身子一僵，睁眼看去：“秦墨。”

秦墨冷哼一声：“我妈跟你说了什么？”

程安安一顿，也不管自己疼得死去活来的，当下挣着就要跳下来。奈何她那点小虾米的力气怎么跟秦墨抗衡，不管她撒泼还是怎么样他就是抱得紧紧的，纹丝不动。

程安安这回也真怒了，狠狠瞪着他，一口就咬在他的脖子上。

“你们母子合起来欺负我吧就。是，你们都看不上眼。看不上就赶紧解决了，你轻松了我也自由了，这才不耽误你。”

秦墨终于低头看她，见她生气时一双眼灼灼发光，不由得深呼吸了一口气，才道：“你发什么脾气，我妈又没说什么不好听的话。”

“呵。”程安安冷笑一声，“你妈这不就是做给我看了吗，一边让我不要告诉你，原来就等着找过我之后先下手为强。”

秦墨皱眉：“安安，不许这样。”

“不许哪样？”程安安掐着他的手，一字一句道，“你总告诉我这不许那不许的，你到底把我当成什么了？”

秦墨被她掐得手都乌青了，但也只是皱了皱眉。

电梯到了，秦墨抱着她走进地下室，车已经在门口等着。车门旁已经站了一个，见到秦墨出来，立刻打开车门。

程安安气得浑身发抖，就是不愿意配合，又是抓又是挠的，被秦墨擒着手脚扔进车里了这才没办法，扭过头去不看他。

秦墨眉间也隐隐有着薄怒，见她扭过脸，脸色苍白的样子还是堪堪忍住：“先回家。”

程安安只觉得委屈，咬唇看着他，手捏得紧紧的：“我不想回去。”

秦墨侧头看过来，眼底阴沉得就像是积蓄了风暴一般，此刻压抑着，平静得让人可怕。

程安安也不愿意输掉一分，总觉得在他的面前已经没了尊严。她也学他，抿紧了唇，别过头去不说话。

等到家的时候，程安安就跟松了口气一样，忙开了车门就上去。

程安安吃了药这才觉得好了一点，缩在沙发里开了电视也不知道在看些什么。

秦墨过了一会儿就上来了，看也没看她一眼，径直到厨房倒水喝。

程安安心里憋了一股气，自然不愿意搭理他，拿着遥控器无意识地换着台。

秦墨走出来，就看见她正盯着苏谦诚的专访看，眉头一皱：“白天见都不够，现在看个电视也要看见他？”

程安安抬头见他冷着脸，心里越发不快，把手里的遥控器往地上一摔：“就喜欢看见苏谦诚。”

秦墨只觉得额角都开始“突突”地跳动，上前一步按住她：“你再说一遍。”

程安安的倔脾气也上来了，冷哼一声，盯着他的眼睛，一字一句道：“我就是喜欢看见苏谦诚。”

秦墨忽然俯身过来狠狠地在她肩上咬了一口：“我不准。”

程安安错愕，顿时怒目而视：“秦墨！”

“我在。”他的声音又突然柔了下来，手指按着她的肩轻轻地揉捏着，“咬疼了？”

程安安完全猜不透他想干吗，气得一口气堵在胸口闷得要命：“我现在一点都不想看见你。”

秦墨却好像没听见一样，又俯身下去。

程安安以为他又要咬，忙抵住他，却被他按住了动弹不得。

秦墨的眼神一暗，拉开她的衣领，看见那一排红红的牙印，轻轻地吮了吮：“乖，不舒服就去睡一觉，晚点喝碗红糖水。”

他不提还好，一提起这个，程安安就想起他刚才质问一般问她怎么不喝第三杯。想到这里，她心里就是一刺：“你监视我？”

秦墨动作一顿，抬眸看过去时眼底已经平静：“你刷了那么一大笔钱，自然有人告诉我。”

这个解释，尚且可以相信。

秦墨刚才说的每一句话，她都记得清清楚楚，一路上她自己也翻来覆去地想过了，很多事情其实根本没必要拿出来和他对峙，他们两个人本来就是不平等的。

她微微红了眼眶：“秦夫人让我离开你，如果这是你们希望的……”

她话还没说完，秦墨已然变了脸色。

“你就那么想离开我？从以前到现在，即使我们现在已经结婚了，你这个想法都没有改变过？”他的声音冷沉，分明已经忍耐了很久。

程安安一愣，这才反应过来秦夫人肯定早先就说了些什么，原本她还打算告诉他她有多委屈，但是话一出口，她发现，原来还是她的痴心妄想。

“你觉得我是这么想的？”

秦墨松开她，看着她的眼神冷漠得像刀子一样割在她的身上：“不然呢？还是你觉得我就是个什么都看不透的人？”

程安安哑然，看着他，浑身都凉了下去：“所以你不相信我？”

“如果我母亲不是事先告诉过我，我也许还会相信你，程安安。”他这样说，“这只是试探，但你连这点都过不了。”

“你浑蛋。”她咬牙切齿，鼻尖一酸，“你们一家都是浑蛋，试探？就是个陷阱。秦墨，我还是第一次发现你这么蠢，既然你不愿意相信我，怎么办随你。这个破地方，我还真的不屑。”

她咬牙切齿地说完这些，脸色一冷，把手里的东西都砸了过去。

她看着他的眼神像是面对着洪水猛兽：“试探？真好笑，你妈怎么跟我说话的你听见了吗？结婚就不是我的本意，你现在让我滚，我马上滚，绝对不拖泥带水。”

/第十一章/

# 女人偶尔就该有自己的小脾气

〔1〕

其实程安安发完脾气就后悔了，她也不知道哪来的那么大的火气。好像身子里积压了太久的对他和对现状的不满全都发泄了出来。秦墨的态度她是看不过眼，她也的确觉得自己这样是被秦家的人给欺负了，但是他应该站在她这边的，他却没做到。

只是发完脾气之后，程安安就气虚了，看都不敢看秦墨一眼，拿了包就跑。

苏谦诚好像知道她没地方去一样，正巧来了一个电话，让她去位于X城的影视城参加开机仪式。

苏谦诚现在不甘只当一个演员了，已经把手伸向导演圈。

这部大型的古装宫廷剧就是他首部执导的作品，程安安拿到剧本的时候就对这个故事赞不绝口。这个作品是网络小说改编，本来就有强大的读者群，出来了效果一定很棒。所以她一口就答应了下来。

程安安这些年别的事都不操心，只需要挑自己感兴趣的剧本，所以多年下来，她看剧本也算是火眼金睛了。而且，只要她看中的好剧本，基本内定她为女主角。

苏谦诚见程安安这么快就点头答应，还有些诧异："你全部看完了？"

"没有，就看了前面，再看了点过程。"看情节设定，能吸引她的那自然就是好剧本了。

苏谦诚也喜欢她的干脆，二话不说，跟她商量片酬。

程安安对这个倒是无所谓，况且苏谦诚给她的价远比现在的市价高，她笑得眯了眼，拍着他的肩，笑道："果然是荧幕情侣啊，知道孝敬我。"

苏谦诚却是苦笑了一下，随即挑起勾人的眼睛认真地看着她道："怎么样，心动了没有？"

程安安一愣，也认真地看着他："没有。"

苏谦诚了然地耸了耸肩："你就是喂不熟的白眼狼。"

程安安也大方地承认："看谁喂。"

苏谦诚懒得跟她废话了，直接走人。

苏谦诚要当导演这事，消息已经放出去了，网络上对程安安演女主的呼声还挺高。在苏谦诚确认程安安是女一号之后，网上更是掀起了一个热门话题。有心人看他们合作过那么多次，什么八卦都拿出来讲，再厉害一点的直接做了一个视频艾特了程安安的微博，让她自己看去。

程安安倒是没当回事，演员在外面多多少少还是需要一个官配的。

也不知道秦墨这几天是怎么回事，从乔治那里知道她接了这个戏的时候就有点阴沉沉的。虽然他没说，但是她也知道他并不怎么喜欢苏谦诚。

具体原因嘛……其实她没猜到。

苏谦诚到机场跟程安安会合的时候，不知道是不是故意没甩掉狗仔，一路上都有人跟拍。

程安安身体不舒服，脸白得跟纸一样，知道身边有人偷拍，还是去洗手间补了点妆，不然她女鬼形象得深入人心了。

苏谦诚见她状态不好，还皱着眉，顿时了然："心灵受创了还是身体受创了？"

"两者皆有。"程安安无奈。

程安安之前对苏谦诚是有点敌意的，因为苏谦诚看起来就不是那么纯良的人，而且当着秦墨还有狗仔的面，都算计过她，让她实在没有好感。

不过合作了那么久，多多少少也摸清了他的性子，对她是无害的，她知道这点就可以了。不然秦墨不会任由她放这么一个危险的人在身边，管他什么理由什么身份，先连根拔除。

现在程安安却发现苏谦诚的存在并不坏，首先，苏谦诚不会害她，其次他的确是对她有目的，最后，秦墨也会顾虑苏谦诚身后撑腰的人。所以，她什么时候被秦墨惹急了能找来应急的，其实只有苏谦诚一个。

到X城的时候已经是隔日清晨了。

这座古城刚苏醒过来，一派生机勃勃的翠绿。

程安安刚下飞机，就接到了秦墨的电话。她皱着眉衡量了一下挂断他电话的后果，还是接了起来。

"在哪儿？"他问，声音里隐隐有着翻腾的怒气。

程安安沉默了一小片刻，才说道："X城，开机仪式，我在工作。"

秦墨显然不吃她这一套："要我亲自过去抓你回来？"

程安安听他这饱含威胁的问句，顿时扯了嘴角笑了起来："不用劳烦秦总了，我在这里会工作一段时间，希望秦总不要打扰我工作，可以吗？"

电话那端沉默了片刻，只有轻轻的呼吸声。

她捏着手机，清晨的空气还有些冷，她穿得单薄，又有大姨妈在身，身上起了一层的鸡皮疙瘩。

苏谦诚见状直接拿了外套套在她身上："披上，这边冷多了。"

秦墨原本还犹豫着说些什么的，现在坐在客厅的沙发上，扔了满地的烟头，手里还捏着刚传过来的照片。

是昨晚他们在机场被偷拍的照片。

虽然没有什么，但是知道自己的女人跟"情敌"在一起，他还是很不爽！原本想着她今天本该在家休息的，她一来大姨妈，总是脸色苍白很不舒服。

昨晚吵了一架，还没等他反应过来，她又跑了个无影无踪。

秦墨担心了一个晚上，找了好几个地方，等回到这里，看见的居然是这些照片。

他现在都想把苏谦诚捏爆……

程安安吃软不吃硬，一贯都是他让着宠着，但苏谦诚出现得太及时了！让他原本在嘴边打转哄她的话全部成了泡影。

很好！

他冷笑一声，不发一言，把电话挂断，然后毫不留情地把手机砸在了面前的墙壁上，四分五裂。

他倒是要看看，他什么都不管不顾，她能撑到什么时候回来！

太宠了，所以脾气都养坏了。

程安安这边打了个哆嗦，心头越发不安起来。

很反常啊……

秦墨居然直接把电话挂了，看来是气得不轻啊。

苏谦诚见她看着手里的手机发呆，没错过屏幕上转瞬即逝的“秦墨”两个字，不动声色地勾了勾嘴角：“怎么了？”

程安安回过神，沉沉地呼出一口气来：“没事。”

乔治是下午时到的，看见程安安窝在床上要死不活的时候，以一种“你自作孽”的表情看着她。

责怪归责怪，他手上的动作却不停，给她泡了红糖水，又拿了热水袋给她捂着。

“小祖宗哎，我就知道你安生不了几天又开始折腾我了。上辈子我是偷了你家的鸡还是偷了你家的人啊，这辈子你这么跟我过不去……”

程安安听着他的碎碎念，有了笑意：“那你这辈子赶紧巴结着我点，下辈子我放过你。”

乔治哼了一声，在她床边坐了片刻：“昨晚秦总给我打电话来着，你昨晚去哪儿了？”

“去放纵了，你信不？”她抬了抬眼。她面色苍白，脸上脂粉未施，显得那双眼更加透彻清亮。

乔治顿了顿，才道：“别说你什么都不知道，现在你的身份跟以前不一样了！你这么折腾秦总折腾自己有意思吗？”

“你都知道了？”她倒是无波无澜的。

程安安跟秦墨之间的事情知道得最清楚的就是乔治了，这些事他也从来不说，不管她是怨恨秦墨的时候，还是对秦墨无法自拔的时候，从来不曾多嘴一句。甚至，连结婚证，都是他比她先看见的。

秦墨放心的人，她自然也放心，所以乔治怎么做她从来不干涉。

她抱着被子坐起来，伸手够过放在床边的红糖水捧在手里，看着乔治认真地说道："不是我兴风作浪，乔治你不会懂的。"

"我是不懂。"他轻叹了口气，眉头也皱了起来，"秦总对你做的这些明的暗的我都看得清楚，嫁给他算是你三生有幸，不是我偏袒秦总，是安安你的心防太重了。"

程安安垂了眼睫。其实她是有点小任性的，一再试探秦墨的底线在哪里。因为一直都不知道，所以一直惴惴不安，生怕以后触了他的底线万劫不复。所以仗着他的宠爱，肆无忌惮。

两个都没有资格谈"爱"的人，这样莫名其妙地在一起，让她有太多的不安和疑惑了。现在如她所愿了，慢慢地一点点地走进他的生活，接触他的亲人，她又有另外的忧虑。

她自卑自己曾经的身份，她曾依靠了秦墨六年，这么不光彩。

所以她容不得别人戴着有色眼镜看她时的轻蔑，受不了一点点的不尊重和不喜欢。

她要所有人跟秦墨一样，对她无条件包容接受。是她自己接受不了，害怕去接触，所以抵触情绪那么大。

她拿着茶杯的手开始微微颤抖。

乔治瞬间觉得自己刚才是不是说了特别过分的话，不然程安安那无辜的眼神是哪里来的！

乔治手足无措地安慰着程安安，程安安却好像一句也没听见一样，小口抿着红糖水，垂着眼睫安安静静的。

片刻，她喝完了那一整杯的红糖水才抬眼看着乔治道："我想冷静一段时间，我现在回去的话改变不了任何事情，反而会越来越糟糕。"

乔治一顿，好像突然能体会她的心情一般，安慰般揉了揉她细碎柔软的头发："安安，其实你现在能听得进去我的话，也能知道问题在哪里就好，别的都没关系。"

“我跟秦墨分开一段时间都冷静下吧，等我想通了，这些事情我都可以解决好的。”她抬眸看向他，眼底闪着势在必得的光。

（2）

天气慢慢转凉。

也不知道乔治怎么跟秦墨说的，或者是那个男人的确不想搭理她了，她在X城一个星期都没听见谁提过“秦墨”这两个字。

她松了一口气的同时，隐隐有一股失落感。

苏谦诚见她盯着剧本发呆，抬手在她眼前晃了晃：“睡着了？”

程安安翻了个白眼，对苏谦诚日益见长的睁眼说瞎话完全无视：“你见过谁睁着眼睛就能睡着的？”

苏谦诚莞尔一笑，随即把助理给他的矿泉水递了过去：“怎么没见你带助理？”

“嫌烦。”她回答得干脆利落，身边有个乔治就可以了，她不需要多余的人。

程安安其实一直都在拒绝别人的靠近，对苏谦诚也是一样，合作了很久才不情不愿给的号码。她是个喜欢一成不变生活的人，接受一个新事物都是需要时间的。

宫廷剧动用的人很多，随便走到哪一处都是一堆的人。

苏谦诚这次拍摄声势浩大，记者探班也多，程安安在剧组也不能随心所欲。好在这拍摄时间选得刚刚好，古装穿在身上也不会太热太闷。

只是今天遇上反常的大热天，实在是热得够呛。

她绾起长发，脸被太阳晒得红彤彤的，乔治还在一边给她打着伞。

苏谦诚也好不到哪里去。

今天是一场英雄救美的戏，乔治见程安安脸色红得有点不对劲，摸了摸她的额头，见温度正常这才松了口气。

程安安见他一副如临大敌的模样反而笑了起来，然后以手作扇，不停地扇风："热死了，苏谦诚，晚上你请客！"

苏谦诚正在一边补妆，听见这风马牛不相及的一句话，顿了顿："烛光晚餐？"

程安安看了看在场的人，有些无奈："那么多人一起烛光晚餐？"

头一次发现苏谦诚这么有创意。

苏谦诚噎了一下，大手一挥："行，晚上我请客吃盒饭。"

"嗤——"

程安安嫌弃地看他。

晚上没戏，程安安打算早点回去洗个澡，不然身上黏糊糊的。

乔治自然是跟她一起的。

保姆车里的空调风徐徐，她窝在后座上懒懒地伸了个懒腰。

乔治又在打电话，坐在最后一排，轻轻细细地说着什么，刻意压低了声音不让她听见。

她闭了闭眼，趁着车子红灯停下来的时候扑过去抢过他的手机对着对方说道："下次再联系，麻烦了。"便果断把电话挂了。

乔治见她走过来，就知道大事不妙。此刻电话被挂了，他一愣神，见她眼底都是澄澈的光，这才呼出一口气："你知道了啊？"

"刚知道。"她说话的语气冷冰冰的，就差咬牙切齿了，"他什么时候这么做的？"

"就你到X城的隔日开始停了一切的通告，除了你在X城的拍摄。"这是打算把她雪藏了。

连乔治都开始自己出马去帮她要剧本要通告了，秦墨做得还真的不是一般的干净利落。

她揉了揉眉心，只觉得脑袋一阵一阵地钝痛，是想用这种方式让她示弱，乖乖回去他的身边？秦墨不是不了解她，来硬的只会激起她的反抗。再困难她都会咬牙扛着，认输回去只会让她觉得脸上无光。

但他还是这么做了……

程安安不敢去想他这是鱼死网破的做法还是单方面打算跟她结束了，如果是后者他大可直接把离婚协议扔过来，又或者是根本就没结婚？当然，她也就是想想而已。

“你还好吧？”乔治见前面已经是绿灯了，拉着她在座位上坐下，“这些你别担心了，通告我去争取。”

程安安睁开眼，安抚般拍了拍他的肩膀：“不用了，你就直接干脆地跟记者说我目前别的通告都不接了，专心拍苏谦诚的作品。”

乔治皱了皱眉：“要不我去跟秦总谈谈吧。”

“你肯定已经找他谈过了，何必再去一次。”她不赞同，勾着嘴角冷笑一声，“秦墨敢这样招惹我，我也不会让他好看。”

乔治硬生生打了个冷战，突然觉得就算是被雪藏了，程女王的气场还是不弱啊。看这十足的报复性的眼神就知道，她又开始斗志昂扬了。

然后，乔治后知后觉地想到，他担心这消息给她带来太沉重的打击完全是多余的想法，他居然忘记程安安是什么逆天的人，越斗越勇啊！再然后，他悲催地意识到，两个人斗起来，他的好日子就没了……

程安安洗了一个澡后，就打算上床休息的，毕竟今天又是滚马车又是暴晒的，实在是累得够呛。

但一转念，她现在的日子这么不安生了，还睡什么，总不能让那个在A市风流潇洒、午夜梦回想着她会怎么狼狈回去求他的人也睡得安稳。

想到这里，她换了一袭米色长裙、一双镶钻高跟鞋，提着两罐啤酒，又带了点夜宵就往剧组里走。

苏谦诚看见程安安带着夜宵回来，诧异得眼睛都瞪圆了，赶紧跟看见稀客一般把自己的位置让了出来："没想到啊，你居然杀回来了，真是开窍了还记得带吃的。"

X城多的是记者，程安安露出一个笑容搭着苏谦诚的手臂笑盈盈的："这顿我请你，配合下呗？"

苏谦诚正开啤酒的手一顿，细细地眯起了眼睛，打量着她："条件。"

"条件？"程安安对这个词实在不感冒，直接挥手，"配合我就是配合电视宣传，我都愿意无条件贡献出来让你炒作了，你还不乐意？"

这倒也是……

随即，苏谦诚就发现了不对的地方："秦墨回头把我拆了怎么办？"

"你都敢把我从A市带到这儿了，你还怕秦墨把你拆了？你也就这点出息。"她冷哼一声，面上却始终带着笑，让人看不透她到底在想些什么。

苏谦诚衡量了一下，果断答应："行啊，你都愿意了，我还有什么不敢的。"

程安安对苏谦诚这个决定表示很满意："识时务者为俊杰。"

苏谦诚背后有一束强光，照得不偏不倚的，正好落在程安安光裸的背上。苏谦诚见她不自觉，忙把她拉了过来，按在座位上："你也不怕把背烫伤了，我大婚的那场戏就拍不出那种感觉了。"

程安安也开了罐啤酒，顺便让苏谦诚的助理把她带来的这些吃的分下去，彻底算来探班了。虽然这个办法幼稚了点，但是……不能否认它的威力巨大啊！

于是，当晚苏谦诚就被程安安拉进房间美其名曰“思想交流”，实则就是把人拉进去一起坐着干看电视。

而且，沙发上已经有了一个不可忽视的人……

乔治。

苏谦诚看见乔治的时候，瞬间什么想法都没了，懒洋洋地在沙发上坐下来，睨着程安安咬牙切齿：“你还真是保险措施妥当啊。”

程安安却不以为意，径直去冰箱里拿了瓶饮料递给他：“乔治和你性格相近，比较有话聊。”

苏谦诚：“……”有时候他的确是挺想掐死这女人的。

乔治：“……”有时候他的确也怀疑秦墨是怎么忍受这个女人的。

一个小时之后，苏谦诚懒洋洋地打算告别，反正房间挺近，他也无所谓。

只是临出门的时候，他还是有些小郁闷：“不让我多留一段时间吗，万一那些狗仔误认为我的持久度只有一个小时怎么办？”

程安安一愣，随即脸色一红，艳得苏谦诚都移不开眼。

“你以为谁都跟你一样没深度啊？”她直接拿手去推他。

苏谦诚一时鬼迷心窍，反扣住她的手一把拉近，扯到了自己的胸前看着她微仰着头，眼底清澈动人，低头在她的额上轻轻一吻：“既然做了，为何不逼真些。”

程安安一愣，他已经松手，又变成了那副吊儿郎当的样子，微翘着嘴角笑得不可一世：“我也是一个很好的选择，随时欢迎。”

程安安只觉得手脚冰凉，跟一匹狼合作……她是不是太冒险了？

不过片刻，她便反应过来，邪气地勾起嘴角：“排队吧。”

于是，苏谦诚被秒杀了……

效果比程安安预计的好太多了，因为，秦霜来了。

程安安一大清早打开门看见秦霜站在门口时，那笑容灿烂的脸瞬间僵住了。

秦霜却是毫不在意，笑着朝她招了招手：“大嫂好啊。”

见到秦霜，秦墨肯定是不会来的。她面上不动声色，退开一步让他进来：“早饭吃了没？”

“飞机餐你确定能咽下去？”他反问。

程安安点点头：“你咽不下去那是你构造跟别人不同。”

秦霜无奈了，一进屋子就开始四处乱转，等把房间都转了一个遍只看见一个乔治，也没有发现任何可疑现象之后，这才安然地坐在餐桌前吃乔治准备好还一动未动的早饭。

“大嫂，过来吃啊。”

程安安双手环胸，冷眼看了他片刻，在他对面坐了下来：“找到了吗？”

秦霜噎了一下，随即很实诚地晃了晃头：“没有。”

“哦……”程安安拖长声音，那声音却绕得秦霜肠子都打结了，顿时一脸苦相，“还有一个洗衣机，你要不要去看一下？”

秦霜自然知道瞒不过程安安，当下脸色一变，说道：“大嫂，我无辜的。”

程安安看也不看他，冷哼一声：“这差事不好做，你现在反悔还来得及。”

秦霜这下眉头都纠在一起了：“大嫂，我就是来观光旅游的，你得照顾我……”

程安安这才抬起眼来：“我自己都快养不活了怎么照顾你？”

秦霜自然知道这两个人之间发生了什么事，当下乖乖掏出卡来奉上去：“用我的用我的。”

程安安虽然对他这么积极主动表示了怀疑，但还是二话不说把卡收了下来，这才点头应允：“行，你就在这儿住下好了。”

于是，秦霜圆满了。

好险好险，好在他出门之前跟秦墨要了一张银行卡，不然这女人现在这种鸡血的状态不把他的家当搬空了她的名字就倒过来写！

〔3〕

就算秦霜在这边盯着，程安安还是不管不顾，该怎么样就怎么样。以至于陈欣空降到这个剧组时，意外看见秦霜跟程安安的跟班小助理一样的身份时，惊悚得爹毛了。

程安安却不以为意，倒是看见陈欣挺开心的。

这个剧组里的人虽然相处得还不错，但是因为宫廷戏的流动量太大，有的要么巴结她，有的要么忌惮她的身份地位敬而远之。她倒没什么，无聊的时候打打游戏，窝在椅子上背台词都能背上好久。

苏谦诚很少见她这么安静的时候，平常她从来都是跋扈的，不管她面前是谁，她心情好的时候折腾别人，心情不好的时候也折腾别人。突然这样安分下来，着实让人觉得不自在。

苏谦诚还以为是她盒饭吃得不习惯，当天中午还换了一家酒店大厨的拿手好菜给她开小灶。

程安安对此也只是抬了抬眉毛：“导演，你这样给我走后门，哪天我被人谋杀了都不知道是怎么死的。”

苏谦诚皱皱眉：“你再这么病恹恹下去，的确离死不远了。”

“真恶毒……”程安安摸了摸胳膊，灌了口茶水，这才抿了抿唇，“我能有什么事，有这闲心操到你的戏上面去吧。”

秦霜来了之后肯定不吃剧组盒饭，他秦二爷嘴那么叼，自然是找五星级酒店里的顶级厨师亲自弄菜弄甜品。

秦霜开了小灶，自然是不准程安安继续吃盒饭。

程安安扫了眼，直说道："分量太少了。"

秦霜震惊了："你的饭量是有多大啊。"

秦霜在别人面前一般都不会叫她"大嫂"，但是叫安安或者是别的他都极度别扭，索性用单音一笔带过。

程安安扫了他一眼，一副"你怎么那么不开窍"的表情："这边的人不吃吗？"

一听要请剧组的人吃饭，他顿时就蔫了，还真是不心疼自家人啊，这冷血的女人。

于是悲愤的秦霜同志就打算不搭理程安安让她继续吃她的大锅饭，自己开着小灶津津有味还不忘时时诱惑她。

程安安这几天食欲一直不好，早餐都吃不下，乔治一般都会多跑点路给她带她喜欢吃的小笼包，她皱着眉咽下几个。

秦霜见她还真是眼也不抬一下，饭跟数着一样吃，就觉得哪里有些不对劲了。

没过几天，秦霜就知道是哪里不对了。

程安安吐了。

她早上没吃饭，只喝了一杯温咖啡。咖啡这家伙多刺激胃啊，她吃了不到片刻就吐得干干净净，脸色煞白。

乔治见她这几天食欲不好就知道她肯定是饮食不规律所以肠胃病又犯了。但是秦霜不知道啊，他一脸惊喜地问她："是不是怀了？"

程安安鄙视地看了他一眼："不是。"语气斩钉截铁。

但是，秦霜的心悬得高高的，怎么都不踏实。

程安安早上有戏，秦霜又说服不了她去医院看看，只能跟着。中午吃饭的时候，他说什么都不让她吃盒饭，大手笔直接让全剧组的人都吃上了山珍海味。

程安安脸上化了妆，气色倒没早上看起来那么恐怖了。

秦霜盯着她吃了几口，她胃不舒服总是不想吃，秦霜就哄着，哄着哄着就觉得自己太悲剧了。这事原本是他大哥干的啊，为什么他要包揽过来！

程安安也没让他太为难，把饭扫了一半。

只是没半个小时，她的脸色就变了。

秦霜“咯噔”一声，忙把人带进保姆车里往医院送了。

乔治被吓得不轻，只跟苏谦诚打了个招呼就急匆匆地跟着走了。

陈欣正喝着汤呢，秦霜这一下直接把人抱着就往车上跑，吓得她勺子都没拿稳，惊出了一身冷汗。

苏谦诚也是，什么状况都不知道，只看见秦霜抱着程安安急匆匆就跑了。但他这边完全脱不开身，乔治过来打招呼的时候就千叮咛万嘱咐地让对方等会儿给来个电话。

秦霜吓出了一身冷汗，把人送到医院，程安安已经把肚子里的东西吐了个干净。

医生一检查，只是说肠胃不好，要忌口。

程安安看了眼大惊小怪的秦霜突然笑了起来：“我没事，你不要告诉秦墨。”

秦霜摸了摸脑袋，有点头疼，这……能不跟秦墨说吗？

程安安见他表情犹豫，冰凉的手就直接拉住他的握在手心：“我不想他为这点事着急。”

她想明白了，该怎么做，她也心里有数了。所以她对秦霜说的时候是这句话，而不是，没必要告诉他。

秦霜似乎也有点能理解她的想法，在她旁边坐了一会儿：“大嫂，你想好了是吗？”也许秦墨身在局中看不清楚，但秦霜是旁观者，两个人之间的感情他最清楚。

秦母的事情他有所耳闻，整件事情他也了解得差不多了，所以今天听见她的这句话就知道——程安安愿意不再逃避，那事情就好办许多了。

而她，终于为了秦墨，选择不再逃避。

下午的戏自然是不去了，程安安肚子空得难受，让乔治先回去，自己跟着秦霜去“粥道里”喝皮蛋瘦肉粥。过了饭点人很少，她拉着秦霜坐在最角落里，一口一口低头抿着粥。

秦霜早初对程安安的印象其实并不好，总觉得这个女人身上的气场太强烈，外表也太过明艳。

但相处的时间长了，他知道了她的坚持和骄傲。

她虽然在秦墨的羽翼下嚣张跋扈，但做事有始有终责任感很强，也不会因为秦墨的裙带关系做些什么，那一点张扬，也是可爱至极。

当然，她也有脆弱的时候。

那一次，他看见了一向目中无人的程安安眼底流露出的无措，他这才知道，她其实脆弱得不堪一击。

除了秦墨，没有人能让她有这种表情。

除了秦墨，没有人能安抚她的这种情绪。

见程安安吃了满满一碗粥，秦霜生怕她吃完又给吐了，担心得不得了。他给她倒了杯温水，看着她把药吃下去了才放心下来：“我还真以为你怀了，这样就好了。”

程安安一愣，随即拧了他一下："想什么呢，我跟秦墨之间的事情不是一个孩子就能解决的。就你这情商，赶紧谈恋爱培养培养吧。"

秦霜不满："那你知道怎么解决还跑得那么远？"

"工作需要。"她理直气壮地说道，头也不回地率先走了出去。

秦霜又郁闷了，程安安在秦墨面前可不是这样的……

因为只是寻常的肠胃毛病，所以程安安隔日就回剧组了。

苏谦诚昨晚直接去程安安的房间看她，奈何秦霜在门口把路堵得严严实实。后来，程安安出卧室经过大厅才知道苏谦诚来了，只抬了抬眉毛暗示了一下，秦霜才不甘不愿地把人放了进去。

苏谦诚见她没什么大碍，松了一口气，看着秦霜挑衅十足："不怕秦墨折了你的脊椎吗？"

秦霜一抬眉毛，眼神犀利："亲疏关系不同，你能比吗？"

苏谦诚冷笑一声，跟秦霜越发不对盘："既然亲疏关系不同，那麻烦你以后别来我的剧组瞎晃。"

"你的？"秦霜轻笑一声，"爷乐意，谁拦得了我？"

也是，的确没人敢拦他……

知道他是秦霜的，不敢拦他，知道他是秦墨的弟弟，更加不敢拦了。秦霜虽然一直吊儿郎当的，也不像秦墨一心全扑在事业上，只开了一家公司，但他有集团股份，光是那分红就让人眼红。

秦霜比秦墨圆滑多了，八面玲珑，不管是哪方面，关系都能处理得很好，人缘自然不用说了。

很多人忌惮秦墨，对秦霜更多的是敬畏。

秦霜在秦墨的光芒下虽然不那么璀璨，其实也是厉害人物，手段比起秦墨来只怕是有过之而无不及。

程安安对这两个不相干的人也能杠起来，表示一定程度上的质疑，等他们杠得嘴都渴了，这才善解人意地给每人倒了杯水，笑眯眯道："喝完它。"

不明所以的两人乖乖喝完，并表示感受到了如沐春风般的温暖。

看他们喝完了，她笑意一敛，变脸的速度极快："喝完该干吗干吗去，不送。"

于是刚感受到春风般温暖的两个人瞬间被北极风雪包围，冷冽的风吹得他们头顶一阵发麻。

果然，女人心，海底针。

（4）

秦霜来了三个星期，他倒是闲得住。刚过来的那几天就待在剧组里给程安安端茶倒水，乐得自由自在。

程安安一时兴起，问他秦墨给了他多少好处，他这么安安分分地守在这里。

秦霜摇摇头，不承认自己是秦墨派来的，哼哼唧唧地就晃出去玩了。

程安安又不是傻子，自然知道不是肥差他秦二爷绝对不会委屈自己跟她在剧组里。不过X城是个旅游的好地方，他每天烦了的时候身边总有女人陪着去景点晃荡。

这一点富家子弟的毛病倒是在他的身上体现得淋漓尽致，程安安见他三天换了三个不同的女人，不是名模就是广告小天后，看都看烦了。

不过秦霜也有分寸，虽然不避讳程安安，但是绝对不会把人往她的剧组里带。中午给程安安开小灶的时候，他也是独自一个人过来，再一个人离开。

有时候晚上程安安没戏的时候，他就会带上女人跟她一起吃饭。

程安安不介意，只要那女人放聪明点，不该有的想法不要有，不该说的话不要说，不该问的不要问，她就当作什么都没看见。

由于长时间跟秦霜两个人出入，虽然她一直都带着乔治，但乔治的身份显然是直接被忽略的。

之前是炒作程安安和苏谦诚两个人的恋情疑似浮出水面，秦霜出现之后，又变成他成了程安安的秘密恋人。

秦霜看着报纸差点没破口大骂，被秦墨知道了估计得把他收拾一顿。

苏谦诚还是我行我素，该怎么跟程安安相处就怎么相处。不过秦霜在的时候，苏谦诚就跟打了鸡血一样，时不时就要拿针刺他，刺得他头顶冒烟了才作罢。

这日，程安安正拉着陈欣开小灶，她最近的食欲倒是好了许多。

陈欣似乎是想到了什么，抬手撞了撞她的胳膊，问道："你之前不是接了个香水广告吗？"

程安安一顿。

陈欣说的香水广告是国际品牌，广告是由业界著名的安东尼导演执导。这个广告的意义对于程安安来说也许没有那么大，但是对别的艺人来说，绝对是一个标志性的象征。

她记得乔治已经答应了下来，不过现在秦墨打算把她雪藏的话那就不一样了。这个广告很有可能被谁拿走，这就不妙了。

程安安一向很有所有权意识，东西到手了她就觉得是自己的。不管任何人以什么样的方式，如果不是她自愿让出的，一向视为抢夺。

"怎么了？"

陈欣一脸诧异："你还不知道？现在各种消息都说沈苑会拿到这个广告，你都不看消息的吗？"

程安安没什么兴趣看娱乐八卦报道，所以秦墨出了什么招到她这里就成了化骨绵掌，她都是最后一个知道的。说到这里，她自然要去看下消息，当下拿了手机去看最近的娱乐八卦。

好久不见，沈苑倒是有点脱胎换骨了。

程安安眯了眯眼，看着沈苑挽着秦墨手臂的手，啧，真是知道怎么挑战她的忍耐度。

陈欣见她面色不善，吞咽了下口水，这才说道："沈苑不知道怎么跟秦墨走近了，后来康馨说看见她跟安东尼导演有秘密接触。网上那些传言估计也不是空穴来风……"

程安安看了一眼就把手机扔在了一边："到嘴的肥肉也得看看她能不能吃得下。"状似叹息，更多的却是嘲讽。

沈苑从出道开始就一直被程安安压在底下，在娱乐圈，如果细数起来看程安安不顺眼的估计沈苑是公认的一个。沈苑是个见人说人话见鬼说鬼话的主，当初程安安跳槽之后，她合约期满也赶紧离开了那家公司。

不过，程安安毕竟后台强硬，一出道就是奔着影后的位置去的，沈苑虽然比她早出道但是在人气方面却是差得远了。

再加上沈苑之前跟程安安是校友，有过过节。其实这个过节程安安一直不以为意，人家非要自尊心作祟，她也没办法。

沈苑恨她恨得牙痒痒的，也不是一天两天了，也没少给她使过绊子。但程安安就是要一副圣母的样子原谅你，不得把沈苑气得更加怨恨嘛。

程安安一向锱铢必较，对沈苑却是要多大度有多大度。倒不是她真的圣母不计较，只是沈苑好歹是校友，虽然没人在意她会怎么做，但她就是恶趣味地想看人家气急败坏的样子。

所以，沈苑作为光明正大跟程安安叫板的第一人却能在娱乐圈里生存下来还是有一定的手段的。

不过，沈苑三番五次把主意打到秦墨身上，她就有点不高兴了。

想到这里，她把筷子一扔，弄出不大不小的动静来。

陈欣被她吓得一个哆嗦，硬生生打了个冷战。

不过，程安安现在也没有别的办法。沈苑跟秦墨都远在A市，她的手还没有那么长，可以伸到那么远的地方。

虽然过不去，她也自然有办法。

X城多的是记者探班，这不，程安安刚吃过饭就有一批娱乐记者过来探班。

她正一袭宫廷装，站在苏谦诚身边，笑盈盈地跟记者说着这些天拍摄的窘事和经历。

记者朋友也是难得感受到她的好心情，便大胆地问：“香水广告一向都是你接拍的，但据说安东尼导演指了沈苑，不知道这件事……”

记者说到这里就有些不知道怎么组织后面的措辞了，但见程安安还是笑得盈盈动人，默默地看着他，他一下子就红了脸，生生觉得自己是冒犯了她。

程安安一直等着他问这句话呢，当下还是不动声色地回答：“啊，是吗？其实这个问题吧……”她抿了抿唇，有些为难，“你是说沈苑吗？”

不等记者答话，她又说道：“没关系啊，如果她很想要的话给她好了。不过就是不知道安东尼会不会要她。”说罢，笑出声来，好像这是一件很好笑的事一般。

记者脸一红，怎么都不敢问她私人的事了，赶紧转移了目标问苏谦诚：“安安和你是老搭档了，这次合作会不会有不一样的地方？”

苏谦诚对着镜头认真想了下才说道：“我跟安安已经很熟了，说实话拍激情戏都没当初那么青涩的反应了。如果说不一样的话，应该是这次安安会是我名正言顺的妻子吧。”

一句话，隐含的信息量却炸得记者有点晕乎乎的，今天这两个难缠的主倒是配合劲很足啊！

乔治听见程安安回答那个广告的问题时，差点没气晕过去：“你这话说得那么肯定，万一这个广告你拿不到怎么办？”

他可还记得秦墨并没有消气，不然秦墨怎么可能一个月不联系程安安。这次怎么看，都是秦墨气得不轻。

偏偏这个女人还什么动作都没有，这不是急死个人嘛。

程安安倒是不着急：“沈苑什么时候跟安东尼签约？”

乔治的消息倒是灵通得很：“明天下午。”

程安安翻了翻剧本，看了看这几天的戏份：“那我们晚上就回去，明天中午直接去拦下来。”

乔治睁大眼，不敢置信：“什么？”

程安安说到做到，跟苏谦诚请了两天的假，带着乔治和秦霜回了A市。

秦霜对这个转变还有点摸不着头脑，不过程安安总算是愿意回去了，那就是好事。

但是，等秦霜直接被程安安拎着到星光公司的时候，他有点不淡定了：“大嫂，你要不要三思一下？”

程安安推了推墨镜，藏在墨镜后的那双眼透露出来的信息却是让秦霜有点不寒而栗，这赤裸裸的就是去打劫啊！

程安安回来的时候很低调，直接从地下室去了自己的休息室，所以基本上没人看见她回来了。

秦霜趁着程安安不注意，给秦墨发了条信息。所以等到下午两点在会议室的签约仪式上，就看见秦墨纡尊降贵地坐在首席的位置上淡定如斯。

程安安推开会议室大门，一眼看见秦墨的时候还是愣了一下，随即一眼就瞪向秦霜——你这个叛徒。

不过她是一直做好了秦墨会出现的打算，当下很镇定地走了过去，在沈苑诧异的眼神和安东尼惊喜的眼神中，笑眯眯地摘下墨镜坐了下来。

不偏不倚，程安安就坐在沈苑和秦墨的中间。

秦墨不动声色地看着程安安坐下来，一声不吭，权当没看见一样。程安安也是这般，眼神都不往秦墨那边瞥一下。

程安安想通了是一回事，但让她乖乖低头认错又是另外一回事，她并不打算一次性达到目的。达到目的的路有千千万万条，她喜欢哪一条就往哪一条走。

心理暗示完毕，程安安也不觉得秦墨的气场压得她有点喘不过气来了，反而越发有作秀嫌疑地笑眯眯看向沈苑：“沈小姐，好久不见啊。”

沈苑皱着眉头，显然是不欢迎她的到来的。

程安安也不是非要沈苑回应，沈苑不搭理她也无所谓，她直接起身绕过去跟同样已经站起来的安东尼握了握手，轻轻地拥抱了一下。

秦墨眼神不善，冷冷地看着，手里拿着的水杯也被他蓦然收紧的手指捏出轻轻的摩擦声来。

程安安热情友好地跟安东尼打过招呼后，又坐了回去。

安东尼看见程安安的出现显然是很开心的：“你终于出现了。”

这话让沈苑的脸色又是一沉。

程安安光是眼角余光扫到沈苑的神态，就觉得乐不可支，当下点点头：“因为我知道你会不甘心。”

彻底被无视的秦墨这回终于有反应了，他冷笑一声：“程小姐，你未必太有信心了点。”

程安安抬眼看去，手指在桌面上轻轻地敲动着：“秦总你也在啊，正巧，我本来还打算晚点去你那儿走一趟的呢。”

秦墨只觉得额角的青筋都有暴起的趋势，他目光冷峻，紧抿着唇：“如果没有要紧的事情还希望程小姐和无关人员赶紧退出会议室，不然我会叫保安过来清场。”

程安安心底冷笑一声，咬着牙握紧了手指，默了片刻才道：“无关？我倒是希望在我退场之前能先知道秦总为什么无缘无故停了我全部的通告。”

一句话，却让现场，瞬间静得连针掉落的声音都能听见。

〔5〕

秦墨的身后正好是落地窗，大片阳光洒进来，落在他的背后，衬得他此刻的面部轮廓越发深刻起来。

他抬起眸，那双眼也是从未有过的深邃，看着程安安时，眼底的情绪几近冰冷，看得她心口一颤，鼻尖酸酸的。

他从未这样看着她。

从未。

秦墨一字一句道：“我做什么，需要告诉你理由吗？”

程安安心口一窒，完全没想到他会是用这句话来回答她。

秦霜也是一愣，这不科学啊，明明秦墨知道程安安回来了是很高兴的，但现在怎么看还是不对盘的样子。人都回来了哄哄不就好了吗，怎么又杠上了，还越来越糟糕……

程安安脑子空白了片刻，看着他的眼神也渐渐变了味。她缓缓站起身，动作几乎有些僵硬。随即，她双手“啪”的一声按在桌面上，这声音听上去就很疼，她却好像一点都没有感觉一样，看着他，脸色也不好看：“秦总，这不是闹脾气的时候，我希望你能理智处理。”

秦墨皱了皱眉，眼神只在她纤细的手指上停留了片刻就移了开来：“程小姐，你无权质疑公司高层做出的决定。”

“公司高层。”她喃喃地重复了一遍，双眸一眯，“那很好，既然贵公司对我不仁不义，我也觉得没必要讲理。”说罢，她扫了眼桌上摆着的沈苑已经签了名字的合同，当下两三下撕了个粉碎，当着秦墨的面直接扔了下来，撒了满地。

秦墨却是纹丝不动，看着她撒泼一般的举动，只是抬了抬手吩咐助理再去准备一份：“程安安，这里不是你撒泼的地方。”

程安安只觉得坐了几个小时的飞机回来这里完全就是个笑话，他不但一点看见她的喜悦都没有，反而说话冷冰冰的，完全是一副对待外人的表现。

空荡荡的胃，气得都有点抽痛起来。

她深吸了一口气，脸色微微发白，面上却维持着笑容。不行，她得保持理智，秦墨不愿意低下头来，她不能再把局面弄得更糟糕了。

虽然暗示了自己好几遍，但是程安安只觉得怒气上涌，她越发控制不了自己的情绪：“如果秦总你打算把我雪藏，我想我们有必要法庭上见了，我需要秦总赔给我违约金。”

秦墨嗤笑一声：“协议都是对公司有利，程小姐觉得你能拿到什么？”

拿到什么？

乔治见状况不对，赶紧出来打圆场：“呵呵，安安，我们先回去吃点东西吧。你从昨晚开始一直没吃，等会儿又该胃疼了。”

这番话说完，见秦墨还是不动声色，乔治不由得有些吃不准秦墨的意思了。

乔治拉住程安安，现在把她带离现场才是最正确的决定，所以继续说道：“安安是因为肚子饿着才心情不好的。打扰了，我们先出去。”

秦霜坐在会议室的尾端，见状站起身把椅子一踢，直接几步上来接过乔治扶住程安安就往外带：“走。”

程安安倔脾气上来，轻轻推开秦霜的手，转身看着秦墨道：“以离婚协议书作为条件交换怎么样？希望明天秦总能把解约书送到我经纪人那里。”

这个才算是重磅炸弹，炸得秦墨七荤八素的，他立刻站起身来，手里的杯子捏得“咯吱咯吱”响：“你敢！”

“我不敢吗？”她冷笑一声，俨然一副破罐子破摔的样子，“既然秦总你都有佳人在怀，看见我就烦，这不正好解你燃眉之急吗？”

乔治只觉得秦墨的脸色越发黑沉下来，那气场压得他喘不过气来了，他生怕秦墨一个控制不了直接几步上来就把程安安撕碎了，当下挪了挪步子，挡在程安安的身侧。

“程安安。”秦墨牙齿咬得死紧，一字一字几乎是挤出来的，“我真想掐死你。”

程安安毫不怀疑，如果自己现在就在他的掌控之下，他会毫不犹豫地下狠手把她给解决了。

他的这副样子让她不安极了，却一点都没有害怕。

秦墨不会伤害她。

她的潜意识就是这样告诉自己的，所以她一点都不害怕。还能激怒他，那么事情都还好办，她从容地对他笑了一下：“或者秦总一直把这个当威胁？”

秦墨抿着唇不说话，怒到了极致。

程安安却不再搭理他，揉了揉眉心一副累极了的样子：“秦墨，我累了。”

她神态疲惫，脸色也不好看。说罢，她摆摆手："合约不要了，要雪藏便雪藏吧，我什么都不要了。"说罢，也不去看他，转身就往外走，走得又急又快，好像身后有猛虎残兽。

秦墨看着她的背影，却是一阵失神。

她摆手说什么都不要了的时候，他竟然从她的眼底那么清晰地看见她说的疲倦。那失落无措，此刻像针尖一样扎进他的心里，一阵细细密密的痛。

他突然就后悔了。

回X城的时候，只有乔治、秦霜送她到了机场。

登机时间还没到，她去VIP贵宾室候机，脸色比起刚才好看了许多，秦霜买来吃的她也一声不吭全部吃了，但从头到尾一句话都不说。

等程安安上了飞机，秦霜才往回走，刚走到机场门口就看见停了车在机场门口抽着烟的秦墨。

他的脚步一顿，走过去："她走了。"

秦墨点点头，狠狠地吸了一口烟，灭了烟头，顺手扔掉："走吧，回去。"

秦霜在原地站了一会儿，冷哼一声，扬了扬眉："秦墨，你耗得起吗这样耗着，人都给你带回来了，这次是你亲手推开的。"

秦墨打开车门坐进去，秦霜紧跟着也坐进去，继续道："你想什么呢，刚才这么说话。"

"我不知道。"秦墨抬手揉了揉额角，倒吸凉气，连连深呼吸了好几次，"我太怕失去她了。"

秦霜无语，他从未见过这样的秦墨，好像什么都握不住一样无力的秦墨。

秦二爷吊儿郎当，也没正经谈过恋爱，自然理解不了他的想法。

既然怕失去不是应该抓得紧紧的吗，怎么反而这样刺激她把她越推越远？

每一次闹别扭冷战，从来都是秦墨先去哄的程安安。这一次，秦墨希望是她自己回来。不论她说什么做什么，哪怕就是抱着他什么话都不说，他也安心了。

这样，他不管意识到自己对她用情多深，都可以义无反顾了。

那香水广告到最后还是被搅局了，虽然合同重新印了一份送过来，这次反悔的却是安东尼。

合同是签了，却变成了支系香水广告，并不是主打的国际广告。沈苑虽然签了这个广告，但由于广告不再由安东尼执导换了一个名不见经传的导演，连广告创意也是重新策划，这个原本广受关注的香水广告反而没有什么特别之处了。

火爆的是媒体开始关注发生了什么事，才会有这样的转变。而星光公司却只字未提，但从内部相关人员那里得知——程安安被雪藏了。

由于程安安还在X城拍摄，所以这个消息的真实性就有点扑朔迷离了。

程安安这边也开始拒绝记者来访。

不久，星光公司就出来声明，称并没有停止程安安的通告，关于雪藏只是谣言而已。为了证明这个，还公开了一些无关紧要的通告内容。

一直静观其变的媒体记者迅速转了风向，更有网络红人分析，程安安如今正当红，就算是招惹了秦墨这个大boss，依秦墨那头脑都不会放着这棵摇钱树不赚的。

程安安一个人一年跑下来的通告收入能抵很多艺人的总收入了好吗……

程安安对这些都不置一词，秦墨还真打算干脆把她雪藏了，省得她出来瞎招摇。

天色阴郁了好几天，直到今天才开出灿烂的太阳来。原本在几天前就该完成的骑马的戏份，就挪到了今天来完成。

程安安骑马的戏份不少，所以对马这种生物也并不陌生。实拍之前，她先上了马，扯着缰绳，小心翼翼地绕了几圈。

程安安刚开始骑马的时候对这家伙还是有恐惧的，因为马天生有兽性，会发脾气。多的是演员拍骑马戏的时候从马上摔落或者是马受惊之后受伤的。

程安安浑身上下都金贵，秦墨其实并不喜欢她去接拍这些有危险性的戏。但既然是剧情需要，他总不能让人编剧把这情节给“砍”了吧？所以干脆就去投保，将她全身都买了保险。

之前一场爆破戏引火上身，她虽然没伤到，但火苗着起来的时候还是吓了她一跳，自此之后，一般危险性高的她都会找替身演员。至于骑马戏，她觉得自己可以解决。

程安安骑马的时候，自有一股英姿。她一身古装，坐在马背上，轻扯着缰绳小心驱着马往前走时，眼底明晃晃的笑意比阳光还要璀璨几分。

这场骑马戏其实也简单，只要直线跑一段停住就可以。

程安安扯紧了缰绳，对着苏谦诚点点头，示意她已经做好了准备。

场记板已经扬起，程安安转过头看向前方。

苏谦诚看着她坐在马上的侧影，看着她握着缰绳的手指，看着她嘴角微微勾起的自信笑容，眼底突然温柔了下来。

这样的程安安，好像更加吸引人了。

一开机，程安安就扯动了缰绳，双腿往马背上一夹。原本温顺的白马长啸了一声，抖动身子跑了起来。

很快，程安安就发现了不对。

白马发足前奔，她扯着缰绳根本拉不动它，一用力只换来它马蹄前仰，不安地往后撩着马蹄。那长啸一声一声的，叫得人心慌。

程安安已经完全控制不了自己的平衡，她伏低身子，尽量贴着马，让它感到她并不是它的威胁，但是这一招没用。马受惊了，已经完全失去了理智。

眼看它又要拔足前奔，程安安脸色吓得惨白，握着缰绳的手都已经摩擦出了血痕，一道一道的，火辣辣地痛着。

她回头看了眼正往这里赶来的人，狠了狠心，趁着马再一次甩头扬蹄，她扯着缰绳，伏低身子就势蜷缩着一滚从马上摔了下去。

草地上还有细细碎碎的石头，她这么摔下来，虽然护住了脑袋和脸，但全身还是疼得要命。头顶明晃晃的太阳刺得她头一阵发昏，她委屈得鼻子都酸酸的。

从头到尾就想着秦墨，她好害怕。

那匹马已经受惊飞快地往外跑去，程安安侧头就看见一摊血迹，大概是马蹄踩到了什么尖锐的东西受伤了才会受惊。

她迷迷糊糊地只感觉浑身跟散架了一样疼，心心念念的全部只有秦墨的名字。然后众人赶到的瞬间，她松了口气，彻底昏睡了过去。

/第十二章/

# 山有水绕，我有你抱

（1）

秦墨从Z市回来，刚下飞机，立刻就被热情的记者包围了，说包围还是好听的，基本上已经算得上是围堵了。

随行的还有秘书和助理，被这突如其来的阵势弄了个措手不及，都有点应付不过来。推推挤挤间，秘书已经被挤在了一旁。

“秦先生……”

“秦总……”一个记者好不容易扒开同僚，一只手往后拦住还在不断拥堵着往前的记者，一脚踩着手脚并用的摄影师，这才占据了最佳位置，把话筒递到了秦墨面前。

“秦总，你对程安安精神恍惚从马上坠落的事情有何看法？”

秦墨脸上原本还是冷冰冰的不耐烦的表情，闻言，脸色顿时一变，双眸犀利地看向问话的记者。

那位记者还在说："这次意外据说是因为前段时间您和程安安感情出现裂痕，所以导致程小姐在工作时注意力不集中，这才从马上摔下来，现在还躺在医院昏迷不醒。不知道您跟程安安之间的关系是否属实？"

只见秦墨双眼阴鸷锐利，那名记者生生一颤，不自觉地往后退了几步。

秦墨却在他后退的瞬间准确地抓住他的衣领，一个用力就把人提到了面前："你说什么？"

"程安安在医院昏迷……"另一位记者生怕抢不到头条，见这位记者被震慑住，赶紧把话筒递了上去重复道。

"她在哪里？"他声音阴沉，好像是从身体深处挤压出来的。

他声音里的压迫让人群生生往后退了一步，只余下闪光灯不停闪烁，全场却鸦雀无声。

秦墨很快就得到了答案，秘书奋力地推开围堵得严严实实的记者挤进来，在他耳边低语了几句。

秦墨飞快地伸手把人群一拨，就大步往去往X城的登机口走去。

记者们都是一愣，随即意识到有大新闻可挖，正想拔腿跟上，却被已经赶来的保镖全部拦在了原地动弹不得。

离现在最近一班去往X市的飞机马上就要开始检票。秘书眼疾手快人机灵，赶紧打了电话走了后门，弄来了两张机票，但由于时间太紧促，只有两张经济舱的。

秦墨见有票就松了口气，也不在意是经济舱的，捏着机票长舒了一口气，短短的十几分钟时间，额头上已然细密的一层汗。

等到X城的时候，机场已经有人在等候，见秦墨过来，直接引着往外走。

秦墨是不信程安安是精神恍惚才出现这次意外的，更别说她会因为他才思绪不集中。他有时候就恨透了她这点，从来不会把他放到第一位。

路上，他就已经了解了事情的基本情况。

在拍戏的时候，马受惊了她被马甩下来，摔在地上已经昏迷了两天了。

如果她出了什么事，他要怎么办……

这种后怕的情绪一直缠着他，让他惴惴不安，心尖上一阵比一阵细密地疼着。

医院门口聚集了大批的记者媒体，都翘首以盼地希望能拍到程安安最新的情况。毕竟影后坠马，昏迷不醒这种新闻还是很轰动的。

程安安住的是VIP病房，病房门口倒是没有多少人，就陈欣在门口等着，来来回回地走。看见秦墨，陈欣眼睛一亮，忙挥手吸引他的注意力："秦总，这边。"

"安安怎么样了？"秦墨急忙问道。

陈欣直接开门带着他进去："还在昏迷中。"

病房里还有苏谦诚和乔治在，苏谦诚见到秦墨过来也不诧异："来了啊。"

秦墨一眼就看见闭着眼、脸色微微发白一脸沉静地睡在那里的程安安。

本以为一颗悬着的心在看见她的时候能够安然归位，哪料，见惯了她的嚣张跋扈，此刻见她安安静静地躺在那里，还是难受得跟心被掐了一样。

秦墨走到病床前，握住程安安的手，冰冰凉凉的，还在输液。纤细的手已经红肿了一片，手心还有划伤，伤口看起来触目惊心。

秦墨的手微微颤着，轻轻地把她的手翻过来看。她胳膊上也是青肿一片，触目惊心。

她脸上倒是没有什么口子，只有额头上有一道浅浅的划痕，没有什么影响。

确定她并没有伤得特别重，秦墨这才慢慢找回了自己的声音，开口时却发现自己的声音阴沉沙哑：“她情况怎么样？”

苏谦诚已经在这里陪了两天，见秦墨来了，自己也不必待在这里了，正准备走呢，听见他问话才想起来告诉他：“她摔下马昏迷到现在，伤口全部在背上，不过摔伤不严重，就是双手手心的伤口看起来比较厉害。已经昏迷了两天，迟早会醒过来，你放心吧。”

秦墨冷哼一声，眸色阴鸷：“你们剧组的安全措施仅仅就是这样吗？”

虽然马受惊的确不能硬怪苏谦诚，但他自知理亏，也不辩解：“既然你来了，我就没必要留在这里了。”

秦墨这下连回答都懒得回答。

秘书进来的时候，秦墨简单交代了一下最近的工作，又让秘书准备在程安安醒了之后安排转院。

乔治想着有秦墨在这里守着，就出去买了小米粥，不然他一个灯泡杵在这里也不是事啊，还是找借口离开吧。

程安安感觉自己睡了好久好久，浑身上下没有一处是不疼的。她疼得连张嘴说话都好累好累，眼皮重得她根本没有力气睁开，眼前隐隐有一层白光，耳边似乎也有熟悉的声音，但是她却像是被什么隔离了一般，什么都听不清。

随即，她又陷入了梦境，一个梦境连着另一个梦境，让她应接不暇。

她梦见第一次遇见秦墨，他冷峻如神祇，让她不自觉地畏惧又想靠近。她还梦见现在的秦墨，他冷眼看着她在一边发脾气，却再也不像以前那样会把她揽进怀里轻声哄。

她突然就害怕了起来，秦墨秦墨秦墨……

如果没有了秦墨，那程安安就真的被掏空成一个躯壳了，什么自由什么自尊，都没有了。

意识到这点，她突然挣扎着想醒来，迷迷糊糊地感觉疼得厉害的手正被一股温热包围着。

她的眼睫，她的脸颊，她的唇上都有人轻轻地吻过，耳边甚至有了模糊的声音，一直在叫她的名字：

“安安，安安……”

她抬起手，尽管费力，她还是抬手握住了那只手的手指。

她睁开眼，就看见秦墨惊喜的模样，他眼眶还红红的，布满了血丝。看见她醒来，他甚至一时没有掌控好力道，捏得她的手一阵火辣辣地疼。

她“嘶”了一声。

清醒之后，浑身的疼痛越发清晰，让她想忽视都忽视不了。

所有受到的惊吓疼痛都在看见他的瞬间变成了酸涩的情绪一起涌了上来，她呜咽着哭出声，看着他的眼底都是惊慌无措：“疼，秦墨，我疼……”

秦墨心疼得都不知道怎么办了，又不能抱又不能替她疼，感到她委屈的情绪波动，只俯低身子一遍一遍地亲着她的眼睛：“我在我在，安安马上就会好起来……”

那些被冷落的委屈统统爆发了出来，她哭得上气不接下气，鼻尖也红红的。

秘书在一旁看得也是辛酸，赶紧出去叫医生，顺便跟女友汇报她女神的最新近况……

秦墨拿放在一边沾湿的棉球轻轻地擦了擦她的唇，见她还哭得抽抽噎噎的，凑上去轻轻地吻了吻：“好了，不哭了，都没事了没事了，乖。”

一个星期之后，程安安身上的青肿还是一点没退，触目惊心。虽然不像当初醒来时那么痛，但秦墨那次看见她的后背青青肿肿的，就知道这滋味有多么不好受。

等转院到A市的时候，她才好过了很多。

这次摔伤虽然昏迷了几天，但医生解释是因为近期程安安情绪波动大，没有休息好，免疫力下降，再加上受了伤，昏睡几天是身体的自我调节，没有大问题，怕的就是有脑震荡。但检查之后，除了身上那些外伤，没有其他问题了。

不过就那些外伤都够她受的，平日里一点疼都受不了，这次可不是难受极了嘛。

到了A市之后，秦墨就需要回公司上班了，不过只上半天，有时候上午过去，下午就在病房里陪程安安。也不说话，只是抱着电脑处理文件，偶尔给她喂点水，喂点吃的。

虽然这些事都有专业的护工做，但他还是亲力亲为。等她好了些，青肿都消退了，能坐在床上坐一会儿了，他才真正放下心来。

程安安就醒来那天情绪崩溃了一次之后就没有其他异常了，痛得厉害也会跟秦墨撒娇喊痛，见他皱着眉头心疼了才好受点。

晚上，他干脆也睡在病房里，A市私立医院院长就是那个林医生，这里的VIP病房就跟总统套房一样，病床都是标准的双人床。

晚上，秦墨就会睡在她旁边，把她揽进怀里抱着，她就磨磨蹭蹭地蜷缩在他的怀里。

一个月没有联系没有见面，那种想念折磨得两个人都要疯了。

〔2〕

入夜。

程安安最近情绪稳定了很多，那次从马上摔下来的恐惧感也淡了很多。但今夜不知道怎么的，又梦见了那天的场景，迷迷糊糊之间口干舌燥的，抬手往身旁一探却落了空。

身旁的这个位置温度微凉，显然是离开了一段时间。

她站起身，没有开灯，也顾不上穿鞋径直往外走去。

客厅里灯光大亮，秦墨正侧卧在沙发上，前面的桌几上摆放着笔记本和一堆文件，显然是刚刚还在办公。

她心下一紧，缓缓走了过去。

秦墨一只手搁在眼皮上方，遮去了些灯光，鼻息轻缓。

她走过去，在沙发边上坐了下来。大理石的地板上没有铺地毯，所以她一坐下就感到了凉意，但是坐在沙发边这样静静地看着他，竟然浑身都泛着暖意。

她不自觉抬手去摸他的手指，骨节分明。

然后顺手滑了下去，停留在他的眼睛上。他眼睛睁开的时候，不管是生气暴怒时的盛气凌人还是温柔宠溺时的深情款款，都迷得人神魂颠倒。

再下去，她的指尖滑到他的鼻梁上，鼻梁坚挺。有时候亲密的时候，他就喜欢拿鼻梁蹭到她的耳垂边，然后蹭一会儿见她咯咯笑着把他往后推，就会凑过来一口咬上来。

想到这里，她不禁笑了起来。原来她比自己想象中的，更喜欢他。

再是他的唇，总喜欢轻轻抿起的唇，此刻鲜艳得像花一样，娇艳欲滴。

她指尖微凉，在他的唇上停留了片刻。

正微微出神，就感觉手指被吻住。

她吃了一惊，一抬眼就看见他睁开了眼，眼底含笑地看着她："我以为你会亲上来。"

程安安也是一笑："我不会乘人之危。"

她这一笑，倒是让他一愣。这么没有防备的笑容，在这种昏黄的灯光里有着说不出的动人，几乎是下意识地就让秦墨想起"眉目如画"这四个字。

程安安的五官都很精致，不管是素颜还是化妆，都有一番风味。她此刻所有的头发都不加打理披在身后，黑发如缎，衬得这张脸异常精致。尤其此刻，微微笑着的样子，让他心神一动，漾开一圈圈的涟漪。

他在心底轻轻地叹了口气，就算她没心没肺又怎么样呢，就算她什么都不放在心上又怎么样呢。只要她在他的身边，这样就足够了，不是吗？

是不是拥有的东西多了，人反而越来越贪婪了，他根本控制不住自己，他希望拥有更多，希望她的全部都是自己的。但这件事情之后，他才恍然意识到，她没有在身边的这一个多月里，他就像是被掏空了一样，行尸走肉。

程安安自然不知道短短的这么几分钟时间里，他的心思已经千回百转了。她微微侧头，把头枕在他的胸口，耳边就是他的心跳声，一下一下的，她突然就安心了下来："我刚才起来喝水，没看见你。"

她的声音轻轻柔柔的，一掐都能挤出水来一般。

他低头看去，她的眼睫微微颤着，手指握住他的手指，轻轻地摩挲着，一下一下："秦墨，不要跟我冷战不要跟我吵架了好不好……我以后不惹你生气了。"

程安安静静地伏在他身上，心头渐渐浮起某一种情绪，安宁可靠。她的心好像一下子就妥帖了。

久久没有听见他的回答，她抬头看他。

还没有看见，就被他的手遮住了眼睛，身子一轻，她已经被他拉了起来伏在他的身上。

她眼前一片漆黑，只有几缕光从他掌心的缝隙里透出来，伸手想去拨开，他却不让，只是凑过去吻她。

她却像是突然懂了什么，轻轻闭上眼。

到动情之处，秦墨的手往上移，却不料碰到她背上一处还未好的伤。程安安皱了皱眉，低哼了一声，一时不专心不小心就把秦墨的舌头咬了。

秦墨微微起身，安抚般轻轻地拍了拍她的背：“还疼吗？”

她黏黏糊糊地钩着他的脖子把头埋在他的脖颈边上，呜呜咽咽的，就是不说疼不疼，平白惹得他心里一股歉疚，软成了一汪池水。

秦墨见她现在没有半点的睡意，也不哄她去睡了，静静地抱在怀里片刻，才轻轻地晃了晃她：“安安，睡了吗？”

程安安哪里睡得着，只是闭着眼想事情而已，“唔”了一声，证明自己在听，又一动不动地趴在他的身上。

他抬手抚着她的长发，轻声说：“以后不会再发生这样的事了。”

他这句话包含的内容太大，她一时有些分辨不出他说的“这样的事”到底是指她摔下马的事情还是他故意冷落她和气她的事情。不过这些都不重要，她抱着他的手紧了一紧。

“秦墨，把灯关掉好不好？”她有话跟他说。

秦墨一晃眼，抬手去关一旁的落地台灯，收回手的时候隐隐看见她眼底一片水光。

整个房间都是黑漆漆的，之前怕她休息不好，每晚都把窗帘拉得厚厚实实的。现在他们躺在沙发上，除了彼此之间呼吸相闻之外，什么都看不见了。

程安安静默了好一会儿才说道：“我不闹脾气了，我们好好过日子。”

他的手下，她的身子微微颤着，惶惶不安。

他用力揽紧，低声却肯定地道：“好。”

她像是松了一口气一样，呼吸轻轻柔柔地在他的耳边响着：“秦墨，你好狠，你就真的不管不顾，理都不理我……”

她的声音微微颤着，听在他的耳里，就像是凌迟，让他的胸口蓦然一紧，心疼得不得了。

“你知不知道，我手机24小时都开机，我在等你电话，只要一秒，我都会原谅你的……可是你真的不管不顾。”她断断续续地说着，像是受了极大的委屈。

秦墨侧头在她的脸上亲了亲：“我错了，以后不敢了。”

她却不出声，只是低低地啜泣了起来。

他抬手去，适应了黑暗，他就能清晰地看清她，她微微仰着头，也在认真地看着他，手指也移了过来，一直在他的脸上兜兜转转。

秦墨这下是真的心软了：“不管你做什么，我都在你身边保驾护航。你什么都不用改变，我来适应你就好。”

柔情至此，连这样的承诺都对她说了。

她低头就一口咬在他的唇上，不是亲，就是一口一口轻轻咬着，吞咽着。

眼泪掉下来的时候砸在他的脸上，那微微的烫，让他措手不及，心底都疼惜了起来：“不哭了不哭了。”

他越哄她的眼泪越多，从刚开始的无声掉眼泪到现在咬着唇压抑着，他心疼地抬手去分开她的牙齿，不由分说就凑了上去，吻着她的唇。

隔日，程安安就嚷着住不下去了，要出院。

秦墨现在完全是她说一他绝对不会有二话，当下让林医生做了一个全身检查，确定没有问题了，带她出院。

门口一直聚集着大批的记者，自打程安安清醒过来，乔治发布了第一手消息之后，程安安就失去了音信一般，在大众面前彻底消失了一个多星期。

秦墨本来是和她一起的，但是前面的记者那么多，他临时又接到了公司的电话说是有一份加急的文件，就让乔治把人送回去。

程安安现在全身已经没有大碍了，只是身上青青紫紫的，看上去触目惊心。手上的伤口也已经结痂了，好在现在已经是秋天了，她一身白色的长衣长裤，脸上还架着一副墨镜，素颜出现。

阳光刺眼，她刚走出来，那群被拦在门外的记者眼尖看见了，纷纷涌过来。

程安安觉察到动静，临上保姆车之前，摘下墨镜，朝着记者飞了一吻，然后得意地上车离开。

这无疑是个好消息，影后伤愈归来。

保姆车驶到医院门口的时候彻底被记者围住，闪光灯一直不停地闪，她坐在车内都感觉到车外一股子夏日才有的热情。

车子被堵得连往前开一步都很困难。

乔治这才说道："不只是记者，还有你的粉丝，要不要出去打个招呼……"他揉了揉额角，对她有时候过分的人气还是有些头疼。

程安安脂粉未施，戴上了口罩和墨镜，示意乔治代为发言，她走个镜头就好。

毕竟，她现在还是很憔悴的……

乔治见她还不愿意出面，打开了车门，微微让开了一条道露出里面十足"病态"的"程黛玉"小姐："各位记者朋友，现在安安还不能接受采访，身子还是很虚弱，不过已经没有大碍了，谢谢大家的关心。"

他就这么一句，记者自然不愿意放人，一个记者跟打了鸡血一样问道："不知道能不能回答一下秦墨和安安之间到底是什么关系？"

这么问还是客气的，估计大家的目的也是在这里。他们堵了那么久，等的应该是秦墨而不是她吧。

秦墨当时在A市突然失控的视频现在网上铺天盖地，而且和程安安一起出现在A市转院治疗也是被拍到了的。虽然乔治一直搪塞两个人是朋友的关系，但是这点料怎么可能塞牙缝，怎么看都是激情满满的样子好不好！

就在乔治犹豫之间，人群又爆发出一句："我们只要真相。"

程安安推了推墨镜，对他们的咄咄逼人有些不耐烦，但是让她说她跟秦墨于不久前隐婚？这绝对不可能，她什么准备都没做好，这件事绝对不会公开。

乔治还在一边周旋，但是拥挤过来的记者还是丝毫没有让开的意思。

毕竟现在网上传言那么多，不管秦墨和她是什么关系，只要有一点奸情，那就是洋洋洒洒一整篇幅的头版报道。大腕的关注度高得超乎寻常。

众人见程安安还是不开口说话，就僵持着。

程安安看了看，也不是个事啊，医院的门卫和保安都已经挣扎着过来维持秩序了，但是一点作用都没有。

乔治皱了皱眉，打算继续僵持着等保安队的人过来支援。

程安安却突然扯下了口罩。

仿佛这个动作是什么暗示一样，人群顿时安静了下来，紧紧地凝视着程安安。

〔3〕

外面的阳光刺眼，她坐在车子里，摘下了口罩，只留墨镜遮住了半张略显苍白的脸。

程安安对记者媒体的态度，其实取决于她当天心情的好坏。

比如今天，她心情很不错，所以对着这些有时候像苍蝇一样“嗡嗡嗡”个不停的记者也勾起嘴角笑起来：“你们说的秦总是谁啊？”

她的声音轻轻柔柔的，像是多汁的蜜桃，一掐就能挤出水来一般。这甜蜜蜜软绵绵的声音听得站在冷气前的乔治一个激灵，浑身都颤了颤，鸡皮疙瘩掉落了一地。

程安安不动声色地白了他一眼，见记者群完全被震慑住了，不由得反思起来。她这句话有那么耸人听闻吗？一个个露出惊讶的表情，全部愣住了……

不过片刻，就有记者反应过来，瞬间把话题衍生了出去：“难不成还有好几个秦总吗？”

“这很难说啊。”她抿了抿嘴角，很认真地想了想，还装模作样地掰着手指数着，“广告界的秦总就有好几个了，演艺圈的秦总也有一个，这个姓氏不是很普遍吗？”

这下他们算是看出来了，程安安摆明了是拖延时间，哪里是真正地回答问题啊，当下，越发坚定地问：“请问程安安小姐，你跟秦墨是不是恋人关系？”

“不是。”她回答得斩钉截铁。算是夫妻关系了吧？

记者一阵错愕，但是两个人怎么看都是这层关系啊。不过从程安安的反应看来，两个人貌似的确不是这种关系，于是记者又开始纠结了：“那秦墨第一时间千里迢迢去X城看望你，你怎么解释呢？”

程安安索性把眼镜摘了下来，看着那个记者说道：“那时候我还在昏迷，我能解释什么？”

记者顿时被噎住了，为什么要误解她的意思！

乔治被雷得不清，敢跟媒体这样打太极的，估摸着也只有程安安了，这祖宗的胆子可是秦墨给的……

见调戏得差不多了，程安安也不多话，对着镜头笑了笑，说道：“我重伤初愈，还麻烦记者朋友们照顾一下。”

她讨饶的话出来，记者骚动了一下，这才渐渐归于平静。

“那安安你就回答一下你跟秦墨之间的关系吧。”

怎么又绕回来了呢？

程安安把墨镜戴回去，突然坏心眼地指着乔治座位上那捧秦墨送的鲜花说道：“如果你们非要知道，那我也没必要隐瞒。秦墨突然觉得我才是他最爱的人，所以他对我单方面旧情复燃，正在追求。”

众人一下把镜头全部转向那束长梗玫瑰花，对着这个劲爆的消息总算满意，这才往后撤离让开一条道来。

乔治吓得赶紧把车门关上。

“程安安……”他无力地喊她名字，顿时头疼了。

真是想到哪出来哪出！太敬业了。

程安安却是无所谓地抬手把口罩戴回去：“有什么，他会配合的。”

乔治并没有把程安安送到他们常住的公寓，反而是单独的一处别墅。

程安安站在门口看了片刻，随即又释然了，秦墨名下有很多房产，这套在“帝爵世家”里的别墅他倒是跟她提起过。那时候刚买下来，他本来是想让她搬过去住的。

程安安还记得那天好像她有点不顺心，一提到搬家就烦得用被子把自己包了个严严实实。她不喜欢大别墅，空空荡荡的，她一个人的时候就觉得特别孤单。但这些话她一直没跟他说，也不敢提，只是一味地拒绝他。

乔治见她发呆，开了门，把她的衣服拿进去：“秦总担心你被打扰休息不好，这里绝对隐秘，秦二爷就住在对面。”

程安安跟着走进去，别墅里还有一个保姆，见人来了，连忙迎了出来：“程小姐，你来啦。”

程安安点点头，微微笑了笑。

乔治倒是跟这个保姆挺熟的，对着她笑道：“张妈，你随意就好，安安很好相处的。”

张妈把东西接过去，提去二楼房间放好，程安安这才转头看他：“你认识？”

“嗯。秦总不住你那的时候都来这里，有时候我也过来，所以认识。”

程安安点点头，对张妈的存在也能接受了点。她是个占有欲很强的人，对于自己的地盘上出现不相熟的人总是会有点不自在。以前刚跟秦墨在一起的时候，他的屋子里总是有好几个保姆，还有管家。

后来时间长了，她还是不习惯，他就随着她的意思，把人都调到别的地方去，只留了管家在边上照顾着。所以那么多年下来，程安安跟管家的关系却是日渐亲厚。

程安安随意转了转。

这还是她第一次到这里来。

秦墨处理了公司的急件就回来了，见她正站在大厅里，换了鞋子就走了过去。

看见他来，程安安倒是很意外。

张妈正在厨房给她炖鸡蛋羹，听说她喜欢甜的。

姜汁和鸡蛋的香味很快就蔓延了开来，他来得正好，她就拖着他的手臂一起坐在厨房里等。

秦墨见她眼角眉梢都是笑意盎然的样子，不由得心情也好了起来：“你喜欢吃鸡蛋羹？”

程安安支着下巴看他，点了点头：“以前我妈妈常弄给我吃，有时候当早饭，有时候当夜宵。”她说起这些的时候，语气没有丝毫的不自然。

她自己也是一愣，随即笑眯眯地说：“我现在才发现接受一些以前我觉得怎么都不能接受的事情好像并没有那么困难。”

秦墨笑了笑，捏了捏她的下巴：“你愿意去面对，很多事情都不会很难。”

她似懂非懂，又想说些什么，张妈已经捧了鸡蛋羹出来了，见秦墨在这里，有点不好意思：“不知道秦总你要来，就只准备了程小姐的分量。”

秦墨摆摆手，并不在意：“没关系，她一个人吃不了那么多。”

程安安正挖了一口吹着气，听他这么自然地说，不由得微微红了脸。见张妈并不在意，只是笑了笑就往厨房里走，她这才娇嗔一般剜了他一眼：“我吃剩了也没说要给你吃啊。”

秦墨也懒得跟她废话，直接坐到她的旁边，见她吹凉了一口就要送进嘴里，握住她的手就往自己的嘴里送。

程安安没料到他会干脆过来跟她抢，瞪圆了眼：“秦墨！”

“嗯。”他眼角眉梢都是笑意，餍足地舔了舔嘴角，握住她的手在她的手背上亲了亲。

程安安只觉得手背一烫，忙缩了回去。

秦墨的情绪一向不外露，像今天这样倒是的确少见。

她搅着蛋羹，搅得一塌糊涂，这才垂着眼睫道：“秦墨，你今天很高兴？”

他“唔”了一声，微微俯过身子，接手被她搅得一塌糊涂的蛋羹，挖了一口吹了吹这才送进她的嘴里：“失而复得，我很高兴。”

她一愣，嘴里嚼着那蛋羹，觉得口腔里腻人的甜，那姜汁的辛辣都蔓延了开来，一直烧得她的心口都暖暖的。

晚上的时候，秦霜来串门，还带了一个小姑娘过来。

是程安安开的门，她一开门就看见那个姑娘笑盈盈地站在门口，叫她“安安姐”。

程安安一愣，随即看见站在她身后的秦霜正一脸的郁闷。他介绍：“这是苏清音。”

程安安眨了眨眼睛，还是想不起这是谁，估计也是第一次见面。

秦霜身边虽然女人不断，这却是唯一一次让程安安觉得顺眼的。

她冲着秦二爷挑了挑眉，暗示一般想从他脸上看出些什么来。

不过秦二爷傲娇得看都没看她一眼，径直就走进去了。

张妈的手艺不错，很合安安的胃口。

秦霜之前一直在出差，今天才回来，一回来就过来了，倒不知道这个小姑娘是怎么跟他一起的。

秦墨见到苏清音时倒是没什么意外，只是挑了挑眉，看了秦霜一眼。

程安安对这个姑娘挺有好感的。

苏清音长得眉清目秀，模样也好，气质更是出类拔萃，笑起来的时候露出两颗不是很明显的小虎牙，白白净净的脸看起来很是明媚。

程安安给她夹着菜，一句没一句地问着。

苏清音倒是显得很兴奋一样："安安姐，我刚从学校回来。我那边有好几个同学都好喜欢你，你等会儿能不能给我几张签名照让我带回去啊。"

苏清音声音清脆，一双眼睛亮汪汪的，表情生动得不得了，生怕她体会不了那种"喜欢"，还用手来表达，一个不小心拍到秦霜，吐了吐舌头。

秦霜对她的冒冒失失好像已经习惯了，瞪了她一眼："你是不会好好吃饭还是不会好好说话啊，要不要秦霜哥哥手把手教你什么叫食不言寝不语啊？"

苏清音不满地鼓起了嘴："关你什么事啊。"

秦霜气得拿筷子敲她："不关我的事？那你跟我过来蹭什么饭啊，你别忘了你以前都叫我什么的！"

苏清音白了他一眼，对他的虚张声势不以为意："你也说是以前了……"

秦墨好像对这样的情景见怪不怪了，给程安安夹了她喜欢吃的菜，抿着嘴角若有似无的笑得人心痒痒。

“清音，你什么时候回去？”秦墨问道。

“过两天吧。”她笑眯眯地看着程安安，“听说你刚刚出院，我这几天都有空，我过来陪你好不好？”

程安安倒是无所谓，见秦霜绷着张脸生怕她答应了一样，当下毫不犹豫地点了头：“行啊，秦墨说你住在大院，离这边也挺远，你过来的话让秦二爷接送好了。”

秦霜顿时苦了一张脸，真是怕什么来什么。

苏清音却咬着唇，一副欲言又止的样子：“会不会太麻烦了……”

程安安笑眯眯地看着秦霜，只看得他毛骨悚然。他终于点头答应：“行，我最闲了！”

苏清音顿时眯着眼就笑了起来，贼贼的，一脸奸计得逞的表情。

〔4〕

“帝爵世家”是市中的别墅区，闹中取静，交通也方便。

晚上，程安安巡视着自己的地盘。

秦墨双手环胸，跟在她的身后，看她一脸惊喜地在房间里走来走去，不由得眼底也浮出淡淡的笑意来：“以前送你一幢别墅也没见你这么开心。”

程安安噘了噘嘴：“今非昔比，怎么能放在一起比较。”

那时候她要想的是这个男人的心，想要踏足他所在的地盘，虽然他送了豪华的大别墅给她，她却并没有那么喜悦。

那时候的程安安也算是小富婆了，一栋别墅并不放在眼里。现在，这个别墅虽然不是给她的，却是属于他的地方。

一想到这一点，她就觉得很开心了。更别说，她此刻发现一点一滴全都是根据她住惯的公寓设计的喜悦。

她回过头，眸子在灯光下闪闪发亮：“秦墨，我很开心。”

她微微咬着下唇，说这句话时似乎有些忐忑地看着他，眼睛眨也不眨。

程安安在他面前从来没有那么认真地告诉过他，她喜欢什么讨厌什么。即使是喜欢，她也不会说，只会特别霸道地指着那东西，然后直接打包回家。如果是讨厌的，看都不会多看一眼，直接眼不见为净。

但是这个晚上，她那么认真地看着他，说她很开心。

他突然就有些不知所措，这个女人占据了他太多的心神，霸占了他太多的冷静和理智，让他不断沉沦！

所以，等程安安裹着浴巾露出还是青青紫紫的背时，他俯身在她背上轻轻地亲了亲，这才把她结结实实地揽进怀里抱着。

程安安却有些睡不着，扯着他的衬衫，有些好奇地追问：“苏清音到底是什么来头啊？”

秦墨想了想，组织了下语言说道：“她比秦霜小了五岁，打小就喜欢黏秦霜，你也看出点什么来了？”

程安安手指在他的纽扣上绕着圈，一脸的狡黠：“我总觉得小姑娘看秦二爷的眼神不一般啊，有内幕？”

他抬手握住她乱动的手，只觉得对她没了辙，时间已经不早，他把人揽在怀里抱得紧紧的：“清音不是说过来陪你吗，反正你闲得很，自己去挖掘？”

程安安这几天心情好得很，他不回答她，她也无所谓，只是笑眯眯地解开他衬衫的扣子把手伸了进去。

她的手指细白嫩滑，指尖若有似无地挑逗着他般。

秦墨抱了她一会儿，被她撩拨着怎么都静不下心来，按住她闭目养神。

他这段时间一直寸步不离，公司的事压得多，他今天处理了一下午已经有些累了。更何况，她身上还有伤，他顾念着，就始终不去碰她。

他眸色沉沉地看着她微微蹙眉的样子，目光一转转回她还青紫的背上，这才突然明白她今天的主动。

她是害怕身上那些，会成为她的瑕疵。

秦墨也不说话，只是俯低了身子安抚般在她背上细细密密地吻着，手指扣住她的腰不让她动，一点一点把吻痕遍布在那些伤痕上面。

他的手指扣住她的下巴，微微扭过来，他的唇覆上去，轻柔地吻着她："你在害怕什么？"

她呜咽了一声，却闭着眼不去看他："秦墨……"

他"嗯"了一声，扣住她的腰狠狠地贴近自己："不管你怎么样我都喜欢。"

她一愣，抬头去看他。

他却不再看她，蒙住了她的眼睛。

直到折腾得她连抬手的力气都没有，秦墨才抱着她去浴室冲澡。

这次他倒不像往常一样，随便淋一遍，反而在浴缸里放了水。等她昏昏沉沉地睡醒了些，一点一点咬着她的耳朵弄醒她。见她神志清醒了些，他转过身，轻柔地对她说："帮我擦擦背。"

程安安有些不情愿，不过还是在他转身的时候抹了泡沫要涂上去。

但就这一眼，她却顿住了。

她跟秦墨虽然维持着亲密关系，但只是看过他胸前的伤口，却不料这后背也是这样伤痕累累。

她的手一颤，手指覆上去的时候还有些发凉。她沉默着不说话，他也不问，就任由她帮他擦好背，正要转身，她却突然扑上来，紧紧地抱着他。

她明白他的意思，他知道她在嫌弃自己背后那些还没完全淡化的青紫，所以他把他的后背给她看，让她知道他的后背比她的还要狰狞，为了抚平她心上那微不足道的小介意。

美人在怀，他有些心不在焉，叫了几声都没听她回答，索性转过身，然后哑然失笑。

这样都能睡着。

程安安睡得并不熟，还惦记着苏清音说明天要过来，被秦墨裹着浴巾放到床上了，还念念不忘地叮嘱道："明天早点叫我……"

他在她的身旁躺了下来，小心地把她揽进怀里，半圈住，凑近她的唇边。

程安安还在自言自语，但感觉秦墨已经在身边躺了下来，顺手就抱住他偎得更紧了一些："秦墨，秦墨……"

他一愣，抬眼看去，她的眉目舒展，柔柔地躺在他的身侧，十足的依赖。

他的心一下子就变得暖暖的。

# 一线大腕 2

super star

北倾——著

百花洲文艺出版社
BAIHUAZHOU LITERATURE AND ART PRESS

**/第十三章/**

# 鱼和水，我和你

（1）

苏清音隔日一大早就过来了，与昨天不同的是，今天她带了一堆补品过来。

程安安站在楼梯上，看见苏清音脆生生地仰着脸叫她“安安姐，你快下来”时，微微一愣，有些不知所措地看向一旁的秦墨。

苏清音大概意识到自己这么大包小包往这里搬吓到程安安了，抓了抓头发，飞快地拿出一张清单递过去：“这是秦阿姨让我顺带拿过来的，这是我买的，这个是秦霜买的……我昨晚回去被爸爸教训了一顿，说我一点都不懂礼貌。”

程安安看了看这一堆的燕窝、虫草，扯着嘴角有些接受无能：“我不需要这些……”

苏清音怕的就是程安安拒绝，有些急了：“这些都是补的东西。”

程安安走下去，挽了小姑娘的手，笑眯眯地说：“你多来陪陪我，我开心了自然就好了。”说罢，又望着这些补品，有点头疼，“我收下了，回去帮我谢谢……”说到一半又觉得不对劲，微微皱了眉，抬头看向秦墨。

刚才苏清音提到的“秦阿姨”不出意外应该就是秦墨的母亲了。

秦墨却不以为意，把东西全部给张妈，让张妈拿下去：“过几天，我们一起回大院。”

他说得云淡风轻，说出口的时候还看了眼程安安，见她并没有什么表情，这才踢了一脚正瘫在沙发上装死的秦霜：“起来。”

秦霜一大早就当苦力去大院把人接了，又被扯着去当劳力买了这些东西，累得瘫在沙发上一动不动，被这么一踢才回神：“小怪兽，你赶紧回学校吧，你家的安安姐我来帮你陪，24小时全天候。”

程安安被他的表情逗笑，拉着苏清音坐下来用早饭。

秦墨今天要去公司，秦霜自然也走了。

程安安吃过饭就铺了瑜伽毯，见小姑娘颇有些好奇地有样学样，耐心地教她动作。

苏清音练了一会儿，就有些闲不住，靠在桌几旁边，看着程安安：“安安姐，墨哥哥对你很不错吧？”

程安安抬眸看了她一眼，舒展着身子往前倾了倾。

这高难度的动作让苏清音眼前一亮，顿时拍手叫好：“你身体的柔韧度真好。”

程安安却不以为意，看着苏清音只觉得这小姑娘合她眼缘极了，很是喜欢：“下午一起出去逛街吧，我这几天还没出过门呢。”

“好啊。”她弯了眸子笑，眼睛亮闪闪的。

吃过饭，程安安径直带着苏清音去了车库。

秦墨在这里有个地下车库，放了不少好车，她边走边看，见都是限量版的好车，不由得眼角抽了抽：“败家。”

苏清音艳羡不已，摸着一辆布加迪的跑车直流口水：“我们开这辆好不好，太拉风了。”

程安安自然没意见。

到商场的时候，苏清音还在喋喋不休地夸这辆跑车的性能。程安安开车开得稳，不像秦霜，一辆兰博基尼横冲直撞，让这姑娘一路都念着。

因为是奢侈品消费区，所以往来顾客极少。程安安压低了鸭舌帽，又戴上遮阳镜，还拿了口罩遮得严严实实的。

现在是特殊时期，自然要特殊对待。

逛了片刻，两人在吧台小坐。

苏清音吸着珍珠眯着眼一副惬意的神情，见程安安也喜欢喝奶茶，指着杯里的珍珠：“禽兽最讨厌看见黑珍珠了，他说瘆得慌，我就特别喜欢在他面前吸了珍珠吐出来。”

程安安见她常提起秦霜，心下几分了然：“你跟秦二爷的关系很好啊？”

秦霜排行老二，为人嚣张，所以外面的人都叫秦霜“二爷”。

程安安跟他打趣的时候也学别人一样叫他二爷，秦霜一般都是没意见的，但自打那一次……

程安安正跟秦墨和秦霜一起吃饭，秦墨嫌外面吵，也怕有人跟拍，就包了一个豪华大包下来。一个豪华大包里面只坐了三个人，怎么看怎么怪异。

程安安去上了一趟厕所，回来的时候门开着，里面正传来另外一个陌生的声音高谈论阔。

她走进去一看，是A市某官员，正坐在靠门口的位置跟秦墨和秦霜说着些什么工程。她听不懂，在座位上坐下来。

秦墨刚给程安安剥了一只虾，就听见秦霜“吭哧吭哧”捂着嘴笑得很是诡异。

程安安不解地看过去，秦霜还不知死活地看着秦墨笑得越发肆怀。程安安眉间一舒，带了三分试探，语气柔和：“秦霜，笑什么呢，这么好笑？”

程安安语气里的危险，稍加留意就能听得出来，偏生秦霜不自觉，他顺着就说了出来：“我大哥在家虾都不碰的，说是闲麻烦，现在居然给你吃一个剥一个……十足的妻奴啊。”

那时候秦墨和程安安还没有结婚。

秦墨似乎早就知道他要说什么，也没拦着，听完了也没什么不自然的表情，只是冷冷一瞥，秦霜就乖乖住嘴了。

程安安却是弯着眸子就笑了起来。

秦霜见程安安笑了，就不忌惮秦墨了，笑得越发夸张。

那官员笑了笑，圆场道：“秦总是先成家后立业，家里有温香软玉，自然要捧在心尖上。”

话说出来之后，越发让人尴尬了。

程安安微微垂了眼睫，脸色不是很好看，不过却是没有表现出来，只是推了秦墨的手，示意不用了。

于是，把人捧心尖上疼着的秦墨秦大爷就把秦二爷给迁怒了。

那官员却不知道这其中的激流暗涌，自得地说道：“二爷，刚说到哪儿了？”

程安安夹菜的手一顿，“扑哧”一声笑了出来，眼神晶亮晶亮的，看着秦霜，语气调侃：“秦二爷？”

秦霜神色不自然，刚被自家大哥摆了一道，正不爽呢。这女人非要字正腔圆地这般叫他，怎么听怎么不顺耳……

程安安知道了秦霜这绰号，就隔三岔五地喊他二爷，语气之认真，态度之诚恳，每每都是在他惹毛了她之后当着秦墨叫得那叫一个深情。

秦墨就飞着眼刀子凌迟他。久而久之，秦霜一看程安安那口型要出来，就吓得一身的鸡皮疙瘩，赶紧脚底抹油开溜。

其实程安安很无辜，她真的没别的意思，问秦墨：“为什么我一叫他秦二爷他就跑得那么快，话都没说完呢。”

秦墨扯着嘴角冷笑：“那你不如天天叫我秦大爷好了，要什么大爷满足你。”

程安安不屑地“嗤”了一声：“秦大爷哪有秦二爷咬字咬得好玩啊，这名字谁给秦霜取的啊，太符合他了。”

秦墨不悦地扬了扬眉，扣住她的下巴，问道：“怎么说？”

程安安见秦墨一直不理解精髓所在，不禁气闷地解释：“二啊！”

秦二爷生平最傲娇了，偏生在他们面前喜欢彰显本色，二得要死。导致他后来再大的成就摆在程安安面前都树立不了他的形象。就算他西装笔挺，一脸严肃，程安安都能沿着衣服的线头找到他“二”的本源……哪里还有什么形象可言。

秦墨听她这么一说，也笑了起来，嘴角微扬，也开始偶尔叫秦霜二爷。这一叫不打紧，倒是秦霜，不敢胡来了。

这称呼什么的，谁取的！

苏清音一向是叫秦霜“禽兽”的，但听着程安安叫二爷也没什么硌硬，立刻说道：“谁跟他的关系好啊！整个就一禽兽。”

程安安笑意盎然：“我还真没听谁敢叫他禽兽，记得当初他不喜欢二爷这个称呼的时候，把第一个这样叫他的人打成骨折送进医院了……”说罢，眼神在她身上巡了一圈，“他倒是怜香惜玉，没把你胳膊卸了。”

这话说得苏清音浑身一颤，只觉得这里的冷气太重，硬生生觉得寒意四溅：“真的？”

自然是假的。

秦二爷遵纪守法，哪敢在老爷子的眼皮子底下惹事，不过这人的确是他送进医院去的。他恨得牙痒痒，总不能让他憋着一口恶气不出吧，那多累人啊。

程安安此刻却起了坏心思，一脸郑重地点了点头：“秦二爷很凶的。”

苏清音这下脸色都有些发白了："不会吧，我刚早上还对他又踢又打的，他万一报复我怎么办啊？"

小姑娘上了钩，让程安安失笑，她安抚地拍了拍小姑娘的肩膀，忍笑说道："没事，我给你撑腰，他绝对不敢动你的。"

苏清音眼神在她脸上转了一圈，郑重地点点头："那我能不能想打他就打他啊？"

程安安笑得更欢乐，绷着脸点点头："可以啊，他敢欺负你就告诉我，我打得他连他亲妈都不认识。"

苏清音虽然没有那么好糊弄，不过程安安既然这么说了，她就笑眯眯地点了头："好啊。"

由于程安安的错误引导，在日后很久一段时间，都使得秦二爷不能翻身农奴把歌唱……

〔2〕

等从吧台出来，时间还早，商场已经逛了一半。她们从一楼一路逛到三楼，战利品虽然没有多少，心情却不错。

等到下午两点，程安安才想起来忘记跟秦墨说一声了。

秦墨正在公司开紧急会议，会议室里一片低气压，他皱着眉刚打算训人，程安安就来了电话。

他满脸的戾气瞬间敛起，暂停了会议，接起电话。在座的高管其实也见怪不怪了，他不许他们开会时接电话，他倒是自己带头不遵守，手机就放桌上开着振动模式。

于是，偶尔开会的时候，正说到精彩处，只听见"嗡嗡嗡"的声音。

众人神色各异却整齐划一地把头抬向前方看着秦大boss，偏这秦大boss脸色不变，理所当然地接起电话就是一连串的"随便你，喜欢就好，注意休息……"让人惊悚的词。

曾有一次会议结束之后，一名员工抱怨："大boss让我们开会的时候关机，他自己却不遵守，电话一来就接起来，每次都打断会议。”

谁知，秦墨就站在他身后，当下就冷冷地说：“你有意见？”

那员工隔日就生病住院了……

而秦大boss在完美诠释了“只许州官放火，不许百姓点灯”之后，丝毫没有收敛的趋势。

程安安正被苏清音挽着，随意地逛着。

这家的衣服倒是挺合她的口味的，她边夹着手机，边翻动着衣架，眉目间顾盼生辉。

苏清音站在程安安旁边，正提着一件嫩黄色的长袖让程安安给点意见，一抬头就看见她眉飞色舞的表情，顿时一愣。

一个女人好看到让同性只能羡慕却连半丝亵渎和嫉妒都生不起来，那得有多漂亮啊。

苏清音这边悄悄地在心里惊叹，程安安那边却是一个不经意的抬眸，然后就顿住了……

站在苏清音旁边的导购小姐正笑眯眯地给她介绍着，察觉到对面的视线，一抬眼看过去又很快低敛了眉目。

程安安全副武装，连打电话的时候都没把口罩摘下来，秦墨那边听起来就是夹带着“呜呜咽咽”的杂音。

她这一顿，他几乎是敏锐地感觉到有状况发生。他皱了皱眉，柔声问她：“怎么了？”

程安安回过神，弯着唇笑了起来：“没事，晚上你来接我，我们在外面吃。”

她不说，他也不问，只是眉间一直紧皱着：“好。你等会儿好了给我打电话。”

程安安正打算挂电话，随即一想，却道：“你忙好了直接过来吧，我这边差不多了。”

苏清音拿了衣服去试，程安安就在门口等着。那导购员估计也知道程安安的身份不一般，眸子一直往她这边扫，探究般地看来看去。

程安安也没必要怕她，她看过来自己就干干脆脆对视过去。

这么几次之后，那导购员也识趣了许多，盯着自个儿的脚尖不再去看程安安了。

苏清音对这身衣服挺满意的，穿着出来就蹦到了程安安面前：“安安姐，怎么样？”

程安安注意到那导购员身子一颤，然后犀利的眼神就扫了过来。

苏清音似乎也察觉到这道杀气十足的视线，回头去看，见那导购员眼神不善，也是皱了皱眉。

“程安安？”那导购员咬着牙，一字一句无比清晰地叫出她的名字。

程安安也干干脆脆地把口罩和眼镜摘了下来。

“楚遥遥。”程安安红唇轻启，吐出的名字也是轻飘飘，不屑一顾。

这算是仇人见面分外眼红?

那天，程安安虽然发了狠把人当众侮辱了一顿，话说得也狠，但实际上并没有采取行动。

所有人都“目睹”了程安安的手链进了楚遥遥的小包里，不管是真是假，楚遥遥的人品搁在那儿，本就不讨人喜欢。

安国栋回去之后就把楚遥遥开除了，楚遥遥彻底在娱乐圈消失。

程安安只怕秦墨那边的人会照着她的话去做，暗地里留意了一下，这才知道秦墨早就知道她那些话是言不由衷，并没有拿楚遥遥怎么样。

楚遥遥只是被赶出了娱乐圈。

此刻，楚遥遥看着她的那双眼里带着十足的恨意。

程安安扫了楚遥遥一眼，实在是对这种失去一切的弱者没什么兴趣。她转头看着苏清音，见苏清音这一身嫩黄穿在身上衬得肤色雪白，明眸皓齿的，当下满意地点点头：“这件包起来，刷卡。”然后从包里抽出秦墨的卡就递给了楚遥遥，见楚遥遥一直不接，抬了抬手，一脸无辜，“这就是你的服务态度？”

楚遥遥忍了又忍，这才接过卡去刷了。

看这一来一回的，苏清音扯着衣服有些不知所措：“呃，怎么是安安姐你付钱呢。”

程安安却笑眯眯地说：“见面礼啊。”

苏清音也爽快，不再推托，衣服直接穿在身上。

别的店员见程安安摘了墨镜和口罩露出一张精致的素颜来，都有些激动得不知所措，推推搡搡的，没过多久就鼓起勇气过来要签名。

程安安也是来者不拒，接过笔干干脆脆地就把这些店员需要的签名要求都满足了。等了片刻，见楚遥遥还在刷卡，她有些不耐烦：“好了没有？”

楚遥遥冷着脸，把卡递了过来：“不好意思，这张卡刷不了。”

苏清音怕程安安尴尬，忙拿了卡要递过去，被程安安一把按住。

程安安嘴角微微勾起，干干脆脆从包里把卡都拿了出来，全部压在柜台上面，甚至脸色比楚遥遥更冷，一字一顿：“那就全部来一遍，慢慢刷。”

就算再迟钝的人也看出了这里面的硝烟味十足，刚要到签名还和程安安合影了的店长连忙白着脸把程安安第一次递过来的卡重新拿了过去：“请您稍等片刻，我们再刷一遍，大概是机器故障。”又转头对楚遥遥说，“你还不快去倒杯水来。”

程安安盯着楚遥遥笑了笑，慢条斯理地把卡全部收了回去：“没关系，这里的卡都不能用的话，我打电话叫墨再送些过来。”

她叫得亲热，也不避讳，这话看似是对店长说的，眼睛却紧紧盯着楚遥遥。

苏清音看出端倪，道：“安安姐，怕是你那些卡都拿出来的话，我们要在这里过夜了。”

小姑娘这句话看似中肯，却比程安安说的还嚣张。一句话出来，已然让楚遥遥脸色发白，那店长也是一颤，冷汗直冒。

程安安见楚遥遥去倒水了，安抚般看了店长一眼，道：“没关系，你慢慢来，如果不行我有现金。”

楚遥遥端了水过来，见程安安坐在沙发上，把一次性水杯重重地往她面前一放。那热水溅出来，滴在她的腿上，烫得她眉一皱，堪堪忍住才没发作。

苏清音却忍不了，霍地站起来：“你怎么回事，是不是故意的啊。”

程安安也不拉苏清音，任由她发难，只直勾勾地盯着楚遥遥，默不作声。

苏清音从小娇生惯养，虽然没养出大小姐脾气来，但脾气一上来还是能给人几分颜色的。

那神色也不知道是像谁，生气的时候看起来倒还真有几分威慑力。

等楚遥遥被训了个遍，店长也刷好了卡递过来忙着赔罪，程安安这才站起身来，声音冷清地对楚遥遥说：“没有谁对不起你，你今天到这一步全部都是你咎由自取。你还想怪我？迁怒我……那更没有什么好下场。”

楚遥遥冷哼一声：“如果不是你，我才不会沦落到今天这样。我早就披云挂彩，成为宠儿了。”

“你还当真以为你自己是块宝？”程安安冷笑一声，扫了她一眼，言辞终于不再留情，“既然你怪我，行，那你说，那天晚宴你被我发难的时候别人都在做什么？”

见楚遥遥脸色更白了一些，她语气缓了缓：“你对我一点威胁也没有，我没必要在这里跟你废话，你自己见好就收，知足常乐吧。”

话音刚落，门口传来另一个声音。

“再有什么不好的心思，谁都救不了你。”秦墨信步走了过来，见程安安看了过来，这才走近虚虚环住她的肩膀，“走了？”

秦霜也来了，正甩着车钥匙靠在门边看着，见这边貌似在掐架才来了兴趣，过来一看，脸色也是一变：“怎么还是你啊。”

程安安扯了扯秦墨的袖子：“走吧，没必要。”楚遥遥已经不再是当初能在她面前耍手段的人了。

这个女人，以一种很极端的方式自食恶果，永无翻身之日。眼看着人都走到了门边，楚遥遥突然喊道：“程安安，你也嚣张不了多久了。”

秦墨蹙眉，有些不悦。程安安却连停顿都没有，仿佛根本没有听见，快步走了出去。

〔3〕

几日后，苏清音回学校了。

程安安身上的青紫也全部消退了，白白嫩嫩的，皮肤比起之前还光滑白皙。

离那日去商场已经过了一个星期，秦墨问过几句后，也没放在心上。

这日，程安安正窝在电视前百无聊赖地看着节目，门口传来一声轻响，她回头去看，就见最近一直早出晚归的秦墨回来了，她眼睛一亮，赤着脚就跑了过去。

他手里还拿着一个纸袋，见她扑过来，面上不由得也带了几分笑意，把人一搂，扣在腰上一提让她光着的脚丫踩在他的鞋子上，抱着她往回走。

张妈还在厨房给她弄下午茶甜点，这几日苏清音都过来，所以张妈一直准备着糕点。

程安安打量着他手里拿着的鸭骨，那香味让她瞬间饥肠辘辘。

秦墨见了，干脆就把鸭骨递了过去，看她笑得眉眼弯弯的，不由得眼角也染了笑意。

“听乔治说晚上带你走个过场？”他问。

程安安身体好了之后一直没有露面，X城暂时也不去，所以乔治干脆带她去个聚会，起码让圈内的人知道她已经恢复了。秦墨对这些一直没意见，这次却是多问了一句。

程安安这些年一直被他保护得很好，如今他却觉得她是该去看看这个圈子里黑暗的一面。

程安安不知道他打的是什么主意，笑眯眯地点了点头：“是啊，好多人去呢。”

秦墨听出她语气里的期待，略一沉默：“我晚点也过去。”

程安安正吮着手指，闻言抬头看他，见他神色并没有什么不同的地方，这才眉角一舒，道：“好啊。”语气却有些不一样了。

程安安早年跟秦墨在一起的时候生怕他一时厌倦就把她踢了，所以谨言慎行，他不喜欢的她就不做，一有点风吹草动都能吓得她汗毛直竖。久而久之，她就学会了看人脸色、听人语气来判断他的心理。秦墨一有点不对，她都知道得一清二楚。

想到这里，手里这包鸭骨就有点食不知味了，她正想问他，张妈就端了甜点放到面前的茶几上：“程小姐最喜欢吃的玫瑰糕点。”

秦墨索性把程安安抱到了自己的腿上，捏了一小块喂她。

程安安被这么一打岔，就索性不问了。

晚上，乔治来接程安安的时候，见她清汤挂面穿了休闲服走出来，额角顿时流了一排的冷汗。

“还好我把东西带齐了。”

其实这种站在圈子顶端的人聚会并没有想象中的那么奢华。不过程安安还是换了一套衣服，化了淡妆，让她的眉眼越发精致。

聚会就在海边的一家酒店里，今天主办这个聚会的是来A市办全国巡回演唱会的实力大将——姜维，出道十年，一直在歌坛屹立不倒。

程安安和他有点小交情，所以他一通过乔治邀请，她就答应了下来。她来得有些晚，酒店的房间里已经聚了不少的人，唱歌的唱歌，玩骰子的玩骰子。

乔治与这里格格不入，把人送到了，就退了出去。

程安安巡了一圈，见认识的就那么几个，其余的都不甚熟悉，也没有丝毫的不自在。在角落小坐了片刻，她才看见姜维搂着一个女人从一个房间出来。

他一眼就看见了程安安，抛下那女人就走过来跟她打招呼：“我还以为你今晚不来了。迟到了，罚酒！”

程安安眉目一转，一眼扫去，房间里还聚了零零散散的一堆人，正纠缠着，起码有两对。

姜维见她目光停留在那边，不由得促狭地挤了挤眼：“要不要一起玩？”

程安安一皱眉，这次很爽快，直接把酒灌了下去：“喝光了。”这句话避开了他刚才的问题，间接地拒绝了。

姜维眼底的失望一闪而过，在她边上坐了下来：“听说你之前坠马了，看你现在这样春光满面的，应该还不错。”

程安安其实是讨厌姜维身上这股子痞气的，但他不拘小节，以前还几次提携过她，自然也不好拂了他的面子。

她盈盈一笑：“伤筋动骨的可不是要好好滋补吗？馋了？我让我家保姆给你煲点壮阳补肾的汤？”

她一句话似打太极一般，让姜维有火都没处发。

圈子里都知道姜维对程安安有点意思，现在又看见他腻在她身旁，自然没人来打扰。

程安安嫌他说话没有内涵，无聊透了，拿着手机开始刷微博。她受伤那段时间，微博都要被转疯了，处处都是祈愿安好，没处讨好她的都这时候眼巴巴地晃着尾巴给她又是祈祷又是送花的，却不知道她压根没看上一眼。

等了片刻，这个场子就热了起来。

程安安坐在角落，也不主动攀谈，过来纯粹就是证明自己好得很，让那些闻风而动的人都死了心，另外也是给姜维面子。

程安安很少出现在私人聚会上，即使出现了，一般熬不到场子结束就会有人来接，往往不能尽兴。今天来了，自然是没有让她半途退场的道理。

姜维干脆把她拉过去赌牌，那落地灯的光线灼热得很。见她过来，一女的叼着烟就把位置让了出来："安安来了啊，来玩一局试试手气。"

程安安冷淡地看了对方一眼，脑子里一点都想不起来对方是谁，索性连客套都免了，直接坐下去。

赌牌她其实并不会，只是懒懒地拿了赌注，姜维说什么便是什么。她不沾这些，秦墨也不让碰，偶尔遇见场子需要，也会去坐一回庄。秦墨在的时候她输不了，秦墨不在的时候有些人看她脸色，她也输不了多少。

今天她懒洋洋的，显然不是很配合。

几个男人围着这个桌子一边叫好一边搂着模特，垂涎的却是程安安。姜维也是越靠越近，她闲烦，还没打完呢，就把牌一扔，皱着眉道："我去上个厕所。"

刚才让位的女的就跟找到契机了一样："我带你去，在房间的另一边。"

程安安也无所谓，跟着她就过去了。

等她出来，沙发这边的人已经玩high了。

姜维的场子向来就乱，什么牛鬼蛇神都有。

程安安就像是事不关己的旁观者，冷冷清清地站在一边，一时情绪复杂。

姜维见状，凑上去拉她。

程安安只觉得他拉着自己的手烫得厉害，见他那眼神就知道他也醉过头了，当下一个激灵把他甩开了，皱着眉拿了手机拨乔治的电话。

乔治一直就在隔壁，接了电话也不问，直接走了进去。见姜维已经把程安安半搂着了，他眉一皱，过去就把人拨开：“姜先生，安安临时有事先走了，下次来A市请你吃饭一定要赏脸啊。”

姜维神志一直保持亢奋，见程安安要走，说什么都要把人拦着。

程安安冷眼看了片刻，这才上前一步道：“姜维，我有事先走了。”

姜维皱了皱眉，手又要缠上来：“大半夜的能有什么事啊，还不是陪人呢，看你平日里多清高呢……”

此话一出，周围都静了静。

程安安也不觉得难堪，只是面色越发冷了：“姜维，你现在说的我就当没听见。”

姜维却有些不屑：“说你胖你还喘上了，陪谁去啊，不如陪我，要多少直说！”

程安安眯了眯眼，一肚子的怒气，但那么多双眼睛盯着，她也只是冷若冰霜地看他在那边说着不好听的话，见时间已经过十点了，这才打断道：“说完了吧？说完我就走了，今天的事就算了，再听见一次我们之间也别谈什么了。”

她说得果断，还是顾着他面子的。

周围人一看程安安不是个善茬，话又说得那么清晰凌厉，想着秦墨这号人物，都知趣地走远了些。

秦墨也在这家酒店，九点多的时候就给她发信息说过了。

她此刻被姜维一直缠着脱不开身，这下也恼了，一把甩开他的手就要走。

姜维是彻底丧失理智了，平日里他不敢说的话现在都说了出来：“还不是个臭婊子，还给老子装清高。爷要不是对你感兴趣，想把你睡了炫耀炫耀，我为什么陪你做戏啊！”

场子里本来乱哄哄的，此刻也冷了下来，只见刚转身走了几步的程安安突然停下来，一转头看过来，气势凌人。

她走近几步，眉间微皱，仅仅只是这样，就让人凭空多了一股子的压力，喘不过气来。她看着这张俊脸片刻，这才抬起手指捏住他的脸仔细地看了看，冷笑道：“还真没有敢当着我的面这样说的。”

姜维浑身一颤，有些清醒过来，脸色顿时不好看了起来。

程安安见他清醒了些，这才冷睨着他，又道：“你胆子倒是不小，凭着我给你的脸不当脸是吧？”

姜维这下知道怕了，脸色越发铁青，被程安安那气势给吓得连讨饶的话都说不出来。

程安安见他那㞞样，越发嗤之以鼻：“既然给你脸不要脸，我也用不着客气。你都说之前怎么帮衬着我，没有你我还能怎么着了不成？还是姜先生一向那么热心，人还没睡到就开始牵针引线了？”

她的脸色越发冷：“你以为你那些唱片的销量怎么来的，还真是忘恩负义。”说到这里，她似乎还不解气，直接道，“我看姜先生出道十年也不早了，巡回演唱完了之后也该休养休养了。”

这话一出，姜维知道自己彻底死定了，忙双腿一弯跪下了：“安安，你别怪我，我神志不清……”

程安安却没丝毫快感，腿一蹬，直接把人踢开了转身就走。

姜维不知道她是什么意思，心底没底，脸色越发难看了。

〔4〕

秦墨就在拐角的楼梯等着，身后跟了几个黑衣保镖，像是等了有一会儿了。

程安安脸色不好地走出来。

一眼看见他，她面色缓了缓。

走廊铺了厚厚的红毯，她高跟鞋踩着都没发出一点声音。连灯光都柔和得像是特意熏染过的，她一路看着走过来，心却一点一点地软下来。

秦墨早就知道她过来了，当下伸出手来：“怎么脸色那么不好看。”

程安安一早就觉得秦墨今天不对劲，看他那么晚还带了几个保镖，越发肯定自己心中的想法，脸色怎么都好看不起来。

酒店的餐饮区已经布置好了夜宵，秦墨径直带着她往专门的包厢走去。菜色都是她喜欢的，见她落了座，这才递了筷子过去给她。

“有什么想问的等吃完了再问。”

程安安见他也不遮掩，心情这才舒缓了些。

等她吃饱喝足，她又懒洋洋地眯了眼，被秦墨带回去的时候还不甘心地咬着他呜咽着：“你就是故意的。”

秦墨弯了嘴角笑，刮着她的鼻尖：“我只是想让你看看这个圈子其他的样子。”

程安安也笑，手脚并用地爬到他的身上缠得紧紧的：“其实你是想告诉我你有多厉害，没有你我就是纸老虎，对不对。”

这才是你的本意，让我看见这个圈子里我拥有你才拥有的半寸光明。

秦墨没承认也没否认，只是抱得她紧了些：“你不用顾忌什么，我说会适应你就能做到。明天想回去X城就回去吧，不是想告诉你别的，只是让你知道……”

他一顿，看着她的眼睛，认真地道：“你在的这个地方有我，谁都奈何不了你。你又何须有顾忌，我自愿宠你上天入地，你只管无往不胜。”

程安安一时看得痴了，见他眉目间都是柔和，不由得抬手抚着他的眉眼，一点一点，就像那日半夜醒来看见他睡在沙发上时一样。

像是从未仔细看过他一样，她眼神执拗认真：“我以为你想逼我离开这个圈子，以为你为了警醒我你对于我是什么样主宰一切的存在。”

秦墨拉下她的手凑到唇边吻了吻，微风拂过，撩起她的碎发吹在他的鼻尖，他低低地笑出声来：“最近我太纵容你了？”

程安安对这种温馨甚至有些暧昧的气氛完全招架不了，赶紧打蛇随棍上，在他怀里扭了扭，蹭着他的肩膀意识就微微沉了下去。

被秦墨抱回房间的时候，她迷迷糊糊间，听他说：“什么时候回大院一趟吧？”

他大概是知道她还听得见的吧？

程安安并不想回去，先不说那里是机关大院，就因为秦墨的家人都在里面她才踌躇着不想进去。所以昨晚秦墨做了那么多、说了那么多，无非也就是想告诉她，是时候陪他回去了。

这种感觉其实并不糟糕，秦墨直白地告诉她她已经是他的人了，所以这才以这种方式提醒她，作为家人，你也该迈出一步。

不过早上一醒来，见秦墨面色无异，也没提起，她就干脆当作没听见，反正现在她还没有做好准备。

程安安开始恢复了工作，姜维那场子被程安安一脚踢了的事情已经传遍了娱乐圈，甚至还有圈内人利用其他手段开始爆料。

程安安倒是无所谓，记者一般是不会不知趣问这些的，他们也知道规则，顶多问一句“你跟姜维闹不和了”。

通常这时候，程安安就当作没听见，无辜地看着那记者：“啊？什么？”

乔治再上来适时挡一下，每次都是不了了之的。但如果问的人变成了苏谦诚和陈欣时，她又是另外一副表情了。

“姜维啊。”她冷冷一眯眼，也不知道外面是怎么说的，不过姜维那些话肯定有人听了去，不过讲好讲坏没人干涉罢了。

“就那样呗。”她无所谓地一摊手。

苏谦诚见她懒洋洋地架着眼镜，悠闲得跟度假一样，不满了：“你身体好了也不回剧组，你迟来一天我得损失多少啊。”

程安安却不以为意：“你又没催我。”

苏谦诚：“……”

好吧，但是谁知道你已经康复了啊！

程安安重新出现在公众面前，由于养伤期间所有通告改期的改期，推掉的推掉，以至于上个星期她还闲得发霉，这个星期基本上忙得没空休息。

秦墨这段时间却突然闲了下来，偶尔下午有空送她去通告，然后在旁边陪同。自打秦墨那次在机场失控之后，所谓的“墨安恋”也被公众认为浮出水面。

网上声讨程安安的也好，看好的不看好的都有，但还是不看好的居多。

现在看起来程安安的身份和秦墨的匹配，但两个人好歹是老板和员工的关系，这一层的金钱利益就已经有了舆论压力。再说，秦墨的背景强大，而程安安无非就被渲染成了傍大款嫁豪门的拜金女。

程安安对这些虽嗤之以鼻，心里却越发打鼓，不敢公开和秦墨之间的关系。

秦墨倒是没说什么，只是她当初在保姆车上惊人的一句“他在追求我”，着实让他呛到了。

他索性把这罪名给坐实了，一有空就寸步不离，亲力亲为，无微不至。

程安安虽然有些顾忌，但享受起来却是肆无忌惮。

现在程安安正定好了妆，跟陈欣、苏谦诚、康馨一起为之前的那部职场剧上个访谈节目。

秦墨就坐在前排贵宾椅上，旁边就是节目导演，正压低了声音交谈着什么。

程安安却有些不自在，她虽然一向是刀枪不入的，但秦墨这么直直看着她，那目光灼灼，她瞬间就坦然不了了……

主持人是在主持界的老马了，对调动观众的情绪驾轻就熟，轻而易举。不过片刻，在苏谦诚唱了主题曲之后，场上的气氛就已经很热烈了。

在娱乐圈里，其实地位在某种程度上都是决定了一切的，就像现在，整个场面基本上都是以程安安和苏谦诚为主，陈欣和康馨这边几乎都是一笔带过照顾一下情绪而已。

见场面都热闹了起来，主持人话锋一转，直接对准了程安安：“前段时间安安从马上摔下来，我们都很担心，现在看见你安好地坐在这里我们终于都能放下心来。不知道刚出事的时候，安安是在想些什么？”

见话题终于提到了这里，程安安的笑意顿了顿，这才一捋长发，说道：“那时候就想着减轻伤害，演员拍戏的过程中受伤是很平常的事情，那次的事情只能说是一个意外。”

主持人经验老到，自然是不会被她虚晃一招避过去，当下乘胜追击：“那有没有下意识想到的人啊什么的……”

程安安老实地点点头，表情认真：“有。”

她感觉到观众席上猛然爆发出一股热烈的喝彩声，低低地笑了笑，转眼看向坐在贵宾席隐在摄影机下面即使低调也足以吸引人的身影。

她微微翘了嘴角，看着他的眼神也柔和了下来：“那时候很疼，骨头都散架了，但是有时候本能地就会想念一个人。他不在你的身边，但是很多时候他总是出现在你最需要他的时候，我身边有这么一个人……”

她说得认真，话音一落，观众席上也开始参差不齐地响起两个声音：“苏谦诚，秦墨。”

她淡淡一笑，把长发别到脑后：“苏谦诚吗？我是想着他的啊，我那时候想哪儿找来的马啊，跟他一样坏脾气。”

她轻轻松松就给自己解了围，笑意满满。

苏谦诚却是无奈地看了程安安一眼，为自己辩解：“我跟安安合作了那么久，这次这部职场《风卷残云》其实是头一次看见她饰演雷厉风行的职场精英，几乎是本色出演，够泼辣。”

访谈轻轻松松的，主持人这边问了这个问题之后倒是没提别的尴尬的问题，更没提到这里本该出现的“楚遥遥”。

节目即将结束时，程安安却在这片耀眼的灯光里陷入了沉沉的思绪里。

此刻的这一切好像都跟做梦一样，自从从马上摔下来之后，她觉得所有的隐患都没有了。她的身边有秦墨，还有这些姑且能算朋友的工作伙伴，似乎所有的一切都步上了正轨。

但就是这样，她反而有了一股不真实的感觉。好像置身在梦境里，一切都是自己幻想中的样子，醒来她会发现其实是她摔下马之后昏迷了好久。她在冰冷的病房里醒来，看见的——只是一堵白墙。

所有人，都会离她而去。

她转头看向台下的秦墨。

他似乎是感受到了她情绪的波动，直直地看着她，微抿着嘴角，黑眸深邃。

她朝他笑了笑，转回头，却正好撞见苏谦诚若有所思的目光。

程安安却很快转移了目标，淡淡地笑开。

她最落魄的时候，是他在身边。

她最成功的时候，还是他在身边。

/第十四章/

# 细水长流，安之若素

（1）

陈欣被程安安叫出来的时候，还有些打瞌睡。

程安安却不管这些，反正人出来陪她了就行。

陈欣最近忙得晕头转向的，今天下午好不容易档期空出来，程安安却一个电话把她从被窝里叫了出来。

程安安正来回翻着桌上放着的照片。

陈欣见她在挑礼服，来了精神：“你还缺衣服？随便让人送来都是拿得出手的高档货吧？”

她可是研究过程安安身上的礼服的，无论何种风格的，细数下来全部都是名家出手，价值不菲。哪像她们完全就靠赞助，实在不行就靠男人，真自己花钱去买的其实很少。

提到秦墨，程安安眉角一挑，却没有别的反应。

陈欣跟程安安处的时间久了，自然摸透了程安安的性子，这回左右没看见秦大boss的身影不由得好奇起来：“你的护花使者呢？”

程安安正看着手中的照片出神，此刻被她这么一问，懒洋洋地往后靠在椅背上：“他前几天接了一单大生意，忙着呢。”

自打那晚访谈之后，她还没时间好好跟秦墨谈谈呢，他隔日一大早就去了公司，接着这几天都是早出晚归。早上她醒了他已经准备出门了，晚上她睡熟了，他才醉醺醺地回来。

后来一问，他就说是公司里接了一个大单，亲自去“接客”了。

程安安倒无所谓，她本来就不是黏着男人的人，他有事她从来不会缠着他。

陈欣随手翻了翻，总觉得程安安穿这些味道不够：“你要不要看看别家的，这里的……”

话还没说完，楼下就传来了一阵声音，程安安低了头去看，一眼就对上了沈苑的眸子，两人都是一愣。

陈欣显然也看见了，不过沈苑却是个不好缠的主儿，当下脖子一缩，当隐形人去了。

程安安也无所谓，耐心地继续看。

她刚知道自己被提名了典娜电影节，一个人在家待着无聊，便拉了陈欣出来一起挑礼服。主要就是无聊，因为她的礼服一般都是专人送来的，秦墨那边的柜子空出了她的衣柜来，专门一个衣柜就是放礼服的。

见沈苑进来，她便越发兴趣缺缺了。

沈苑看见程安安在这里，兴致也没了，当下眼一抬，问道：“怎么还有别人在这儿啊，我包场，把人赶出去吧。”

程安安却没听见一般，手指夹着那些照片，细细地看着。

沈苑就是说给程安安听的，奈何程安安耐得住性子，偏生是一点反应都没有，沈苑不由得恼了：“我都说包场了，你们经理呢！”

程安安这才懒洋洋地看了看沈苑，扬声道：“包场？开个价吧，这里我要了。”

陈欣一愣，只有土财主才敢说这么暴发户的话，程安安又一次刷新了她的世界观。

沈苑也是一愣，随即怒气大涨：“生怕别人不知道你靠男人吃饭吗，小贱人。”

沈苑平日虽然讨厌程安安但不至于这样说话，想必这次为了广告梁子又结大了。

程安安低头看了看楼下横眉竖目的沈苑，眉头微微皱起，说道：“沈小姐，话不能乱说。我不介意不代表别人不会搬弄是非，误会了你的意思可怎么是好？”

程安安说话不紧不慢，比起沈苑的气急败坏，她显得云淡风轻多了，自有一股气质。

沈苑却不买她的账：“少装得一副白莲花样，不就是靠着……”

话还未说完，程安安站起身来，直接道：“在这里看见沈小姐这样的人也的确是倒尽胃口，沈小姐好歹也在这圈子里七年了吧，怎么连说话都没学会？”

程安安隐隐的怒气倒是让陈欣察觉了出来，陈欣也站起身来：“那走吧，别晚饭都吃不下了。”

沈苑被程安安的话堵得什么都说不出来，只能恨恨地看着她从楼梯上走下来。

沈苑是为数不多知道程安安往事的人，她知道刚出道时程安安的不被待见，甚至到了连通告都没有得上。

是因为秦墨的出现，程安安才一夜成名。

程安安是被秦墨扶持着，才有了如今的这一切，她凭什么一副清高样子？

沈苑出道以来，自己摸爬滚打。这一行就是这样，人前你越清纯，人后要阴你的人越多。程安安呢，她自始至终都只有秦墨一个男人，而这个天之骄子又是一往情深……怎么能让人不嫉妒呢。

她明明跟程安安差不多。

程安安走到楼下，这才看见沈苑几乎是带了一个团队过来，想必是也入围了电影节，当下勾唇笑了笑：“恭喜啊。”

沈苑冷冷睨了她一眼，哼了一声：“客气了。”

程安安突然有些不快，笑意骤失：“沈小姐身材那么好不如试一试透视装吧，不然走红毯怕你连掌声都没有啊。”

沈苑的脸色顿时就变了：“程安安，你别得寸进尺！”

程安安睨了她一眼，不以为意地笑了笑：“别当真，你还没那资格让我得寸进尺。不知道沈小姐第几个入场呢？也不知道能不能碰到一起。”

走红毯其实就是女星之间的一场战斗，压轴象征的就是一线大腕的身份，红毯的分量比起拿奖来更具有看头。

程安安两年前走红毯就是压轴的了，那时候一位一线女星为了争这个压轴的位置，特意拖延了时间进场，车子就在外围等着最后人走完了再走。

程安安就不愿意了，催她走她也不乐意，当下看着时间差不多了，让人把门一关，干干脆脆地挽着男伴的手来了个关门红。

那女星被气得不行，没过几日就双眼浮肿，也不知道是那张锥子脸哪里出了纰漏，没多久就过气了。

这个圈子多的是这样的人，瞬息万变。今日你还得意扬扬，也许明天就身败名裂。今日你还默默无闻，也许明天就一炮而红。

沈苑跟程安安的战争已经持续了整整八年，打从学校里开始就一直互看不顺眼，自从两个人都入了这行起，更是硝烟弥漫，明枪暗箭。

往日程安安心情好的时候不会太过计较，见她脸色不好看了见好就收，但今日不知道为什么看着她就觉得不耐烦，连语气也不好了起来。

沈苑被程安安这么一气，顿时不知道再说些什么，怒瞪着程安安，再也说不出半个字来。

程安安见状，又补上一句："听说沈小姐跟我入的是同一个呢，既然被提名了，这次又那么声势浩大地过来，想必对拿奖很有信心啊？获奖感言准备好了没有，要不要我帮忙啊？"说罢，又是弯眸一笑，"有事打我电话啊，我先走了。"这才大获全胜地跟沈苑擦肩而过。

众人见人都走了，偷眼看了看沈苑——脸色已经不能用不好看来形容了。

晚上家里没人，程安安让张妈今晚就不用过来，和陈欣在外面吃了饭才回家。

家里一片漆黑，显然秦墨还没有回来。

她轻叹了口气，脱了鞋子就坐在玄关的地板上，秋天地板已经有些凉了，秦墨早些时候发现她鞋子一脱就喜欢赤脚走，就在大厅里铺了一层厚厚的地毯。

她坐在毯子上，手里的小包被她负气地甩在了鞋柜上，揉着有些酸痛的脚看着眼前月光投射下来的小阴影发呆。

"怎么不开灯？"身后响起熟悉的声音。

她一回头，就看见修长的身影隐在黑暗里，正站在她的身后。见她转过头来，他这才走了过来，在她面前蹲下："发什么脾气，谁给你气受了？"

他声音轻柔，带着男性特有的磁性，听在她的耳里如天籁。

一想起来刚才使小性子的样子都被他看见了，她不由得微微发窘："你在家怎么不开灯啊，我还以为你又在外面。"

秦墨闷闷地笑了几声，手指接替过她的轻轻地按揉着："刚回来有些累，就在沙发上睡着了。"

程安安看了他好几眼，轻柔的月光正扑洒在他的脸上，越发衬得他轮廓深邃，气质清隽。

见她不说话，显然是在生闷气，他凑近了些盯着她蒙着一层水光的眼睛："出去逛街了？怎么都没带东西回来。"

他的声音一直不疾不徐，按揉在她脚上的手指也是力道正好，让她的心尖像是注入了一股子的暖流。

她抬手环住他，额头抵着他的，声音软软的：“你饭吃了没有？”

秦墨顺势在她唇上吻了吻，这才低低地笑了起来：“如果说没吃，你下厨给我做？”

程安安厨艺不精，六年来也没下过厨，这下就有些犯难。她这么一迟疑，秦墨凑近抵着她的唇又是一口：“我吃过了，张妈留了饭。”

黑暗里身体的碰触好像更让人觉得情动，她环得他更紧，鼻尖蹭着他的：“秦墨。”

“嗯。”他轻轻应了一声，“我最近有些忙，过几天还要出国一段时间，这个工程有点棘手，我要亲自出面。”

程安安沉默了片刻：“好，你自己要照顾好自己。”

秦墨收回手，一把横抱起她一起坐到沙发上：“大概后天就要走，你正好回X城。”

程安安适应了这边的黑暗，已经能清晰地看见他，现在窝在他的怀里，却是怎么也高兴不起来：“才几天啊，你又要出去。”

她以前从未说过这些话。

秦墨也是一顿，又是低低地笑了开来：“安安，不躲了好不好？”

程安安抬眼看他，他的眸色在黑暗里只余一汪黑亮，却卓然逼人。

她心下一颤，缠绵流泻而出，几乎拒绝不了。沉默片刻，她才哑着声音说道：“等我从X城回来了，我们一起去大院。”

〔2〕

苏谦诚的电话是临近晚上十点左右打过来的，程安安正独自靠在床头翻着剧本，背台词。

秦墨今晚回来陪她吃了晚饭，据说是有应酬，吃完就走了。

苏谦诚让她把时间挤一挤，尽快到X城去，这部剧已经拍了大半了，再有一个多月也该杀青了。

程安安应了声好，说是等这边的电影节过了就去。

苏谦诚挤对了几句，调侃完了这才放下电话。

程安安一整晚都有些心神不宁，等洗过澡准备睡了，接到了苏清音的电话。

苏清音那边有些吵，接通的时候还骂骂咧咧的："死开，没见本小姐在打电话吗……喂喂，安安姐啊？"

"嗯，有事？"她懒洋洋的，有些犯困。

周围原本还有些嘈杂，苏清音似乎是特意走远了些，这才清静了许多。

"安安姐啊，要不要我来接你？禽兽跟墨大哥都在这边呢……"苏清音声音脆脆的，听在她的耳里舒服极了。

程安安原本的困意因为这个名字稍稍退散了些，却还是有些不感兴趣："你那边干吗呢？"

"等会儿据说是赛车吧，等会儿就去赛道，你过来不？"

这回，程安安彻底清醒了："在哪儿？我现在就过来。"

等程安安到赛车场的时候，现场已经人满为患了。

苏清音在入口处等，看见程安安武装得严严实实的，不由得笑着戳了戳她的鸭舌帽："安安姐，留一顶帽子就行了，没人关注你的。"

这场赛事是临时发起的，所以观众台上人虽然多，但比起真正的比赛场面还是差了一大截，她们很轻松地就站到了最前方，占了一个好位置。

现场灯光大亮，起始点站了一个身形挺拔的男人正握着一把枪高高举起。

显然，她来得太及时，正好赶上了。

苏清音见她面色并不是很好，不由得多看了几眼："安安姐，你是在担心吗？没事的，禽兽他以前还瞒着秦爷爷去黑市赛车呢，都没见他出过事。"

程安安知道这场赛车估计还跟什么该死的应酬有关，听苏清音这么一说，也松了口气。

就在这时，那个年轻男人握着的枪终于响了起来。

苏清音指着前面那辆标着“F1”的赛车道：“这是墨大哥的，那辆‘F2’是禽兽的。”

程安安点点头，看着赛车“呼啦”一声从眼皮子底下越过，不禁心下微微发紧。秦墨是很玩得开的人，但赛车却是好多年没有碰了。

第一次看见他赛车，是在大白天，那时候他刚刚公开了程安安“正式女友”的头衔。那次赛事并不是正规的赛事，也没有什么规则，谁先到终点谁赢。

秦墨在比赛快开始了，才揽着她出现在看台上，整个人云淡风轻的。等时间差不多了，他不慌不忙地微微凑过脸来指着自己的脸颊：“亲一个。”

赛车手赛前都是有忌讳的，饶是程安安都不敢拒绝，倾身过去亲他，他却微微侧头让她的唇正好落在了他的唇上。

她错愕地看着他，他却抚着双唇，嘴角微勾，笑得艳光四射。

她一时迷了眼，他就在她的耳边叮嘱道：“在这里等我。”

等程安安回过神，他已经踏上了赛车，准备比赛了。

枪声一响，他如离弦的箭一般，首先冲了出去。他的先发制人，让他一直名列前茅，身后的车追追赶赶，始终追不上他。

很快，快到终点的时候大家都发了力，她看着他的车在转弯的时候一个大漂移，车身状似不稳一般顿了顿。

她感觉心都从嗓子眼里跳出来了，就见他从从容容快速地踩下油门。他这一个意料之外的停顿让身后的车马上追了上来。然后，那车飞快地撞向秦墨，想把他逼向路边。

哪料秦墨加快速度，趁着对手的调整快速越出，但还是被撞了车屁股，微微一晃。他的速度似乎是到了极限，身后这辆车也是当仁不让，隐隐有超越的趋势。只是瞬间，对手超过秦墨的车子，向着不远处的终点线奔去。

程安安虽然对第一名没什么概念，但还是有些失望。

不料，秦墨趁着最后一个弯道拐弯，车身漂移过最小的距离，以一种极快的速度从第一辆车的夹隙中飞快地压线。

现场一片哑然，几乎所有人都还在诧异，随即就爆发出震耳欲聋的欢呼声。就连程安安都觉得最后那一幕恍然错觉，他就以这种方式轻松地拿到了冠军。

他站在颁奖台上的时候往她这边看了一眼，缓缓一笑。

那次赛车太过惊险，以至于给程安安的影响太深刻。如今，他重新站在赛道上，她还是觉得惊心动魄。

场上的车子正一前一后飞快地往前跑着，秦墨和秦霜的更是在前面来来回回一前一后。

不知道是不是来的都是赛车的一把好手，所有的赛车几乎都堵在一起，以一种很奇妙的姿态奔跑着。

苏清音晃着不知道哪儿来的荧光棒，又叫又跳的："禽兽加油！墨大哥加油！"

程安安侧眼看过去，就看见这个小姑娘正踩着栏杆，活力四射。那一瞬间，总觉得有什么东西，破土而出。

秦墨知道程安安来了，还是他被秦二爷勾肩搭背一路走到看台上才觉得不对劲。像是察觉到什么，他飞快地转头看去，就看见苏清音正和程安安说着什么，她面对着他微低着头还在笑。

秦霜见秦墨不走了，一抬眼就看见苏清音这死丫头上蹿下跳的，想也没想直接杀过去了："你怎么还在这儿啊，不是让你回学校吗？"话音一落才看见被她搂着的程安安，一时没反应过来，"咦，嫂子……"

程安安直接抬头看着走过来的秦墨，微微一笑，站起身来："秦先生的夜生活真是刺激。"她皮笑肉不笑地扫了两人一眼，凉凉的，然后手插进口袋径直走了。

秦墨看了眼苏清音，眼底的警告一目了然，看得苏清音缩了缩身子直接扯着秦霜的衣服躲到他的身后去。

“生气了？”秦墨不紧不慢地跟在程安安身后，见她悠悠闲闲的，就知道她现在心情好着呢。

程安安没回头，抬头看着夜空上一闪一闪的星星，这才轻轻地叹了口气：“明天忙不忙？”

他三步并作两步迈上去，从身后把她抱进怀里：“怎么穿那么少就出来了？”

“急着过来。”她轻轻带过，也不动就由着他抱着，“明天电影节我缺一个男伴。”

秦墨思忖片刻：“为夫愿意效犬马之劳。”

程安安想了想，还是说道：“我后天就回X城，再过一个多月就能拍完了。”

他轻轻地“嗯”了一声：“我回来了过去找你。”

好像没有什么别的要说的了，程安安又想了想，这才推了推他的手：“回家？”

却不料身后的男人低低地笑出声来：“也是，该回家睡觉了。”最后一个“睡”字却咬得重重的，莫名让她红了脸。

（3）

程安安作为压轴出现的一线大腕，一袭白色贴身长裙衬得肤如凝脂，身材高挑，前凸后翘，实在是羡煞他人。她娇娇柔柔地挽着秦墨，显得小鸟依人、服服帖帖，两人十分般配。

程安安一出现，现场就涌起了此起彼伏的尖叫声。奇的是，不仅有欢呼程安安的，还有大批秦墨的呼声。

程安安挽着秦墨走在红毯上，不禁侧头看了看秦墨。

他一袭服帖的手工西装，身材挺拔，气质清冷却又透着王者之气。被她挽着，站在红毯上，神色淡然得似是早已习惯了这些聚光灯，还微勾起嘴角似笑非笑。

程安安见他心情愉悦，不由得好奇："你笑什么？"

秦墨低头看了她一眼，高大的身影微微侧下来，专心地听着她说话，那双眸子又黑又亮，说不出的俊逸潇洒。

他的唇微微凑近了她的耳边，这个姿势过于亲密，看起来就像是爱人之间的窃窃私语，抢足了镜头。

"你说明天的报纸头条会怎么写？"

程安安叹了口气，略带可惜："早知道就不带你出来了。"都让别人看了去，她多吃亏啊。

秦墨却是一挑眉，丝毫不介意，继续说道："是说美丽动人的程小姐抱了奖又抱得美男归，好事成双呢还是说片场失意，情场得意？"

程安安认真地想了想，突然狡黠地对他眨了眨眼："怎么办，我总觉得这次我拿不了奖，我入围的作品我自己都不看好。"

她突然说这个，他有一瞬反应不过来，随即却见她微踮了脚，搂住他的脖子，倾身覆了上来浅浅吻住他的唇："就让别人都觉得我是情场得意吧。"

秦墨一怔，被她轻轻吻了片刻这才眸色微浓，笑意直达眼底。

红毯两侧的媒体瞬间擦亮了眼，不停地按动快门。连远远的主持台上都爆发出一声情不自禁的尖叫，整个现场已经不受控制地沸腾起来。

程安安远远见场记走过来，这才推了他一把，咬了他一口："唔，走吧。"

秦墨还有些意犹未尽，侧头冷冷扫了眼走过来的场记，顿时让那场记脚步一顿，飞快地闪了。

他这才满意地又俯下身来，一点一点轻触着她的唇："起码亲完五分钟，你这次伤后回来还没有一个夺人眼球的新闻造势呢……我都心甘情愿牺牲自己了。"他说得理直气壮，眸子里都是闪烁的笑意。

程安安却大窘，被他搂在怀里亲吻，还有些气闷："你就是想把我们的关系宣告给全世界是吧？”

秦墨看着她妆容精致的脸，心底涌起一股子不想让人看见的想法，又重重地吻了吻，这才松开：“你是忘记谁先主动的吗？”

程安安抬头看他，他们此刻十指相扣，站在红毯的一端。她的手被他包裹得紧紧的，掌心暖暖的，全是他的味道，她看着看着就觉得，头一次红毯走得不孤单。

程安安其实最能驾驭的两个颜色是红色和蓝色，红色极为妖艳，她却始终能穿出不同于别人的气质来。蓝色清冷，她就能驾驭出深海魅蓝的诱惑，但白色，她却是很少碰触的。

这个颜色太干净，她总觉得不喜欢，清清冷冷的。

今天换礼服的时候，一拉开柜子，她正挑着呢，就见他穿戴整齐地走过来，顺着她的指尖就挑了这套白色的长裙。

她拿着衣服比在身前看他，他却手指够过来帮她脱衣服：“白色好看。”

程安安穿白色的时候，他总能想到他们初遇时，她哭得梨花带雨，却清新得让他念念不忘，觉得这个女孩子干干净净的，又好看又清俊。她精致的脸在他脑海里总是挥之不去。

甚至连她进了这个大染缸都让他保护得好好的，不干净的东西从来不让她看见，也不让她触及。她虽然被他宠得嚣张跋扈，无法无天，却始终有一颗很干净的心。

不骄不躁。

程安安这一身长裙出自名家之手，她穿了的确让人好生惊艳，这么妖艳精致的人穿了这一身衣服清清冷冷的，有些拒人千里之外，却硬生生带着那股子诱惑人的神秘感，让人忍不住想靠近。

天使与魔鬼。

场内已经坐了很多人，程安安和秦墨的出现着实让人震惊了一把。

两个人看起来就跟刚刚陷入热恋一样，如胶似漆。众人似乎也比较关心他们之间的关系，时不时看过来一眼，又欲盖弥彰地移开。

程安安跟秦墨之间的事，娱乐圈的人真真假假看得多了，却始终猜不透他们。

秦墨的身价摆在那里，让众女星趋之若鹜。但这么多年，除了程安安几乎没人能近秦墨的身边，如果不是秦墨洁身自好，那就是程安安的手段太高明。

唱衰的、不看好的大有人在，程安安现在红透了半边天，炙手可热，又攀上了这么一个高枝，的确让人羡慕嫉妒。而且秦墨看起来虽然不易相处，但对程安安却是百般呵护，蜜里调油，让人只有眼红的份。

程安安被这么密集地扫视着，倒没有丝毫的不自在，只是看了看秦墨，挽着他的手不由得好笑：“头一次这样，你习不习惯？”

秦墨比她还要泰然处之，捏了捏她的鼻尖：“知道今天拿不到奖这才拉我出来艳压群芳？”

程安安见他看得透彻，也没有瞒他：“你要是不介意我跟别的男人卿卿我我的，自然可以赶紧走人，那时候新闻更爆炸性。”

秦墨冷哼一声：“休想。”

台上正播放着影片的剪辑，主持人也在深情并茂地说着些什么，秦墨淡淡地扫了几眼，看见程安安被提名时影片中放着她身子浸在水中，白纱轻掩，身躯半裸的片段，不由得眯了眯眼：“看来，我是该接受苏谦诚的邀请去看看你们大婚之日的洞房花烛夜。”

程安安错愕：“什么？”

秦墨转过头，微微弯了嘴角笑，笑容却硬生生让安安觉得身旁冷气凝聚，皮肤上冒出细小的鸡皮疙瘩来。

“苏谦诚这次回来特意邀请我去探班，看来我还是得抽空去一趟。”

程安安瞬间如遭雷劈。她接苏谦诚剧本的时候正跟秦墨闹矛盾，而且秦墨不待见苏谦诚她一直知道，生怕他阻了这个通告，二话不说接了就跑。

里面那场激情戏她反反复复看了好几遍，那尺度有些大，她更不敢跟秦墨说，说了他总有办法把这一段给剪了。偏偏她爱死了这个女主角，这么至关重要的情节怎么舍得，更何况说了不是明明白白地招惹秦墨吗，哪知苏谦诚为了电视的收视率直接让秦墨来探班……

等见到苏谦诚，好歹得揍他一顿，闹个罢工让他自作自受去。

见到程安安这个反应，秦墨还是有些不解气，握着她的手重重地捏了捏：“胆子肥了不少。”

程安安却蹭近了些握住他的手轻轻地画圈：“这不是你宠的吗！”

一句话，却让秦墨消了脾气。

你纵容了我，让我肆意妄为，如今哪有理由剥夺这些。全部都是你给的，全部都是你的宠，这才敢仗着你为所欲为。

等到电影节结束，程安安提名入围的电影倒是不少，却每每都花落别家。她也不恼，笑意盈盈的，来时离开时都始终揽着秦墨，笑得顾盼生辉，十足陷入爱河的小女人模样。

这么一番高调的抢镜，倒真真是风头盖过了拿奖的女艺人，又掀起了好一阵子的话题。

记者打定了主意要听程安安说两人确定关系，连得奖的女艺人都只有零星的几个记者采访，程安安这边却是人满为患，彻底诠释了“人气”这个词。

秦墨带的保镖尽职地护着两人往前走着。程安安拎着长裙的裙摆，对着镜头一直保持着得体的笑容，却始终沉默。

秦墨怕这些记者没轻重伤了她，揽着她，把她圈进怀里，一丝风都不透，就这样替她挡着镜头艰难地往车边走。

“程安安，这次被一个新人夺了奖项，有什么感觉？”

“程小姐，你能正面回答一下您和秦总之间的关系吗？”

“程小姐，前段时间你说秦先生在追求你，那今天是不是说明你们旧情复燃了？”

“程小姐，婚期定在几时？”

直到拉开了车门，秦墨这才微微松手，正想推她进去，她却反手拉住他的手，转身面对着镜头。

“关于这个奖项，我并没有太大的期望，奖项对于我来说是肯定，但我更在意的是观众对我的认可。我还差这么一个奖吗？”

这霸道的语气，分明就是说这么个破奖至于我放在心上吗？

顿了顿，她看了眼身旁的秦墨，举起他们相握的手道：“你说什么关系？”没正面回答，也没有否定。

程安安这么说也是迫于无奈，她跟秦墨之间的事能瞒得了谁啊，这么明显的关系，迟早是要说的。以前是秦墨单方面曝光他们的关系，这次却是换她来主导。但至于结婚的信息，她轻揉额角，连她自己都是被结婚的，她怎么告诉别人他们什么时候领的证？

况且，还没得到秦家的认可，她才不会傻到自己去掀开这层窗户纸。

秦墨听完，眼底却隐隐有了笑意，把她推进车里关上了车门这才补充道：“除了她不想要的，没有她得不到的。至于我们之间的关系，等明朗的时候自然会公布，希望下一次我们再一起站出来是宣布我们婚讯的时候。”

她没正面回答的，他全部肯定。但如她所愿，他们真正的关系由她来掌控。即使隐婚，他也迟早让她心甘情愿地说出来。

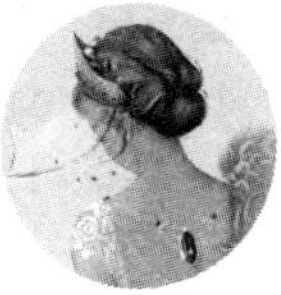

## /第十五章/

# 爱到浓时已成殇

（1）

继昨日红毯的“深情拥吻”之后，今早又上演的“机场分别”更是让人津津乐道起来。

程安安翻着新鲜出炉的报纸不由得摸着下巴笑得一脸惬意。

报纸上面还是昨晚走红毯她和秦墨吻得难分难舍天雷地火的照片，上面的标题让人惊叹——

“劲爆！天后程安安与秦总复合，旧情复燃的火焰席卷红毯。”

下面的文章更是内容丰富，夸大其词，甚至连不久后即将订婚都扯了出来。

乔治见程安安感兴趣，不由得戳着她那张脸说道：“挺投入的啊，旁若无人。”

程安安扫了他一眼，把报纸一合：“羡慕嫉妒恨了？赶紧自己找一个，改天也上红毯旁若无人去。”

乔治挥挥手，顿时苦了一张脸：“我每天帮你善后已经忙得连老娘都顾不上了，哪有时间找女朋友啊。”

程安安手指搭着扶手敲了敲，不由得眯细了眼：“怨气挺重啊。”

“哪敢啊。”乔治帮她要了毛毯，这才收拾起她手边的报纸和杂志，“你先睡一觉吧。”

程安安却睡不着，闭着眼都在想事情。

之前秦母说的那些话一直不停地在她的耳边回响，此刻静下心来，一点点思考倒也觉得并不是特别刺耳，反而觉得她站在她的角度，并不一定是针对她的。

“秦墨要的不是一个装饰门面的洋娃娃，程小姐你足够漂亮，又年轻，连我看着也喜欢。但是秦墨以及整个秦家都希望他找的妻子是能和他风雨同舟，比肩共立的。而不是一味躲在男人身后，什么担当都没有的女人。”

程安安看着窗外的白云，突然有些理解。

比肩共立。

似乎，她是该拿出一份满意的答卷给秦家人看看了。

秋天的脚步很快，眨眼便降温直下。这部备受人关注的《苏察氏》拍摄却缓慢起来。

程安安裹着大衣坐在苏谦诚旁边，正听他讲着戏，时不时点点头表示自己有在听。

一个月过去了，这部剧却还有很多地方没有拍，估计在X城还要留好久一段时间。今天也不知道怎么了，一个简单的镜头，她却一直进不了状态。

苏谦诚见她面色有些疲惫，这才拍了拍她的肩膀：“先休息一下吧，你状态不好。”

程安安轻呼出一口气，只觉得今年的冬天来得又凶又急。

乔治见她这边空了下来，赶紧拿了热茶过来让她捧在手上，旁边是刚热好的暖手宝，放在她的一侧。

轻舒了口气，她拿出电话，想了想，还是拨了出去。

秦墨刚好开完会出来，听她在那头轻轻柔柔地叫他的名字：“秦墨。”

他顺手把手里的文件递给一旁的秘书，小声交代了几句，就径直走到一边去接电话了：“嗯，想我了？”

他低低的笑声传过来，让她的心口一下子就暖暖的。她抱着手机换了个姿势，蜷缩在椅子上，捧过暖手宝放在腿上：“我是听见你想我了，才打电话的。”

“嗯，我想你了。”他推开门，外面是一望无际的白色雪景，“那边冷不冷？”

“冷。”X城这边纬度高，春夏秋冬就冬天最明显最漫长。

他不由得笑了起来，声音低沉好听：“我很快就回国了。”

程安安想着他那边也不知道有什么棘手的，在A市飞来飞去，到现在也没闲下来，当下幽幽地叹了口气：“果然还是金钱比较吸引人。”

秦墨挑了挑眉，有些拿不准她的意思：“吃醋了？”

程安安捂着热烘烘的暖手宝笑得眉目间都是顾盼生辉：“谁会跟钱吃醋啊，我指着它买你一夜呢。”

秦墨这回算是明白了，当下说道：“备好钱，等我回来被你睡。”

程安安心满意足地笑了起来：“打个折？”

听她声音都轻了起来，他若有所思：“嗯，夫妻价不坑你。”

程安安看着眼前恢宏的宫殿，再不觉得有多么沉重，脚下踩着花盆底似乎都能健步如飞，当下笑得神采飞扬。

〔2〕

程安安心情一好，状态就好了起来，NG了几遍的镜头一下子就过了。等她闲下来到了酒店，这才想起正事。

苏谦诚正跟她一起上电梯，看着窗外萧瑟的冬风，不由得叹息：“寒假档啊！”

程安安：“你工作室都能接别的活了吧？”

苏谦诚点点头：“等这部戏上映之后我就打算开公司了。”

开公司啊……

这个貌似有点远，她摸着下巴不由得笑了起来：“我这部戏完了之后跟你就不是合作关系了。”

她说得隐晦，他却听得分明，挑了挑眉：“自己做？”

他倒是没猜是不是秦墨出的手。程安安看了他一眼，正好电梯到了，她迈出电梯紧了紧围巾：“是啊。”

苏谦诚顿了顿，脸上的笑意尽褪，一把拉住她。

走廊空旷，只有他们两个人站在电梯口，静静对望。苏谦诚抿了抿唇，这才微微松开她：“我一直都是喜欢你的，和你说的话也都是认真的。你要不要再考虑一次？”

程安安一愣，往后退了一步：“是不是我拒绝你，你就打算把我拖进你房里办了？”

苏谦诚被她这个回答窘了一下，神色越发落寞起来：“好吧，这是最后一次，既然你错过了，以后可是没有机会了。”

他说得认真，程安安听得也认真。她上前一步，轻轻地抱住他：“谢谢你，谦诚。”

其实再见时，在休息室那惊鸿一瞥，她曾有那么一刻，是动心的。

少年白衬衫，坐在清晨的光里，眼底细细碎碎铺满了钻石，清冷俊美，一如她当初向往的爱情。即使爱情没有先后，但是程安安先爱上的还是先到来的秦墨。

她怕是一直都不知道，其实最先遇见她的人——是苏谦诚。

苏谦诚被她抱在怀里，却陡然生出一股失落来，他伸出手把她抱紧，紧得像是一松手她就会淹没在时间的洪流里一般。

“程安安，我一直没机会说，我的喜欢不是心血来潮。是初见时就认真的喜欢，一直到现在都没遇见让我那么心动的人。”他顿了顿，轻叹了一口气，“这样抱着你，我都不想下决心放弃你了。”

程安安的神色却温柔了下来，苏谦诚从未对她做过过分的事情，就算是喜欢也是若有似无并不让她困扰的。

苏谦诚把头搁在她的头顶，舒了一口气：“可惜了，被秦墨捷足先登，我只是出现得不够早。”

程安安弯唇一笑：“其实苏谦诚，我这样的人，只有秦墨爱得起。”

苏谦诚一愣，这才松开她：“也是，你这臭脾气我还真的吃不消。”

她并排跟他慢慢走着，走廊里寂静无声，他走在一旁遮掩了大片的光：“喜欢别人的老婆的确挺窝囊的，我没那兴趣再守着你了。”

“嗯，我知道。”她仰着头对他浅浅一笑，一如初见。

苏谦诚却一时语塞，直到走到了她的房门口，他这才说道：“我这个男配挺不敬业的。”说罢又补充了一句，“我现在才发现其实我也没有那么喜欢你。”

“嗯，我知道。”她还是浅浅笑着，见他眉目都舒展开来，这才轻叹了口气，故作惋惜，“失去了这么有力的追求者，真是可惜了。”

苏谦诚哪里是不够喜欢，而是太喜欢，怕造成她的困扰。他出现在他们有裂痕的时候，他不想放手，但是又隐忍着不想失去这点执念。直到已经认识了好多年，他才终于舍不得放弃。

奈何，这个曾经惊鸿一瞥就让自己心动的人已经一往情深，对另一个男人。他不是不失落，所有的苦涩都自己尝遍，但那又如何，他早已看穿她的心里没有自己，何必自讨苦吃。

一旦他不想放手了，剩下的只有毁灭。

他的性格一向激烈，在还可以放手的时候，他不想让自己泥足深陷，到最后只能以毁灭她的方式让这一切落幕。如今，终于说出口了，也发现，这么多年念念不忘的，在这一刻才算圆满。自然是舍不得的，但是离开了程安安，他才有适合自己的，更好的。

良人，谁都有，只是她还在来的路上。

程安安见他转身要走了，叫住他："以后不要那么隐忍，很多时候，那个人是等不及的。因为感情太脆弱，谁都会小心翼翼。"说罢，见他抬起眼来看着她，微微一笑，"谢谢你曾经喜欢过我，这让我知道其实我也是可以被人喜欢的。"

她这一笑，如阳光融雪，微仰着头的时候像极了初见时她盈盈一笑，便让人端端生出"岁月静好，一世安稳"的想法来。

眉目如画，却已是流年而过。

这么美好的人，他曾经那么喜欢过，也许今后还会一直喜欢，但终究自己成了局外人，站在局外，看她的喜怒哀乐。

局外人……

这也许才是对你最好的结局，我站在局外看你受尽万千宠爱。

/第十六章/

# 红颜弹指老，刹那芳华

〔1〕

秦墨来的时候并没什么预兆，甚至连程安安都是被蒙在鼓里的。

这天的天气格外冷，程安安止一袭清凉的宫廷装站在大殿门口和苏谦诚依依惜别。

这场戏是程安安饰演的苏察妍与即将率兵出征的连锦年因为冷战多日，知道深爱的人就要去战场保卫国家所以从宫里跑出来见一面随即分离的场面。

这个剧本里面，女主性格鲜明，宫斗剧情精彩，所以程安安特别投入。偏生此刻为了强调苏察妍对连锦年的爱深入骨髓，干干脆脆再来一场人工降雨。

程安安一边被冻得咬牙切齿，一边要深情款款地抱住苏谦诚，抱住苏谦诚的瞬间那股暖流这才舒缓了她此刻的状态。

正轮到苏谦诚在那边念台词，镜头拍不到，她气不过在他背上狠狠掐了一把。

这回，苏谦诚依依不舍的痛苦神色越发精彩……

副导喊“卡”的时候，程安安几乎是立刻就退开几步。苏谦诚助理递过来大毛巾的时候，他顺手就裹在她的身上帮她擦了擦湿漉漉的头发。

程安安心安理得，见他脸色都青了，知道冻得不轻，这才赶紧贡献暖手宝给他：“行了，我这边有乔治呢。”

苏谦诚哼了一声，上上下下看了她一眼：“就你这林黛玉身板，少操心我了。”

程安安低头笑了笑，自己接过来擦了擦头发，跟着苏谦诚往副导那边走。刚一转身，就看见秦墨站在不远处，程安安脸上的笑容一下子就吓没了……

秦墨顺手抽了椅子上的披风，大步走过去，一把包裹住她，见她手还停在头上，系好了披风，很自然地就接手了过去。

苏谦诚见程安安一副大难临头的表情一时没忍住“扑哧”一声就笑了出来。

苏谦诚如果做情人的话，一定是一个很好的情人，那天他跟程安安摊牌的晚上，他就打电话给了秦墨。不聊别的，也不聊程安安，只聊娱乐圈的形式发展。

最后挂断之前，苏谦诚沉默片刻才说：“你说得对，她没有机会掉下去。因为她的身后有你，只会越走越高。”

秦墨也是一默，就在他快要挂电话的时候才幽幽地说道：“我就在她的身后，就算掉下来也有我接着。”

苏谦诚笑了笑：“除了你，这个世界没人能配得上她。”

秦墨也笑了：“嗯，她脾气不好，只有我受得了。”

苏谦诚挂断电话的时候还这样想着，脾气不好，就算再不好，如果这句话由他来说，也觉得胸腔幸福满满的。只是没有这个机会罢了。

秦墨见她乖顺地倚在他的怀里，任由他轻轻地擦着，神色都温柔了下来：“冷不冷？去我车里坐会儿？”

程安安见那边的道具还没撤，知道等会儿还有一场，今天的进度也就这些，当下摇摇头：“不了，等会儿早点拍完早点回去。”

秦墨一个多月没看见她，见她眼角眉梢那些熟悉的小神情，想着前几天她在电话里说的那些话，俯低了身子在她耳边念。

程安安的耳根子轰然红了个遍，秦墨还没来得及抓住她，她就跟泥鳅一样一滑，直接跑到苏谦诚那边去了。她头发还湿漉漉的，脸微微有些白，神情却盎然。

苏谦诚见她跑过来，扫了那边闲坐着的秦墨一眼，大大方方把人揽进怀里：“先对戏对戏。”

秦墨眼神不善，他也权当没看见，握住她的手念着台词，吐字清晰：“也许朕从未对你吐露真心，但朕从一开始在苏察府里看见你时便喜欢了，此生怕是没有任何一个女子能让朕这般喜欢，直想揉进骨血里，不离不弃。

“桃花三月，你在树下惊鸿一笑，却不知那时便让我对你许下三生三世。”

程安安一时陷进他深情的眼底，微微发愣：“那皇上回来，娶臣妾为妻可好？在你的身边我才……确信自己在这宫闱里是存在的。”

副导正在做动作指导，见两人配合得认真，赶紧培养情绪准备开拍。

程安安远远看了过去，秦墨正坐在那边看着她，眼神执着，清清冷冷地坐在那里，恍若这世间只有他一人一般，倨傲，暗香浮动。

台词对到一半，苏谦诚却突然改了台词，看着程安安，沉声问道：“在入宫之前，你有没有爱上我？”

程安安一时摸不着头脑，副导也没有喊停，她收拾了一下情绪，也变动台词：“一袭青衫，一卷古诗，如我初见时心中的模样，折了心，赔了这一生。”

苏谦诚捏着她的手越发紧：“原本我以为只是红尘过客，却不料有幸今生相伴，金戈铁马羁绊一生怕也无憾了。”

可叹，红颜弹指老，刹那芳华。

苏察氏这一生与这一个深爱的男人相知相爱，却始终不能相守。也许他的心是她的，但他却是这个天下的，沧海桑田又如何，她折了双翼陪在他的身边却只能等着红颜老去，他又有新欢。

只是此时的两人并不知道皇权浩荡，只一心看得见两个人彼此相爱，不料只一场浩荡，人心生故。

这会儿是彻底淋成了一个落汤鸡，秦墨早在导演喊停的时候就拿了毛巾兜头罩过来，乔治在一旁又是递暖手宝又是递毛巾的，忙得不亦乐乎。

秦墨怕她这种天气冻着了，催着她去把衣服换了，把她拉进车里吹暖气。

还有一个场景没拍，所以还不能走。

程安安这一身嫩绿的宫廷装倒从来没在秦墨的面前穿过，肤色如雪，秦墨擦干了她的头发就俯身上去吻个正着。

他手指攀到她的领口，一颗一颗耐心十足地解开，露出里面红艳艳的兜肚。

秦墨一时看得发愣，在她的脖颈上毫不留情地啃了几口，这才把她抱在怀里，紧得不松手。

像是想起什么，他微微松开她：“明天好像就是大婚之夜？”

程安安不答，他眯细了眼，有些不悦：“便宜苏谦诚这小子了。”

大婚之夜。

程安安挑了挑眉，总觉得有一股不好的预感。果不其然，他扫了眼她这身衣服：“不如今晚直接穿了来，我们先把大婚之夜过了？”

程安安才不会傻到真穿去给他，想了想：“不如留着明天？我看过那套新娘的衣服，好漂亮，凤冠霞帔。”

见她喜欢，他点点头：“不如以后我们结婚也中式婚礼好了……”

程安安：“……”

就在这时，乔治探头探脑地看过来，敲了敲车窗：“安安，电话。”

程安安这才想起来昨晚打了个电话给徐紫鸢。

程安安第一部戏就声名大噪还是因为徐紫鸢，徐紫鸢的剧本剧情精彩、题材新颖，里面更是有一般人不敢写的黑暗面。加上秦墨的力量，一时把她捧上了最受欢迎的当红偶像。

时隔六年，她找的依然是这个在当初即使她一穷二白根本没有什么利益可图，却还是真性情挺她的人。就如她当年所想的，她此生都没再见过如徐紫鸢这样的人。

一切都不放在眼里，却能掌控全局。而她如今，更多的是受徐紫鸢的影响。

窗户大开，能看见夜空上零零碎碎的星星，她轻叹了口气，眉间却是缓缓一舒：“紫鸢，帮我写一个剧本，能让我的工作室一战成名。”

徐紫鸢那边静了静，有些轻佻：“怎么，秦墨养不起你了？”

程安安听出她心底的关心，不由得笑了起来：“没有，只是是时候由我来适应他了，我不能一直这样靠他。”

徐紫鸢了然：“行，明天跟你详谈，有出息了啊。”

夜深人静，她想起六年前的青涩，想起一个人的孤单，想起做新人时被欺负的委屈，轻舒了一口气：“谢谢你。”

“傻瓜，看你顺眼而已，谢什么，我是要收钱的。”

看你顺眼而已。

一如她当年说的，你站在这里不是幸运，我只是看你顺眼顺手拉你一把而已。

她的顺手却为她遮了一片天空。

〔2〕

程安安最近忙得实在是不可开交，以至于秦墨来了都没空好好招待。

不过今非昔比，她不是那个他随口一句命令就必须放下所有通告过去陪他的人。

秦墨刚洗完澡，见她窝在床上，腿上横着一个枕头，上面铺满了文件，不由得挑了挑眉，走近了去看。

程安安扫了他一眼，也来不及顾上他，把头发往脑后一别，又开始拨电话过去谈事情。夜深人静，她的声音压得低低的，却意外柔和好听。

他在床边坐下，随手翻了翻她面前的文件，抬起头来时眼神都不一样了。

程安安扫了他一眼，一手抵住他前倾过来的身子，一边转过头去继续交谈着。

等她挂了电话，还没来得及转头，已经被秦墨结结实实地扑倒在了床上，压得严严实实的。

他的重量全部让她承担，紧密得让她有些喘不过气来："重……死了。"

秦墨却是一把抓住她推拒在他胸前的手紧紧地握住："就是想让你知道你在我心里的分量。"

程安安咂舌，那也不重啊……

秦墨见她那副表情不由得笑了笑，柔情地在她的唇上吻了吻："以前不敢这么亲近你。"

他微微撑起身子，给她留出丝空隙来。她那么娇弱的样子，看着着实害怕她被压坏了——

她抬手环住他，也是轻轻一叹：“我以前也不敢这么亲近你。”

只是不知道到底是谁解开了谁的情结，让彼此走近，再无缝隙。

他轻俯低身子，不时地亲亲她的脸，咬咬她的下巴，从未有过的温柔缱绻，让她的心彻底融化成了一汪春水。

“怎么想自己独立做东西了？”他想起刚才看见的工作室的近期计划，不由得问道。他心底隐隐有了想法，知道她在做些什么，却想听她说出来。

程安安眨了眨眼，微微红了脸：“秦墨，要不要我们先吵一架？”

伏在她身上的男人一愣，随即挑起她薄薄的睡衣：“要不激烈一点，打架好了，我一定不会让着你。”

程安安面色沉静，抬手抚着他的眉眼，笑了起来：“你就在我身边，我伸手可以触摸到，这种感觉我从来没有想过。”

秦墨抱着她一个翻身，让她伏在自己的身上，紧紧地抱着：“现在不用想了。”

程安安的心尖有某种温柔的情绪涌过，她看着平日里一副生人勿近的人此刻就在自己的眼前，眉眼清晰，简直像要刻进她的心里去。

怎么可以那么喜欢呢……

这个男人在之前很久的一段时间里从来没有这么温柔过，一直都是不紧不慢，站在远处观望。

有时候也许是不经意，也许又是故意的，但表情总能刹那动人。

她不说话，他就静静地抱着，等他都觉得她几乎已经睡着了，她这才说道：“过几天你回A市的时候帮我招待一下徐紫鸢吧。”

他轻轻地“嗯”了一声，眼睛一眯，表情迷离：“那正好，据说她男人也正好来A市有一场官司要打。”

程安安怎么会不知道他的言下之意，他做事从来都不会让她有一种负罪感，每次成全她的时候都会淡淡撇开，状似只是顺手而已，从不让她多心不安。

她柔顺地靠在他的胸口：“我一直想问，为什么你唯独对我那么耐心十足呢？”

这哪里还需要答案？他轻笑，却不回答。

程安安也不追问，从他身上爬起来开始收拾那些被秦墨压皱了的文件，皱了皱眉：“我办正事呢。”

秦墨撑着身子靠在床头，见她拿了笔又开始写写画画，心底也涌起“还好，他们终于走到了这一步”的想法。没人知道这有多么不容易。

秦墨一大早就出门了，也不知道去哪儿了，打他电话手机却是留在床头的。她收拾了一下，被乔治接着去剧组了。

今天的戏是重头戏，是苏察妍终于封为了皇后，行的嫁娶之礼。她一身厚重的古装，头上还有一顶凤冠，真正是风华绝代，独一无二。

连陈欣都不由得拿出手机连拍了好几张照片存着。

苏谦诚左右看了看，摸了摸下巴：“果然是红颜祸水，这部戏要不改成你祸乱江山名垂青史好了。”

程安安没好气地剜了他一眼：“你配演个昏君吗？”

苏谦诚却认真地回答：“你的昏君另有他人啊，这不来了嘛。”

程安安抬头望去，见消失了一早上的人正徐徐地走过来，手里拿着一个保温杯，眉目如画。

这个场景，直到很多很多年之后，秦墨都会想起来。

站在阳光下的程安安，微笑着转过身来。身后的宫殿雄伟，如藏娇的金屋。她站在红瓦之下，看着他浅浅一笑，一身大红色的龙凤呈祥，头上一顶凤冠轻摇，端的却是睥睨天下的架子，站在远处等着他走过来。

他恍然像是穿越了时光，穿越了千年，她依然在原地等他执手笑看江山天下。他一愣，步子顿了顿，抬手揉了揉额角。

最近，总觉得心被填得满满的。

不过秦墨始终是没缘看见程安安被别的男人压在身下的魅惑样子，下午就被连环夺命call给叫回了A市。临走之前，他走到苏谦诚面前：“差不多点到为止，不然……”

这赤裸裸的威胁只说了一半，又是一个紧急的电话，他只来得及跟程安安说一声，就被赶来的车子接走了。

陈欣在旁边上妆，见状不由得好笑地看了看程安安：“你们两个要不要这么腻歪。”

程安安凑近镜子看了看自己的眼睫：“已经很克制了。”他没把她拉进休息间狠狠要个临别吻是真的很克制了……

陈欣正描着眉，闻言，手一抖，直接戳出了一个本不该出现的线条来。

苏谦诚临拍摄之前居然有些紧张，程安安躺在床上都快睡着了这才见他脸色不好地走过来，不由得哑然：“你要不要这么纯情啊，还在我跟前装嫩。”

苏谦诚觉得委屈，那还不是因为她男人临走前的那欲语还休嘛……

等这戏拍好了，也已经是凌晨四点了。

程安安顺势一裹，陈欣也拿了衣服过来给她披上，她头昏脑涨地从床上爬下来，感慨万千：“这床真不能随便上。”

陈欣正在一旁笑意盈盈的，闻言，顿住了。

程安安感觉到她的异样，拍了拍她的手，这对所有的女星来说无疑都是最不能碰触的雷点。

每个人都有自己的隐私，程安安从来不碰。

乔治收拾了东西，候了车在外面等，她拉了一把陈欣：“我有个剧，当我的女主角吧？”

陈欣如今曝光率增加，红了不少，剧本广告也是接到手软。程安安昨天看了徐紫鸢发来的题材大纲，就觉得适合陈欣。

陈欣有些诧异："你捣鼓什么呢？这行不做了？"

程安安被她那如临大敌的样子逗笑："不是，不能一辈子只靠着秦墨，自己手头一点基业也没有啊。我这几年也许还吃得了这饭，以后呢？"

她轻叹了口气，眉间拢起淡淡的愁："既然和他在一起了，那势必要为以后做打算。我是一个要强的人，我也想要有一番自己的事业，这是迟早的事情，不过我现在提前了而已。"

陈欣似懂非懂，但对秦墨的背景却是知道得一清二楚，当下了然："你看似比谁都风光，都说你是这个圈子里的例外，其实也是有不顺心的。"

圈子里的评价，程安安多少有些耳闻，但从陈欣的嘴里说出来，就觉得有些好笑："你还能不知道我吗，听说来得靠谱吗？不顺心的事情多了去了，哪能件件顺心。"

陈欣知道程安安的脾气，只有她让人不顺心，倒还真不知道她不顺心的时候是什么样子。

似乎是知道陈欣在想些什么，程安安裹紧了围巾，只露出一双眼睛来，说话都瓮声瓮气的："我不顺心的时候就把事情变得顺心，我还真不信什么事能让我觉得过不去。再不然赌了气，让别人都陪我折腾。"说罢，她自己都笑了起来，双眸弯起来，透亮透亮的，真好看。

陈欣不由得也笑了起来："有时候真羡慕你。"

X城的影视城不止他们这一个剧组在拍戏，多走两步就能看见另一头刚刚开工时的灯火璀璨。

乔治就站在车旁等程安安，陈欣上前帮她把头发理了理："早点回去休息吧。"

程安安点点头，那双眼却看得人心慌，仿佛能看透人心一般："这是我做过最勇敢的事，也是这六年来我做的最对的事情，你们看见的是结果，却不知道我独自挣扎了多久，有多痛苦。"

她的话让陈欣一愣，陈欣随即摆摆手：“我知道。”

程安安也笑了起来：“你也回去休息吧，过几天就杀青了，到时候我们谈谈合作的事情。”

陈欣也笑，重重地点头，应了下来。

〔3〕

《苏察氏》正式杀青的那天X城落了第一场雪。这部戏耗时三个多月，终于落下帷幕。

程安安因为手头的工作忙，又想着A市远道而来的徐紫鸢，就有些按捺不住，只答应了庆功宴一定会到，一杀青就飞回了A市。

A市比X城还要冷许多，连绵的大雪。她捂紧了围巾，只露出了一双眼，快步往机场外面走。

前来接机的人很多，她刚走出出口，门口就候了六个保镖，见她出来，忙护了上去。

程安安的步子一顿，乔治连忙解释：“是秦总交代的，他在开会抽不出身来。”

程安安点点头，弯了眸子笑，戴上乔治递来的墨镜，风风光光地从普通通道招摇着走出去。

秦墨派来的车子就在外面等着，她微微诧异，扫了乔治一眼：“不是说直接去拍广告的吗？”

她那个推后的广告已经等不下去了，她这才马不停蹄地跟着过来赶通告。

乔治摸了摸后脑勺，显然也是刚摸清了状况，不怀好意地笑了笑：“哦，那车去维修了，你赶紧上去吧。”

程安安不疑有他，见身后的记者跟了过来，拉开车门就要进去。但她一抬眼，就愣住了。

秦墨正坐在后座上，双腿交叠，膝上正放了份文件。应该是刚刚开完会，比较累，他的眉微微皱起，掩不住的倦容。

车门一打开，一股冷气猛地袭进，跟车内的温暖相冲，却莫名地让程安安心一暖，被他一把拉进了车子。

车外的嘈杂都被挡了去，她在车内，看着他的眉眼会心一笑。

“是不是很忙，那还来接我？”她抬手搂住他抱了抱，又是分开一个多月没见，她想得慌。

秦墨虚握了拳轻咳了几声，微微拉开她：“我感冒了，别传给你了。”

感冒？程安安皱了皱眉，抬手握住他的手，见他神色只是有些疲惫，这才安下心来：“感冒了你怎么不告诉我，谁让你来了，我等会儿还有工作。”

她闹着小别扭，其实更多的是心疼，一会儿揉了揉他的手，一会儿又去探探他的脸就是不想松开他。

秦墨被她挠得有些痒，一把抓住她的手在手心亲了亲。他的唇微微干燥，亲在她的手心却有些烫：“想见你，就过来了，不然又要等好久。”话落，又咳了几声，微微侧过身去。

窗外白茫茫的一片，还在不停地下着雪，车内却是温暖如春。开车的是管家，估摸着是过来照顾秦墨的。

程安安见他面色微微苍白，捏着他的手指一个一个掰着：“张妈呢？她有没有熬姜汤给你喝？”

他还没回答，她又问道：“那吃药了没有？多喝水了吗？”

她喋喋不休，他的唇边却隐隐有了笑意。

管家也透过后视镜看过来：“程小姐，你不用担心，并不严重。”

秦墨闷闷地笑了起来，揽着她靠在自己的肩上：“休息一会儿。”

程安安哪还能睡得着，看见他翻着文件，偶尔还咳嗽几声，不由得皱了皱眉。似是察觉到她的小心思，他把文件一收：“晚上你亲手熬姜汤给我喝？”

程安安歪头看了他一眼，他的眼神此刻有些迷离，看起来高深莫测的，只是眼底尚有一丝对她才有的柔情，不由得弯了唇笑：“那我回去跟张妈学。”

半个小时就到了拍摄场地，程安安见前面这一幢高楼，松开手：“我先去了。”

秦墨点点头，越过她的身子帮她推开门。

程安安本来准备要走，但不知道为什么，突然一顿，转身捧起他的脸在他唇上亲了亲，这才笑着离开。

秦墨倒没料到她还有这么一手突然袭击，看着她的背影，淡淡地笑了起来。

管家也是看见这一幕的：“少爷，回公司吧？”

“好。”

这支广告是一款婚戒，程安安的手指纤细修长，更别说她那张能上国际影坛的脸，再加上她的知名度，更是让不少厂家趋之若鹜。

乔治曾经就说，程安安以后就随便接接广告，一年下来都能替国家的GDP（国内生产总值）做出贡献。

今天下午去却不是拍广告的，只是定妆，试效果。

乔治在程安安下车后不久就坐着保姆车过来了，见她正在化妆间化妆，端了热茶过来：“暖暖身子。”

外面的雪越下越大，室内却开了空调，温度适宜。程安安顺手脱了外套，挂在一边，抿了口茶，觉得空了一天的胃暖了些：“乔治，帮我去买点吃的。”

乔治也是忙昏了，这才一拍额头：“行。”

化妆师帮程安安化好了淡妆。程安安左右看了看，拿着那款婚戒的宣传手册往拍摄的大厅走去。

和她搭档的是一个不温不火的男明星，听乔治说，这支广告还是这男明星搭了不少线才拿下来的，就为了跟她拍一支广告增加知名度。

程安安被蹭名气多了，自然也坦然了，见到那男明星，只是点点头示意了一下就坐在一边去了。不过就这一眼，倒是让程安安留了意。

程安安一般不怎么看电视剧，但这张脸却让她瞬间有了一个模糊的影子，她想了想，却始终没想起来，这么盯着人家倒是让人生疑，不由得弯了弯唇，低回头去。

这边敲定好了时间，程安安拿了外套就往外走，乔治打了伞在门口等着，见她和导演一起走过来，上前寒暄了几句就带着她离开了。

门外已经积了好多的雪，她穿着长靴，一脚一脚踩着，等快上车时，又回头看着身后的脚印。

乔治由着她性子，见她玩够了，这才提醒道："行了，走吧，秦总还等着你呢，这么冷的天你也不怕冻着。"说完，却见该有反应的人还站在原地。

见程安安回头双眸深深地看着前方，乔治也顺着她的视线看去，就见跟她合作的那个男明星正往外走出来。

乔治一时疑惑："看上人家了？"

程安安摇摇头，只觉得看着这个男明星就觉得心里隐隐不安，但又说不上来是为什么。她抬手揉了揉额角，头有些作痛。几步上了车，她看着窗外还是有些发愣。

乔治见她心不在焉的，也不去打扰，只吩咐了司机往"帝爵世家"开。

程安安临下车前还皱着眉，拉着乔治交代道："帮我去查查那个男人，这事别跟别人说。"

乔治见她脸上的表情严肃，也知道这开不得玩笑，犹豫了片刻，点了点头："好，明天给你。"

秦墨还没回来，只有张妈在。看见好久不见的程安安，张妈倒是很高兴，忙端了一小盘子的下午茶点心给她。

程安安刚吃饱，喝了点张妈鲜榨的果汁，就洗了手进厨房："张妈，能教我怎么熬姜汤吗？"她刚打电话问了老管家，说秦墨是风寒，那姜汤正好驱寒。

张妈见她来厨房已经很惊讶了，此刻说要跟她学熬姜汤当下就明白了："这个可简单了，把姜洗干净了切细，放点红糖熬水……"

程安安一边听着，一边拿了刀来切。奈何她从来不下厨，切个姜都让人心惊胆战的。

秦墨一进来就听见厨房里张妈一直在叫："哎呀，小心……"

他一挑眉，换了鞋走过去一看，程安安正拿着刀切东西。

他看着她切一下滑一下，不由得也被吓出了一身的冷汗，快步上去直接按住她的手，从她手心里把刀拿了出来递给张妈："张妈你帮忙切好吧，等会儿让安安熬。"

程安安还想说什么，被秦墨一把掐着腰给带了出去。

秦墨是知道她来A市正要拍一款婚戒的广告，当下握住她的手在眼前看了看，不由得轻笑起来："这双手是不想要了？还是想违约？"

程安安这才想起来自己身上还有广告在身，当下摊开手指看了看，有些挫败："我多试几次就会了。"

秦墨难得见她露出这种表情，喉结滚了滚，想吻又碍着自己现在正感冒，传给她了不得心疼死，只是抱了抱她就松开了："以后要做，让张妈先给你切好，你天生不是拿菜刀的料。"

程安安被他这么一奚落也不恼，见他脸色好了些，给他倒了杯热茶塞进他的手里："多喝点水。"

他顺手接过，松开她在一边的沙发上坐下："晚上有没有安排？"

程安安刚想点头，又想起她来了到现在还没有去见徐紫鸢："晚上去见见徐紫鸢。"

秦墨点点头："正好，我跟你一起去。"

顾易安是秦墨的私人律师这件事程安安是早就知道的，当初她勾搭上秦墨做后台时，就在一次聚会里见过顾易安和徐紫鸢。

这才知道，秦墨的身份还真是足够强硬。

曾经，徐紫鸢知道了这段事，也是乐不可支：“别人想攀上的高枝倒让你一个不识货的给捡了去。”

程安安笑了笑，没有说话。

如今想起来，当时还是太过青涩，什么都写在脸上，硬装得云淡风轻，怕是早让人看出端倪来了。

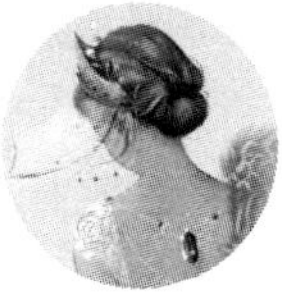

/第十七章/

# 男人，你德行

〔1〕

冬天的夜总是来得格外早，外面阴沉沉的一片，只有路灯散发着淡淡余光。

听见外面汽车的引擎声，徐紫鸢懒懒地抬了抬眼，透过窗户看去，显然是她等的人来了。她抬脚蹭了蹭一旁正在看案子的顾易安：“人来了，开门去。”

顾易安连眉毛都懒得抬一下，修长的十指搭在键盘上飞快地跃动着，顺势抽手拍了拍一旁正蹲在沙发上玩气球的顾夏天：“去开门。”

顾莫迁正在一旁打游戏，见状，撇了撇嘴，一把拎住顾夏天的后领拉着她慢慢地走去开门。

顾夏天活泼好动，走路却总是跌跌撞撞的，顾莫迁拎着她的衣领，她却笑得眯了眼，蹭着顾莫迁的小腿张牙舞爪地就往门口扑。

程安安刚按了门铃，门就被打开了。穿得厚实到只露出一张脸的顾夏天正抱着锁扣，踮着脚好奇地看着她，一张脸精致得很，让人嫉妒。

顾夏天探出脑袋来看了看，眨巴着眼看着程安安，稚声稚气地问程安安："你找谁？"

程安安下意识地看了眼身侧的秦墨，弯下腰一把将小姑娘抱了起来，用指腹去碰她的小鼻尖："这是夏天吧？还记不记得我是谁啊？"

顾夏天见程安安这个大忙人的机会实在不多，但是她对程安安是有印象的。顾夏天歪着脑袋想了想，回过头去看门后的顾莫迁："是香香的漂漂姐姐。"

顾莫迁特别嫌弃地看了顾夏天一眼，拉开门："先进来吧。"

程安安抬手勾了勾他的鼻尖："莫迁都长那么大啦。"

顾莫迁对程安安的印象倒是挺好的，弯着唇一笑："是啊。"

秦墨是知道程安安这些年虽然从Z市到A市发展，偶尔有通告或者假期的时候都会回去Z市看看，倒不知道她那么讨小孩子的喜欢。

顾夏天认出她来了，当下亲亲热热的一点也不怕生地往她身上蹭："香香姐姐。"

程安安被她逗得笑了起来，点着她的小鼻尖："你应该叫我阿姨了，虽然我喜欢你叫我姐姐。"

顾夏天似懂非懂，正好电视放到了程安安那款香水的广告，她舞着手开心得不得了。

徐紫鸢上前一把抱过夏天扔给了一旁的顾易安，直接塞了一杯热茶在程安安的手心里："夏天最闹人了。"

秦墨在大厅站了一会儿，见徐紫鸢看了过来，微微点头示意。

随即见顾易安收拾了东西，抱着顾家的小公主就往楼上走，秦墨也跟了上去，把客厅留给了两个女人。

徐紫鸢一边正开着电脑，一边正在看电视。此刻见她来了，这才收回视线，把写了好几章打印出来的剧本递过去：“你先看看怎么样。”

之前，程安安在X城拍摄的时候两人就已经通过电话沟通得差不多，也敲定了大纲题材，时下各种题材青春偶像剧也是极受欢迎的，于是就决定两手准备，准备来个开门红。

徐紫鸢这次的剧本写的是三个人的故事，不同于她之前的作品那么现实冷酷，这个完全就是小清新的青春电视剧。从大学毕业开始，三个女生共同求职并且追寻爱情的故事。

程安安原本并不打算入镜，徐紫鸢盯着电脑屏幕片刻，才说：“还是出演一个吧，戏份不会很重，但是你必须出现。”

程安安自然知道噱头一定要足，当下认真地看起剧本来。

女主角林默默是个实打实放人群里都遍寻不着的平凡女孩，个性的鲜明在于坚持，从大学毕业开始就努力生活，最后和公司里一个经济适用男圆满结合。

女二号秦小妖是个被惯坏了的富家女，敢爱敢恨，性格强烈。为了反抗家里的安排，自己出来创业，最后和林默默公司的老总看对了眼。

女三号则是恨嫁的老古板女人，妆容打扮老土，却有一颗坚持相亲的心，最终也是抱得美男归。

总而言之，一句下来，就是放大了现实生活的轻喜剧。

整个剧本强调的中心就是追求，轻松、温暖、青春。

程安安的头一部作品，自然是要又朴实又有亮点才好，市场上这种电视很多，但真的能博彩的却不多。程安安那时候就提出了，从大学生活开始，从努力生活的角度一步步地让梦想和爱情实现。

年轻人敢爱敢恨，对生活又抱有极大的幻想，自然是喜欢这种轻松基调的。

徐紫鸢见立意鲜明，当下挑了挑眉，提出最重要的一点：“那演员怎么好看怎么美型怎么来。”既然是针对年轻群体的，那演员必须得符合大众审美，才能在一定程度上保证收视率。

程安安自然没意见，乔治已经帮她推掉了许多无关紧要的通告，她也打算过一阵子就去A市的影视学院挑角色去。新面孔满足新鲜感，再来一些当红小生，啧，那就完美了。

徐紫鸢倦倦地缩在沙发上："你出演女二号，然后对手是秦墨的话，这部戏绝对盆满钵满。"

程安安立时摇摇头，直接拒绝："你别把主意打到秦墨身上去啊。"

徐紫鸢也就那么一提，自然是作不得数的，当下一副明了的表情看着她笑："怎么了，这次那么大手笔讨老爷子的欢心？"

程安安低头抿了口热茶，挑了挑眼角："老爷子？拿这招讨欢心也太次了，我只是告诉他们我跟秦墨之间并没有谁尊谁卑。"

她还用不着讨谁欢心，喜欢的自然喜欢，不喜欢的自然就看不顺眼。她再舍不得秦墨为了她为难，也不愿意太过委屈自己。

徐紫鸢点点头，却有些不屑："哼，要是我，直接上他们家闹得鸡犬不宁，敢给我下马威说难听的话，把他们的饭桌都掀了。我吃不好你们还想吃饭？休想。"

程安安哑然一笑，她倒是知道徐紫鸢家的老爷子那时候让她不顺心了，她直接带着莫迁杀过去，把桌子全部给掀了，放完狠话才怡怡然回了家。

对顾家的当家人倒没有太过分，不过也没她这样花心思罢了。这个女人被顾易安宠得无法无天了，自然谁都不放在眼里，她受的委屈，足以让他这样待她。

"倒是说了难听的话。"程安安低低垂了眼睫，随即又笑了开来，"不过我没让秦墨好过，秦墨也没让我好过罢了。"

徐紫鸢自然是知道他们之间那些解不开的破结的，但当事人都已经在努力了，她自然不能说动摇军心的话，只拍了拍她的肩："再受委屈也不能放低了身子去，那些人刁着呢，没办法全身而退就折腾到他们也不敢招惹你为止。反正秦墨站在你这边，谁不给你好脸色就让她也不好过。"

程安安自然明白，当下应道：“你放心，丢不了这个人。”

书房内。

顾易安亲自沏了茶放在秦墨的手边，动作优雅闲适：“什么时候能喝上喜酒啊？”

秦墨抬起手指揉了揉额角，勾起唇似笑非笑：“那还得让你们多等一段时间了。”

顾易安“唔”了一声，不甚在意：“你们也老大不小了。”

秦墨自然知道，端过茶杯抿着茶，漫不经心地问：“什么时候要第三胎啊？我红包都准备好了一直送不出去。”

顾易安：“……”报应来得真快。

坐了片刻，时间也差不多了，屋外已经开始飘起了雪。

徐紫鸢把程安安顺手脱下的外套披在她的肩头，一直送到门口：“路上小心些。”

秦墨正双手插在口袋里，站在院子门口等着，程安安站在台阶上微微笑着，捏着顾夏天的小鼻尖亲昵地凑过去讨吻。

顾夏天刚睡醒，精神十足，抱着程安安就是不肯撒手：“我要和香香阿姨一起回家睡觉。”

顾易安实在看不下去，直接把顾夏天给拎了下来抱在怀里固定住，这才看向程安安，意有所指：“喜欢就自己弄一个玩玩。”

弄一个……

玩玩。

程安安被顾大少这么直白的话雷得不轻，摸了摸鼻尖装作什么都没听见，赶紧退避三舍。

院外，秦墨一袭深色的外套站在车门旁，纷纷扬扬的雪落下，在他的肩头落了一丝的白，衬得他那双眼越发幽深诱人。

她顿了顿，见他脸色并不好，微微愧疚：“我来开车吧。”

秦墨挑了挑眉，开了副驾驶座的车门，让她进去："雪天路滑，你不行。"

程安安从X城一路赶过来，今天一整天都没怎么休息，这车怎么敢给她开，磕着碰着会有人心疼的。

程安安也不矫情，干干脆脆坐了进去。

雪越下越大，夜深人静，路边的商铺都早早收了摊，一片暗沉。

他放缓了速度，开了空调，调了调温度："离家还有段时间，先睡会儿？"

程安安却摇摇头，满腹的心事，她睡不着。秦墨也不勉强。

不知道是不是气氛太过美好，秦墨突然想起苏谦诚曾经对他说过的那些话。苏谦诚后来约过秦墨，在酒店的吧台上。他指尖端着一杯血腥玛丽，看着那酒液对秦墨笑。

苏谦诚说："秦墨，其实到如今我却不那么羡慕你了。你只是比我运气好罢了。"

秦墨那时候一挑眉，倒是不在意："是吗？"

苏谦诚笑了笑，抿了口酒，微微皱起了眉头："其实我比你更先遇见程安安，在Z大的升旗台上。"

他也见过初时不染尘埃的程安安，也见过她最清新的时候，也为那时候的她怦然心动。只不过他这一步晚了，之后就再也没有抢先过一次。

秦墨抬眸看他，神色不变，微微勾唇："最先遇见又如何？"

是啊，又如何。

她始终是不知道她最先遇见的人是谁，就算知道了也不会有多大的反应吧。

苏谦诚晃了晃头，对自己现在还心存侥幸的想法自嘲了："不过，你最适合她。这个世界除了你，怕是再没有谁能让她动心，心甘情愿被拉下神坛。"

秦墨不以为然，这个神坛是他亲手打造的，上面站着的人只要他愿意，能立马身败名裂。但是他不愿意，因为神坛上站着的人，也是他的女神。

苏谦诚微微有了醉意，眯着眸子笑了起来：“秦墨，你给了你自以为最好的，但你始终有一样没有我做得好。”

他转过头去，眼神慵懒：“什么？”

苏谦诚笑得越发肆意：“我爱她从来不干涉她，给的全部都是她要的。但是你给她的，全部都是你强加在她身上的东西，不见得她全部都喜欢。说到底，你还是吝啬的，你始终忌惮着不愿意给她一个家。家，并不是一个房子而已。”

家，并不是一个房子而已。

秦墨眸色一沉，说出来的话语却叫人心惊胆寒：“苏谦诚，你并不懂程安安，‘家’这个字太重，她未必想要。”

他说得肯定，只是心下却微微动摇。

直到如今——

程安安转头看着他：“秦墨，我们要个孩子吧。”

〔2〕

“吱……”尖锐急促的刹车声突兀地响起。

程安安还有些惊魂未定，脑子一阵阵眩晕。她的胸前还横亘着秦墨的手，正拦住她的身子，阻止她往前倾。

程安安脸色煞白，她转头看着秦墨紧绷的脸半晌，目光又游移到了他握着方向盘握得发白的手上，动了动，轻声说道：“对不起……”

他这才回过神，收回手，继续开车。

程安安的心却是一冷，也不知道是失落还是什么，觉得心头一涩，苦苦的。

隔日，乔治过来的时候，程安安正裹着大衣在门口等。见他的车子一来，她赶紧拉着人往车里推，一副等急了的样子。

乔治望了望后面，见程安安跟被鬼追似的样子，实在不解：“怎么了？跟秦总吵架了？”

程安安幽幽地看了他一眼，直接摊手：“昨儿让你查，你查了没？”

乔治又往里面看了眼，这才把手边的档案袋递过去：“你是觉得他跟楚遥遥有关系？”

程安安拿资料的手一顿，眉间下意识地一跳：“真的跟楚遥遥有关系？”

乔治倒是给力，能查出来的都查出来了……

程安安一页一页看着，直到看见周耀的女友上面印着楚遥遥的名字时，这才突然想起来，果然是在楚遥遥身边看见过的。

那时候她跟楚遥遥还没掰，刚拍摄完，从公司里出来。已经三更半夜了，她在门口等乔治的车，原本想着多照顾楚遥遥一下，送楚遥遥一程的，哪料楚遥遥急匆匆低了头就跑了。

后来车子刚开到第一个红灯的时候，就看见楚遥遥在街头跟一个戴着鸭舌帽的男人拉拉扯扯的，似乎是在吵架。她不以为意，只是这一瞥，倒觉得这男人长得眉清目秀的。

过了没几日，她又见过一次，这次印象比较深刻。是她一大早起来去赶通告，那时候跟楚遥遥是同一个酒店，她一出门就看见那个男人从楚遥遥的房间走出来，两个人正搂着卿卿我我地腻歪着。

程安安没发出声音就闪了过去，倒是经过拐角的时候多瞥了眼那个男人。

见程安安拧着眉若有所思，乔治也不敢不正经了：“怎么了？”

程安安也解释不清看见周耀时心里发慌的那种感觉，但终究是没有什么的，楚遥遥如今身败名裂了，还能东山再起？

周耀也早就一脚踹了楚遥遥，爽快得很。

她摇摇头，揉了揉额角：“没事。”

广告其中一个场景就是在雪地里，不过为了追求效果，程安安只穿着单薄的晚礼服在大雪里瑟瑟发抖。

乔治看得不忍心了，这么大冷天的，程安安这么一脱就要几十分钟，皮肤都冻青了，偏偏还一条一条地“卡”。

程安安裹着羽绒服，脸色都微微发白，她抱着暖手宝抱了一会儿，看着那边还在听导演讲戏的周耀，对乔治说：“我都冻僵了，你去帮我把人请过来。”

乔治一愣，随即想到程安安对周耀这个人那么敏感，不由得也上了心，还真的是把人请过来的。

程安安从保温杯里倒了温水递给他，笑得人畜无害，春光明媚：“请坐。”

周耀倒有些急促，抿了抿嘴角：“不好意思。”

程安安不动声色地打量了他一眼：“不知道是不是我们之间没有交流好？”

周耀显然也知道程安安说的是什么事，她从早上一直冻到现在也没撂过半句狠话，当下微微红了脸：“是我找不到状态，连累你了。”

程安安低头抿了口茶，伸出舌头舔了舔干燥的唇：“没关系，不过有问题的话可以提出来我们一起解决，你这边一直卡着也不是个事啊，你说是吧？”

周耀直直地看了她半晌，这才笑了笑：“嗯。”

程安安见他看起来还是不生分的，当下就当什么都不知道般问道：“我是不是在哪里见过你啊？”

周耀愣了一下：“没有，这是我第一次见你本人，比电视上还好看。”

程安安弯唇一笑，笑容却有些讽刺：“谢谢。”说罢，又不动声色地打量了他一眼，这才起身往导演那边走，刚走了几步又回过头来交代一声，“我去导演那边，你随意。”

周耀没想到她这么随和，点点头，耳根子都红了起来。

程安安颇有深意地看了他一眼，这才往导演那边走去。乔治见状也跟了过来，皱着眉问她：“谈好了？”

什么都挖不出来，能谈什么？她轻叹了口气，抓住乔治的手："等会儿再NG的话，你就直接说我有通告，先把我接走吧。不然，我今天迟早得冻死在这里。"

乔治也无奈，回头瞪了周耀一眼，这才应了下来。

等再开拍的时候，情况虽然好了一点，但显然还是不合格的。

程安安忍耐了片刻，终于发飙了。她一手甩开周耀伸过来要给她戴戒指的手，冷声道："没吃过猪肉总得见过猪跑啊，这都NG了多少次了，总结经验会不会？"

乔治一见情况不对，赶紧拿了羽绒服上去，先裹住了人，这才厉声道："你怎么回事，安安后面还有通告呢，因为你耽误多少了。"说罢，一扭头看着导演，越发神色不善，"王导，不是我不给你面子，你这哪儿找来的人啊。安安冻出个好歹来，损失你赔得起吗？"

王导脸色一白，看着周耀时也没个好脸色："你怎么回事，讲了那么多遍还不会？"

程安安冻得脸色都有些发青了，冷眼扫了周耀片刻，这才冷哼一声，只觉得头晕目眩的，脑子一片空白，累得手都抬不起来。她堪堪倚在乔治的身上，抓紧了他的手："先扶我上车吧。"

王导见人要走，也不敢拦，只在一旁赔着小心："对不住了，我好好教育教育他，到时候打电话。"

乔治连头都没回，直接拂了导演的面子，径直带着人就走。

程安安上车之前回头看了一眼，周耀正站在场地中间被导演训着，眼神却是直接看过来的。

原本下午三点约了徐紫鸢，但如今这状况，别说是乔治了，就连她自己都有自知之明不敢瞎跑了，直接就近去了公司。

公司里刚动员了全部的签约艺人来拍照，过段时间就过年了，聚在一起拍宣传照。程安安虽然接了消息，没来倒是也没人催。

此刻她裹着羽绒服脸色不好地走进来，众人都侧目过来。程安安也不恼，上楼梯前冷冷地往人群里看了一眼，按了楼层直接往自己的休息室走。

徐紫鸢接到消息时，正好人已经在外面了，把地点改到了程安安的公司里。

倒是该透露一点风声出去了。

程安安喝了热茶缓了缓，这才觉得好受些，在沙发上靠了靠："乔治，你去楼下接下紫鸢吧，她一会儿就过来了。"

乔治放心不下，出门的时候还让人调动了几个保镖过来，临时又叫了一个助理过来帮忙伺候着，这才下了楼。

要不说乔治是多年的大牌经纪人了，这么安排着倒是替程安安解决了不少麻烦。知道程安安今天难得出现在公司，不少人在门口候着想见她，但一看门口守着两个保镖，自然知道了程安安的态度，纷纷撤了。

不过，最大的麻烦还不是这个。

徐紫鸢来的时候，被眼前的场景吓了一跳。

乔治正被保安护着，站在门口，抿着唇脸色很是不好看。见徐紫鸢过来了，他跟她打了个手势，让她自己注意着点。

徐紫鸢也是见过大阵仗的人，见这一圈记者围着乔治就知道是有什么事了，她飞快地从侧门走了过去，乔治见人接到了转身就走。

这群记者一见到徐紫鸢就立马嗅到了什么，越发疯狂起来。

乔治走进电梯了还心有余悸，只是脸色越发不好看起来。

徐紫鸢扯了扯围巾，不经意地问："怎么了？"

乔治正拿了手机打算打电话，闻言，抬了抬眉，低声道："早上七点开始，安安拍广告一直拍到刚才。那么冷的天，一件晚礼服冻了那么久都没发脾气，跟你约的时间到了这才急了。偏偏那男演员还不识趣。"

他顿了顿，也是气得慌："安安也够给他面子了，只沉着脸说了几句而已，这些记者也不知道哪里听来的消息，说安安耍大牌现场给艺人难堪还动了手。"

徐紫鸢一愣，随即扯了扯嘴角：“气什么，她就算真这么做了又怎么样，何况还没做呢。”

乔治自然也明白，轻叹了口气：“现在正是关键时刻呢，爆出不好的消息对安安的影响实在不好。”

说话间，电梯也到了。徐紫鸢率先走了出来：“那就澄清，谁陷害的就把谁拉出来，杀鸡儆猴。”

陷害……

乔治的脑子“嗡”的一声，像被人敲了一棍。

（3）

比起乔治，程安安算是淡定多了。她轻轻地掀了掀眼帘，笑了起来：“谁胆子那么大，敢往我身上乱扣，这事没那么严重。”

乔治见她这么说，也稍微定了心，正要出去打电话，被程安安叫了个正着：“这事先瞒着秦墨，别让他知道，不然我晚上的饭局可就去不了了。”

乔治一脸为难：“小祖宗，这不是让我等着被秦总开吗？”

“你要打小报告，那我现在就开了你……”

程安安从从容容的样子却让乔治瞬间苦了一张脸。

乔治衡量了片刻，好吧，还是程安安的杀伤力比较大：“行，出事了你负责。”

程安安点点头，这才挥了挥手：“你也去休息吧，时间到了再来叫我。”

徐紫鸢一直没说话，见人都走了，这才轻笑了一声：“啧，真是委曲求全啊，你做那么多无非是为了秦墨，不然老老实实接你的通告，对着镜头笑一笑就能日进斗金，何乐不为？”

程安安顺手拿过她拿来的资料：“今日所做的，本就是心甘情愿的。”

徐紫鸢也懒得跟她说，直接翻着资料给她看：“我这边没问题了，过几天就回去了。”

程安安自然知道徐紫鸢这一趟是专门为了她，还替她联系好了投资方，当下点点头："大恩不言谢，到时候会记得给你多一份红包的。"

徐紫鸢勾勾唇，笑得志得意满："算你小样的上道。"

见投资方的地点是徐紫鸢早就定好了的，就在公司旁边的酒店，她不方便出面，打点好了这些便回家去了。

乔治掐着时间来叫程安安，门一开，见她正趴在沙发上休息，眉头紧紧皱着，脸色微微苍白，看起来很不舒服。几年的演艺生涯下来，她时刻在并不是十分安全的地方保持警觉性，乔治的动作虽轻，她一向浅眠，睁开眼看了过去。

"时间到了？"她说出口的声音微微有些沙哑。

乔治看了她一眼，见她状态实在不好，一边替她拿大衣一边倒了温水递过去。

程安安喝了好几口，缓了缓，摸着脖子皱了皱眉："等会儿去买点药再买点润喉糖来。"

酒店的对面就有一家药店，乔治等到了目的地才让程安安在车上等着，他去对面买了药就过来。

程安安又抿了几口温水润了润嗓子，这才摸出手机给秦墨发了个短信。

"我晚上还有通告，晚点回来。"

信息刚发出去，屏幕一黑，没电了……

秦墨正从公司走出来，感觉到大衣口袋里手机在响，摸出来一看，皱了皱眉。

秘书见他这副样子，不由得喊了一声："秦总？"

秦墨抬起手挥了挥，看着公司门口的车子已经候着了，转头看向秘书："照常。"

秘书正要打电话的手一顿，讪讪地摸了摸鼻子。

徐紫鸢的面子大，原本该一个个拜访的人她一个电话全部请了出来。程安安见时间差不多了，披上大衣和乔治一起往酒店包厢里走。

酒店里灯火通明，暖气肆意，比起外面的冰天雪地，简直是人间天堂。这家酒店入住的人多，此刻见她这么大阵仗地走过来，不由得都微微侧目看过去。

程安安倒是不在意这些目光，只是斜眼看了看服务台上挂着的时钟，才七点而已，起码得熬上三个小时。

就在她前脚刚踏入酒店，下一秒，秦墨的车就缓缓地停在了酒店的门口。

他眸色深深地看着那一抹熟悉的身影，手指捏着手机，微微有些不耐烦地抬起手指敲了敲。

秘书显然也是看见了程安安，当下一哂："程小姐在附近有通告？"

秦墨认真地想了下，确定没有的时候微微眯了眯眸子，抬起手指捏了捏额角："你去问问她去哪个包间……"一顿，他的眸色一沉，"或者是哪个房间。"

秘书一凛，赶紧开了车门去服务台查询了。

车外的空气袭来，秦墨狠狠地吸了一口，不紧不慢地迈下车子。他长身玉立，只是面上一丝表情也无，冷冰冰的，不知道在想些什么。

秘书见他走进来了，这才疾步过来："秦总，程小姐是几天之前在五楼订了包间，具体什么人不清楚。"

五楼？

秦墨挑了挑眉，似笑非笑地勾起了嘴角，那笑容却是让秘书硬生生地打了个寒战，暗叫糟糕。

秦墨边走边问："哪个房间知道吧？把我们那个包厢推了，直接改到她对面。"

秘书的脚步一顿，险先被自己绊倒，随即点点头："是。"

程安安到的时候包厢里该来的都已经准时到了，她虽然没有迟到，却是最后一个来的，当下微微歉意："不好意思，有些通告，来得晚了。"

陈导倒是笑了笑，摆了摆手，拿起酒杯示意："迟到是女人的专利，何况程小姐还是很守时的。"

程安安弯唇一笑，拿起酒杯示意。

陈导和程安安是合作过的，当年《天皇巨星》就是他导演的，虽然算不上熟稔，但是起码是认识的。她点点头示意，微微勾了嘴角："好久不见了，陈导。"

一旁坐着的韩总就有些不乐意了："哎，进来只跟陈导一个人打招呼，程小姐未免有些失礼了吧？"

程安安也不辩解，淡淡扫了他一眼，给自己满上："这就给韩总赔罪。"

这边顺了毛，等一圈子敬了酒，气氛也融洽了，程安安斟酌片刻开始开门见山："今天请各位来呢，主要是想合作……"

这边坐着的个个都是人精，自然知道她要说些什么，当下一笑，韩总直接说道："冲着程小姐的面子，我们的合作也都是铁板钉钉了，今日会来听的可不是这些。"

程安安嘴边的笑意有瞬间的凝固，随即很快又重新扬起："倒是我的疏忽了，那么我们现在来谈谈具体事宜？"

陈导之前跟徐紫鸢已经通过气了，当下说道："韩总说得对，我们今天既然来了绝对就不在乎那么点皮毛，反正程小姐做事公正，也大方，我们都是心中有数的。"

程安安微低了低头，掩住眼底的冷意。倒是一个个地把话都给她堵死了，一个个高帽子往她头上扣，还真是看得起她。她来这里可不是让他们来宰的，价格是要公道，但总不能让她倒贴吧？

她扬了扬酒杯轻抿了一口。她今天的状态本来就不佳，被灌了几杯酒脸色已经微红，包厢里的空调打得高，她只觉得浑身都热得慌，闷得她喘不过气来。

见这几位大佬都盯着她看，她这才说道：“那是自然，我给的估价绝对不会让各位失望。”

她没明确地说出数字来，这些人都人精似的，这会儿正想逼她呢，她哪会那么傻就把事情全部给定下了。见他们面色有异，她直接截了话头，说道：“祝我们合作愉快，反正都出来聚聚了，何必还那么严肃地讨论工作上的事，各位说是吧？”

韩总却是面色微凝：“酒场上做成的生意多了去，程小姐此言差矣啊。”

程安安捏着酒杯的手一紧，微微侧目，看向一旁的乔治：“空调打得太高了，去开了门透点气吧。”

乔治皱皱眉，见她脸色不好知道她不能再多喝了，但见这情形，一时半刻是解决不了的，当下动了心思。

他起身走到门边去开门，还想顺便出去打个电话，一抬眼看见对面高谈论阔的一桌，瞬间傻眼。

秦……秦墨!

秦墨似是注意到这边的视线，锐利地盯了他一眼，警告意味十足。

乔治见状，赶紧把门半拉开，正好让秦墨能看见这边的程安安，这才忐忑着回了座位。

程安安倒是一直没有留意这边，只垂了眼默默地盘算着。她来之前倒是想好了一套说辞的，但此刻拿出来却是不合时宜的，当下赔了笑：“各位，今天尽兴要紧。”

见她这边服了软，断了话题，韩总也给面子，笑了笑不再多说，只是拉着程安安作陪灌了好几杯，这才又慢慢地把话题引了回来：“程小姐，以你这身价，做这个怎么都不划算啊。”

程安安眉目一转，尽是风情：“突然有兴趣了而已。”

陈导却是一笑：“怕是想退居幕后了吧？这一行做不下去了还是不想做了？”

程安安何时被人这么有深意地问过，当下微微蹙了蹙眉，还未回答，就见秦墨一袭正装端着酒杯走了过来。

她一愣，眉角一跳……

秦墨却不是看向她的，只淡淡扫过她一眼，直接端了酒杯敬向陈导："今日真是有缘，平日里你们这几位可都是可遇不可求的。"

程安安和秦墨是公开的男女朋友关系，在座各位当下脸色都是一变，有些不好看起来。但碍于秦墨的身份还要巴结，他们站起身敬了酒："哪里的话，倒是秦总，你才是稀客啊。"

秦墨不动声色地看了他们一眼，目光又转向那边努力减少存在感的程安安，翘了翘嘴角："我本来是在对面的，看见安安就过来跟大家打个招呼。"

韩总受宠若惊，摸了摸额头的冷汗："不如一起坐？"

原本作陪秦墨的王总见状跟了过来，见这边坐着的人，一眼就看出了名堂，当下一挥手："不如一起拼桌吧，难得遇到。"

秦墨扫了程安安一眼，淡淡拒绝："不了，安安出门的时候还跟我说是来谈事情的，哪里好打扰。王总你先过去吧，我坐坐就来。"

程安安眉角一跳，细细地看了秦墨一眼，奈何他干脆把她当成了空气，一眼也没递过来。

〔4〕

陈导有意把身旁的位置留给秦墨，站起身来，往旁边移了移："来，秦总，这边坐。"

程安安见他点点头，直接在她身旁落座，坐下的时候手指微微擦过她的脸，这才认真地瞄了她一眼，微微皱眉。

见整桌的人，此刻的目光都停驻在了这边，程安安略略低头，掩了掩唇边的笑意，探手按在他的腿上。

秦墨正拿着杯子跟陈导说话，被她这么一个小动作一撩，话说到半顿了顿。

一直认真听着的陈导见状，疑惑地看着脸色突然凝住的秦墨，不由得颤了颤："秦总？"

秦墨这才回过神来，神色自若地继续说了下去。

程安安的心情倒是瞬间好了起来，手指指尖在他的西装裤上画着圈圈，一下一下，轻缓却调情意味十足。

秦墨淡淡瞥了她一眼，不为所动。

程安安闷闷笑了一会儿，这才拿起酒杯，对着一旁默不作声的韩总示意："韩总，来，我敬你一杯。"

秦墨一直留意着她的一举一动，见她又灌了一杯下去，手直接探下去握住她正想撤离的手一把握在手心。

程安安微微一愣，看了秦墨一眼，只看见他好心情地勾了勾嘴角。

秦墨的意思不言而喻，是来给程安安撑场子的。想必刚才那些咄咄逼人的话他听得一清二楚，此刻见她开了话题，当下表示了极大的兴趣，见招拆招，没几个来回就把人都收拾得服服帖帖的。

程安安笑眯了眼，被他握住的手一个反手跟他十指相扣。真是她男人啊，这么护着她。

韩总这批人，原本是打算狠狠宰程安安一顿的，但是没料，程安安看起来是花瓶，却聪明着呢，一点便宜都没让人套着。现在又来一个商场上雷厉风行的秦墨，原本那些利润点都被砍掉了一大截。

当下面色虽然不好，却无可奈何。

程安安倒是身心愉悦，灌过来的酒一杯不落全部咽了下去。

秦墨把价砍得那么狠，如今自然不能再拦着了，见她灌了几杯面色越发红，这才打了马虎眼，示意她该撤离了。

秦墨一个眼神程安安就知道是什么意思了，当下捂着嘴，有些歉意地笑了笑："各位随意，我有些不舒服，去卫生间一趟。"

等出了门，程安安这下是真的不舒服了。冷气和暖气的对冲，其实最难受了。

乔治见她脸色难看，愁得脸都皱起来了："我先送你去车上。"

程安安点点头，靠着墙角片刻，这才缓过神来，跟着他往楼下走。

酒店外面一片银装素裹，空气却清新。她在门口等了片刻，见很多人都看了过来，无奈地上了保姆车。

过了一刻钟，秦墨就孑然一身，施施然走下来了。

乔治一直在门边候着，见人来了，赶紧拉了门让人进来。

秦墨一上来就看见程安安闭着眼蜷在座位上休息，皱了皱眉，直接拿过乔治手上的保温杯。

“不舒服？”他的声音在耳边响起。

她一抬眼，就看见他正俯下身来，任由他捏着下巴左右看了看。等他缩回手，又自发自觉地缠上去，搂着他的脖子直接偎了上去。

“我难受。”

秦墨的身子一僵，随即双手穿过她手臂直接揽着她抱起来，一个转身坐在她之前的位置上，把她横抱进怀里安置着。

程安安一难受就喜欢黏着秦墨，此刻更是缠得紧，直接蹭着他的下巴，一张脸红红的，眼神亮晶晶的。她直勾勾看着秦墨的那股劲，让一旁围观的乔治都笑出声来。

秦墨淡淡看了乔治一眼，顺手开了保温杯放到她的唇边喂她：“喝点热茶暖暖。”

程安安晃晃头，茶杯都凑到了唇边，却抵触地一侧头把头埋进他的颈窝：“秦墨，我难受。”

见她眼神迷离，显然是有些醉了。他盯着看了好一会儿，这才沉沉地笑出声，顺手把保温杯放在一边，揽紧她的身子轻声问：“哪里不舒服？”

“哪里都不舒服。”她直接抓着他的手往自己的胸口探，“你看，这里跳得好快。”

秦墨眸子一深，顺着她的手占了一会儿豆腐这才心满意足地缩回手：“有没有毛毯？”

程安安怕冷，车上就一直备着毛毯。乔治赶紧非礼勿视，直接几步拿了毛毯递过去。

秦墨顺手一扯把她裹得严严实实的，见她眼底淡淡的青黑，不由得俯身吻了吻："累不累？"

程安安张嘴就在他的脖子上轻轻咬了一口，随即也不知道怎么回事，他只感觉脖颈这边微微湿润。他心下顿时一紧，抬手扣住她的下巴掰过来一看，她已经哭得满脸的眼泪了。

秦墨皱了皱眉，顿时心疼了："受委屈了？"

程安安双手紧紧搂着秦墨，缩在他的怀里，哭得越发厉害了："秦墨……"

那低低抽泣的声音让他的眉越皱越紧，偏她又闹起脾气不让他看，哭得厉害了一抽一抽的，别提多可怜了。

秦墨低声哄了片刻，她才止了眼泪，手指抓着他的衬衫抓得紧紧的。

见她不哭了，他才松了口气，心都被她的哭声哭得揪起来了。他给她擦了眼泪，见她鼻尖红红的，不由得亲了亲，咬着她的耳朵小声地说着话。

乔治听见程安安的哭声，不由得透过车窗一直侧头看，见秦墨那脸上出现了温柔的表情顿时被吓得不轻。

啧啧，也只有程安安才能让秦墨有这表情了，不然怕秦墨这辈子都不知道什么叫温柔了。瞧现在这副捧在手心怕摔了，含在嘴里怕化了的样子……

程安安是真的觉得委屈了，这段时间累得她心力交瘁，这回酒壮人胆，她不管不顾就哭得稀里哗啦的。现在哭完了也好受了，这才舔了舔唇，用眼神示意被秦墨放在一边的保温杯。

秦墨不由得好笑，递到她唇边给她喂了些下去，这才无奈地道："头一次见一人哭得那么惨……"

程安安似娇似嗔地看了他一眼，这一眼倒是让秦墨那心都化成了水，话说出口的时候声音都微微哑了些："磨人的小狐狸。"

程安安又抿了好几口，却越发口干舌燥。

秦墨拍了拍她的头，抬手遮住她的眼："睡一会儿，到家了再叫你。"

她点点头，歪着头寻了个舒服的姿势就睡了过去。到家的时候，秦墨见她睡得正熟，自然舍不得叫她，小心地抱着就下了车。

乔治眼疾手快，赶紧开了门，目送两位大boss进去了，这才关好门离开。

程安安懒懒地动了动，掀了掀眸子，秦墨刚以为她醒了，她又闭上眼睡了过去，看来是真的累极了。等安置好了，秦墨轻轻关了灯，拿了她放在床头柜上的文件去书房看。

程安安口渴醒来的时候抬手一摸，见一旁的位置上并没有人，揉了揉眼睛坐起身来。

卧室的门并没有关，书房那灯光就顺着流泻了出来。她去卫生间洗了把脸，这才走到书房。

秦墨一直用心看着文件，等程安安走到门口才察觉，抿了口茶看向她："怎么起来了？"

程安安一眼看见他手里拿着她那些文件，揉了揉眼，显然还没清醒："那你怎么还没睡？"

秦墨扬了扬手里这些文件，朝她伸出手："看看进度，把你累成这样，我舍不得。"

程安安一愣，这才低低笑出声，走过去坐在他的腿上被他圈在怀里继续看着文件。

秦墨见她明显还没睡够的样子，这才把东西一收，抱着她就往卧室走："我累了，陪我去睡。"

程安安懒洋洋地刮了刮他的鼻尖，打了个哈欠，安分了："撒谎。"

秦墨也不解释，反而挑了眉问："看你那么精神，我们做点别的？"

程安安迷迷糊糊地顺着就反问："嗯？做什么？"

秦墨一笑，程安安刚睡醒的时候可没有平日里那股精明劲，几乎就是任由人揉捏的。

他在她耳边热热地吹着气："昨晚谁说要孩子的？"

程安安一愣，疑惑了："可是你昨晚那反应……"像是挺排斥的啊。

秦墨听她话说到一半就明白她是误会了，把她往被子里一塞，就开始慢条斯理地脱衣服："你确定你现在这种忙到半死不活的状态适合要孩子？"

程安安沉默了片刻，才反应过来，顿时弯了眸子笑了起来："所以你不是不想要孩子，对不对？"

秦墨顺势半跪在床边，在她面前解着纽扣："来，帮我。"

程安安迟疑了片刻，这才温顺地移过去帮他解着纽扣。

秦墨原本只是逗逗她的，见她那么认真，眸色一沉，眼底都是笑意，目光灼热。

程安安被他盯得不自在，瞥了他一眼："喂，再看下去要收费的。"

秦墨不看她都能准确无误地握住她的手，他掌心的温度微高，烫得她一缩。

秦墨却紧紧地握住她的手，不让她退缩："如果是我和你的孩子，安安……我并不排斥。"

她一顿，抬眸去看，眼底泛起翻腾的巨浪。她微微张唇，却不知道要说些什么。

秦墨弯唇一笑，拉住她的手扯进怀里，顺势压在身下，俯身亲了亲她的唇，这才轻叹了口气，抵着她的唇轻声说："我舍不得你那么辛苦……安安。"

程安安只觉得一颗心正被眼前这个男人妥帖地安放。她拿奖的时候都未曾那么激动过，此刻却突然词穷，被他咬着唇，低低地哭着。

秦墨凑上去亲了亲她的眼，声音越发温柔起来："哭什么，傻姑娘。”

秦墨轻声哄着，一下一下地亲着她。

程安安紧紧搂着他，声音哽咽：“秦墨，谢谢你。”

把我这颗心那么妥帖地安放，让我觉得这一切，哪怕为你付出再多，都是值得的。

对她而言，秦墨是这个世界上……最让她心动的无价之宝。

为了他，她甘愿。

**/第十八章/**

# 山雨欲来风满楼

〔1〕

审批下来之后，电视剧就开始筹备选角等一系列的后续工作了。

网上针对程安安要大牌的争议却是越演越烈，更是时不时冒出一些微博认证名人亲口指证程安安要大牌已经是见怪不怪。又开始引经据典有意无意地开始扒她一夜成名的黑暗故事。

程安安倒不以为意，就算恶意地把她之前的照片视频曝光，她也是有恃无恐，该干吗干吗。

等她工作室把电视剧相关的一些资料贴出来之后，倒是让这话题猛然熄灭，由这个新话题开始又疯狂地讨论起这个新剧来。网上的拉锯战，越发激烈。

程安安沉得住气，这么多年下来媒体也是了解她的，她不回应的事情多半都是无关紧要或者根本就是子虚乌有的。此刻一见风向转了，赶紧抛了橄榄枝过来要求采访。

程安安下午要去一趟学校选角色，递上来的候选名单里有几个她还是很满意的，便想趁着有空晚些时候过去亲自看看。

等快到公司了，她又临时起意，去走个过场。毕竟那次全公司动员起来的宣传片她是正大光明地缺席了。耗了一个多星期，媒体的热情也被耗没了，公司门口难得清净，畅通无阻。

这几晚，秦墨再忙十点之前都会赶回来，见她没睡，二话没说拎起人就扔浴缸里，泡完就上床睡觉。

程安安起初还反抗，不过碍于两人的力量悬殊，通常最后的结果都是她被压在他的身下。

几次之后，程安安也学乖了，知道他就是想盯着她睡觉，时间一到乖乖就滚进被窝里窝着，养了一个星期，容光焕发，精神得不得了。

乔治那晚可是看见程安安哭得惨不忍睹的样子，此刻见她气血满值，还是会想起那晚她可怜兮兮的样子，看着看着就会不小心笑出声来。

程安安剜了他一眼，抿了口热茶，这才凉凉地说道："再笑就拔了你的门牙。"

乔治下意识地捂了嘴，往边上蹭了蹭。

秦墨给程安安的这个休息室位置是很好的，整层楼都是给她的地方，清静。此刻，乔治透过窗户往外看去，却是一愣："怎么来了那么多记者？"

程安安眼也没抬一下，跷着腿道："又是谁跟谁闹绯闻了？近来真是多事之秋啊。"

乔治的脸色却没那么好看，他摸了摸下巴，皱起眉头来："安安，你最近是不是得罪什么人了？"

程安安抬眼看了看他，轻笑一声，显然没有放在心上："你要不要反过来问是谁得罪了我？"

乔治见她不放在心上，也不再多说。

程安安正打算出门去学校的时候，秦墨来了电话。她略一沉思，脸色微微凝重了起来。果不其然，秦墨打来电话是因为楼下那批记者是冲她来的。起初以为这事已经过去了，记者也逮不到她人，也就无所谓地把车搁在了公司大门口，现在倒是进退两难了。

程安安这边挂断电话，门外就响起了脚步声，有些杂乱。

乔治拉开门，见保安正扭着一个人的手往外带，不由得多看了几眼。

“怎么了？”

另一个保安面色不善，直接把相机递给了乔治：“是狗仔，不知道用什么办法潜上来准备偷拍程小姐的。”

乔治脸色一变，也黑了下来：“处理从严，杀鸡儆猴。”

程安安也听见了动静，倒是没急着过来，等人被送走了，这才接过相机看了起来。

“只是无关紧要的照片罢了。”她说得云淡风轻。

乔治的脸色却不好看，应该不止那么简单，肯定有人在暗处捣鬼，目的却不清楚。

他早上照常登录程安安的邮箱帮她筛选处理邮件，也不知道是不是他的眼力好，几百封的邮件里看见了连着发了两天的恐吓信。平常偶尔也是有的，只是连着内容那么真实恐怖的倒是很少。当下也不敢惊动程安安，直接告诉了秦墨去查。

程安安虽然有些坚持要走公司大门，但见乔治一副惊弓之鸟的样子，不由得还是妥协叫了陈欣的车过来，从后门的安全通道直接离开了。

陈欣这几日也是被这些声音吵得头大，一直强调这是子虚乌有的诽谤，但碍于当事人不作声，她坚定了立场之后也就不多管闲事了。

学校的领导已经候在了会议室的门口等着，见人来了，面上都有了喜色："荣幸之至啊。"

程安安弯唇一笑，不置可否。

陈欣已经是内定的女一号，虽然还没有公布，不过多多少少从程安安的态度里就能看出来。

这边候选的演员的确也优秀，程安安见他们对表情掌控到位，略微赞许地点点头，低声和一旁的陈导交流着意见。

等大致筛选了几位再做考核之后，程安安直接留了底存在了U盘里，打算晚上回去发给徐紫鸢听听她的意见。毕竟当年徐紫鸢可是慧眼识珠，一眼就看中程安安，把程安安留了下来。

回到家的时候，门口已经停了秦墨的车子。

程安安摸出手机看了眼时间，不禁诧异："今天那么早？"

陈欣看了她一眼，扯唇一笑："知足吧你。"

程安安见她正搭着方向盘，不由得问："你晚上什么安排？"

似乎是没料到她这么问，转念一想便明白她的潜台词了，陈欣忙摆了摆手："得了吧你，我可不去当电灯泡，我还怕没人请吃饭吗？"说到这里，陈欣突然眨了眨眼，"你最近不是那个婚戒的广告一直晾着吗？不如让给我了？"

程安安正在解安全带，闻言眼都没抬一下："行，你加钱给我？"

陈欣也不以为意，点点头："可以啊，多少直接跟我经纪人说。"

程安安正要开门的手一顿，狐疑地看了她一眼："你跟我说真的啊？"

陈欣见程安安一直以为她是开玩笑的，抬手就捶了过去："我说真的啊。"

程安安的脸色一下子就微微凝重了起来："你搭上哪个了？"

陈欣顺手开了广播，调了下频道："就跟你搭档的那个叫周耀的。"

程安安的身子一僵，抬手揉了揉额角："周耀？你知道他是谁吗？”说罢又是一顿，随即摆摆手，舔了舔微微有些干的唇，“周耀是楚遥遥的前男友。”

陈欣诧异了一下，随即一眨眼：“那又怎么样，玩玩而已，何必当真。”

程安安就知道会是这个答案，不雅地翻了个白眼，直接倾身扣住她的下巴转过来，神色认真：“那就玩玩而已，别认真。认真你就输了。”

陈欣一愣，随即才在她松开时摸着下巴点点头：“明白，你瞎操什么心。”

程安安叹了一口气，恨铁不成钢：“我能不操心吗，我的女一号。”

陈欣这才想起来一般：“突然变成我上司，真是不习惯。”

程安安也懒得跟她贫嘴，拎起自己的包就下了车。

秦墨在屋里就听见了引擎声，开门等了一会儿，见她过来，接过她的包顺势摸了摸她的手，见并不凉，这才等着她换过鞋，推去洗手。

张妈正在炒菜，见程安安来了，把煲好的汤先盛了一碗端上来：“程小姐，先暖暖身子，等下就好了。”

程安安双手接过，笑着道了谢，讨赏一般在秦墨面前晃过。她一向喜欢张妈煲的玉米排骨汤，一碗喝完了还想要，刚站起身，秦墨就淡淡扫了眼过来：“等下就吃饭了。”

程安安噘了噘嘴，搁下碗跑去厨房帮忙了。

吃过饭已经七点多了，张妈收拾了东西便回去了。程安安倒是有些不放心，嘱咐到家了一定要打电话过来这才硬塞了伞给她，让她回去的路上小心。

秦墨就在程安安身后看着，见她皱眉一副不放心的样子，抬手揉了揉她的头发：“走了，上楼。”

他这一提她才想起来，手里还有文件要发邮件给徐紫鸢，拎了包翻了U盘就往楼上走。等秦墨洗完澡出来，正看见她脸色有些不好地看着电脑。

他的步子一顿，随即便意识到什么，皱了皱眉，过去一看——显然是看见了那封恐吓信。

他拿过鼠标几下删除了："害怕了？我查过了，就是粉丝跟你开玩笑。"

程安安见他这么说，这才脸色暂缓，直接顺着他圈在她身后的手靠了过去："秦墨，我总感觉最近被人盯上了。"

秦墨脸色一沉，顺势揽起程安安抱坐在桌上："怎么之前不跟我说？"

程安安撑着桌子往里面挪了挪："我是刚意识到的，周耀——"一顿，她解释，"就是那个跟我搭档婚戒的男明星，居然跟陈欣搭上了，我不知道他们怎么认识的，但是感觉很不好。"

秦墨的双手正好撑在她的两侧，高大的身子俯下来，挡去了大片的灯光。见她微微皱着眉，他微微俯低了身子看着她："嗯。"

他面色无异，虽然心里涌起一股怒火却没有在她面前表现出来。她本来就有些不安了，他自然不能让她的心更乱。

程安安鲜少会跟他提这个，只是那次看见楚遥遥，楚遥遥最后说的那句话始终在她脑海里回旋着，让她心惊。她抬手揽住他靠近他怀里，微微叹气。

秦墨以为她是担心这个，收回手把她揽进怀里，抱得紧紧的："别担心，这些都交给我。"

"好。"她点点头，低低地应道。

（2）

秦墨的效率很快，几乎是隔日就拨给程安安两个贴身的女保镖。恐吓信也在第四天之后彻底消失，甚至连网上的争吵声都在一夜之间化为须弥。

程安安看着这一切，表面上没表示什么，不过还是隐隐咂舌，可见秦墨的手段多强势铁血了。一夜之间，遏制了那么多的负面声音并且正确引导着让大众的目光聚焦在了即将开拍的电视剧上。

剧组里演员的定妆照也出炉了，程安安拿到之后第一时间公布在了微博上。三个截然不同的女孩子，三个优质让人向往的男人，组成的一段平凡又难得的感情恰恰让人向往。

而就在程安安这边忙得不可开交时，《苏察氏》也开始在电视台播出。

第一集的收视率就不断高涨，直到稳稳占据了收视率排行榜的第一位，独占鳌头，秒杀同档电视剧。

程安安获得收视率破点的消息时，刚结束拍摄正打算收工回家，闻言也不诧异。毕竟《苏察氏》的原著小说在网上连续五年都是排行榜第一，也被奉为经典中的经典，自然已经有了一定的读者基础，再加上他们的宣传造势，之前公布预告剧的时候反响就很可观。

不过这对于作为导演的苏谦诚，意义却是不一样的。打电话来报喜的不是苏谦诚，挂断电话之前，她含糊地问了声："苏谦诚知道了吗？"

那边的小助理神秘兮兮地笑了笑："还没有，等安安你打电话去报喜。苏导应该最想接到你的贺喜电话。"

程安安弯唇一笑，挂断电话之后快速地打给了苏谦诚。忙音响了好久才被接起，苏谦诚应该是看都没看屏幕一眼，接起的时候声音微微喑哑："喂？"

程安安皱了皱眉，想起他最近好像刚接了一部电影的男一，轻叹一声："苏谦诚，才几天不见啊，就把自己整得那么颓废？"

苏谦诚一愣，随即声线才扬了起来："稀客……给我杯水润润嗓。"

程安安听那边他经纪人嘀嘀咕咕交代着什么，安安静静地听了会儿才问："在沙漠？"

"嗯，这边缺水死了，我来了没几天干燥得连唇都起皮了，拍个吻戏那女演员还嫌弃我。”

“噗——”明知道他是逗她开心的，她还是笑了起来。

“其实苏谦诚，你吻技还不错。”他们合作了那么多部叫座的电视，吻戏的次数一双手绝对数不过来，所以这事果断还是程安安最清楚。

“秦墨也不管管你，光天化日调戏良家妇男。”他微微一笑，这才想起来，“找我有事？听说你的剧已经开拍了，有没有什么要我帮忙的？”

“没有。”程安安接过乔治递来的保温杯抿了几口，这才继续道，“我这边很顺利，到时候你多帮忙宣传就行。”

冬至之后，夜晚的时间越来越长，才五点半，天色已经暗了下来。车已经等在了不远处，乔治拿起大衣给她披上，护着她就往保姆车上走：“边走边说。”

这段时间虽然已经稳定了下来，秦墨给的两个保镖却没有撤，她工作的时候就守在不远处站岗，此刻见她快收工了，便警惕着走了过来。程安安其实是不喜欢那么多人跟着的，微微皱了眉，继续讲着电话。

苏谦诚听那头的动静就知道此刻不方便，也不催，擦着脸上的妆，朝经纪人示意了一下，让她把化妆师招了过来。

程安安这边上了车，才腾出空来：“苏谦诚，还在听吗？”

“嗯。”那边懒洋洋地应了一声，“你那边怎么了？”

“没事，收工而已。”她顺势拿过暖手宝捂着，眸子里都带了点笑意，“刚才剧组打来电话说是《苏察氏》收视破点，稳占收视率第一。我现在能否采访一下才华横溢的苏导，是什么心情呢？”

苏谦诚那边顿了顿，跟她的反应几乎是一模一样：“我虽然不敢说拍得有多么好，但那么多的噱头还不能爆点的话那我才是彻底失败了。”道理大家其实都懂，只是这难免还是让人开心的一个结果。

程安安看着车窗外飞逝而过的路灯，问道：“什么时候回来开庆祝会啊，记得提前预约。”

苏谦诚似乎才想起来般：“嗯，等我这边工作结束了就回来。”说罢，又是一顿，“最近你新闻闹得挺大，没事吧？”

程安安手指划着车窗，不由得一眨眼：“看我像有事的吗，这么多年了看我出过事没？”

苏谦诚说完也觉得是废话，她身后有秦墨，那个人怎么舍得推她上风口浪尖，自然是会没事的。也不知道要说些什么，他一哂，含糊地说道：“我这边要继续拍了，下次联络你。”

“嗯，好。”她挂断电话，看着屏幕上猝然暗下去的光线，拢了拢身上的大衣，盘腿坐在座位上。

开机仪式之后，剧组很快就开始开工了。这部剧的导演还是交给陈导来导，程安安毕竟没有受过专业的训练，还不敢亲自上阵。

《未来可期，余生有你》的第一期很快就出来了，程安安赶班监制，授权了一个热门的电视台之后这才松了口气，首播时就一直守着看收视点。

秦墨被她紧张兮兮的样子弄得有些无奈，把人搂进怀里径直压在身下。

“怕什么？收视一定长虹。”他知道她对这部戏费尽了心思，该宣传的加大能力帮她宣传，甚至炒作的手段都用上了，网上期待首映期待了那么久，收视率自然没问题，反而是这段时间他被冷落了。

程安安捧着他的脸凑上去亲了亲他的嘴角，讨饶着想从他身下钻出来：“让我看看。”

“看我就行。”他扳着她的脸，目光灼灼，“谁有我好看？嗯？”

程安安一愣，随即掩着嘴笑了起来。

秦墨倒没想过她的反应竟然那么不给面子，眸底却有着淡淡的笑意，背着光，这抹光亮越发明显。他恼羞成怒地咬了一口她细白的小手，她被咬得疼了，下意识一移，倒是让秦墨有了可乘之机，直接找准了她的唇，狠狠地吻上去。

程安安被吻得头昏脑热，他的手往她眼上一遮，她便自然而然地闭了眼，抬手将他拉下，吻得越发绵长亲密。

〔3〕

《未来可期，余生有你》的高收视率让程安安又火了一把，在热门话题榜上一直居高不下。同期在播的宫廷戏也是收视火热，似乎是在这一时期，程安安的事业又攀上了一个小高峰。

所以，也该去大院会会她的婆婆大人了……

秦墨听她这么说的时候倒没有特别惊讶，晚上吃过饭就由着她一起出门去挑见面礼。

秦母接到电话时还有些没反应过来，抓着话筒又重复向秦墨求证了一遍：“你说什么？”

秦墨挑了挑眉，眸色淡淡的，看不出来到底在想些什么：“明天我带安安回来。”

秦母这回是听得清清楚楚，顿了顿才说：“嗯，知道了。我明天在家等你们。”

挂断了电话，他就看见程安安晃着腿探头看着他：“怎么样？”

秦墨不由得失笑，握着方向盘的手抬起拍了拍她的脑袋：“什么怎么样，不要想太多。”

程安安暗暗嫌弃了一会儿，怎么可能不想太多……

秦霜好几天没回去了，晚上回一趟大院不仅撞见了苏清音还看见老爷子和颜悦色地对他招招手。苏清音倒是不避嫌，直接拖着他的手臂就往沙发走。

秦母看见秦霜倒是高兴，忙招呼着：“秦霜啊，明天有事吗？”

秦霜认真想了想，见秦母脸上虽然淡淡的没什么表情，但怎么看都是高兴的样子，当下点点头：“没事，怎么了？”

秦母正要说话，苏清音指着电视一脸惊喜：“啊，老爷子和秦阿姨也看安安姐的电视剧？听说这个电视剧是安安姐自己策划的，很棒呢。我同学都喜欢，还问我要签名……”

老爷子不说话，看着镜头里那个小姑娘或笑或皱眉的大方模样，越发欢喜：“你也喜欢？”

苏清音一愣，转眼看向秦霜，秦霜正给她使眼色呢，她当下会意：“喜欢，好喜欢呢。”她忙着端水倒茶，“安安姐人很好的，和善聪明，长得漂亮气质还好……比我见过的很多人都厉害呢。”

老爷子被苏清音这么一连串的夸奖逗得笑起来，深深地看了一旁站着的秦母一眼：“你阿姨也喜欢，这几天一直都在夸呢。”

苏清音闻言一脸的惊喜：“是吗？安安姐那么招人喜欢阿姨怎么可能不喜欢呢，老爷子你说呢？”

老爷子笑眯眯地看了她一眼，摇了摇头，率先回了房间。

秦霜见状伸手揉了揉苏清音的脑袋，微微赞许：“干得不错。”

苏清音被扯乱了头发，当下不爽了，一口咬在他的手上，疼得秦霜龇牙咧嘴。

“谁让你动手动脚的了。”

程安安虽然说得云淡风轻，但真的走进了大院，心里却开始发怵。

秦墨见她皱着眉，看了她一眼，捏她的手，眸底都是笑意：“我妈有我爸护着，我自然会护着你。”这话似是安抚又似鼓励，倒是让她的心顿时定了下来。

老爷子早上去见战友了，晚些才能回来，家里便只有秦母坐镇，见安安来了，笑了笑，礼仪周全得招呼着。

程安安也不敢怠慢，直接把昨天选的那款茶具送了过去。

秦母不动声色地扫了眼，便知道这姑娘是留了心的，吩咐保姆把这茶具拆了直接用来斟茶。

秦墨一到这里反而有一股平日不常见的桀骜不驯，慵懒地陷在沙发上，手搭在她身后的椅背上，懒懒地看着程安安。

秦母见他一副护驾的仗势，不由得恨铁不成钢地剜了他一眼，差使他去城东帮她拿东西。

奈何秦墨哪是想差使就能差使的人，当下掀了掀眼帘很干脆地拒绝了："我媳妇还在这儿呢，不去。"

秦母冷哼一声，面上却还是和煦："秦墨。"

程安安自然知道秦母是想把人支开了好说话，她此刻不管愿不愿意单独面对秦母，都必须要给对方这个面子，当下扫了眼秦墨，似笑非笑的："秦墨。"

秦墨那是在给程安安撑场子呢，给她长了脸撑了腰这才不情愿地走了。

秦母见状略略无奈，对着程安安的时候却是笑了起来："都快三十的人了，还一副小孩子闹别扭的样子，倒是让你见笑了。"

程安安心下明了，笑得越发温婉："哪里，都是一家人。"

秦母点点头，亲自给她斟了茶。

程安安见时机差不多，也不耽搁，怕是支开秦墨就是想要听这些话，直接开门见山："秦夫人，我到现在才来看你是我的礼数不周，还希望以后有机会能弥补。"

秦母不动声色地看了她一眼，这才淡笑："既然你来了，我们往开了说，如何？"

聪明人说话过招不见血，秦母这次的态度倒是和缓了很多。

程安安暗暗掐了掐手心，这才正视过去："自然，我今日来这儿也是抱着一样的目的。"

秦母安静听她说着，淡淡地抿着手中的花茶，微垂了眼帘一时倒看不透她在想些什么："我以前就告诉过你，我并不是很喜欢你。"

程安安点点头："我知道。"说罢，又补充道，"但秦墨喜欢就好。"

秦母被她截了话，反而笑了起来，她是名门闺秀出身，一举一动都是优雅至极："那上次我说的话不知道程小姐有没有考虑呢？"

程安安偏了头来看她，眼神晦暗不明："那请问秦夫人到底是在衡量媳妇的标准还是一个属下的标准？"见她不答，又继续道，"我已经表明了我愿意退居幕后的态度，但您要是想干涉我的生活的话，想必秦墨也不会同意，这毕竟是我的自由。我做事光明正大，还真的没有什么不能给别人看的。"

秦母一笑："那你又怎么觉得这次我就能接受你？"

程安安觉得手心都捏疼了，面上却还是从从容容落落大方的："如果秦夫人一直不喜欢我，我也没必要委屈了自己来讨好你，毕竟有些人天生磁场不和。但如果是有硬性条件的话……"

她一顿，眉角一挑，微微犀利："秦夫人介意我的家世的话，不妨这么说吧。生老病死并不是我能控制的，我也是在温暖的家庭长大没有什么弊端毛病，你非要揪着那么点小尾巴让我和秦墨都不好过想必你也不会开心。"她语气虽然强势，但话里透出的意思确实有些服软。

秦母倒没想着怎么欺负人家小姑娘，见好就收，拿了放在一旁的小盒子递了过去："家传的玉镯子，从我这边传下来希望你能好好保管。"

程安安倒不料这么快就结束，微微一愣，随即双手接了过来："秦夫人……"

秦母见她处变不惊，礼仪周全，这才满意地点点头："称呼改改吧，不然别人听见了要怎么说？你毕竟是我秦家名正言顺的媳妇。"

见程安安的反应有些慢，秦母又抿了口茶，眼底都是笑意："我是不看好娱乐圈，圈子多乱多混我知道，但秦墨喜欢你，那我不喜欢也得喜欢。"说罢，又是一顿，"况且，你这个孩子的性格虽然烈了些，倒是讨喜得很。"

程安安今日来本就是打算拿下一个是一个的，听见这话，心头也泛起了喜悦："谢谢妈能看见我做的努力。"

秦母点点头，这才想起什么："今晚就留在这里吃饭吧，老爷子早就想见见你了……"说完，淡淡瞥了她一眼，"你是不知道当初你们瞒着结婚时，老爷子大发雷霆可是把秦墨狠狠揍了一顿。"

程安安就算没看见也多少能猜到点，这么大的事情跟家里对着干……估计也只有秦墨眼也不眨一下。她微微一笑，吃不准秦母话里的意思便不说话。

秦墨来得倒快，是跟老爷子一起进来的，老爷子正拧着眉跟他说着什么，他听得严肃认真，时不时点头，到了门口抬眼看过来，淡淡地扬了个笑。

老爷子进来就看见程安安了，面色看着倒是和蔼，对着她笑了笑，拐杖敲了敲地面，直截了当："你跟我来一下。"

要是说对秦母，她还能油米不进的话，对着这个叱咤沙场的人物就不单单只有尊敬了，老爷子这样的传奇人物法子多的是。

她看了眼一旁神色自然的秦墨一眼，转身跟了上去。

老爷子正在书房里练字，招了招手，让她过来："研墨会不会？"

程安安点点头，不敢多话，直接过去研墨。

不知道是不是有意让她看见的，他执着笔画画写写了好几次终于摆正了纸墨提笔写下了一个"和"字。

见程安安看得目不转睛，他倒是饶有兴趣："你有什么看法？"

程安安昨天来之前可是有缠着秦墨探过底细的，知道老爷子喜欢什么，忌讳什么。眼下他的态度不明，她一审时度势，摇了摇头："安安是个俗人，并不懂得欣赏这些高雅的艺术。"

老爷子闻言，淡淡一笑，微微眯了眼。

（4）

"说些什么骗骗我这老爷子都不愿意吗？"他侧目看了她一眼，眼神黑沉，却是跟秦墨不一样的严肃。

程安安的手微微一颤，面上却还是淡淡的笑容，处变不惊：“老爷子想必已经听厌了夸赞的词，我何必多掺一脚，平白做了铺垫。”

倒是聪慧。

他点点头，笔一收，指着她身侧的椅子：“来，坐下说。”

老爷子轻抿了一口茶，这才缓缓开口：“前段日子，淑芳去找过你了。”他语气淡淡的，有着一股不容拒绝的命令感。

程安安闻言，正襟危坐越发不敢怠慢。她点点头：“是我的疏忽，应该是我来拜见长辈的。”

老爷子打量了她片刻，见她虽然有些紧张，却依然淡定如斯处变不惊，眼底的赞许越发深：“是淑芳的过错，她回来倒是跟我说了，我还是比较欣赏你的气度姿容的。”

程安安一愣，这才反应过来老爷子是在夸她。一抹浅笑浮上她的嘴角，眉尾眼梢俱是动人风情：“其实老爷子，如果您不是秦墨的爷爷，我想我这辈子都不愿意和住在朱门大户里的人打交道。”

饶是秦老爷子这般见过大场面的人都不由得被她这句话惊愣到，有些不明白眼前这个聪慧的小姑娘想表达什么。

他挑了眉，饶有兴趣：“喔？”

程安安不动声色，只淡淡道：“不过是仗着老爷子的威风，就觉得高人一等……”她一顿，细细看了看老爷子的脸色，见无碍这才继续说，“所以，妈当初觉得我高攀，又觉得我配不上秦墨根本是没必要的。以我这样的身价配秦墨，足矣。”

老爷子一顿，倒觉得这女孩说的话霸气十足，信心满满，不禁挑眉问道：“何以见得？”

程安安眉角一挑，笑容肆意：“老爷子许要说我胡说了，这种事情哪里是摆条件能计较的？能摆条件计较的，那才是真的以客观条件来衡量了。”

老爷子被她先发制人摆了这么一道，实在是无话可说。总不能一大把年纪了还小气地去为难一个小姑娘，让人觉得他比现在的年轻人还现实。

秦老爷子这辈子都没人敢当面这样堵他的话，愣了好一会儿才缓过来，爽朗地笑开了。

程安安这才松了口气，背上细细密密都冒出了冷汗。

吃饭的时候，老爷子一个劲地给程安安夹菜，看着人有时候就会笑出来。弄得秦墨不由得多看了程安安两眼，他一只手探下去在她的手心画着圈：“你跟老爷子说什么了，逗得他那么开心？”

程安安现在一举一动都在他家人的眼皮子底下，当然不敢造次，默默缩回手扮演起贤良淑德的角色来，给他夹了些菜，暗暗递了个眼色。

等吃过饭，老爷子留两个人坐了一会儿，亲自去厨房弄了水果端上来，倒是把刚进门来的秦霜吓得不轻，忙扶着人坐下，谄媚极了：“爷爷，您怎么亲自动手呢，有事吩咐我，我这不是来了嘛。”

昨天秦霜答应得好好的，一起来吃个饭，没料到苏清音那小丫头一个电话就把人招走了，现在才回来。

老爷子一拐杖敲在他的腿上，毫不留情：“现在知道要回来了？来见过你嫂子。”

秦霜一愣，随即嬉皮笑脸地看了眼坐在秦墨旁边的程安安，一屁股蹭了上去坐在扶手上：“我跟嫂子很熟了，还什么见过不见过啊。”

秦霜跟程安安的关系好，老爷子是默许的，当下也只是哼了一声，看向程安安时又是一副和颜悦色：“秦墨老大不小了，该要个孩子了。”说罢，又想起程安安下午在他书房那毫不留情的话，脸色微微尴尬，补充道，“你们小两口把这事提上议程，选个吉日把婚礼办了。”

程安安虽然有心理准备，但听老爷子说出口，那感觉还是不一样的，微微错开视线看了身旁的秦墨一眼。

他倒是处变不惊，眸色沉沉地看着她，眼底都是笑意：“是该办个隆重的婚礼，给我个名分……”

老爷子这才想起什么，略微歉意地道：“秦墨的父亲还在国外，一时赶不过来，你要见谅。”

程安安哪敢不见谅，忙摆手道：“哪有，伯父忙正事要紧，我们来日方长，以后有空了我再来看望伯父。”

这话回得漂亮，老爷子满意地点点头，不作声了。

出门的时候是秦夫人送的客，程安安让她送到门口，便自己去跟秦墨取车了。等离开了这些灼人的视线，程安安才放松下来，一下子跳到秦墨的背上，缠着他要背。

去车库这段路的路灯坏了，他顺势矮了身子让她上来，拖着她圆润的屁股往前走着：“习惯吗？”

程安安跟打了一仗一样，此刻放松下来倒是有些累了，趴在他的颈窝处微微蹭：“我在努力地适应。”

秦墨微微侧头，就见她探过来在他的脸上狠狠地亲了一口。

“秦墨……”

“嗯？”他微微侧头。

程安安轻笑起来：“征服所有的观众都没有此刻让我觉得有成就感。”

耳边她暖暖的声音之外，还有呼啸而过的冷风，夜色微凉，地上一层湿漉漉的融雪。灯光昏暗，他却在此刻并不算浪漫的时间里觉得，岁月静好，一世安稳。

她也是一笑，听着他沉稳的脚步声，微微垂下了眼。

以前，母亲还在世的时候，就曾问过她：“安安以后想找一个什么样的老公？”

程安安靠在她的身旁，被风吹得睁不开眼，懒懒地笑：“只想找一个跟我过日子，能护我周全宠我也爱你们的好男人。”

她认真地想了想：“能让我动心，能让我甘愿和他一起奋斗，也不会很优秀，和爸爸一样，气质斐然，像风一样的男人。”

那时候母亲被她的话逗得笑出声来：“人生十有八九都是不能按照自己的意愿来的，总会有偏差，那到时候安安你会怎么做？”

她下意识地就道：“他比我强，那我就跟他比肩而立。如果你们不喜欢他，我就让他努力获得你们的认同。如果他的家人不喜欢我，我就努力征服他们，哪有我摆不平的？”

可是事实证明，很多事情都是程安安摆不平的。她曾想过脱离他的掌控，她厌倦了他们之间的关系，曾瞒着他去找过别的公司，却发现她虽能言巧辩，但并不能如愿。

她曾经也努力过想自己消除负面影响，但是一旦经手她才知道如果不是身后有一个秦墨，这个团队不会那么精锐，这个世界并不是光靠她一个手指就能改变的。

而现在，她正在努力征服他的家人。

她那么不在意别人眼光的人，却愿意为了他甘愿放低姿态。

程安安并没有觉得自己无所不能，反而是她依靠着秦墨进入演艺圈开始她才发现自己的力不从心。

唯有秦墨，是她在这个世界上唯一的温暖，唯一的依靠。她何其有幸，得了这么个男子，一世相伴。

车平缓地行驶着，程安安看着路边的树影却陷入更深的梦魇里。如果父母还在的话，应该会很喜欢秦墨吧。

她曾心动描绘过的男人，和他是那么相似。能护她周全，宠她爱她，如今的一切也全部是他给予的。无论开始的方式有多么糟糕，过程多么难熬，起码，她的固步自封并没有让他却步半分。

车内的暖风徐徐，她合了合眼，心下安然。

秦墨的手指搭在方向盘上，偶尔转头看她一眼。程安安双眸微微闭着，唇边却是轻轻地抿起，这种状态一般都是她在想事情。

等到别墅小院里的时候，他熄了火却没有立刻下车，转头眸色深深地看着她。比起刚才，她现在的神色轻松了很多，呼吸清浅，容颜清丽。

程安安第一眼吸引秦墨的就是她那张脸，哭起来的时候让他觉得心头微震，那双眸子不谙世事，却一眼勾魂也不自知。但真正的喜欢——大概是从他生起“我想要她”这种情绪开始的吧。

原本只是圈养宠物一般，却不料她的性格强烈鲜明，一点点勾起他的兴趣，让他陷进围城，再也找不到出口。怕的不是女人耍手段，而是她什么也不做，你便已经心甘情愿……

秦墨抬手揉了揉额角，无声地笑了起来。他亲手把她拉进了他的世界里，此刻也由她亲手拉下帷幕。

他从未想过生命中会出现这么一个女人，会让他亲手捧起，宠得她骄纵如凤凰，一身的傲气。他以为他以后会娶一个看着很清秀很乖巧，门当户对的女子。而不是这个一颦一笑都勾人心魄的小狐狸精，举手投足都是风姿卓然。

他秦墨，就该配这样的女子，仿佛程安安就是为他量身定做，不管哪一方面——都十分契合。

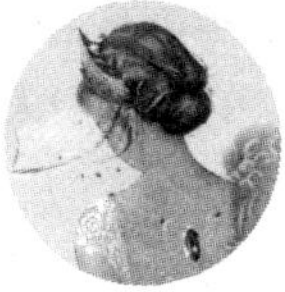

/第十九章/

# 没有你的世界，雨声也微凉

（1）

《未来可期，余生有你》正式大结局的时候逼近年关。

这部集了程安安全部心血的片子也的确不负众望，始终稳占收视率第一，和《苏察氏》不相上下。

包厢里的气氛还热烈时，程安安就先告辞离开了。身后一扇门隔开了纸醉金迷，她笑着拉紧了身上的大衣快步往门口走去。

秦墨的车已经停了很久，车上一层薄薄的白雪覆盖着。车窗半开，他正支着下巴，抖落烟灰，眸色深沉，正盯着门口。几乎是她一出来，他就立刻感应到，伸长了手臂替她开了车门。

雪落得大，一百米的距离她缓步走过来也落了不少的雪，鼻尖也是凉凉的。

秦墨俯身就在她的唇上蹭了一口，这才轻轻抖了抖她的衣服：

“怎么一个人出来了？”

程安安的手凉了一晚上，喝了点小酒此刻双眼亮亮的，看起来很是兴奋。她探过身去，顺手将他的车熄火，把手塞进他的衣服里。

秦墨因为半开着车窗，所以身上的大衣也没脱，现在倒是提醒了他，顺手把车窗升了起来。

程安安这样小抱了片刻，就觉得僵得肩膀酸酸的，当下直接爬过去要坐在他的腿上。

秦墨知道她此刻还不想走，低低地笑了笑，护着她翻过来。他暖暖的手伸过去裹住她的握在手心里，那白白嫩嫩修长的手很是好看，他看了片刻拉起凑到了唇边吻了吻。

程安安的心一暖，顺势抱住他，把手伸进了他的大衣里交叠在他的背后：“因为我知道你在外面等我，哪里舍得你等我那么久……”

似乎是一语双关，她轻叹了口气，蹭着他的领口。他刚抽过烟，淡淡的烟草味，很好闻。

秦墨顺势也抱紧她，在她发际上落下轻轻一吻。

这是另一种不一样的感觉，自己的付出得到了收获，是另外一种满足感。她看着包厢里每个人的喜悦表情，自己也觉得兴奋，多喝了几口却一直记着他一早出门问了时间，想必是早在门口等了，便一个人出了门来。

秦墨收紧手臂，正想有进一步的动作，就看见车前不远处有人鬼鬼祟祟地往这边接近。他下意识地把程安安后面的帽子戴在她的头上，见她一脸迷茫地抬起头，那动人心魄的样子不由得心动，低头在她的唇上吻了吻：“有狗仔，别露面。”

程安安点点头，乖乖遮了脸爬回了副驾驶座。

等甩开记者到家时，已经是一个小时后了。

秦墨扶着她下车，却没有如往常一样直接进别墅，反而带着她往别墅旁的地下车库走去。

程安安几乎是一眼就看见了空旷的车位上停着一辆醒目的红色跑

车，极致嚣张。她顺势瞄了眼，标志是劳斯莱斯，她眉头一挑，看向一旁的秦墨。

“喜欢吗？”他从身后抱住她，手掌沿着她纤细的手臂滑下去，握住她的手，与之十指相扣。他亲昵地靠过去抵住她的背部，声音略略有些沙哑地在她的耳畔响起。

“恭喜你，我的影后。”他低低地笑了起来，把她圈在怀里，“这车只是为了你出行方便，交警也会格外留意，一有犯规就立即没收。”

程安安动了动唇，原本想说些什么。虽然她对车子的确没什么追崇，但面对这样美丽又包含着他心意的礼物，她不禁有些陶醉。

她手指触着底下这辆车冰凉的身躯，在他的鼓励下，转了一大圈。

秦墨的手里正拿着车钥匙，一双眸子静静地看着她，眼角眉梢都是笑意：“想不想试试？”

程安安点点头，双手张开俯向引擎盖。曾经她获奖的时候，他送过她一栋豪宅，她却从未再进去过。如今这辆车，让她爱不释手。

察觉到她的喜欢，秦墨微笑着把她翻过身来，一双腿不偏不倚正好顶开她的双腿站在中间，彻底把她围困在了跑车与他之间。

程安安察觉到这个暧昧的姿势，脸色微微一红。

秦墨却是一把按住她，低下头吻她。

程安安大窘。

见她如此，他不由得恶作剧得逞一般轻笑起来，再接再厉：“要不要试试看有什么不同的感觉，嗯？”

程安安抬手捶他，整张脸都微微红着，看起来实在是——秀色可餐。

秦墨的眸色一深，按着她狠狠地亲了几口，这才克制地刮了刮她的鼻尖把钥匙交到她的手里：“先试试？”

程安安忽略他已经攀上她胸口的手一把搂住他，在他唇上亲了口，亲昵又温存：“好。”

秦墨见她高兴，就陪着她在高速公路上转了几圈，这才把还意犹未尽的人给带回了家。

当晚，她就像是被人深深爱恋着陷入爱河无法自拔的女人，一点理智也无，沉醉在鱼水之欢里。

程安安扬了嘴角笑，凑过去一下一下亲着他：“秦墨，我爱你。”

他一怔，随即也笑了起来，一颗心立刻被充盈得满满的。他低咒一声，这个女人是真的不知道怎么才能少刺激他一点。

程安安眼神却是纯真的，点着他的胸口，微垂了眼睫：“你这里有我的吧？”

秦墨的眸子一暗，一把抓住她的手，语气略略有些不好：“到现在你还不知道我这里有没有你？”

程安安却不在乎他的语气，只是又问了一遍：“秦墨，我走进你的心里去了，对不对？”

秦墨这次才有些反应过来，微微眯了眼，在她的额头上亲了一口，怎么都不舍得欺负她了：“是，你在我心里，也只有你。”

程安安这才笑起来，柔柔媚媚的。

秦墨的心一暖，不由得好笑刚才自己的反应。她不过只是想听他亲口告诉她而已，何必连这一句承诺也吝啬。把她搂进怀里，他低低地在她耳畔落下一串的吻：“是我先爱你的，程安安。”

她不说话，只是闭了眼，把他抱得紧紧的。

还有什么，比知道彼此相爱更来得满足充盈。得了全世界，也不过仅此而已吧。

隔日，程安安便开着这辆车去接陈欣。

因为“余生”这部电视，陈欣声名大噪，广告不断。

程安安去摄影棚接她。

程安安戴着墨镜走进1号摄影棚，一眼就看见在那边正摆着POSE的陈欣，扬了扬手示意她已经来了，就寻了一把椅子坐下来。

陈欣的经纪人看见程安安，人精似的直接走过来："安安你来了啊，陈欣这边收一下尾就好了。"说着，就去倒水给她。

程安安转着车钥匙点点头，接过抿了口，这才说道："没事，你去忙吧，我等一下。"

摄影棚里已经有很多人注意了过来，甚至还有拿手机拍照的，不过都一个特性——只敢远观。

陈欣这边工作结束得很快，经纪人见她有约，叮嘱了几句便先离开了。

程安安这才摘下墨镜，挑着陈欣的下巴调戏道："啧，现在可真了不起啊。"

陈欣配合地软了身子依过去，挽着她的手就往外走："还不是你调教得好？"

前段时间剧杀青的时候，陈欣弄来了两张电影首映会的票。原本是打算让程安安和秦墨去看的，程安安想着那日看见他排得满满的工作便只收了一张："一张就够了。"

陈欣一愣，随即明白过来直接抽过她手里的票放回包里。

陈欣看着程安安径直往那辆拉风的劳斯莱斯走去时，目瞪口呆："哟，行啊，傍大款的就是不一样啊。"

程安安都拉开车门了，陈欣还一个劲地东摸西摸爱不释手："啧啧，好东西。"

程安安笑着把手里的包扔过去："你家周耀以后会送更好的。"

陈欣脸色一变，看了看四周，这才压低声音道："我有事要跟你说，先上车。"

程安安脸色也是一沉，了然地开车走人。

陈欣："安安，我不知道是不是我想太多了，我总觉得最近有很多人跟着我。"

程安安正注意着路况，闻言，眸色一深："会不会是狗仔？"

陈欣摇摇头："如果是狗仔的话就好了……"说罢，转头看了她一眼，“我最近没惹什么人啊，已经听你的话洁身自好了，也没必要去犯贱。”

程安安扯了扯嘴角，无奈：“那你这事跟周耀提了没有？”

陈欣皱起眉头，神色越发不郁：“周耀跟楚遥遥还有联系，这几天我们吵架了也没跟他说。”

程安安想了想，答得很简单：“还是说一声，看他怎么做。”

陈欣没说话，手指搭在膝盖上敲了敲，眸色沉沉。

晚上，周耀出现了，一个人站在门口的路灯下，微垂着头，默默站着。还是程安安先发现的，她撞了撞陈欣的胳膊：“喏，这不是来和好了吗，好好谈谈。”

陈欣原本还是容光焕发的，这会儿看过去笑容都没了：“他不知道我来这儿的。”

说话间，就看见马路对面一个包裹得严严实实的女孩子蹦过去，挽着周耀的手就凑上去亲了一口。

程安安脸色微变，一把甩开陈欣的手快步走上去。

裹得严实的人是楚遥遥，她看见程安安倒是一愣，然后又看见了后面的陈欣。

程安安虽然一时冲动，但还没有理智全失到上去就给楚遥遥难堪。她冷冷一扬眉，却是笑了起来：“好巧，这么晚都能碰见熟人。”

楚遥遥脸色微微发白，不发一言，转身就走。

周耀看了楚遥遥一眼又看看陈欣，脸色却淡定：“不巧，我就是在这里等人的。”

陈欣也是一笑，笑容讽刺：“等谁？”

“楚遥遥。”他薄唇轻启，吐出的话却如刀锋一样，凌厉冷漠。

〔2〕

苏清音已经放假了，早在学校的时候就打来了电话说要过来。耽搁了几天，程安安手头暂时没有工作，便去接了她。

秦墨知道程安安要去大院，中午便和她一起回去，去秦宅吃了午饭。

老爷子看见两人回来倒是开心，忙让厨房加了菜，还埋怨秦墨不早些打电话过来，他好叫厨房多做几个安安喜欢的。秦母没在家，据说是出国了。程安安亲自给老爷子盛了饭，这才在边上坐了下来。

“还是现在好，小墨有了老婆倒是常常回来。不像之前一年到头就来一两次，敷衍我老头子。”老爷子说着又抿了口酒，微微摇头。

程安安看了秦墨一眼，言笑晏晏：“以后我们会多来的，要是喜欢，以后带了曾孙来烦您。”

老爷子被这话说得服服帖帖的，当下笑道：“还是安安会哄人，我就喜欢你这聪明劲。”

程安安看着秦老爷子，倒是什么芥蒂都没有了。那日回去了之后，洗过澡刚想睡，就见秦墨拿着秦母给她的玉镯子正放在灯光下细细地看着，见她过来招招手，顺着她的手就套了进去，大小正合适。

秦墨握着她的手看了好一会儿，这才笑了起来：“媳妇儿。”

程安安点点头，也笑了起来：“嗯。”

他低头在她的手背上轻轻地印上一吻，把她揽进怀里，不知道打哪儿拿出一个成色上乘的扳指来：“这是我爷爷送给他孙媳妇的。”

秦墨说着，拉开了一旁的柜子，找出一条红线来把扳指套进去戴在她的脖子上。

程安安心下一动，在他就蹭在颈边的手上啄了一口，眼底盛满了光：“改天我们去看看爸妈吧，只是可惜了他们什么都没留下。”

听出她语气里的低落，他抱紧她：“谁说什么都没有留下？你就是他们留给我最好的恩赐。安安，我真有福气。”正好遇见了还在大好年华的你。

“我也很有福气。”人海茫茫，她却恰好遇见了秦墨，多么好的福气，才能霸占了他今后的一生。

吃过饭，苏清音就拎了包吭哧吭哧地来了。见秦墨也在，她眨了眨眼，探头对里面的老爷子道：“爷爷，晚上我一定找秦霜回来给你敲背，我先走了啊。”

老爷子正要去晒太阳，闻言笑了笑，挥了挥手。

秦墨见小姑娘一来就扑上去挽着程安安的胳膊，抬手就敲在她的脑门上：“松开。”

苏清音噘嘴：“为什么？”

秦墨直接把程安安往怀里一搂：“你去开车。”

苏清音手忙脚乱地接过车钥匙傻眼了：“喂，我……我刚学会开车啊。”

不过，苏清音也没机会开车了，秦墨接了电话就匆匆开着车走了。苏清音和程安安对视一眼，摊手无奈地笑：“怎么办？”

秦墨虽然急着先走了，倒是吩咐了老爷子的司机把人送了过去。

苏清音偏爱买些小饰品，就拉着程安安去商场逛。程安安的身份不方便，不过难得能像普通人一样，也是兴致盎然的。

这日的阳光倒是好，晒在人身上暖洋洋的，程安安戴着红色的大围巾，又戴了一顶棉质的帽子，把自己遮得只露出一双眼睛来。

春节将至，商场里人来人往的，热闹得不得了。苏清音看着这人群，抹了把汗：“安安姐，你什么时候办年货啊？”

年货？程安安还真没办过年货，过年的东西都是老管家一起买的，到时候送过来一份。过年也是这几年开始才跟秦墨一起过的，倒是真的没什么特别的感觉，所以对今年的春节倒是抱了一份期待。

小丫头没察觉到她的神色，自顾自说道：“每年我都是亲自跟哥哥过来办的，今年我找你一起好不好？”

程安安点点头：“好啊。”

刚出了商场，苏清音看见一边正卖冰激凌，眼睛一亮：“安安姐，你在这里等我一会儿，我去买冰激凌吃，你要不要？”

程安安摆摆手，把围巾往下一拉，露出整张脸来：“不要了，我在这儿等你，你快去吧。”

队伍排得长，小姑娘精力充沛，就扯了肩带子老老实实地跟在队伍的后面对着前面左顾右盼的。

程安安不由得失笑，倒是想起刚上大学那一会儿，她也是这般活力十足的，现在倒是兴不起这种兴致了。她正想着去哪里坐一会儿，一转身就被挡住了路。

“你好，请问你是程安安小姐吗？”

程安安看着面前站着的两个警察，再看看他们身后的那辆警车，心下不禁“咯噔”一声，难不成是秦墨？她还记得刚才秦墨匆匆离去的样子，当下退后一步，问道：“什么事？”

“你涉嫌一起谋杀案，还请程小姐能配合我们去公安局调查。”

程安安一听，心下越发紧，紧得发疼，一股不好的预感从脚底蹿起。她捏紧兜里的手机，冷着声音问：“谋杀案？是谁？”

民警对视一眼，其中一个拿出一张照片来：“这个人你认识吧？”

程安安脑袋“轰”的一声炸开，只余满目的空白，连洒在身上的阳光也觉得刺人地冷。

怎么可能不认识？这个人前几天还和她一起去了电影的首映会，前几天还恶狠狠地教训了一顿负心的男人，前几天还笑着跟她挥手，转身而去……

怎么会不认识呢。

她握了握手指，拼命地抑制住从身体里散出的冷意，哑着声音说道：“好，我跟你们走。”

苏清音正留意这边，见程安安被带走，当下一慌，冰激凌都不要了，拔腿就冲了过来，一把拦住几人，挡得严严实实的：“喂，你们干吗？”

警察眉头微皱：“警察办案。”

“办案？”苏清音扬高了声音，眸子瞬间冷了下来，“把人带走之前麻烦你先去秦家通报一声。”

她这话一出，倒是让两位民警一愣，看了看默不作声的程安安，顿时有些吃不准眼前这个人的身份了。

一看就知道缺少娱乐八卦精神……

苏清音知道人肯定是拦不下来的，当下又说道：“她老公是秦氏总裁秦墨，秦墨总知道吧？”

自然知道，在A市可以不知道程安安，却必须要知道秦墨这一号人物。警察之一说：“不好意思，请你不要妨碍公务，不然连你一起带走了。”

程安安心情不好，但也知道苏清音是为了她好，当下握住苏清音的手摇了摇头：“你去找秦墨，我先跟他们走，会没事的。”

两个警察也毫不犹豫，带着人绕过去就上了车。

苏清音气得原地直跺脚。

等看着警车都开走了，她这才翻出手机给秦墨打电话，可连着打了好几个都是“对不起，您拨打的电话已关机，请稍后再拨……”，急得她都要暴走了。

她直接打给秦霜，可惜秦霜的手机也是关机状态。想必这两个人肯定是在一起有什么要紧事。

她拦了出租车就往秦氏集团赶。

路上，苏清音又急匆匆打了个电话回家，见是苏老爷子接的，她当下急得就哭了起来。

宝贝孙女哭得那么惨，苏老爷子也知道程安安是秦家的人，当下就打了电话去问。

眼睛红红的苏清音赶到秦氏集团的时候，被前台给拦了，她急得直接摔了桌子，瞪着眼就把前台小姐骂得哑口无言：“你敢拦我，耽误了事怎么办……”

苏清音从来没出现在公司过，自然不比程安安能拿脸当卡刷，被堵了片刻，急得在原地转了好几圈，这才想到给乔治打电话。

乔治先让前台把人放上去，没多久也赶过来了。

秦墨不在公司，据说是工程出了一点问题，直接和秦霜去处理了，手机也是暂时关机。秘书头疼地看着苏清音抽着纸巾哭，不由得无奈道：“你别急，晚些秦总就回来了。你有什么事先跟我说……”

苏清音一想也是，扯着秘书的袖子一边哭一边说。

等她把事情说了，秘书也不敢怠慢，吩咐了句：“你就在这里等老板回来，我先去那边打点一下。”

乔治刚了解情况，还来不及着急上火呢，电话就跟不要命地响了起来。

程安安被警察带走那一幕被人拍了下来，虽然距离远看不清楚，但是看着就八九不离十了，网上此刻流言满天飞，他必须回去处理。

苏清音也是懂事的主，就在这边守着人回来，边等还边吐槽：“真是不要太巧，什么事情都赶一块去了。”

一旁被秘书吩咐了照顾人的小白领倒是乐观，安慰了她几句：“苏小姐你也别急了，安安只是接受调查而已，公安局那边不会为难她的。”

苏清音一边抽抽噎噎的，一边抬起脸来，很没出息地说道：“我害怕。”

〔3〕

程安安捧着热茶一口一口抿着，她正前方桌子上正放着一张陈欣的照片。她掀了掀眸子，脸色却是越发不好看起来。

审讯的两个警察见她面色不好，问话也越发温柔起来：“程小姐，你不用紧张。”

程安安现在才不紧张，事情本来就不是她做的，她问心无愧。只不过，这个受害人却让她根本没办法置身事外。她深呼吸了一口气，掐了掐还微微颤着的手，这才沉声道：“没关系，你们问吧，我知道的都会告诉你们。”

警察看了她一眼，这才问道：“你最后一次见陈欣是什么时候？”

“是四天之前的电影首映会。”她想了想，“因为她是电影里的一个女一号，所以电影票也是VIP的，你们可以查证。”

这时，门打开，走进来一个娉婷的女人。她看了眼还在审讯的程安安，微微笑了笑：“你们继续，我旁听。”

程安安看了对方一眼，觉得眼熟，微微挑眉。

娉婷的女人大方地伸出手来：“你好，我是尺素。”

程安安这下知道是谁了，是秦墨秘书的小女友，只是没想到她在公安局工作，不由得也笑了笑。

审讯继续进行，现在发问的却成了尺素，她语气温和，一双眸子带着笑，倒是让程安安的心底一缓，微微平静下来。

尺素：“那你知不知道她得罪了什么人？”

程安安想了想，才说道：“她最近谈了一个男朋友，叫周耀。我觉得你们把方向往他这边查也许会有线索。那天我们分开之后，就没有联系了……”

突然想起什么，程安安抬眼问道：“陈欣是什么时候死的？”

尺素看了眼档案才道：“两天前，死在自己的公寓里。”

程安安细细想了一遍还是想不起什么，陈欣跟她的私交虽然比较好，但谁也不会打探对方的私生活，更何况是两天前……

程安安总觉得有什么东西就在脑海里快速地串联成一个模模糊糊的影子，陈欣现在正当红，不可能在家被谋杀了两天还没人知道，那就只有一个可能。

她双眸一凛，语气坚定：“现场有没有发现她的手机？或者可以查查她的通信记录。”

她肯定的语气让在场的人都愣了愣，尺素却是摇了摇头：“我们之前也推断过，但是手机并不在房内，应该被处理了。”

程安安只觉得浑身泛着冷意，微微后陷靠在椅背上，揉了揉眉心：“别的我什么都不知道，两天前我一直跟秦墨在一起，我有时间证人。”

尺素看了她一眼，温和地笑了笑，又简单询问了几个问题便先出去了。等她再回来的时候，手里捧了一杯奶茶：“记得你喜欢喝这个牌子的奶茶，我特意出去买的。”

“谢谢。”程安安接过来，捧在手心里。

尺素在一旁坐了一会儿，这才说道：“陈欣和你的感情很好吗？”

程安安：“嗯，还不错。”起码，她们应该算是朋友了。

尺素也没有多问，一直陪着她安抚情绪。

秦墨进来的时候，身上还凉凉的，带着夜色里的冰凉，一身肃杀。他扫视了一圈，看见秘书还在这边等着，快步走了过去：“人呢？”

“在审讯室，尺素在里面陪着。”

秦墨点点头，这才松了口气，松开已经握得青白的手指，语气阴沉：“什么事，弄清楚了没有？”

秘书简单交代了一遍：“是陈欣，两天前在公寓里……”他顿了顿，眸色微沉，“所以让程小姐来协助调查。”

“陈欣？”他眉头微微一皱，脸色越发冰凉，“安安人呢？”

秘书扫了大Boss一眼，面无表情地指着对面的审讯室：“在里面。”

秦墨嘴角抿了抿，快步往审讯室走去。

审讯室里只留了一盏灯，看起来略显昏暗。程安安正低头坐在那里，手里捧着杯热奶茶小口抿着。

小狐狸难过了呢……

他按了按额角，走过去。

门口的动静也没让程安安兴起半分精神，只是微微侧了侧脸并没有看过去。尺素倒闻声看了过去，浅浅地笑了笑："秦总你总算来了。"

秦墨点点头，微抿起嘴角看着正看过来脸色苍白的小女人，对着尺素点了点头："耽误你工作了。"

尺素拍了拍程安安的肩膀，起身准备离开："求之不得，现在你可以带程小姐回去了，不过在本案还没有侦破之前，希望程小姐能继续留在A市随时配合调查。"

程安安转过头来笑了笑，点点头："我会等着水落石出。"她声音凉薄，眼神执拗，眼底那股子坚定的光却意外地璀璨。这寂静寒冷的冬夜里，这句话却如石头一般在她心底掷下重重的涟漪。

这个女人，果然如传说中的一般，一举一动都能随意让人怦然心动。

尺素笑了笑，只是在走过秦墨身边的时候，低声说道："她很难过很自责，我想她应该知道点什么。"

秦墨看了尺素一眼，眼底却平和了下来："有情况麻烦你第一时间通知我。"

聪明人之间说话的确不费力气，尺素是高素质的刑警，一个人的一言一行她都能窥探清楚，即使程安安极力掩饰，都无法掩盖最真实的想法。

程安安在害怕，在内疚，在难过。虽然她什么都没有表现出来，反而一副落落大方的样子，内心深处的小秘密却是真实存在的。

尺素掩了门出去，秦墨这才缓缓走过去。

程安安仰着头看他，他修长的身影挡住了这一片的光，把她笼在了一层黑暗的光影里。他缓缓伸出手，抬起她的下巴看了看，见她眼神都是冷然的光就知道她已经这样坐了很久。他轻轻叹了一口气，缓缓蹲下身子，把她拥进怀里："没事了。"

触手可及的温暖气息终于让她冰凉的手脚都感受到血液流动的暖意，她缓缓抬手搂住他抱得紧紧的，鼻尖酸得眼泪马上就会坠下来，她却只是闭紧了眼，死死地咬住下唇。

她不想哭，杀害陈欣的凶手没找到她有什么脸去哭。她又哭给谁看呢……

抱了半刻，感觉程安安的情绪稳定了下来，他这才松开她，握了握她的手，果不其然冰冰凉凉的。他略一皱眉，一把拉起她拉开大衣把她裹进去。

她的双手放在他精瘦的腰间，暖和得她都想低叹，就这样一动不动地抱了片刻。

“秦墨，带我回家。”

“好。”他扯着她的双手环在他的脖子上，打横抱起。

门外一直等着的秘书听见动静赶紧来开了门，见程安安脸色惨白地缩在秦墨的怀里不禁一愣。这比起尺素说的情况有点不好……可是不好了很多啊。

乔治也刚刚赶到，见大Boss在了，松了一口气：“秦总啊，安安那么需要你，你怎么才出现啊……”说者无心，听者有意。

秦墨淡淡瞥了乔治一眼，低了头去看缩在他怀里的人。

秘书默默地看了眼一旁还在喋喋不休的乔治，默然转了头，这不知死活的主啊……三天两头触秦墨的底线，当真是神仙都救不了他了。

外面围满了记者，秦墨刚走到门口触到那些闪光灯时，就察觉到怀里一动，低头一看，是程安安几乎抵触一般把头埋在他的胸前。他皱了皱眉，淡淡看了一眼一旁的秘书。

秘书会意，带着几个保镖把记者拦到了几步之外，让秦墨毫无阻拦地进了车里。

车窗外的嘈杂隔着一声关门声被堵在了外面，程安安这才扯了扯他的袖子，示意她自己坐。

秦墨却当作没看见，径直抱得越发紧了一些：“累了就睡。”

程安安哪里能睡着，在审讯室的时候她看了很多陈欣死时的照片。

她孤单地躺在浴室的浴缸里，水漫了一地，触目全部是血。她还睁着双眼，不甘心地抓着浴缸旁的扶手。她脸上被划了好几刀，血肉模糊，再也没有清秀动人的样子。

警方说陈欣的致命伤有两处，一个是头部，一个是心脏，死前还遭受过猛烈的性侵。

程安安实在想不到，是谁这么残忍。

她闭了闭眼，只觉得喉间漫起一股子腥气，她皱着眉，越发不舒服起来。

程安安受了惊吓，一直没睡，苏清音打来电话跟她说了会儿话，她的神色才缓了些。见秦墨陪她熬得那么晚，她不由得滚过去抱着他，略有些歉意地在他唇上亲了亲。

秦墨知道她心里不好受，也不多说，把她紧紧地抱在怀里，亲了亲她的额角，这才低哑着声音道：“先睡吧，我看着你睡着再睡。”

程安安任由他抱着，听着他轻缓的呼吸声这才觉得安心：“秦墨，最近忙不忙，如果不忙，多陪陪我好不好？”

秦墨轻轻应了一声：“把你的通告先停了，你现在出去我也不放心。”

她不说话，秦墨就在她耳边一直说着，零零碎碎的，也不管她有没有听进去。

不过这个办法显然很奏效，程安安盯着天花板，慢慢就被哄得睡着了，只不过睡着了也不安稳，他陪了片刻刚有了睡意却又不敢睡过去，就怕她半夜要做噩梦。

电话响起的时候是凌晨四五点，天际微微亮了，铃声一响，他就下意识接了起来，看了眼一旁的程安安，见她只是皱了皱眉换了个姿势，这才掀开被子去阳台外接。

电话是秘书打来的，尺素不知道他的号码，就直接转达给了秘书。

秦墨瞬间皱了眉，能让他家秘书那么淡定的男人凌晨四五点打来电话，想必不是什么小事。

屋外冷风萧瑟，他穿着单薄的睡衣，却丝毫不觉得冷一般，听着电话那头清冷的声音，只觉得心都沉进了谷底……

/第二十章/

# 伤你的人，必要为你陪葬

（1）

秦墨站了好久，回房里拿了根烟这才拿外衣披上，在阳台上静静地抽了一会儿。烟头在寂静的夜里一明一暗，他眯了眯眼，转身看着大床上安睡的身影，眸色渐深。

他想起刚才秘书在电话里透露的消息，眉头越发紧皱，看着天空上那一抹淡淡的光影，不耐烦地摁灭了烟头。

秘书：“秦总，有件事尺素让我转告你。”

秦墨皱着眉，点点头：“说。”

秘书深呼吸了一口气，这才道：“陈欣那晚被处理掉的手机找回来了，大概是凶手以为扔进垃圾桶里早就被处理掉了，刑警队刚刚把手机收回……”他顿了顿，继续道，“陈欣的手机被水浸泡已经坏了，但专家刚把它修好，打开她的短信，发现里面有一条来不及发出去而被保存的信息。”

秦墨的心一跳，几乎能预料到是什么事情，抬手按了按眉心。他声音微微低哑：“继续。”

秘书沉默了片刻才道：“是给程小姐的，上面只有四个字，‘安安小心’。”

这四个字暗含的信息量很大……

如果之前程安安还担心陈欣是因为她而死的话，那么这四个字无疑是把这件事坐实了。陈欣只是诱饵，可惜诱饵不上钩反而发现了整个计划，所以才被那么残忍地杀害。

秦墨沉默了片刻，这才说道：“结论是什么？”

秘书声音清冷：“程小姐会有危险，警方已经派了人二十四小时监视保护，希望我们暂停程小姐的通告保护她的人身安全。”

秦墨微抿紧了唇，他刚才已经问过了，程安安给的反应就是默不作声，她在反抗。

知程安安者莫若秦墨，程安安付出了那么大心血的电视剧多少会因为陈欣的死亡而有一系列的影响。而她也是不愿意歇下来的，她一定接触过陈欣背后的人，知道些什么，不然不会潜意识里就把陈欣的事情往自己的身上推。

想到这里，他低声道：“她的通告我会适时减少，暗中也会派人保护她，这件事我知道了，明天拨过去一笔经费当作破案奖励，这件事——以命抵命。”

程安安看着尺素时，那坚定的神情让秦墨知道，这件事她不可能撒手不管。而但凡程安安上了心的事情，便没有谁能阻止得了她。更何况，这个人伤了她的心还打算伤害她的性命。这个连他自己都舍不得伤着碰着的人，谁敢让她有一丝的不顺心，那他自然会加倍奉还，让对方生不如死。

这个世界上，谁都不能伤害程安安，包括他自己。

程安安一大早起来看见乔治在厨房里帮张妈煎蛋倒是有些意外地

挑了挑眉，她懒懒地伸了个懒腰，看见秦墨从餐厅走出来，笑眯眯地几步并一步直接跳了下去。

秦墨被她吓了一跳，上前一步把她稳稳地接住，脸色铁青：“别闹。”

程安安搂着他就在他唇上蹭了一口，心情看起来很不错：“早安，秦先生。”

“早安。”他微微勾唇，似笑非笑，“秦太太。”

程安安一点反常都没有，吃过早饭就去了工作室赶工作。

乔治得了命令，寸步不离，身后还带了一个小助理，小助理低眉顺眼的，据说是贫困孤儿一路被人资助上来的。

程安安多看了两眼，见小姑娘眉清目秀的，不由得多了几分欢喜。

乔治倒是对这个助理颇多微词，不过见程安安喜欢，也就随她去了。反正是临时工，所以连资料也没填，过了这一阵是要找个专业的助理过来。

陈欣的死对于广大的粉丝来说都是一个遗憾，程安安也亲自发表了长微博表达自己痛失了一个好朋友的思念和哀悼之情：

陈欣是我圈内为数不多的知心朋友之一，我们一路合作配合默契。对她的离开我很遗憾，但我不会什么都不做，昨日我去公安局是因为要协助调查，还请某些自以为是的推理家闭上狗嘴，人已死麻烦积点德。还有也许正在网上密切关注此案的凶手，以我之名，就算你死，都会追查到你的尸体，无论哪里！

陈欣一路走好，我亲自为你祈祷，让你天堂之上也一路顺风。

程安安狂妄的话又成了热点，不少跳梁小丑雇了一批的水军在论坛上抹黑她人品低下，还以陈欣的离开来炒作。

程安安冷冷一笑，手指一点，关闭了论坛，眼不见为净。很多东西，都是你在意了，才会觉得它锥心刺骨。

苏谦诚也很快赶了回来，几乎是那边的戏一结束就直接回了A市休整。

程安安又在策划一部电影，打算彻底打入国际，生命中谁的缺失都不会绊住她的脚步，她骨子里凉薄隐忍，越难受越往肚子里咽。

苏谦诚是直接到工作室找她的。

程安安的私人手机早就交给了乔治保管，接到苏谦诚的电话时就唠叨了几句。苏谦诚也是知道这事的，他还转发了程安安的微博，这才知道她与陈欣的交情已经那么深了。

他本来就在附近，顺道就过来了，但面对把他结结实实拦在外面的两个保镖时，他脸都黑了。

乔治接到电话就直接过来把人带了进去。

苏谦诚回头看了眼，皱眉问道：“怎么回事，现在见程安安都跟见女王一样麻烦了？”

乔治苦了一张脸，摇摇头：“不是，陈欣那件事你知道吧？”

苏谦诚聪明，一点就通：“所以破案之前都是要这样层层保护？”

乔治也是无可奈何，虽然这样也影响了她的工作和生活。但是她偏偏不吵不闹，乖巧安静。

越是这样，乔治越怕。

程安安正在看剧本，手里转着一支钢笔，皱着眉头偶尔圈圈画画的。

苏谦诚毕竟是圈里的一线男星，一进来就受到了工作人员的强烈欢迎。程安安一抬眼看见他倒是有些意外，不过也只是扬了扬眉，带着人去会议室了。

苏谦诚瘦了不少，也黑了一些，不过看起来倒是魅力十足。她亲自给他倒了水，这才在一旁的单人沙发上坐下来。

苏谦诚也没敢跟她提陈欣的事，只是送了一张电影票提了一下庆祝会的事情。

程安安这段时间不方便，皱皱眉有些为难，不过片刻就答应了下来："好，我会准时到。"

见到楚遥遥的时候，程安安才觉得这段时间她的执念有多深，仿佛突然堕入了谷底，冷得她发颤。

周耀和楚遥遥是昨日被请回来的，而周耀也是在今日刚被定罪收押。楚遥遥刚办好出释的手续，正打算出去就看见了进门的程安安。

程安安戴着大墨镜也能察觉到她的视线，抬眼看去，楚遥遥正一脸苍白地看着她，看起来楚楚可怜。

程安安的步子一顿停下来，她身前身后的人也都停了下来，等着她进一步指示。集万千宠爱，被人拥捧不外乎程安安如今了吧？真正是天之骄女，什么都唾手可得。

楚遥遥笑了笑，笑容却有些阴冷："怎么样，满意了吗？"

程安安摘下墨镜，一双眸子冷如冰霜："满意？我有什么可满意的？周耀那一条人命死上几百次也抵不过陈欣一条。"

楚遥遥见惯了她嚣张的样子，此刻却不如以往，反而出乎意料地淡定："陈欣那贱命怕是也只有你程安安会在乎了。"

程安安冷笑一声，微微侧目，笑容极冷却是顾盼生辉："就我在乎她的命，就比你值钱多了，你要是陈欣估计都没人来报案了吧……"程安安笑了笑，声音越发冷漠。

楚遥遥摸了摸脸，倒是没生气，看着那张即使生气也照样惊艳动人活色生香的脸，她只是淡淡一笑："放心吧，程安安，不久你就能看见自己的结局了。"

一句话，玄机颇深。

程安安却不在意，转身看着楚遥遥走出公安局大门，这才揉了揉发疼的手掌："丧心病狂。"

老爷子见案子已经破了，就把人叫了回来。见程安安瘦了些，他皱了皱眉，一筷子敲在桌上，瞪着秦墨：“怎么照顾你媳妇的，瘦了那么多。”

秦墨早就习惯了老爷子的脾性，一边给安安夹菜一边眼也不抬地抿了口小酒，眉目含笑：“安安在减肥，要维持身材。”但谁都知道程安安瘦了主要是因为担心案子的事情。

程安安也配合一笑，看了眼秦墨，桌下的脚却狠狠地碾了他一下。

老爷子皱着眉，越发不高兴：“安安上次还说要生个曾孙给我，今天开始就先住这儿了，住个十天半个月的再回去。”

春节已经快到了，程安安转念一想就知道了老爷子的用意，应了下来：“好，应该的。我和秦墨留下来陪着老爷子。”

程安安识大体，这话说得让老爷子舒了心，当下就眉开眼笑起来。

秦墨也无所谓，捏着她的手一根一根手指地掐。她被掐得疼了就转头给他夹一筷子的鱼刺，看他皱了眉头这才弯了眸子笑。

不过晚上还是回去了，程安安这边没有留着衣服，临时起意住着也不舒服，答应了明天就过来。

老爷子目的达到了，自然不会管，倒是看程安安越看越喜欢，反而比秦墨更加护着了。

〔2〕

陈欣父母双亡，丧礼是由陈欣的继母来操办的。继母一上来闹着就要钱，陈欣生前留下来的遗产，除去丧礼的费用其余都由她的经纪人做主都捐了出去。

丧礼是放在大年十五之后，程安安见过那个继母一次。那继母拉着她的手笑眯眯地说：“真的是本人啊，我小女儿可喜欢你了……”

程安安任由她拉了会儿，还是乔治看不下去了，直接塞给她一张签名照这才搪塞了过去。

乔治问程安安：“怎么不甩开？”

程安安揉了揉被抓红的手轻叹了口气，唇边泛起个淡淡的笑来："我不知道陈欣喜不喜欢她，但是我不想她皱一下眉头。"

乔治瞬间无语。

程安安离开的时候还怕继母会吞了丧葬费，让乔治又给了一笔，让她用心把陈欣的事情办体面了，这才安心回去。

程安安现在出行还是围着好几个保镖，她一向不喜欢人多，何况这些人死板得没有一点乐趣，她说过好多回，偏偏秦墨就当作没听见。

中午约了秦墨在公司附近吃饭，等吃过了她皱着眉又提了一遍："我不需要这些，周耀也已经落网了，我不会有危险。"

秦墨一直记得凌晨秘书打来电话提到的短信，他的直觉向来比常人要准很多。

周耀认罪是情理之中也在意料之中，但是他总觉得事情没有过去，所以一点也不敢松懈。偏偏他不能跟她实话实说，她刚确认陈欣是死于情杀，而不是因为她才死的，他难道要去掀开这个事实？

秦墨微抿起唇，看了她一眼，略有些无奈："安安，你别闹。"

程安安怒火燃起，冷下声音，冷静道："你这是监视我还是圈禁我？"

秦墨眉头一皱，显然也有些不悦。

一旁的秘书看了眼神情不善的大Boss，默默扭头。

程安安见他也不说话，直接拿了车钥匙，把椅子推得震天响。

"我回老爷子那里，不要再跟着我。"

秦墨看了她一眼，也站起身，脸色铁青："程安安！"

程安安脚步停也不停，背脊挺得笔直："我不想跟你吵架。"

秘书看了秦大Boss一眼，这才小心翼翼地道："秦总？"

秦墨回头看程安安渐渐走出他视线的背影，心却是一慌，他暗自静了一会儿，抿起嘴角："不用管她。"但话一出口，想着她只吃了那么一点东西不由得又微微恼，折回前台打包了她喜欢吃的就在停车场的门口等着。

风度翩翩长身玉立的精英男人往这边一站，身侧又那么多人簇拥着，很是吸引目光。

秦墨紧盯着从停车场走出的那个慌张的身影，拜他良好的记忆力所赐，他片刻就想起来这是程安安的临时助理，已经离职了三天了怎么出现在这里？这里是高档消费区，他并不觉得对方有这个能力能一脚踏进这里来。

他抬脚刚走了一步，秘书的兜里就响起了手机铃声。他步子一顿，看了秘书一眼，示意秘书接电话。

秘书见是小女友打过来的，歉意地笑了笑，往边上走了些，不过片刻，他就脸色大变，几步走上前来把手机递给了秦墨。

尺素的声音有点着急，而且看似是正准备出任务，边跑边说的。

“是我。”秦墨道。

尺素那边一顿，随即道：“安安在不在你身边？”

秦墨下意识地看了眼停车场，眸色越发沉：“没在，她一个人开车去大院了。”

尺素急得不行，忙说道：“当初陈欣那件案子不止周耀一个凶手，楚遥遥也是，你的推断没有错，我们也已经找到了证据。但是楚遥遥跑了，她昨天还留在屋子里的，今天就不见了。”

秦墨脸色一变，冷沉着声音指着那个发现他正要跑的小助理：“抓住她。”边说边飞快地往停车场里走，安安还没出来，应该没事。

秘书听见声音紧跟上去，脸色越发不好看：“这个停车场有两个出口。”

这个商场因为占地广，而且方位独特，所以一共设立了两个出口。而程安安的车子这么久都没有出来应该是从另一个出口走了，毕竟那边离大院更近一点。

秦墨也是意识到了这一点，脸色瞬间苍白了。

程安安的车子确实是从另一个出口出去了，出口一个保安并没有发现异常，程安安那座驾因为是劳斯莱斯大红跑车加上车牌牛，保安便多留意了一点。

程安安还在赌气，等铃声响了片刻这才接了起来："怎么啦，这么快就想我了？"

这边已经吓出一身冷汗的秦墨微微松了口气，语气却有些不好："怎么那么久不接我电话？"

程安安这边正路过一个红灯路口，刚想踩刹车，听到他的问话，噘了噘嘴："我这不是……"话还没有说完，她却惊出一身冷汗。她暗自镇定，又踩了一脚刹车，发现刹车根本没用了。她捏了捏手心，又去试手刹……

不行，为什么会不行，刹车怎么会突然失灵了！

秦墨听她话说到一半不说了，刚放下去的一颗心又提了起来："怎么了？"说话间，皱着眉头四处看了看，随即大步走进保安室拿了一把铁锤子就往附近这辆奥迪的车窗上砸去。

保安还来不及反应就看见这个衣冠楚楚的男人直接砸碎了车窗，光明正大地把车给霸占了。

秘书瞬间头疼，忙把保安给拦住，快速地递过去一张名片："这是我的联系方式，让车主直接联系我，照价赔偿。"这边话音刚落，秦墨就开着车子快速追了出去，临行前冷冷地瞥了一眼，秘书立刻会意，着手安排去了。

程安安被吓得直接把手机扔在了副驾上，双手掌握着方向盘才险险擦过一辆车子。她一咬牙，直接往开阔的地方驶去。同一时间，松了油门，幸好她的速度一直不快。

秦墨这边听到她的尖叫声，顿时惊出冷汗来："发生什么事了？"

"刹车……"程安安脸色苍白，眼底已经积蓄满了眼泪，她快速地一眨。

听见他沉稳的声音所有的不安和惊慌迅速从身体里褪去，她稳了稳心神，双眸里却溢满了惊恐："刹车失灵了。"

秦墨被她夹杂着哽咽的音调逼得几乎失控，他握紧了电话告诉自己要冷静：“手刹呢？”

“我试了，可是……车子停不下来，秦墨……我好害怕。”她一边看着前面的路况，脑子里一团乱麻。

秦墨紧盯着前面的车道：“先别慌，看看附近有没有减缓速度的缓坡，注意安全。”

程安安手心里已经全部都是汗水了，她恍惚着总觉得后面有辆车一直跟着，捏着方向盘的手越发用力：“秦墨，后面有辆车一直跟着我，是不是你？大众的，车牌是……”

她话音未落，就觉得被身后的车子猛然一撞，她稳住方向盘，眼神一凛，几乎瞬间下了决定踩下油门。

如果刚才她还不知所措的话，那么现在她完全知道这是有预谋的。她看着身后的车牌照不疾不徐地把号码报给了秦墨。

再前面就是路口了，她看了看四周的地势，突然扬起了唇：“秦墨，我真的很爱你。”

秦墨却是胸口一窒，不好的预感逼得他即将发疯，他踩下油门，飞快地循着她这边的路过去：“安安，我马上就来了，你注意……”话音未落，只听见那头又是一声碰撞声，零零碎碎的。

程安安捏紧了手里的手机，她看了眼身后的车子神情专注地看着前方不远处的一个缓坡，对秦墨说：“秦墨，如果我出了意外……”

秦墨立刻打断她，咬牙切齿道：“你不会有意外，你有事我一定会让他们为你陪葬。”

为你陪葬……

程安安低低哭出声来，她擦去眼泪，在手机上印上一吻，然后再也不顾电话，方向盘一拐，冲上缓坡。

铺天盖地的眩晕压迫下来，程安安只感觉这一下的撞击力猛烈，她被卡在座位上，刚缓过来睁开眼看着眼前一片翠绿的树木，就感觉车门被大力撬开。

她捏紧了方向盘，用足了力气去看，只看见模糊的人影围在她的车旁。额角有湿润的液体流下来，黏黏腻腻的，一股腥味，意识到自己受了轻伤，她还来不及做别的反应，就彻底昏了过去。

〔3〕

审讯室里一片黑暗，只有一盏台灯微微亮着。秦墨坐在门口的一把椅子上，眉头紧皱，脸色铁青，秘书在一旁站了会儿再次把水递了过去："秦总。"

秦墨连眼都没抬一眼，只是在听见里面的动静时才会微微动上一动。又等了几分钟，秦墨干脆大步走了进去。

审讯室里的人是那个小助理，她正一脸沉静地看着走过来的男人，微仰着头，眉间冷肃。

秦墨却毫不怜香惜玉地一把扣住她的下巴，捏着她的骨头一字一句道："说。"

小助理皱着眉，依旧是一个答案："我不知道。"

"不知道？"秦墨冷笑一声，眸子里都是噬血的光，他的手移到她白皙的脖颈上一把掐住渐渐收紧，"我没那么多工夫等你，告诉我，她把人带去哪里了。"

小助理被掐得喘不过气，一张脸都红了起来。

尺素被秦墨的失控吓了一跳，赶紧过来要掰开他的手，他只是冷冷地瞥了她一眼，手却越收越紧。

尺素的脸色也不好看，急急对着那个不知死活的小助理道："周耀资助你并不是希望你就这样白白送掉了性命，这些都是楚遥遥指使的，你何必为她送掉自己的大好青春？"

小助理脸色一变，终于有了反应，死死地扣住秦墨的手剧烈地挣扎起来。

秦墨却扬起一个冷到极致的笑意来："如果她有事，你们……统统都要陪葬，不如让你看着周耀死在你面前如何？"

小助理抓着他的手，这才放弱了挣扎，困难地说道："放开，我……我说。"

尺素立刻松了一口气。

小助理捂着脖子咳嗽了好久，这才说道：“具体的地方她没有告诉我，但是你们肯定能查到那辆车去了哪里。”

顿了顿，她有些犹豫道：“不只是楚遥遥一个，楚遥遥是想要程安安死，你们快去救她吧。”

秦墨的眉头凝得越发紧，二话不说快速地走了出去。

尺素倒是暂时松了一口气，忙跟着走了出来：“秦总，跟我们一起？”

秦墨点点头，嘴角叼了一根烟，看着眼前漫无边际的夜色，把安安的手机捏得紧紧的。

秦墨在刑警队赶到之前就到了，那辆车的车头严重变形，车门也被卸了下来，座椅上更是有新鲜的血迹，人却不在了。

夜色浓重，逼近了年关天气越发冷，秦墨想着中午这个女人还是负气离开的，此刻该有多害怕。他几乎是片刻都不能等了，楚遥遥要害死她，她刚受了伤肯定一点反抗的能力都没有。

秦墨细细地思索了一下刚才小助理说的那些话。

楚遥遥并不是一个人，她自从落魄了就没有多少的经济来源，周耀此时正被关着，她不可能有钱给那些绑匪。那么肯定会电话联系他……

程安安是在一阵钝痛中醒来的，浑身都跟散了架一样，她睁开眼，看着眼前漆黑一片的小屋子还有些反应不过来。

门外是吵闹的赌博的声音，大约有三个人，啤酒瓶碰撞的声音都清晰可闻。

她探手摸了摸额角，血已经止住了，结了厚厚的一层痂，一阵一阵疼着，除此之外都是一些擦伤，并没有大碍。

铁门“咔嚓”一声响起，门外有昏黄的灯光透进来。

程安安还保持着之前的动作，闭了眼一动不动。

进来的是一个男人，见还没有醒来，不禁骂骂咧咧：“遥姐，人这样会不会给弄死了？这么漂亮的明星还是送医院去吧。”

那边清冷的女声响起：“钱还没到手呢，慌什么。”

程安安浑身一震，透过铁门看去，楚遥遥正背对着她坐在门外。地上冰凉，她冷得发颤，又躺着闭了会儿眼，她才出声道：“楚遥遥。”

楚遥遥听到动静，走了过来，见程安安醒了过来，扯着嘴角冷笑一声，一把扯着她的手臂把她拉了起来：“命真大，还没死呢。”

程安安咬着牙，一把甩开她的手。

程安安一双眸子漆黑如子夜，即使现在那么狼狈落魄眼底却是气势不减，直看得楚遥遥一愣。

屋外的三个人听了动静走了过来，手里都夹着烟正吸着，透过烟雾看着这个落魄美人不由得吹了声口哨。

“遥姐，能不能玩玩啊。”

楚遥遥微微动了动，退开一步：“行啊，随便上……”

其中一个心动了正想走上来，程安安却是不动声色地说：“你们面前这个才是公交车能随便上的。”

那三个人一愣，程安安活动了下手腕漫不经心地说道：“先了解一下我身后是什么人吧。不说别的，你们要钱的时候就能多要一笔。相信我，他会眼都不眨一下的。”

三个人虽然知道程安安是著名的演员，却不知道她身后的背景，见状都看向了楚遥遥。

楚遥遥冷哼了一声，神情轻蔑：“你觉得秦墨知道你不清白了还会要你？怕是现在跟你在一起看的就是你这张脸，这份被他从一而终睡过来的清纯？”

程安安是故意下了套给楚遥遥，见楚遥遥说出“秦墨”二字那三个人都变了脸色的样子，她越发笃定，不由得看着那三个人。

“怎么，你们都合作了还什么都不知道？”程安安这话说得轻蔑，倒是一点面子也不留。

那三个人估计也是头一次干这种事，立马觉得自己被坑了，斜眼看着楚遥遥，恶声恶气：“遥姐，你这就不对了，这不是拖着我们死吗。动了秦墨的马子，拿到钱也不敢花啊。”

楚遥遥倒是镇定，走了出去：“先说了你们敢吗？就是要点钱，秦墨能把你们怎么样。”

那三个人不吱声了，楚遥遥冷哼一声，走了出去。

听见楚遥遥开车走了的引擎声，程安安这才对还站在不远处的三人道：“我肚子饿了，有没有吃的？”

看起来最小的那个赶紧拿了盒饭过来给她：“有点凉了，你凑合着吃吧。”

程安安拿过道了谢，吃了几口见另两个都走了他还留着不由得问道：“怎么了？”

男人摸了摸后脑勺：“我们不伤害你，拿了钱就走得远远的，这辈子都不来A市了，你能不能别让秦墨动手？”

程安安不动声色地吃了几口饭，她的肚子空得难受不吃饱还真的不好办事。见男人这么说，显然他们的目的也不是要她的命，但是楚遥遥一定不会放过她的。现在要是让他们三个把她放掉是不可能的，他们都是穷凶极恶的人不可能发善心，已经做了怎么可能血本无归。

程安安点点头：“我跟楚遥遥有点过节，我要是能安全出去我会跟秦墨说的。”

虽然不怎么相信程安安的话，但那三个男人显然还是选择了她这边，走了出去。

这让程安安松了一口气。

程安安被楚遥遥带到了山林里，这座山还没有开发，山势陡峭。

秦墨坐在车里，手机已经连接好了，正打算透过楚遥遥手机的讯号直接找过去。

刑警队那里工作还在进行，秦墨先带着六人小组不动声色地隐在了这里，等待机会。

楚遥遥打来电话的时候已是凌晨一点，秦墨等铃声响了片刻才接通。

“喂？”

楚遥遥一顿，没料到秦墨的声音这么沙哑：“秦墨？”

秦墨对着一旁的战友点点头，这才继续说道：“你是？”

楚遥遥那边的风比较大：“不用管我是谁，程安安在我的手上，你赶紧带上八百万来。”

秦墨眉头一皱，楚遥遥应该知道程安安在他心目中的地位，但是她只要了八百万，这说明这一笔钱她自己是分毫没有算上去的。

八千万他都愿意拿出来，楚遥遥却只要了八百万，如果钱交给她了，反而让程安安深陷险境。

“怎么，这点钱都舍不得？”楚遥遥讥笑起来。

“起码让我知道她现在是不是还活着，如果你敢动她一根手指头，我都会让你求生不得。”他说得狠厉，眸色也阴沉，透着一股浓烈的杀气。

楚遥遥却不以为意，她的确是料准了秦墨对程安安的心意才有恃无恐：“准备钱吧，明天早上交易。”说罢，迅速挂了电话。

秦墨的眉宇间厉色却是越发重起来，他揉了揉眉心，微微抿紧了唇：“信号找到了吗？”

行动组队长却是摇摇头：“信号是找到了，但是那片地区荒无人烟，人不可能在那儿。楚遥遥是料定我们会跟踪她的信号才选择那个地方的。”

“该死！”秦墨低咒一声。

既然楚遥遥想到了这一点，那绝对会想到他们会直扑那里，那她要么是做好了把程安安撕票的打算，要么就是已经掩盖了痕迹，绝对不会让他找过来。

〔4〕

满屋子的黑暗，只有铁门处的缝隙有昏黄的灯光透过来。

程安安眨了眨酸涩的眼睛，虽然疲累得想睡过去，神经却紧绷得她发疼。她撑着身子坐起来，额头上的伤口疼得她脑袋都要裂掉一般。

水泥地上冰凉，再加上是山区所以夜间的温度格外凉。她缩了缩身子，幸好今天一早出门秦墨让她多穿了几件，不然今晚可得冻死在这里了。

迷迷糊糊地过了一会儿，她越发觉得冷，摩擦了几下手，她摸了摸额头的温度。额头上滚烫滚烫的，不知道是伤口感染还是感冒，反正是发烧了。

外面也安静了下来，想来这时间大概是在凌晨了。她裹紧自己，意识有些昏昏沉沉，但脑子始终保持清醒，秦墨会来的，秦墨一定会来的，他说不会让她出意外的，只要是他说的她都信。

秦墨这边已经快速地挺进了，此刻正在一片树林里，白雪皑皑，加大了追踪的难度，放下多年的侦查技术无须多时就全部信手拈来。

天际已经隐隐发白，他双眸里尽是血丝，却不知疲倦，分析着数据飞快地往山林间而去。

尺素那边没有具体的消息，不过武警队已经从另一个可能的方向搜索过去，准备包抄。

秦墨看了眼时间，已经过去二十多个小时了。

程安安再次醒来，是被外面的嘈杂声吵醒的。

啤酒瓶砸碎落了一堆的玻璃碴，铁门已经被打开，程安安睁开眼就能看清外面发生了什么。三个男人抓着楚遥遥的头发，凶神恶煞：“你说钱今天早上就能打进账户里，刚才秦墨是怎么说的？”

楚遥遥被扯得生疼，气势不减：“放开，不然我保证你们一分都得不到。”

领头的男人猛然一松，却是一笑：“我们疯了才跟你这神经病合作，钱不要了，你自己去死吧。”

程安安这时候意识才清醒了点，秦墨这是快要来了？

昨晚给她送饭的男人显然看见她醒了，走过来看了看她，语速极快："你行行好，让秦墨说话算话，我们可真没怎么虐待你，都是楚遥遥这疯子。"

程安安一眼看去，正对上楚遥遥的视线，微微一颤这才含笑看着对方："秦墨说了不会动你们就不会动。"

秦墨不动，自然有的是人修理你们。不过这话，她是傻子才会说。她点点头："要走就快点走吧。"

男人得了她的首肯，显然松了一口气，跟骂骂咧咧的另外两个男人一起飞快地跑了出去。

楚遥遥显然没有料到秦墨会一分钱不给，直接杀了过来。答应好给三个人的钱拿不出来，他们就毫不怜香惜玉地打了她一顿，此刻她甚至比程安安还狼狈，嘴角破了一个大口子，脸上也乌青了好几片。

楚遥遥站在铁门外看着程安安，过了好一会儿，她才缓缓走了过来。

程安安也不避，看着她走过来眸色反而更沉，等她走到了跟前这才微扬了扬眉，一脸的倨傲："这就是你那天说的我不久之后能看见的结局？"

楚遥遥一脸平静，突然笑了起来："其实我也挺奇怪怎么就那么讨厌你，说起来我第一次进剧组还是你先帮助的我。"

程安安眼神微微一闪，也笑了起来，这么说是她天生招人讨厌？

楚遥遥见她不说话，粗鲁地拽起她往外走。

程安安的左小腿和脚踝出车祸的时候被卡在车里面，大概已经骨折了根本支撑不了她的身体。她疼得脸色发白，却硬咬着牙一声不吭，跟着走到了外面。

外面的屋子很简陋，只有一张木桌子和几条凳子，看样子是废弃的仓库。地上一片玻璃碴子，桌面上更是一片狼藉。

楚遥遥显然也是看见了这些，眼也不眨一下，径直坐了下来："因为你，周耀知道我到处陪人睡觉争取角色，其实我只是想早点配得上他而已，他那么好……"

她语气轻柔，唇边微微笑着："可是你毁了我，我后来才知道那晚的事情是陈欣做的，我真的好恨她。”

“陈欣没有做错什么。”程安安冷下声音，微扬了嘴角讽刺地看着她，“你自己的想法不正又能怪谁？娱乐圈是一个大染缸，但并不是所有人都是靠潜规则上位的。你一开始就看错了你们之间的感情，看错了这个圈子里的规则。”

楚遥遥闻言冷眼看着她，突然发狠一般扣住她的脑袋摁在了桌上：“程安安你嚣张什么，你现在浑身是伤根本反抗不了我……”

“嚣张？”程安安笑得越发冷，“真不好意思，被宠惯了。”

楚遥遥红了眼，她想起那个对程安安无微不至，连宠爱都是得天独厚的秦墨。她狠狠地咬了牙，拿起桌上的药粉就强迫性地往程安安的嘴里塞：“去死吧你，反正我跟周耀都活不下来了，你何必活着呢？”

程安安闭着嘴，嘴唇被楚遥遥弄得生疼，她一张嘴狠狠地咬下去。那血腥味刺激得混沌的大脑清明些，她咬着不松开，楚遥遥疼出一身冷汗，一巴掌扇了过去。

程安安趁势躲开，一脚没踩稳直接摔在了地上。

楚遥遥抓起那一把的药粉直接压着她就往她嘴里塞：“你怎么好意思提起陈欣时还这么一副冷艳高贵的表情？反正都要死了，我就告诉你，陈欣是替你死的。”

程安安人脑“嗡”的一声，眼前一黑，顿时愣住了：“你说什么？”她一把抓住楚遥遥的手，一个翻身把楚遥遥压在地上。

楚遥遥倒是意外她会有那么大的反应，当下笑得越发肆意：“周耀原本是接近你的，但是陈欣那傻妞非要缠上来。陈欣那晚知道了我们的计划，所以我和周耀就把她杀了，让她的死告诉你——你的命也走到头了。”

她冷冷地笑起来：“陈欣也傻啊，临死了都想跟你通风报信呢，不是为了给你发这个信息她其实不会死的。那时候我们以为她挂了正想走呢，听见手机的声音响起才有了你最后看见的那样。”

程安安只觉得浑身发颤，她死死地盯着身下的人。

“楚遥遥。”她咬牙切齿，指甲深深地掐进楚遥遥的肉里，“你不得好死。”

楚遥遥冷哼一声，笑得越发开心：“看见你这样就算不得好死又怎么样，我太嫉妒你了，程安安。”

她一把推开程安安将她按在地上，扯过一旁放着的绳子把程安安绑在了桌子上。

程安安被她压得紧紧的，腿又使不上力，只能看见她一圈圈地把自己的手腕缠在桌子旁边镂空的腿柱上。

“放开我。”程安安挣扎着，觉得肺部疼得都要炸掉一般。

脑海里回旋的都是陈欣的笑脸，以及陈欣浑身是血还拿着手机费力给她发短信的样子。陈欣知道自己快活不下去了还这样护着她，到底为什么那么傻！

她不敢想陈欣浑身是血躺在冰凉的地板上时那种绝望的心情是不是跟她现在的一样，是不是也害怕地希望这只是一场噩梦，做完醒来还是美好的明天。

他们还在陈欣的身上割了那么多道伤口，那该有多疼啊。那尖锐的刀尖刺破她的皮肤割在她的肉里，她是不是疼得都喊不出声来了？

他们怎么敢，怎么敢对陈欣做这些！

“浑蛋……”程安安咬着牙，还是忍不住哭了起来，她抬起右脚一下一下地踢着楚遥遥，“你最好让我死得彻底，否则我非把你千刀万剐了。”

楚遥遥却不觉得程安安还能活着，见程安安被绑得严严实实绝望挣扎的样子，她笑得越发畅快：“怎么了，我的大明星。你现在还敢嚣张吗？嗯？”

程安安眼前一片模糊，所有的东西都在旋转一般，她只觉得呼吸困难。

楚遥遥见她这副样子，慢条斯理地抓起药粉捏着她的嘴继续往她的嘴里塞：“这个过量可是会死的呢。”

程安安被掐着脸，浑身疼得难受，双手已经被绳子勒得磨出了一道道灼热的伤口。她的手腕纤细白皙，这些伤痕简直触目惊心。

楚遥遥见她意识越来越昏沉，继续把药粉往她嘴里塞："这可都是好东西呢，他们忘记拿了，你就替他们吃了吧……他们可是把你当祖宗一样供着呢，都不敢动你。"

程安安只觉得眼皮重得抬不起来。

楚遥遥正慢慢地说着，程安安却越发昏昏沉沉。她动了动被绑着的手，沉入黑暗之前还有些不甘心。

她不想就这样死，她不想出这个意外。

楚遥遥被一把按在桌子上之前一点危险来临的感觉都没有，直到被枪口抵住后背。

她一愣，又是一惊，转身就看见秦墨走了过来，那双眸子比以往更加锐利恐怖。

秦墨却只是冷冷看了她一眼，就径直去看程安安。程安安的唇边还有一些白色粉末，他脸色一沉沾了少许凑近鼻子，转脸就看了过来："你喂她吃了多少？"

楚遥遥咬着唇，一声不吭。

秦墨没了耐心，抬手捏住她的下巴，力道渐渐收紧，咬牙切齿："我问你，到底给她吃了多少！"

楚遥遥被捏得嘴都没法合上，疼出一身冷汗。

见她还是不说，秦墨微勾着嘴角冷冷地一笑，眸子微微暗了一下："连我都舍不得动的人，谁借你那么大的胆子？"

话音一落，他手指用力，只听骨头碎裂的声音和楚遥遥痛苦的声音同时响起，他却是连看都不看一眼。

〔5〕

林医生透过窗口看向在医院门口蹲守的记者摇了摇头，只是这一次他的脸色也不好看。他转过身，看向一直坐在床边一动不动的男人，低声说："你再这样下去，下一个躺在这里的人就是你。"

秦墨连眼都没眨一下，一直握着程安安的手看着她。他薄唇轻据，由于缺失水分，已经起了一层干脆的皮。

见他不为所动，林医生抖了抖手里刚出炉的检查报告，懒懒地叹了口气："程安安怀孕了。"

坐在病床边上的人一颤，猛地转过头来："你说什么？"

林医生故作姿态地又翻了几页报告，这才沉着语气说道："等安安醒来你们商量一下吧。"

秦墨眼底原本正惊喜的目光瞬间冷却，如潮水一般退了下去。

林医生看了他一眼，拍了拍他的肩膀："不要有太大的压力。"

秦墨细细揉捏着她细白的手指，眼神认真而专注："对她……不知道是好消息还是坏消息。"

林医生顺势坐在了一旁的沙发上，旁边是搁了好久的冷茶。

他看着秦墨："安安没事，洗过胃，已经干净了……因为处理及时并没有伤害也不会上瘾。孩子的话……"他顿了顿，"我不能百分之百地说没有问题，但是我想她一定会想留下孩子。"

秦墨自然知道她的脾气。

这才短短几个月而已，她进医院的次数如此频繁。他实在不敢想如果这次没有及时找到她的话，会发生什么。他不会允许这样的事情再发生在他的眼前。

一次也不。

老爷子过来的时候程安安还没有醒过来。他一张脸青白青白的，显然是被气得不清，举着拐杖狠狠地敲了一下地面。他虎着脸对秦墨道："动了秦家的人，你看着办。"

秦墨得了老爷子的默许，自然明白，就算老爷子拦着恐怕也改变不了他的主意。

秦母煲了鸡汤来，见人还昏睡着，就把保温瓶放在了一旁，叮嘱着一旁的特别看护道："等人醒了就喂点，如果还没醒也要去热一热给秦墨，别浪费了。"

秦墨垂手站了一会儿，倒没跟老爷子提孩子的事情，他是做好不要这个孩子的打算的，现在自然不会透露风声。想起那个下雪夜，她侧过脸来一脸笑意地看着他，眼神认真坚定：“秦墨，我们要个孩子吧。”

车窗外掠过的路灯光辉细细碎碎都不及她眼里一分璀璨。可是这个孩子要是不健康的话……他都不敢想对程安安的伤害会有多大。

老爷子和秦母坐了片刻就离开了，叮嘱了安安醒了要第一时间给他们打电话，秦墨都应了下来。把人送走了，他在门口站了片刻，回头看见程安安还在昏睡，轻叹了口气。

走到床边，他细心地给她整了整被子的边角，俯身在她额上亲了亲，这才看了眼一旁的特别看护，叮嘱了几句就出门了。

尺素接到秦墨的电话时刚审完楚遥遥，看着楚遥遥那不成人样的样子都微微错愕。

秘书掐着时间打来电话交代了几句。对于楚遥遥，尺素一点都不同情，直接和队里的一小伙子把人拖了进去。被秦墨亲自照顾过的人，自然会享受特殊待遇，更何况这个胆大包天的楚遥遥。

尺素刚走到门口就看见秦墨等在那里了，听见脚步声他抬起眼看过来，随即灭了烟头，走了过来。门口的风大，他这么一转身带起一股风，森冷凉薄。

她原本一直遥遥观望着他们，如今走近了，才觉得，这样神话一般的两个人其实也不过是相爱的普通人。

秦墨对上她看着他的眼，不由得问：“怎么了？”

尺素回过神，摇摇头：“全世界还有谁，比你们更般配。”说罢，自己也是弯唇一笑。

秦墨一愣，默认了一般缓缓笑了笑。

雪纷纷扬扬。

窗上已经凝了白雾蒙蒙的水汽，氤氲得看不清屋外。

程安安一醒来就有些迷茫得不知自己身在何处，眼前的一片都是白茫茫的……

她知道自己睡了很久，总觉得眼前有碎片一般的记忆不断掠过，却始终抓不住。她眨了眨眼，还未反应过来，刚伸出来的手就被一把握住，她抬眼看去。

特别看护正一脸惊喜地看着她：“程小姐，您醒了啊。”

程安安皱着眉头看了她一眼，抽回手有些防备：“你是谁？”

特别看护这才想起来程安安是不知道自己的，摸了摸头，介绍道：“我是您的特别看护。”

程安安的记忆一直停留在那间小黑屋里，此刻一醒来神经也是异常紧绷，几乎是立刻变了脸：“出去。”

特别看护是专业的护士，察言观色就知道程安安的情绪波动比较大，当下安抚道：“好，您别激动，我现在就出去，我让医生过来。”

林医生正好听见动静，走了过来：“人醒了？”

特别看护点头：“嗯嗯嗯……”

林医生轻轻拨开挡在身前的人就走进病房。

程安安是认识林医生的，可是这次看见他却是打心底里排斥，她皱着眉头看了他一眼，神色一冷：“出去。”

林医生才不管她呢，走到她床边看了看她。

她气色比起之前来好了许多了，不过……他皱眉看着她这副样子，抬手按住她抓着枕头就要扔过来的手。

“安安，是我。”

程安安双眼微微闪了一下，突然失控一般，抬手甩开：“都出去。”

林医生眉头一皱，倾身上去一把将她牢牢地按在床上，压制得紧紧的。

门口的特别看护目瞪口呆，半晌都没想起来去拿镇静剂。

秦墨回来看见的就是这副样子，他脸色一变，几步上前一把扯住林医生白大褂的后领往后甩开，力气大得让措手不及的林医生狠狠撞到了桌腿上，疼得龇牙咧嘴的。不过他也顾不上这个，直接冷着脸道："快点按住她。"

秦墨一转眼看过去，程安安正拿着放在床头的水果刀，上面的水果已经滚了一地。不用林医生多说他也知道，当下脸色一沉，探手按了过去。

程安安知道眼前的是秦墨，却是怎么都控制不了，她的手像是有自己的意识一般让她自己都有些惊恐。

"安安，放下来，这个危险。"看她惨白着脸挥着刀，秦墨的脸色变得越发难看，可硬上去抢又怕伤了她。

这么一犹豫间，林医生却是快步上前。

秦墨眼看着林医生过去按住她的手腕，程安安又在此时飞快地往后退，吓得脸色煞白，几乎是下意识地就扑上去自己按住。这么一下安安没事，他的手被划开了一道口子。

程安安一愣，将手里的刀一扔，跪在床上一把抱住倾身护在她身前的秦墨。

"秦墨……我不是故意的，我控制不了我自己……"说着说着，眼泪就掉了下来，那些恐怖的记忆，看见秦墨流血的害怕，以及对自己失控的抱歉，她一直紧绷的神经终于崩溃。

秦墨哪里会怪她，是他自己扑上去的，而且怀里的她哭得那么惨……

他轻轻笑起来，紧紧搂着她："我没事。"只划破了皮留了一点血，算什么？

林医生也被秦墨吓了一跳，现在脸色还不好看。

特别看护后知后觉地去拿了镇静剂来，林医生忙一挥手让人退了下去。他自己倒是站了片刻，直到秦墨频频扫了好几眼过来，这才冷哼一声，走了。

## /第二十一章/

# 喜事成双成对

（1）

屋内有些闷，秦墨去开了窗，冷风顺着那一边的缝隙溜达出来，空气清新了很多。

程安安蜷缩在床上，看着坐在一旁的秦墨，不由得问：“我是不是很任性。”

秦墨扫了她一眼，顺势也上了床，把她揽进怀里：“是，还矫情。”

程安安自然知道，不禁翻个白眼看了他一眼：“也不看是谁惯的。”

想起什么，他抬手抱起她，把她困在自己的怀里：“安安，有件事要告诉你。”

程安安眨眨眼，眉头一皱：“什么事？”

秦墨仔细地看了她好几眼，摸了摸她的脸，不由得问：“楚遥遥的口供里面什么都说了，陈欣是……”

她垂了垂眼睫，却是淡淡一笑：“秦墨，我不是一个人了。”

窗口垂着的窗帘被吹起，她一眼看过去，笑了笑：“我这才知道原来我一直都那么让人讨厌。”说罢，自嘲一般笑了笑，“我那么糟糕，你怎么还会喜欢我呢。”

秦墨一怔，抱着她的手就是一紧：“你不相信我的眼光？”

程安安摇摇头，低头拉住他环在她身前的手慢慢握住：“秦墨你也有判断错误的时候，我一直都知道自己不够好。不会体贴你，不会照顾你。别说为人妻子的本分，我好像什么都没做到，难怪妈妈不喜欢我。”

她的语气轻轻的，是真的在反思。

秦墨的心一软，盯着她那张白皙的小脸，不由得俯身在她耳垂上亲了亲。

“胡说什么呢，妈怎么不喜欢你了。”他抬手滑到她的小腹上，“你知道了？”

程安安点点头：“嗯，我听见林医生说的了。”她虽然一直没醒来，但是已经能听见身边人说的话了。她知道自己有了孩子，所以不顾一切地想醒过来。

她看着窗外棉白的天空，仰起头来看他：“我对不起陈欣，也对不起你，我以后不会再这样任性了。”

她道歉是因为真的知道自己错了，如果她不是心情不好乱发脾气也不会发生这些事。虽然不能把楚遥遥做的这些都当成是主观因素，可是她知道有楚遥遥今日的举动自然是因为她昔日太过盛气凌人。她太把自己当成一回事了。

秦墨见她心情低落，才醒来没多久就开始一副可怜兮兮的样子，眉头一皱，翻身把她压在了身下。

“安安，你别闹。”

她看着他那双漆黑的眸子，看着里面毫不掩饰的宠爱和深情，抬手抱住他："我没想别的，过去的这些只能过去。"

秦墨自然知道她的心思，她那日突然发脾气的时候他就察觉到了。

之前她一言不发，任由他在她身边安排了那么多人保护。到之后情绪终于有些崩溃朝他发脾气时他就想过，程安安大概知道些什么，给自己的压力太大。他哪里还舍得怪她，何况她现在不是一个人。

想到这里，他脸色一变，忙松开了些："会不会压着你了？"

程安安摇摇头，问他："你不开心？"

秦墨的脸色凝重起来："孩子也许会不健康。"

程安安自然也想过这个问题，她摸了摸肚子，表情坚定："不是说可以检测的吗？我们先留下他，如果真的有问题我们再商量好不好？"

她自然知道一个残缺的孩子对一个家庭对孩子本身有多大的影响，只是她就是不愿意在什么都没做什么都没争取的情况下就否定了孩子的生命，她舍不得。

秦墨早就想到了她会这么回答，定定地看了一会儿这才说道："我不想你冒险。"

引产对身子本来就弱的程安安来说，是多么大的伤害他自然知道，只是他也舍不得。

不过，程安安一向是无视秦墨的建议无视惯了的，当下摇摇头，不理会了。

楚遥遥和周耀都被判了死刑。

这个案子一结，尺素就请了假来医院看程安安，听说程安安怀孕了，拎了一堆的补品就过来了。

苏清音也放假了，缠着秦霜带她来看程安安，之前还花了好几天时间去山上的寺庙求了平安符，求来的平安符系了红线给程安安系在了脖子上。

程安安看着戴着扳指又戴着平安符的脖子不由得好笑。

老爷子也知道了程安安怀孕的事情，虽然高兴，不过也希望程安安慎重考虑。秦母虽然不说什么，对她的态度倒是亲和了很多。

出院之前，林医生安排了心理医生给程安安会诊，确定她的心理健康才放了人。

住院这段时间秦墨一直陪着程安安，直接把她手机没收了，电视也没怎么看。程安安不是笨蛋，自然知道外面的舆论有多大，她需要静养，自然是眼不见为净，不给自己添堵。

老爷子喜静，平常就喜欢种点植物，尤其偏爱兰花，后面的小院子里摆满了珍贵的兰花。程安安早上起来之后便喜欢到小院子里坐一坐，晒晒太阳，偶尔和老爷子一起浇花，没几日也学了点养花的技巧，再浮躁的人都静了下来。

难得回一趟家的秦父，出乎程安安意料，为人和善，笑眯眯的样子和老爷子天差地别。

程安安喜欢张妈的手艺，张妈也随着来了大院，偶尔做点她喜欢的甜品让她的日子过得舒坦至极。

发现怀孕的时候只有一个多月，程安安静养了段时间，到二月的时候就要回去复诊。这次接待的医生是医院里有名的妇产科大夫，全程检查了一遍拿着B超倒是笑了起来："也许没有那么严重，起码现在看来一直很健康。"

秦墨拿到那张A4纸，看着黑乎乎一团的阴影，笑了起来："那么小一团。"只有一小片的阴影，根本看不出什么，喜欢却是打心底实打实的。

程安安见秦墨喜欢不由得也笑了起来，过几日便是新年了。

苏清音晚上来找程安安一起去置办年货，秦墨正好没事，开了车送两个人过去。

说是置办年货其实只是苏清音自己挑些爱吃的端回家去罢了，家里的保姆早已经准备妥当了，哪里还需要这个什么都不懂的大小姐来帮忙。

商场里热闹非凡，程安安围得严严实实，被秦墨护着走。

超市的货架满满的都是物品，她看着喜欢吃的便都顺手拿了扔进车里，不多时就已经堆了满满的一车。付钱的时候有些犯难了，那么多东西秦墨都要来回两趟。

秦墨不放心程安安一个人，留了苏清音在这边陪着，就先把东西拎下去。

苏清音难得见到这么亲民的秦墨，一时错愕得无以复加，一直晃着程安安的手："安安姐，我从来没见过秦墨进超市啊。"

没见过吗……程安安细细想了想，好像这的确是第一次。

他们两个都是公众人物，有什么需要一般都有人提前准备好，哪里需要亲自上阵。

商场的二楼有一家母婴专卖店，她多看了两眼，苏清音就会意，给秦墨发了个信息就拉着她过去了。

苏清音看见一件好看的孕妇装，不由得一脸向往："安安姐，这个这个。"

程安安却没听见，她正站在玻璃旁边，看着放在小推车旁的小奶瓶。导购员正在介绍奶瓶的制作原料以及特点，程安安耐心听着，抓在手里的时候便自然地想起一双小手按在上面的情景。

秦墨进来的时候就看见这一幕，眉角一挑。

导购员见这个男人走过来，气质俊逸又帅气，还十分眼熟，不由得多看了几眼。

秦墨一心只留意着程安安，见她喜欢便覆住她的手拿过来看了看："喜欢？"

程安安一双眼都亮晶晶的，弯着嘴角笑得格外灿烂："秦墨，你觉得我们的宝宝会不会喜欢？"

秦墨下意识瞄了眼她的肚子，点点头，挑眉说道："他敢不喜欢。"

程安安也这么觉得……

一转眼看过去，导购员正一脸惊喜地看着秦墨，显然是已经认出来了。

导购员红着脸道：“喜欢的话我帮你们包起来吧，我给你打八折。”

程安安却摇摇头：“暂时不用。”

秦墨一顿，看她垂了眼看向别处，就知道她在想什么了，抬手搂住她：“嗯，等那小子出来了让他自己挑。”

程安安其实只是想万一孩子不健康的话，现在买了奶瓶到时候可不是触景伤情吗？虽然大家都高兴有了小宝宝，但是都做好了准备他不会到来。所以买奶瓶岂不是在增加她的自我暗示，到时候她要是又一意孤行舍不得这孩子的话可不是累得孩子和自己都不讨好。

苏清音原本正兴高采烈地打算包下那件孕妇装送给程安安的，但这边的小插曲她自然也看见了。她已经付了钱都没勇气拿出来，直接塞回柜台里小声说道：“先留着，我晚点来取。”

导购员虽然觉得莫名其妙，但还是答应下来了，顾客至上。

让人意外的是，这个小插曲也能成为明日娱乐新闻的头条。老爷子正在看电视，正好看到，不由得一张脸都气青了。

程安安原本正在小院子里，外面淅淅沥沥下着小雨，她坐了片刻有些冷便进了屋里来，也正好看见了新闻。画面有些不清晰，但秦墨却是一直在镜头里的。

他身材修长，站在她的身后覆着她的手止拿着奶瓶，还微微侧了头，神情温柔。这样的姿势怎么看都像是被他圈在怀里，虽然他只是碰到了她的手。不过重点就在这里，因为只拍到清晰的秦墨却不能确定这个女人是谁，所以娱乐新闻的标题瞬间变了味——

昔日的模范情侣如今分道扬镳，另结新欢。

接下来的报道更是洋洋洒洒，从程安安出事之前的大规模中伤事件开始到陈欣的死亡又说到程安安现在几乎隐退娱乐圈的状态，总结出程安安失宠被扫出娱乐圈，而秦墨却另结新欢已经开始孕育爱情结晶。

程安安不以为意，毕竟她是圈子里的人，这样的新闻也是少见多怪，但见老爷子气成了这样还是默默退散了。

再不给某人一个名分，貌似老爷子也不同意了啊。

〔2〕

除夕。

秦墨年前忙得不可开交，但是早上还会坚持陪她吃过早饭再去上班，晚饭偶尔赶不回来。今天倒是能休息一下了。

程安安醒得早，一醒来就看见秦墨还在睡，下巴抵在她的肩膀上，把她整个人都裹在他的怀里。

她也不想早起，转身环住他蹭了蹭，闭了眼又睡了过去。

她一醒来他就醒了，睁开眼见她又睡了过去也懒得起来，把人往怀里拖了拖压着她的双腿把人抱得紧紧的。

老爷子一个早上频频往楼上看了好几眼，见两人还不下来，不由得皱眉嘀咕了好几句。

秦母觉得好笑，忙安抚道：“老爷子，你由着他们去吧，小辈的都喜欢睡懒觉更何况秦墨最近忙得都没时间休息呢。”

老爷子却是冷哼了一声：“可是我的曾小孙子早醒了说要出来晒太阳啊。”

老爷子难得有那么孩子气的一面，让秦母忍俊不禁，忙扯了个借口去厨房了。

程安安和秦墨下来的时候已经快中午了，程安安揉着眼，下来的时候都不看楼梯，让秦墨惊出一身冷汗，就怕她踩空了。

程安安哪有那么笨，走个楼梯都能摔，走到最后干脆加快了步子几步就下了楼来。

老爷子听见动静就从小院子里走了过来，见人刚睡醒的样子，不由得怒道：“快去吃早饭，一休息就睡懒觉，没纪律。”

秦墨早就习惯了老爷子的差别对待，挑了挑眉道：“老爷子，可不是我睡懒觉。我那是陪我儿子睡的。”

秦母正在摆碗筷，闻言就笑了出来。这爷孙俩倒是知道用同一个借口。

程安安好奇秦夫人笑什么，边帮忙边跟着去了厨房。

张妈正在厨房里杀鱼，腥气重得秦母都皱了眉，程安安刚进去就觉得喉间一堵。她眉头一皱，只觉得胃里翻腾得厉害，刚想忍一忍，却越发觉得腥味重，掩了嘴就跑去卫生间。

秦母吓了一跳："安安。"

秦墨正在外面跟老爷子抬杠，听见动静转头一看就看见程安安跑到了卫生间，跟过去一看，她正皱着眉脸色煞白。

秦墨随手抽了毛巾，浸湿了拿在手里。程安安牵住他递过来的手站起来，任由他拿着湿毛巾擦她的脸。

她今早什么都没吃，但是吐得倒厉害，现在头都昏沉沉的，一头撞进他的怀里抬手环住他的腰。知道她难受，他把毛巾往边上一放，这才扶着把人带到了客厅里。

老爷子见程安安这么一会儿就脸色不好，亲自去了厨房叮嘱张妈煮一碗清粥。

秦母就怕她冻着，让秦墨带着人上楼去休息一会儿，等吃饭了再下来。程安安也不推辞被秦墨半拖半抱的弄上楼，翻着零食袋找酸梅吃。

这还是那天跟苏清音一起逛超市的时候她给扔进袋里的，没想到这时派上了用场。程安安当下拆了就塞进嘴里，被酸得眯了眼。

秦墨下去捧了皮蛋瘦肉粥上来，见她正吃着酸梅，便把东西拿了放在一边，这才一口口地亲自喂她喝。

秦霜是中午来的，临吃饭还没看见秦墨和程安安下来就自己上去了。门正开着，程安安窝在床上正翻着书看，秦墨就在一边看着程安安。

秦霜这边抖了抖鸡皮疙瘩，这才敲了敲门："这不是每天都见吗，大哥你怎么还是那么如狼似虎的？"

秦墨冷冷扫了他一眼，也不解释，长腿一扫把一旁的椅子踢了过去："进来坐。"

秦霜笑眯眯地走过来，见程安安抬眼看过来从口袋里翻腾了好一会儿，这才拿出一个请柬来："大嫂过来不？"

程安安接过来一看，是秦墨公司里的年度晚会。她是知道秦二爷在这里占了股份的，也不诧异是他拿了请柬过来，看了一眼搁在床头柜上，也没说去不去。

秦霜也不问，聊了一会儿就跟他们一起下楼吃饭了。午饭倒是没什么反应，不过肉类的东西程安安是不碰了的。

秦霜在饭店里有个局，苏清澈、苏清音都在那里。程安安反正闲人一个，也就和秦墨一起过去玩。

苏清音正无聊着呢，看见程安安过来，眼睛一亮，就想往上扑。秦霜正走在程安安前面，秦墨就很顺手地把人往前面一搁，让收势不及的小姑娘一下子扑到了秦二爷身上。

秦霜被这么结结实实一撞，肚子疼得当下龇牙咧嘴把人拎着去教育了。苏清音可怜巴巴地看了眼程安安，垂着头就跟了过去。

苏谦诚也在，见程安安来了，顺手把烟头一灭："哟，稀客。"

程安安倒是不意外，被秦墨搂着就坐在了一边的沙发上。苏谦诚正在打牌，微眯着眼："你怎么过来了？"

秦墨冷冷扫了他一眼："这你家的？"

苏谦诚瞄了眼秦墨，不屑地扯了扯嘴角："是啊，要收费，你双倍。"

程安安乐不可支，拿了放在苏谦诚旁边的酸橘子剥了就往嘴里塞。

秦墨见她吃得津津有味，微侧过头去，程安安就自发自觉地往他嘴里塞了几瓣。

苏谦诚斜睨过来一眼，扯了扯嘴角回过头来却是把桌上的人杀得片甲不留。

秦墨看了一会儿，直接走过去。

苏谦诚对面坐的人一看是秦墨赶紧让了开来。秦墨摸了牌，勾了勾嘴角，漫不经心地问道：“杀一盘？”

苏谦诚点点头，眸子里闪过兴奋的光：“来啊。”

程安安对这种牌局是没兴趣的，就坐在边上开了一旁的电视随便按着，秦墨这边热火朝天她却是一点也不关心输赢。

苏清音过来时，蔫蔫的，揽着程安安的手就靠在她的肩膀上抽抽噎噎的。

程安安知道她那是博取同情呢，捏了捏她的鼻尖：“装什么，秦二爷能心疼不？”

苏清音一个激灵，脸红了：“什么啊……”关那臭屁的秦霜什么事了。

程安安也不点破，意味深长地笑了笑：“小怪兽……”

苏清音窘了。

局散得早，这帮人不是被急召回家就是时间到点被下了最后的通牒。

除夕夜，总是格外热闹又冷清。到家的时候天色有些擦黑，老爷子正坐在大厅里，笑眯眯地和秦霜的母亲说些什么，见人回来了，这才移驾去了餐厅。

秦二爷笑眯眯的，看着老爷子就伸出手要红包，老爷子笑着臭骂了他一顿：“你小子三天两头不回来，好意思问我要红包。”说罢，又想起什么，一敲桌子，“今年红包没有，等你娶了媳妇儿了和你媳妇儿双份。”

程安安一笑：“那老爷子我今年能不能领三份？”

老爷子笑眯眯地看了她一眼，点点头：“安安是大功臣，自然有三份。”

秦霜还不知道安安怀孕的事情，他刚出差过来也没人跟他提。这么一会儿，他一愣，围着程安安转了好几圈：“大嫂，有了啊？”边说边看了眼一旁云淡风轻的大哥秦墨，“有你的啊，那么快，又结婚又生孩子的……”这速度果然不容小觑。

秦墨对秦霜那小眼神不屑一顾，直接大手一挥把人扫到一边去，拉着程安安落座：“就你那么风流倜傥的，勾勾小指头几个月就能办到了。”说罢，轻叹了口气，幽幽道，“哪像我，熬了六年才熬成婆。”

秦霜一个没忍住笑出声来，被老爷子一瞪又安分了。噗……可是很好笑嘛，这么怨妇的语气。

程安安也弯着嘴角笑了起来。

吃过晚饭，老爷子真的给了程安安三个红包，厚厚的一沓。程安安坐在老爷子边上，眼睛都湿润了：“谢谢老爷子。”

老爷子怜惜她，拍了拍她的手：“别有太大的压力，跟小墨好好过日子就是回报我老爷子了。小墨一个人不容易，有了你才终于完整。”

身后礼花绽放，她抬眼去看，秦墨正低头看着她，眼底是从未有过的深情与共。

程安安曾经参加一个访谈的时候被问过。

“什么时候打算结婚成家呢？”

她那时候怎么回答来着?

“等遇见能让我觉得生命都圆满的那个人吧。”

那时候她只是说说而已，却不料这回是真的遇见了，何其有幸?

秦墨带着她去外面看烟火，那紧簇的火花在墨色的天空上绽开，她握着他的手，只觉得此生安定再别无他求。

秦墨似乎是知道她的想法一般，握紧了她的手，低低地说道：“老爷子说了，你要对我好，穷其你的一生。”

说罢，他低下头，额头抵着她的，一字一句道：“因为我的命都给你了，安安，你就是我的命。”

他身后的烟花突然绽放，“程安安”三个字，印在巨大的红色爱心里。

他低下头轻轻吻住她的唇：“程安安。”

她闭了眼，抓着他的衣服抓得紧紧的，眼眶都微微红了。

大雪铺天盖地，她的心却暖融融的。

〔3〕

除夕夜，连秦二爷都不敢不住在大院里，程安安现在怀孕更没有理由搬回去了。

她近来嗜睡，晚饭也没吃多少，老爷子年纪大了，早早上楼去睡觉了，但还是嘱咐了厨房做点热汤给安安送上去。

程安安洗完澡后，趴在沙发上看电视，还没等秦墨洗完出来就昏昏欲睡。

听见敲门声，秦墨正好洗完澡出来，开门见是最近住这里的张妈，看着她端着的小碗，笑了笑：“那么晚麻烦你了。”

张妈把碗递了过去：“说哪里话。”

秦墨又谢过，关门进屋。

程安安被这动静弄醒了，睁开眼看过去，就看见秦墨穿着墨色的睡袍在旁边坐下。

秦墨倒是好笑，捏了捏她的脸，扣着下巴吻得她彻底清醒过来了，这才松开她把汤递了过去。

“张妈见你晚饭没吃多少就送了汤过来。”

程安安喝了汤，刚睡过又清醒着，只是看时间不早了这才关了灯。屋子里黑漆漆的，她翻来覆去好一会儿，这才扯了扯秦墨：“秦墨？”

秦墨还没睡，被她撩拨得一脑门的汗，当下拨开了她：“睡不着？”

程安安轻轻“嗯”了一声，察觉到他声音格外粗重，不由得凑近了些：“秦墨？”

她的声音轻轻软软的，秦墨直接扣住她的腰提上来狠狠地一口吻了上去。好久才松开她，他又一口咬在她的脖子上，疼得她“嘶”

了一声。

程安安被抱得紧紧的，喘了片刻才笑了起来：“要不要我……”

“不要。”他一口拒绝，狠狠地又抱了一下，这才推开她去卫生间冲冷水。

床下是柔软的地毯，她盯着浴室良久，起身去拉开窗帘。

不知道什么时候下了雪，路灯下这光细细碎碎的。

她站了片刻，这才走回床边，拿起手机打了一个电话。

大年过了初三，秦墨带程安安回了帝爵世家。张妈正好销假回来，就直接跟着去了别墅。老爷子倒没说什么，只让安安有空就回来吃饭。

秦墨这边忙着要去办年会，所以刚把她送到家就出去了。

乔治接到程安安电话马不停蹄地赶到，正好碰到张妈做了小饼干。

见程安安的脸色好了许多，边喝着花茶边咬着小饼干，他说话含含糊糊的：“你确定你怀着一个太子爷还要往外跑吗？”

程安安一副“你这不是废话吗”的表情看了他一眼：“这些摊子我不收能搞定吗？我以后还想混下去呢。”

娱乐圈瞬息万变，打陈欣出事开始到现在，她是一面都没有再露过。有心人夸大事实渲染她因为情伤被抛弃而伤心退出娱乐圈，更有人把陈欣那段过去挖了出来，说两个人是狼狈为奸。

狼狈为奸？

程安安扯着嘴角冷冷一笑，是该让那些人看看什么叫狼狈为奸。

乔治一看这熟悉的表情顿时就明了了，女王打算重出江湖了，这个新年就要打响开门红了啊……

秦墨公司的年会就在大年初五的晚上七点开始。程安安之前拿了秦二爷的邀请函一直收着，倒也没和秦墨刻意提起。只在初五临出门的时候才慢条斯理地换了礼服披了披肩，走到门口等着。

秦墨原本还想着哄她一起去呢，一下楼就看见张妈在收拾桌子。他一挑眉，了然地看向了门口。

程安安正低着头按着手机，察觉到他的视线转过头来，微微噘了唇：“你怎么那么慢啊。”

秦墨一哂，低头看她的精致妆容：“你是想我们家的孩子一出来就会化妆了？”

程安安哪里没有想到这个，摸了摸脸对着他弯了弯眸子：“绿色无污染。”

秦墨也不管她，只觉得这样看她真是好看，不由得生了还是藏在家里的念头。不过也就是这么一想，还是带她出了门。

以前的几年，程安安只去过一次秦墨的年会，也是作为他的女伴出席，只是那时候的身份只是女朋友，如今是“秦太太”。

那日叫了乔治过来，就是开始确定之后的工作，她如今也该转幕后了，只是她是程安安，纵横娱乐圈六年从未遇过敌手的程安安。

如今她身上被泼了墨，自然没有就这样缩头缩尾退出的道理。就算离开，也要在娱乐圈盖个戳，证明“程安安到此一游”。

她那晚便跟秦墨提了提，秦墨只是瞄了眼她的肚子，意思不言而喻。如果重出江湖，自然是借着他的年会才是大动静。

秦霜和他们一样，时间点掐得正好，两辆拉风的车都占据着停车场最好的位置。

程安安挽着裙角下车，径直跟着秦墨从后台进去。

虽然是本公司的年会，但还是请了一些合作商一起出面联络感情。

秦墨手里的公司多了去了，那家娱乐公司自然也是要到场的。程安安这回还没进去就看见里面一片星光璀璨。

秦霜往里面看了看，“啧啧”了两声：“美女如云啊。”

程安安挽着裙角看了他一眼：“二爷，清音好看吗？”

秦霜还不知道程安安给他下了套，当下皱着眉头有些为难：“怎么说呢，那个小怪兽又粗鲁又不可爱……”

程安安却是一笑，拧了他一把：“小心你的小怪兽听见了又要哭鼻子。”

苏清音别的本事没有，被惹急了可不单单只会咬人还要哭鼻子，哭得那叫一个惊天动地，完全让秦霜招架不了。

闻言，秦霜的脸顿时垮了下来：“大嫂，你看这好日子你提那小怪兽干吗，辟邪吗？”

程安安摇头失笑，无奈至极。

秦墨才不想那么多，一脚踢开秦霜，揽着程安安就往会场带：“你操这心干吗，迟早会被小怪兽吃干抹净的。”

程安安抬眼看了秦墨一眼，见他不像开玩笑的样子，不由得来了兴趣：“你怎么那么肯定？”

两个都是他看着长大的，他能不知道吗。不过当下他没兴趣跟她讨论这种没营养的问题，直接推开门走了进去。

秦墨公司签的女明星还是很多很有前途的，且这个公司团队操纵媒体的功夫了得，又有优先的通告能拿，几乎在里面几年的都是叫得出名字的大人物。

可那又如何？在秦墨和程安安面前，照样还是要低头恭恭敬敬的。

最聪明的女艺人知道自己要什么，手到擒来。而程安安无疑是娱乐圈里的典范，她打出道起便目标明确不受诱惑，如今更是一步登天攀了秦墨的高枝入了豪门一辈子无忧。

程安安挽着秦墨的手走进去，虽然没有过多的亲密动作，但那一举一动无不昭示着两个人的关系。

总公司里的人比娱乐公司里的人见到程安安的次数还要多，此刻熟稔地上去打了个招呼。

一旁的侍者刚送上酒杯过来，程安安原本只是想装装样子意思一下，哪料秦墨的眉头一皱直接按住她的手指把酒杯抽了出来，不赞同地瞥了她一眼：“还敢喝酒？”真不怕把我们的孩子给弄成小怪兽了。

程安安面上微微一赧，还来不及说什么，秦墨就交代了下去：“麻烦送杯热牛奶过来。”

程安安被他揽在怀里，只听他道：“喝牛奶宝宝才会又白又嫩。”

她的脑中顿时勾勒出一个又白又嫩的宝宝正趴在杯口可怜兮兮看着她的样子，顿时勾了嘴角笑了起来：“又白又嫩……”

秦墨不知道她笑什么，扣住她腰的手紧了紧，又瞄了眼她的平底鞋这才满意。

程安安出门的时候可是没自觉地想要穿高跟鞋，手刚伸过去就被一把握住轻轻地打了一下。她一皱眉看去，就见秦墨蹲下了身子给她拿了一双平底鞋。

她在车上的时候还默默地想，当初说秦墨一定是好爸爸的结论果然没错。

这边的动静虽小，也低调，但毕竟还是有不少人明着暗着都在打量的，不禁纷纷猜测了起来。

一个女模特跟秦霜的关系还不错，能说得上话，此刻不由得顶着风口浪尖就上去问了：“二爷，能不能给透露下……”

秦霜见是一个眼熟的女人，不由得微微侧身避了避，温和地问：“透露什么？”

女模特看了眼程安安那边：“程小姐和秦总是什么关系啊？”

秦霜摸了摸下巴，见秦墨毫不顾忌地拿着温牛奶看程安安喝了几口才被秘书叫着离开了，笑道：“这还不明显吗？没眼力。”

女模特顿时愣在原地。

秦霜才不管她呢，直接走过去。秦墨可是交代他今晚伺候好他大嫂的。正走着，他又皱了皱眉，刚才应该直接说“那是我大嫂啊，猪头”的……

说得太含蓄果然脑子不会转弯的人就是不懂，哪像小怪兽啊，他说什么她都听得懂。想着想着，他刚舒展的眉头又是狠狠一皱。可是小怪兽能听懂他说的黄段子……这可不是什么好玩的事情。

程安安眼看着秦霜这么几步眉头皱了又皱的苦大仇深的样子不由得好笑，拿了牛奶端了就去角落喝了：“没人逼你来陪我这个黄脸婆啊。”

秦霜哪敢应声啊，当下赔着笑狗腿极了：“哪能啊，大嫂。你这惊才绝艳的妙人儿怎么好意思说自己是黄脸婆的，你是让这些人都去跳河自杀吗……”

程安安如今的地位可不比往昔了，那上头还有老爷子撑腰，他除非是想不开了这才撞她的枪口上去。

程安安却不买他的账，有心挖苦他：“是吗，那你家的小怪兽和我哪个更惊才绝艳啊？”

秦霜：“……”大嫂，你能别老提那小怪兽吗！

程安安见他吃了瘪，心情好得很，作势就去翻自己随身带着的包：“你也知道的，怀孕的人脾气古怪，我现在迫不及待想和小怪兽比一比了。”

秦霜的脸顿时灰败了——大嫂，你能不以整死你家小叔子为乐吗！

秦墨抽空看了一眼，再和对面的黄总碰了碰杯，言笑晏晏：“来。”

黄总不由得顺着秦墨的视线看去，不过秦墨转移得快，没顺过去。

见秦墨一脸笑容，黄总被勾起了好奇心，问：“秦总是有好事临门？”

可不是好事嘛。秦墨摸了摸上翘的嘴角，点点头：“嗯，好事成双。”

/第二十二章/

# 携手笑看这天下风起云涌

（1）

年会进行到最后，程安安也不安于坐在角落里了。舞池开启，开舞的正是秦霜。

秦霜也不含蓄，直接拉了程安安进去，气得秦墨脸色瞬间黑了，舞曲一结束就上去抢了人把程安安按在怀里又跳了一曲，这才怕她吃不消带着走了出来。

秦霜乐不可支，难得见秦墨那么喜形于色，不过看好戏也是要有个度的，不然怒火烧过来他也讨不了好。

程安安如今虽然丑闻缠身，但地位就在那儿，还是有不少人想过去攀关系的。她没那心思应付，要么早早避开了，要么就坐着等秦墨或者秦霜过来帮忙把人给弄走了。就这样，一个晚上下来，也累得慌。

不过程安安既然出席了这年会，那自然意味着她马上又要出现在大众的视野当中了，这点觉悟这些人还是有的。

秦墨自然知道，不过她喜欢怎么来就怎么来吧，反正有他护着，谁敢拿她怎么样?

年会的最后一个环节是抽奖，倒是让人兴趣十足。

程安安倒是想凑这个热闹，只是秦霜按着人皱眉道：“大嫂，你上去万一抽中了那不是激怒人民群众吗！”

程安安一想也是，就等在了台下。

大奖是秦墨亲自颁的，是欧洲海岛的七日游。秦墨一直跟程安安站在一侧，轮到他颁奖时，他直接拉着程安安上了台。

程安安倒是随遇而安，只是惊了一下便知道他的意思，当下笑得顾盼生辉，亲自拿了奖给获奖的幸运儿。

那幸运儿是在秦墨总公司工作的女员工，一年到头也就见过程安安这么一次，当下捂着脸求签名，程安安一边笑着一边给她签了个名。

秦墨也不管，等程安安把名给签了这才搂着她拉回了怀里拿着话筒总结发言。洋洋洒洒说了一堆官方的话之后，秦墨这才顿了顿，看向一旁的程安安：“上一年，我也有了我的收获。”

他的声音突然温柔了起来，眼底都是笑意：“我身边的这个人，大家都知道吧?”

台下正等着八卦的人都兴奋了起来，忙喊道：“知道。”

秦墨转回头看着程安安，唇边缓缓漾开一个笑来：“可是你们不知道，我喜欢了她很多年。”

程安安一怔，抬眼看他，正好对上他带笑的眸子，还未做什么反应就看见他俯身下来亲了亲她的额头，随即单膝下跪。那结结实实跪在地板上的声音“咚”的一声，几乎落进了她的心底，让她一颤，猛然心湖荡漾。

秦墨单膝下跪，微仰着头，唇边的笑意却越发深：“原本我是打算回去之后再跟她求婚的，但现在我改变主意了。”

他已经放下了话筒，但会场一片寂静无声，他的声音不轻不重正好让全部的人听得清清楚楚：“这些我本该在很早之前就做的事，今天在你们的见证下，我来完成它。”

他伸手拿出一枚戒指，看着她，轻声问道：“程小姐，你愿不愿意做我的秦太太？”

不知道是不是灯光太美好，程安安看着单膝跪在她身前的秦墨只觉得浑身都暖暖的，鼻尖酸涩得她几乎都有些忍不住想落泪。而她确实也没忍住，她努力地想弯着唇笑，却只感觉眼泪成串地落下。

她从来不是一个感性的人，甚至有时候理性得过了头，但今天却因为他短短几句话，哭得不能自已。

秦墨含着笑，眼底都是暖暖的坚定：“嫁给我吧，秦太太。”

虽然他们早就名副其实，但是他还欠着她一个郑重的承诺，他不想让她留有任何的遗憾，不是做给别人看，而是做给她看。她本该有的这些，全部他来给。

秦霜等得急了，不由得直接出声道：“嫂子，你连老爷子的玉扳指和秦夫人的玉镯子都收了，多收一个又不会怎么样。”

秦二爷这话着实喜感，程安安差点破功，点点头，把手伸了过去。那枚从领证那天就被秦墨带在身边的戒指，终于——有了它的主人。

程安安原本还打算今晚她来给他正名的，哪料被他捷足先登了，只是结果却是一样。她扬了扬手上的戒指，终于笑了起来：“秦先生，以后多指教。”

秦墨没说话，只是捧着她的脸在她唇上结结实实吻了一下：“我还欠你一个婚礼。”

“可是那并不重要。”她弯着眸子，和他十指相扣。

乔治看着一旁孩子气十足的程安安，不由得扶额：“小祖宗，不就是求个婚吗？你们早就是夫妻了，干吗还给我装出一副春心萌动的表情来。”是刺激他这个孤家寡人吗！

程安安抬了抬戴着戒指的手指，毫不介意：“本夫人现在心情好不跟你计较。”

乔治抓了抓头发，是不是还要谢谢你的好心情……

程安安昨日在秦墨公司的年会上出现并被求婚，虽然没有流露出什么照片，但是各大报纸媒体昨晚就接到了爆料，今天可都等着呢。

乔治也是一早就放出了消息，程安安今天下午会参加一个服装发布会，所以好久未出现的围追堵截又开始了。

程安安刚出会场就被记者围得结结实实的。

记者A：“听说秦先生昨晚当众求婚了，请问这个消息属实吗？”

记者B：“程小姐你这段时间都去哪里了呢？是不是打算奉子成婚？”

记者C：“程小姐，听说你被绑架……”

记者A：“程小姐，前段时间还拍出秦先生跟另一名女子亲密逛母婴专卖店的照片，请问这怎么解释呢。”

程安安推了推架在鼻梁上的墨镜，抬起戴着戒指的手指：“如你们所见，过几天我会开个记者发布会，希望你们到时候前来。”

她的语气是一如既往地云淡风轻，只是那一句含着巨大信息量的话让在场的人都是一怔，等回过神，乔治早已经护着人上车了。

过几天，程安安的确是有一个记者发布会……

乔治看着面前恢复以往姿态的程安安，不由得扯着嘴角笑了起来。

今晚答应了老爷子回大院，所以程安安这边的工作一结束就让乔治把她送过去。

老爷子正在小院子里浇水，见程安安来了，这才放下了东西，抬眼就看向她的手指。

程安安一愣，随即笑了起来，抬起手在老爷子面前晃了晃：“老爷子叫我回来，是不是就想看看这个？”

老爷子笑眯眯地看了看她的钻戒，随即有些不认同地皱了皱眉：“钻戒不够大，回头跟小墨抗议去。”

程安安失笑，看着这戒指却是满意得很：“我挺喜欢的啊。”

老爷子眼底都是笑意：“小墨赚钱可不就是为了娶老婆养孩子，回头换个大点的，怎么说也是给媳妇的。”

程安安摸了摸鼻子，淡淡地笑了起来。老爷子这一句话还真的是概括得正好，赚钱就是为了娶老婆养孩子……

秦墨也来得早，自己开了车过来，想来是刚从公司过来就来了，一身正装。

秦夫人这段时间出国了，家里只有老爷子一个。楼下还有一个管家和张妈，他绕了一圈都没看见人，这才拿了一个苹果问道：“老爷子和安安呢？”

张妈指了指楼上：“老爷子让程小姐帮他研墨呢。”

秦墨扫了眼楼梯口，这才慢吞吞地上楼去了。

程安安候在一边给老爷子研磨，她的头发未扎起，柔顺地垂下来，遮住了她精致的侧脸，只看得见她站得挺直的背脊。

秦墨靠在门口看了一会儿，这才缓缓走了过去。

老爷子是早就看见他了的，见他进来第一件事就是抱媳妇，不由得怒道：“小兔崽子。”

秦墨却是只懒懒地看了老爷子一眼，似乎这才看见他一般：“老爷子。”

老爷子刚收了笔，宣纸上正写着一个浓墨重彩的“阳”字。

秦墨这一眼扫去，微微一怔，挑眉看向老爷子。

老爷子卖了一会儿关子还是不说，只是看向一旁默不作声的程安安：“安安你可知道是何意？”

程安安看着这个“阳”字，微微一琢磨：“向暖？”

答案还真的是干净整洁，一猜即中。

老爷子笑眯眯地看了眼宣纸，道：“阳字取其意，是个好字。”

程安安也觉得不错，阳字，多温暖。她下意识地摸了摸小腹，转头看向秦墨：“我们以后的孩子就叫小阳吧？”

她神情认真，一如那晚她坐在车里跟他说要孩子时候的样子。

秦墨点点头：“你喜欢就好。”

你喜欢就好。

老爷子先下了楼，程安安走在楼梯口的时候才想起来，停住了脚步问他：“秦墨，你喜欢男孩女孩？”

秦墨如今都不敢确定这孩子有没有问题，但看程安安满心期许的样子，还是有些动容，揽着她的肩往下带：“都喜欢，所以要儿女双全。”

程安安一笑，哪里不明白他的意思，当下握紧他的手：“迟早会的。”

〔2〕

记者发布会的前一晚，不知道是谁在网上爆料，说是在私立医院里看见了和秦墨一起出入的程安安，还附上了高清的照片。

照片上面，秦墨的手正放在她的肚子上，而她满脸的笑意，叠手按着，怎么看都像是奉子成婚。

程安安倒无所谓，秦墨知道她明天有个记者发布会，不由得冷了一张脸：“我陪你一起出席。”

记者发布会设在娱乐公司里，秦墨要出席自然没有拦着的道理，毕竟他是大Boss。而且，程安安举办这个记者发布会本就是因为他们两个人。

秦墨晚上既然说了要跟她一起，早上也就不去公司了，安然自得地把她从床上拖起来亲自喂了早饭。

他前段时间忙着年会，公司恢复上班又迅速地接了一个大单子，所以早上只来得及把程安安叫起来倒是没时间盯着她乖乖地吃早饭。

程安安最近反应比较严重，早上一般都懒得吃饭，吃了都要吐，她就懒得吃了……

秦墨一边看报纸一边看着她，见她面色还算好，这才放下心来："看来今天是无碍了。"

张妈一笑，端了牛奶放在程安安面前："迟早还是要吐一遭的。"她这几日也一直盯着程安安吃早饭，不管吃多少，起码吃一点。起先是刚吃没多久就吐了，后来好了些，但最晚也在午饭前就没了胃口，硬吃点东西就又反胃。

秦墨只觉得心疼，摸了摸程安安怀孕之后反而消瘦下去的下巴，拿过牛奶递到她的手上："难受的话我们下午就去医院看看。"

程安安还没说话呢，张妈一哂："孕吐哪有办法治呢，只是别勉强程小姐吃东西了，挑她喜欢吃的多少吃点便可以。"

程安安这几日倒好了些，张妈变着法子给她弄她想吃的，她嘴里也淡得没味，什么都想吃偏偏吃不下去，心情一直不好。

秦墨上了心，带着她出门去买些她爱吃的零食。

程安安也没意见，就步行跟着秦墨往附近的超市走去。怀孕之后胃口多变，原先不喜欢的如今会想吃，原先喜欢的此刻看见却提不起什么兴趣来。

程安安出门倒没做什么措施，一张素颜干干净净脂粉未施却越发让人觉得清新婉约。

超市是在帝爵世家里面的，帝爵世家里住的人非富即贵，自然不会出现粉丝或者是狗仔，所以程安安出门也方便，直接被秦墨拉出门了。

秦墨见着她都没多大的兴趣，便带着挑了些酸梅。她这段时间可是一闲下来就抱着酸梅往嘴里塞。秦墨从公司回来抱着她亲，都能被酸得嘴角抽搐。

程安安看着他站在货架前皱着眉头挑着她惯吃的酸梅牌子偶尔转过头来问问她，不禁弯着唇笑了起来。

这么自然这么平凡的日子，是她一直向往的。

多么美好，细水长流。

秦墨听见笑声，转头来看她，正对上她含笑的眼神，还未说话，她已经凑近飞快地在他唇上亲了一口：“秦墨，我好喜欢你。”

真的好喜欢，觉得这个名字此刻都烙进了心底，那么深刻明媚，此生不忘。

秦墨也不管超市里是不是有人围观，直接扣住她的腰把她拎了回来狠狠地困在怀里吻了一通，这才依依不舍地分开。

程安安一双眸子此刻跟被水洗过了一般，她眨眨眼，脸微微一红。

秦墨这才注意到看过来的眼神，冷哼一声，毫不在意地推着购物车继续往前走。

记者会。

程安安到场的时候，已经座无虚席了。

闪光灯闪起，程安安从入场到坐定都是淡然浅笑，当真是把好事临门这事给坐实了。她有备而来，这些记者自然也是如此。

乔治是老油条了，见关子卖得差不多了，这才正式宣布开始。

程安安轻眨了眨眼，放在桌下的手却紧紧地拉着秦墨的。

记者A：“程安安，你和秦先生同时出席是有什么重要的事情要宣布吗？”

程安安心底暗惊，秦墨上来之前就说了好几遍让她自己斟酌着办。果然是打算绵里藏针，狠狠地挫她的锐气啊。她避重就轻：“我年后打算读研不知道算不算是重要的事？”

程安安一出道就有完美的学历，况且她是真的在名牌大学就读，所以学历都是真实的，如今事业正火却要去读研？

众记者面面相觑。

记者A：“读研？是打算隐退娱乐圈吗？”

程安安眼也不眨，一眼扫去：“那我还在这里跟你们废话什么。”

这话让那记者一噎，顿时消停了。

记者B见此，立刻追问：“那请问秦先生，公司年会你当众求婚是真的吗？”

秦墨冷冷扫了那记者一眼，点了点头：“嗯。”

记者B见大Boss明显热度不高，转问程安安：“那奉子成婚也是真的喽？网上铺天盖地全部都是你们从妇产科出来的照片，请问这是真的吗？那秦先生你跟程安安结婚也是因为她肚子里的孩子？”

现场顿时一片寂静，连一旁的乔治都微微皱了眉。这话网上议论是一回事，但这么直截了当地问出来却又是一回事，况且，这还是直播的。

程安安也皱了皱眉，正想说话，秦墨在桌下握着她手的力道一重，程安安转头看去，只看见他微勾了嘴角，笑得邪气十足。

“奉子成婚？未婚先孕？”他笑了笑，眸色越发沉。站起身，他看着场下或坐着或站着的记者，像是巡视自己疆土的帝王，让人不寒而栗。他微微一顿，笑了起来，“其实今天是想宣布两件事的。”

他停顿得恰到好处，几乎掌控了所有的节奏，一收一放之间已然让人汗流浃背。他却不自知，只是下巴紧绷，微微一抬，那股气势顿时压制住了全场。

“第一。”他声音微冷，“我和程安安半年前就结婚了。”

话音一落，现场越发安静了。

程安安早就料到他会这样说，当下站起身来握住他的手，十指相扣，看向镜头。

“第二，请祝福我们的宝宝吧。”

这回是彻底炸锅了，记者们想过种种可能，但都没想到当事人居然会直截了当地公开。

闪光灯不停。

程安安不慌不忙，清冷的声音如清泉一般缓缓流淌：“我不是隐婚，只是希望在一切都稳定了之后再告诉大家。所以现在，我觉得正好合适。”她有意抬了抬手露出那枚戒指来，“我不知道你们持什么态度。如果是想等着我被秦家扫地出门的话……”

她话还没说完，秦墨的眸子就是一冷：“这辈子，程安安只能是我的人。”

程安安一顿，随即笑了起来，一点都不隐藏那笑容里的甜蜜：“这辈子，我只能是秦墨的人。我预想不到以后，但是我会努力成为他的唯一。”

话说到这个份上，媒体哪有不祝福的道理，当下纷纷道喜，并问起孩子几个月了。

程安安还没回答，一旁突兀的一道声音传来。

记者X：“据可靠消息称程安安被绑架了两天，不知道对程小姐有没有造成实质性的损伤？”

程安安闻言看过去，是一个个子瘦小的记者，他正紧张地拿着本子认真地看着程安安。

秦墨一凛，正要有所动作之时，程安安一把按住他，直接笑道：“喔？哪里来的消息呢？”

瘦小的记者自然不敢再说什么，不过看程安安人生正得意，显然是什么事情都没有。

程安安见他闭嘴了，这才无辜地眨了眨眼。

乔治见差不多了，护着人就往后台走。

记者发布会到此结束。

这次发布会消息爆炸。

虽然程安安嫁入秦家是必然的，只是时间问题，可如此公布出来是让人一点话头都抓不到。

谁都知道程安安身后的秦墨有多么深不可测，对程安安又是多么护短。

乔治看着秦墨护着程安安往休息室走，留意了一下她手指上的戒指，又注意了一下她脖子上的红线，摸了摸鼻子。

他这个娱乐圈如日中天的当红经纪人是不是要失业了？

记者发布会结束之后，程安安直接去了医院。上次检查的时候看见阴影不知道是怎么回事，林医生说只能在宝宝三个月的时候再鉴别是否健康。

程安安没敢惊动老爷子，就跟秦墨去了医院，配合检查。

检查的还是上次那个妇科大夫，她见程安安一副如临大敌的模样有些好笑。她也看过那片阴影，看起来更像是有两个孕囊，两个孕囊的话就说明这一胎是双胞胎了。

见程安安脸色苍白地走出来，秦墨不禁皱了皱眉，抬眼看了看林医生。后者倒没那么紧绷，等着检查单出来这才上去看了看。

结果倒是在他的意料之中，不过他却是皱了皱眉，如今怎么看都是皆大欢喜，但如果孩子不健康，程安安一次失去的就是两个孩子，这种结果谁都不想看到。

秦墨见林医生眉头一皱，顿觉不好，对程安安说："你去车里等我。"

程安安坚定地摇摇头："不管结果怎么样，我都能承受得住，你不能赶我走。"

秦墨看了她一眼，什么也没说，只是扣住她的手紧紧握在手心里。

林医生把检查单递给他们，微微笑了笑："恭喜，是双胞胎。"

程安安眼底掠过诧异，心底蔓延开一种湿润的感觉。

希望宝贝没事，哪怕折寿她都愿意。

〔3〕

过几日是陈欣的丧礼。

程安安接到电话时，正在回去的路上，挂了电话之后让车转了个方向去陈欣的公寓。

公寓里现在住着的是陈欣的继母，以及她的小女儿。陈欣的继母知道程安安要过来，一早开了门在这里等着了。

陈欣的继母自己有两个孩子，老大是哥哥，和陈欣一样的年纪，月份比陈欣大些，还有一个小女儿。

小女儿看见程安安很是兴奋，眼睛亮晶晶的。

陈欣的继母忙把程安安迎了进去，又是端茶倒水又是切水果。

程安安盛情难却。

陈欣生前没怎么跟程安安提过家庭，只凭这些便知道她对这个家并没有感情，毕竟她的亲生父母已经去世，家早就没了。而这继母只知道伸手要钱，哪里是真的关心她呢。

程安安进了陈欣的卧室看了看，她的东西都已经妥帖收了起来。她的继母也知道分寸只住在客厅里，别的东西都没动。

乔治知道秦墨有过来交代过的，当下迟疑了片刻还是说道："秦总之前有来过这里，这些都是他交代下去的。"

程安安正按着陈欣房里那把吉他，闻言一顿："秦墨来过啊？"

"嗯，秦总知道你对这事上心，前些时间你养身体他就亲自过来一趟看了看。"

一旁陪着的陈欣的继母也附和道："原来秦总是程小姐你的男朋友啊。"

程安安轻轻地扫了她一眼，微微笑了起来："不是男朋友，是老公。"

陈欣的继母一顿，随即眉开眼笑："程小姐真有福气啊。"

乔治看了陈欣的继母一眼，不作声。

程安安点点头，应道："嗯，我的福气。"

程安安在陈欣的房间坐了片刻，接到秦墨的电话时才反应过来已经过了很久，这才告辞回去。

刚下楼就看见秦墨开了车等在那边，她眼睛一亮，随即看向一旁努力减少存在感的乔治。

秦墨靠在车门旁边，背对着程安安，在昏黄的路灯下背影越发显得清俊。他指尖夹了烟，也不吸，只低了头看着亮着的烟头，陷入沉思。

程安安走上前他才转过身来，见她穿得单薄，看了一旁的乔治一眼，他问：“她的外套呢。”

陈欣的继母正好从楼道口出来，手里还拿着程安安的衣服，见人还在松了口气递了过去，一眼看去见秦墨在，眼神一亮：“秦先生，谢谢你。”

程安安挑了挑眉看着秦墨，秦墨微笑地捏了捏她的手，接过衣服替她披上：“这么不知道照顾自己，以后出门就跟在我身边算了。”

等给程安安披好了衣服，他才回过头来看向陈欣的继母：“只是我替安安给的一份心意，陈欣和安安是好朋友，何必道谢。”

陈欣的继母却有些犹疑地看了一旁的程安安一眼，手里攒着那张支票递了回来：“程小姐给了我们一笔钱。”

程安安扫了眼支票上的数额，唇边泛起点点笑意。秦墨的那份心意，远比什么都重要。

钱最后还是收了回来，陈欣的继母手里捏了钱自然不好再要秦墨给的钱，本来就是她们在身后拖累了陈欣。

丧礼那天，程安安到了场，还有一些圈子里与陈欣交好的人。陈欣和她一样，朋友并不多，但都胜在能交心。

记者早就收到消息来蹲点报道，不过等丧礼开始了，秦墨便带了人把记者的摄影机全部下了。有偷拍的也通通收缴，直接赶出去。

这是程安安最后能为陈欣做的，这种时候，自然不能让陈欣再被打扰。

程安安没哭，只是烧了楚遥遥和周耀的照片给她，一双眸子冷得跟结冰了一样。她一字一句道：“他们一定会付出代价的，你不要怕也不要哭。”

夜已深，陈欣的继母目送程安安进入轿车，这才说道：“程小姐，你和秦先生都是好人，一定会有好报的。”

程安安一时没反应过来，见陈欣的继母神色认真，不由得笑了笑："借你吉言。"

回程的路上堵车，两旁的路灯骤亮，照得车里的人也流光溢彩。

程安安这一整天没吃什么，此刻肚子饿了，却偏偏堵在路上，不由得气闷。

秦墨早就准备了一些饼干，递了过去："先填下肚子，张妈做好了饭回去就能吃了。"

陈欣的事情告一段落，程安安也松了一口气，只是心情还沉浸在那丧礼的悲伤里，怎么都走不出来。

秦墨跟她相处得久了，自然了解，但此刻不适合提起陈欣这个人，当下翻了翻手头乔治递给他的程安安这个年度的安排。

空白。

程安安显然也注意到了，笑着抬眼看他："秦总有意见吗？"

秦墨哪里敢有意见，当下一下子合上，问她："那你打算干吗？"

程安安想了想，塞了一块饼干给他："我打算策划一部电影吧，等生了宝宝之后。"

肚子里的宝宝不知道怎么样，所以这一年的行程都不敢安排。

秦墨知道程安安是喜欢在荧屏上面发光发亮的，自己也从未说过让她退出娱乐圈的话，不过她开始转战幕后的话他自然不会反对，他也不喜欢自家的老婆整天抛头露面的。

前面的车子缓缓动了，秦墨盯着路况，不疾不徐道："明天先去超市买点你喜欢吃的菜，中午来公司陪我吃饭，下午就陪我上班，晚上我们一起去看电影？"

程安安眸子一亮："好啊，近期有什么电影啊，我现在去看看。"

见她瞬间兴致勃勃起来，秦墨的唇边也泛起笑来。

人生有一个可以携手陪你笑看生活的人，陪你经历这人间的喜怒哀乐，和你一起努力生活，和你一起组成家庭圆满你的生命，是多么好的事情。

秦墨和程安安都是那种站在金字塔顶端的人，爱情于他们是多么奢侈，但他们在这茫茫人海里相遇了，并相知相爱，多么幸运。

程安安四个月的时候又去了一趟医院，B超的结果让人放下心来，胎儿健康。

程安安看着那小小的两团，目光不由得柔和了下来。

主治的妇产科医生叮嘱了几句，让程安安注意饮食平衡，平日多做运动，还要注意休息，胎儿现在都是健康的，并不用过分担心。

程安安松了一口气，只要宝宝健康，她就无所谓了。

秦墨不管多忙，只要是来医院都会推开时间陪她过来，此刻听到结果自然也高兴，忙打电话给老爷子报喜去了。

老爷子正在跟老战友打高尔夫呢，一接到电话赶紧收拾回家，让家里备好晚饭。

林医生知道程安安今天过来产检，忙完之后也凑了过来。

看了检查结果后，他也松了一口气，又细心地去弄了一本孕妇手册给秦墨，幸灾乐祸地拍着秦墨的肩膀道："不要太激烈。"

秦墨微微一顿，随即反应过来，云淡风轻地说："你知道这两个字怎么写吗？"

林医生原本幸灾乐祸的笑容顿时僵住……

就你有老婆，就你有了老婆还有儿子。单身不可耻！！！

离晚饭还有一段时间，秦墨没急着去大院，反而走了相反的路往郊外去。

秦墨带程安安去的是一座伫立在半山腰的寺庙。

程安安下了车，抬眼看去，阳光正从树林里照射出来，照得那座寺庙明晃晃的，如在凡尘之外，缥缥缈缈。

秦墨拉着她缓步走上阶梯，边走边解释道："我不信佛，但是如果一炷香能保佑我们的孩子健康平安，终结你的不安，我愿意在佛堂前面长跪不起。”

程安安转眼看向他，弯了眸子笑：“宝宝会没事的。”

她曾经拍过一部玄幻电影《焚香》，就是在这里取景的。故事里，她因为救了一个人损了道行被带到寺庙里，让人焚香才能留有一丝生气。

男主角对她说：“我不知道你从何来，以后会去哪里。如果焚香能换得一世安乐，我愿出家为僧为你在佛堂前燃起长生灯。”

程安安不是个轻易动情的人，但这句台词打动了她，让她倏然泪下，让一旁的导演和演员都傻了。

她握紧了秦墨的手，看着不远处的寺庙：“那我们一起去为宝宝求个平安符吧。”

## /第二十三章/

# 一线大腕

Yixiandawan

（1）

程安安并没有如计划中的安心养胎，而是联络了乔治安排工作。

她自己写了一个剧本，没透露过风声，写好之后只给了徐紫鸢看，徐紫鸢还微微愣了一下。

程安安本来就是高才生，尤其偏爱文字，和秦墨的这段爱情给了她太多的幻想太多的震撼，所以她反正闲着无聊就写了剧本。

看过剧本之后，徐紫鸢给予了高度评价，直接拉顾易安投了资。

故事的原型是程安安和秦墨，只是略有一些改动，让情节更加丰满圆润。

徐紫鸢给了如此高的评价之后，程安安也不耽搁，下午就去了秦墨的公司。

秦墨刚开完会，就见到刚从电梯门口出来的程安安。他一愣，顺手把手里的文件往后递给了秘书，快步走过去。

“怎么过来了不先给我打个电话？”

程安安一眼看见他身后的女员工凑在一起嘀嘀咕咕，当下扬了扬眉，顺势让他揽进怀里。

“查岗，给不给？”

秦墨失笑，见她身后都没人跟着，又不由得皱眉：“怎么出来不让乔治陪着？”

乔治又不是她的保姆。

不知道是不是前段时间反应得太厉害了，她人本来就不胖，此刻四个月了肚子还不是很明显。尤其她此刻衣服穿得多，更是看不出什么来。

秦墨摸了摸她的手，见有些凉，忙裹住她的手：“怎么不多穿件外衣。”

程安安看了眼身上穿的，差点没翻白眼：“我已经穿得跟球一样了。”

秦墨还想说什么，但注意到旁边一众的围观人员，当下揽着她就往里面走。

秘书见状，把正要去交代工作的几位主管一拦，推了推眼镜：“请几位稍后再来吧，总裁夫人一到，总裁就没心思办公了。”

公司上下都是知道秦墨是昏君，被狐狸精一迷惑就不上早朝的昏君，当下了然，转身就走。

秦墨抱着程安安坐在座椅上，正想给她暖暖手，程安安翻出U盘扫了眼他的电脑屏幕，直接把文件移了过来：“你快看看要投资多少。”

秦墨见她下午急匆匆地过来就是为了这事，抓着她的手狠狠咬了一口后才点开看了起来。

程安安一直在写剧本他是知道的，但是她藏得严实一直没让他看见过，今天她自己主动拿过来要投资，自然是要看看值多少价的。

不过，看出品人是程安安，就算是烂片，他也得打造成好莱坞大片博美人一笑吧……

不过秦墨才看了几段就笑了，他饶有兴趣地看了眼坐在他腿上一副求夸奖样子的程安安："这是？"

"你自己看啊，我不管，差多少钱你全部投资，不投我不给你生孩子了。"她皱皱眉，催着他继续看。

秦墨担心电脑辐射，把她赶去一边拿了毛毯给她，又让秘书准备一些小点心，这才接着看下去。

她写得很认真，从相遇开始一直到相爱，这不仅是他们之间的故事也是动人的剧本，更何况这是她用心写下来的，感觉自然是不一样的震撼。

从前他读不懂的那些举动，都在里面诠释得清清楚楚。

原来动心没有先后，他对她动情的同时她也已然交付了真心。

程安安就坐在沙发上看着他，看他偶尔蹙眉偶尔轻笑，心情也开阔起来。等他看完，天色已擦黑，她对于自己干扰公务丝毫没有愧疚之心，只缠着他问："怎么样？"

秦墨刮了刮她的鼻尖："倾囊相助。"

程安安得了想要的答案自然满意："那我明天就让乔治来敲定合同。"

秦墨见时间差不多了，把椅背后的大衣一拿："走，回家吃饭去。"

程安安自打怀孕了以后就很少在外面吃饭了，都是张妈搭配的营养餐，她身子要调养自然没有意见。

电影筹备开拍已是一个月之后，开拍之前程安安又去了一趟医院，这下已经确定了两个宝贝都安然无恙，可以继续妊娠。

程安安也松了口气，一边小心调养着一边开始准备电影的事情。

秦墨见她喜欢也不拦着，只是叮嘱她放慢了速度不准累着自己。

秦墨对这部电影很上心，选角色都是和程安安一起去的，可见有多重视。

程安安本就打算慢慢拍，剧本里的那些细腻感情她全部希望一点点呈现出来。她想让大家看见的不只是一段简单的爱情故事，更多的是为爱情的挣扎和努力。

那些关于爱情的不甘、不怨、不喜、不怒、不争。

她曾经陷在迷雾里走不出来，那些独自一人的难熬全部化为泡影消散。

不过这一次的电影里面除了传达的这些感情，更多的也是励志，女主如她一般幸运，刚进入圈子就遇见了自己的真命天子，却没有她这般要风得风，要雨得雨，统统都是女主自己努力得来的。

她见识过这个圈子里的人情冷暖，也就更明白成功是以如何的代价获得。

秦墨抽空就会过来，天气已经开始转暖了，但他总是不放心，饭点总会让乔治盯着。他一有空就查岗查班，让乔治笑了好久。

程安安此刻的肚子已经有些明显了。

程安安是副导演，正导演还是有专业的金牌导演助阵，毕竟秦墨不放心程安安这种状态还去努力工作独挑大梁。

这日刚要吃饭，就见熟悉的车子在一侧停了下来，乔治抬头就看见秦墨拿了保温盒下了车。

程安安事先不知道秦墨要过来，此刻正喝着水呢，被一呛，咳了好久。

秦墨给她顺了顺气，摘了她的大墨镜放在一边，拿了保温杯递过去：“怎么喝水也不小心，先喝点张妈熬的鸡汤。”

程安安知道秦墨是回了一趟家特意过来的，当下腾了位置给他：“没吃吧？”

秦墨本就是掐着饭点跟她一起吃饭来的，怎么可能吃过，把精致的饭盒全部摆好，看她乖乖喝了鸡汤才给她拿饭。

程安安的肚子已有五个月了，因为是双胞胎，比一般的孕妇肚子要大些。以前她吃不下东西的时候倒是不怎么看得出来，秦墨现在天天掐着点盯她吃饭之后，肚子倒是大得飞快。

等吃过饭，秦墨留了片刻，拿了点心给她备着，秘书催了几次才走。

电影拍了好几个月，等程安安大腹便便的时候才正式杀青。

这时候的天气已经很热了，她怀孕后，脾气越发不好起来。

秦墨的公司没那么忙，只下午才去上会儿班处理一些文件，其余的时间都用来陪程安安了。

这日，程安安正在看书，空调风嗡嗡地响着。她的注意力集中不了，微微皱着眉头。

秦墨正好回来，见她正看着书，换了鞋子走了过去从身后圈住她："看什么书呢？"

程安安被吓了一跳，眉头一皱就发起脾气来："你怎么回来也不出声啊，你想吓死我啊。"

秦墨没想到她的反应那么强烈，下意识地圈住她，抱着就往沙发上坐："怎么了，两个小家伙又招惹你了？"

程安安只觉得心头越发烦躁，挣开他，摔了书就往楼上走。

秦墨怎么可能放她上去生闷气，上前一步把人抓进怀里："哪里不舒服了？跟我说。"

"跟你说有用吗？"她肚子越来越大，睡觉都睡不好。白天没精神，对什么都提不起精神，又老是腰酸，能不暴躁吗？

虽然她知道自己乱发脾气不对，但怎么都控制不了。

对上秦墨那双黑漆漆的眸子，她一个委屈直接坐在他的腿上，扑上去在他的脖子上狠狠地咬了一口："我好闷。"

秦墨见吃饭的时间还早，就准备带她出门。

"想去哪里？"

程安安想了想："去海边。"

去海边看落日。

去海边那自然是要等吃过饭了，秦墨让张妈提前做了饭，程安安胃口都好了些。

等到海边，正好看见落日，天气炎热，海风却大。

秦墨帮她理了理被风吹乱的头发，搂着她往水边走。

秦墨不准她脱鞋，直接穿着鞋子去踩水。海边的人多，她也不在意，素着一张脸笑眯眯地去踩微凉的海水。

一侧还有跑来跑去的小孩子，她看了好一会儿，扯了扯秦墨的手："以后我们带宝贝也来这里。"

秦墨见她开心，直接应下："以后想去哪儿我都带着去。"

程安安刚想说话，就觉得肚子一疼，轻嘶了一声。

一旁的秦墨吓得不轻："怎么了？"

程安安皱眉看了他一会儿，见他脸色越来越沉，才"扑哧"一声笑出来，按着他的手覆在肚子上："宝贝踢我。"

秦墨也感受到了那拳头的动作："痛不痛？"这两小子怎么那么大劲啊。

程安安摇摇头："他们会动我才放心啊。"

此时，太阳已经落下了地平线。她抬眼看着远处，把鞋子一脱，直接踩在沙滩上。细细的沙子从她的脚尖滑落，小小的，很是舒服。

秦墨也由着她去，等她玩得高兴了，这才提着她的鞋子扶着她一步步从沙滩上往回走。

这么近，程安安能看得清他脸上的每一个表情，环着他还分心拿出手指来摸了摸他的眼睛。

秦墨微微侧头，在她指尖咬了咬："别闹。"

她心尖一酥："秦墨。"

"嗯。"他低低应了一声，没听见她再说话，等低头一看她已经微微闭上了眼，唇边还有一抹笑，显然是玩累了。

等到了家，他小心伺候着给她洗了澡，抱上床。

他也顺势躺上床把她抱在怀里，轻声哄着：“乖，睡。”

程安安睁眼看了看他，实在累得厉害，紧紧地抓着他的手沉沉地睡过去。

秦墨看了她好半晌，确认她睡过去了，这才俯下身在她的眼睫上轻轻地吻了吻。

他知道她有多辛苦，半夜辗转反侧寻不着舒服的姿势根本睡不着，吃饭多但饿得也快。两个孩子给她的压迫太大，她半夜有时候都会埋在被子里偷偷地哭。

这样隐忍的她让他心疼。

两个孩子足够了，他不想再看见她这么辛苦了。

程安安倒是胖了一点，圆润得很好看，此刻闭着眼安静的样子看得秦墨胸口顿时酥了下去。

他的唇落在她的额上、鼻尖，最后停留在唇上轻轻一吻，然后陪着她一起睡去。

〔2〕

程安安的预产期是在十月国庆节。

老爷子说他的曾孙子们会挑时间，也早早就给两个小家伙准备好了见面礼。

程安安肚子越大睡眠越不好，秦墨每天都先哄她睡着了才睡，等她一醒来就抱着给她寻个舒服的姿势再哄她睡。

这一段时间下来，她倒是没之前那么难受，反而秦墨累得够呛。

秦夫人那日在“帝爵世家”留宿的时候还拉着程安安的手念叨：“秦墨生性凉薄对什么都漫不经心，原来是没遇上正确的人。”

程安安和秦夫人的关系日渐好了起来。

她安心养胎，无聊了就跟张妈一起到大院，解了老爷子的闷也解了她的。

电影是安排在国庆节档期上映的，确定了公映时间，网上铺天盖地的一片期待之声。

程安安自打怀孕起就不怎么上网了，网上的那些声音自然也不知道，只是偶尔看见娱乐节目，常能听见《一线大腕》被提起。

乔治帮她放了一些剧照去微博里面，她没出镜，倒是让很多影迷遗憾了好久。不过得知她即将生产，微博上一片祝福之声。

“十一”的公映，秦墨去电影院包了场。

程安安一大早就想着要去，不过十月一号是她的预产期，秦墨一整天都紧张兮兮的。

一直到吃过晚饭都没有动静，秦墨这才安下心来，带了她去电影院。

电影卖票的地方已经被堵得水泄不通，程安安在几米外都能听见“我要《一线大腕》的电影票”这样的话，不由得笑得眸子都弯了起来。

《一线大腕》上映，因为太火，档期已经变成了半小时就排期一场，电影票异常畅销。

程安安只戴了大墨镜，秦墨却是什么都没戴，往那儿一站就跟代言人一样，顿时让一票等着入场的粉丝激动起来。

“那是秦墨吗？”

“那旁边那个是程安安吧？”

程安安刚走进影院就被围了起来，秦墨担心她被挤着，把人往怀里一圈，身后的保镖迅速围了过来隔开人群。

原本程安安还打算低调出行的，不过秦墨这一整天都神经紧绷，她也就由着他了。

秦墨见围过来的人越来越多，出声道：“《一线大腕》等安安生产之后会写成小说，喜欢的到时候可以来签售会。现在安安有些不方便，不要挤着她。”

他声音清冷，顿时让热血的粉丝冷静下来，退开一条路。

“真的要写成小说吗？我一定去支持。”

程安安一眼看去，微微一笑：“好。”

一个字，瞬间让人振奋起来。

她摆摆手，指了指自己的肚子：“你们继续按顺序去排队吧，我带宝宝去看电影了。”

她语气温和，号召力也是强大，顿时没人围着，慢慢散开了。

肚子里的宝宝像是听见了她的话，雀跃地伸了个懒腰，动了动。

这部电影凝结了程安安全部的心血，所以一点一滴从未有过半点的瑕疵，从开头的歌曲、选景都是花了一番功夫。

第一个镜头是人来人往匆忙的街头，女主角正满头大汗地往经纪公司赶。她刚入行连经纪人都没有，这次去经纪公司都还只是为了换经纪人。

她被冷落在公司时窗外也下起了雨，轰隆的雷声，她对着窗看着外面的世界悲从中来，人情冷暖，她的一腔执念都化作了梨花带雨。

程安安侧头看了眼一旁的秦墨，轻声问他：“我还问过你第一次见我是什么感觉呢。”

秦墨看了她一眼，眼底都是柔柔的光彩：“你只是站在那里就穿过了我的心。”

你只是站在那里，就穿过了我的心……

程安安微微一愣，他却已经转过头去，唇边带着淡淡的笑意。

女主从底端一夜成名，踩在往昔看不起她甚至欺侮过她的人的头上，如女神一般睥睨，神情却是孤单迷惘，生活充实了，她却突然迷失了自己，不知所措。

再到后来，一步一步靠近她生命里命定的人，她那颗沉寂已久的心才恢复跳动。

闪光灯下都藏不住她眼底的野心勃勃。

程安安用这一部两个小时的电影诠释自己的这七年。

不过电影里的女主角却并非如她一般幸运，女主角一夜成名又一夜身败名裂，声名狼藉。她从女王又变回了平凡的路人，丢了她的梦想她的皇冠也丢了她的爱情。

她比程安安少踏出努力的一步，所以注定成为最后的失败者。

其实这应该就是最好的结局了，一切重归平静，好像这个人从未到来过。但是她存在的痕迹却是不会被抹杀的，所以程安安在最后结束的时候还是改了结局。

世界上的每一个人都是不可复制的，他亲手拉她下了神坛，自然要允她一生的安稳。

纷乱的世界里不管是谁，都留有自己心中的一片净土。

所以男主找回了她，在她的命运里。

秦墨当初看到结局的时候很不满意，他就站在程安安的面前抱着她，触手可及，怎么可以有失去她的那一天。

程安安却解释道：“可是他们不是我们。”我们不会像他们一样，胆怯下一步。

秦墨也不会像他一样，走了那么久却始终停留在98步再也止步不前。你根本是恨不得把那100步都替我走了。

所以他们怎么可能和我们一样。我那么幸运，独一无二啊。

电影的最后落在相拥的两个人身上，程安安微微一笑，只是刚扯起嘴角就是一抽，一直被秦墨握着的手猛地握紧。

秦墨察觉到不对劲，只是太黑暗他根本看不清，只是握紧了她的手，凑过去：“怎么了？”

程安安忍着那一波波越来越强烈的痛感，深呼吸了一口气，才一字一句道：“我大概……大概，要生了。”

秦墨瞬间石化，等了那么久早不来晚不来，偏偏这个时候。

不过手足无措也只是一瞬间，下一秒，他一把抱起人带着那群保镖飞快地离场往医院奔去。

程安安从产房被推出来的时候，脸上一点血色也没有，只来得及看一眼哭着的两个宝宝就昏睡了过去。

秦墨在门口走了一整晚，直到天亮才听见哭声，当时神经一松，脸色也是惨白惨白的。

秦夫人正等着小宝宝们出来呢，见一贯雷厉风行让人闻风丧胆的儿子此刻被吓成这样，也不厚道地幸灾乐祸起来："怎么样，被吓惨了吧，看你以后还不孝敬我。"

秦墨现在哪里听得见母亲说了什么，见门开了，当下凑了过去。

两个护士分别抱着软软小小的一坨走了过来，他一眼扫过去，却是揪心着大人的："安安呢？"

小护士自然认识程安安，安抚道："别担心，累了昏睡了过去。"

程安安身子弱，原本也是打算剖腹产的，但顺产对孩子对自己都好，她便一咬牙顺产，等撑不住了再剖腹产也来得及。

两个小家伙都很健康，被护士抱出来的时候都睁着一双眼打量着，眼珠子圆溜溜的，很是上相。

秦夫人正打算抱一抱，那护士却是微微避开："大的是小少爷，小的是小小姐，不过小的有些发育不良，要先去看护几天才行。"

老爷子在一旁正逗着大的曾孙子，闻言眉头一皱："发育不良？"

老爷子身上天生一股杀伐之气，此刻一副怒容还挺吓人，小护士结结巴巴地解释道："一般双生儿有一个发育稍微弱一点都是正常的，小姑娘观察几天就可以了，没有大碍。"

老爷子这才放下心来，见秦墨心不在这里，一拐杖敲了过去："瞧你这出息。"

秦墨才不管呢，见程安安惨白着一张脸被推出来，顿时心疼了，忙拉着她的手亲了亲，问一旁的医生："大人没事吧？"

医生看秦墨那么紧张，不禁有些好笑："她是你们家的大功臣啊，差点难产了。现在只是昏睡了过去而已，等她醒来好好补补。"

秦墨听到安安差点难产的时候脸色顿时青了，握着她的手也是一紧。

幸好你没事。

名字是孩子出生前就取好的，一共准备了好几个名字，如今是龙凤胎，大的就叫秦昭阳，小的就叫秦暖阳。

都是秦家放在心尖上疼的宝贝。

小太子爷在妈妈肚子里的时候就很霸道，所以一出生就生龙活虎的。小公主就不一样了，不过观察看护了一个星期之后，也健健康康地抱了出来。

程安安是顺产，所以恢复得很快，秦墨硬让她在医院休息了一个星期，和小公主一起回家。

乔治第一时间就在微博上公布了喜讯。

一次得俩，还龙凤胎，儿女双全，可不是喜事一件？

程安安安心坐月子，秦墨等她一醒过来宝贝得跟什么似的，两个孩子都没她受宠，让老爷子哭笑不得。

程安安的心理阴影，也随着两个宝贝的健康出生彻底烟消云散。

小公主被抱回家的时候就活泼了起来，跟太子爷睡一张婴儿床的时候被挤着了还会踢哥哥几脚，奈何力气小，没踢出个位置来，自己又睡着了。

程安安现在每天最大的乐趣就是看着两个小宝宝闹腾，看一整天都不觉得无聊，倒是郁闷了秦墨这个请了陪产假的……

小宝贝们一天天长大了，还办了满月酒，老爷子亲自主持的，这阵势可隆重多了。

太子爷和小公主也没让人失望，被抱出来观赏的时候极尽卖萌卖笑，赚了一片夸赞。

席上老爷子意味深长地看了秦墨一眼，当着众人的面提点道："安安给你孩子都生了两个，挑个日子把婚礼办了，安安娘家没人也不能欺负了她去。以后我们老秦家就是安安的靠山。"

程安安正坐在一旁，闻言深深看了眼秦墨，唇边的笑意怎么都掩不住。

〔3〕

婚礼的事情秦墨其实一直在打算，也提上了议程，不过一直压在他的书房里面放着。

原本是打算怀孕肚子还不明显的时候就办婚礼的，但那时候程安安的兴致不高。等后来有了肚子，她又忙着写剧本。

秦墨见她自己有了事做，又想着她这样的人就应该给她一个盛大的世纪婚礼，便压下不动，等时机差不多了再拿出来商量。

显然，他还来不及开口，老爷子已经按捺不住提出来了。

程安安倒是面色如常，也没多余的表示，只是笑着看了他一眼便不作声了。

到了家，张妈顺手把小公主接了过去，程安安就抱着太子爷跟着去婴儿房。

两个小家伙都累极了，在车上的时候就吐着泡泡睡着了。

程安安初为人母，很是手忙脚乱，尤其还一次性两个，好在太子爷的性子是像秦墨的，不像小公主特闹腾。

太子爷被程安安从车里抱出来一吹风就醒了过来，睁着一双大眼睛看着她，炯炯有神。张妈怕吵醒了小公主，上楼的时候只点了楼梯上的壁灯，小太子爷就看着那灯伸出手去抓。

秦墨跟在她的身后，怕她累着干脆扣着她的腰把人搂在了怀里，见她去了婴儿房，径直走向浴室。

夏日太过闷热，空调风下一出来就能黏腻出一身的汗来。

太子爷睡了一觉醒了过来，精神十足，程安安想把他放进婴儿床上哄着睡觉的。他眨巴着眼，小小的手抓着她的衣服怎么都不松手。

张妈笑了起来：“小少爷可真聪明。”

是挺机灵的。

程安安无奈，只能抱着回了房间。

晚上太子爷是习惯喝点奶粉的，程安安见他反正还没睡，就去找奶瓶。

中午出门之前，秦墨还在书房里办公，暖阳尿湿了正哭着，程安安一起来就把一旁正咬着手指在嘲笑的昭阳抱了给秦墨，然后和张妈一起料理这个调皮蛋。

张妈拍了拍暖阳的小屁股跟安安告状：“刚才我还带小姐专门去了一趟洗手间，她那时候憋红了脸就是不愿意，我还以为她没有呢，哪知道原来是来折腾我这把老骨头来了。”

程安安把一旁散落下来的头发往边上一撸，露出一张白皙素净的脸来，笑眯眯地在暖阳圆圆润润的小屁屁上揍了一下。

小姑娘折腾了人正心满意足地“咯咯”笑着，被妈妈这么轻轻地揍了一下还愣了一会儿，睁着眼睛看着妈妈片刻，看妈妈嘴一张一合略带威胁之意，也明白过来妈妈这是在抗议呢，当下苦了一张脸，嘴角抽了一下，又是“哇”的一声哭了出来。

秦墨那边刚忙好，抱着正幸灾乐祸笑着的太子爷来观战，见自己的小姑娘皱着脸哭着，皱了皱眉头：“怎么了？”

秦墨抱着的太子爷扭了扭身体也看过去，白白嫩嫩的一团却已经有了自己的意识，抱着爸爸拿着奶瓶的手一个劲地拍。

一副看着妹妹被揍但是欢欣鼓舞的样子，让程安安瞬间黑了脸——

这谁生的儿子啊！

暖阳哭累了就趴在程安安怀里睡了过去，程安安累得够呛，虽然有张妈帮着，但是小宝宝们晚上一闹腾她没办法不去看看。

一个晚上下来她只睡了几个小时，眼底都有了淡淡的青黑。

此刻秦墨见小暖阳已经睡了过去，抱着太子爷就往书房去："你去睡一会儿，等会儿出门再叫你。"

程安安看了眼时间，见根本没空睡觉干脆去卫生间洗澡去了。

秦墨看着怀里肉嘟嘟的太子爷，把奶瓶放在了书房里，抱着出去玩了。

一小时后，两人交换。

程安安抱着太子爷去书房找奶瓶，奶瓶正被丢在电脑上，她看了眼正趴在她肩头一副犯困样子的昭阳，轻拍了拍他的小屁股，正欲拿起奶瓶时，一不小心碰掉了秦墨放在一旁的文件。

她看了眼，把奶瓶拿着给太子爷抱着，俯身把文件拿了起来。

最下面那份文件什么字都没有，她好奇地翻开来看了一眼，却是一愣。

秦墨刚好洗完澡，见程安安还没回卧室，出来找就看见程安安正站在书桌前，怀里还抱着他们家的大胖小子。

他从她身后抱过去，连带着抱住了她怀里的太子爷，顺势就在奶娃娃的脸上亲了一口。

太子爷虽然才满月但是显然已经有了自己的脾气，当下一扭头小眼神还带着点鄙视，头一埋就在妈妈的肩上蹭了蹭。

程安安有点抱不住，手都酸了，但是拿着文件的手怎么也不愿意松。

她一个转身把已经开始犯困的昭阳塞进他的怀里，一边拿着文件翻了起来。她抱过儿子的手还微微颤着，但是拿着文件的手却有些迫不及待。

秦墨扫了眼那份文件，面色坦然："从上半年开始准备的，已经大半年了。”

他不曾跟程安安提起过，今天却是她自己发现的。

从婚纱照到婚礼的细节一点点罗列出来，大概是不清楚她的喜好，婚纱照的主题都列了好几种，旁边画了一个黑色的小钩。

她抬眼看过去，秦墨正晃着昭阳，儿子睡着了，手里还抱着小奶瓶不撒手。

程安安的眼底发着光，也不顾秦墨手里的太子爷，直接勾着他的脖子凑上去亲。

秦墨腾出手来把她揽进怀里，在她唇上偷香了一口：“这就感动了？你老公还没付出实际行动呢。”

程安安知道他的心意就已经满足了，蹭在他的怀里黏黏糊糊的，满眼都是笑意：“那你打算给我一个什么样的婚礼啊？”

秦墨看过程安安一期脱口秀的娱乐节目，主持人曾经问过她想举办一个什么样的婚礼时，她想了片刻，回答道：“海边。”

主持人一愣，她却笑了起来：“还在做梦的年纪，想看着我的白马王子从海边骑着骏马而来，带我去一个只有我们的地方。”

她二十岁的那年遭遇了人生突变，一切童话破灭。

她的王子就是那时候降临，虽然方式不如她梦想中的，他却是切切实实出现并带走了她，让她在那时以及以后的日子里过得如被捧在手心里，一点不知人间疾苦。

秦墨想给她的就是海边的婚礼。

随她的性子，给她一场她要的浪漫的婚礼。

睡前，程安安想着已经有一个月，不由得往外看了看。

怀着孩子的时候，秦墨生怕有个意外，每次忍不住都是自己冲冷水澡。

今天，可以了……

她裹着一层浴巾，微微开了门：“秦墨，我衣服忘带了。”边说着边把衣服塞进了一旁的小柜子里。

秦墨正坐在地板上用电脑，闻言也没多想，随手翻着衣柜给她挑睡衣，手指勾着其中一个空了的衣架时，他眼神闪了闪，随即低低地笑出声来。

秦墨进来的时候什么也没拿，见她站在镜子前面正在抹补水的乳液，从身后抱着她轻轻地在她的耳垂上咬了一口。

“小骗子。”

程安安耳根子一红，自然知道什么事都瞒不过他。

秦墨眼底晕开点点笑意，微烫的唇从她的耳后一路往下：“想我了……是吗？”

他的声音因为沾染了情欲而微微喑哑。

程安安却得一颤，手指紧紧地抓着琉璃台边。

秦墨扣住她的腰，猛地拉进怀里紧紧贴着。

浴室里还有氤氲的水汽，朦朦胧胧的一层，她身上的水珠还没擦尽，湿漉漉的。

秦墨轻咬着她颈后的皮肤，那细腻的触感让他有些欲罢不能，偏又要强力控制。

程安安原本都做好了准备，他忽然停下来，她不由得微微疑惑地看去。

秦墨正透过镜子看着她。

她脸色绯红，白皙的皮肤在灯光下有着淡淡的透明。他一时心痒难耐，扳过她的脸来狠狠地亲着她的唇，咬得她唇嫣红似要滴出血来这才微微松开，却并没有离去，只是伸出舌头描绘着她的嘴角，一点一点，温柔至极。

等分开时，秦墨已经拿了放在一旁的浴巾给她围了上去：“刚出了月子别着凉了，我不急，我可以等你再好些。”

我知道你已经准备好了，但是我不放心，我可以等你再好些。我们还有那么久的时间，我等得及。

程安安弯唇一笑，转过身搂着他的脖子，整个人吊在他的身上：

"地上滑，你抱我出去。"

她的身子滑溜溜的，对秦墨实在是个考验，不过既然说要等，那自然不能破了誓言的，当下抱着她出去了。

刚抱到床上，还没来得及调戏一下解解渴呢，隔壁的婴儿房就传来隐隐约约的哭声，程安安脸色一僵，无言地看了眼秦墨，怒了："你们家的孩子我不管了。"

刚洗完澡就闹，折腾得她出了一身的汗还要再去洗一次澡。等晚上她刚睡着，另一个接着哭，这不是存心整她的嘛！

看程安安怒了，秦墨把人放下又啃了一口："你不是我们家的，嗯？"

程安安这才后知后觉自己说了什么，睁着一双眼无辜地转移话题："可是他们欺负人啊，就知道欺负我。"

说来也诡异，上一次半夜太子爷和小公主都哭起来，吵得程安安睡不着觉，偏偏张妈也有事请了假。

她刚伺候完两个小祖宗挨着床还没睡多久呢，又闹起来。她实在困得厉害，窝在秦墨的怀里张嘴就狠狠地咬了他一口。

秦墨也心疼，当下按着她就要起来的身子，给她盖好了薄毯就自己过去照看了。

没多久他便回来，婴儿房也老实了，一夜无事，直到快清晨了这才响起动静。

看来，果然是秦墨的镇压手段比较快速有效啊。

现在听着那边哭得惨烈，安安也心疼了，忙拨开他的手拿脚轻轻地踢着他的小腿："哎呀，你先过去看看，哭那么久你不心疼啊，是不是你孩子。"

秦墨失笑。

刚才谁还说是他家的孩子自己管来着的？

〔4〕

隔日，程安安是被电话铃声吵醒的。

对于有了太子爷和小公主的魔音灌耳之后，这还是第一天不是被两个小宝贝的哭声吵醒的。

她抬手正摸索着昨晚被秦墨一把扔开的手机时，秦墨已经把手机递了过来。

程安安迷迷糊糊地想着，今天是非凡的一天，一定要记住晚上煲鸡汤好好庆祝一番。

乔治微微苦恼的声音传来："安安啊，你要写书吗？"

写书？

程安安的脑子转了一会儿，再回答："没啊，我好好的写什么书。"

乔治也这么想，她没事写什么书啊，她那双都是签广告用的手，去敲字？

不过事实摆在面前，他实在有些头疼："自打太子爷和小公主出世之后，已经不止一个人问我你什么时候出书的事情了。"

程安安这才略微有些头绪。

她抬眼看了看一旁起来已经很久，正坐在床头看书的秦墨，撑起身子靠进他的怀里："是吗……"

乔治差点没抓狂，这事到底是怎么回事，他这个经纪人却是一点风声都没有听见。这让他怎么兵来将挡水来土掩啊，秀才遇上兵摆明了有理说不清啊。

秦墨显然也是听到了电话里传来的信息，拜良好的记忆所赐，他几乎是立刻就想起了一个月前那让人记忆深刻的晚上。

程安安也是同时在秦墨的脸上找到了蛛丝马迹，顿时了然，绾了长发："你就让他们等着吧。"

"咦……"乔治顿时眼前一亮，"你是真的要出书？"

到今天为止他已经接到了很多出版社开出天价的约稿函了，约稿函的内容……他看了眼邮箱里传来只有一句话的约稿函，顿时泪流满面。

多少人想出版想得都快撞墙了，程安安这里一个字还没动呢，人家不仅开了天价还是无条件纵容她的文稿，只需要后期配合修改就行。

果然大牌效应啊，不知道哪天他去写《一线大腕不得不说的故事》会不会也是一样的待遇呢？

程安安想着那晚胡乱答应下来的事情，点点头："是啊，剧本反正是我写的嘛，改编成小说很难理解吗？"

乔治在这边捂着发烫的手机不由得扶额："小说你完全可以找个人编的啊，你现在刚出了月子，大Boss会不会不准？"

程安安扫了眼身后的秦墨，就是他答应的好不好。她笃定地回答："交给别人我不放心。"

这个故事是属于她和秦墨的，别人哪里知道里面那么深的情感。

乔治当初接到那个剧本的时候倒抽了一口凉气，熬着夜看完之后，隔日一大早就来敲程安安家的门。

程安安一开门就看见乔治双眼红红的，熬了一夜，眼底都是血丝。他异常感动地说："原来安安你的世界是这样。"

程安安看了他片刻，才毫不留情地一甩手："如果是来感谢我塑造了你良好的形象的话不用了，一起吃早饭吧。"

于是，乔治感激涕零，呜呜呜……他饿了一晚上了。

连乔治这种离开学校之后就不看书只看合同的人也被感动得热泪盈眶，显然是能体会到剧本里面那蕴含着的刻骨铭心。

当然，这里面不排除他感动安安不计前嫌塑造了他美好形象的因素。

既然得到了她的允诺，乔治就放心了，当下应道："嗯，我帮你把出版社约好。"

程安安对这个倒是不怎么在意，应了几声就挂了电话。

乔治一个电话倒是让她瞬间清醒了过来，瞄了眼时间，见已经九点多了，不由得有些好奇："昭阳和暖阳呢？"

秦墨一大早起来就去看过了，和张妈一起喂着喝了点奶粉，两个小娃就老实了，不过暖阳今天一早没人带着出门溜达一直哭着，张妈就抱了出去。昭阳对出去晒太阳没兴趣，撅了屁股一个翻身现在还在睡呢。

秦墨把程安安抱进怀里，见她睡饱了气色足得很，直接把人抱进了卫生间的琉璃台上坐着。

程安安也不动，就坐在上面看着他帮她挤牙膏，见他抬眼看来，那眉眼一如往昔地熟悉，举手投足间却更多了一丝温柔。她不由得抬手环住他在他唇上亲了一口，跳下琉璃台接手过来。

秦墨就在一边看她忙来忙去，等收拾好了自己，又催着她下楼吃早饭。

秦墨走到楼梯口那个磨人的小妖精就哭了起来，他只能折回去照看。太子爷正躺在婴儿床上晃着脚哭，不同于暖阳，他哭得……很冷静？

秦墨黑线，捞起儿子小心抱进怀里就带着下楼了。

秦墨一向对这种柔软的生物最讨厌，但没办法，自打家里有了两只柔软的生物之后，他就只能强迫自己一定要温柔细心。

起初他根本不会抱孩子，就算抱张妈也会在一旁看着，见他姿势对了都怕他不小心伤着人了。

弄得秦墨哭笑不得。

程安安刚生产完那几天都虚弱得很，秦墨也不给她抱孩子，就算喂奶的时候他都会候在边上。等两个小家伙都喝饱了很快就抱走了，不让她累着。

所以一个星期他一个高高大大的男人抱孩子的姿势就标准得无懈可击了，可谓是当之无愧的奶爸啊。

程安安刚喝了小米粥，秦墨就抱着昭阳下了楼。

她坐月子在家待了一个月，已经有些迫不及待放风了，秦墨下午要回公司，她就约了清音一起去逛街。

张妈回来知道程安安要出门，就把缠人的小公主带去大院，秦墨晚上再去接。

程安安下午则负责带昭阳出门，一个可就轻松了不少啊。

等苏清音一来，吃过饭了，便由秦墨送着去了商场。

程安安戴了大墨镜和鸭舌帽，倒不显得突兀，推着婴儿车和苏清音逛着街。

苏清音前段时间看了《一线大腕》，对程安安的崇拜又上了一个台阶，直接膜拜。此刻见着太子爷那么活泼好动，她喜欢得不得了，直夸程安安的基因了得。

说来也是，小公主长得像秦墨，太子爷却是像程安安。

不过两个人的基因怎么都是人上人的极品，好看得不行，昨天去影楼拍的照片也出来了，就顺带着和苏清音一起过去。

影楼的老板也是大人物，和程安安合作过多次。

影楼里正围着几个模特要拍平面照，程安安这么一进去那气势和模样却是不输一分。

工作人员走了上来，程安安戴着墨镜他一时分辨不出来是谁，但一走进来整个屋子就是一亮的强大气场还是让她直觉这一定是个大人物不能怠慢。

这里没有狗仔出没，程安安就自在了很多，摘下墨镜微微一笑：“你们老板在吗？”

程安安这张脸就是一个标志，那工作人员立马引着她往楼上的贵宾区走。

程安安转身抱起还在推车里吐泡泡的太子爷，就要跟上，苏清音跟在身后却是发现了什么似的，扯了扯她的衣角：“安安姐。”

她抬眸看去，却只看见一个人正好背对了过去，她也不以为意，抱了昭阳就往楼上走。

工作人员也留意到了，给他们倒了水这才道：“下面有一个模特程小姐应该很熟悉吧？是沈苑。”

沈苑？

她疑惑地看去，工作人员却是一笑：“娱乐圈天天在变，境遇这种东西也是昔日就变。”

程安安自然能听懂对方的言下之意，微微颔首，就安心等着老板过来了。

苏清音是记得沈苑的，当初她陪程安安一起来挑选婚纱，坐的是二楼靠楼梯的这个位置。沈苑就是那个时候出现的，盛气凌人，一副了不起的样子。

如今不也成了落毛的凤凰，只能接拍一些杂志的平面照了。

程安安不是落井下石的人，沈苑不愿意让她看见她就当作不知道。沈苑于她，虽然厌恶，虽然处心积虑接近过秦墨，却始终没有对她造成什么实际性的伤害。

程安安不是圣母也不是随处撒泼的人，该怎么做自然有最完美的方案。但让她当作什么都没发生，见沈苑落魄伸出援手去拯救，她却也是做不到的。

她也是自私的人，并且在某一种程度上她已经被秦墨慢慢同化成了只看得见投资利益的商人。投资沈苑并不能产生价值，她何必花这冤枉钱。

如果是凭借她“程安安”这个名字，那人气也总有一天会用光的。她是聪明人，从不相信投机取巧能够赚上大钱。

而她现在做的，就是把这一切她本身拥有的人气和呼声全部变成自己可利用的资源，巩固并加以利用成为以后具有针对性的消费群。

以至于之后刻薄的评论家评论安安的时候，也是这样：她不是古今第一人，却也是其中最聪明的人之一。

事业如日中天的时候她能舍能弃，嫁入秦家怀孕生子。谁敢说她不聪明呢，她不贪心所以更知道自己要的是什么。

更何况，有秦墨这样一个爱她如斯的人，她还有什么可求的。

女人奋斗到最后无外乎就是留住一个归宿，她遇见了，为什么要任由它从指缝中溜走。

更何况，是秦墨，这个在她生命中存在痕迹太浓重的人。

舍弃了她的一切她也不愿意失去的人。

（5）

程安安没有多停留，拿了照片就带着太子爷回去了。

楼下还在忙碌着，妆容不适合，又换了一种风格，正热火朝天。

她只看了一眼便移开了目光，倒还真的没看见沈苑是哪个。不过这的确不是她关心的地方，不在乎的人她从来不放在心上。

秦墨说了要过来接，她抱着昭阳下了楼之后就坐在大厅里等他。

苏清音正逗着太子爷，奈何太子爷一个下午睡睡醒醒地折腾着，这会儿正不爽呢，也不给苏清音好脸色，微噘着嘴，眼神却怎么也不看苏清音。

苏清音见太子爷不配合，顿时耷拉了脑袋，就差打滚卖萌了。

程安安不由得好笑，太子爷的性子像秦墨，所以有时候她也没办法。

“太子爷太没有眼光了，这么大一个美女在面前居然都不好好利用资源多看几眼。”苏清音气鼓鼓的，勾着太子爷小小嫩嫩的手指轻轻地晃动。

这会儿终于有了反应，不过太子爷是烦躁至极，直接一挥“爪子”拍了苏清音一下，头一扭就埋在了妈妈的怀里不理会了。

程安安被逗笑，换了个姿势抱着太子爷：“小家伙长得快，一个月沉了不少。”

苏清音只抱过一次太子爷，那唯一一次还有些不知所措，这软软的一小团在她的怀里吓得她一张脸都青了，何况太子爷那时候刚睡醒，活蹦乱跳的。

一见苏清音那倒霉样，他越发高兴，动来动去的，吓得苏清音直闭着眼大声喊来秦霜支援。

程安安是知道自家儿子那腹黑样的，怎么折腾怎么来，见苏清音被吓得不轻反而开心，看见秦霜倒是安静了，不过片刻就尿了他一身。

秦霜刚抱了太子爷还在嘚瑟在他怀里那么乖呢，话音一落便收了一份大礼。

程安安在厨房笑得乐不可支，忙赶了秦墨出去帮忙换尿布，她却笑得直不起腰来。

秦墨过去抱的时候看了眼铁青着脸的秦霜，狠狠地亲了一口自家的宝贝儿子。于是得了强有力后台的太子爷这以后欺负起苏清音和秦霜是越发顺手。

苏清音碰了碰小家伙软软的身子，见他真的不搭理她了，悻悻地收回手："太子爷难道不知道讨好了我，我就能给他撑腰了吗？"

程安安一想也是，凭苏清音那背景，太子爷横着来都没问题。

但重点是太子爷已经有一个更厉害更无往不胜的爸爸了，还有一个溺爱他的老爷子，更有名动全国的美丽妈妈，后台于他已经是浮云了。

秦家在秦墨那一代都是男丁，所以出了一个女孩子，天天被捧在手心里疼着。小公主那是三天两头被抱着去大院逗老爷子了，至于太子爷嘛，在某一种程度是差了他妹妹一截的。

秦墨还要几分钟，程安安手边正拿着照片，还没好好看呢，当下递给了苏清音。

大摄影师的拍摄技术是毋庸置疑的，不过两个小宝贝也足够配合，所以这一沓的照片论起质量来那是上乘之作啊。

第一张是太子爷的独照，他止睁着眼打量着这亮着灯的摄影器材，一双黑漆漆的眸子像极了程安安的，雾蒙蒙的，看起来简直萌爆了。

第二张是小公主的，比起哥哥的淡定自若，她明显不喜欢这个，移了小脑袋咬着手指就不去看。

接下来一般都是合照了。

太子爷正撅着屁股想爬过去看，不过奈何能力有限，只能趴在地上挪动，小眉头皱着，隐隐就有了一股子贵气。而小暖阳，正抓着哥哥的小脚趾很好奇地掰着在研究……

最有趣的一张是小暖阳正被秦墨抱在怀里，太子爷就挨在程安安的怀里，一抬手就摸到了妹妹的脸。不知道他哪来的兴趣，使劲地想要扭过去。

程安安刚帮他调整了一下姿势，他就抱着妹妹的脸亲了上去，留了一摊口水意犹未尽。

程安安那时候也是一愣，等闪光灯一闪，小暖阳嘴一扁就哭了起来。

苏清音那日没在，所以看见照片简直被萌哭了，当下捧着太子爷的脸亲了一大口。

程安安见她那么喜欢小宝宝，眉一挑云淡风轻道："那么喜欢不如找秦霜生一个吧……"

于是被太子爷怒瞪的苏清音顿时石化了。

秦墨就是这个时候来的，他尚未走近，周身似乎就笼了一层光华让人忍不住侧目。

他推门进来就看见坐在角落边上的程安安，毫无表情的脸上也有了淡淡的笑意。他怀里抱着的是小公主，身后还跟着秦霜，一行极为亮眼。

一进门，就已经是众人瞩目的焦点了。

太子爷原本正打瞌睡呢，见爸爸来了当下就放心睡过去了。

秦霜是极喜欢太子爷的，见他半睁着眼一秒就睡了过去，不禁纳闷了好片刻。

秦墨倒不急着走，看见苏清音手里拿着的照片，接了过去。

秦霜看着最后那张小暖阳被强吻的照片不由得乐不可支，忙说要珍藏。程安安才不舍得给人呢，当下一挑眉，双手一摊："给钱。"

秦霜愣了一下："我们这交情还要给钱？"

程安安平日里就喜欢看秦霜吃瘪的样子，当下应道："当然不给也行，自己生去。"

被打击到的秦霜顿时蹲角落里画圈圈了，他还年轻啊，至于吗！至于一夜之间都来催婚了吗……

程安安见两个宝宝都睡了，也就打算打道回府了。

不过秦墨却略有深意，对一旁的工作人员说道："婚纱照。"

程安安一愣，抬眼去看，秦墨却对她笑了："不如就在这里拍婚纱照好了？"

他昨天带宝宝来的时候就已经跟老板打过招呼了，此刻他这么一来，刚见过程安安的老板也下了楼来，亲自拿了影集过来："任君挑选。"

秦墨原本是想过去远点的地方拍婚纱照的，但明显有两个拖油瓶几乎不能实现了。不过他还是想试试看。

程安安几年前有一个图集就是在法国巴黎的婚纱写真，她那时候就是代言这家店的婚纱。

她一身白色的婚纱站在古堡的前面，那场面他不知道怎么形容，只记得他看见的时候心头狠狠一震的那种感觉。

程安安穿着婚纱的时候太过圣洁美好，像风一样，随时都会逝去一般，遥不可及。

但如今，他看向一旁正专注看着图集的程安安。

他亲手把她拉下了神坛，紧握在了手心。

你穿婚纱的时候怎么可以一个人呢，应该有我才对。

所以最终行程定在了法国。

程安安第一反应就是不同意的，不过老爷子倒是挺赞许："把张妈带上一起帮忙照顾，结婚只有一次，开心才好。”

于是，老爷子拍板决定了。

秦墨看来是早就策划好了的，工作交接给了秦霜代为总裁一职，几日之后就带着程安安去了法国，当然同行的还有太子爷和小公主。

程安安原本带上太子爷之前还在担心宝宝太小不能坐飞机，毕竟飞机升降对宝宝的耳膜会有影响。

秦墨倒是不以为意，婴儿只要是足月出生，满十四天就能坐飞机了，只要注意些根本不会有问题，更何况两个小家伙已经满月了。

空姐也是连带着照顾着些，飞机起降的时候，程安安给两个宝宝喂了些奶粉。

在空中小公主明显安分了许多，一直睡着；太子爷偶尔转醒都会看着妈妈咬着手指头，好一会儿才睡过去。

等到法国已经是下午了，下了飞机，迎面扑来的就是一股属于异国的浪漫风采。

程安安赶通告不止一次来过法国，这次却不同以往，熟悉又陌生。

秦墨怀里正抱着呼呼睡得正香的小公主，秦墨既然来了法国，那自然是早就安排好了的，没有入住一般的酒店，反而住进了一个古堡里。

古堡里有用人，一切都方便，安安也既来之则安之。

这古堡是秦墨一个朋友的，人不在，他索性就鸠占鹊巢先住几天再说。

而这一住，就是整整一个月。

公司里反正有秦霜，就算有些重要的文件也是可以通过电脑来搞定，秦墨这么一住倒是不急着回去了。

摄影团是在一个星期之后才来的，那时候两个小家伙也已经习惯了这里的生活了，张妈和这里的用人一起也能照顾得过来。

而这些方面，不能不说秦墨是细心的，面面俱到。

婚纱照取景了很多地方，最先取景的就是程安安暂时居住的这个巨大的古堡。

她在房间里换婚纱，一袭白色曳地的婚纱扑在雕花明媚的地板上。她面前是一面花刻繁复却异常精美的落地镜，她拉着长裙摆立在镜前。

一旁的戴维是早就熟悉她的美丽了，如今美色在前，她还是被狠狠地震撼了。

她的锁骨弧线优美，此刻戴着一条精美的项链，宝石正好缀在她的锁骨之间，交相辉映。她的头发往后梳起，露出她这张勾魂摄魄的脸来，那一双眸子此刻都蕴着水一般的温柔。

戴维一边感慨自己免疫了那么久还是会被吸引，一边想着娱乐圈那么多人造的，始终比不上这边站着的天然美丽啊。

秦墨正推了门进来，握着门把，站在门口，一眼就看见了站在镜子前的女人。

一身白色的婚纱，却是炫目至极。

他一时闪了眼，微微一愣，随即又恢复淡然，缓步走了进来。

门外的摄影团队已经等候多时，此刻透过门开着的弧度往门里看去，也是倒抽一口冷气，都微微屏住了呼吸。

程安安倒是不自觉，只微笑着注视秦墨走过来。他伸出的手干燥温暖，她抬手搭住他的掌心，被他紧紧握住。

秦墨上下扫了她一眼，这件婚纱花纹繁复，但是她穿着倒是能露出设计者想要的远古和现代结合的微妙感。

戴维摸着下巴扫了一圈，这才问道：“怎么样？”

秦墨抬眼扫了她一眼，一把拉过程安安揽进怀里，十足占有欲的宣誓所有权：“我的老婆还需要问吗？”

程安安掩着唇笑，眼角眉梢都染上淡淡的喜悦。

戴维也不介意，只是摸着她的腰身，各种羡慕：“这就恢复了好身材，安安，做人不能这么得天独厚的啊。你都不知道外面有多少人嫉妒得发狂。”

程安安不以为意，微微扫了她一眼，下巴一抬，不经意间就流露出了些许霸气：“她们有我这资本还用得着羡慕？”唾手可得啊。

戴维早就习惯了程安安这种说话方式，欢喜得很，赶紧帮她拎着裙摆：“快去拍婚纱照吧，不然你家太子爷小公主醒来一下午我们又什么都拍不了。”

程安安一想到自家那两个太过活跃的宝宝，顿时头疼。

程安安拎着裙摆，踩着高跟鞋从地面缓缓走过，身旁是她深爱的男人。

走廊里两侧的墙壁都是复古味十足的装饰，就连脚下踩着的大理石也是花纹繁复优美。走廊的尽头就是古堡的大厅中央。大厅是独立又是整体的，天花板全部由透明玻璃组成，适合仰望星空。

此刻，阳光从上面落下，铺满了整个大厅，照得整个屋子都是晶莹剔透的明亮，空气中似乎还有小小的尘埃飘浮。

美丽得近乎空灵。

她下意识地回头去看刚才走过的走廊，壁灯微微亮着，却无比孤寂，似乎沉睡了千年刚刚苏醒。承载了太多时光的故事，所以显得异常的沉重肃穆，却又美丽得让人窒息。

秦墨微微侧头看她：“怎么了？”

程安安回头一笑：“在看另一个时光里的我们。”

古堡，真的是她的大爱啊！

〔6〕

婚纱照最终在两个宝宝适时的捣乱以及男主人偶尔的霸道之中落下帷幕。

摄影团先行一步，去洗照片，无论是谁都很期待这一组的照片。

巨大的古堡前，相爱的人相拥，双眸对视，已然超越了这个时空继续延续。

尤其是一张程安安的裙摆被风吹起，往后扬起，露出白皙的长腿。而秦墨整个霸占住她，微微低头凝视着她，牵起她的手十指相扣。

戴维在旁边围观的时候差点被这气场三震出局啊，当时收工的时候就各种扯着自己设计的婚纱流着泪。

啊喂……儿啊，娘终于给你找了个合身的收货人啊。

程安安和秦墨却是多留了几天，最后不得不走的原因是——奶粉没带够，秦霜这个抠货禁止了一切可提供援助的人寄航空快件，只留了一句话的一封信。

程安安拿着这封漂洋过海来的信，淡淡地笑了。

不过熟悉她的人就知道，完蛋了，铁定有人遭殃了……

对于秦霜不寄奶粉反而寄这么没营养价值的东西过来，秦墨只淡淡地扫了眼，表情和程安安如出一辙。

一回头对上小公主好奇的眼神，他轻轻地亲了一口，语气里反而有些愉悦："爸爸正愁没借口让他继续当代理总裁呢。"

远在彼岸的秦二爷如果知道这样还不如乖乖寄一罐奶粉呢……实在不行，寄奶牛都成啊。这招太毒了，太毒了……太泯灭人性了。

天知道，其实他秦霜只是一个甩手掌柜啊，一看见办公桌就头疼啊。

程安安对于之后秦霜的反应，只用了一句话："不作死就不会死。"

秦霜深以为意，不过没长记性以后又犯在小怪兽的手里一回，当然这就是后话了……

最后一个晚上，绕着古堡外围的河散了一圈步之后，两只闹腾的宝贝都睡了过去。

一旁的女佣已经和张妈一起过来，把宝贝抱回屋里睡觉，只留下秦墨和程安安还站在河边。

想着不知不觉在这里住了一个月，程安安还有些没住够的感慨。

虽然也有出门去逛了法国的著名景点，但始终有些意犹未尽。

这座城市浪漫不虚浮，真的很难不生出好感来。

秦墨见她喜欢，微一思忖："喜欢就买下来，当作聘礼写你的名字。"

程安安转头看向夜空里的古堡，像巨兽蛰伏在黑暗里，却那么让人怦然心动。

"聘礼？"她转着脑袋想了想，其实很有诚意了吧，还记着聘礼这回事。

秦墨见她眉眼一动，灿若星辰，不由得微微笑了起来："嗯，然后去见见爸妈。"

程安安看了眼一旁已经转头过去的秦墨，心微微一暖。她一年到头来通告各种赶，只能在清明节那天抽出半天空去墓地看望父母。

如今这种大日子，她原本是打算晚些说的，不料他先提了出来。

她点点头："好，带上昭阳和暖阳，他们都还不知道。"

秦墨却是一哂："他们知道了。"

声音轻而弱，似是并不想一旁的人听见。

程安安抓住了模模糊糊几个字，不由得挑眉："什么？"

良辰美景，秦墨却没有回答的兴致，一把扣住程安安的腰拖进怀里，狠狠地啃了起来。

就在程安安被吻得晕头转向觉得下一刻就会被扑倒的时候，秦墨却异常克制地紧紧地抱住她，喘息了片刻，顺势握住她的手，声音沙哑："走，看星星去。"

程安安一愣，随即反应过来，是大厅的透明屋顶。

程安安一到晚上不是被太子爷折腾就是小公主，小公主完了她爹又来，所以这还是头一次好好坐下来。

漫天的繁星，此刻就像落在眼前，一闪一闪的。

不过程安安坐了片刻就有些坐不住了：“星星好看吗？”

秦墨正侧过脸看她呢，她这么一转头这才扫了眼透明的屋顶，认真道：“看的是气氛。”

也对，气氛。

其实程安安对天空一直有一种特殊的感情，天空辽阔悠远，她刚接受这个社会的黑暗现实时，她疲劳地奔于片场时，她对自己对秦墨对这一切失望时。

她下意识就会去看天空，哪怕是星空也好，看着看着就会觉得其实也没有什么大不了。

天地那么大，总有一角她的容身之处。

表面光鲜亮丽，其实安安也有自己的痛苦和无望。纵使她是唯一一个在秦墨身边那么久的女人，她也未曾有过不切实际的幻想。

但这份不奢望与她的努力让她成就了今天。

她不是想感谢什么，只是觉得其实爱情有时候也不过是天时地利，命中注定。

恰恰好，多么奇妙的一个词。

陈欣曾经说过，喜欢一个人，真的是多一分不多少一分不少，恰恰好才会喜欢。

多一分太腻，少一分太淡，火候总是不够。

缘分命中注定，可这注定，是茫茫人海中的两个，不论多远多不可能总有一根红线牵引，跨越空间，跨越时间，跨越生命。

回国的时候，是秦霜亲自来接的，因为带了两个宝宝所以程安安一改往日的高调直接走了VIP。而且这次出国低调得很，基本没人知道。

鉴于《一线大腕》的票房很高，程安安现在一直高居话题榜不下，通告也多了许多。但这次，程安安倒一个都没选择，直接让乔治全部回绝了。

秦墨这边开始准备婚礼，她这里也开始写起书来。

原本老爷子打算让秦墨再购置一处豪宅的，程安安想了想，觉得一直住着的“帝爵世家”就已经不错了，也是高档的别墅住宅区。

她也不喜欢搬来搬去的，住着舒服就行。

秦墨倒是无所谓，反正他名下的房产多，买了一直放着随便挑几处都能当新房。不过程安安喜欢这里，他也没有意见，只是从名下几处房产里挑了一栋价值千万的豪宅过户到她的名下。

程安安知道这件事的时候倒是没有大吃一惊，秦墨现在挥金如土也是应该的。她现在不要以后可就没了……虽然她觉得她要了也没用。

程安安忙着闭关写书，闲暇的时候照顾两个小宝宝，乔治就替她跑了一趟，拿到房产证的时候手都一直在颤。

等送到程安安手里时，乔治还一脸的羡慕：“我这辈子都住不了啊。”

程安安才不信他没钱呢，当下扫了他一眼：“你愿意住小公寓怪谁啊。”

乔治嘿嘿一笑：“那不是有安全感嘛。”

乔治被张妈留着喝了碗绿豆汤又逗了会儿小公主，这才心满意足地告辞了。

临走之前，程安安却想起什么来，探过身来：“乔治，你什么时候也带别的艺人吧。我这边的工作以后也不会很多了。”

乔治现在的身价放在秦墨的公司里还怕没人要吗?

乔治一愣，随即一点犹豫都没有地摇摇头：“被你这个祖宗折腾得的没力气再带别人了。”

程安安也不再多说。

这件事其实乔治之前就隐隐透露过了，他不打算再带别的艺人了，他说：“不会再有一个程安安能让我热血地去奋斗，心甘情愿地料理烂摊子，努力争取通告。”

“人这一辈子很难遇见一个让你心甘情愿的人，而且这个人并不是以一个爱人的身份。”

秦墨晚上回来的时候，程安安便跟他提了提。

秦墨倒没有意外，他当初看上乔治就是乔治这种性子，如今功成名就，乔治如果想要继续做下去他自然让乔治一帆风顺。但如果乔治不愿意，自然也没有办法强留。

不过乔治虽然已经转行投资开店了，和程安安的合同却并没有解除。有通告的时候还是程安安的经纪人，只闲暇的时候才去他新开的店转转。

新店开业的时候，程安安送了花篮，还亲自到场剪彩。

乔治知道她最近新书到了收尾的地方，根本没想着她能出面，此刻站在门口看见她款款而来，差点惊掉下巴，忙资源充分利用打起了广告。

程安安剪完彩留着吃了一顿招牌菜，这才徐徐想要离开去秦墨的公司，秦墨一大早就带了太子爷去公司，小公主被秦母接走了。

前台对总裁夫人已经分外熟悉了，连通报都不用直接目送夫人上了总裁办公室。

程安安刚到门口，就听见秦昭阳的哭声和秦墨已经日渐娴熟哄孩子的声音，当下就笑了起来。

秘书从刚开始的石化到现在已经完全淡定地接受了，见程安安来了，顺手帮她开了门：“太子爷哭了一会儿了。”

程安安点点头，见他忙着也不打扰，径直走了进去。

太子爷被程安安抱进怀里的时候顿时不哭了，一双眼睛水灵灵的，咬着手指看着自己的母上大人咯咯地笑。

秦墨抬手按了按眉心，轻轻地拍了拍太子爷的屁屁：“该打。”

太子爷是因为尿湿了裤子，被扒得只剩下尿不湿，恼羞成怒才不依不饶地哭个不停的……

新书是在1月份的时候出版的。

比起电影，小说的内容丰富了很多，粉丝响应影后的号召，《一线大腕》打上架开始销售量直线上升，稳占鳌头。

程安安如今对名利没什么太大的概念，她的工作室如今身兼数职，宣传工作到位，完全不用担心任何问题。

所以当婚期公布，网上接踵而来的一系列流言蜚语她都没放在心上。

有人说："别看程安安现在风光无限其实人后的日子根本不好过……"

有人说："用孩子绑住的婚姻，又是豪门背景，有幸福可言？"

程安安一笑置之。

不过没几日，就有可靠消息爆出内幕，说是秦家给程安安下的聘礼可是真的下了血本，几处豪宅多少礼金。

程安安晚上看着新闻不由得戳了戳一旁抱着她正不怀好意的男人："你给了我几处豪宅很多礼金？这事你通知我了吗？"

秦墨一边含糊地吻着她，一边漫不经心地道："明天给你列个你老公的财产清单，你爱拿什么拿什么。"

其实照秦墨这样的身份，婚前是最好列一个婚前协议的。

程安安也提了提，秦墨却眉头微皱，不开心了。

隔日秘书就上门把秦墨名下的动产不动产整理出来给程安安送了过来，程安安看见清单上面名列第一的财产赫然写着她的名字时，不由得笑了起来。

秘书却是微微眨眼："听说程小姐要跟秦总签婚前协议？"

程安安笑了笑，没否认："嗯，这样比较保险不是吗？"

"可是总裁大人今天差点把公司里的员工都整得脱了一层皮……"

程安安一愣，随即笑得越发开怀。

其实婚前协议什么的，她只是顺口一说而已，就算有一天会走到这一步……

根本不会有这么一天。

〔7〕

婚礼还有一天就开始了。

徐紫鸢和顾易安是在这一天的中午赶到的。

程安安结婚前夕一直都住在大院里，秦墨则是在“帝爵世家”。

老爷子亲自操持了婚事，每天都红光满面的，逢人都笑得和蔼慈祥。

顾家的老爷子跟秦老爷子有些交情，顾易安来了之后就带徐紫鸢一起拜访了老爷子这才去酒店入住。

隔日的婚礼，倒的确不负世纪婚礼的噱头，真正是名动A市。

天气已经有些冷了，但并不妨碍婚礼的热烈程度。

婚礼的一切细节都是秦墨自己监督完成的，就连老爷子都是要结婚之前才知道婚礼在什么地方举办。

是海边。

一大早，车队从“帝爵世家”出发，一整排嚣张至极的名车从街头横贯而出。

领头的婚车更是嚣张至极，炫目的劳斯莱斯，车前伫立着一大捧新鲜的法国长梗玫瑰，鲜艳欲滴。

天色正好，阳光正劲。

这边轰动，大院里也是一片手忙脚乱。

程安安一袭婚纱高贵优雅，妆容细致，只一眼看去，活色生香。

小公主被老爷子抱着，太子爷因为起得晚就留在了卧室里，此刻醒来看着围在婴儿床上一圈的女性，红着一张脸，惊天动地地哭了起来。

程安安这边听了哭声，过去看。太子爷看见妈妈来了，伸出手挪着身子就要妈妈抱。

苏清音早在婚礼之前就魔鬼训练让太子爷不得不接受了她，此刻直接抱了太子爷起来，给他穿衣服。

戴维这边给程安安又补了妆，这才大功告成。

伴娘团见新郎已经来了，都严阵以待，堵在门口连只苍蝇都飞不过去。

秦墨却不管这些，冷哼了一声，拿着厚厚的一沓红包却不急着塞过去，只是扫了她们一眼："给红包把人放了，要么我就直接抢了。"

伴娘团也不是好欺负的，当下表态，红包也要人也不给。

秦墨对这个答案毫不意外，把红包一收，一手挥下。

秦二爷一马当先，直接把苏清音连着太子爷给拖了出来按在墙角，见苏清音气急败坏横眉竖眼的，还好心情地扣着她的下巴调侃："别反抗的话等会儿给你红包。"

苏清音直接把太子爷往秦霜的手里一塞，高跟鞋一点也不留情地就着他的脚踩下去。

秦霜早就料到苏清音的招数，此刻一把制住她，紧紧压在她的身上，顺手把太子爷揽在怀里抱得紧紧的："乖，别闹。"

苏清音气得红了脸，却只能紧咬下唇。

程安安这边防守森严却也抵不过伴郎团声势浩大的抢人，当下眼睁睁地看着新娘被新郎抱着走了出去，不甘心地叫道："倒是给红包啊。"

海水绵延，风有些大，越发衬得这个婚礼别具一格。

老爷子说她没有了娘家，便破了规矩，让程安安挽着他送着走上红毯。

程安安脚踩着细软的沙子，看着前面不远处那巨大的婚纱照，不由得发自内心地笑了起来。

来的宾客并不多，也没有媒体记者参与，说是世纪婚礼，其实也就是排场大些。

秦墨正站在红毯的另一端看着她，见她一步步走过来，心也一点点盈满，触手之间便是整个世界。

程安安幻想过这么一天，她穿着一袭婚纱，从红毯的一端走来。

尽头是秦墨，正微笑着等着她，朝她伸出手。

而今天真的到了，她才发现这一切都那么真实。她握住秦墨的手，这双手她已经握了七年，将来还会继续握一辈子。

婚宴是安排在一条大船上的，大船是秦墨出资打造，专门为了今日。

程安安被他抱上甲板的时候还有些错愕，看着深蓝色的海水在太阳底下泛着莹莹的水光，心头越发感动。

大船缓缓地驶离港口，往大海深处开去。

程安安站在船头看着满座的宾客，却是微微一笑。

程安安还记得宣布婚期的那一天，他带着她和宝宝们一起回了Z市看望长眠的父母。

看守墓园的老头见是秦墨笑眯眯地带着往前走："怎么又来了？"

秦墨看着远处的墓碑笑了起来："来告诉丈母娘我们要结婚了。"

老头子看了眼被抱在手里的两个宝宝，越发和蔼："这就是你们的孩子啊，模样挺俊。"

程安安听着却有些不对劲，疑惑地朝老头子看去时，他似是恍然大悟一般交代道："秦先生一年起码来两趟，今年加上这一次已经是第三次了。"

站在墓碑前看着已经凋谢了的百合，程安安只觉得心情怎么都平静不下来："你常常过来？"

秦墨揽着她的腰，眉色认真："嗯，偶尔过来看看。今年的喜事多，就过来得勤了一些。"

他并不是一个有心的人也没有耐心，他全部的耐心几乎都用在了眼前这个女人身上。

程安安抱着孩子站在墓碑前站了好一会儿说了很多话，这才拉着秦墨的手说："其实妈妈早就知道了，她会觉得很高兴。"

秦墨看了她一眼，顺手把小公主也抱了过来。他神色认真地站在墓碑前："妈，你放心。我一定会好好照顾安安的，到死为止。”

只要有他在的一天，就不会让她有半分委屈。

婚礼结束之后，程安安就收到了电影节的邀请。

而这一次，她是以导演、制片人、编剧以及演员的身份去参加的。

这是她和秦墨第三次一起走红毯，第一次是电影节，他们公开关系。第二次是婚礼，他们结为夫妻。第三次就是这里，她事业全新起航的地方。

她挽着他的手，缓缓从红毯的一端走来。

这一次她一袭红色，妖艳如斯，真正是让人无法直视那耀眼的光芒。

她已经褪去了青涩的年华，真正蜕变，更多了一丝妩媚也多了一丝妖娆。

《一线大腕》无疑是此次电影节的亮点，也是重中之重。

这部戏打上映起就争议不断，广受关注，作为程安安导演的处女作更是让这部戏多了一层噱头，一时风头无两。

程安安久不面对媒体和闪光灯，此刻倒没有一丝异状，只握紧了秦墨的手，微笑着看着台上星光云集。

她这一生什么都有了，名利，金钱，地位，权势，爱情，家庭。

如今也是什么都看开了，她要的不过一个家而已。有秦墨，有昭阳，有暖阳。

聚光灯打到她的头上时，她丝毫不意外，起身的时候和秦墨轻轻地拥抱了下，这才不疾不徐地往台上走去。

颁奖的人是苏谦诚，见她这一身艳压全场的装扮不由得赞道：“比起你婚礼时有过之而无不及。”

程安安其实并没有准备获奖感言，此刻拿着沉甸甸的奖杯，却一时有些词穷。

她缓缓一笑，精致的面容是实实在在的欢喜：“虽然知道我会得奖，但我并没有专心地准备获奖感言。”

一如既往的霸道，让台下一片笑声。

她也受了感染，笑得顾盼生辉：“我想要谢谢我的老公，秦墨。没有他就没有今天的我也没有《一线大腕》，我从一个名不见经传的艺人走到今天，他对我的提携和帮助功不可没。”

她想起他那一晚说的“我自愿宠你上天入地，你只管无往不胜”，轻轻地笑了起来：“我也许得天独厚，但遇见秦墨的时候是我这一生最悲惨孤单的时候。他的出现正好拯救了我，也在我今后的道路上成了不可缺少的人。其实原先我们彼此都没有动心，也不知道是什么时候，恰恰好就喜欢上了然后无法自拔。”

她握着话筒，看向台下的秦墨，眼神专注：“我这辈子，做过最勇敢的事，就是迈出最艰难的一步和秦墨在一起。这也是我觉得我做过最好的事情。”

他还坐在台下，此刻听了她的这些话站起身来。

程安安从未说过这些话，她红极一时时最想做的事情却是穷尽一生与他羁绊纠缠。以前的她小心谨慎隐瞒心底的真实想法，如今她却想跟全世界的人分享。

这七年，并没有很容易，她的一步一步都踩在刀锋上。

她的无往不胜她的嚣张跋扈，都是因为有了秦墨才能无所顾忌。

她转身看向身后还在不断播放的影片剪辑，眼眶湿润。

片刻，她深呼吸了一口气，嘴角上扬，露出一个惊心动魄的笑容来。她扬起右手指上的结婚戒指，一字一句道：“我很高兴今天能拿到这个奖，但我还是想说。我这辈子得到的最好的认同和嘉奖，从来都只是这枚小小的戒指。”

这才是我的全部。

因为秦墨，她才有的半寸光明。

她缓步走下台，手里的奖杯灼然生辉，却始终不如她右手手指上那枚戒指来得明亮。

秦墨已经伸手把她拥进了怀里，温香软玉，他的心情更是激动。

她微微扬起头，在他的唇上深深印上一吻。

身后是巨大荧幕上绽开的烟花，灯光明亮，他们相拥相吻，旁若无人。

有你在身边，其余的全部都只是陪衬而已。

秦墨，我爱你。

其实爱情就是两个人的事，无关他人，任你密雨斜侵，我自坐拥王城。

不忘初心，方得始终。

/番外一/

# 苏谦诚篇——也许是天堂，也许是地狱

〔1.曾经的她〕

苏谦诚早年就是个不学无术的富家子弟，他仗着上面有个哥哥接管了家族事业，自己想干吗就干吗，潇洒得很。

他自幼就深受家里长辈的喜欢，被娇纵着长大。也很幸运，虽然身处豪门，但父亲并没有像别人一样家里供着一位，外面圈养着三四个情人。父亲和母亲的关系一直很好，很恩爱。所以造就了苏谦诚这种放荡不羁，不可一世的性格。

他的背后有了强大的靠山，就足以让他藐视一切。所有人在他面前都如蝼蚁一般，微不足道。

苏谦诚备受宠爱的时候，他便是以这样的姿态去生活的。

因为有一个足够优秀的哥哥，所以他不用逼迫自己一定要和哥哥一样为家里争气。他在苏谦睿的庇佑下，生活肆意，无拘无束。

小学时，他调皮捣蛋，会有苏谦睿帮他挡去所有想要攻击他的小朋友。

初中时，苏谦睿升了高中，但是兄弟俩还在同一个学校。他仍一如既往是个问题少年，每次被拉到办公室都会被老师问道："为什么你不能像你哥哥一样优秀？"

为什么？

苏谦诚觉得家里有一个厉害的人了，他再努力又有什么用呢？

即使到了高中，苏谦诚还是一如既往地吊儿郎当，不学无术。学校里没有了哥哥光芒的遮挡，他似乎也变得不那么重要了。

所以考大学的时候，他考去了Z市。

但他上的那所大学实在太差劲，苏父就花钱帮他上了Z市一个还不错的院校。他也没有反抗，如果这是最好的安排。

然后，他就遇见了程安安。

程安安一直以为在剧组那一次才是初见，其实他们早就认识了。

不，应该说，是苏谦诚早就遇见了程安安，在秦墨认识程安安之前。

那时候的程安安不像现在这样锋芒毕露，她知道掩盖自己的锋芒，知道该在这个校园里怎么样生存。苏谦诚那时刚走进这个校园，一眼就看见她站在升旗台上，盈盈笑着和高她一届的学长说着些什么。

那时候，她眼底都是青春明媚的活力，鲜明得耀眼。不像现在锋芒毕露之后，妖冶得像个妖精一般千娇百媚，让男人一眼便忘不了。

苏谦诚更喜欢的是初遇时的程安安，但程安安只出现了几次便不见了踪影。

最后一次遇见她，还是在图书馆，她咬着笔杆，眼底一层水汽，看着书的扉页静静地发呆。

他一时鬼使神差，过去跟她借书。

他记得她听见他声音时，像受了惊吓一般，眼底那些水汽顿时滴落在书的扉页，晕开在她写着“程安安”三个字的旁边。

他一时有些无措，不知道她怎么突然哭了。

程安安却是一把擦掉眼泪，鼻尖都是红红的。她把书推了过去：“送给你吧，我以后……都用不着了。”

他讷讷地接过，却一句话也说不出来，直看着她的身影消失在图书馆的拐角。

那本书捏在手里，他只觉得烫手。那时候他便发誓，一定要再次遇见她。

〔2.遇见她〕

大雪迷途，苏谦诚从酒店出来，仰头看了眼阴沉沉的天空，揽紧了身上的大衣。

经纪人微掩着嘴，眼圈深深的：“谦诚，你先去车上睡一会儿，到片场了我再叫你。”

苏谦诚刚喝了一杯咖啡，嘴里还有苦苦的味道，此刻冷风一吹，更是什么睡意都烟消云散了。

片场刚开工，灯火明亮。导演看见他过来，笑眯眯地招了招手：“谦诚来了啊，这边。”

苏谦诚抬眸看去，点了点头，缓步走了过去。

天色已经微微有些亮了，碍于大雪磅礴，所以天色阴郁并不能看得清，只有远处路灯暗沉，隐隐透出一股清冷来。

这部戏就差这个雪景收工，为了等这一场大雪剧组已经耽搁了一个星期。他去换了衣服，拿着剧本再看了会儿，念着台词却有点玩味：“大结局的本是谁写的？”

导演扫了剧本一眼，说道：“叫韩潇璃。”

韩潇璃？

苏谦诚想了想，隐隐约约有些印象，却并不是很深刻，应该是没有见过吧……

他随手翻了翻剧本，嘴角却翘了起来，颇有些玩味。小姑娘的世界总是对爱情有着太过浪漫的想法，似乎一切流星雨、大雪都能成为爱情的一个里程碑。

导演见他沉默地站在那里，不由得拍了拍他的肩膀：“怎么了？剧本哪里不对吗？”

苏谦诚回过神，面上并无多余的神色：“下次有机会引荐一下。”他对这个小姑娘有些好奇了。

导演狐疑地看了他一眼，还是点了点头：“早该介绍你们认识的。”

早该？他微微一皱眉，对这句话有些不能理解。

苏谦诚入行的时间也不短了，对这个圈子却没有了当初的执着。当初好像还是因为程安安才进来的，如今却单纯的只是为了演戏，他一心一意认真地做事，很快就有了收获，去年刚斩获了影帝的大奖，声名大噪，一时风头无二。

电视剧如今也鲜少会接了，一般都是接电影。圈子里一直有个不成文的鉴定，一旦踏入了电影圈，再回去演电视就是自降身价的做法。但这些到了苏谦诚这里，却并不成立。去年拿了影帝之后，他反而接了程安安工作室的一部电视剧，照样收视红火，谁敢说一个不好。

不过更多的时间他却并不怎么接戏了，而是自己导演或者投资。

今日杀青，导演请客犒劳，他晚上收拾了下自己才下楼和剧组会合。等他的是一个女生，围着红红的大围巾，衬得肤色白皙。她正低着头在电梯口等着，听见动静抬起头来，双眸一亮，上前走来：“苏先生，我是剧组的，导演让我来这里等你。”

他点点头，又看了她一眼，这才跟着她的步子走去。

导演见两个人过来，忙招呼着坐下：“谦诚，我给你们介绍一下，这就是韩潇璃。”

韩潇璃似乎是一愣，随即有些无措地看了眼苏谦诚：“你好，我是韩潇璃。”说罢，又想起什么，补充道，“嗯……就是那个你说胸大无脑的编剧。”

苏谦诚这才仔细地打量着她，她面色微微有些红，精巧的脸在灯光下隐隐有朦胧的一层光。他听着她后面补上的那句话，原本还云淡风轻的脸顿时漾开一个淡淡的笑意来：“是你，久仰了。”

韩潇璃的脸色越发红，随即有些懊恼地看了他一眼，恼羞成怒一般不再搭理他。一般女孩子被说胸大无脑，气急败坏是正常的吧。

他勾起嘴角笑了起来，眼神从她的脸扫向她的胸，随即略有深意地说道：“原来我判断错误了。”

韩潇璃就坐在他的右手边，闻言，咬着筷子抬头看他。见他视线停留的地方颇有些尴尬，还未作出反应就听他道：“胸也不大啊。”他的声音压得低，恰好只让两个人听见。

韩潇璃一脸的错愕，看着他那张人畜无害的脸差点没挥拳狠狠揍他一顿。当下，她把筷子咬得“咯吱咯吱”作响：“苏先生，你也是衣冠禽兽。”

“是吗？”他淡淡一笑，不置可否，“谢谢夸奖。”

韩潇璃被他这么一堵，终于下定了决心不理他，狠狠地扭过头去。

导演见状笑了起来，打趣道：“潇璃啊，你偶像就坐在你身边，还不赶紧端茶递水拉近距离？”

苏谦诚正抿着酒，闻言一顿，看向那个努力减少存在感的女生，挑眉道：“你喜欢我啊？”

这次韩潇璃显然淡定了很多，边剥着虾边淡然地回答：“嗯，我以前眼神不好。”

苏谦诚却笑了起来，无奈地摇了摇头。

饭桌上的气氛越发热烈，苏谦诚被当成集中的灌酒对象，一局下来也只是脸色微红，双眸微亮。倒是一旁的韩潇璃看不下去了，她给他添了一碗浓汤放在手边：“难受的话就喝点汤吧。”

她的声音弱弱小小的，他却听见了，侧头看过去，她正认真地看着他，微微抿着唇，眼底有着深深的担忧。

他也不知道是怎么了，二话不说端起碗喝了下去。汤水的味道冲刷了嘴里淡淡的苦涩，连带着胸口都被涨得满满的。他放下碗，一室灯光明亮里，对着她微微一笑：“谢谢你。”

她似乎是微微一顿，随即弯着眸子笑了起来：“不客气。”

韩潇璃也是住在酒店里的，等饭局散了，他们三三两两地告辞，她扶着苏谦诚将他送到房间门口。其实苏谦诚神志清醒，根本用不到她送。但想着今天被灌了那么多酒，不少还是替这个小女人挡的，他不由得也服了软，任由她吃力地扶着自己小心翼翼地送到了房间门口。

开了房门，她把人送到床上，这才拿出他的手机来。见他微微睁着眼，她便抬手拍了拍他的脸：“苏先生，你的经纪人也在这里吗？我帮你叫她来帮忙吧？”

苏谦诚不由得好笑，他几乎都觉得她应该不会放过这个机会把他吃干抹净了好留在他身边。毕竟打从几年前起，他这个万花丛中过的人终于片叶不沾身，安安分分的。更遑论近身他的机会，屈指可数。尤其他现在还那么配合，觉得如果是被她做掉的话他也是可以配合一下的。

但是她却认真地告诉他，我叫你的经纪人来帮忙吧。

他低低地一笑，抬手按着眉心，问道：“她也是女的，有什么不一样吗？”

韩潇璃似乎是一愣，随即答道：“当然不一样，我虽然只是照顾喝醉酒的你，但是由我来做事情都会变得不一样。”说完，她又觉得和一个喝醉酒的人说这些实在是没有必要，她俯身替他盖好了被子，“我还是去帮你叫服务员来帮忙吧。”

他一笑，径直拥着被子睡去。

自打认识了之后，似乎交集也多了起来。他一大早醒来去前台退房要去A市赶通告，就在大厅遇见了她。

她穿着一身睡衣，看见他还微微有些局促：“你怎么那么早起来？”

苏谦诚打量了她一眼：“穿睡衣出来散步？”

韩潇璃微微红了脸，摆摆手：“我只是出来接朋友，但是我忘记带房卡了，正打算去找经理帮忙。”

苏谦诚了然，心下好笑，面上却不表现出来，略一点头便和经纪人一起离开了。快走到门口就看见一个女孩子推门走进来，边走还边大声道：“韩潇璃，你这是第几次把自己关在门外了！”

他这回终于笑出声来，连带着觉得外面阴冷的风似乎都可爱了许多。

再次见到韩潇璃是在A市，他难得闲下来去了一趟超市，出了地下车场就看见韩潇璃正拿着手机站在开着的车门边皱着眉头说话。他缓缓开过去，留意了一下，见四个车轮胎都瘪了下去，显然是人为地戳破了汽车轮胎。

苏谦诚一向不爱管闲事，但开车经过她的身旁却怎么也说服不了自己当作什么都没看见。他降下车窗看向正皱眉发脾气的小姑娘：“有什么要帮忙的吗？”

韩潇璃一愣，转头看过来见是苏谦诚，颇有些意外：“咦，是你。”

苏谦诚点点头，见她穿得单薄，外面却是寒风阵阵，不由得开了车门道：“先上车。”

韩潇璃看了眼自己的车，显然一时半会儿解决不了，但此刻她的确是有些冷，当下也不客气直接坐进车里：“谢谢你，会不会耽误你的时间？”

“会。”他转头透过后视镜看着路况，随即把车停进路旁的车位里。

韩潇璃原本只是客气地问一下而已，但他这么直截了当，让她微微有些尴尬，却不知道要说什么。

苏谦诚扫了她一眼，道：“不过你不用有压力，是我自愿让你浪费时间的。”

韩潇璃微微一愣，随即才笑了起来：“那我给你点报酬好了，等我一下。”说罢，她又钻回了自己的车里提出一个保温盒来。见苏谦诚不解地扬眉，她兴致盎然，把里面的鸡汤倒出来递给他：“喝点暖暖胃吧。”

苏谦诚微微诧异，随即接过小碗，轻抿了一口：“你自己做的？”

韩潇璃邀功一般点点头：“你一个人吗？晚点要不要去我家？”

苏谦诚挑眉，如果是别人邀请他去家里的话，他多半会明白她是暗示了什么。但对韩潇璃却不能这么理解，他了然地问她：“你烧菜给我吃吗？”

“是啊。”她弯着眸子笑，“我刚从妈妈那边回来，她给我买了一堆的菜，我一个人吃不完。”

他似乎是感染了她的好心情，拒绝的借口那么多甚至他不想去可以直接说不，但看着她笑得那么明媚阳光，他略一迟疑还是点了点头。

韩潇璃见苏谦诚答应了这才反应过来，解释道：“你是第一个，我一般不让男的进我家里。”说罢自己也觉得尴尬。

苏谦诚淡淡一笑，把手里空了的小碗递回去，轻声道：“所以我在你眼里不是个男的？”

韩潇璃看着他认真的脸，顿时愣住了……

〔3.就是她〕

韩潇璃捧着热奶茶正坐在咖啡厅码字，出演剧中男主角的是一个刚出道的偶像派，仗着傍上了公司的高层就要大牌。

剧本修了好几次，这男演员还是不满意，拿到随手翻了翻总会说：“这剧本谁写的，有问题啊。”

韩潇璃这边赔着笑，听他提出修改的意见，听了好几遍总算是明白了。这个男演员嫌没有亲热戏，没有能让他要帅的戏，而且他的戏份不够足……

韩潇璃耐着性子听他说完，拿了剧本就回去了，现在正做着微调。

导演打来电话说是男主角换人的时候，她正在保存文件，闻言差点儿惊掉下巴："换人了？"

"是啊，像他这种拽得跟二百五一样的人真得罪人了不照样直接被杠掉吗。"导演最初的男主演人选本来就不是这个毫无演技的男演员，偏偏投资方指定了他，导演也没有办法。

韩潇璃见惯了娱乐圈里这种一夕之间因为得罪人就直接被拉下马的事，当下虽然惋惜但还是暗爽了一把："我剧本都改好了。"

导演却是一笑："新的男主角已经定了。"

韩潇璃对谁出演男主角倒没有多大的兴趣，当下把电脑关机就打算回家补眠。

为了这个，她可是一整晚都没睡，一大早就抱了电脑到楼下的咖啡厅喝咖啡提神。她现在最开心的莫过于再修改剧本的话也要等到明天之后了，当下掩着唇打了个哈欠："行，那我先去睡了，导演你有事随便使唤我。"

不过很快，韩潇璃就有些后悔早上为什么挂电话挂得那么快……

她在导演房间看见苏谦诚姗姗来迟时，差点没一口把自己的舌头给咬了。她指着进来的男人，看着一脸笑眯眯的导演，有些错愕："怎……怎么是……他啊。"怎么都不早告诉她啊。

导演看了她一眼："是你自己急着挂电话的。"

韩潇璃撇嘴，好吧，是她干的没错。

说话间，苏谦诚已经走了过来，侧目看了看脸上一阵青一阵白的小姑娘，不由得挑眉："我有那么恐怖吗？表情那么视死如归……"

韩潇璃摸了摸脸，尴尬地笑了笑："有那么明显吗？"

苏谦诚其实拿到剧本的时候就知道这剧本是谁写的，经纪人原本打算直接推掉的，毕竟他现在的确没有空余的时间再去接拍一部电影。

不过苏谦诚听了是王导的戏，当下就要求看剧本，看完剧本之后更是沉思了片刻，就应了下来。

经纪人狐疑地扫了他好几眼，这才去接通告。

此刻，他坐在这边的沙发上看着小姑娘微微尴尬的神情，心情顿时愉快起来：“剧本修改意见我已经发到了你的邮箱里，照着改就行。”

韩潇璃闻言，随即上了邮箱去看邮件，见他一大段的修改意见，无非就是减少他的镜头，不由得有些奇怪地看了他一眼。不过她还是应道：“好，那我今晚加班一下把剧本修一修。”

苏谦诚扫了她一眼，这才淡淡地移回视线。

韩潇璃连夜改完剧本发到了苏谦诚的邮箱后，又开始收拾东西往B市飞去。

电影踩点大致都是在B市，所以导演昨日就吩咐了剧组人员一起出行。韩潇璃是编剧，自然也要跟着过去。

她刚到就看见同时过来的苏谦诚，他一身清爽，见她眼圈微重不由得多看了两眼：“没睡好？”

韩潇璃掩着嘴打了个哈欠，实在是累极了：“嗯，忙着把剧本改好。”

苏谦诚若有所思地看了她一眼，这才和她一起去领登机牌。

B市从前几日开始便连绵不断地下雨，苏谦诚下了飞机迎面而来的就是湿冷的雨夹雪。他裹了裹衣服，看了眼一旁刚睡醒的韩潇璃此刻正抱着双臂发抖的样子，扯开纽扣，一把把人勾了过来揽在怀里。

韩潇璃浑身一僵，抬眼看去，却只看见他尖削的下巴：“苏……苏先生。”

苏谦诚这才看了她一眼，微微促狭地眨了眨眼：“借你用一下，不收费。”

韩潇璃一愣，随即微微红了脸，任由他裹着自己从VIP通道离去。

电影持续拍了三个月才杀青，B市的气候恶劣，这三个月下来的确是苦不堪言。

杀青的晚上，苏谦诚临时要赶回A市，主持公司大局，马上临近年关他的工作也重了起来。

韩潇璃是跟苏谦诚一起回去的，原本她早就可以离开剧组，却为了苏谦诚多留了几个星期。此刻一起走，更是让很多人有了些误会。

她解释不清，他是懒得解释。

等到了A市的机场，韩潇璃正打算跟苏谦诚分道扬镳，刚扬起手连“再见”都还没来得及说就看见一批记者蜂拥而来。

苏谦诚眉头一皱，下意识就把人揽在了怀里护着。这一阵势饶是苏谦诚的经纪人都有些错愕，随即把人拦了下来，护着苏谦诚改走VIP通道。

韩潇璃哪里见过这个阵势，当下被吓得脸色苍白，推推攘攘之间，胳膊被刮伤了。她一声不吭，直到安全了才一言不发地挣脱他的怀抱：“对不起。”

苏谦诚看了她一眼，抬手按了按眉心：“给你造成困扰了，我以后会注意。”

韩潇璃咬了咬唇，看着近在咫尺的人，却突然觉得遥远无比。这三个月他们的确相处得很愉快，她偶尔下厨也会记得带点给他，因为他说过“很好吃，以后还要做”。

偶尔空闲的时候，他也会约上她一起去咖啡厅小坐或者去餐厅吃东西。她受宠若惊，一边接受一边犹豫着。苏谦诚身上的光环太亮，不说她是不是自卑，只是站在他的身旁，她偶尔都会觉得这些是偷来的没有真实感。

网上并不是没有爆出他们之间的合照，只是她自欺欺人的当作没看见罢了。

她站在他几步远的地方，却有些踌躇：“对不起。”

苏谦诚正要往前迈的步子一顿，随即认真地看了她几眼：“什么？”

韩潇璃摇摇头，什么也没说，只是抱歉地笑了笑：“是我需要注意，今天谢谢你了。再见。”

经纪人还有些摸不清状况，等韩潇璃走了才摸了摸脑袋有些迟疑地问道：“韩小姐这是怎么了？”

苏谦诚的脸色不好看，但也只是轻叹了口气，颇有深意地说道：“并不是每个人都有程安安那种嚣张跋扈目空一切的勇气。”

经纪人原本就糊涂了，这一番话成功让她的脑袋打了结。

韩潇璃被家里火急火燎地催回家，其实只有一个目的——相亲。

她还拎着行李箱站在门口，来开门的妈妈就已经把她拦在了门口，手里一沓的照片正快速地翻着：“潇璃啊，这个怎么样？”

她要笑不笑地看了眼照片，顿时无奈了。不过反抗的结果只能获得强行镇压，韩潇璃挣扎过两次之后就妥协了。

然而真正让韩潇璃强势反抗的一次，还是因为撞见了苏谦诚。他似乎是约了朋友，恰好坐在她预定的位置隔壁，然后很光明正大理所当然地目睹了一次相亲盛宴。

韩潇璃窘得半路就离场了，然后再也不答应任何相亲了。

经纪人显然也看见韩潇璃了，啃着苹果问苏谦诚：“潇璃还需要相亲吗？她条件那么好。”

苏谦诚正在看报表，闻言一顿，想起刚才韩潇璃局促无措的样子，不由得微微勾了嘴角。

经纪人和苏谦诚好几个年头了，见他笑容诡异，当下问道：“苏谦诚，我说你之前那么殷勤是不是看上人家韩小姐了？”

苏谦诚扫了她一眼，耸了耸肩有些无奈：“喜欢吗……”

经纪人却越发仔细地打量了他一眼，默默地啃苹果去了。

再次遇见，是在B市的医院。

苏谦诚是年后才接的工作，直接赶去B市跟剧组。B市的天气一如既往的糟糕，时不时下雨，时不时雨夹雪，路况也不好。

他坐在副驾驶座正闭着眼小憩，就听一声尖叫，他凛然地转头一看就是脑子一晕，黑了好一会儿终于昏了过去。

苏谦诚睁眼醒来第一个见到的是程安安和秦墨。他们正好在B市泡温泉度假，一听这消息就过来了。

苏谦诚受的是轻伤，虽然雨天路滑，但是经纪人发现得及时，一拐弯就避免了相撞，只是撞到了栏杆这才导致两人住了院。

苏谦诚摸了摸脸，这才松了一口气："还好，没毁容。"

程安安正给他剥着橘子，闻言一笑，还未说话门就被粗鲁地撞开。程安安错愕地抬头去看，就见一个姑娘喘着气站在门口，还有些惊魂未定，但看见病房里明显很轻松的氛围时，小姑娘却是一愣。

程安安挑眉看了眼苏谦诚，见后者神色自然，眸色微沉，当下察言观色地抹了一把苏谦诚的小俊脸："谦诚，这是谁啊？"

韩潇璃的脸色一变，顿时认出这是影后程安安。

苏谦诚唇边却带着笑："小心秦墨剁了你的爪子。"

秦墨正坐在一边抱着小公主玩手机，闻言扫了眼幸灾乐祸的苏谦诚，淡淡道："我只会朝你脸上泼硫酸。"

苏谦诚不理他，早知道秦墨那性子也无须在意，当下朝韩潇璃招了招手："你想好了没有？"

一室寂静中，他继续道："上前一步，也许是天堂，也许是地狱。"

**/番外二/**

# 婚后篇——离家出走

程安安从法国回来的时候，来接机的是乔治。

她拖着小小的行李箱，冷冷地抬了抬下巴，由着乔治接手了行李箱，才拿出手机把电话拨给秦墨的秘书。

乔治还记得昨晚程安安挂电话之前说的最后一句话，她说：“帮我把工作排开，好不容易去抓一次奸错失良机可不好。”想着就是一身的冷汗。秦总再不济，出轨也绝对不会让程安安发现吧……

乔治抓了抓脑袋，还是有些想不通，果然是外面野生的比家养的好？秦总都娶了程安安这种床下是贵妇床上是浪姐，能撒娇能耍赖，制服诱惑角色扮演，身材又好身段还高明的人。真的还能再看得上别人吗？

你问他怎么知道的？明眼人都知道好不好！

电话已经接通了，秘书声音清冷：“程小姐？”

程安安压抑着怒气，微缓了语气问道："秦墨现在在哪儿？"

秘书显然对程安安这种质问的语气有点意外，翻了翻秦墨的行程表，如实回答："如果不出意外的话秦总应该在开会，但是据我所知，刚才秦总接了一个电话就出去了。"

程安安咬牙切齿，一把挂了电话，疾步往外走去。乔治紧跟上去，抢先一步给她打开车门："去哪里？"

"金字塔商厦。"她眯了眯眼，看着机场外的人来人往，冷冷地笑了起来。

乔治好久没见她笑得那么瘆人，当下鸡皮疙瘩落了一地，断断不敢再说什么"秦总不会这样的啦""秦总都偷吃，这世界上就没有好男人了"，或者"你确定是你家男人而不是同名同姓的吗"。

金字塔商厦是中高端消费的地方，由于今天是七夕，所以人来人往，热闹非凡。商厦最有名的就是二楼一家珠宝店，种类繁多，价格齐全。

程安安见乔治要陪着下车过来，戴上墨镜拦住他："你在外面等着我，如果一刻钟的时间我都没能出来，记得来接应我，懂吧？"

乔治很认真地点了点头，忍着笑，说道："现在开始计时，安安你赶紧去。"

程安安见他憋笑憋得辛苦，当下睨了他一眼，这才施施然转身离开。

乔治见她走进商厦了，这才回了保姆车，见司机正一脸的担忧，不由得开了一罐汽水递了过去："别担心，她就是去享受一下抓奸快感而已。"

司机顿时石化了。

其实乔治说得也没错，程安安根据太子爷和小公主的情报知道最近秦墨跟一个女人走得特别近的时候，第一反应不是"他居然背着我找女人"，而是——"哪个女的那么不长眼要攻克秦墨这座大冰山？"

他们已经结婚六年，宝宝都五岁了，秦墨身边都从未出现一星半点女性的身影，可想而知作为豪门总裁夫人的程安安有多无聊了。

程安安直接从一旁的楼梯上了二楼。珠宝店就在楼梯口，占地广，灯光明亮，所以一眼就能看见。她走上最后一级台阶，透过窗明几净的玻璃往里面看去，就看见秦墨正背对着她站在玻璃柜前。

程安安抬了抬墨镜，快步走过去。

秦墨的身旁站着一位身材高挑的女性，正亲密地倚在秦墨身旁，此刻正在试戴着戒指。

程安安眯了眯眼，这才推开门走了进去。

秦墨看了看顺势戴了她拿的另一枚男戒，然后伸手在她眼前晃了晃："就这个吧。"

女人拿起戒指又看了看，有些犹豫不定："相信你的眼光好了。"

程安安这厢正靠在不远处，只觉得女人的身影熟悉，隐隐有个模糊的影子却想不起来是谁。当下，她冷冷一笑，快步走过去一把压住两人之间的对戒。

女人正打算包起来，被这么一拦，不由得诧异地抬眼看去。

程安安连看那女人的欲望都没有，直接把桌上的东西一扫，横眉竖目地看向秦墨，径直从包里拿出卡来一把按在桌子上："这些，我要了。"

秦墨倒是意外她此刻会出现在这里，眉眼都是笑意："提前几天回来了怎么不告诉我一声？"

提前告诉你？程安安扯着嘴角笑了起来，目光却移开看向那个有些不知道发生了什么的店员，声音清冷："刷卡。"

秦墨扫了眼桌上那对样式简单的对戒，不由得挑眉："买了送给我？"

程安安顺着他的视线看去，一把摘下墨镜冷声道："送你？我是想扔着玩。"

秦墨这才听出她语气里的怒意，看了眼她身后的女人，顿时了然，抬手想把她揽进怀里。程安安意识到他的动作，瞬间避开：

“别动手动脚的。”

秦墨低低地笑了起来，径直把她的卡拿回来塞回她的包里：“安安，别闹。”

“我还没闹呢。”程安安冷睨了他一眼，一张脸冷下来也是光彩夺目，“要不是暖阳他们说你今天在这里，我还真的不信。”

暖阳?

秦墨眉头一皱，知道她误会了什么，不由得抬手按了按眉心：“安安。”

程安安虽然是来抓奸的，而且看样子也是证据十足，但是秦墨脸上那无奈的表情却是半点都看不出心虚来，顿时觉得一点意思也没有。她懒懒地往他身上一靠，一副累极了的样子：“我在外面累死累活养家糊口，你居然在这里跟别的女人约会买情侣对戒，你怎么对得起我。”

秦墨的嘴角微翘，似笑非笑：“秦太太在外面累死累活养家糊口？”

程安安半点不好意思也没有，反而理直气壮：“你对不起我！我要带着宝宝离家出走。”

秦墨这下笑不出来了，顿时眉头一皱，一把扣住她的下巴：“再说一遍。”

程安安从未怕过他，更何况他此刻是理亏的一方，当下越发理直气壮：“我说我要带着你的种离家出走。”

这回秦墨听得清清楚楚，却越发哭笑不得。他一把把人揽进了怀里：“你先看看这是谁好不好？”

尺素一直忍着笑，见程安安看了过来，这才把一直捏在手里的卡递了过去，对着营业员道：“帮我刷卡吧。”

程安安一窘。她决定回去就把小家伙给灭口了！

秦墨这才解释道：“尺素当年选择了去Z市深造，离开了两年，这回回来是去求婚的。但是她又不知道要哪种好，我想着都快七夕了就一起过来了。”说话间，他把放在一旁的袋子拿了过来。

“原本想送你项链的，但想着你也不会戴就给你定制了手链，今天顺便来拿。”说罢，见程安安一脸的错愕，他终于笑出声来，“秦太太，害你没能抓奸成功真是不好意思。”

程安安这才微微红了脸有些不好意思，抬手捶了他一下，转身就走。

秦墨回到家的时候，程安安正窝在床上，用被子把自己裹得严严实实的。原本，他打算下午就直接飞去法国，毕竟程安安这个通告一去去了一个星期，他再不去看看得想得浑身发紧。

倒没料到小公主听见他讲电话就偷偷打了小报告闹了一个小乌龙。秦太太现在恼羞成怒，他的日子还是不好过啊。当下，他放轻了脚步走过去，连人带被子都抱进了怀里：“大热天的，这么裹着不热？”

程安安被他抱在怀里，心里还郁闷着呢，转头就是狠狠的一口咬在他脖子上：“浑蛋，不喜欢你了。”

秦墨无奈，自打生完了孩子，程安安在他面前就各种肆无忌惮。秦墨被咬了一口只当是情趣，两三下把被子从她身上拿开，直接扔在了床尾。

程安安这才发觉不对劲，不过已经来不及了……

秦墨一个星期没碰她，此刻温香软玉，当然没有错过的道理。他俯身压在她身上，手指一撕一拉，很干脆地把她的衣服撕成两半，直接丢下了床去。他吻得又重又急，落在她的身上一阵发疼。

她呜咽了一声，扯着他身上的衬衫，微微有些不满：“我衣服……”

秦墨此刻哪有空管她的衣服：“嗯，你喜欢明天陪你随便挑……”

他声音沉重沙哑，程安安还顾念着晚点要去接太子爷和暖阳放学，怎么都不愿意配合，曲了腿隔住他扭着身子就往床尾移：“晚上再说……”

秦墨大手一伸直接把她扯了回来，耐心也没了，直接满满地占据了她的全部，深得她闷哼一声，身子就软了下来。

程安安只觉得浑身都酥麻得没有力气，刚想逃开却被他按在身下紧紧的，他微眯了眼抬手与她十指相扣。

“你送上门来，我岂有放过的道理？”他微微一笑。

程安安只觉得身子都软成了一团：“秦墨……”

他轻轻应了一声，碾着她的唇吻得缠绵至极：“程安安。”

她睁开眼看着他，眼神里的风情万种销魂噬骨。

暖阳想着今日妈妈会来接她，就和太子爷手牵着手在幼儿园门口等着。直到身边的小朋友都走光了，也不见妈妈的身影，她这才急了：“哥哥，妈妈怎么还不来？”

太子爷就淡定多了，他翻着暖阳乱糟糟的小书包，云淡风轻地说道：“你放心吧，迟早会有人来接我们的。”看这样子，大概爸爸妈妈又有重要的事情了。

太子爷被程安安放鸽子可不止一次了，每次程安安来道歉的时候都会说：“宝贝对不起，妈妈是跟爸爸有要紧事才耽误了。”

太子爷见爸爸一副神清气爽的样子顿时悟了：“没关系妈妈，我知道主动权在爸爸这里。”说完，又觉得委屈，补上一句，“可是你以后别跟爸爸一起堕落了啊。”

程安安一惊，太子爷你知道你在说什么吗？

太子爷眨眨眼，用错词了吗？可是秦二爷说过爸爸妈妈这样就是堕落啊。

/番外三/

# 昭阳暖阳篇——龙凤呈祥

〔1.我以后一定会保护妹妹的〕

秦昭阳和秦暖阳在自家爹妈的呵护下一路跌跌撞撞长到了四岁，秦昭阳作为长妹妹几分钟的大哥哥，却在这个年龄段显现出了跟妹妹不一样的显性特征。

其一：在秦暖阳还调皮捣蛋的时候，秦昭阳却分外冷静睿智，虽然偶尔也会玩玩小汽车，却很少再发生跟妹妹抢玩具的戏码了。

其二：在秦暖阳各种撒娇博取程安安的关怀宠爱时，他已经开始学会自己搬着板凳，爬上自家老爹的书桌看他爸爸十指如飞地敲打键盘。

秦墨倒是一直不拦着他，偶尔也会教他几句，见他似懂非懂，眼眸却亮晶晶的样子，不由得微微勾了嘴角笑。

总而言之，秦昭阳是一个符合社会客观的可持续性发展人才。

这日，秦暖阳还扒在张妈的脚边可怜巴巴地讨冰激凌吃。秦昭阳见爸爸回来倒是眼睛一亮，放下堆在桌前的那些漫画书，赤着脚就跑了过去。

小人儿白嫩嫩的脚丫踩在地毯上，越发显得小巧稚嫩。

秦墨早年发现程安安总喜欢赤脚之后，干脆就全部铺上了地毯，如今这儿子哪里看起来都像他，倒是学了她这个毛病。当下，秦墨放下手里的东西，一手拎着儿子的后领就提了起来抱进怀里，勾了勾他的小鼻尖："怎么了？"看见自己跟狼看见了羊一样……

秦昭阳努了努小嘴，皱着眉头一副受了欺负的小包子样，搂着老爹的脖子就是各种蹭："爸爸，我想去幼儿园上学。"

秦墨顺势抱着他坐在沙发上，闻言倒是一点也不惊讶："我记得你妈妈昨晚刚说过要你跟妹妹一起去，但是你妹妹现在不适合……"说罢，眼神就瞄向那边还可怜巴巴蹲在冰箱前的秦暖阳，微微头疼。

秦昭阳见连谈话的余地都没有，当下垮了脸，眼眸晶亮晶亮的，跟某个程姓的妈妈倒是有些相似。秦墨心一软，微微蹙眉，话锋也是一转："那你告诉爸爸，为什么非要去幼儿园？"

秦昭阳哪里会听不懂他爹话里那"说得好就有的商量"的语气，当下眉角一扬："我想上学。"

秦墨扬了扬眉，若有所思地指点道："你明白的，爸爸在这个家里一向没有地位，这事你可以找爷爷商量下……"

话音一落，那边得逞了的秦暖阳屁颠屁颠捧着小杯子过来了，看见秦墨抱着秦昭阳，也顺势窝了上去："爸爸今天下班得好早。"

秦墨刮了刮她的鼻尖，略有些无奈："小心拉肚子，妈妈打你屁股。"

秦暖阳却不以为意，甜蜜蜜地朝爸爸笑了笑，挖了一勺子喂给他："那爸爸也吃了，爸爸也拉肚子了，妈妈也打爸爸……"

秦昭阳噘了噘嘴，连眼都懒得抬："只有爸爸打妈妈的份……"他可是偷偷看见过的。

秦暖阳眨了眨眼，有些不能理解，但想不通她就不想了，当下挖了一口冰激凌往嘴里塞，甜甜地化在舌尖，美得她双眼都眯了起来。

秦昭阳一向不喜欢吃甜的，当下看了看她捏着的小杯子，哼了一声。

程安安晚上回来的时候有些晚，两个小家伙正襟危坐地等在饭桌上，看见程安安回来都热情得不得了："妈妈，你快来吃饭。"

程安安刚走过去，秦暖阳就手脚并用地往程安安身上爬："妈妈，吃鸡腿。"说着，一脸可怜巴巴地望着盘子里的鸡腿就差流口水了。

秦昭阳最讨厌的就是秦暖阳来这一招，当下幽幽地伸出筷子把她指着的鸡腿往碗里一夹，抬眸看见她湿漉漉的眼睛，狠狠地一口咬了下去。

秦暖阳看中的是盘子里最大的鸡腿，此刻被秦昭阳抢了先，当下嘴一扁就要哭。

秦昭阳却是知道她这些套路的，抬眸幽幽地看了她一眼，那眼神凉飕飕的，顿时让秦暖阳闭了嘴。

程安安被两个小人精逗得忍俊不禁，拍了拍秦暖阳的小屁股："才几天啊，小暖阳又重了。"

秦墨闻言，看了眼正扒拉着饭打算在程安安身上安家的秦暖阳。

小姑娘的动作一顿，扫了眼严肃的爸爸，再扫一眼对面冷淡的哥哥，这下是真委屈了。但没办法反抗，她只能乖乖地重新手脚并用爬回自己的座位乖乖数着饭。

等吃过饭，秦暖阳就抱了遥控器去看电视。

程安安虽然已经是半隐退了，但一旦有感兴趣的电视剧还是会接。有一次，秦暖阳看电视看见自家妈妈在电视里面，不由得动了动小脑筋。她颠颠地跑过去蹭着电视机抱，电视机还是超薄的，她小手围不过来，左右看了看还蹭到了电视机后面，可就是没看见自己的妈妈，不由得疑惑地蹲在电视机前研究。

秦昭阳刚从楼上下来，见她一声不吭蹲着不由得吓了一跳，拉着她左右看了看，见她还是一脸的迷茫状，不由得敲了敲她的脑袋："你干吗？"

"我刚刚看见妈妈了。"她指着电视机眨巴着眼。

秦昭阳听完，一头黑线："然后呢？"

秦暖阳皱了皱小眉头，一脸认真："我想比你先抱到妈妈。"

秦昭阳无语，这什么破理由？

于是，秦昭阳懒得理她，直接回二楼继续打他的游戏去了。

不过秦暖阳还是从秦墨那里知道了事情的真相，开始留意着程安安的电视剧或者是广告，虽然看不懂情节，但还是会指着电视大声地叫："哥哥，妈妈又出现了……"

秦昭阳懒洋洋地走到沙发旁，看了眼电视，虽然不想搭理她，但还是在她边上坐了下来，陪她看着电视。

看了一会儿电视后，秦昭阳看了眼时间，这才拉着她回房睡觉："该洗澡了。"

秦昭阳自打自己会行动了后，洗澡都是自己洗的，等秦墨或者是程安安帮他放了水，他就自己进去洗。

秦暖阳虽也想有样学样，但她自己还是不会洗澡啊，只能继续跟着妈妈混了。但小姑娘也有自己的思考能力了，她跟着程安安洗了几次澡之后，喋喋不休地问："妈咪，你摔伤了吗？怎么那么多青青紫紫的？"

她眨巴着眼，还一脸的心疼，眼看着就要哭出声来。程安安却无奈了，她要怎么告诉女儿这些其实是她爹干的……

于是，程安安跟秦墨抱怨了好几次，皱着眉头把问题丢给了秦墨。

秦墨被自家的女儿逗得乐不可支，想起自家儿子的聪颖，打他有动手能力开始就是秦墨带着洗澡教会了就直接把他扔进自己的浴室不管不顾了。但是这个女儿……不能指望太多啊，虽然这小家伙其实也是个很精明的人精。

所以隔日，小暖阳抱着睡衣来找妈妈洗澡的时候，直接被爸爸拎着丢进了浴缸。她爹地很严肃地说道：“暖阳长大了，该自己洗澡了。”

小暖阳还是很依赖妈妈的，当下眨着大眼睛问道：“可是爸爸也长大了啊，为什么要跟妈妈一起洗澡……”

身后看好戏的秦昭阳“扑哧”一声，很不给老爹面子，当场就笑了出来。

其实秦昭阳还是很单纯的，他只是被他家老爹那被暖阳堵得语塞的表情逗笑了而已……

秦墨对两个小家伙的教育方式是不同的，对暖阳很宠，几乎是有求必应。但对昭阳却是严厉的，很多事情从小就开始教他自己做，自己想，自己动手。

秦昭阳倒是没觉得有什么不好，他虽然有时候也会欺负暖阳，但他却是最心疼她的一个。一有个小病小灾的，那兄妹情谊很快就显露出来了。

秦墨从小就培养秦昭阳独立自主，也是因为男孩子本就该有担当，昭阳的身后还有一个妹妹是需要他照顾的。以后上学了，工作了……更多时间陪在暖阳身边的人，是昭阳。

秦昭阳必须有足够的能力，为秦家的小公主挡去一切未知的危险。而这些，也是昭阳他自愿的，甚至是他自己对秦墨要求的。

秦暖阳刚出生就进了特别看护，秦昭阳在安安的肚子里就很霸道，所以暖阳出生的时候很瘦弱，刚出生就被单独抱走让护士照顾了。

昭阳懂事的时候也不知道是谁告诉他的，他听了倒是将自己闷在房里一段时间。

秦墨还记得昭阳仰着小脑袋一脸歉疚的样子：“爸爸，是不是因为我，所以暖阳才身体不好的？”

秦墨一愣，随即摸了摸他的小脑袋：“怎么会是因为你？”

昭阳这才高兴了些，拉着秦墨的袖子一双眼亮晶晶的：“我以后一定会保护妹妹的。”说罢又怕自己人小言轻话不够分量，又补了一句，“因为暖阳是我妹妹，我保证会对她好的。”

秦墨笑了笑，刮了刮他的小鼻尖：“暖阳会很高兴有你这么一个哥哥的。”

事实证明，昭阳还是说到做到的。

秦墨这一生，也曾因为有了一个程安安需要保护而觉得圆满安稳。所以特别能理解秦昭阳这种小小的责任感。

而秦暖阳，何其幸运，一生里最重要的三个男人，都护她周全，保她骄纵一生，无忧无虑。

〔2.做哥哥的本来就要照顾妹妹〕

太子爷六个月的时候就会说话了，跟一般的宝宝开口就叫爸爸妈妈不一样。太子爷开口说的第一句话是：“小捣蛋。”

太子爷说这句话是在家宴的时候，老爷子正抱着太子爷，教训二爷来着。太子爷舞着小手，一双眸子亮晶晶笑眯眯的，看着二爷就努着嘴说：“小捣蛋。”

饭桌上顿时一片寂静。

太子爷转头看了看身后满面红光的老爷子，疑惑地伸手抓了抓他白花花的胡子：“小捣蛋。”那软软糯糯的声音，却货真价实地吐字清晰。

老爷子率先反应过来，一拍桌子：“好。哈哈，好！”

程安安却跟秦墨面面相觑，对于宝贝儿子第一句说的是这三个字万分地不解以及无奈。

太子爷还不自知，拿着筷子敲着桌子学着老爷子那样，弯着眸子笑得春光灿烂。相比起小公主周岁的时候才会喊爸爸妈妈，不可不说太子爷在某些方面的确是领先的。

程安安结婚之后，还是会接通告，不过代言的产品也开始变成了奶粉、尿不湿……而太子爷也成功上了镜。

那是一个奶粉广告，程安安带着太子爷上了通告。

乔治这回还做着她的经纪人，不过工作却越来越不轻松，毕竟又兼职了看护太子爷的重任，他真的觉得担子太重了！

太子爷被程安安抱着上镜的时候一点也不怯场，反而一直精神奕奕地笑着。

工作人员对这个一出生就光环加身的太子爷有些不敢近身，但宝宝实在是太可爱了，尤其是一副招财进宝的样子，萌得现场的化妆师啊个个眼冒红心。

太子爷叼着奶嘴，见围过来那么多叔叔阿姨，眨了眨眼，扭了身子抱着奶嘴，一副不给你们抢奶嘴的样子。

安安卸完妆过来看见太子爷正抱着奶嘴一副所有权不容侵犯的样子，抬手戳了戳他嫩嫩的脸颊："叫阿姨。"

此时的太子爷已经一岁半了，牙牙学语，语言天赋很强。当下扫了眼一旁如狼似虎的女人们，他轻轻地哼了一声："不要。"

安安早就习惯了太子爷的傲娇性子，当下歉意地笑了笑："昭阳会闹小别扭，他在害羞。"

太子爷这回不满意了，他这明明是不屑好不好，怎么就成了害羞。当下，他扑在安安的怀里打滚："回家，回家。"

广告播出的效果不错，导致太子爷因为一支出镜才一分钟的广告，知名度就跟坐了火箭一样。

程安安倒是无所谓，以太子爷的身价也没人敢随便骚扰，偶尔带着太子爷上街也会注意护着他的脸不让他过多地暴露在媒体之下。所以，当她有一次看见网上铺天盖地的街拍上出现太子爷的时候，她才意识到媒体和大众对太子爷的关注有多热烈。

她慢慢减少了带太子爷露面的次数，毕竟她没打算让太子爷以后进娱乐圈。更何况，像太子爷这种性子，估摸着以后只会接手他爸爸的公司。比起进娱乐圈，他一定喜欢能掌控娱乐圈规则的君主。

而之后的事实证明，程安安对太子爷的性子真的很了解……

再说小公主，比起太子爷此刻就成童星赚奶粉钱，她就显得很没有理想了。老爷子宠着护着，所以她就无法无天，自打被老爷子每天抱着去小院子里浇花剪枝之后，她也有样学样，在一旁抱着花盆拿着小爪子松土……

于是，每次程安安回大院接秦暖阳回家时，就会看见小公主崭新的小花裙上一坨一坨的泥巴印。比起一旁太子爷的光鲜亮丽，她简直有些不能直视。

秦母边给暖阳洗着手，边皱着眉头对程安安道："等暖阳再大点给她弄个兴趣班，小姑娘喜欢玩泥巴算怎么回事啊。"

程安安倒是无所谓，刮了刮暖阳的小鼻子，笑眯眯的："秦墨也不指望暖阳能有什么出息，只要平平安安快快乐乐的就好。"

秦母见此也不好说什么，有程安安和秦墨这样的爹妈，的确不需要暖阳有多少出息，只要能快快乐乐的生活比什么都好。而秦暖阳也不负安安和秦墨所望，每天快快乐乐欢欢喜喜。每天的爱好就是爬树撒欢，挖土浇花过家家。

这日，徐紫鸢有事正好来A市，带了顾夏天一起来，酒店也懒得去，直接住进了程安安家。太子爷则被老爷子带着去Z市看望老战友。

程安安就带着暖阳去机场接机，顾夏天活泼好动，和暖阳的性格倒是相近。

暖阳三岁，顾夏天五岁。两个小姑娘模样都漂亮，五官精致，看就让人想捏一把。

顾夏天对程安安是记忆深刻，对程安安的崇拜程度更甚于自己的老妈，当下眼睛闪闪的："程阿姨，小弟弟呢？"

程安安一愣，随即想起来她说的是昭阳，当下弯眸一笑，摸了摸她的小脑袋："小弟弟去你们那边了，所以不在这里。"

顾夏天在顾家这个长相皆上层的家里虽然获得了一定的免疫力，但她始终记得那一年跟爸爸妈妈一起来A市看见的漂亮小弟弟，颇有些遗憾地耸了耸肩："那好可惜，我还想跟小弟弟一起玩的。"

秦暖阳对这个小姐姐倒是很好奇，咬着手指看了看程安安，这才说道：“我哥哥不在你可以跟我一起玩，我比哥哥好玩很多。”

徐紫鸢一笑，蹲下身抱起小公主亲了亲：“还记不记得我？”

秦暖阳对徐紫鸢没什么印象，想了片刻只回答：“记得，但是记不清楚了。”

徐紫鸢这才把人放下，从包里拿了一小提甜品出来：“哪，送你的小礼物。”

小公主的眼睛顿时一亮，看了眼程安安，见她没有反对这才生怕徐紫鸢反悔一样赶紧接了过来，笑得眸子弯弯的：“谢谢阿姨，谢谢小姐姐。”嘴倒是真甜。

徐紫鸢只住了两晚就回去了，在机场看见了老爷子和太子爷寒暄了片刻，这才拉着顾夏天回去。

小公主短短两天已经跟顾夏天建立了深厚的友谊，此刻想着小姐姐答应她的甜品，不由得眼泪汪汪的，看得老爷子都心疼了。

太子爷最见不得秦暖阳一副泫然欲泣的样子，抬起肉乎乎的小手给她擦了擦眼睛，这才努着红艳艳的小嘴唇说道：“你要是哭的话，我就不给你吃小甜品了。”

说着，太子爷从小行李箱里拿了一小盒糕点出来晃了晃，见小姑娘的目光顿时被吸引了过去，笑眯眯地摸了摸她的脑袋：“乖，回去再吃。”

老爷子看着这一幕倒是好笑，摸着曾孙的小脑袋，直夸道：“这小子长大以后有出息。”

程安安却略略有些忧伤，从妹控的角度出发看出他以后有出息吗？她怎么觉得那么不靠谱呢……

四岁半的时候，两个小宝宝就入学了。幼儿园就在帝爵世家附近，接送很方便也很自由。刚开学那天，两个小宝宝都很兴奋，具体表现在开学前晚，轮流来敲秦墨和程安安的房门。

秦墨第五次打开房门看见门口抱着毛巾毯，眼神贼亮的太子爷和秦暖阳时，额角终于忍不住跳动了起来。

程安安困得要死，衣衫半露，此刻窝在被子里不由得头疼磕着床板。秦墨似笑非笑地看了程安安一眼，往门口一拦，把两个探头探脑的小宝宝堵在了门前。

他看了眼时间，已经晚上十一点了。他略有些头疼地看着精神奕奕的宝宝们，问道："怎么还不睡？"

秦暖阳咬着被角，一双大眼睛湿漉漉得黑亮："爸爸，我想到明天上学就睡不着。"

秦昭阳闻言也点点头："妹妹睡不着，所以我也睡不着。"

软软的嗓音糯糯的，柔软得让秦墨的心都化成了一摊水。他蹲下身摸了摸秦暖阳柔软的小脑袋，说道："可是你不睡明天就没有精神去交朋友了。"

秦暖阳眨了眨眼，有些不懂："为什么要去交朋友呢，我有哥哥就好啦。"

秦昭阳看了眼小姑娘，握着她的小手紧紧的："我也有妹妹。"童声稚嫩，却异常柔软。

秦墨回头看了眼床上已经盘成一团的程安安，揉了揉两个宝宝的脑袋，一把把他们抱了起来："那爸爸哄你们睡觉。"

程安安明天有通告要赶，两个小宝宝再这样吵下去怕是这个小女人明天该精神不济了。

等把暖阳和昭阳都哄睡着了，秦墨这才回了屋。

程安安还没睡，听见开门声就醒了过来，见是秦墨这才揉了揉眼，强打起精神来："都睡了？"

"嗯，你怎么还不睡？"他掀开被子，把程安安拥进怀里，"难不成也睡不着要我哄？"

程安安窝在他怀里轻叹了口气，略有些担忧："暖阳对昭阳太有依赖性了。"

秦墨倒没觉得有什么不好："昭阳能够照顾暖阳，这是件好事，毕竟暖阳的性子……"太过随性迷糊了，虽然有时候精明起来跟人精一样。

程安安看了他一眼，双手双脚都缠了上去："他们感情好虽然是好事……"

话还没说完，秦墨就打断道："既然是好事，那就不要多想了。"

秦墨拢了拢被角，帮她盖好被子才熄了台灯："做哥哥的本来就要照顾妹妹，你什么事都操心的话怎么忙得过来？"

而且，他并没有觉得有什么不好。

〔3.双胞胎小剧场〕

NO.1

太子爷和暖阳七岁的时候就要上小学了。暖阳一开始还很兴奋，拉着程安安和秦墨一起去买新书包、新文具盒。

太子爷倒是有些兴致阑珊，见暖阳双眼冒光地收集漂亮的橡皮擦时还有些无奈："你买那么多又用不掉。"

暖阳噘了噘嘴有点不乐意："可是我喜欢啊。"

秦墨听见两个小家伙的对话，揉了揉暖阳的头发："哥哥说得对，你可以把收集橡皮擦变成别的有意义的事情。"

暖阳无疑是听话的好孩子，闻言看了眼手里一堆色彩斑斓的橡皮擦，有点不理解地问道："那爸爸，收集什么才有意义？"

太子爷从小就有长久发展的战略性目标，当下说道："据说二叔叔那里有很漂亮的宝石。"

秦墨话到嘴边也是一变："你二叔家里还有观赏性很强的艺术品。"

程安安也从善如流："你二叔家里还有很有价值的名家画赏和漂亮装饰品。"

暖阳支着小下巴若有所思。

太子爷见她听进去了，欣慰地拉着她的手："走吧，我们回家。"

NO.2

即将开学，可是小暖阳对于每天都能睡大懒觉，可以去游泳，可以常常出门玩的日子还分外留念。

这日，她正捧着冰激凌看动画片。太子爷对这种幼稚的东西是不感兴趣的，但还是要陪着她，就拿了厚厚的一本《世界未解之谜》看了起来。

暖阳也早就习惯了哥哥这样，挖着冰激凌的时候还顺带着记得喂他几口。太子爷对冰激凌这种东西实在是没啥特别的概念，她伸着胖乎乎的小手来喂，他就张嘴，一副其乐融融的样子。

程安安去工作室忙着开会制定接下来一个月所要奋斗的工作目标，秦墨则在一个月一次的工作总结会议上忙着听报告。所以照顾暖阳的重任一般都是放在太子爷身上的。

不知道电视上放到了什么好玩的画面，秦暖阳抱着冰激凌的杯子就笑得前俯后仰，直接往太子爷身上蹭。

太子爷手里拿着的书被暖阳蹭得全部皱在了一起，他微微皱了皱眉头，拍了拍她的肩头："你压到我的书了。"

小暖阳这才注意到整个人已经蹭到了哥哥的怀里去，当下抱着冰激凌杯子坐起身，很乖巧地抬手去帮他抚顺："对不起，哥哥。"

太子爷才不会跟她计较这个，见书被弄皱了也没什么特别的反应，只是拿起面巾纸帮她擦了擦被冰激凌弄脏的裙角："暖阳，过几天要上学了。"

秦暖阳最讨厌的就是上学，听到这话，嘴巴一扁："为什么，我觉得暑假刚刚开始。"

几乎每年的寒暑假都会来这么一场情景剧，太子爷也变得越发淡定："那只能证明我们家的暖阳是好孩子。"

正打算哭鼻子的秦暖阳一顿，她好奇地问道："为什么？"她不想上学这样也会是好孩子吗?

太子爷点点头，一本正经道："对啊，证明暖阳没有早恋。"

迟钝的秦暖阳脑子瞬间打结了，于是怀揣着什么是早恋的问题，秦暖阳欢天喜地地上学去了。

NO.3

元旦。

太子爷前天就放了元旦的假期，但由于程安安和秦墨都出国出公差……啊，不，应该是爸爸出公差徇私舞弊带了妈妈一起去度假，现在家里除了他们就没有别人了。所以一放学，老爷子就带着勤务兵把人接了回去。

太子爷上的小学是普通小学，接人大军里突然出现一辆挂军牌的吉普车，顿时让众家长微微诧异，随即认识太子爷和秦暖阳的都开始思索，这两个孩子会不会因为家庭背景而对同学不友爱，仗势欺人。

不过太子爷我行我素惯了，自然不会把这些放在眼里，毕竟还年幼，再老成也不知道这些有什么影响。所以，隔日早上的元旦晚会上，秦暖阳被班里的同学奚落时，太子爷顿时嗅出了一丝不对劲来。

秦暖阳一向没心没肺惯了，此刻被这个小姑娘推了一把说她仗势欺人，她不由得眨着一双眼睛茫然无措起来。太子爷原本坐在角落里，见状走了过来。

秦暖阳手里还抱着气球，一双眼睛雾蒙蒙地看着小姑娘，有些好奇地问：“什么是仗势欺人？”

太子爷一听就皱起了眉头。那边的小姑娘见太子爷也过来了，说话却有些干巴巴起来：“我爷爷说了，你们家是当官的会欺负我们，暖阳你现在跟我们抢气球不就是吗？”

小姑娘的声音脆生生的，太子爷眉头皱得越发紧：“抢气球？”

秦暖阳虽然有些跋扈，但是从来不会欺负同学，而且就她那迟钝迷糊的性子，太子爷从来没指望她哪一天能开窍去欺负同学，当下问她：“你抢同学的气球了？”

小暖阳摇摇头：“我问过班长了，他说这些气球可以给我们玩，我才拿的。”

太子爷顿时了然，看了眼那个小姑娘，很严肃地说道：“我要去告诉老师。”

小姑娘的脸一红，不知道是愧疚还是不好意思。

但还未说话，就听秦暖阳无师自通道：“说你乱用成语。”

太子爷圆满了。

NO.4

秦暖阳上小学之后因为太闹腾了，每次去大院围着老爷子上蹿下跳没个姑娘的样子，导致秦夫人有一阵子都琢磨着给她报个兴趣班。

但秦暖阳这种放假你还让我去上学，绝对没门的家伙怎么可能会答应，当下把头摇得跟拨浪鼓一样。她眼巴巴地看着老爷子，咬着筷子差点闹绝食：“我哥哥那么好看，你们就看他好了……”

老爷子被小姑娘的童言无忌逗笑了，当下拍板决定：“上什么学，好不容易放个假。”

秦暖阳啃着鸡翅膀顿时开心了，喋喋不休道：“太爷爷对暖阳最好了。”

太子爷倒是不置可否，安静地吃着饭。

老爷子对太子爷是分外上心的，秦暖阳是姑娘家既然她不喜欢他便宠着。但太子爷是秦家的一脉香火，现在虽然还小，但很多东西都需要从小培养。当下，他问道：“昭阳以后打算做什么？”

秦昭阳喝了一口秦夫人添上的鸡汤，舔了舔嘴角，下意识回答：“养妹妹。”

老爷子这下乐了：“那你要怎么养妹妹呢？”

秦昭阳认真地想了想，有些迟疑地回答：“跟爸爸养妈妈一样去上班。”

老爷子一双眸子都是笑意，和颜悦色：“爸爸是开公司的，那昭阳你以后要上什么班？”

暖阳闻言抬起头来，微微皱起小眉头：“哥哥不要开公司，爸爸开公司很忙没空陪我和哥哥玩，所以以后哥哥要去种庄稼。”

太子爷也被噎了一下，无语了。

秦夫人不由得觉得好笑：“为什么哥哥要去种庄稼？”

暖阳手里还拿着鸡腿，整张嘴都油腻腻的，她转了转黑漆漆的眼珠子答道：“因为暖阳不会开公司，暖阳会种庄稼，如果哥哥也种庄稼的话，暖阳就可以帮哥哥的忙了。”

种庄稼……

老爷子想起后院那一堆被暖阳灌水灌多了淹死或是拔苗助长而死的植物，顿时老泪纵横，还是给孩子报个兴趣班让她死了种庄稼的心吧。

NO.5

有一日，秦暖阳在作业本上写自己的名字时，突然疑惑地抬眼看向对面的太子爷：“哥哥，我为什么叫暖阳？”

太子爷正写着作业，闻言头也没抬一下：“你去问爸爸。”

秦暖阳咬着笔头想了一会儿，这才放下作业跑去书房找爸爸。

秦墨正在开视频会议，见小姑娘快步跑过来，对着视频对面的人微微歉意，一把抱起抱着他小腿的小姑娘，问道：“怎么了？”

小姑娘还扯着他的衣服，一双眸子亮晶晶的：“爸爸，我为什么叫暖阳，哥哥叫昭阳？”

电脑那头的人刚对秦墨突然温柔下来的语气诧异着呢，这一晃神见他抱起一个粉雕玉琢的姑娘，越发诧异了。

秦墨刮了刮小姑娘的鼻尖，微微一笑：“因为你们都是爸爸妈妈的宝贝，是我们温暖的阳光啊。”

小姑娘“喔”了一声，但却有些似懂非懂：“我们是爸爸妈妈的小太阳。”

秦墨点点头，在她脸上亲了一口：“乖，爸爸还有事，暖阳自己去玩好不好？”

得了想要的答案，秦暖阳也不多做纠缠，当下滑下爸爸的腿又往回跑。这可是头一次她问哥哥问题，哥哥却不知道的。

太子爷正好写完作业，见她跑了回来，看她那眉飞色舞的样子顿时了然。他忙拿着她的作业本递了过去："暖阳，字写错了。"

秦暖阳的脚步就是一刹，抬眼看去，见太子爷指着一处黑漆漆被她改了又改的地方，不由得揉了揉小裙子的裙角，几下爬上凳子拿着橡皮擦就擦了起来："可是暖阳不知道怎么写。"

太子爷顺手接过她的橡皮擦帮她擦干净，然后握着笔递给她，抬手覆上去："哥哥教你写。"

秦暖阳刚才写作业写着写着就出神了，就是因为想不起来这个字怎么组拼音怎么写，此刻见昭阳几下握着她的手就写出来了，当下忘记了她刚才过来是炫耀她也知道哥哥不懂的问题，很认真地崇拜了起来："哥哥，你好厉害。我想了好久了都不知道。"

太子爷淡定地摆摆手："这有什么。"

暖阳想着上次二叔说的越是有本事的人越谦逊，越发地膜拜起来，啊，我哥哥真的好厉害。膜拜完，她突然觉得自己忘记了什么事，皱了皱眉头问他："哥哥，我忘记我刚才要干吗了，你知道吗……"

太子爷翘了翘嘴角，忍着笑道："是不是又忘记吃什么了？"

秦暖阳恍然大悟，蹦着就去厨房了。

NO.6

接近年关时，A市迎来了第一场雪，下得又深又厚。

秦暖阳最喜欢的就是堆雪人打雪仗了，今年盼了那么久终于等来了，高兴得晚上很晚才睡着。

隔日一早起来，雪已经积得很深了。秦暖阳草草吃过早饭，穿得厚厚实实的就跟太子爷一起出门玩雪。

雪地里被她踩出了几个小小的脚印，她被太子爷牵着到树底下，戴上厚厚的手套，这才堆起雪人来。堆完一个"秦暖阳"，她又开始堆"秦昭阳"，太子爷在一旁帮忙塑形，忙活了一个早上终于让两个雪人成型了。

他看着两个分开的雪人，眉头皱了皱，又捏了雪去做雪人的手，把两个雪人手拉手的连在一起，这才满意。

秦暖阳扬着头看着哥哥，抬手摘下帽子给秦昭阳的雪人戴上：“帽子送给哥哥。”她一张脸冻得微微有些红，却笑得分外满足。

张妈出来叫吃饭了他们才往回走，太子爷下意识去牵她的手：“走边上，别滑着了。”

秦暖阳抬眼看他，勾着他的手握得紧紧的：“哥哥，暖阳以后一定会对你好的。”

太子爷一愣，随即勾了勾她的鼻尖：“你快快乐乐平平安安的就好。”

秦暖阳停下步子，转身把太子爷红红的手握得紧紧的，一双眼里都是认真：“可是暖阳也希望哥哥能快快乐乐平平安安的。”

你对我的好，我一直都知道，但我也想你和我一样。

太子爷微微笑了起来，俯身在她脸颊上亲了一口：“你是我妹妹，有你我就很开心了。”

秦暖阳还记得前几个月生日的时候，太子爷看着烛火许的愿望是：“希望妹妹身体能好些，然后快快乐乐的。我要保护她一辈子。”

秦暖阳是没心没肺，由此谁对她好她更加清楚。当下，她踮起脚也在他脸上亲了一口：“谢谢你哥哥。”

他们今后会有不同的经历，遇见不同的人，但是好在他们是双生儿，从出生起便一路相伴。

如果早知道如此，我在妈妈的肚子里时就会多分一点营养给你。不过也没关系，你生病了我会照顾你，也会一直陪着你长大。

一辈子那么长，我们从小就彼此陪伴，多好。